母方の祖父母。２人ともカンザス州出身。真珠湾攻撃の直前に駆け落ちしたのち、祖父はジョージ・パットン指揮下の軍に配属となり、祖母は爆撃機の製造工場で働いた。

ハワイで育つと、森林を散策したりビーチでのんびり時間を過ごしたりする権利を生まれながらにして与えられる。森林もビーチも、玄関を出ればすぐそばにある。

バットを振って、
いかにも自慢気な私。

父バラク・オバマ・シニア。ケニアで生まれ育ち、ハワイ大学（そこで母と出会った）とハーバード大学で経済学を専攻した。離婚後はアフリカに帰った。

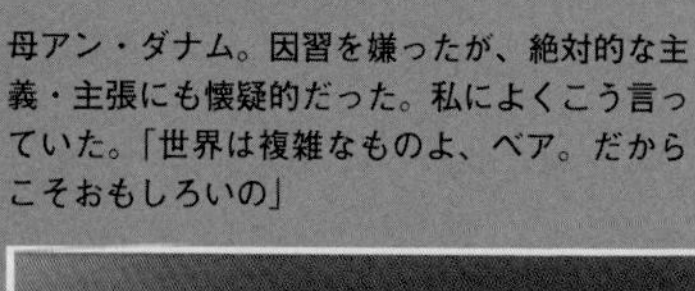

母アン・ダナム。因習を嫌ったが、絶対的な主義・主張にも懐疑的だった。私によくこう言っていた。「世界は複雑なものよ、ベア。だからこそおもしろいの」

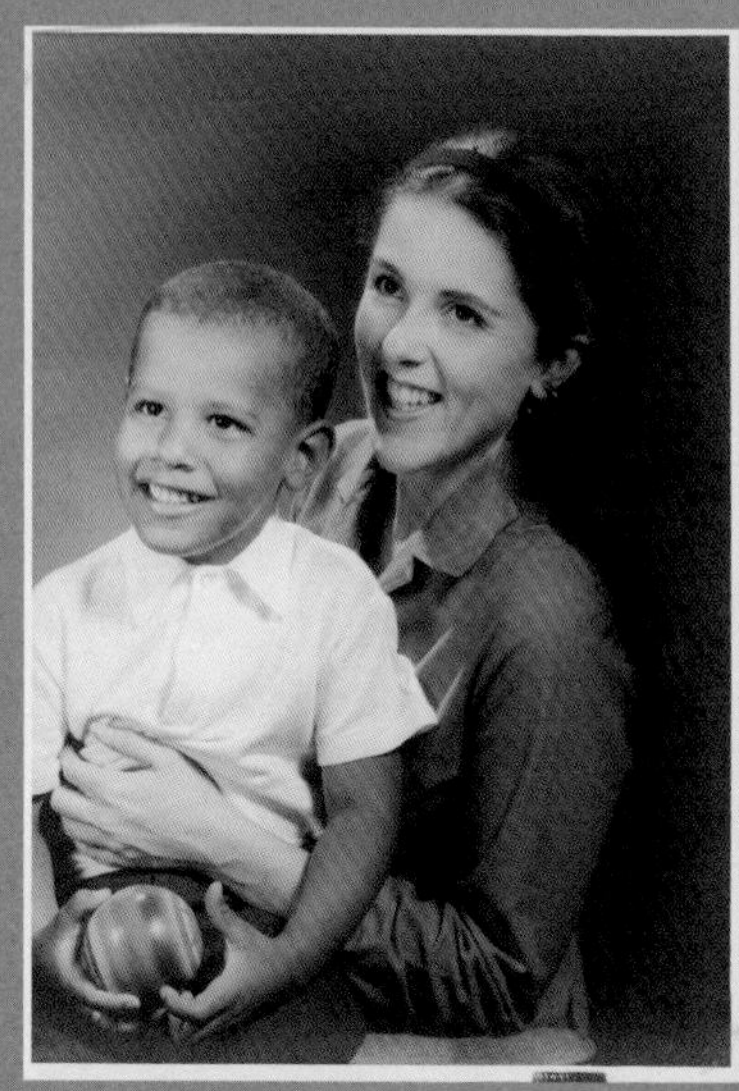

母と、異父妹のマヤ・ストロ＝イング（左）と、異母姉のアウマ・オバマ。

祖母と私と母。この日、母はハワイ大学で人類学の学位を取得した。

結婚式。ミシェルの父と私の祖父に見てもらえなくて残念だったが、自分ほど幸運な男はいないと思った。

私の喜びの源。

イリノイ州チリコシーで、石鹸箱を演壇代わりに使う昔ながらのスタイルで街頭演説。上院議員選の選挙運動の最初のころ。

ボストンで開催された2004年民主党全国大会で基調演説を行う。信じられないほど若く見える。このころから、周囲に気づかれずに公共の場に行くことができなくなった。

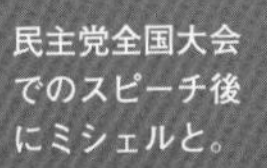

民主党全国大会でのスピーチ後にミシェルと。

大会後、ミシェルと娘たちといっしょに、RV 車でイリノイ州南部へ１週間の遊説旅行に出かける。娘たちは、このとき初めて選挙遊説を経験した。

2004 年の投票日の夜。イリノイ州の上院議員選史上最高の得票差で勝利した。娘たちはそれよりも紙吹雪に夢中だった。

→ 2004 年 11 月 2 日、
上院議員に選出される。

↑ピート・ラウズを説得し、新人上院議員だった私の首席補佐官になってもらう。ピートは、どんなときにも適切な意見を述べる経験豊富な逸材で、ワシントンでは“101 人目の上院議員”として知られていた。

←上院議員としてワシントンに来てみると、私は 100 人中 99 番目に経験のある議員だった。この仮事務所も、それを反映している。だがすばらしいスタッフがいてくれたおかげで、すぐに全力で仕事に取り組むことができた。

→連邦議会黒人議員幹部会の一員として、私のヒーローだったジョン・ルイス下院議員といっしょに仕事をするようになる。

2005年8月、共和党のリチャード・ルーガー上院議員とともに、ウクライナのドネツク市にある通常兵器破壊施設を視察する。上院議員として初めての公式外国訪問だった。

2006年8月にケニアを訪問した際には、ミシェルとともに自らエイズ簡易検査を受け、この検査法への関心を喚起した。現地の人々が沿道に集まり、私たちを出迎えてくれた。

→2007年2月10日、大統領選への立候補を表明する。スプリングフィールドは凍えるような気温だったが、ほとんど寒さを感じなかった。アメリカの本質、アメリカの真実に踏み込もうとしている気分だった。

↓選挙運動中は娘たちと過ごす時間がなかなかとれなかった。だがアイオワ州フェアの日には、いっしょにゲームを楽しみ、お菓子を食べ、バンパーカーに乗った。これ以上の幸せがあるだろうか？

↓テキサス州オースティンでの選挙運動。大きな希望の象徴になり、何百万もの夢の受け皿になると、この支持者たちを失望させるときが来るのではないかと不安になった。

Obama'08

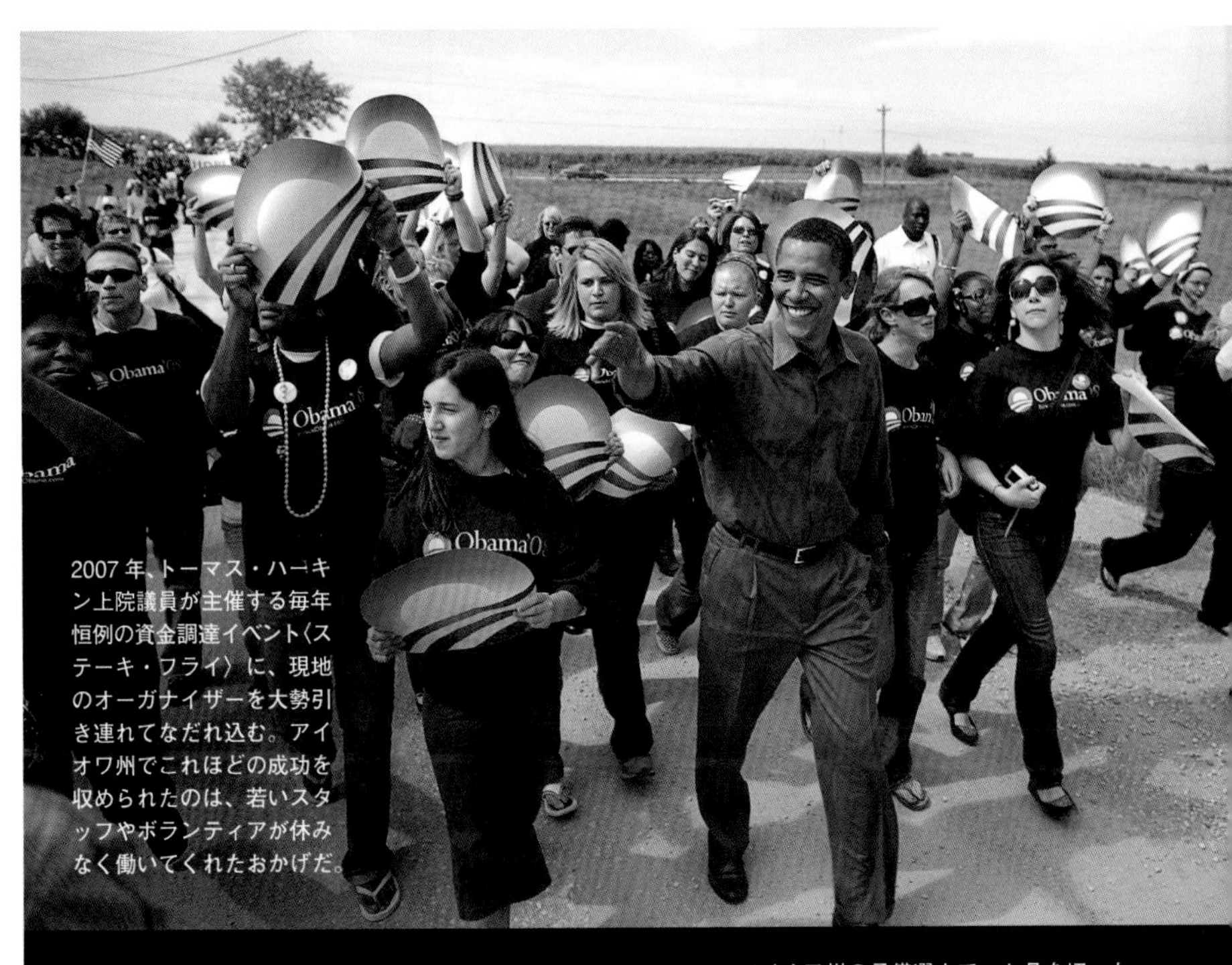

2007 年、トーマス・ハーキン上院議員が主催する毎年恒例の資金調達イベント〈ステーキ・フライ〉に、現地のオーガナイザーを大勢引き連れてなだれ込む。アイオワ州でこれほどの成功を収められたのは、若いスタッフやボランティアが休みなく働いてくれたおかげだ。

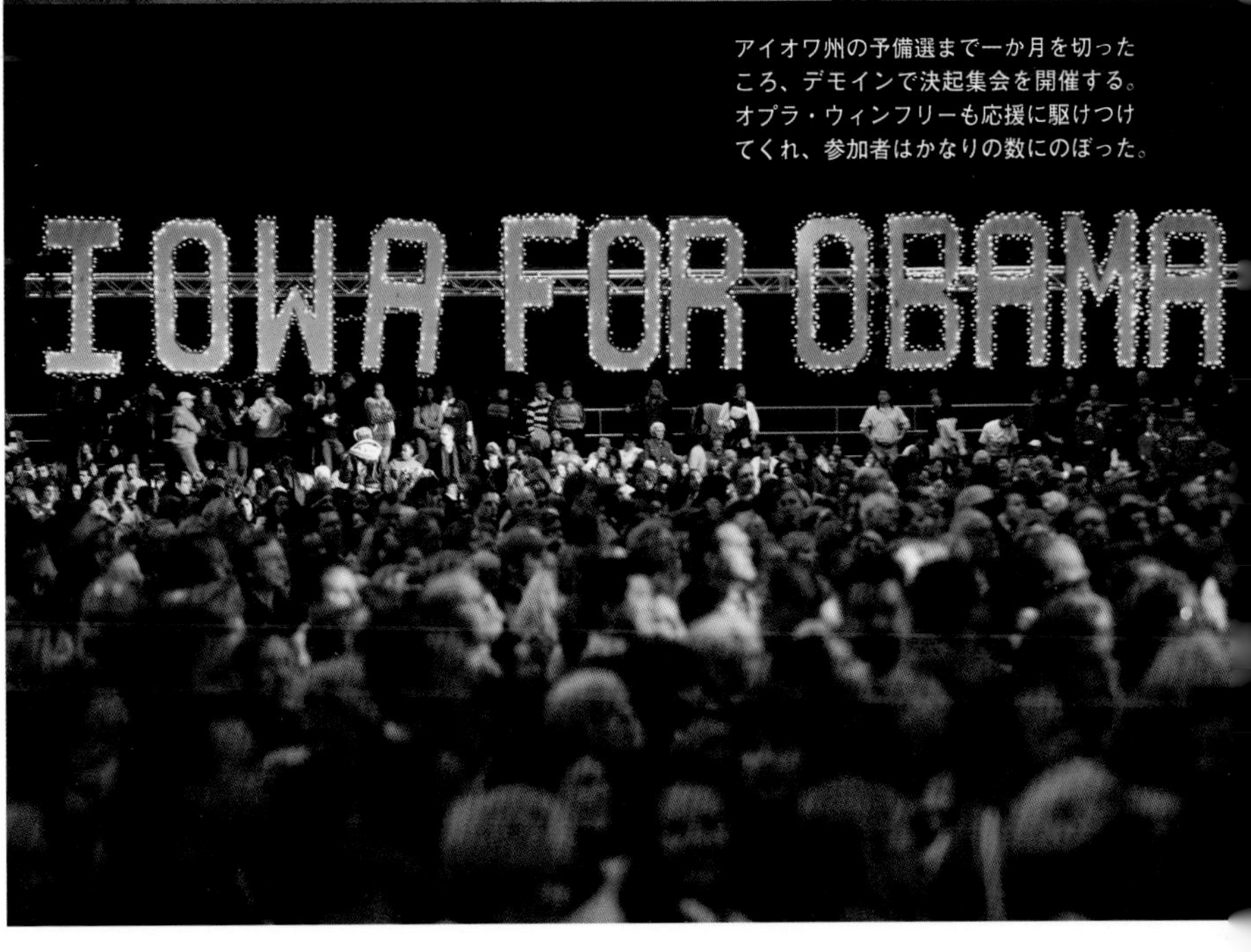
IOWA FOR OBAMA

アイオワ州の予備選まで一か月を切ったころ、デモインで決起集会を開催する。オプラ・ウィンフリーも応援に駆けつけてくれ、参加者はかなりの数にのぼった。

↑民主党の大統領候補指名を受けるためステージに上がる直前に、選挙運動の立役者であるデイヴィッド・プラフと。プラフは控えめな性格ながら、卓越した戦略家でもあった。

↓ 2008 年 7 月 24 日、ベルリンの戦勝記念塔で演説を行う。かつてヨーロッパを分断していた壁を前世代の人々が破壊したように、階級・人種・宗教の目に見えない壁を破壊するのが私たちの仕事だと訴えた。

← 2008 年 9 月 11 日、選挙運動を一時休止し、ジョン・マケインとともにニューヨーク市で献花を行う。それから数日もしないうちに、ここから数ブロックのところに本社を構える大手銀行が破綻しはじめた。

↓同月、経済がとめどなく落ち込んでいくなか、マケインは、ホワイトハウスに両党の議会指導者を集め、救済策に関する合意をまとめるようブッシュ大統領に要請した。

デイヴィッド・アクセルロッドは、有能な戦略家であるだけでなく、気の合う友人でもあった。上院議員選で窮地に陥っていた 2002 年にいっしょに仕事をして以来、最も信頼できる顧問となった。遊説担当ディレクターのマーヴィン・ニコルソン（右後方）は、気さくな性格の持ち主で、常に動じることなく、あらゆる点に細心の注意を払ってくれた。

バージニア州フレデリクスバーグでの雨のなかの選挙運動。投票日まで 6 週間もなかった。

→10月19日、ミズーリ州セントルイスのゲイトウェイ・アーチで演説を行う。およそ10万人が参加し、最大規模の決起集会となった。

←義母のマリアン・ロビンソンと投票結果を見守る。「こんなのつらすぎるわ」と言った彼女の気持ちがよくわかった。

↓投票日の夜、シカゴのグラント・パークに20万人以上が集まり、勝利を祝ってくれた。マリアは、道路に車が一台もないから誰も来られないのではないかと心配していた。

投票日の夜に撮影された写真のなかでも、一番のお気に入りがこれ。リンカーン記念堂の階段に人々が集まり、ラジオで私の勝利宣言に耳を傾けている。

就任の宣誓に出ていく直前に
祈りの言葉を唱える。

1861 年 3 月 4 日にエイブラハム・
リンカーンが就任を宣誓したときに
使用したのと同じ聖書で宣誓を行う。

アメリカ国民の海。日差しのなかで旗が振られると、それが海流のように見えた。私は最善を尽くそうと心に誓った。

就任パレードのルートを歩く。いつものように、話題をさらったのはミシェルだった。

初めてレゾリュートデスクに向かう。1880 年にヴィクトリア女王から贈られたもので、アメリカの捕鯨船に回収されたイギリスの難破船の船体を材料につくられている。

どんな日でも、娘たちが立ち寄ってくれるのが一番嬉しい。

約束の地

大統領回顧録 I

上

バラク・オバマ

目次

第3部

反逆者

下巻目次

愛する人生の伴侶、ミシェルに
そして、
すべてをまばゆく照らし出す光、マリアとサーシャに捧げる

おお、飛べよ、飽くことなく
飛べよ、飽くことなく
飛べよ、飽くことなく
約束の地では盛大な伝道集会（キャンプ・ミーティング）がある

——アフリカ系アメリカ人霊歌
*『Great Camp Meeting In The Promised Land』*より

自分たちの力を軽んじてはならない
私たちは飛翔したのだ
無限なるものへと

——ロバート・フロスト“*Kitty Hawk*”より

はじめに

この本を書きはじめたのは、大統領の任期を終えた直後だった。執筆に取りかかる前、私は妻のミシェルとともに大統領専用機エアフォースワンでの最後のフライトをして、ずっと先延ばしになっていた休暇のため西に飛んだ。機内には、喜びに混じってほろ苦い雰囲気が漂っていた。過去８年の激務だけでなく、大統領選挙の意外な結果によって、２人とも心身両面で疲れ切っていたのだ。その選挙では、私たちが支持するものすべてに断固反対する候補者が、私の後任の大統領に選ばれていた。とはいえ、私たちは長い道のりを最後まで走り切り、満足感も感じていた。自分がすべてを出し尽くしたことを悟っていたからだ。それに、私に大統領として欠けていたところがあろうと、望んだ結果に至らなかった計画があろうと、アメリカは私の政権が発足したときよりも望ましい状態にあった。私とミシェルは一か月間、朝寝坊をして、ゆっくり夕食を楽しんだ。たっぷり散歩をしたり、海で泳いだり、先のことを考えたり、旧交を温めたり、互いの愛を再発見したりもした。また、次の仕事の計画も立てた。大統領職のように波乱に満ちていなくていいが、できることなら同じぐらい充実感のあることがしたかった。仕事に戻る準備ができ、ペンとメモ用紙（リーガルパッド）を手に机に向かうころには、この本の概要が頭の中ではっきり組み上がっていた（私は今でも手で書くことを好んでいる。パソコンを使うと、ひどく乱雑な下書きがあまりに体裁よく見えてしまい、生煮えの構想まで整然と仕上がったように錯覚するからだ）。

執筆にあたって何より望んでいたのは、自分が大統領を務めた期間について誠実に書き記すことだ。オバマ政権下で起こった主な出来事や、私と関わった重要な人物を歴史として記録するだけでなく、政権が目の前の課題を理解し、対策を選択する助けとなった政治、経済、文化的な事情について説明したかった。また、アメリカ大統領の座にあることがどんな感覚なのかをできるだけ読者に伝えたかった。外から見えないところに光を当て、どれほど権力や権威があろうとも、大統領も一つの職業にすぎないということや、アメリカ連邦政府も人が営む事業体としてなんら特別ではないということを示したかった。ホワイトハウスで働く男女もほかのアメリカ国民と同じように、満足感や失望感、同僚との衝突、失敗と小さな成功を日々経験していることを知ってほしかった。そしてもう一つ、より個人的な物語を伝えたかった。私自身の歩みを記すことが、公職に就こうと考えている若者たちの励みになるかもしれないと考えたのだ。居場所を求め、さまざまなルーツがからみ合った自分に説明をつける方法を探すところから政治家としての歩みが始まり、自分より大きなものとつながることでようやく、生きる世界、生きる目的が見つかった。そういう経緯を書きたかった。

当初はそのすべてが500ページぐらいに収まると考え、執筆も1年ぐらいで終わると思っていた。

正直に言って、執筆は計画どおりには進まなかった。できるだけ抑えようとはしたのだが、ページ数が増え、話が広がっていったのだ。そういうわけで、この本は一巻ではなく二巻で刊行することになった［著者は本書を回顧録の一巻目と考えていて二巻目はいずれ刊行される予定］。私より才能に恵まれた書き手なら、同じことをもっと簡潔に伝えられたのだろう。悔しいが、その点は認めざるをえない（実際、ホワイトハウスの居住棟（レジデンス）にあった仕事部屋のすぐ隣、〈リンカーン・ベッドルーム〉には、わずか２７２単語からなる、エイブラハム・リンカーンによるゲティスバーグ演説の署名入り原稿が額縁入りで展示されている）。しかし、そのとき書いているのが選挙戦の序盤の話だろうと、政権の金融危機対応の話だろうと、ロシアとの核軍縮交渉の話だろうと、〈アラブの春〉につながった力の話だろうと、執筆のため机に向かうたび、単純で直線的な説明をすることに心理的な抵抗を覚えた。多くの場合、自分たちが下した決断について書くときは、どのように最終判断に至ったのか、その文脈を伝える義務があると感じ、背景にある事情を脚注や巻末注に追いやることは避けたいと考えた（私は脚注や巻末注が大嫌いなのだ）。執筆中は、経済統計を大量に引用しようと、大統領執務室（オーバルオフィス）での詳細なブリーフィング（状況説明）を再現しようと、私がなぜそんな行動をしたのかを必ずしも説明できないことに気がついた。私の行動は、選挙活動中に出会った人々との会話や軍病院の視察、まだ子どもだった遠い昔の母の教えから生まれていたからだ。私は繰り返し、一見したところささいな出来事の記憶（夕方にタバコを吸っても問題ない場所を探したことや、エアフォースワンの機内でスタッフとトランプをしながら笑い合ったことなど）を掘り返した。そういう細かいところに、公文書には残らない形で、ホワイトハウスでの8年間の実体験が詰まっているからだ。

予想を超えていたのは、言葉を綴る苦労だけではない。エアフォースワンでの最後のフライトから3年半の間に、どんな出来事が起こるのかも十分に見通せていなかった。この文章を書いている今も、アメリカはパンデミックと、それに伴う経済危機のさなかにある。死者は17万８０００人を超え、企業が倒産して数百万人が仕事を失った。また、丸腰の黒人たちが警官に殺害されたことを受け、職業や社会的地位を問わずあらゆる層の人々が全米で街頭抗議デモに参加している。しかし、最も困惑する事態は、私たちの民主主義が危機の瀬戸際でぐらついているように見えることかもしれない。この危機の源泉は、アメリカとは何か、アメリカはどうあるべきかをめぐり、二つの相反する展望のあいだに根本的な軋轢（あつれき）が存在することだ。そして、この危機によって国民のあいだに分断、怒り、不信感が残された結果、制度上の基準や規範を破り、過ちを防ぐために設けられた手続き上の規定に違反し、かつて共和、民主両党が前提としてきた基礎的な事実を無視する行為が見過ごされるようになった。

もちろん、その軋轢は今に始まったものではなく、さまざまな形でアメリカ国民の人生に影響を及ぼしてきた。たとえば、建国文書にも相反する理念が組み込まれていた。人はみな平等だとする独立宣言と、奴隷一人を五分の三人に換算すると規定した憲法が併存していたのである。こうした相克は、ネイティブ・アメリカンをめぐる初期の裁判所判決にも見てとれる。最高裁判所長官は先住民の部族に対して、彼らには土地を誰かに譲渡する権利は行使できないとそっけなく言い渡した。征服者の法廷では、被征服者に平等な権利を認めることはできないとの理由だった。二つの相反する理念をめぐる争いは、ゲティスバーグやアポマトックスといった南北戦争の戦場だけでなく、連邦議会議事堂や、アラバマ州セルマのエドマンド・ペタス橋［黒人参政権の保障を主張するデモ隊が警官隊に制圧された］、カリフォルニア州デラノのワイン生産地［移民農園労働者が権利向上を求めてストライキを行った］、さらにはニューヨークの街頭でも起こった。兵士による戦いもあったが、労働組合指導者や女性参政権活動家、プルマン社の寝台列車のポーター［初の黒人労働組合を結成した］、学生リーダー、大勢の移民、ＬＧＢＴＱ活動家といった人々が、プラカードやパンフレット、デモ行進だけを武器に戦うことのほうが多い。この長きにわたる争いの核心には、私たちはアメリカの現実を理想と一致させることを望んでいるのか、という単純な疑問がある。仮に望んでいるとして、私たちは自治、個人の自由、機会の平等や法の下の平等といった理念が万人に適用されると本気で信じているのだろうか。それとも、そうした理念を実務上、ことによっては法律上も、ひと握りの特権層に独占させようとしているのだろうか。

私は、もう神話を捨て去るべきだと信じている人たちがいるのではないかと思っている。アメリカの歴史を調べれば明らかなように、この国ではいつも、征服と奴隷支配、人種カーストと強欲資本主義が理想より優先されてきた。そのことは、日々のニュースの見出しに目を通すだけでもわかる。そんな状況にありながら、まるで理想が優先されているかのように振る舞えば、初めから不正が仕組まれた競争に加担することになる。正直なところ、大統領任期中や退任後の出来事を振り返りながら執筆を進めていて、自分が見たままの事実を語ることにこだわりすぎてはいないか、細かな言葉尻や事実関係にとらわれすぎてはいないかと自問することもあった。だが、そこにこだわるのは、アメリカが約束してきた方向へと私たち自身を導くためには、リンカーンの言う〝我々の本質のうちの善なる天使〟に訴えるべきだと確信しているからだ。

自問の答えは出ていない。確実に言えることは、私にはまだ、アメリカの可能性を諦めるつもりがないということだ。それは、アメリカの将来世代だけでなく全人類のためでもある。なぜなら私が見る限り、今回のパンデミックは世界が互いにつながり合った状態へと容赦なく移行している証拠であり、その移行はパンデミックで一時中断したとしても必ず再開するからだ。そして、互いがつながり合った世界では、人と人、文化と文化の衝突は避けられない。移行の進んだ世界は、世界規模のサプライチェーンや瞬時の資本移転、ソーシャルメディア、テロリストの国際的ネットワーク、気候変動、大量の移民を特徴とし、複雑性が増大しつづける場所となる。私たちはそこで、共生することや協力すること、他者の尊厳を認めることを学んでいく。それができなければ、私たちは滅びるしかない。だからこそ、世界のあらゆる場所にルーツをもつ国民からなり、あらゆる人種、信仰、文化慣行を内包する史上唯一の大国、すなわちアメリカに世界の目が向けられるのだ。世界は、民主主義におけるアメリカの試みが成功するかどうかに注目する。まだどこにも成功例のないことを私たちは成しうるのか、アメリカの理念が意味するところを私たち自身が体現できるのかを確かめようとする。

その成否が判明するのはまだ先だ。本書が出版されるころには、アメリカ大統領選の投票が終わっている。今回の選挙がこのうえなく重要であることは間違いないが、一回の選挙で決着しないことも私にはわかっている。私が希望をもちつづける理由は、アメリカの同胞たち、とりわけ次の世代を信頼することを学んだからだ。彼らのなかには、すべての人の価値は平等であるとする理念が当然のものとして深く根づいているようだ。親や教師たちはその原理を真実として教えながらも、完全には信じていなかったかもしれない。だが次の世代は、それを本気で実現するつもりでいる。私は誰よりもそういう若者たちに向けてこの本を書いた。この本は招待状だ。世界をもう一度つくり直し、努力と決意と豊かな創造力によって、私たちの理想と違わぬアメリカを実現する旅にぜひ参加してほしい。

2020年8月

第1部

賭け

THE BET

第1章

ホワイトハウスの建物と土地を構成するすべての部屋、廊下、設備のうちで、私が最も好きだったのは西の柱廊（ウエストコロネード）だ。

8年間、居住棟（レジデンス）から大統領執務室（オーバルオフィス）へ、そしてまたレジデンスへと戻るあの片道1分ほどの屋外通勤路を歩きながら、その日の行動を組み立てるのが常だった。ある朝は頬を叩（たた）く風の冷たさで冬の到来を知り、別の日には光の強さに夏を感じた。考えをまとめ、会議の予定を確認し、何かにつけて疑り深い国会議員や不安を抱えた有権者たちとの話し合いに備え、新しい決断や迫りつつある危機に向けて気持ちを整えた。

最も初期のホワイトハウスでは、執務室群と大統領一家（ファーストファミリー）のレジデンスが一つ屋根の下に集中していて、ウエストコロネードは馬小屋へ向かうための通路にすぎなかった。しかし、第26代大統領セオドア・〝テディ〟・ルーズベルトが政権に就くと、現代政治に求められる職員たちを受け入れ、6人のやんちゃな子どもたちを育て、さらに自身の健全な判断力を保つためには一つの建物だけではまかないきれないと考えて、現在の西棟（ウエストウイング）を建設させ、オーバルオフィスをつくった。それから数十年にわたって大統領が何人も入れ替わるあいだに、ローズガーデンの北と西をL字型に囲む現在の柱廊が完成したのだ。北側の分厚い壁には上方に飾り気のない半月形の窓が並び、西側に立ち並ぶ白い柱の堂々たる姿は、安全な通行を保証してくれる儀仗（ぎじょう）兵たちのようだった。

普段の私はのんびり歩くタイプだ。妻のミシェルは、ときにかすかなじれったさを交えた口調で私の歩き方を〝ハワイ流の足取り〟と形容する。しかし、コロネードを歩くときは違った。そこでつくられた長い歴史や、そこを歩いた歴代の大統領たちに思いを馳（は）せると、自然と歩幅が大きくなり、足取りもきびきびしたものになる。石畳に響く私の靴音に、数メートル後ろを歩く選（え）りすぐりのシークレットサービスたちの靴音が続く。コロネードの端の傾斜路（第32代大統領フランクリン・デラノ・ルーズベルトが車椅子で通れるようにと設けられた。笑顔で、あごを前に突き出し、シガレットホルダーを強く噛みながら車椅子で坂を上ろうとする彼の姿が浮かんでくる）までたどり着くと、私はガラス扉越しに見える制服姿の警備員に手を振る。ときには警備員が、建物内から私の姿を見つけて驚いているビジターの一団を制することもあるが、私は時間が許せば建物に入ってその人たちと握手をしながら、どこから来られましたかと尋ねる。だが、普段はそのまま左に折れて、閣議室（キャビネットルーム）の脇を通り過ぎ、ウエストコロネードに面したドアからオーバルオフィスに入る。入り口で私の専属（パーソナル）スタッフに挨拶し、その日のスケジュール表と熱い紅茶が入ったカップを受けとると、仕事の始まりだ。

週に何度か、私は日中にコロネードに出て、ローズガーデンで働く庭師たちの姿を探す。彼らはみな国立公園局の職員だ。多くは高齢の男性で、カーキグリーンの制服に身を包み、暑いときには、直射日光を避けるためのチューリップハットをかぶり、冬は防寒用に分厚いコートを着ていた。次の予定まで時間があれば、植え付けをしている庭師に感謝を伝えたり、前夜の嵐で植物がどの程度ダメージを受けたのか聞いたりした。すると、彼らは静かなプライドをたたえながら、それぞれの仕事について説明してくれた。みな一様に寡黙で、互いにジェスチャーや相槌（あいづち）を交わすだけということも多く、自分の仕事に集中していたが、全体として見ればその動きには整然とした優美さがあった。庭師のなかでも最も高齢の1人がエド・トーマスだ。背が高く頬がこけ、屈強な黒人の彼は、ホワイトハウスで40年間働いていた。初めて会ったとき、トーマスは尻ポケットから布を取り出して手を拭い、それから私と握手した。まるで大木から張り出した根のように血管が浮いて節くれだっている厚みのある手が、私の手を包み込んだ。引退するまであとどのくらい働く予定かと尋ねると、彼はこう答えた。

「特に決めていません、大統領閣下。私は働くのが好きなんです。関節に少しガタもきていますが、あなたがいらっしゃる限りはここで働きたいと思っています。いつでも庭園をきれいに整えておきますよ」

そう、たしかに庭園はいつも見事に整えられていた。四隅に高く伸びたモクレンの木は日陰を提供し、美しい生け垣の緑が鮮やかだった。ヒメリンゴは慎重に剪定され、数キロ離れた温室で栽培されたさまざまな花がいつも赤や黄やピンクや紫の彩りを加えていた。春はたくさんのチューリップが咲きほこり、花々はそろって太陽のほうを向いていた。夏には薄紫のラベンダーやゼラニウムやユリ、秋にはキクやデイジー、それに野生の花々もあった。そして、いつも数本のバラが咲いていた。多くは赤だが、ときには黄や白の花もあり、輝きを放っていた。

コロネードを歩いたり、オーバルオフィスの窓から外を眺めたりするたびに、庭園で手作業にいそしむ男性職員や女性職員の姿が目に入った。彼らは私にノーマン・ロックウェルの油絵を思い出させた。私がオーバルのなかでジョージ・ワシントンの肖像画の横、キング牧師の胸像の上に掛けている絵だ。そこには5人の労働者が小さく描かれている。すっきりと晴れ上がった青空の下、カーペンタージーンズをはいた肌の色が異なる男たちがロープで体を支えられ自由の女神のたいまつを磨いている。絵のなかの男たちも庭師たちもいわば守護者であり、秩序と厳粛さを守るもの静かな牧師のような存在だ。私もまた、それぞれの持ち場で働く彼らのように、懸命に、そして丁寧に目の前の仕事に取り組まなくてはならないと心に誓うのだった。

時とともに、コロネードの思い出は増えていった。もちろん、カメラの放列を前に行ったさまざまな発表や外国首脳たちとの共同記者会見など大きな公式行事もあったが、ときにはほとんど人目につかなかった出来事もある。娘のマリアとサーシャが競い合うようにオーバルオフィスを電撃訪問してくれた午後もあったし、飼い犬のボーとサニーが雪の上を跳ねまわって脚が深く埋まってしまい、そのあごが雪で白いひげのように見えたこともあった。よく晴れた秋の日にフットボールを投げ合ったり、私生活で逆境にある側近に励ましの言葉をかけたりしたことも思い出される。

何かの仕事に没頭している折りに、ふとそうした記憶が脳裏によみがえってくる。月日の移ろいを思い知らされ、ときに懐かしさでいっぱいになって、できることなら時計の針を巻き戻して最初からやり直したいという気持ちに駆られる。ただし、毎朝、歩いてオーバルオフィスへ向かっているときだけはそんな気分に決してならなかった。時間の矢印が前方しか示していないからだ。1日の予定が目白押しで、すぐに取り組むべき目の前のことに集中しなければならない。

だが、夜は違った。書類の詰まったブリーフケースをさげてレジデンスに戻る途中、気持ちを落ち着けるためにのんびり歩いたり、立ち止まったりすることもあった。土と草と花粉の匂いを含んだ空気を吸い込み、風のそよぎや雨の音に耳を傾ける。あるいは、柱を照らす光を、ホワイトハウスの堂々たる威容を、明るいライトに浮かび上がる屋上のアメリカ国旗を見つめ、暗い夜空に向かってそびえ立つワシントン記念塔を遠目に眺めることもあった。上空には月や星がまたたき、ときには点滅するジェット機の光が目に入った。

そうした風景を眺めながら、これまで自分がたどってきた不思議な人生の道のりや、この場所に立ちたいと思ったときの気持ちを思い出したものだった。

私は政治家一族の出身ではない。母方の祖父母は、主にスコットランド系アイルランド人の血を引き、中西部で育った。彼らは、特に生まれた当時、すなわち大恐慌時代のカンザス州の基準に照らせば、リベラルといえる人たちだったと思う。２人とも最新のニュースを追うことに熱心だった。みんなから（ハワイ語で「おばあちゃん」を意味する「トゥートゥー」を縮めて）「トゥート」と呼ばれていた祖母は、よくホノルル・アドバタイザー紙（現『ホノルル・スター・アドバタイザー』）の朝刊越しに私をじっと見て、「それが良識ある市民ということなのよ」と言っていた。だが彼女も祖父も、２人が常識だと考えていたこと以上に、とりたてて強固なイデオロギーや党派的な傾向をもっているわけではなかった。２人の頭を占めていたのは仕事――祖母は地元の銀行で取引保全（エスクロー）［金融機関が担う第三者預託取引］担当の副頭取を務め、祖父は生命保険の販売員だった――であり、生活のためのさまざまな支払いであり、ときにはささやかな息抜きに興じることだった。

ともかく、２人はハワイのオアフ島に住んでいた。急用などどこにも存在していないような土地だ。たとえばオクラホマ、テキサス、ワシントン州といったまったく性質の異なる場所を転々としたあと、１９６０年にハワイに移り住んだのだ。ハワイが州に昇格した1年後のことだった。そこは暴動やデモが起きる場所とは大海原で隔てられた土地だ。思い出せる限り、私が子どものころに祖父母がしていた唯一政治的な話といえば、浜辺のバーについてだった。ワイキキの端にあってグランプス［英語で「祖父」の通称］のお気に入りだった地元の社交場が、海辺を再開発するというホノルル市長の方針で取り壊されたのだ。

グランプスは生涯、市長を許さなかった。

私の母、アン・ダナムは祖父母とは違って、常に確固たる意見の持ち主だった。一人っ子の母は、高校に入ると古い因習に抵抗しはじめた。つまり、ヒッピー世代が書いた詩やフランスの実存主義者の本を読み、家族の誰にも告げずに友人と車で何日もかけてサンフランシスコまで行った。私は子どものころ、母からよく、公民権デモの話や、ベトナム戦争が見当違いの大失敗だった理由、女性運動（同一賃金には賛成していたが、脚のムダ毛剃りを拒否するのにはそれほど熱心ではなかった）、あるいは貧困撲滅運動［貧困地区撲滅に向けてリンドン・ジョンソン大統領が実施した各種活動］について聞かされた。インドネシアに引っ越して継父と暮らすことになったとき、母は、インドネシア政府内の腐敗の罪について説明してくれた（「あれは泥棒と同じよ、バリー（子どものころ、私は母や祖父母からこう呼ばれていた。ときにはもっと短く「ベア」とも）」）。あまりに当然のように行われていることであっても、それは母にとって理由にならなかった。その後、私が12歳の夏、家族でひと月かけてアメリカ中を旅行したときには、テレビ中継されていたウォーターゲート事件の公聴会を母の実況解説付きで毎晩見せられたものだ（母は「マッカーシズムの信奉者がまともなことをするわけないわよ」とコメントした）。

母は新聞の一面に載るようなことばかりに気をとられていたわけではない。というのも、あるとき、学校で1人の子をいじめているグループに私も加わった。それを知った母はがっかりしたようすで唇をぎゅっと結び、私を前に座らせてこう言った。

「いいこと、バリー。世の中には、自分のことしか考えない人たちがいるの。自分が欲しいものさえ手に入れば他の人がどうなろうと関係ないっていう人たちがね。その人たちは自分が偉いと感じるために、平気で他人をおとしめるのよ」

「そして、正反対の人たちもいるの。他人の気持ちがわかる人、自分の行動で他人が傷つかないように配慮できる人」

「でね」。母は私の目をじっと見ながら続けた。「あなたはどっちの人になりたい？」

私は自己嫌悪に陥った。彼女が意図したとおり、その問いは長いあいだ私の心に響きつづけた。母にとって、世界は道徳教育を施す機会に満ちていた。とはいえ、母自身が政治活動に携わったことはないようだ。祖父母と同様に、母も政策綱領や教義や原理といったものには懐疑的で、もっと小さなキャンバスに自分の価値観を表現することを好んだ。「世界は複雑なものよ、ベア。だからこそおもしろいの」。東南アジアで起きた戦争に幻滅しながらも、母はその後の人生のほとんどをそこで過ごし、現地の言語や文化を身につけ、国際開発の手法として小額融資（マイクロクレジット）がもてはやされるよりずっと前に貧困層向けの小規模融資プログラムを立ち上げた。人種差別主義（レイシズム）にあきれはてた末に、自分とは違う人種の男性と一度ならず二度も結婚し、褐色の肌をもつ2人の子どもに惜しみない愛を注いだ。女性を閉じ込める社会的制約に怒っていた母は、威圧的だったり嘆かわしい態度を見せたりする夫たちと別れ、独自のキャリアを築き、自らの判断に従って子どもたちを育て、おおむね自分が納得できる人生を歩んだ。

母の人生においては、大仰なスローガンが必要だったわけではないが、個人的なことはすべて政治的なこととつながっていた。

彼女が息子に何も期待しなかったというわけではない。母と祖父母は、苦しい家計をやりくりして、私をハワイの名門私立学校〈プナホウ・スクール〉に入学させてくれた。みんな私が大学に行くものだと思っていた。とはいえ、いつの日か私が公職に就くなどと想像した者は家族のなかには誰一人いなかったはずだ。当時、母に聞いたら、息子は将来フォード財団のような慈善団体を率いるだろうと答えたかもしれない。祖父母は、私に判事か、あるいはペリー・メイスンのような法廷弁護士になってほしかったのだろう。

「あのおしゃべりの能力は活用すべきだな」とグランプスなら言ったはずだ。

私は父のことをほとんど知らないので、父から大きな影響を受けたことはない。おぼろげな記憶では、父は一時期ケニア政府の仕事をしていたと思う。私が10歳のとき、父はケニアからホノルルまで訪ねてきて、ひと月ほどをいっしょに過ごした。それが、父に会った最初で最後だ。それ以降は、ときおり送られてくる手紙がすべてだった。あるとき、書いたあとで折りたたむとそのまま封書になる、青くて薄いエアメール用の便箋にこう書いてあった。「君のお母さんから、君が建築の勉強に興味をもっていると聞いた。とても実用的な職業だと思う。世界中どこに行ってもできる仕事だしね」

父とのあいだには、それ以上のことはほとんど何も起こらなかった。

家族以外の世界についても話そう。周囲の人たちから見て、10代の私はリーダーを目指す若者というよりもやる気の感じられない学生だった。バスケットボールには情熱を燃やしていたが、才能はそこそこだった。一方で、パーティーにはしょっちゅう行っていた。学生自治会とは縁がなく、イーグルスカウト［ボーイスカウトの最高位］でもなければ、地元議員の事務所でインターンとして働いていたわけでもない。高校時代を通して、私と友人たちの関心はおおむねスポーツ、女の子、音楽、そして酒を飲んで酔っぱらう企(たくら)みだけだった。

そんな友人のなかでも、ボビー・ティットコム、グレッグ・オーム、マイク・ラモスの3人とは今日でも変わらぬ親友どうしだ。会えば何時間でも〝無駄に過ごした青春〟をネタに笑い合える。後年、3人は私の選挙活動で献身的に働いてくれた。そのことへの感謝は生涯忘れないだろう。彼らは、私の過去について掘り返されても、ニュース専門テレビ局MSNBCの解説者たちと同じぐらいうまく私を守ってくれた。

だが、大統領在職中、私が大観衆に向かって演説したり、軍の基地を訪問して若い海兵隊員たちからきびきびした挨拶を受けたりしたあとでふと3人を見ると、なんとも妙な表情を見せることがたびたびあった。髪に白いものが混じったスーツにネクタイ姿の目の前の男と、自分たちの記憶にある中途半端で未熟な青年とがなかなか一致しないのだ。

〝これが本当にあいつか？〟と、おそらく心の中でつぶやいていたのだろう。〝なんでこんなことになったんだ？〟

私が彼らから直接その問いを投げかけられたとしても、きちんとした答えを返せる自信はない。

だが、はっきりとわかっていることもある。高校時代から、私は数多くの疑問をもつようになった。父親の不在について。母親のさまざまな選択について。私の住む地域にはなぜ、私のような肌の色の子どもがほとんどいないのだろうか？　そういった人種に関する疑問が多かった。なぜ黒人はプロバスケットボール選手として活躍するのに、コーチにはならないのだろう？　学校で1人の女の子が私を黒人だとは思わないと言ったが、あれはどういう意味だったのだろう？　アクション映画に出てくる黒人は、なぜいつも、まともな1人を除いて全員が飛び出しナイフを振りまわすいかれたやつらなのだろう？　そのまともな1人は当然ながら脇役で、なぜかいつも最後には殺されてしまう。

疑問を抱いたのは人種問題についてだけではない。階級についてもだ。インドネシアで育った私は、裕福な上流階級と多数の貧困層の生活にいかに大きな格差があるか、その現実を見てきた。父の国で起きている部族間の対立についても問題意識が芽生えていた。表面的には同じに見える人たちどうしでも、ときに憎しみの感情を抱いている。祖父母がどう見ても窮屈そうな家で暮らしながら、テレビを観て酒を飲み、まれに新しい家電や車を買って失意を紛らわせるようすを見てきた。母は、知的な自由を獲得する代わりに常に経済的に困窮した生活を強いられ、ときにはプライベートなごたごたに直面し、それを乗り越えなければならなかった。私が通ったプナホウ・スクールのクラスには、親の裕福さを反映したあからさまなヒエラルキーが存在していたが、私は徐々に慣れていった。だが、そこには不愉快な現実もあった。母がなんと言おうといじめやカンニングはなくならず、要領よく点数を稼ぐ者がいる一方で、母の目から見て行いが正しくて誠実な級友たちはしょっちゅうひどい目に遭っていた。

こうしたことの一つ一つに、私は引き裂かれるような思いを抱いていた。自分の複雑な出自のおかげで、そしていくつかの異なる世界で暮らしてきたおかげで、自分はあらゆる場所に存在していると同時に、どこにも存在していないように感じていた。まるで別々の生き物の体をつなぎ合わせたようなカモノハシや想像上の獣ででもあるかのように、不安定な環境に閉じ込められ、自分がどこに属しているのかさえはっきりとはわからなかった。そのとき私はふと思った。ばらばらな要素を一つに縫い合わせて何か確たる自分の軸を定めない限り、この先どこに行こうが、結局は1人で生きていくことになるだろうと。

私はそんな気持ちを誰にも、特に友人たちや家族には決して話さなかった。彼らを傷つけたくなかったし、それ以上、周りから浮きたくもなかったからだ。

私は本に逃げ込んだ。読書は、幼いころに母から植え付けられた習慣だ。私がつまらないと駄々をこねたとき、インドネシアでインターナショナルスクールに通わせる金銭的余裕が家になかったとき、ベビーシッターがいないので母が仕事先に私を連れていかなければならなかったとき、母は私に本を与えてくれた。

「本を読んでなさい」。母はそう言った。「その本に何が書いてあったのか、あとで教えてね」

私だけがハワイに移って祖父母と暮らし、母はインドネシアで仕事を続けながら異父妹のマヤを育てていた時期が何年間かある。小言を言ってくれる人が近くにいなくなったせいで、私はあまり勉強しなくなり、当然のことながら学校の成績も下がった。それが、10年生［日本の高校1年生に相当］のころに突然変わった。あるとき、祖父母といっしょにアパートから道を隔てたところにあるセントラルユニオン教会の慈善バザーに行った。私は古いハードカバーの本がぎっしり詰まった箱の前で立ち止まった。なぜかは忘れてしまったが、私は興味を惹(ひ)かれた本、あるいは名前だけは知っている本を手に取りはじめた。ラルフ・エリスン、ラングストン・ヒューズ、ロバート・ペン・ウォーレン、ドストエフスキー、D・H・ローレンス、ラルフ・ウォルドー・エマソン。中古のゴルフセットを見ていたグランプスは、私が一箱分の本を抱えていくと困惑した表情になった。

「図書館でも開くつもりか?」

祖母がシーッと言って祖父を制した。突然文学に興味を示した孫の気持ちを尊重すべきだと思ったのだろう。いつだって現実的な祖母は、『罪と罰』を読む前に学校の宿題を終わらせておくんだよ、と私に言った。

結局、私はそれらの本をすべて読破した。バスケットボールの練習を終えて、友人たちとビールの六缶パックを飲み切ったあとの遅い時間に、ボディサーフィンをやったあとの土曜日の午後に、祖父が所有するおんぼろの〈フォード・グラナダ〉に座席を濡らさないよう腰にタオルを巻いた格好で1人陣取って。一箱分をすべて読み終えると、私は新たな書物を探して別の慈善バザーに行った。内容をよく理解できない本がほとんどだった。知らない単語にはしるしをつけてあとで辞書を引いたが、発音についてまでは確かめなかった。おかげで、20代になっても、意味は知っているのに発音がわからない単語がけっこうあった。決まった読書法があったわけではなく、ただひたすら読みつづけた。私はいわば、実家のガレージに入り込んで古いブラウン管とボルトと電線一本を見つけ、どれをどうつなげば何ができるのかもわからないのに、いつか自分の天職がわかればそれがきっと役に立つと確信している若者だった。

おそらくは本が好きだったから、私は高校を無事に卒業できた。薄っぺらながらも大学入試に合格できる程度の政治問題についての知識と、寮で深夜に仲間と議論を交わせる程度の未熟な意見を詰め込んで1979年にカリフォルニア州のオクシデンタル大学に入学した。

振り返ってみれば、恥ずかしいことに大学での最初の2年間で私が抱いていた知的好奇心と、私がお近づきになりたいと思った女性たちへの興味とは、ほぼ同じレベルだった。つまり、マルクスやマルクーゼを読んで、同じ寮に住む脚の長い社会主義者と話すきっかけをつくろうとした。ファノンやグウェンドリン・ブルックスを読んだのは、社会学専攻で私には目もくれないすべすべの肌の女の子に声をかけるため。フーコーやウルフは、たいてい黒い服を着ているエレガントなバイセクシャルの女の子に振り向いてもらうためだった。だが、女の子をナンパするために偽の知性をまとってはみたものの、戦略としてはほぼ失敗だった。結局はどの女性とも、愛情あふれる清らかな友情を育んだだけに終わった。

それでも、この幼稚な努力は別の成果をもたらした。自分なりの世界観が形づくられる基礎となったのだ。勉強の習慣もつかず、若さゆえのうぬぼれに満ちた私を、数人の教授が我慢強く導いてくれた。それ以上に、多くは年上の学生たちに助けられた。スラム街出身の黒人、小さな街から努力して大学まで上がってきた白人、家族のなかで初めて大学に通うラテン系移民の若者たち、パキスタンやインド、混乱寸前の状態にあるアフリカの国々から来た学生たち。彼らはみな、自分にとって本当に大事なことは何かがわかっていた。クラスで発言するとき、彼らの意見は現実のコミュニティや本物の苦難に根ざしていた。「予算の削減は私の住む地域にこういった影響を及ぼします」。「アファーマティブ・アクション［雇用や教育で少数民族や女性などを優遇する政策］について不満があるなら、まず私の学校の話を聞いてくれますか」。「合衆国憲法修正第一条［信教・言論・出版・集会の自由、請願の権利を定める］はすばらしい内容だと思いますが、なぜ合衆国政府は私の国で捕らわれている政治犯についてなんの見解も表明しないのですか？」

オクシデンタル大学で過ごした2年間は、私が政治に目覚めるきっかけにもなった。だからといって政治を信じていたわけではない。何人かの例外を除けば、私が目にする政治家は誰もが怪しげだった。うわべだけは取りつくろいながらも、貪欲そうな笑みを浮かべ、決まり文句を口にしてテレビで自分を売り込む一方、扉の向こうでは企業や資本家たちのご機嫌とりに奔走している。彼らは八百長試合の選手なのだ。私はそう考え、そんな世界には近づくまいと心に決めていた。

私が注目したのは、もっと幅広く、しかもあまり型にはまらないやり方だった。政治活動ではなく、ごく普通の人たちが連携することによって変化を起こす社会運動だ。私は、女性参政権論者から、あるいは初期の労働組合組織者から多くの学びを得た。ガンディーから、レフ・ワレサから、アフリカ民族会議から。何より公民権運動における若い指導者たちに感銘を受けた。キング牧師だけではない。ジョン・ルイス、ボブ・モーゼス、ファニー・ルー・ヘイマー、ダイアン・ナッシュ。彼らの英雄的な奮闘ぶり、つまり有権者登録を促すための戸別訪問やランチカウンター座り込み［公民権運動における抗議の非暴力行動の一つ］、そして自由を求めるさまざまな歌を合唱しながら行進する姿を見て、これなら母から教わった価値観を実現できるかもしれないと思った。他人をおとしめるのではなく持ち上げることで、いかに自分たちが大きな力を発揮できるか？　それこそが真に機能する民主主義だ。誰かから与えられるものではなく、利益集団が特権を分け合うためのものでもない。民主主義とはみんなの力で実現させるものだ。そうすれば、現状を変えるだけでなく、関わった人たちやコミュニティに尊厳が備わり、ばらばらに見えた者どうしも絆（きずな）でつながることができる。

　私は、この理想を追求してみようと思った。あとは、どこに焦点を置くべきかを定めたかった。オクシデンタル大学で2年生を終えた私はコロンビア大学に移り、新たなスタートを切ることにした。ニューヨークでの3年間、古くからの友人や悪い習慣から離れ、おんぼろアパートに閉じこもって修道士のような日々を送った。ひたすら読み、書き、日記をつけ、学生のパーティーにはほとんど顔を出さず、温かい食事をとることもまれだった。頭のなかは疑問だらけになり、問いのうえに問いが重なっていった。ある運動は成功したのに、別の運動が成功しなかったのはなぜだろう？　運動の理念が部分的に従来の政治勢力に受け入れられたとしても、それは成功したといえるのだろうか？　それとも単に奪われたというべきなのだろうか？　妥協はどこまで許され、どこからが裏切りになり、その違いはどうすればわかるのだろうか？

　そのころの私は、なんとひたむきで、強情で、ユーモアのない毎日を送っていたのだろう。当時の日記を読み返すと、若かった自分がほほえましく思えるほどだ。この世界に生きた証（あかし）を残そうともがき、何か大きくて理想的なものの一部に自分もなりたいと思っていたが、そんなものはどうやら存在しないようだった。結局のところ、それが１９８０年代初頭のアメリカだったのだ。直前の10年間に盛んだった社会運動は勢いを失い、新しい保守主義が定着しつつあった。ロナルド・レーガンが大統領に選ばれ、景気は低迷し、激しい東西冷戦が続いていた。

　もしもあの時代に戻れるのなら、若きバラクにこう言ってやりたい。少しのあいだ本を閉じ、窓を開けて新鮮な空気を入れてごらん（そのころ私はヘビースモーカーだった）。少しリラックスして誰かに会いに行き、20代の若者に約束された人生の喜びを享受したほうがいい。当時ニューヨークにいた数少ない友人からも、同じようなアドバイスをもらったものだ。

「もう少し気楽にやれよ、バラク」

「女の子と付き合ったほうがいいぞ」

「君の理想主義はすばらしいと思うが、本当にそんなことが実現できると思うのか？」

だが、私はそういう声に耳を傾けようとはしなかった。彼らの言うことが正しいと思い知らされるのが怖かったからだ。ひとりっきりで過ごした時間に思いついたアイデア。若くて独りよがりな頭で考えたよりよい世界を築くためのビジョン。そんなものは、誰かに少しぶつけてみただけであっという間に論破されて終わるに決まっている。世の中が冷笑的な考えに覆われていた時代、薄暗い冬のマンハッタンでは、私の考えなどクラスで声高に提唱しようが友人たちとコーヒーを飲みながら主張しようが、現実離れした空想だとみなされる。自分でもそうであることはわかっていた。実際、だからこそ22歳を目前に完全にいかれた変人にならずにすんだのだろう。どこか根本的なところで、私は自分のビジョンがばかげていると思っていたし、壮大な志と自分が毎日実際にやっていることはあまりにも乖離（かいり）していた。私は若きウォルター・ミティ［ジェームズ・サーバーの小説『虹をつかむ男』の主人公で、途方もない空想にふける人物］であり、サンチョ・パンサを従えていないドン・キホーテだったのだ。

これも当時の日記、つまり、とても正確に自分の短所を映し出している年代記からわかることだが、私には、行動に出るよりも1人で考えつづけることを好んでしまう傾向があった。少々控えめな態度や内気な性格は、ハワイとインドネシアで育った過去に原因があるのかもしれないが、それだけでなく自意識もとても強かった。否定されたり間抜けに見られたりすることにとても敏感だったのだ。あるいは、根本的に怠惰ということもあるかもしれない。

私は、そうした軟弱な性格をどうにかしようと自己改革に乗り出したが、いまだにその習慣は変わっていない(ちなみに、ミシェルと娘たちからは、今でも私がプールや海に入ると、何往復か泳ぐことを自分のノルマにしているんでしょ?と指摘される。「水のなかをのんびり歩けばいいじゃない」。彼女たちはくすくす笑いながら私に言う。「楽しいよ。ほら、やってみせてあげる」)。私は〝やることリスト〟を作成して、運動を始めた。セントラルパーク貯水池［現在のジャクリーン・ケネディ・オナシス貯水池］の周りかイーストリバー沿いを走るのだ。エネルギー補給のためにツナ缶と固ゆでの卵を食べる。多すぎる私物も整理した。シャツなど五枚もあれば十分だ。

あのときの私は、いったいどれだけ壮大な戦いに備えようとしていたのだろう？　それが何であれ、準備など整うはずもなかった。不安で自信がもてない分、簡単な答えに飛びつくことはなかった。私は繰り返し自分の考えを疑うようになったが、そのやり方がのちに役に立った。おかげで鼻持ちならない人間にならずにすみ、レーガン時代の幕開けに左翼が採用した革命の手法に対しても懐疑的な視点をもつことができたと思う。

人種差別問題についてもこの習慣は確実に役立った。私自身、人種的な軽視をたくさん経験してきた。ハーレムやブロンクスの一部を歩けば奴隷制やジム・クロウ法［南部における人種差別主義的な州法を総称した呼び名］の名残をいやというほど目にしたものだ。しかし、それまでの体験からただちに被害者意識をむき出しにすることは避けるべきだと学び、知り合いの黒人の一部がいう、白人は救いようのない人種差別主義者(レイシスト)だという見方にも抵抗を覚えた。

レイシズムは必然ではなかったという確信があるからこそ、私はアメリカの理念、その来し方行く末を守りたいとも思うのだ。

私の母も祖父母も、自分たちの愛国心を声高に主張することはなかった。彼らは教室で『忠誠の誓い』［アメリカ国旗に向かって国家への忠誠を誓う言葉］を暗唱して7月4日に小さな国旗を振ることは、神聖な義務というよりむしろ心躍る儀式とみなしていた（イースターやクリスマスに対する態度もほとんど変わらなかった）。グランプスが第二次世界大戦に従軍していたという事実すら控えめに語られていた。彼は私に、パットン将軍の軍隊で行進した栄誉よりもKレーション［アメリカ軍の野戦食］を食べたときの話をよくしてくれた。

「それはそれは、まずかった！」

それでも、アメリカ人であることの誇り、アメリカが世界で一番すばらしい国だという考えは私にとって当然のことだった。若いころ、私は〝アメリカ例外主義〟の考え方を否定するような書物には反発を感じていた。世界的な抑圧の根底にはアメリカの覇権意識があるとする友人たちとは、延々と議論を続けたものだ。海外に住んでいた私はよくわかっていた。アメリカという国は、いつになってもその理想に届いていない。それは認める。学校で学んだアメリカ史の授業では、奴隷問題は体よくごまかされ、アメリカ先住民の問題はほとんど出てこない。そのことを擁護するつもりはない。拙速な軍事力の行使、強欲な多国籍企業。はいはい、まったくそのとおりだ。

しかし、アメリカの〝理念〟、アメリカの〝約束〟、そういったものに、私は自分でも驚くほどこだわった。「我々は、以下の事実を自明のことと信じる。すなわち、すべての人間は生まれながらにして平等であり……」［アメリカ独立宣言の一節］。これこそ私にとってのアメリカなのだ。アレクシ・ド・トクヴィル［フランスの政治思想家。著書『アメリカの民主政治』で1830年代のアメリカ民主制を論じた］が書いたアメリカ。ホイットマンやソローが暮らした田舎、身分の優劣が存在しないアメリカ。よりよい暮らしを求めて西を目指した開拓者（パイオニア）たちの、自由を渇望してエリス島に降り立った移民たちのアメリカ。

アメリカとはトーマス・エジソンであり、大空へと飛び立ったライト兄弟であり、ホームスチールを得意としたジャッキー・ロビンソンだ。アメリカとはチャック・ベリーであり、ボブ・ディランであり、ニューヨークの〈ヴィレッジ・ヴァンガード〉で歌うビリー・ホリデイであり、カリフォルニア州立フォルサム刑務所でライブを行ったジョニー・キャッシュだ。それまで見過ごされていたり、打ち捨てられたりしていたものを拾い上げ、誰も見たことのない美しいものに変えたはみ出し者たちだ。

アメリカとはゲティスバーグで演説したエイブラハム・リンカーンであり、シカゴでセツルメント運動〔知識・教養のある者たちが貧困地区に住み込み、生活改善を手助けする慈善活動〕に取り組んだジェーン・アダムズであり、ノルマンディーで激しく戦ったＧＩ〔アメリカ兵〕であり、ナショナルモール〔ワシントンＤＣの中心部に位置する国立公園〕で勇気をもとうと同胞と自分自身に呼びかけたマーティン・ルーサー・キング・ジュニア牧師だ。

そして、合衆国憲法と権利章典。短所もあるが才能あふれる思想家たちが考え抜いてつくりあげた、揺るぎない、それでいて変化も受け入れる体制。

それが、私の納得できるアメリカなのだ。

「夢みたいな話だな、バラク」。大学時代にこういう話をしていると、友人たちからはたいていそう言われて議論が終わった。アメリカのグレナダ侵攻という記事が載った新聞を目の前に叩きつける嫌なやつもいた。ほかにも「学校給食の予算がカットされる」など、がっかりさせられる記事は多かった。「悪いな、だけど〝これ〟が君のいうアメリカの現状だよ」

大学を卒業した１９８３年の私はそんな状態だった。壮大なアイデアはあるものの、それをどうしたらいいのかわからない。進んで参加したい運動体もなかったし、この人ならついていきたいと思えるような無私無欲のリーダーも見つからなかった。そんななかで、自分の思いに一番近いと感じたのが〈コミュニティ・オーガナイジング〉という活動だった。地域の課題解決に向けて、ごく普通の人たちを連帯させていく草の根活動だ。ニューヨークで自分には不向きだと思うような職をいくつか転々としていた私は、シカゴにそうした仕事の口があると聞いたのだ。製鉄所が閉鎖されて苦境に陥った地域を安定させるために活動している教会間のグループがあるという。とりたてて大きな仕事ではないものの、新たなスタートを切るにはよいところだと思えた。

こうして、シカゴでオーガナイザーとして過ごした時期の話はほかの本にも書いている。私は黒人労働者階級の占める割合が高い地域での活動に多くの時間を充てたが、成果は小さく、しかも一時的なものにすぎなかった。当時、シカゴだけでなく全米の都市でさまざまな問題が起きていた。製造業の斜陽化やホワイトフライト［裕福な白人層の郊外への転出］。それに、新たな知識層が都心部の高級化(ジェントリフィケーション)を促す一方で、互いにつながりをもたない孤立した貧困層も増えていた。そこに変化を起こすには、私の関わっている組織はあまりに小さな存在だった。

しかし、私自身がシカゴに残したインパクトは小さかったとしても、この街が私の人生に与えてくれた影響は大きかった。

まず、私は頭でっかちな自分から脱却できた。人々にとって本当に大切なことを知るためには、机上の論理だけでなく、そういう人たちの生(なま)の声を聞く必要があった。公園の改修であれ、公営住宅からのアスベスト除去であれ、学校の放課後プログラムの立ち上げであれ、実体を伴うプロジェクトを推進するには、見知らぬ人に声をかけ、そうした人どうしをつなげることが求められた。失敗も経験したが、私を信頼してくれる人たちといっしょに前進するために自らを奮い立たせることができるようになった。何度も拒絶され侮辱されたので、拒絶され侮辱されるのを恐れることはなくなった。

言い換えれば、私は成長した。そのうえ、どうやらユーモアのセンスも取り戻した。

私は、ともに働く人たちが大好きになった。荒廃した地域に住みながら、4人の子どもをどうにか大学にまで行かせたシングルマザー。多くの少年たちが非行とは別の道を選べるようにと、教会の扉を毎晩開けっぱなしにしていたアイルランド人の牧師。製鉄所を解雇され、その後、ソーシャルワーカーになるため学校に通い直した労働者。彼らが味わった苦難とその後につかんだ小さな勝利の話を聞くたびに、私は人間に本来備わっている良識というものを何度も再認識させられた。彼らを通して私は、市民がリーダーや組織の責任をしっかり追及していけば、たとえば交通量の多い交差点に「止まれ」の標識を立てるとか警察のパトロールを強化してもらうといった小さなものであっても、自分たちの手で変化を起こせるのだと知った。自分たちの声が変化につながるとわかれば自信もつき、今までより真剣に動こうとする。

そういった人たちを通して、私は長年抱えてきた自分自身の人種的アイデンティティに関する疑問も解消することができた。黒人とひと口にいっても多様だ。自分がよい人間であろうとすればそれで十分ではないか。それがわかったのだ。

そういった人たちを通して、信仰のコミュニティも知ることもできた。疑念を抱いたり、疑問をもったりすることもあるだろう。それでも最後には、今いるこの場所を超えたところに到達できる。

私は母や祖父母から教えられたのとまったく同じ価値観（誠実さ、努力、共感）に基づく考え方を、教会の地下や小さな平屋の玄関先で何度も聞いた。だから私は、人々が心に抱く、そういった共通のテーマを信じるようになった。

ときどき、もしもあのままオーガナイザー、あるいはそれに近い仕事を続けていたら、私は今ごろどうなっていただろうと思うことがある。あの数年間に出会った地域の英雄たちと同じように、私も地域や市の一部をつくり変えることのできる組織を設立していたのかもしれない。コミュニティに深く根ざし、お金と想像力を駆使しながら、世界全体というより、むしろ一つの地区やそこにいる子どもたちを変えられるような成果、近所の人たちや友人たちの日常生活を改善できるような有益で計測可能な成果を得られる仕事に就いていたかもしれない。

しかし、私はそうしなかった。ハーバード大学ロースクールに進んだのだ。それ以降、私は見通しの立てにくい世界へと足を踏み入れ、自分の真の目的は何なのかを自らに問いつづけることになる。

そして、自分自身に次のように言い聞かせた（今でも変わらず自分に言い聞かせている）。オーガナイザーの仕事を離れたのは、その仕事はすぐには成果に結びつかず、活動範囲が狭すぎて、自分が役立ちたいと思う人たちに対して必要なことを提供できていないと感じたからだ。地域の職業訓練センターは、製鉄所の閉鎖によって失われた数千人分の職を補えるわけではない。放課後プログラムは、慢性的に資金不足の学校を再生できず、両親が服役していて祖父母に育てられている子どもたちの親代わりになれるわけでもない。そういったあらゆる問題について、自分たちは、状況を改善する力を備えているにもかかわらずそれを行使しようとしない人たち、つまり政治家や官僚、あるいは大企業のＣＥＯといった人たちにぶつかっては跳ね返されているように思えた。たとえいくばくかの譲歩を引き出せたとしても、それはあまりに規模が小さく、遅きに失していた。私たちには自ら予算を組み立て、政策を誘導できる力が必要だった。その力はこれまで私がいたのとは別の場所にある。

私が移り住む数年前から、シカゴでは社会的にも政治的にも変化を目指す機運が盛り上がっていた。深くて速いうねりだったが、私の考え方とは必ずしも一致しなかったので、その意義をはっきりとはとらえられていなかった。それは、ハロルド・ワシントンをシカゴ市初の黒人市長にしようという運動だった。

この運動は、近代政治では見たことのないような草の根の政治活動としてどこからともなく始まったように思われた。アメリカの大都市のなかでも人種差別が最もひどく、根強い偏見と不平等が放置されているシカゴの現状にうんざりした少数の黒人活動家やビジネスリーダーたちが立ち上がったのだ。彼らは、記録的な数の新規有権者登録を推し進める一方で、並外れた能力をもつものの市長の椅子など自分には無縁だと考えていた、太った連邦下院議員を説得して、選挙に担ぎ出した。

ハロルドが当選するなどとは誰も考えていなかった。ハロルド自身もそう思わないまま臨んでいた。選挙活動は行き当たりばったりで、スタッフの多くは未経験のボランティア。ところが、何かが変わりはじめた。激しい動きが自然発生的に湧き上がってきたのだ。政治のことなど考えたこともなかった人たちが、投票になど行ったこともない人たちが、大きく心を動かされた。高齢者や子どもたちはこぞって彼の選挙活動のテーマカラーである青色のバッジをつけるようになった。いんちきな職務質問や使い古しの教科書といった不公平で侮辱的な状況をこれ以上我慢したくないという一人一人の気持ちが結集したのだ。黒人たちは、ノースサイド地区にあるパーク・ディストリクト［スポーツやイベントなどの公営施設のある大規模な公園緑地］の近くを通るたびに、自分たちが住む地区よりもずっと設備が整っていることを思い知らされてきた。昇進の対象から外され、銀行ローンを拒否されてきた。積もりに積もった彼らの怒りがサイクロンのように渦を巻いて市庁舎を揺さぶった。

私がシカゴに移り住んだのは、ハロルドが市長の一期目を半分終えたころだった。〝最後のボス（オールドマン）・デイリー〟［長年市政に君臨していたリチャード・J・デイリー元市長］の方針を安易になぞりつづけてきただけの市議会は、ここに至って人種によって分断され、多数を占める白人議員たちはハロルドの提出する改革法案をことごとく退けていた。ハロルドが巧みに取引を持ちかけても、態度を変える者はいなかった。〝部族〟間の激しい対立は、テレビ的にはおもしろい見せ物だったが、ハロルドを送り出した人たちに成果を届けることはできなかった。ところが、人種的な不公平をもたらしていた選挙区の恣意（しい）的な決め方について連邦裁判所が変更を命じたため、ハロルドはようやく多数派を形成して状況を打開できることになった。しかし、公約に掲げていた政策の多くをいざ実現させようというときに、彼は心臓発作でこの世を去ってしまったのだ。その後、オールドマンの息子であるリチャード・M・デイリーが市長の座を奪還した。

市政の中心から遠く離れたところで、私は一連のドラマが展開するようすを眺め、そこから教訓を得ようとした。運動とは、そこにどれほど大きなエネルギーがあろうと、組織、機構、統治能力といったものを抜きにしては維持できない。人種的不公平の是正を基軸に据えた政治活動は、たとえそれがどれほど正当であっても恐怖と反発を引き起こし、前進を阻む制約が必ずあるものだ。ハロルドの死後、彼が組んでいた連立はあっという間に崩壊した。私は、変化をもたらすには、１人のカリスマ的指導者に頼るだけではおぼつかないことを思い知った。

とはいえ、市長の座にあった5年間、ハロルドはとてつもない力を発揮した。どんなに妨害を受けても、シカゴは彼のもとで少しずつ変わっていった。たとえば、街路樹の剪定、除雪、道路補修といった公共サービスが地区を問わず平等に提供されるようになった。貧困地区にも学校が建設された。市の役職を大口献金者が独占することもなくなり、シカゴの財界もようやく企業の管理職に多様性が欠如していることを認めはじめた。

何よりハロルドは、人々に希望を与えた。当時、黒人のシカゴ市民が彼について話しているのを聞くと、ある世代の白人進歩主義者たちがロバート（ボビー）・ケネディについて話しているのと似た雰囲気を感じたものだ。成し遂げたことよりも、どんな気分にさせてくれたかが重要に思えた。これからは何でも実現できる、あなたも世界を変えられる、といった気分である。

こうした一連の展開は、私の心にひと粒の種をまいた。生まれて初めて、いつの日か私も公職に就きたいと思ったのだ（刺激を受けたのは私一人ではない。ハロルドが市長に当選した直後、ジェシー・ジャクソン〔アフリカ系アメリカ人の公民権運動家、牧師〕がアメリカ大統領選への挑戦を表明した）。公民権運動のエネルギーは、その後、選挙政治に注がれていったのではなかったか。運動に関わったジョン・ルイス、アンドリュー・ヤング、ジュリアン・ボンドといった面々が、現状を変えるために公職を目指したのだ。もちろん、そこにも落とし穴があることを私は知っている。政治とは妥協を強いられ、常に活動資金の獲得に追われるものだ。いつの間にか理想を見失い、勝ちつづけること自体が目的になりかねない。

それでも、違うやり方もあるのではないだろうか、と私は考えた。同じエネルギーを生み出し、同じような目的を掲げはするが、それを黒人コミュニティだけに留めず、人種の垣根を越えた活動にするのだ。十分に準備を重ね、政策を通すノウハウを熟知し、組織運営のスキルをもてば、ハロルドの二の舞は避けられるだろう。〈オーガナイジング〉の原則は、突き詰めれば選挙活動に留まらずに組織を運営することにも利用できるのではないか。これまでないがしろにされてきた人たちの参加を促し、市民の権利を積極的に行使してもらうこと。選ばれたリーダーを信じるだけでなく、互いを、そして自分自身を信じることだと人々に説いてまわることだ。

私はそう自らに言い聞かせた。しかし、それがすべてではない。社会ではなく、私自身の志はどうなのだろう？　私はオーガナイジングから多くを学んだが、その具体的な成果といえるものは少なかった。常に我が道を歩んできた母でさえ、私のことを心配した。

「どうかしらね、ベア」。ある年のクリスマス、母は私に言った。「残る人生を組織の外で働くのもいいけど、その組織を内側から変えたほうが大きな成果が得られるかもしれないわ」

「それに、これは信じてほしいのだけど」と寂しそうに笑いながら母はこうも言った。「貧乏になってもいいことなんてない」

1988年秋の私は、そんな感じだった。私は自分が抱く理想を、それがほとんど目立たない場所に持ち込んだ。卒業生総代、学生自治会長、ラテン語を学ぶ学生、ディベート大会の優勝者——私がハーバード大学ロースクールで出会った人たちは、おおむね才気あふれる若い男女だった。私とは違って、その能力に見合った重要な地位に就くという確信とともに育ってきた人たちだ。そういう場所でうまくやっていけたのは、おそらく私が同級生たちより少しだけ年長だったからだろう。彼らには学習すべきことの多さが負担だっただろうが、それまでの3年間をコミュニティ・オーガナイザーの仕事に費やし、寒い季節にも家々のドアをノックするような日々を送ってきた私にすれば、図書館で、さらにうれしいことにアパートの部屋でカウチに寝そべって音を消したテレビの野球中継をつけっぱなしにしながら本を読めるなど、このうえない贅沢に思えた。

もう一つ。法律の勉強で学ぶ内容と、私が1人で何年にもわたって社会について考えていた内容は、どこか似ていた。個人と社会の関係はどのような原則に規定されるべきか？　他人に対する義務はどの範囲まで及ぶか？　政府はどの程度まで市場に介入することが許されるだろう？　社会の変化はどのように起こって、法はどのように市民一人一人の声を守れるだろう？

こうした問題は、いくら考えても飽きることがなかった。私は特に、自分より保守的な考えをもっている学生たちとの議論を好んだ。彼らは、たとえ結論が一致しなくても、議論の中身を真剣に吸収しようとする私を理解し、受け入れてくれた。クラス討論では、私の手は挙がりっぱなしだった。クラスメイトたちは少々あきれた顔をしていたが、そうせずにはいられなかったのだ。それまでの数年間を、たとえばジャグリングでも剣呑み術でもいいのだが、1人でひたすら何かに没頭したあとに今ようやくサーカススクールに入れたようなものだった。

熱意があれば、自分の不完全さの多くを補うことができる。娘たちにもそう話しているが、ハーバードでの私がまさにそうだった。2年目に、私は『ハーバード・ロー・レビュー』［学生が主体となって編集されるアメリカ屈指の法学雑誌］で初の黒人編集長に選ばれ、全米でニュースになって多少騒がれた。さらに私は、本を執筆する契約を結んだ。また、全国からさまざまな仕事の誘いも受けた。ロー・レビュー誌の前任編集委員たちと同様に、これで私の前途は洋々だと誰もが思っただろう。まずは最高裁判事の書記官になるか、一流法律事務所に入るか、連邦検事のもとで働くか。機が熟せば、そして私が望むなら、政治の道に挑むという手もある。

そうした道に進むのは刺激的なことだ。その順風満帆な出世街道に疑問を抱いたのは私だけだったのかもしれない。だが当時の私には、その道は性急すぎるように思えた。高額の給料を目の前にぶら下げられて注目を浴びるなど、まるで何かの罠のようにすら感じられたのだ。

幸いにも、私には次の一手を考える時間の余裕があった。そして、自分が下した重要な決断によって、その後の私は法律とは別の道を歩むことになった。

第2章

ミシェル・ラヴォーン・ロビンソンと出会ったとき、彼女はすでに弁護士だった。25歳でシカゴに拠点を置くシドリー&オースティン法律事務所のアソシエイトとして働いていた。ロースクールの1年目を終えた私は、夏のあいだ、インターンとしてその事務所に通った。ミシェルは背が高くて美しく、ユーモアがあって社交的で度量が広く、とてつもなく頭がよかった。会った瞬間、魅了された。私の教育係に指名された彼女はコピー機の場所を教えてくれるだけでなく、私が事務所のメンバーから歓迎されていると感じられるように気を配ってくれた。つまり、私たちはいっしょにランチを食べ、いっしょに座って話をした。最初は自分たちの仕事について、しばらくするとそれ以外のあらゆることについて。

それからの数年間、学校が休みに入り、ミシェルがシドリーの採用チームの1人としてハーバードを訪れるたびに、私たちは夕食をともにし、チャールズ川沿いを時間をかけて歩きながら、映画のことや家族のこと、それに世界中の行ってみたい場所についておしゃべりをした。ミシェルの父親が多発性硬化症の合併症で突然亡くなったときも、私はすぐに駆けつけた。祖父(グランプス)に進行した前立腺がんが見つかったときには、彼女が私を慰めてくれた。

要するに、私たちは友人になり、そして恋人になった。私のロースクール修了が近づくにつれて、私たちは今後の人生をともに過ごす可能性について慎重に考えるようになっていった。一度、私が担当して実施する地域振興活動のワークショップにミシェルを連れていったことがある。サウスサイド地区でコミュニティセンターを運営している友人に手伝いを頼まれたのだ。その日の参加者は、ほとんどがシングルマザーだった。何人かは生活保護を受けていて、特別な職能を身につけていない女性ばかりだった。私は彼女たちに、現在の生活について、それから今後こうしたいと思う生活について語ってもらった。これまでに何度も行ってきたシンプルな作業で、彼女たち自身が日々暮らしているコミュニティの現実と、今後変えられるかもしれない未来の生活とのあいだに橋を架けるための取り組みだ。その会が終わって車に向かって歩いているとき、ミシェルが腕をからめてきた。彼女たちの気持ちに寄り添う私の姿に心動かされたという。

「あなたは彼女たちに希望を与えたわ」

「あの人たちには希望以上のものが必要なんだ」と私は言った。自分が抱えている葛藤をミシェルに伝えようとしたのだ。ある体制の内部で変化を起こすべきか、それとも体制と戦うべきか？　人々を導いて変化を起こしたいと思う一方で、その人たち自身の力で変化を起こす支えになりたい。政治活動は行いたいが、政治的に振る舞いたくはなかった。

ミシェルは私を見て、優しくこう言った。「今ある世界と、そうあるべき世界ね」

「そんな感じだ」

ミシェルは唯一無二だった。彼女のような人にはこれまで出会ったことがない。いずれ結婚を申し込むことになるかもしれないと思いはじめていた。ミシェルにとっては、私たちのように真剣に付き合っている2人の自然な成り行きとして結婚というステップに進むのは当然のことだった。一方、結婚生活が長続きしなかった母をもつ私にとっては、2人の関係に具体的な形を与えなければならないという焦りはそれほど強くなかった。それだけではない。付き合いはじめの何年かは、激しい言い争いをすることもあった。自論を曲げない私に対して、ミシェルは一歩も引かなかった。それについては、彼女の兄であるクレイグ・ロビンソンがよくこんな冗談を言っていたものだ。プリンストン大学でバスケットボールの花形選手となり、卒業後は投資銀行で働いたあと、バスケットのコーチになったクレイグによれば、家族の誰もが、ミシェル（家族からは「ミーシュ」と呼ばれていた）は性格がきつすぎるから誰とも結婚しないだろう、いっしょにいられる人など現れないだろうと思っていたというのだ。不思議に思われるかもしれないが、私は彼女のそんなところが好きだった。いつも正面から向かってくる彼女の前では、私も正直にならざるをえなかったからだ。

　では、ミシェルはどう思っていたのだろう？　2人が出会う前の彼女は、要領がよく、てきぱきと働き、自分のキャリアを積み上げ、なんでもやるべきことを的確にこなし、余計な雑事には目もくれない若きプロフェッショナルといったところだっただろうか。そこへ突然、服装はだらしなく、夢だけが壮大なハワイ出身の若者が現れ、人生に入り込んできたのだ。のちにミシェルから、そんなところが私の魅力の一つだったと聞かされた。つまり、彼女がこれまでの人生で出会った、あるいはデートした男性たちと比べて、私はかなり異質な存在だったのだ。彼女の父親ともかけ離れていたようだ。コミュニティカレッジ〔公立の2年制大学〕をやめざるをえず、30代前半の若さで多発性硬化症に見舞われてしまったのに、愚痴一つこぼさず1日たりとも仕事を休まず、ミシェルのダンス発表会にもクレイグのバスケットボールの試合にもすべて顔を出し、常に家族とともにあったことが誇りで喜びでもあった父。そんな父をミシェルは敬愛していた。

　私とともに歩む人生には、ミシェルの子ども時代にはなかった要素が加わることになる。冒険、旅行、あるいはさまざまな制約からの解放。ちょうどシカゴという彼女のルーツが象徴するもの、つまり大家族、しっかりとした良識、それに何よりもよい母親になりたいという彼女の願望が、私にとっては子ども時代に欠けていたものをもたらしてくれる新しい錨になるように。私たちは、愛し合い、笑い合い、同じ基本的価値観を共有するだけではなかった。２人は対照的だった。だからこそ互いを補い合える。相手を守り、弱点を打ち消し合える。２人はチームになるのだ。

もちろんそれは２人のそれまでの人生経験が、あるいは２人の性格が大きく違うということでもある。ミシェルにとって、よい人生へと向かう道は狭く、険しいものだった。本当に頼れるのは家族だけであり、軽々しく大きなリスクを冒すべきではなく、よい仕事に就くとか広い家に住むといった世間的な意味での成功に葛藤を覚えたりはしない。いつ解雇されるかもしれないし、銃犯罪に遭う可能性だってある。失敗や困窮がいつもそばにあったのだから。ミシェルは自分が同胞を裏切っているのではないかと気にすることはなかった。サウスサイド地区で育ったということは、程度はどうあれ、常によそ者として生きていくことを意味している。彼女のなかで、何が成功を妨げるのかは、考えるまでもなくはっきりしていた。どれだけ成功したとしても、それで社会に受け入れられたと証明できたのかどうか、不安感は拭えない。疑いの目で見てくる人に対してだけでなく、自分自身に対しても証明しないといけないからだ。

ロースクールの卒業が迫り、私はミシェルに今後の計画を伝えた。判事や検事のもとで働くつもりはない。その代わりシカゴに戻って、コミュニティ活動に携わりながら、市民権を扱う小規模な事務所で弁護士として働く。そしてチャンスが訪れたら、選挙に立候補することも考えるかもしれない。

ミシェルにとって、私の話はどれ一つ驚きではなかったようだ。自分が正しいと思うことをやろうとしているあなたを私は信じている、と彼女は言った。あなたはこれからとても大変な道へ進もうとしている。

「でも、一つだけ言っておくわ、バラク。あなたはこれからとても大変な道へ進もうとしている。なんていうか、私にもあなたのような楽天的な性格が備わっていればって思うことがある。ときどきそう思うの。でも、人間ってすごく身勝手だったり、単に無知だったりするわよね。多くの人は、余計なおせっかいはやめてほしいって思う。それに、政治の世界は権力のためならなんでもするような人たちであふれている。自分のことしか考えないような人よ。特にシカゴではそう。あなたがそんな土壌を変えられるのかどうか、私にはわからない」

「やってみることはできるだろう?」。ほほえみながら私は言った。「ご立派な法律の学位をもっているだけでまったくリスクを取ろうともしないなら、なんの意味もない。もしうまくいかなかったら、それまでのことだ。僕は大丈夫。僕たちも大丈夫」

彼女は両手で私の顔を包んだ。「厳しい道と楽な道があったら、あなたは常に厳しいほうを選ぶ人よ。自分でそのことに気づいてた？ なんでそうなのかしらね？」

私たちは笑った。しかしそのとき、ミシェルは何かを感じていたのだと思う。２人の今後を暗示するような何かを。


何年かの交際期間を経て、ミシェルと私は結婚した。１９９２年10月3日、トリニティ・ユナイテッド教会には３００人以上の友人、同僚、親族が駆けつけ、私たちを祝福してくれた。コミュニティ・オーガナイザー時代に知り合い、尊敬していたジェレマイア・A・ライト牧師が式を執り行ってくれた。私たちは喜びに満ちていた。２人がともに歩む人生が、今、始まったのだ。

司法試験に合格したあと、弁護士業を始めることを1年遅らせていた私は、１９９２年の大統領選に先立つ〈プロジェクトVOTE!〉に加わった。有権者登録を推進する、イリノイ州で史上最大規模といえる活動だ。そして、カリフォルニア州沿岸でのハネムーンから戻ってきた私は、シカゴ大学ロースクールで教鞭(きょうべん)をとり、本を執筆し、正式にデイヴィス・マイナー・バーンヒル&ガーランド法律事務所に入所した。雇用差別を専門に扱い、安価な住宅の供給を推進しているさまざまなグループのために不動産関係の案件も手がける小規模な弁護士事務所だ。そのあいだ、ミシェルは会社法の仕事はやり尽くしたと考え、シカゴ市企画開発局に移って1年半働き、その後、非営利団体〈パブリック・アライズ〉で若者のリーダーシップ訓練プログラムを指揮することになった。

私たちは2人とも仕事を楽しみ、そこにいる人たちと楽しい時を過ごし、やがてさまざまな市民活動や慈善活動に携わるようになった。友人の輪が広がり、その友人たちと野球の試合やコンサートを楽しみ、夕食をともにした。そして、ミシガン湖とプロモントリー・ポイント［ミシガン湖にある人工の岬］に臨むハイドパーク地区に、質素ではあるが居心地のいいアパートメントを買うことができた。ほんの数軒先にはミシェルの兄クレイグの若い一家が住んでいた。ミシェルの母マリアン・ロビンソンが暮らすサウス・ショア地域にある実家は、私たちの家からは15分もかからなかった。頻繁に訪ねては、マリアンお手製のフライドチキンとサラダとレッドベルベットケーキ［真っ赤なスポンジ生地と白いクリームが特徴的なスイーツ］に舌鼓を打ち、ミシェルの叔父(おじ)ピートが仕切るバーベキューを楽しんだ。お腹がいっぱいになると、私たちはキッチンに集まり、叔父たちが育った時代の話に耳を傾ける。日が暮れるにつれて笑い声は大きくなり、いとこたちや甥(おい)っ子、姪(めい)っ子たちがソファのクッションの上を飛び跳ねて、最後は庭へと出される。

夜になって車で家に戻りながら、ミシェルと私は、自分たちの子どもをもつ話をすることもあった。子どもがいるってどんな感じだろう？　何人欲しい？　犬を飼うのはどう？　そして、家族みんなで過ごす時間についていろいろと想像をめぐらせた。
普通の生活。充実した幸せな人生。それだけで十分なはずだった。

ところが、1995年の夏、不思議な偶然が重なり、突然、私に政界への出馬話が持ち上がった。イリノイ州第二選挙区選出で現職の連邦下院議員、メルヴィン・レイノルズがいくつかの罪状で起訴されたのだ。なかには選挙活動のボランティアをしていた16歳の少女に対する性犯罪疑惑もあった。有罪判決が下れば、彼の後任を決める補欠選挙が速やかに行われるはずだ。

私自身はその選挙区に住んでいたわけではなく、下院議員選挙を戦うための知名度も支持基盤も不足していた。しかし、私が住む地区からイリノイ州の上院議員になっていたアリス・パーマーには連邦下院議員選挙への出馬資格があった。結局、レイノルズは8月に有罪となるのだが、パーマーはそれより少し前の時点で出馬の意思を表明していた。アフリカ系アメリカ人の元教師で地域に深く根を下ろしていたパーマーは、平凡とはいえ堅実な経歴をもち、進歩主義者や、ハロルド・ワシントンの当選を支えたような古い黒人活動家の一部から、とても人気があった。私は個人的にはパーマーを知らなかったが、共通の友人がいた。そのため、〈プロジェクトVOTE!〉での私の活動を知った彼女から、選挙活動の初期に、手伝ってほしいという要請があった。さらに何週間か経つと、今度は数人からパーマーの州上院議員席が空いたあとを目指して出馬してみてはどうかと打診を受けたのだ。

ミシェルに打ち明ける前に、私はまず、議員になることのプラス面とマイナス面を一覧にしてみた。州の上院議員は華やかなポストとはいえない。多くの人は、自分が住む州の議員の名前など知らないし、州都スプリングフィールドでは、古いスタイルの利益誘導型政治が幅を利かせ、法案の馴れ合い通過や賄賂をはじめとする政治的不正が横行していることが知られていた。一方、私自身は、どこかの時点でスタートを切り、経験を積む必要があった。それに、イリノイ州議会の本会議は1年のうち数週間しか開かれない。とすれば、議員を務めながら教壇に立ち、弁護士業を続けることもできるはずだ。

何より、アリス・パーマーが私を支持することに同意してくれた。とはいえ、レイノルズの判決が出ていない時点で、今後の段取りを決めるのは難しかった。厳密にいえば、パーマーは連邦下院の補欠選挙を戦いながら、万が一落選したときに備えて州上院の議席をもちつづけることも可能だった。だが、パーマー自身が、もう州上院での仕事はおしまいにして、次に進みたいと私にも周囲にも強く言い張った。さらに地元の市会議員で、地域に強力な支持母体をもつトニ・プレックウィンクルが私への支持を表明してくれたため、私が立候補した場合の当選の確率は決して低くないとも思えてきた。

そこで、ミシェルに出馬の計画をプレゼンテーションした。「試しにやってみるのはどうかな」と私は言った。

「そうねえ」

「ちょっと踏み出してみようってことだ」

「まあね」

「で、どう思う？」

彼女は私の頰に軽くキスをした。「それこそあなたがやりたいことなんだから、やるべきよ。でも、一つだけ約束して。私がスプリングフィールドであれこれやらされなくていいように、それだけはお願い」

戦いの火ぶたを切る前に、もう1人話しておきたい人物がいた。母だ。その年の初め、母の具合が悪くなり、診断の結果、子宮がんであることが判明していた。

予後は決してよいとはいえなかった。少なくとも一日に一度、母を失うのではないかという不安が私の頭をよぎり、そのたびに胸が締めつけられる思いだった。診断の直後、私は母に会うためハワイに飛んだが、普段と変わらず元気そうだったのでほっとした。母は私に、怖いが治療にはできるだけ積極的に臨むつもりだと語ってくれた。

「私はどこにも行かないわよ」と母は言った。「少なくとも孫の顔を見るまではね」

私が州上院の議席に挑戦するかもしれないという話にいつものように強い関心を示してくれた母は、細かい事情まで逐一知りたがった。大変な忙しさになるでしょうねとも言われたが、母にとってハードワークとはすばらしいことにほかならない。

「ミシェルがそれでいいと思ってるかどうか、そこは確かめて」と彼女は言った。「私は結婚問題の専門家じゃないけどね。それと、私を言い訳にして選挙に出るのはやめておくなんて言ったら許さないわよ。自分のことだけで精いっぱいなのに、私のために誰かが人生をお預けにするかもしれないなんて思っただけでぞっとするから。いいわね？」

「了解」

七か月後、母の病状は厳しさを増していた。9月になると、ミシェルと私はニューヨークに行ってマヤと母と合流し、メモリアル・スローン・ケタリングがんセンターの専門医から説明を受けた。化学療法を受けている母の体はすっかり変わっていた。長かった黒髪は抜け落ち、眼は落ちくぼんでいる。さらに悪いことに、専門医の診断では病状はステージ4まで進んでいて、もはや治療の選択肢は限られているとのことだった。治療の影響で唾液の分泌が弱まり、氷片を口に含んでいる母を見ながらも、私は何げなさを装った。自分の仕事にまつわる笑い話を披露し、最近観た映画のあらすじを話した。私より9歳年下で当時ニューヨーク大学に通っていたマヤが、子どものころに私がいかにいばり散らす兄だったかを暴露すると、みんなが笑った。私は母が安心して眠りにつくまで手を握っていた。それからホテルの部屋に戻って、泣いた。

このニューヨーク訪問で、私は母にシカゴへ来てはどうかと誘ってみた。高齢の祖母がつきっきりで母の介護をするのは難しいと考えたからだ。しかし、これまでずっと自分の運命を自分で決めてきた母は、私の申し出を断った。「住み慣れた暖かい土地にいるほうがいいのよ」。そう言うと、母は窓の外を見た。座ったままの私は無力感を覚えながら、母のこれまでの長い人生に思いを馳せた。母はどれほど予期せぬ出来事に遭遇し、幸せな偶然に満たされてきたのだろう。落胆してくよくよ思い悩む母の姿を私は一度も見たことがない。むしろ、あらゆることにちょっとした喜びを見出す人だった。

こんなことになるまでは。

「人生って不思議ね。そう思わない？」。母は静かにつぶやいた。

そのとおりだった。

母のアドバイスに従って、私は人生で初めての選挙運動に打ち込んだ。今思えば笑ってしまうほど、必要最小限の活動しかしなかった。生徒会長に立候補するのとほとんど変わらないぐらいだ。世論調査員もリサーチャーも雇わず、テレビやラジオの広告枠も買わなかった。1995年9月19日、私はハイドパークにある〈ラマダ・イン〉というホテルで出馬表明を行った。プレッツェルとポテトチップスを用意した会場には200人ほどの支援者が集まったが、その四分の一はミシェルの関係だった。20×10センチ大の選挙用チラシには、まるでパスポート用に撮影したかのような私の写真と数行の履歴、それにパソコンで作成した箇条書きの選挙公約が四つか五つ並んでいるだけだった。プリントショップの〈キンコーズ〉で印刷したものだ。

私は、〈プロジェクトVOTE!〉の活動で知り合った政治活動のベテラン2人を選対本部に引っ張ってきた。1人はキャロル・アン・ハーウェル。背が高くて何ごとにも動じない40代前半のキャロルは、私のキャンペーン・マネジャーとして、〈プロジェクトVOTE!〉のウエストサイド地区事務所から出向してくれた。いつも元気いっぱいで快活な印象を与える一方で、シビアなシカゴ政界の裏表を知り尽くしていた。もう1人はグリズリーベアのような大男、ロン・デイヴィス。私たちのフィールドディレクターであり、請願署名のエキスパートだ。白髪交じりのアフロヘアと無精ひげに太いメタルフレームの眼鏡、毎日のように着ている黒いシャツの裾をパンツから出していて、その下には大柄な体軀(たいく)が隠れている。

ロンは私たちの陣営にとって欠くことのできない存在になった。イリノイ州には厳格な立候補規定がある。政党の支持を受けない挑戦者にとって、その規定は厳しかった。立候補者の資格を得るためには選挙区内に住む登録有権者のうち700人以上が署名した請願書を提出しなければならず、その請願書は、やはり選挙区内に住む別の有権者が回覧し、その真正性を保証したものでなければならない。そして一つ一つの署名が〝有効である〟とみなされるためには、判読可能で、署名者の正しい住所が書かれていて、かつその署名者が登録有権者である必要がある。私は、最初に選対本部のメンバーが我が家のダイニングテーブルに集まったときのことを今でも覚えている。ロンが、はあはあと息を切らしながら、請願書の挟まれたクリップボードと有権者資料と指示書をセットにして各スタッフに手渡した。私は、請願書について話す前に私という立候補者を知ってもらうための集会を何回か開いたり、政策提言集をまとめたりする必要があるのではないかと言った。キャロルとロンは顔を見合わせて笑った。

「ボス、教えてあげるわ」とキャロルが言った。「〈女性有権者同盟〉あたりがやりそうなことは当選後にとっておいて。今のところ大切なのはこの請願書だけよ。あなたの対抗馬たちはあなたの請願書を見て、一つ一つの署名が有効かどうかを徹底的に調べることになる。有効とみなされなければ、選挙活動にすらたどり着けない。どれだけ慎重にやっても、集まった署名の少なくとも半分は無効と判断されるはず。これは断言できる。だから、最低でも必要な数の二倍は集めなきゃならないのよ」

「四倍だ」。ロンが私にもクリップボードを手渡しながら訂正した。

考えを改めた私は、ロンが署名集めの対象に選んだ近隣地区の一つに車を走らせた。コミュニティ・オーガナイザーとして活動しはじめたころとまさに同じだった。家々を一軒一軒訪ね歩く。住人が不在の家もあれば、ドアを開けてくれない家もあった。頭にカーラーを巻いた女性のまわりを子どもたちが走りまわり、男性は庭仕事をしている家。ときには、酒くさい息をしたTシャツとドゥーラグ［頭に巻く薄い布］姿の若者が用心深く周囲に目を走らせるような家もあった。地元の学校で起こっている問題について、かつては問題のなかった労働者階級が暮らす地域でひそかに広がる銃犯罪について、私に話を聞いてほしがる人もいた。だがたいていは、訪問先の住人はクリップボードを受け取ると、そそくさと署名し、できるだけ早くそれまでやっていた作業に戻ろうとした。

家々を訪ねることは、私にとってはごく普通の行為だったが、ミシェルにとっては新しい経験だった。彼女は果敢にも毎週末、私の仕事を手伝おうとしてくれた。あのメガワットのスマイルとこの近所で育ったという身の上話で私よりもたくさんの署名を集める日も多かったが、2時間後に車で帰宅するころには、2人とも笑顔がすっかり消えていた。

「はっきりしているのは」と、あるとき彼女は言った。「あなたを心から愛してなければ、土曜の午前中をこんな作業には費やせないってこと」

数か月かけて、私たちは必要数の四倍の署名を集めることができた。私は弁護士事務所やロースクールにいるとき以外は、町内会、教会の集まり、高齢者施設を訪ね歩いて、有権者たちに自分の政見を語った。私は決してすばらしい候補者ではなかった。街頭演説の内容は堅苦しいし、政策を並べ立てるだけで、刺激やユーモアに欠けていた。それに、自分を売り込むという行為がどこか決まり悪かった。オーガナイザーとしての私は、常に裏方でいることに慣れていたからだ。

それでも、場数を踏むと徐々に演説もうまくなり、以前よりもリラックスできるようになり、ゆっくりとだが支持者の数も増えていった。地方議員や牧師、いくつかの革新派組織からも支援を受けられるようになった。政策説明書の草案もつくった。そのようにして、つまり向こう見ずな若い候補者と教養と美しさと寛容さを兼ね備えた妻が、ダイニングルームで数人の仲間と新しい政治運動を立ち上げて支持者を増やしていくという流れのなかで、人生初の選挙活動は無事終わった——と言いたいところだった。

だが、そうはならなかったのだ。1995年8月、不祥事を起こした連邦議員、メルヴィン・レイノルズの有罪が確定して禁固刑に処せられると、11月下旬の投開票に向けて補欠選挙が行われることになった。空いた議席を埋めるまでのスケジュールが正式に決まり、アリス・パーマー以外にも連邦議会補欠選挙レースへの参戦を希望する候補者たちが名乗りを上げてきたが、その1人がジェシー・ジャクソン・ジュニアだった。1988年の民主党全国党大会で、父親を紹介する感動的なスピーチを行い、全国的に知名度を上げた男だ。ミシェルも私も以前からジェシー・ジュニアを知っていて、好感をもっていた。彼の姉、サンティータ・ジャクソンはミシェルの高校時代の親友の1人で、私たちの結婚式では花嫁介添人も務めてくれた。著名人のジェシー・ジュニアが出馬を発表したとたんに選挙戦の情勢は一変し、アリスは著しく形成不利となった。

そして、補欠選挙の投開票が、アリスが就いていた州上院議席を争う選挙の立候補受付よりも数週間前に設定されたことで、私の選挙スタッフたちは心配しはじめた。

「アリスがジェシー・ジュニアに敗れたときに備えて、念のためにもう一度、彼女があなたの邪魔をしないという確約を取りつけておいたほうがいいと思う」。ロンは私に言った。

私は頭を横に振った。「彼女はもう州の議員選挙には出ないと約束したんだ。はっきりそう言った。公の場でだ。新聞にすら載っている」

「それはそうだけど、バラク。お願いだからもう一度だけ確認してみてくれないか?」

私はその言葉に従った。アリスに電話をかけ、連邦議会選挙での結果がどうであっても州の政界は離れようと思っている、という言質(げんち)を引き出した。

ところが、ジェシー・ジュニアがやすやすと勝利し、アリスは大差をつけられて三位に沈んだと判明したとき、何かが変わった。「州議会にはアリス・パーマーが必要だ」というキャンペーンについて、地元紙が報じ出したのだ。アリスの長年の支援者数名が会いたいと申し入れてきたというので出向いていくと、選挙戦から撤退するようにと迫られた。地元のコミュニティとしては、長年の経験者という彼女の強みを手放したくないというのだ。今回は自重してほしい。あなたの番は必ず来る、と言われた。だが、私は一歩も引かなかった。支えてくれるボランティアも、選挙活動のためにすでに多額の献金をしてくれた支援者たちもいる。何より、私はジェシー・ジュニアが連邦議会選挙に出馬してからもアリスを支持しつづけた。それでも、部屋にいるアリスの支援者たちの意見は変わらなかった。私がアリスに直接話したときには、すでにその後の展開は決まっていた。翌週、アリスはスプリングフィールドで記者会見を開き、現在の議席を守るためにぎりぎりのタイミングで出馬を表明したのだ。

「だから、言ったでしょ」。深く吸い込んだタバコの煙を思いきり天井に向けて吐き出しながら、キャロルが言った。

私は失望し、裏切られた気持ちになったが、すべてを失ったわけではないと思い直した。これまでの数か月間ですばらしい組織ができあがっていたし、私を支えてくれている公選公職者［上下両院議員や州・市の首長など］たちもほとんどが支援を継続すると言ってくれている。ただし、ロンとキャロルだけは楽観視していなかった。

「言いにくいことだけど、ボス」とキャロル。「あなたがどんな人かわかっている有権者はほとんどいないのよ。まったく、彼女のことだってわかっちゃいないんだけど。でも、気を悪くしないでね、〝アリス・パーマー〟という名前のほうが、〝バラク・オバマ〟よりはるかに聞こえがいいのよ」

彼女の言わんとしていることはわかったが、私はシカゴの重要人物の多くが突然私に撤退を求めてきている現状を認識しながら、それでもやり通したいと言った。そしてある日の午後、ロンとキャロルが息せききって私の家に飛び込んできた。2人ともまるで宝くじにでも当たったかのような表情だった。

「アリスの出馬請願書だ」。ロンが言った。「こりゃひどい。今まで見たことがないぐらい。あなたを選挙戦から脱落させようと考えているくせに、あの黒人（ニグロ）たちは誰一人まじめに仕事をしてなかったようだ。これのせいでアリスは脱落するかもしれないぞ」

私は、ロンとこちらの陣営のボランティアたちが行った非公式の集計を確認した。ロンの言うとおりだった。アリスが提出した請願書は無効になりそうな署名ばかりだ。選挙区外の住所も多数あった。それだけでなく、違う名前で書かれている署名の多くが同一人物の手書き文字のように見える。私は頭をかきながら言った。「どうかな……」

「どうかなって、何が？」。キャロルが言った。

「こんなふうに勝っていいのかな。つまり、なんていうか、僕もこれまでの成り行きには腹が立っている。だけど、この請願ルールはたいして意味がないというか。それより、正々堂々と彼女を破りたいんだ」

キャロルは背を伸ばして口をぎゅっと結んだ。「この女はあなたに約束してたのよ、バラク！ その約束があったから、私たちはそこらじゅう駆けずりまわって必死にこの選挙戦に打ち込んできた。それなのに、彼女は今になってあなたを裏切ろうとして、しかもそのためのルールすらまともに守れていないっていうのに、それを見逃がそうっていうの？ 選挙戦が始まれば、あなたは一瞬で倒されてしまう」。そう言うと、キャロルは頭を振った。「それじゃだめよ、バラク。あなたはいい人。だからこそ、私たちもあなたを信頼している。でも今この状態を見過ごしたら、やっぱり政治には向いていないっていう理由で、あなたはまた大学教授だかなんだかの世界に戻るだけ。こてんぱんにやっつけられて、誰に対してもいいことなんてできないまま終わってしまうのよ」

私はロンを見た。彼は静かに言った。「キャロルの言うとおりだ」

椅子の背もたれに体を預け、私はタバコに火をつけた。自分の正直な気持ちを推しはかろうと考えを巡らせた。私は本当にこの仕事がしたいのだろうか？ 公職に就いたらできるはずのことを、もう一度頭に思い浮かべてみた。当選したら必死でがんばろうと心に決めていたはずだ。

「オーケー」。ようやく私は言った。

「オーケー！」。キャロルに笑顔が戻った。ロンは請願書類をかき集めてバッグに入れた。

一連のプロセスが完了するまでにはそれから二か月ほどかかったが、私が決断したあの日をもって、戦いは事実上終了していた。私たちは、シカゴ選挙管理委員会に申し立てを行い、委員会がそれを認めるとわかった時点で、アリスは脱落した。そのあいだに、ほかにも何人かの民主党候補者を請願書の不備によって出馬断念に追い込んだ。民主党の競争相手は1人もいなくなり、一方の共和党は候補者といっても名ばかりだったので、私に州上院議員への道が開けたも同然だった。

だが、私がもっと立派な政治のあり方を望んでいたとしても、その実現には時間がかかる。初めての選挙戦を戦った私は、いくつか有益なことを学んだ。政治の基本的な仕組みを尊重しなくてはならない。細かい部分に目を凝らすことが大事で、日々の地味な仕事こそが勝敗を分ける。それから、自分自身のこともあらためて確認できた。私はフェアプレーを大切にしたいと思っているが、それでもやはり負けたくはないのだ。

ところが、最も厳しい教訓は、選挙活動の進め方や強引な政治手法とは無関係なところにあった。11月のある日、ハワイにいるマヤが私に電話をかけてきた。選挙戦の見通しが立つずっと前だ。

「ママの具合がだいぶ悪くなったの、ベア」とマヤが言った。

「悪いって、どのくらい？」

「すぐにこっちへ来たほうがいいと思う」

母の病状が悪化していることはわかっていた。数日前に電話をしたときに、痛みをこらえながら話してくれた母の声に諦め（あきら）めがにじんでいたからだ。私は翌週ハワイに飛ぶ便を押さえていた。

「今、話せそう？」。マヤに聞いた。

「無理だと思う。ずっとうとうとしてる」

電話を切ると、私は航空会社に連絡して飛行機を翌朝一番の便に変更してもらった。それからキャロルに電話をかけ、いくつかの選挙イベントを中止にし、私の不在中にやっておいてほしいことの確認をした。その数時間後、マヤが折り返してきた。

「間に合わなかったわ。ママが亡くなった」

妹から、母は意識が戻らないまま逝ったと聞かされた。マヤが病院でベッドの脇に座って声に出して民話を読んであげている最中に、母は安らかに旅立っていった。

その週、私たちはハワイ大学東西センター日本庭園で葬儀を行った。子どものころ、よくここで遊んだものだ。芝生を転げまわり、石段を飛び跳ね、脇を流れる小川でオタマジャクシを捕まえる私を、日差しを浴びた母が座って見ていた。葬儀が終わり、マヤと私はココヘッド近くの展望台から海に向けて母の遺灰をまいた。波が岩に打ちつけていた。私は、母と妹だけがいる病室を思い浮かべた。そこに私はいない。私は、自分の壮大な目標に向けて忙しくしていたからだ。もうその時は二度と戻らないとわかっていた。悲しいのに加えて、自分がとても恥ずかしかった。

シカゴの最南端に住んでいるのでない限り、スプリングフィールドに最も早くたどり着けるルートは州間高速道路55号線だ。ラッシュ時には、シカゴ市中心部を出発して西方の郊外を通過するまでずっとのろのろ運転が続く。しかしひとたびジョリエットを抜ければ渋滞はなくなり、まっすぐ続くアスファルトを南西方向にひた走る。ブルーミントン（ステートファーム保険会社やビアナッツの本社がある）やリンカーン（かの大統領がまだ弁護士だった時代に住み、自治体として整備したことにちなんで名づけられた）といった町を通り、トウモロコシ畑を延々と左右に見る。

ほぼ8年間、私はこの道のりを運転しつづけた。たいていは1人で、たいていは片道約3時間半かけて。スプリングフィールドとシカゴのあいだを、秋の数週間、冬の大部分、そしてイリノイ州議会の仕事が集中している初春にかけて往復したのだ。火曜の夕食後に家を出て、木曜の夜か金曜の朝に帰ってくる。シカゴを出て1時間もすると携帯電話がつながらなくなってしまう。ラジオで拾える電波といえば、トーク番組かキリスト教音楽を流す局だけだった。眠気を覚ますために、私はよくオーディオブックを聴いた。長いほうがいいので、たいていは小説（ジョン・ル・カレ、トニ・モリスンがお気に入りだった）を、ときには歴史もの、たとえば南北戦争、ヴィクトリア朝時代、ローマ帝国の滅亡に関する話を聴いていた。

疑り深い友人たちに聞かれると、私はスプリングフィールドで得たものは多かったと自信をもって答えた。少なくとも議員になって最初の数年間、私は実にいろいろなことを学んだ。全米50州のなかでも、イリノイはアメリカ全体の人口構成が最もよく反映されている州だった。人であふれた大都市があり、そこから広がる郊外地域があり、農業地帯、工業都市があった。州の南の地域には、アメリカ北部というより南部らしさが色濃く感じられる。州議会議事堂の高いドーム屋根の下ではいつだってアメリカの多様性をありありと目にすることができる。カール・サンドバーグ〔1878～1967年。『シカゴ詩集』やリンカーンの伝記で著名なアメリカの詩人、作家〕の詩の世界だ。周囲を見渡せば、そこにいるのは、押し合いへし合いする校外学習の子どもたちや、髪をきれいに撫でつけて折り畳み式携帯電話で仕事に没頭する銀行員、それに農作物運搬用の艀がイリノイ水路を通りやすくなるようにと水門拡張の陳情に来た作業帽姿の農民たちだった。新しいデイケアセンター建設の資金集めにやってきたラテン系の母親たち、ヘルメット着用義務の法制化に反対するためマトンチョップ〔もみあげと口ひげがつながったスタイル〕と革ジャンといったフル装備でやってきた中年のバイク野郎たちもいた。

議員になりたての数か月間、私はあまり目立たないようにしていた。同僚議員の何人かは私の変わった名前とハーバードという経歴に疑いの目を向けていた。それでも他の上院議員たちの資金調達を手伝い、新人議員としてやるべきことはやった。同僚議員やそのスタッフたちとの関係づくりのために、上院の会議場はもちろんのこと、バスケットボールのコートにも、ゴルフ場にも、あるいは超党派で毎週行われているポーカー大会にも顔を出した。2ドルから始まってレイズ［かけ金にさらに上乗せしてチップをかけること］は三度までというルールの大会に行くと部屋にはタバコの煙が充満し、挑発的な言葉が飛び交い、新しいビール缶が開くたびに炭酸がはじける音が聞こえた。

上院少数政党院内総務を務める、いかつい体格の60代の黒人政治家、エミル・ジョーンズの知己を得ていたことは、政治活動を行ううえで助けになった。エミルは、デイリー・シニア市長のもと、区の旧来型の組織のなかで出世階段を上りつめ、私がオーガナイザーの仕事をしていた選挙区の選出議員を務めていた。私たちが出会ったのもそのときだ。私は親のグループを引率して彼の事務所を訪ねた。地域の若者たちが利用できる大学進学プログラムのための資金を確保すべく、彼に面会を申し入れたのだ。ジョーンズは門前払いを食わせることなく、私たちを招き入れてくれた。「あなた方はそんなふうに思ってなかっただろうが」と彼は言った。「私はあなた方がここに来るのを待ち望んでいたんだ！」。彼は、大学卒業のチャンスが得られなかった自分の身の上を話してくれた。これまで放っておかれた黒人居住地域に対して、もっと多くの州の予算を充てたいと考えていたのだ。「何が必要かの判断は君に任せるよ」。私たちが部屋を出るときに、彼は私の背中を叩いてそう言った。「だから政治は、私に任せたまえ」

そして、そのとおりになった。エミルは大学進学プログラムの資金を調達してくれたのだ。その後、私たちの友情は州上院でも続いた。彼は、なぜかはわからないが私のことを誇りに思ってくれ、改革主義的な私の主張を擁護してくれた。彼が自ら提出した法案に1人でも多くの賛成票を必要としていても（特に、シカゴの川を航行する遊覧船での賭博を免許制で解禁する法律をどうしても通したいと執念を燃やしていた）、私がその法案には賛成できないと告げると、それ以上は私を追いつめなかった。ほかを当たるために部屋を出ていくときには、二、三の罵り言葉を口にしてはいたが。「バラクは普通の議員とは違うんだ」。エミルはあるスタッフに言った。「あいつは成功するぞ」

だが、私がどれだけ努力を重ねても、エミルがどれほど善意を見せても、厳然たる事実を変えることはできなかった。私たちは少数政党であるという事実だ。イリノイ州上院の共和党は当時、ニュート・ギングリッチが連邦議会で民主党を無力化させるために行っているのと同じ強硬路線を歩んでいた。共和党は、どの法案を委員会で通過させ、どの修正案が妥当かを決めるうえで、絶対的な力を行使していた。スプリングフィールドでは、私のような少数政党の若手議員には特別な名前が付けられていた。「キノコ」、つまり「朽ちたものから養分をとって薄暗いところに生息している存在」というわけだ。

それでもときには、私も意義深い法案作成に携わることができた。ビル・クリントンが署名した国民福祉改革法のイリノイ州版では、失業者が職に就けるまで十分な支援が届くよう、最善を尽くした。スプリングフィールドで汚職事件が多発したときには、エミルが私を党の代表者に指名して、倫理規定を変えるための委員会に送り込んだ。うまくいく見込みがないと思われて誰もが尻込みした仕事だが、共和党を代表していたカーク・ディラードと信頼関係を築けたおかげで、汚職にある程度の歯止めをかけられる内容の法案を通すことができた。たとえば、選挙活動の資金を自宅の増築や毛皮のコートの購入に充てることは不可能になった（この法案が通過すると何週間も口をきいてくれなくなった上院議員たちもいた）。

しかし、より典型的なのは次のような出来事だった。最初の会期が終わりに近づいていたあるとき、私は意見を述べるために立ち上がった。貧困層に対する州の公共サービス予算が削減されるなか、特定の産業があからさまに優遇される新税制に反対したのだ。私は法廷弁護士の緻密さで準備を整え、事実を並べ、これほど不当な税優遇措置は共和党が追求しているはずの保守的な市場原理に反していると指摘した。話し終えて腰掛けると、上院議長のペイト・フィリップが私のところにやってきた。肉づきのいい白髪の元海兵隊員は、これまで驚くほど頻繁かつ気軽に女性や有色人種を侮辱する発言を繰り返していた。

「すばらしいスピーチだったな」。フィリップは火のついていないタバコを嚙みながら言った。「いい指摘がいくつもあった」

「どうも」

「多くの人の考え方に影響を与えたかもしれんな」と言って、さらに続けた。「だが、彼らがどちらに投票するかまでは変えられない」。そして議事進行役に合図を送ると、パネルに「賛成」を意味する緑の光が点灯するのを満足げに眺めた。

これこそ、スプリングフィールドの政治だった。たいていは水面下で取引が行われる。議員たちは、さまざまな利益団体から寄せられるいろいろな要望を、無感情な貿易商人のごとく天秤（てんびん）にかけて次々とさばく一方で、銃規制や妊娠中絶、税金といったイデオロギーが対立しがちなデリケートな問題については、自分の支持者たちが強い反応を示しかねないこともあり、用心深く注視しているのだ。

議員たちにはよい政策と悪い政策の違いがわからないというわけではない。彼らにとって重要なのはそこではない。スプリングフィールドに集っている議員は、地元の有権者たちが90パーセントの割合で政策に関心をもっていないと知っていた。複雑ではあるものの価値ある妥協、党の方針とは異なる革新的な政策への支持、そういったものは、結局のところ主要な支持基盤や大口の財政支援者、指導者としての地位、ひいては議員の椅子さえも失う危険をはらんでいるだけなのだ。

どうしたら有権者の注意をこちらに向けられるのだろう？　私も努力はした。選挙区に戻ったときには、たいていの誘いに応じた。発行部数が5000部に満たない地元の週刊新聞『ハイドパーク・ヘラルド』に定期的にコラムを書きはじめるとともに、タウンホール・ミーティングを主催した。軽食を用意し、議会の最新情報を伝える資料を準備して、たいていはスタッフと2人で椅子に座り、腕時計を眺め、来ることのない聴衆を待つ。

来なかった人々を責めることはできない。みな忙しいのだ。家族もいる。それに、スプリングフィールドで行われている討論のほとんどは、彼らにとっては遠い世界のこととしか感じられないのだろう。一方で、私の選挙区民たちが関心をもっているはずの数少ない重要課題については、おそらく私の主張はすでに賛同を得ていた。何しろイリノイ州では、一党支配を確実にするため、他の選挙区と同様に私の選挙区もまた、外科医並みの緻密さで線引きされているからだ。私が貧困地区の学校により多くの予算を投じたければ、あるいは、私がプライマリー・ヘルスケア［1978年に世界保健機関が提唱した健康に関する考え方］や解雇された労働者に対する再訓練などの取り組みを広げたいと思えば、地元の人々を説得する必要などない。私が連携し、説得しなければならない人たちは他の場所に住んでいた。

州上院で二会期目が終わるころには、州都・スプリングフィールドの雰囲気が私の心に重くのしかかっていた。少数政党の議員であることの無力感、その一方であまりにも多くの同僚議員たちが、まるでそれが勲章でもあるかのように示している冷笑的な態度。それはあまりにもあからさまだった。ある日、提出した法案が否決されたあとも議事堂内に残っていた私に哀れを感じたのか、1人のロビイストが近づいてきた。私の肩を抱くと、彼はこう言った。

「無駄だとわかっていることばかりに首を突っ込むのはいいかげんやめにしたらどうかね、バラク。この世界で生き延びる鍵は、ビジネスだと割り切ることだ。車を販売するようなものだと思えばいい。あるいは通りの向こうのドライクリーニング店と同じだな。それ以上の意味があると考え出したら、頭がおかしくなるぞ」

政治学者のなかには、私がこれまで説明してきたスプリングフィールドこそ、まさに多元主義のお手本だと指摘する人もいる。さまざまな利益団体間で行われる駆け引きは胸のおどるようなものではないかもしれないが、それによって民主主義をどうにか機能させられる、というのだ。だが、当時の私にとって、そうした考えはなかなか素直には受け入れられなかった。何しろ家族が1人増えようとしていたのだから。

議員になって初めの2年間、生活はそれなりに順調だった。ミシェルは自分の仕事が忙しく、私は議員就任宣誓以外では州都に来てもらうという面倒はかけないという2人の約束は守りながらも、自宅を離れている夜には電話でのんびりと妻との会話を楽しんだ。そして、1997年秋のある日、私の事務所に電話をかけてきたミシェルの声は震えていた。

「ついによ」

「何がついになんだ?」

「あなた、パパになるのよ」

自分が父親になる。それからの数か月間、どれほどの喜びに包まれながら過ごしたことだろう！　もうすぐ子どもが生まれる父親がたどる道を、私もすべて歩いた。ラマーズ法の教室に参加し、ベビーベッドの組み立て方を学び、『*What to Expect When You're Expecting*』（邦題『すべてがわかる妊娠と出産の本』アスペクト）を読んで大切な箇所に下線を引いた。翌年7月4日の朝6時ごろ、ミシェルが私をつついて、病院に行こうと言った。私はごそごそと手探りをし、ドアの近くに用意しておいたバッグをつかんだ。そのわずか7時間後、私たちはマリア・アン・オバマと対面した。体重4050グラムの堂々とした赤ちゃんだった。

生まれたばかりの娘はたくさんの才能をもっていた。その一つがタイミングのよさだ。議会は閉会中で、大学も休み。大きな訴訟中の案件もなかったので、私は夏の残りをすべて育児に充てることができたのだ。もともと夜更かしの私は夜勤を買って出た。ミシェルには眠ってもらい、そのあいだに目を覚ましてしまったマリアを膝のうえに置き、不思議そうに見上げる娘に本を読んで聞かせた。あるいはげっぷやうんちをしたあとのマリアを胸に抱っこしたまうとうとした。とても温かく穏やかだった。こうした経験とは無縁だっただろう過去何世代もの男性たちのことを思い、自分の父親のことを思った。父といっしょにいたわずかな時間よりも、父がいなかった時間が現在の自分を形づくった。そして今、自分がいるべき場所は地球上のどこでもなく、ここだと思えた。

しかし、若い親であることの負担は大きかった。このうえなく幸福な何か月かを過ごしたあと、ミシェルは仕事に復帰し、私も三つの仕事を掛け持ちする生活に戻った。日中にマリアの面倒を見てくれるすばらしいベビーシッターが見つかったのは幸運だったが、〝常勤従業員〟を抱えたことで家計は大きく圧迫された。

ミシェルはさまざまな負担を背負い、育児と仕事のあいだを行ったり来たりしながら、どちらも十分にできていないのではないかと思い悩んでいた。毎晩、娘に食事をさせ、その体を洗い、お話を読み聞かせ、家の掃除をして、ドライクリーニングの受取日を確認し、小児科医に予約を入れるというメモを書き、その後にようやく空（から）のベッドに倒れ込む。数時間後には同じことを一から繰り返さなければならないと知りながら。その間、夫は〝大切な仕事〟に行ったきりだ。

私たちは口論することが増えていった。たいていは深夜、2人とも疲れ切っている時間帯だ。あるときミシェルが、「こうなるために結婚したわけじゃないわよ、バラク」と言った。「私だけがすべてを負担してる気がする」

それを聞いて、つらかった。仕事をしていないとき、私は家にいた。家にいるのに食後の洗い物を忘れていたとしたら、それは遅くまで試験を採点したり訴訟事件摘要書に手を加えたりしていたからだ。だが、そんな言い訳をいくら重ねたとしても、私はやるべきことができていなかったのだ。ミシェルの怒りの裏には、より厳しい事実が隠れていた。私は、できるだけ多くの人にできるだけ多くのものを届けようとしていた。そのためにより困難な道を進んでいた。ミシェルと私のあいだでお互いの負担がまだ軽かったころ、責任が複雑にからみ合っていないころに彼女が予言していたとおりだ。私は、マリアが生まれた直後に自分自身に誓ったことを思い出した。子どもたちが私をしっかり〝覚えて〟くれること。私の愛情を感じながら育ってくれること。私が子どもたちのことをいつも最優先に考えていると感じてくれること。

薄明かりのリビングルームに座っているミシェルはもう怒ってはいないようだったが、寂しげに見えた。「そこまで価値があることなの？」と彼女に聞かれた。

そのとき自分がどう答えたのか、覚えていない。ただ、自分でもわからなくなっていると言えなかったはずだ。

あとから振り返ってみると、なぜ自分があんなばかなことをしてしまったのか理解できないということがある。車の中でスープを食べようとしてお気に入りのネクタイを台なしにしたとか、感謝祭の日に誘われたタックルフットボールで腰を痛めたといったレベルの話ではない。熟慮を重ねたのに、そのあげくに間抜けな選択をしたという意味だ。人生における一大事にぶつかり、それを分析した結果、なぜか圧倒的な自信をもって完全に誤った答えを導き出してしまったという意味だ。

つまり、私は連邦下院議員選挙に立候補したのだ。何度も話し合ったあと、スプリングフィールドの仕事で得られる成果は、それによって引き起こされる犠牲に見合うだけのものなのかというミシェルの問いに対して、私は、そうではないと認めざるをえなかった。それなのに私は、自分の負担を減らすどころか、正反対の方向に舵(かじ)を切った。アクセルをさらに踏み込んで、より大きな影響を生み出せる仕事に就こうと考えたのだ。ちょうど同じころ、兵役経験者で連邦下院議員の元ブラック・パンサー〔アメリカの急進的黒人政治組織〕のボビー・ラッシュが1999年のシカゴ市長選に出馬したが、自身の選挙区ですら票を伸ばせないままに現職のデイリー市長に惨敗するという出来事があった。

ラッシュの選挙活動を見ていた私は、彼にはハロルド・ワシントンのレガシーを受け継ぐという以外に目立った主張がなく、退屈だと感じた。連邦下院でこの程度でやれていたのだとすれば、私ならもっといい仕事ができるだろう。信頼できるアドバイザー数人に相談したあと、連邦下院議員選挙でラッシュ相手に戦うことは可能かどうかを確認するために、内輪で即席世論調査を実施してもらった。集計の結果、やってみるべきだという結論に達する。その調査結果を見せることで、最も親しい友人の何人かに資金援助をしてもらうこともできた。一方で経験豊富な政治専門家たちからは、ラッシュが見た目よりも手ごわい相手だと忠告されていた。しかも、どういうわけか自分がスプリングフィールドよりもワシントンにいるほうがミシェルの気分がよくなるだろうと考えた私に、ミシェルが信じられないとあきれていたにもかかわらず、私はイリノイ州下院第一選挙区から連邦下院議員選挙に挑戦すると発表したのだ。

選挙戦の序盤から、戦いは惨状を呈していた。始まって数週間経つと、ラッシュ陣営が次々と批判をぶつけてきた。「オバマはよそ者だ」「彼は白人たちの支援を受けている」「ハーバード出のエリート主義者だ」といった具合だ。「それに、あの名前。そもそも彼は黒人なのだろうか?」より正確な調査を実施するだけの資金を手に入れた私は、選挙区でボビーが90パーセントの知名度と70パーセントの支持を得ていることを知った。有権者のうち、私が何者かわかっている人は11パーセントに留まっていた。その直後、すでに成人しているボビーの息子が銃撃されて悲劇的な死を遂げた。それによってボビーに同情する雰囲気が一気に広がった。それから一か月のあいだ、私は選挙活動を実質的に中断した。そして私も通っている教会でジェレマイア・ライト牧師が執り行う葬儀のようすをテレビで観た。すでに家庭が危機的な状態に陥っていた私は、短いクリスマス休暇を過ごすため、家族とともにハワイに行った。しかし、すぐに知事が特別州会議を招集し、私が支持を表明している銃規制に関する法案が採決にかかることになった。1歳半になるマリアの体調が悪く、スプリングフィールドに戻れなかった私は採決を欠席し、シカゴの新聞は私を激しく批判した。

結局、連邦下院議員選挙では30ポイント差で敗れた。

若い人たちに政治について話すとき、〝してはいけないこと〟の例としてこの経験を取り上げることがある。たいていは、そこに後日談を付け加える。敗退から数か月後、私が政治活動に臆病になってしまったのではないかと心配した友人の1人が、ロサンゼルスで開催される2000年民主党全国大会に参加するよう私を強く誘ってくれたのだ(彼は「もう一度馬の背にまたがってみろ」と言った)。しかし、ロサンゼルス国際空港に降り立ってレンタカーを借りようとすると、私のアメリカン・エキスプレス・カードが利用限度額を超えていると断られてしまった。会場のステイプルズ・センターまではなんとかたどり着いたが、友人が私のために用意してくれていた資格では大会の会場には入場できないことが判明した。私はみじめにも会場周辺をうろつき、スクリーンに映し出されている大会のようすを眺めるはめになった。さらにその後、友人が出席するパーティーにも手違いから参加できないことがわかり、私は1人でタクシーを拾ってホテルに向かい、友人が借りていた部屋の長椅子に横になったあと、ちょうど会場でアル・ゴアが民主党大統領候補指名を受諾しているころ、飛行機でシカゴに戻った。

その後、私が大統領になったことを思えば、今ではこれも笑い話だ。私は若い人たちにこう言う。政治とは予測不能であり、復活力が求められるものなのだと。

ただし、そのときに若い人たちに語らないこともある。あの日、シカゴに戻る機内での暗い気持ちだ。当時、私は40歳手前だった。経済的にも厳しく、屈辱的敗北を喫し、結婚生活もぎくしゃくしていた。おそらく人生で初めて、自分は間違った方向に進んでいるのではないかと不安になった。自分には豊富にあると思っていたエネルギーや楽観的な気持ち、当てにしていた潜在能力、そういったものをすべて無駄遣いしてしまったのかもしれない。さらに悪いことに、これまで行ってきた数々の選択を正当化したいという思い、自己満足、あるいは自分がもっていないものをつかみ取った人たちに対する羨望を和らげるために行ったことだと気づいた。

つまり、私は、若かったころにそうならないようにと自分を戒めたはずのものになっていたのだ。私は政治家にはなったが、決してよい政治家にはなっていなかった。

第3章

ボビー・ラッシュに大敗した私は落ち込み、数か月間、傷が癒えるのを待った。それから、自分がやるべきことを整理し直して再出発しようと決めた。ミシェルには、もっとよい夫になるつもりだと話した。もうじき2人目の子どもが生まれる予定だった。結局はミシェルが望むほどには自宅にいられない生活が続いていたが、少なくとも私が努力していることは彼女もわかってくれていた。私はスプリングフィールドで行う会議のスケジュールを調整して、自宅で夕食をとる機会をもう少し多く確保できるようにした。今までよりも時間に正確に行動し、できるだけ長い時間家にいられるようにしたのだ。そして2001年6月10日、マリアが生まれてからほぼ3年という日に、私たちはあのときと同じ喜び、同じ感激を味わった。あのときのマリアと同じぐらいぽっちゃりして愛らしく、太くて黒い縮毛（カール）がたまらない魅力のサーシャが、私たちのもとにやってきたのだ。

それからの2年間、私はそれ以前よりも平穏な暮らしを送った。毎日が小さな喜びに満ちあふれ、仕事と家庭をどうにか両立できていることが嬉（うれ）しかった。私の手からなんとかして逃れようとするマリアに初めてのバレエ用タイツを苦労しながらはかせたり、マリアの手を握って公園まで歩いたり、足の先を軽く嚙むと笑いが止まらなくなるサーシャを見たり、そしていっしょに古い映画のビデオを観ている途中、私の肩に頭をあずけたまま いつの間にか眠りに落ちたミシェルの静かな寝息を聞いていたりすることが、とても幸せだった。あらためて州上院の仕事にしっかりと向き合いながら、ロースクールで学生たちと過ごす時間も楽しんだ。また、家計を細かく見直して借金の返済計画も立てた。仕事のスピードを落とし、父親であることの喜びを嚙みしめながら、私は政治家を引退したあとの人生について考えはじめていた。教職に就こうか、執筆に専念しようか。弁護士業に戻るという手もある。あるいは、以前に母が思い描いていたように、地元の慈善財団に職を求めるのもいいかもしれない。

　言い換えれば、連邦下院選に挑んで挫折したあと、私は何かを諦めようとしていたのだ。どうにかして世界を変えたいという気持ちは失っていなかったものの、今よりも大きな政治の舞台でそれを実現したいという意欲は薄れていた。自分の人生には限界があるという諦念が、落選によってもたらされた家族との時間という恵みへの感謝に変わっていった。

　しかし、二つの理由から、私は政治からきっぱり身を引くことなく政治の世界に留まった。一つめは、2000年の国勢調査による最新データを反映させてイリノイ州選挙区を再画定する作業を監督する権利を、州民主党が獲得したことだ。これは州憲法の風変わりな規定によって決まった。民主党が支配的な下院と共和党が優勢な上院とのあいだで続いていた論争に決着をつけるために求められる抽選手続きによって、すなわちエイブラハム・リンカーンの古いシルクハットの中から札を引くことで、決まったのだ。これまで10年間続いた共和党の恣意的で不公平な選挙区の区割り（ゲリマンダー）をひっくり返して、2002年の選挙では新たな区分に基づき民主党が多数派となる見通しが立った。私自身、もう一期議員を続けられれば、ようやくいくつかの法案を通して選挙区の住民たちに有意義な成果を届けられるだろう。おそらく、役に立ったという喜びにひたりながら議員生活を終えられるはずだ。

二つめは、出来事というより直感というべきかもしれない。当選以来、私は毎年夏の数日間を利用してイリノイ州各地にある同僚議員たちの地元選挙区を訪ねることにしていた。通常は私の首席上院補佐官、元UPI通信の記者で、分厚い眼鏡と無限のエネルギー、それに太い声が特徴的なダン・ショーモンといっしょに回った。ゴルフクラブと地図と着替え数セットをジープの後部座席に放り込んで、州の南部か西部へ向かう。目的地はロックアイランドやピンクニーヴィル、アルトンやカーボンデールだ。

ダンは私の欠くことのできない政治顧問であり、親しい友人であり、車での旅の理想的な相棒でもあった。話しやすく、反対に黙ったままでもまったく気にならない。そのうえ、車内の喫煙仲間でもある。さらに彼は、州の政界についてとんでもなく詳しかった。2人で遠征した最初の年、ダンは少し神経質になっていた。シカゴから訪れた黒人の弁護士で、おまけにアラブ風の名前［バラク・オバマのミドルネームはフセイン］をもっているとなれば、州の南部でどんなふうに反応されるかおおかたの予想がついたからだ。

「高級シャツは着ないこと」。出発前、ダンは私にそう指示した。

「高級シャツなんてもっていないよ」と私は言った。

「よろしい。ポロシャツとカーキパンツだけにしておけ」

「了解」

州南部で私は浮いてしまうのではないかというダンの心配をよそに最も驚かされたのは、訪問した先々で見聞きしたあらゆることがとてもなじみのあるものに感じられたことだ。カウンティフェア［農産物の品評会などが行われる郡のお祭り］でも、労働組合会館でも、農家の庭先でも、それは変わらなかった。自分の家族や仕事について説明する人々の話し方。慎み深さやもてなしの心。高校バスケットボールへの熱狂ぶり。フライドチキンとベイクドビーンズとジェロ［ゼリーのデザート］が並んだ食事。それらの一つ一つから、まるで私の祖父母や母、あるいはミシェルの母親や父親の声が聞こえてくるかのようだった。そこには、同じ価値観、同じ希望と夢があった。

子どもが生まれてからはこうした視察旅行の頻度も減ったが、あのとき繰り返し体験して学んだ教訓は、私の心にいつまでも残った。シカゴの私の選挙区の人たちと州南部の人たちが互いに理解し合えない限り、私たちの政治は真の意味で変わることができないと悟った。政治家にとっては、いかなるときも黒人対白人、移民対地元民、地方の利益対都市の利益といったステレオタイプな対立構造を煽（あお）っているほうがずっと楽だからだ。

一方、アメリカでは今も国民が分断されているという前提が支配的だが、私たちの活動によってそれに異議を申し立てられれば、アメリカ国民のあいだで新たな結び付きをつくれるかもしれない。そうなれば、権力者はもはや異なる集団を争わせることができなくなる。連邦議員は地元有権者の利益、そして彼ら自身の利益をもっと広い視野に立って定義づけることができるようになる。そしてメディアは、どちら側が勝ったか負けたかではなく、全員にとって共通の目的を達成したかどうかに目を向け、それを念頭に問題を分析するだろう。

突きつめれば、それこそが私の追求していたものではないのか？　アメリカの人種的、民族的、宗教的分断に、そして私の人生を構成するさまざまな要素に橋を架ける活動だ。そんな私の考えは非現実的なのかもしれない。そうした分断はもはやあまりにも根深いからだ。しかし、どれほど自分を納得させようとしても、私の最も深いところにあるこの信念を断ち切るには早すぎるという気持ちは拭えなかった。政治活動はすでに十分にやったからおしまいだ、あるいはほぼおしまいだと自分に言い聞かせてみても、心の奥底にはまだ諦めたくない自分がいた。

将来について考えれば考えるほど、はっきりしてきたことがあった。私が思い描くような〝異なる集団に橋を架ける政治〟は下院選挙になじまないということだ。そこには、選挙区の分け方次第で事情が変わるという構造的な問題がある。私が住んでいたような黒人が多い選挙区や、長いあいだ差別や無視に苦しんできたコミュニティにおいて、政治家は人種問題への立場によって評価されることが多い。それは、取り残されたと感じる白人が多い農村の選挙区でも同じだろう。有権者たちがこう問いかけてくるのだ。あなたは、私たちとは外見の異なる人たち、私たちから搾取し、私たちを見下してきた人たちにどれだけうまく立ち向かうことができるのか?

そうした狭い支持基盤をもとに、変化をもたらすこともできるだろう。多少ベテランになれば、自分の選挙区民によりよく奉仕できるようになり、たとえば地元選挙区に大きめのプロジェクトを一つか二つ持ち帰ることぐらいはできるだろうし、仲間たちと手を組んで全国レベルの議論に影響を与えることもできるだろう。しかしそれだけでは、本当に必要としている人たちに医療サービスを提供したり、貧しい家の子どもたちによりよい教育機会を与えたり、新たな雇用を増やしたりすることを困難にしている政治的制約を取り払うには不十分なのだ。それは、ボビー・ラッシュが日々苦心していたのと同じ制約である。

本気で現状を変えたければ、できるだけ幅広い層に向けて、できるだけ幅広い層を代表して語る必要があると私は思った。そのための最良の方法は、国政に、たとえばアメリカ上院に出馬することだった。

あれほどの大敗を喫してから間もない時期に、今度は連邦上院議員への挑戦意欲が湧いてくるなどというのは、厚顔無恥といえる。当時の自分の気持ちを振り返ってみると、まるで酒好きがこれで終わりにするからと言って酒を飲むように、私もただもう一杯飲みたくて仕方がなかっただけかもしれない。ただ、自分では少し違うつもりだった。あれこれ考えるうちに、はっきりと感じられるようになった。勝つかどうかよりも勝てる可能性があることが重要で、もし自分が実際に勝てば、大きな影響力をもつことができる。まるでアメリカンフットボールのランニングバックがディフェンスの穴に気づいたように、あそこさえ素早く走り抜ければあとはエンドゾーンまで独走だと実感できたのだ。そして私は、この明確なイメージと同時に、もう一つ、別のことを意識した。今度うまくやり通せなかったら、政治の舞台から去ろう。そして、ベストを尽くすことさえできれば、たとえそうなっても悔いはないと思った。

2002年、私はひそかに自分の計画を検証しはじめていた。イリノイ州の政治情勢を鑑みても、知名度の低い黒人州議会議員が連邦上院選挙に打って出ることが必ずしも現実離れした考えとは思えなかった。これまでも国政に転じたアフリカ系アメリカ人は何人かいた。その1人が前上院議員のキャロル・モズリー・ブラウンだ。有能だが少々風変わりな政治家の当選に国中が沸いたものの、その後、ブラウンの金銭的な不正など一連のスキャンダルが明るみに出て落選する。次にその彼女を破ったのは裕福な銀行家の共和党員、ピーター・フィッツジェラルドだが、極端な保守思想の持ち主で、民主党の人気が高まっていたイリノイ州においてはあまり評判がいいとはいえなかった。

私は、州上院のポーカー仲間3人に話をするところから始めた。民主党のテリー・リンク、デニー・ジェイコブス、そしてラリー・ウォルシュだ。彼らの地盤である白人労働者階級の多い農村地域ではたして私が戦えるか、意見を聞いてみたのだ。私がそれぞれの選挙区を訪問したときの状況を踏まえ、彼らは大丈夫だと判断した。そして3人とも、もしも私が立候補した場合には支持すると言ってくれた。シカゴのミシガン湖畔を地盤にもつ白人の進歩派議員の多くや無所属のラテン系議員数名も、同じく支持を約束してくれた。私はジェシー・ジャクソン・ジュニアに、出馬するつもりがあるかと聞いた。彼は否定したうえで、私を支持するつもりだと付け加えた。イリノイ州選出の3人目の黒人下院議員で温和な性格のダニー・デイヴィスも支持を約束してくれた（ボビー・ラッシュが私の出馬に乗り気でないとしても、それを責めることはできなかった）。

最重要人物はエミル・ジョーンズだ。州上院議長への就任が決まっていて、イリノイ州では最も力のある3人の政治家の1人だ。彼の事務所を訪れた私は、連邦上院に現職のアフリカ系アメリカ人議員が誰もいないという事実を指摘し、スプリングフィールドでともに戦い追求してきた諸政策も、ワシントンに議員が1人いればより通しやすくなると彼を説得した。それに、もしも彼の力添えで連邦上院にイリノイ州から民主党議員を送り込めたら、これまで彼を見くびってきたスプリングフィールドの守旧派の共和党議員たちが大いに悔しがるのは確実だとも付け加えた。その点はかなり気に入ってもらえたようだ。

デイヴィッド・アクセルロッド（アックス）に対しては、少々違う姿勢で臨んだ。ジャーナリストからメディアコンサルタントに転じたアックスは、これまでにハロルド・ワシントン、元連邦上院議員のポール・サイモン、リチャード（リッチ）・デイリー市長といった人たちを顧客（クライアント）に抱え、その賢くタフな戦いぶりで、広報専門家として全国的に高い評価を得ていた。私はかねてから彼の手腕に敬服していて、もしも陣営に加わってもらえれば、州内だけでなく全国の資金提供者や評論家たちから、始めたばかりの選挙活動に信頼を寄せてもらえるはずだと確信していた。

ただし、アックスを引き入れるのが難しいことも承知していた。「厳しい戦いになりますよ」。リバーノース地区のビストロで昼食をともにしたとき、彼はそう言った。アックスは、ボビー・ラッシュに挑もうとする私に警告を発していた多勢のうちの1人だった。サンドイッチをほおばりながら、二度目の負けは致命的になると彼は続けた。「オサマ」と同じ韻を踏む候補者名には州南部の票が集まらないだろうとも。しかも、彼は同じく上院選出馬をもくろむ2人の候補予定者からもすでにアプローチを受けていた。州の会計検査官を務めるダン・ハインズと、ヘッジファンド・マネジャーで億万長者のブレア・ハルだ。いずれも、私よりはるかに勝利に近い位置にいると思われたので、クライアントとして私を選べば彼の事務所にとっては大きな痛手となる可能性もあった。

「リッチ・デイリーが引退するまで待ってから、市長選に出たらどうです？」。ひげについたマスタードを拭いながら、彼はそう話を結んだ。「そのほうが可能性は高いと思いますが」

正論だった。しかし、私は型どおりの賭けをするつもりはなかった。それに、アクセルロッドという人物から私はあることを感じとっていた。世論調査だの戦略メモだの論点だのといったさまざまな道具の向こうに、自分のことを単に金で雇われて動く人間ではないと自負している人物、私の同類かもしれない人物が見え隠れするのだ。私は選挙の力学について議論するのではなく、彼の気持ちに直接訴えかけることにした。

「ＪＦＫ（ジョン・Ｆ・ケネディ）やボビー・ケネディはどうやって周りの人々がもっている最高の力を引き出せたのか、考えたことがあるかい？」。私は尋ねた。「あるいは、ＬＢＪ（リンドン・Ｂ・ジョンソン）が投票権法を、ＦＤＲ（フランクリン・Ｄ・ルーズベルト）が社会保障法を成立させるのを手助けして、何百万もの国民の生活をよくすることができたときの気持ちについては？　政治とは、必ずしもみんなが想像しているようなものでなくていい。それ以上の何かにもなりうるんだ」

アックスは、その印象的な眉毛を上げると、私の顔をじっと見つめた。彼にはわかったのだろう。私が説得しようとしていたのは彼だけではなかった。私は私自身を納得させようとしていたのだ。

そして数週間後、彼から電話をもらった。ビジネスパートナーや妻のスーザンと何度も話し合いを重ねた結果、私をクライアントとして受け入れることに決めたという。私が感謝の言葉を述べる前に、彼は条件を付け加えた。

「あなたの理想主義には人を動かす力がある、バラク……ただし、５００万ドルを調達してテレビに顔を出し、その考えを人々に伝えなければ、あなたが勝てる見込みはない」

ここまでたどり着いて、ようやく私はミシェルの考えを聞くときが来たと思った。彼女は、シカゴ大学メディカルセンターで地域連携活動を担当するエグゼクティブ・ディレクターの職にあった。以前よりは時間も自由になっているとはいえ、それでも高度な専門職としての責任を果たしながら、娘たちと遊ぶ時間を確保し、送迎の時間を捻出するのは大変だ。だから「とんでもないわよ、バラク！」という反応の代わりに、親しい友人たちを交えて話し合いましょう、という彼女の提案を聞いたときには少々驚いた。ビジネスマンとして成功したマーティ・ネスビット、彼の妻でうちの娘２人の出産に立ち会ってくれた医師のアニタ・ブランチャード、優秀で幅広い人脈をもち、シカゴ市企画局時代はミシェルの上司であり、その後は私たち夫婦にとって姉のような存在にもなっていたヴァレリー・ジャレットなどが、その集まりに参加してくれた。その時点では知らなかったが、ミシェルはあらかじめマーティとヴァレリーに話をつけて、私のばかげた行動を思いとどまらせるべく説得を頼んでいたのだった。

私たちはハイドパーク地区にあるヴァレリーの自宅のアパートメントに集まった。長いブランチのあいだ、私は自分の考えがここに至るまでの過程を説明し、民主党候補として指名されるための詳細なシナリオを提示し、前回と今回の選挙戦では何が違うのかという質問に答えた。ミシェルに対しては、自宅を空ける時間が増えるだろうと正直に伝えた。ただ、これで最後だと約束した。うまくいかなければやめる。今回勝てなかったら、もう一生政治の世界とは縁を切る。

私が話し終えた時点でヴァレリーとマーティは納得させられていた。ミシェルは悔しかったに違いない。ミシェルにとって、もう一度あの選挙活動を行うのは虫歯の根管治療と同じぐらいつらいことだったが、それをひとまず脇に置いたとしても、問題は選挙戦略がうまくいくかどうかではなかった。彼女が何より懸念していたのは、前回の選挙のときからまだ回復しきっていない家計へのさらなる打撃だった。ミシェルは私に、まだ学生ローンも住宅ローンも残っているし、クレジットカードの借入金もあると告げた。娘たちを大学に行かせるための貯金も始めていない。それに、連邦上院選に出馬すれば、利益相反を避けるために私は弁護士業を中断しなければならなかった。その分、収入も減ってしまうのだ。

「もしもあなたが負けたら、家計はさらに悲惨なことになるわ」とミシェルは言った。「それに、仮に勝ったとしたらどうなるの？　ワシントンとシカゴの二つの家計をやり繰りしなければならないのよ。一つだけでもぎりぎりなのに」

そうくると思っていた。「もしも勝てたらね、ハニー」と私は言った。「アメリカ中から注目が集まる。連邦上院でただ一人のアフリカ系アメリカ人議員になるんだ。有名人になったら、また本を書けばいい。それがたくさん売れて、増えた出費の分も賄（まかな）えるはずだ」

ミシェルは鼻で笑った。たしかに一冊目の本でいくらかの印税を得ることはできたが、とても私たちが今話しているような負担を補えるレベルではなかった。ほとんどの人が同じ意見だろうが、妻にしてみれば、まだ書いてもいない本の印税などは資金計画のうちには入るはずもなかった。

「つまり」とミシェルが言った。「あなたのポケットには何か魔法の豆が入ってるってわけね。そう言ってるのと同じ。魔法の豆を持っていて、それを植えるとひと晩で巨大な豆の木が生えて空高く伸びていく。あなたはその豆の木をよじ登って、雲の上に住む巨人をやっつけて金の卵を産むガチョウを連れて帰る。そういうことよね？」

「まあ、そんなところかな」と私は言った。

ミシェルは頭を振って、窓の外へ目をやった。ミシェルも私も、私が何を求めているのかはわかっていた。また結婚生活に混乱をもたらし、また賭けに出て、私は望んでいても妻はまったく望んでいない道にまたもや踏み出そうとしているのだ。

「今回限りよ、バラク」。ミシェルは言った。「本当に最後。でも、私に選挙活動の手伝いは期待しないでね。それどころか、私の1票すらあてにできないわよ」

子どものころ、私はセールスマンの祖父が電話で生命保険の勧誘をするようすをときどき眺めていた。私たちはホノルルにある高層アパートの10階に暮らしていたが、祖父は、夜になると飛び込みで勧誘電話をかけまくり、そのうちにだんだんその表情が暗くなっていったものだ。2003年になってからの数か月間、連邦上院議員選挙を戦うために立ち上げた選対本部の、家具もまばらな事務所で、私はよく祖父のことを思い出していた。デスクに座る私の後ろにはソニー・リストンを破って勝ち誇ったポーズをとるモハメド・アリのポスターが貼ってあった。私はそこから、自分を鼓舞しながら資金集めの電話をかけつづけていたのだ。

ダン・ショーモンと、キャンペーン・マネジャーとして雇い入れたケンタッキー生まれのジム・コーリーを除けば、選挙スタッフの大半は20代の若者で、給料を支払っていたのは半分だけ、しかもそのうち2人はまだ大学の学部生だった。なかでも、ただ1人だけフルタイムで資金集めを担当し、寄付集めの電話をかけるよう私の背中を押しつづけてくれたスタッフには、本当に苦労をかけた。

当時の私は、政治家として以前よりも成長できていたのだろうか？　なんとも言えなかった。2003年2月に開かれた初めての候補者どうしの公開討論会で、私は緊張のあまり力を出せず、そういう場所で必要な簡潔でまとまったフレーズを紡ぎ出せなかった。しかし、ボビー・ラッシュに負けたことを通じて、私は勝ち進むための具体的な心得を学んだ。メディアをもっと効果的に活用し、自分の主張を短く強い言葉にまとめて広めること。政策文書の作成にばかり時間を費やさず、有権者一人一人と直接つながる活動を展開すること。そして活動資金を、それも多額の資金を調達すること。何度も調査を行った結果、勝てる可能性はあったが、費用のかさむテレビ広告を打って認知度を上げることが条件だった。

それに、なす術もなく終わった下院選と比べて今回は幸運にも恵まれた。4月に入り、ピーター・フィッツジェラルドが再選に向けた出馬はしないと表明した。キャロル・モズリー・ブラウンは、復帰を目指せばおそらく指名されたはずなのに、どういうわけか大統領選への挑戦を選んだ。これで、戦いはかなり楽になった。予備選ではほかに6人の民主党立候補者がいたが、私は複数の労働組合や主だった州選出議員からの支持を取りつけて、州南部やリベラル層の支持基盤強化にもつなげた。州議会では、エミル・ジョーンズと上院で多数を占める民主党議員に支えられて、重大事件における取り調べ過程の録画の義務付けから勤労所得税額控除の範囲拡大まで、数多くの法案を通過させるために先頭に立った。立法で成果を出す議員として、私への評価は上がっていった。

国政レベルでも、私にとって次第に有利に働く出来事があった。2002年10月、まだ出馬表明も行っていない時期だったが、私はシカゴ中心部で開かれた反戦集会に招かれ、当時差し迫っていたアメリカによるイラク侵攻への反対演説を行うよう要請されたのだ。もうすぐ上院選に立候補する者にとって、そうした政治的駆け引きは複雑なものに思えた。アックスとダンはともに、ここで戦争反対の立場を明確にしておけば、民主党予備選を有利に戦えると考えていた。しかし一方で、9・11以降この国を覆っていた気分（当時の全国世論調査ではアメリカ人の67パーセントがイラクへの軍事行動を支持していた）や、少なくとも短期間であれば軍事的成功を収められる可能性が高かったこと、そしてすでに一部では論議の的になっている私の名前と出自を勘案すれば、ここで戦争反対を表明することは候補者としての立場に悪影響を及ぼしかねない、と忠告してくれる人たちもいた。

ある友人はこう言った。「アメリカという国はすぐに誰かをやっつけたがるからね」

私はこの問題を1、2日よく考え、これは自分にとって最初の試練なのだと考えた。自分に約束したとおりの選挙活動をやり通せるのか？　私は5、6分ほどの短いスピーチ原稿を書き上げた。自分の考えを正直に反映した内容になったことに満足し、確認のために選挙チームに送ることもせずそのままベッドへ直行した。集会当日、会場のフェデラル・プラザにはその日の主役ジェシー・ジャクソン目当てに1000人を超える聴衆が集まっていた。突風が吹く寒い日で、私が名前を呼ばれてマイクの前に進み出ると、ミトンや手袋をはめた手のくぐもった拍手がぱらぱらと聞こえた。

「初めにお断りしておきます。この集会は反戦がテーマですが、私はあらゆる戦争に反対しているわけではありません」

演説者の真意を測りかねて、聴衆が静まった。私は、「連邦」〔南北戦争当時のアメリカ合衆国〕を維持し、新たな自由を獲得するために流された血について触れ、真珠湾攻撃を受けて軍に志願した祖父を誇りに思う気持ちを語り、アフガニスタンでの軍事行動を支持し、新たな9・11を引き起こさないためには私自身武器を取るつもりだと語った。「私は、すべての戦争に反対するのではありません。反対するのは、ばかげた戦争です」。そして、サダム・フセインはアメリカと周辺国に対して差し迫った脅威ではないと説明したうえで、「たとえイラクに対する戦争が首尾よく進んだとしても、アメリカがその後の占領政策をいつまで続けるべきかは不明確です。今後いくらの予算が必要になるかも、占領した結果がどうなるのかもわからないのです」と続けた。最後に、もしブッシュ大統領が戦争をしたいのなら、まずアルカイダとの戦いに決着をつけ、抑圧的な政権を支援するのをやめて、中東の石油に対するアメリカの依存度を下げるべきです、と論じて締めくくった。

席に座ると、聴衆からの拍手が聞こえた。会場をあとにするときの私は、この演説をたいして重要なものだとは思っていなかった。報道では私が出席したことすらほとんど取り上げられなかった。

アメリカ主導の連合軍がバグダッドへの爆撃を開始してからわずか数か月後、民主党はイラク戦争に反対の立場を取るようになった。犠牲者の数が増え、混迷が深まり、メディアは本来戦争開始当初に投げかけるべきだった疑問を、ようやく提示しはじめた。草の根の反戦活動が大きなうねりとなり、2004年の大統領選でイラク戦争に賛成したジョン・ケリーのような候補者の前に、それまでは知名度の低かったバーモント州知事、ハワード・ディーンのような対抗馬が現れる事態となった。すると反戦集会における私の短い演説が突然脚光を浴び、先見性のある内容だったとしてインターネット上で閲覧された。事務所の若いスタッフたちは、急増したボランティア希望者や多数の少額寄付金が〝ブログ〟や〝マイスペース〟とどう関係しているのかを、私に説明しなければならなかった。

上院選の候補者として、私は充実した毎日を送っていた。シカゴでは土曜日ごとに、特定のルーツをもつ人々が多く住む地域を回った。メキシコ系、イタリア系、インド系、ポーランド系、ギリシャ系。それぞれの地域で、食べ、踊り、パレードに参加して、赤ちゃんにキスをし、おばあさんを抱きしめた。日曜日には黒人の教会を訪ねた。ネイルサロンとファストフード店に挟まれた質素な教会もあれば、フットボール場ほどの駐車場を備えた広々とした巨大教会（メガチャーチ）もあった。私はシカゴ市の郊外をあちこち巡った。ノース・ショア地域には緑豊かな大邸宅が立ち並んでいたが、市のすぐ南と西の町には廃屋と貧困者世帯の多い地区があり、そこは市内で最も治安の悪い地域と変わらなかった。数週間に一度は州の南部へ向かった。1人で車で出向くこともあったが、現地で選挙活動を担っている2人の優秀なスタッフ、ジェレマイア・ポーズデルかアニタ・デッカーといっしょに行動することも多かった。

遊説を始めたばかりのころ、有権者には私が問題だと感じているテーマについて話すことが多かった。たとえば業務を海外に移転した企業に対する優遇税制の廃止や、再生可能エネルギーの促進、子どもたちの大学進学を助ける学費支援などだ。そして、私は自分がイラク戦争に反対する理由を説明した。兵士たちのすばらしい働きを評価する一方で、アフガニスタン戦争が今も続き、オサマ・ビン・ラディンを野放しにしたままで新しい戦争を始めることへの疑問を呈した。

しかし、時間が経つにつれて、私は人々の話を聞くことに重点を置きはじめた。そして聞けば聞くほどに、より多くの人たちが私に対して心を開いてくれるようになったのだ。たとえばずっと働いてきた会社から解雇されたときの気持ちや、債務不履行で自宅が差し押さえられたり、家族経営の農場を売らざるをえなくなったりしたときのようすを話してくれた。お金がなくて医療保険に加入できないという人も、医者から処方された薬を少しでも長くもたせるためにときには錠剤を半分に割って服用するという人もいた。若者が減っているのは地元によい仕事がないからだと語る人や、学費が足りず卒業を間近に控えて大学を退学したという人もいた。

私の街頭演説は、自分の主張を並べるものから、こうした多種多様な声を伝えるものへと変わっていった。それは、イリノイ州のあらゆる場所から聞こえてくるアメリカ人の声の集積なのだ。「つまり、こういうことです」と私は話した。「出身地や外見の違いにかかわらず、ほとんどの人は同じものを求めています。何も大富豪になりたいわけじゃない。あるいは、自分でできることを他人にやってもらいたいわけでもありません」

「彼らが〝本当に〟望んでいるのは、働きたいと思ったら、せめて家族を養えるような仕事が見つかることです。病気になったからといって破産せずにすむことです。子どもたちによい教育を受けさせ、今日の経済情勢のもとでも暮らせるようにすることです。努力すれば大学の学費を賄えるようにしたいのです。犯罪者やテロリストから身を守りたいのです。そして、人生の大部分を勤労に費やしたあとは、尊厳と敬意のなかで引退したいのです」

「そのくらいの望みです。あまり多くの要求ではありません。それに、すべてを政府に解決してもらおうなどとも思っていません。しかし、政府がほんの少しだけ優先順位を変えてくれればとても助かる、そのことをみんな骨身にしみてわかっています」

こうした話を、参加者たちは静かに聞いていた。それから私は質問を受け付けた。集会が終わると、人々は私と握手するために列をつくった。選挙用のチラシを手に取ったり、ジェレマイアやアニタや地元のボランティアにどうすれば自分も活動に参加できるか尋ねたりする人もいた。その後、私は次の街へと車を走らせる。今話したことは真実ばかりだと私にはわかっていた。もはやこの選挙活動は私個人のものではない、私がこうやって人から聞いた話を伝えることで、みんな自分の暮らしにも自分自身にも価値があると気がついて、自分たちの物語を互いに分かち合うようになるのだ。

スポーツであれ政治であれ、物事の勢いを正確に見きわめることは難しい。だが、2004年初頭の時点で、私たちの選挙活動には勢いがついていた。このころアックスが二種類のテレビ広告を打っていた。一つめは、私がカメラに向かって直接語りかけ、最後に〝YES WE CAN〟というキャッチフレーズで締めくくるものだ（私にはこのフレーズが陳腐に思えたが、アックスはすぐさま〝天の声〟にすがった。ミシェルに見せると「全然陳腐じゃない」という判断が下された）。二つめには、イリノイ州民から愛されたポール・サイモン元上院議員の娘、シーラ・サイモンが出演した。ポールは、私への公式な支援を表明する予定だった数日前に心臓手術を受け、その後亡くなっていた。

私たちは、予備選が始まる4週間前にCMを流しはじめた。すると、短期間で私への支持率はほぼ倍増した。州の五大紙が私への支持を表明すると、アックスはテレビ広告を再編集してこの事実を強調した。地元紙からの支持は、白人候補者よりも黒人候補者により有利に働く傾向にあるからだという。そのころ、最有力ライバルの支持率が急落した。彼の元妻が家庭内暴力の被害を訴えたという、以前は機密扱いになっていた裁判所の文書が報道によって明るみに出たためだ。2004年3月16日に行われた民主党予備選には7人が立候補していたが、私は投票数の約53パーセントを獲得して勝利した。これは、他の候補者全員の得票総数よりも多いだけでなく、同時期に行われた共和党の州全体の予備選における投票総数をも上回る数だった。

予備選が行われた夜の出来事で私が覚えているのは、二つの瞬間だけだ。祝勝会で大量の紙吹雪が噴射されたのを見て娘たちが歓喜の悲鳴をあげたとき（2歳のサーシャには多少の恐怖も混じっていたかもしれない）と、シカゴ市内の白人が多い地区では一つを除いて勝利したという事実を、アックスが勢い込んで私に教えてくれたときだ。これらの地区は、以前ハロルド・ワシントンに対して人種差別的な抵抗をみせた中心地域でもあった（「今夜はハロルドが天から私たちにほほえんでくれているでしょう」とアックスは言った）。

翌朝のことも覚えている。私はほとんど徹夜の状態でセントラル・ステーションに行き、これから仕事場へ向かう通勤者たちと握手をした。花びらのように厚いぼたん雪が舞いはじめていた。私に気がついて握手してくれる人たちはみな一様に笑みを浮かべていた。まるでいっしょにすばらしいことを成し遂げたね、とでも言いたげな表情だった。

それからの数か月間、私たちは、アックスの表現によれば「大砲から放たれたような」日々を過ごした。本当にその表現がぴったりだと思えるほど目まぐるしかった。私たちの選挙活動は一夜にして全国的な話題となり、全米ネットワークのテレビ局からいくつものインタビューが申し込まれ、アメリカ中の公選公職者から電話で祝辞を贈られた。単に私たちが勝ったからというだけではない。あるいは予想外の大差をつけたからというのでもない。彼らの目を引きつけたのは、私たちの勝ち方だった。南部や地方の白人が多数を占める地域も含め、あらゆる層から票が集まったのだ。評論家たちは、アメリカの人種間関係について私たちが選挙戦で何を言ったのか憶測し、私が早い段階でイラク戦争に反対していたことから、今後の民主党の方針について私たちがこれから語るであろうことに関してあれこれ論じた。

私たちはその勝利を祝う暇もなく活動を続けた。より経験豊富なスタッフも増やしたが、その1人が広報責任者のロバート・ギブズだ。アラバマ州出身で、ジョン・ケリーの選対本部で働いていたギブズは、タフで機転の利く男だった。世論調査によれば、私は共和党の対立候補であるジャック・ライアンを20ポイント近くも引き離していたが、ライアンの経歴を見て油断は禁物だと思った。ゴールドマン・サックスの金融マンだった彼は、その後退職し、教区立学校［プロテスタントの私立学校］で恵まれない子どもたちに教えていた。二枚目俳優のようなその風貌は、いかにも共和党的な印象を和らげる役目も果たしていた。

幸運だったのは、こうしたことが何一つ私たちの活動にマイナスの影響を与えなかったことだ。ライアンは私について、支出を増やし税金を引き上げるリベラル派であると批判し、数字を織り交ぜた複数の表を使って自説を述べたが、その数字がどう見ても間違いだらけだとメディアに叩かれた。次に、なんとか私の失言をとらえようとするあまり、若いスタッフを雇ってビデオカメラを持たせ、私がトイレに行くときからミシェルや娘たちと会話するときまで執拗に張り付かせたことで批判を浴びた。さらに、彼の元妻が夫にセックスクラブに連れていかれ、見知らぬ人たちの面前で性行為を強要されたと訴えていた、離婚時の秘密書類の存在がメディアに暴かれる事態となった。それが決め手となって、ライアンはそれから1週間も経たずに選挙戦から撤退した。

こうして、総選挙までちょうど五か月を残し、私の周りから対立候補が消えた。

「今、言えることは」とギブズが言った。「選挙が終わったら、みんなでベガスあたりに繰り出そうぜってことかな」

それでも、私自身は厳しい選挙活動の日程を緩めるつもりはなかった。1日の仕事をスプリングフィールドで終えたあとに、近隣の町まで車を走らせて選挙集会に顔を出すこともしばしばだった。あるとき、そうした集会の一つからの帰途、ジョン・ケリーの事務所スタッフから電話がかかってきた。7月下旬にボストンで行われる民主党全国大会で基調演説をしてほしいというのだ。その依頼にはさほど驚きも緊張もしなかった。年が明けてから、想像を絶する出来事ばかりが続いていたからだ。アックスがスピーチを書くためにチームを編成しましょうと申し出てくれたが、私は大丈夫だと断った。

「自分で書いてみたいんだ。言いたいことは頭の中にある」と私は言った。

その後の数日間を使って、演説原稿を書いた。たいていは夜に、スプリングフィールドの〈ルネッサンス・ホテル〉でベッドに寝転がったまま、野球中継の音がテレビから聞こえるなか、自分の考えを黄色いメモ用紙に書きつけていった。すらすらと言葉が出てきた。大学に通っていたころから追い求めてきた政治について、そして自分を今いる場所に至らしめた内面の葛藤について書く。私の脳裏には、多くの人たちの声がこだましていた。母、祖父母、父、コミュニティ・オーガナイザーの仲間たち、選対本部のスタッフたち。私は、これまでに出会ってきた多くの人々、生活が苦しくても恨みを募らせたり冷笑的になったりせず、よりよいものを求めて地道に努力し互いに助け合っている人たちのことを考えた。さらに、私の師であるジェレマイア・ライト牧師がある説教で語っていた、私の理想を的確に表現している言葉を思い出した。

大いなる希望。

のちに、アックスとギブズは、私が党大会で演説した日に至るまでの紆余曲折について語り合う。私に割り当てられた時間を延ばす交渉をしたこと（当初は8分間だったが、17分に延ばすことに成功した）。アックスと彼の有能なパートナーであるジョン・クーパーの勧めに従って泣く泣く草稿の一部を削ったが、やはりそのほうが内容はよくなったこと。私がスプリングフィールドで出席していた州議会が夜にずれ込み、ボストンに飛ぶ便を遅らせたこと。初めてプロンプターを使って練習したときに、コーチ役のマイケル・シーハンから、マイクがきちんと音を拾っているから「そんなに大きな声を出さなくても大丈夫です」と注意されたこと。ケリー陣営の若いスタッフから、大統ことのないように。州上院議員だからといって、気に入っていた一節を削るように言われて私が腹を立てたこと（そのときアックスは「あなたは州上院議員だ」とありがたいことに私に思い出させてくれた。「彼らはそのあなたに全国大会で話す機会を与えてくれたんです。それくらいのことは受け入れましょう」）。そしていよいよ基調演説の当日、舞台裏には白いドレスを着た美しいミシェルがいたこと。私の手を取り、優しく私の目を覗き込むと、彼女はこう言った。「しくじるなよ、相棒！」。2人で思い切り笑った。本当に愛し合っている2人だからできるおふざけだった。それからイリノイ州のベテラン上院議員、ディック・ダービンが私を紹介したこと。「それでは、バラク・オバマを紹介します……」

2004年全国大会で演説したときの映像を最初から最後まで通して観たのは、これまで一度しかない。そのときはひとりで観た。選挙が終わってかなり時間が経ってから、あの夜に起きたことをあらためて理解しようと考えたのだ。ステージに立つためにメイクをしたので、ありえないほど若く映っている。演説の初めは、口調が早すぎたり遅すぎたりして、緊張していることがわかる。動きもなんだかぎこちなく、経験の浅さが露呈していた。

しかし、私はある時点でリズムをつかんだ。聴衆のざわつきが消えて、静寂が支配した。その後数年のあいだ、私はこうした瞬間が訪れる魔法の夜を何度か経験している。自分と聴衆とのあいだに感情の交流が生まれ、さながら映画のなかで自分の人生と彼らの人生とが突然交わり、ともにその時間を過ごしているような、そういう身体感覚だ。聴衆の存在が強烈に感じられ、姿もはっきりと見え、私の声はかすれそうなほど大きくなり、会場が一体となる。互いの違いを超え、それに代わって可能性が大きく膨らむ結びつきの感覚。そういう瞬間だ。そして、きわめて大切なものがすべてそうであるように、その瞬間はあっという間に過ぎ去り、演説の終わりとともに魔法が解け、興奮も収まっていく。

あの夜まで、私はメディアの力というものをそれなりに理解しているつもりだった。アクセルロッドがつくってくれた広告のおかげで、私は予備選であっという間にほかの候補者を引き離すことができたし、見知らぬ人たちが車のクラクションを鳴らして手を振ってくれるようになったからだ。子どもたちまでもが私に走り寄って、真剣な眼差しで「テレビで見たよ」と言ってくれるようになっていた。

だが、あの日のテレビ中継は次元が違った。数百万の人たちに、編集の手が加えられていない自分の姿が生中継され、録画映像がケーブルニュース番組で放送され、インターネット上にも出回った。ステージを降りるときにスピーチが成功したと感じていたので、翌日参加したいくつもの集会でたくさんの人が私のところへ押し寄せても、さほど驚かなかった。それに、ボストンで注目を浴びることは嬉しくはあったが、これはその場限りのものだと思っていた。そこに集まっていたのは政治マニアで、政治の話題を日々追いかけているのだと思った。

その後すぐにミシェルと娘たちとともにＲＶ車に荷物を詰め込んで、１週間かけてイリノイ州南部を回る遊説旅行に出たときのことだ。私はこれまでどおり今後もイリノイ州を大切にするし思い上がったりすることもない、と有権者に伝えるのが目的だった。あと数分で最初の目的地に着くというころ、ちょうど高速道路を走っていたとき、同乗していた南部地域の責任者ジェレマイアに先遣スタッフから連絡が入った。

「オーケー。わかった。ドライバーに伝えるよ」

「どうした？」。私は聞いた。さすがに睡眠不足と強行軍のスケジュールで少々疲れもたまっていた。

「会場の公園に集まる聴衆は100人程度と見込んでいたんですが」と彼が言った。「現在、少なくとも500人はいるらしいんです。全員が入れるように設営し直すので、少しスピードを落としてほしいとのことです」

20分後、私たちが車を停めた公園は、まるで町中の人が詰め込まれているかのように見えた。子どもを肩車した親、芝生に広げた折り畳み椅子に座って小旗を振る老人、格子柄のシャツを着て農作業用のキャップをかぶった男性たち。明らかに、その多くはいったい何が始まるのだろうと興味本位の人たちだったが、期待をこめて集会の開始を静かに待っている人たちもいた。ちょっかいを出そうとするサーシャを無視して、マリアは窓の外をじっと見ていた。

「この人たちは公園で何をしてるの?」。マリアが尋ねた。

「あなたのパパを見るために集まってきたのよ」。ミシェルが答えた。

「どうして?」

私はギブズのほうを振り向いた。すると、ギブズは肩をすくめながら言った。「どうやらもう少し大きい船が必要になりそうですね」

それ以降、目的地に着くたびに、以前の四倍から五倍の数の聴衆に迎えられることになった。こういう一時的な盛り上がりはいずれ鎮まるとか風船はしぼむものだと自分たちに言い聞かせ、慢心してはいけないと戒めようとしても、選挙の結果はもはや明らかだった。8月になり、地元で立候補希望者を見つけられなかった共和党は〈アメリカンフットボールのプロチーム〈シカゴ・ベアーズ〉の元コーチ、マイク・ディトカがおもしろ半分で出馬の可能性に言及したことはあった〉、どういうわけか保守派の煽動主義者、アラン・キーズを立ててきた(「言ったでしょう?」と、ギブズがにっこり笑いながら言った。「自前の黒人候補を立ててきましたよ!」)。キーズがメリーランド州の住民であることを脇に置いたとしても、妊娠中絶や同性愛を非道徳的だと決めつける彼の過激な発言がイリノイ州の人たちに受け入れられるとは思えなかった。「イエス・キリストは、絶対にバ﹅ラク・オバ﹅マごときには票を入れないだろう！」。キーズは私の名前をわざと間違ったイントネーションで叫んだ。

結局、私は40ポイントを超える差で彼を破った。上院選においてイリノイ州史上最大の差だった。選挙当日の夜、私たちの陣営の雰囲気は控えめだった。すでに上院の結果が見えていたからというだけではない。国政選挙の結果のためだ。大統領選ではケリーがジョージ・W・ブッシュに敗れ、共和党が上下両院を制した。上院で少数民主党を率いてきたサウスダコタ州選出のトム・ダシュルまでが落選するという番狂わせが起きた。ブッシュの参謀と言われるカール・ローヴは、共和党が永遠の多数派になるという自身の夢を得意げに吹聴した。

一方、ミシェルと私は疲れ切っていた。スタッフの計算によれば、これまでの一八か月間で私は7日しか休みを取っていないようだった。そこで私たちは、合衆国上院議員として宣誓に臨むまでの6週間を使って、これまでずっとなおざりになっていた家事を片付けることにした。私はワシントンに飛び、新しく同僚になる議員たちと会い、事務所で雇うスタッフの候補者を面接し、できるだけ安いアパートメントを探した。ミシェルは子どもたちといっしょにシカゴに残ると決めていた。心から打ち込める仕事がそこにあるからというだけでなく、彼女たちを支えてくれる家族や友人たちがいるからだ。1年の大部分を、週に3日は家族と離れて過ごさなければならないと考えると気持ちが沈んだが、ミシェルの考えに異存はなかった。

家族で一緒に過ごす時間が減ってしまうことを除けば、くよくよ思い悩むようなことはなかった。その年のクリスマスには家族でハワイを訪れ、マヤと祖母(トゥート)といっしょに過ごした。讃美歌を歌い、海岸で砂の城をつくり、娘たちがプレゼントの包みを開けるのを眺めた。以前にマヤと2人で母の遺灰をまいた場所へ行って、花でつくったレイを海に一つ投げ、もう一つを祖父が埋葬されている国立太平洋記念墓地に捧げた。年が明けると、私たち家族はワシントンに向かった。宣誓日の前夜、ミシェルは滞在しているホテルのスイートルームの寝室で、新しい上院議員たちを迎えるウェルカムディナーに出席する準備をしていた。そのとき、私の著書の担当編集者から電話がかかってきた。全国大会での演説がきっかけとなり、長く絶版となっていた私の本が再版されてベストセラー1位になっているという。編集者は私にお祝いを言い、さらに今度は目の飛び出るような額の前払い金で、新しい著書の執筆をお願いすることに決まりましたと知らせてくれた。

編集者に礼を言って電話を切ったところで、華やかな正装に身を包んだミシェルが寝室から現れた。

「ママ、とってもきれい」。サーシャが言った。ミシェルは娘たちのためにくるっと回ってみせた。

「さて、君たちはいい子にしてるんだよ」。そう言って2人にキスをしてから、私はその夜のベビーシッターを請け負ってくれた義母のマリアンに、行ってきますと挨拶をした。エレベーターに向かってホテルの廊下を歩いていると、突然ミシェルが立ち止まった。

「何か忘れ物？」と私は聞いた。

彼女は私を見て、信じられないとでも言いたげに頭を振った。「あなたは、本当にここまでやり通したのね。選挙活動。本の執筆。全部よ」

私はうなずくと、彼女の額にキスをしてこう言った。「魔法の豆だよ、ベイビー。魔法の豆だ」

通常、ワシントンの新人上院議員にとって最も難しいのは、自分の言動に注目してもらうことだが、私の場合はむしろ逆だった。まだ選出されたばかりだというのに、私を取り上げる報道は滑稽なほど過熱していたのだ。記者たちはなんとか私から将来の計画を聞き出そうとしていた。最もよく聞かれた質問は、将来的に大統領を目指すつもりがあるかというものだった。宣誓の日には、ある記者がこう聞いてきた。「あなたは歴史上、どのような位置にいると思いますか？」。私は笑って答えた。私はまさに今ワシントンに着いたばかりなんですよ。上院では１００人中99番目に経験のある議員です。つまり、まったくの新人です。まだ採決に加わったこともありませんし、連邦議会議事堂のトイレがどこにあるのかも知らないんですから。

とはいえ、私は遠慮するつもりはなかった。上院議員選に立候補するのは困難を伴うことだと思っていたし、実際にそうだった。その座に就けたことは喜ばしく、仕事を始める意欲にあふれていた。過剰な期待に立ち向かうため、スタッフと私はヒラリー・クリントンのケースを参考にした。私の4年前に鳴り物入りで上院議員となってから、彼女はその勤勉さ、中身のある活動、有権者への配慮で評価を高めていた。見せ物の馬ではなく、馬車馬のように働く。それが私の目標（ゴール）だ。

そんな働き方を追い求めるのに、私の新しい首席補佐官となったピート・ラウズほど適した者はいないと思った。もうすぐ60歳になるピートは、白髪で、体型はどこかパンダに似ている。連邦議事堂（キャピトル・ヒル）で30年近く働いてきた彼は、直前までトム・ダシュルの首席補佐官を務め、その経験と幅広い人脈から愛情をこめて「１０１人目の上院議員」と呼ばれていた。ワシントンによくいる政治工作員タイプとは反対に、ピートはスポットライトを浴びるのが苦手だった。そのひょうきんさと荒々しさが同居する外見とは違って、内面はほとんど恥ずかしがり屋といえるほどだった。長年独り身で、猫を溺愛しているというのもうなずけた。

ピートに新人議員の事務所立ち上げという仕事を引き受けてもらうためにはかなりの努力が必要

だった。彼は、自分の地位（ステータス）が大きく下がることより、ダシュルの落選によって職を失った、事務所の若いスタッフ一人一人に次の仕事を見つける時間が取れないことのほうが心配だと言った。

ピートは、豊富な知識だけではなく、こうした偽りのない誠実さと公正さをあわせもっている人物であり、彼と組めたことは私にとって幸運だった。そして彼の評判があったからこそ、私の事務所には一流のスタッフを招き入れることができたのだ。広報責任者を務めるロバート・ギブズのほか、立法責任者にキャピトル・ヒルではベテランのクリス・ルー、外交政策担当には頭脳明晰（めいせき）な若き海軍予備役のマーク・リッパート、そしてスケジュール管理担当責任者には、ケリーの大統領選対本部で上級補佐官を務めた、その童顔とは裏腹にトラブル対応とイベント計画で見事な才能を発揮するアリッサ・マストロモナコといった面々を採用した。最後に、ジョン・ファヴローという思慮深く魅力的な23歳が加わった。ファヴズという通称で知られるようになった彼も、以前はケリーの選対事務所で働いていた。ギブズもピートも、私のスピーチライターとして彼を最も推していた。

ファヴズとの面談を終えた私は、「彼とは会ったことがあるんじゃないか?」とギブズに尋ねてみた。

「ええ。党大会のときあなたを訪ねてきて、演説の一節をケリーに使わせろと言った若者ですよ」

とにもかくにも、私はファヴズを雇うことにした。

ピートの指揮のもと、私たちのチームはワシントン、シカゴ、そしてイリノイ州南部の数か所に事務所を構えた。地元の有権者を重視するという意思を示すために、アリッサがイリノイ州内で対話集会を企画することになり、最初の1年目には39回というかなり意欲的なスケジュールを組んだ。私たちは、全国紙と日曜朝のテレビ番組には出ず、その代わりにイリノイ州の地元紙や系列局に目を向けるという厳格な方針を定めた。最も重要な作業として、ピートは事務所宛てに届いたメールや有権者からの要望にきちんと対応するための細かい仕組みを設定した。そして各事務所で働く若いスタッフやインターンたちが書く返事に時間をかけてしつこく手を入れた。また、たとえば社会保障の小切手をなくしたとか、退役軍人への給付金が止まったとか、中小企業局から融資を受けたいなどというさまざまなケースで、そのつど問い合わせることになる連邦政府機関の窓口を全員が把握できるようにした。

「この先、議会におけるあなたの投票行動に支持者の賛否が分かれることもあるでしょう」とピートが言った。「でも、あなたに送ったメールが無視されたといって非難する人は一人も現れないはずですよ」

こうして事務所は信頼できるスタッフたちによって運営され、私は大半の時間を自分のために政治課題を勉強し、同僚議員と知り合うために使えるようになった。私の仕事をやりやすくしてくれたのは、同じイリノイ州選出の親切な先輩上院議員、ディック・ダービンだった。元連邦上院議員ポール・サイモンの友人にして弟子でもあるダービンは、上院では最も優れた論客の1人としても知られていた。自尊心の強い人たちが多い上院では、普通なら先輩議員は自分よりもメディア露出の多い若手パートナーを積極的に受け入れないものだが、ダービンはいつなんどきでも新人の私をもり立ててくれた。上院本会議場ではあらゆる人に私を紹介してくれ、イリノイ州に関するさまざまな事業では双方の事務所スタッフが仕事の成果を分かち合えるよう気を配ってくれた。毎週木曜日に2人で共催した選挙区民との朝食会では、参加者が私にばかり写真撮影やサインを求めても嫌な顔一つせず、常にユーモアを忘れなかった。

同じく私を応援してくれた1人が、新たに民主党の院内総務となったハリー・リードだ。ハリーが上院議員になるまでの道のりは、私の場合と同じぐらいありえないものだった。ネバダ州サーチライトの小さな町で炭鉱労働者の父と洗濯婦として働く母の極貧家庭に生まれ、幼年時代はトイレも電話もない粗末な小屋で生活していた。その後、必死で勉強し、お金をどうにかやりくりして大学へ行き、さらにジョージ・ワシントン大学ロースクールまで進んだ彼は、学費を賄うため授業の合間にアメリカ議会警察の制服警官となった。彼はこうした苦労から生まれた闘志をいっときも忘れたことはないと話してくれた。

「なあバラク、私は子どものころボクシングをしていた」。初めて会ったとき、彼はあの特徴あるささやき声で私に言った。「でも、優秀な選手じゃなかった。体は小さかったし、強くもなかったんだ。ただし、私には二つの才能があった。パンチを受けても倒れなかった。そして、ギブアップもしなかったんだ」

分が悪い状況を乗り越えようとする意志が共通していたからこそ、年齢も経験も違うハリーと私は意気投合したのだと思う。彼は感情をあまり表に出すタイプではなく、会話の際も普通ならするはずの気遣いを省略して人を戸惑わせるようなところがあった。たとえば、こちらが話している最中にいつのまにか電話が切れていることもままあった。しかし、州議会におけるエミル・ジョーンズのように、委員会でなんらかの仕事が割り当てられたときなどはできる限り私にも声をかけてくれた。新入りの私に上院のさまざまな仕組みを教えてくれたのもハリーだった。

実際に、上院にはそうした同僚意識が当たり前のように存在していた。エドワード（テッド）・ケネディとオリン・ハッチ、ジョン・ウォーナーとロバート・バード、ダン・イノウエとテッド・スティーブンスのように、ベテラン議員たちは党派を超えて友情をはぐくんできた。こうした親密さは、特に最も偉大な世代（グレイテスト・ジェネレーション）［主に1901～1927年に生まれた第二次世界大戦世代］において顕著だったように思う。より若い世代の上院議員たちは、そこまで強い交友関係を築くことはせず、ギングリッチ時代以降の下院議員に見られるように、イデオロギー的によりぎすぎすしていた。しかし私は、最も保守的な議員とのあいだにも共通点を見出すことがよくあった。たとえば、オクラホマ州選出で敬虔なクリスチャンであり、政府支出には頑として懐疑的な姿勢を崩そうとしなかったトム・コバーンとは誠実で思いやりのある友情を築き、透明性を高め、公共事業の無駄を減らす仕事に取り組んだ。

連邦上院での1年目は、多くの点でイリノイ州議会で過ごした初期の再現のようだった。もちろん利害はもっと大きく、注目度も高く、ロビイストたちは依頼人の利益を崇高なる主義主張に包み込んで実現させる技術に長けていた。事情をよく知らないことも多く、黙ってその場をやり過ごせばいいと考える議員が多かった州議会とは異なり、連邦議会の新たな同僚たちはみな、さまざまな問題に精通し、自分の意見を臆せず述べていた。そのため委員会の会合はいつまでもだらだらと続いた。そのとき私は、ロースクールやスプリングフィールドで私の冗舌を耐え忍んでいた人たちの気持ちがわかった気がした。

少数政党である民主党の同僚議員たちや私は、委員会からどの法案を本会議に上げて採決にかけるかといったことについて、ほとんど発言権がなかった。私たちは、共和党が教育費の財源を削り、環境保全法案を骨抜きにしていくようすを眺め、人もまばらな議場でC－SPAN〔政治を専門とするケーブルテレビ局〕のカメラの前で熱弁をふるうほかは何もできないという無力感にさいなまれていた。法案のなかには、政策を前進させるのではなく民主党の評判を傷つけて次の選挙での攻撃材料にすることを目的としたものもあり、私たちはそうした法案の採決に何度も苦々しい思いをさせられた。イリノイ州議会で行っていたのと同じく、私は法案を少しでもよいものにしようと、自分にできる範囲で党派色の出ない穏当な主張を行った。たとえば、伝染病の感染予防のための予算や、イリノイ州の退役軍人に対する給付金の復活といったことだ。

このように連邦上院にはもどかしい側面もいろいろあったものの、政策がなかなか前に進まなくてもあまり気にしていなかった。私は上院で最も若い議員の1人であり、イリノイ州では70パーセントの支持率があるので、急ぐ必要などないと思っていたのだ。どこかのタイミングで、たとえば州知事とか、ひいては大統領といった重要な地位を目指すことを視野に入れることになるかもしれない。要職に就けば政策の優先事項を設定するチャンスも大きくなるからだ。だがそのときは、国政にデビューしたばかりの43歳にはこの先いくらでも時間があると思っていた。

それに、家庭生活が以前より落ち着いていたことが、私をいっそう楽天的な気持ちにさせていた。天候さえよければ、ワシントンDCとシカゴ間の移動は、スプリングフィールドからの移動より長くかかることもなかった。そして帰宅すれば、選挙活動中や三つの仕事をかけもちしていたときほどは忙しくもなければ気が散る要素もなかったので、土曜日にはサーシャをダンス教室に送っていくこともできたし、マリアを寝かしつける前に『ハリー・ポッター』を1章分読んで聞かせる余裕もあった。

家計も以前より楽になり、ストレスからはかなり解放された。私たちは新しい家を購入した。ケンウッド地区のユダヤ教礼拝堂（シナゴーグ）から道を隔てた反対側に建つ、ジョージアン様式の大きくて見栄えのいい家だった。また、私たちの若い友人であり意欲あふれる料理人のサム・カスが、手ごろな報酬で、食料品の買い出しと1週間分のつくり置きも含めた健康的な料理づくりを引き受けてくれることが決まった。コモンウェルス・エジソン社［イリノイ州の電力会社］のマネジャーを辞めて私の選挙ボランティアを務めてくれていたマイク・シグネターは、そのまま私の非常勤運転手として残ってくれることになり、実質的に私たち家族の一員となった。

何より重要だったのは、私たちが金銭面で支援できるようになったため、義理の母のマリアンがそれまでの仕事を減らして、その分、娘たちの面倒を見ると言ってくれたことだ。思慮深くておもしろく、7歳と4歳の子どもを追いかけるほど元気いっぱいの彼女のおかげで、みんなの生活はさらに楽になった。マリアンはまた、義理の息子にも愛情を注いでくれた。私の帰りが遅いときや部屋を散らかしているとき、要するにミシェルの要求に応えられないときには、いつも私をかばってくれた。

　こうした助けのおかげで、私とミシェルに長いあいだ不足していた、いっしょに過ごせる時間も少し増えた。今までより笑い合うようになり、2人はお互いにとって最良の友（ベストフレンド）なのだと再認識した。何より驚いたのは、環境が変わっても自分たちはほとんど変わっていないと感じたことだ。2人とも家で過ごす時間が好きだし、きらびやかなパーティーや人脈を広げるための夜の集まりはできるだけ避けていた。娘たちと過ごす夜を大切にしたかったし、いつも着飾ってばかりいるのが空しく思えたからだ。それに、常に早起きのミシェルは夜10時を回ると眠くなってしまう。週末には今までと変わらない過ごし方をした。私はバスケットボールをしたり、マリアとサーシャを近所のプールに連れていったり。ミシェルは〈ターゲット〉［ディスカウントストア］で買い物をすませ、娘たちが友達と遊ぶ予定をほかの子の親たちと調整した。午後のバーベキューや夕食は、家族とごく親しい友人たちとだけ過ごす。ヴァレリー、マーティ、アニタ、エリック、シェリルのウィテカー夫妻（2人とも医者で、子どもたちはうちの子たちと同い年だった）、そして、「ママ・ケイ」「パパ・ウェリントン」と親しみを込めて呼ばれるケイとウェリントンのウィルソン夫妻だ。この年長の夫婦（ウェリントンのほうはコミュニティ・カレッジの事務職員だったが、今は引退している。ケイは地元の財団でプログラム作成に携わる一方、最高のシェフでもある）は、私のオーガナイザー時代からの知り合いで、シカゴでの私の親代わりだと自任していた。

だからといって、ミシェルと私になんの変化もなかったというわけではない。いまや、人の集まるところに行けば気づかれる。たいていの人は私たちを応援してくれたが、反面、急に有名人になってしまったことには戸惑いもあった。選挙が終わって間もない夜、ミシェルと私はジェイミー・フォックス主演の伝記映画『Ｒａｙ／レイ』を観に行った。映画館に入ると、居合わせた人たちから突然拍手されてびっくりした。夕食をとりにレストランへ行くと、近くのテーブルに座る客たちが私たちと長話したがったり、あるいは急に静かになって、私たちの会話に聞き耳を立てたりした。

娘たちもその変化に気づいた。上院議員になって最初の夏のある日、私はマリアとサーシャをリンカーンパーク動物園に連れて行くことにした。マイク・シグネターは、天気のいい日曜日の午後は来園者で混雑しているはずだと心配したが、私は押し切った。サングラスと野球帽で顔を隠せば気づかれることもないだろうと高をくくっていたのだ。入園して最初の30分ぐらいは予定どおりに楽しめた。ネコ科の大型動物がいるエリアに行ってガラスの向こうを徘徊するライオンを眺めたり、チンパンジーに向かってわざとおかしな顔をしたりした。そこまでは問題なかった。次に、アシカを見に行こうと案内のパンフレットを確認するために立ち止まったとき、男性の大声が聞こえてきた。

「オバマだ！　おい、見てみろ……オバマだぞ！　ねえ、オバマさん、いっしょに写真をお願いできますか？」

次の瞬間、私たちは大勢の家族連れに取り囲まれていた。握手やサインを求める人たち、子どもを私の横に立たせて写真を撮ろうとする親たち。私はマイクに合図を送って、娘たちと先にアシカを見に行くよう促した。それからの15分間、私は有権者たちとのやりとりに大わらわだった。応援の言葉をかけてくれる人たちに感謝の言葉を返し、これは議員の仕事の一部だと自分に言い聞かせながらも、娘たちが父親に何が起きたのだろうと不思議がっているかもしれないと思うと少し心が痛んだ。

ようやくみんなと合流すると、マイクが動物園を離れてどこか静かなところでアイスクリームでも食べましょうと提案した。車中、マイクは黙って運転してくれたが、娘たちはそういうわけにいかなかった。

「パパにはにせの名前が必要ね」とマリアが後部座席で宣言した。

「にせって何？」。サーシャが聞いた。

「自分のことを知られたくない人は、嘘の名前を使うのよ」とマリアが説明した。「たとえば、ジョニー・マクジョン・ジョン、みたいな」

サーシャがくすくす笑った。「そうだよ、パパ。パパの名前はジョニー・マクジョン・ジョンにしたほうがいいよ！」

「それと、声も変えないとね」。マリアが付け加えた。「声でわかっちゃうから。もっと高い声にして、もっと早くしゃべってね」

「パパは、いつもすごーくゆっくり話すからね」とサーシャが言った。

「ほら、パパ、やってみて」。マリアは、思いきり高い声の早口でこう言った。「やあ、みなさん！私がジョニー・マクジョン・ジョンです！」

こらえきれずに、マイクが笑い出した。その後、家に着くと、マリアが得意げにこの計画をミシェルに語って聞かせた。するとミシェルはマリアの頭を撫でてこう言った。

「すばらしいアイデアね、ハニー。でも、本当にパパを変装させるには、手術してあのお耳をぺたんとくっつけるしかないわね」

連邦上院議員だからこそ携われることの一つに、外交政策がある。州議会上院時代にはかなわなかったことだ。大学に入学して以来、私は核問題に強い関心をもっていた。連邦議会で宣誓するよりも前にリチャード（ディック）・ルーガー上院外交委員長宛てに手紙を書いたぐらいだ。彼は核兵器の不拡散を政治家としての主要課題に掲げていたので、この問題でいっしょに仕事をしたいと訴えたのだ。

ディックからは熱心な返事があった。インディアナ州選出の共和党上院議員として勤続28年というベテランの彼は、税や人工妊娠中絶といった国内問題では揺るぎのない保守思想を掲げているが、外交政策ではジョージ・H・W・ブッシュのような共和党主流派が長く踏襲してきた、良識的で国際主義的な姿勢を見せる。1991年、ソビエト連邦の崩壊直後に、ディックは民主党のサム・ナンと協力して、ロシアと旧ソ連国家に残る大量破壊兵器の保全と起爆装置除去をアメリカが支援するための法案をつくり、議会で成立させた。ナン＝ルーガー法として知られるこの法律は、その後20年間で7500発を超える核弾頭の解体という大規模かつ永続的な成果へとつながっていく。さらに、この法律を施行するなかで、体制転換という危険な作業を管理するのに重要なアメリカとロシアの安全保障当局者どうしの協力関係も促進された。

2005年に入り、アルカイダのような過激派組織が、旧ソ連地域全体で警備の手薄な前哨（ぜんしょう）基地で、残存していると思われる核兵器、化学兵器、生物兵器関係の原料を探し回っているという機密報告がもたらされた。ディックと私は、既存のナン・ルーガー法の枠組みをどのように発展させればこうした新たな脅威に対応できるかについて検討を始めた。同年8月、私がディックに同行して軍用機で1週間かけてロシア、ウクライナ、アゼルバイジャンを歴訪したのもその一環だった。もともとナン・ルーガー法の進捗状況を監視しなければならなかったディックにとって、こうした訪問はルーティンになっていたが、私にとっては初の公式外国訪問だった。長年、私は連邦議員たちが行う物見遊山の視察旅行について、さまざまな話を聞いてきた。緩く組まれたスケジュールには、豪華な食事会や買い物時間も含まれているという。だがディックはそうしたものとは無縁だった。すでに70代だったにもかかわらず、彼はすさまじいペースで行動した。モスクワで1日中ロシア当局者と会議を行ったあと、私たちは数時間かけて南東部のサラトフまで飛び、さらに1時間車を走らせて秘密の核貯蔵施設を訪問した。アメリカの資金援助によってロシアのミサイルの安全を強化した場所だ（私たちはここでボルシチと魚のゼリー寄せのような料理をふるまわれた。ディックは勇敢にもこの料理を平らげたが、私はまるで6歳児のように料理を皿いっぱいに散らかしてごまかした）。

ウラル山脈近くのペルミ市を訪れた私たちは、SS24とSS25ミサイル・ケーシングが並べられている廃棄物保管施設を視察した。一時はヨーロッパに照準を向けていた戦術核弾頭の最後の残存物だ。ウクライナ東部のドネツクでは、通常兵器破壊施設を見学した。そこには、国中から集められた砲弾、高性能爆弾、地対空ミサイル、ひいては子どものおもちゃに仕掛けられた小型爆弾までが並んでいたが、今後解体が予定されているとのことだった。キエフでは、出迎えた担当者が市の中心部にある、荒れ果てて無防備な三階建ての複合施設を案内してくれた。ナン＝ルーガー法の資金を使って、ここに炭疽（たんそ）菌や腺ペストといった冷戦時代の研究用生物サンプルの新しい貯蔵設備がつくられていた。これらはどれも考えさせられる体験であり、人間とは狂気を実現するために自ら創意工夫する生き物であることの何よりの証拠だった。ただ、長年国内問題に専念してきた私は、この訪問で気持ちが奮い立つのも感じた。世界はとても広く、ワシントンで下された決断が人類に大きな影響を及ぼすことを、あらためて思い知った。

間近で見たディックの活動に、私は深い感銘を受けた。精霊(ノーム)を彷彿とさせる穏やかな表情に微笑を絶やさない彼は、私の質問にいつも熱心に答えてくれた。外国の当局者たちとの会議では、常に相手への配慮を忘れず、正確に話し、情報にも精通している彼に私は心を打たれた。移動の飛行機が遅れても文句を言わず、会食では相手の長い話に耳を傾け、昼間でもウォッカの乾杯に何度も付き合った。人類共通の礼儀正しさは文化の違いを超えて通用し、ゆくゆくはアメリカの国益にもつながるとわかっているからだ。私にとって、彼との旅は外交に関する有意義な学びを得る場となった。真の影響力を発揮する上院議員のお手本が、そこにはいた。

ところが、嵐の直撃を受けてすべてが変わった。


私がディックと海外歴訪を行った1週間のあいだに、バハマ上空で発生した熱帯性低気圧がフロリダを越えてメキシコ湾に停滞していた。温かい海水の上空でさらに勢力が強まり、アメリカ南岸へ不気味に向かっていく。上院議員の代表団がイギリスのトニー・ブレア首相に面会するためロンドンに到着したころには、強烈で本格的な大災害が起こりはじめていた。風速約55メートルで上陸したハリケーン・カトリーナは、湾岸地域をなぎ払い、堤防を決壊させ、ニューオーリンズの大部分を水没させてしまった。

私は夜中までテレビにかじりついてニュースを見ていた。暗く、悪夢のような光景が画面を覆いつくしていた。遺体が浮き、高齢の患者が病院に取り残され、銃撃と略奪が発生し、避難所に集まってきた人たちは希望を失いつつあった。あまりにむごい光景だった。政府の対応は鈍く、多くの貧困者や労働者階級が脆弱(ぜいじゃく)な生活環境に置かれたままになっていた。私は耐えきれないほどのもどかしさを覚えた。

数日後、私はジョージ・H・W・ブッシュとバーバラ・ブッシュ夫妻、ビル・クリントンとヒラリー・クリントンの夫妻とともにヒューストンを訪問した。ヒューストンでは、ハリケーンで家を失った数千の人々が〈アストロドーム〉［テキサス州ヒューストンにある世界初のドーム球場］とその周辺に設けられた緊急避難所にバスで輸送されていたのだ。ヒューストン市は、赤十字と連邦緊急事態管理庁（FEMA）とともに24時間体制で生活必需品を配布していた。しかし、避難所の折り畳みベッドの周りを回って私がショックを受けたのは、黒人がその大半を占めている避難者たちは実はハリケーン以前から見捨てられた存在だったという事実だった。貯蓄もなく保険にも入れず、社会の周縁でぎりぎりの生活を送っている人たち。避難所では、住む場所を失い、愛する人が洪水で行方不明になった話や、車がなかったり病気の親を抱えていたりして避難できないという話を聞いた。シカゴでコミュニティ・オーガナイザーとして働いたときに支援対象だった人たちや、ミシェルの叔母やいとこの何人かと同じ境遇の人たちが、ここにも多数いた。私の状況がどれほど変わろうが、彼らの状況はまったく変わっていない、そしてこの国の政治も何一つ変わっていないと思い知らされた。忘れられた人たちが、忘れられた声があらゆるところにいまだ残っていて、そういった人たちのニーズに気づいてない、関心ももたない政府に打ち捨てられているのである。

彼らの苦しみは、私への非難の声に聞こえた。そのとき私は、連邦上院で唯一のアフリカ系アメリカ人として全国系メディアへの露出を控えるのは終わりにすると決めた。全国ネットの報道番組に出て、カトリーナの被害へのおざなりな対応が人種差別によるものだとは思わないものの、与党が、ひいてはアメリカ全体が、国内の多くの人々に根強く見られる孤立や世代を超えた貧困、機会の欠如に対する取り組みを怠ってきたことが、今まさに露呈していると訴えたのだ。

ワシントンに戻った私は、国家安全保障政府問題委員会の一員として、同僚たちとともに湾岸地域再建を支援する計画づくりを進めた。しかし、私は上院で過ごす日々に違和感を覚えるようになっていた。ヒューストンで出会った人たちの生活を実際に変えるには、あと何年上院で活動を続ければいいのだろうか？　FEMA長官、環境保護庁（EPA）職員、労働省の被任命者による誤った行動を元へ戻すために、何度委員会の公聴会をこなし、法律修正に何度失敗し、強情な委員長と何度予算の交渉をすればいいのだろうか？

そうしたじれったさは、数か月後に小規模な議員団とともにイラクを訪問したことでさらに大きくなった。アメリカ主導の連合軍によるイラク侵攻から3年近くが経過し、もはやこの戦争は政府自身も否定できないほど泥沼化していた。アメリカの当局者はイラク軍を解体し、国民の多数を占めるイスラム教シーア派が政府からスンニ派を大量追放したことを容認したが、それが混乱を招き、イラク国内は危険な状態に陥った。自爆テロや、道端に仕掛けられた爆弾、あるいは混雑する露天市で車に積まれた爆弾が爆発するといった、宗派間の血なまぐさい闘争が激化した。

私たちは、バグダッド、ファルージャ、キルクークにある米軍基地を訪問した。軍用ヘリコプター〈ブラックホーク〉から見たイラクはまさしく疲弊していた。街の至るところが迫撃砲で破壊されていて、通りは不気味に静まりかえり、どこもかしこも土埃に覆われている。それぞれの基地で会った司令官とその部隊員は誰もが賢く勇敢で、適正な軍事支援と技術指導を行って国民が懸命に努力すれば、イラクはいつの日か必ず立ち直れると思った。だが、ジャーナリストやごく少数のイラク高官たちと話す限り、事情は違うようだった。スンニ派とシーア派のあいだで殺戮（さつりく）と報復が繰り返されるなかで憎しみが解き放たれ、和解に至ることは不可能とまではいわないまでも、その見通しは遠のいているという。この国をなんとか一つにまとめているのは、アメリカから派遣された、何千人もの若い兵士や海兵隊員たちのようだった。その多くは、高校を出たばかりの若者だ。しかし、すでにそのうち2000人以上が戦死し、さらに数千人が負傷している。戦争が長引けば長引くほど、こちらからは姿が見えず得体のしれない敵から狙われる兵士の数が増えるのは明らかだと思われた。

アメリカに戻る機内で、私は若い兵士たちへの思いを振り払うことができなかった。誤った情報に基づいて私たちを戦争へと導き、しかも、いまだにその結果を完全に受け入れることを拒んでいるディック・チェイニーやドナルド・ラムズフェルドといった要人たちの傲慢。その高い代償を、あの子たちが払わされているのだ。そのうえ、民主党の同僚の半数以上がこの過ちに同意していたという事実に、私は別の角度からも不安を覚えていた。私は自らに問いかけた。もしこのままワシントンで仕事を続け、ワシントンにすっかりなじんで安隠と仕事をこなすようになったら、私はどうなるのだろう？　ようやくわかった。そうなったらおそらく、私は急激な変化を望まなくなり、礼儀正しく振る舞い、次の選挙に向けて絶えず自分の立ち位置を調整して、物事を集団で考えるケーブルニュースのパネリストを意識するようになるかもしれない。その結果、私の勘は鈍り、主体性を失い、ふと気づいたときには、以前抱いていたはずの信念などすっかり忘れてしまうかもしれない。

自分が正しい仕事に就いていると信じ、正しいことをそれなりのスピードで進めていると思って現状に満足しかけていたとするならば、ハリケーン・カトリーナとイラク訪問がそんな私に待ったをかけてくれた。もっと早く変化を起こす必要がある。そして、それを実現するために自分がどんな役割を担うのかを決めなければならない。

第１部
賭け

第4章

友人や、支持者や、知り合い、あるいは見知らぬ誰かから声をかけられない週はほとんどない。そしてこんなふうに言われる。初めて会ったときから、テレビで話すのを聴いたときから、あなたが大統領になるって私にはわかってましたよ。彼らは情熱を込めて、確信に満ちた顔で、そして自分には政治的洞察力、才能を発掘する力、将来を見通す力があるというちょっとした自負心をもって、私に話しかけてくる。なかにはそうしたメッセージを宗教的な言葉で伝えてくれる人もいる。あなたは神の計画に入っているのです、と。私はほほえみながら、こう答える。出馬を検討しているときに教えていただければよかったですね、そうすれば重圧も不安も半減したでしょうから。

本当のことをいえば、私はさほど運命論者ではない。運命は、どん底にある人たちに諦めを押しつけかねず、権力者たちには自己満足を与えるばかりだからだ。神の計画なるものは、それが何であれ、人間一人一人の苦難など考慮に入れられないぐらい大きなスケールで動いているのではないかと思う。個人の一生は、思いがけない災難や偶然によって、受け入れがたいほど大きく左右される。せいぜい自分たちにできるのは、正しいと思うことを信じ、混乱のなかにもなんらかの意義を見出し、配られた手札でその一瞬一瞬、品位と度胸をもって勝負することぐらいだろう。

私の大統領選挙への出馬については、２００６年春の時点ではまだ現実感に乏しかったものの、もはや可能性がないとは思われなくなっていた。上院議員会館の私の事務所には日々メディアからの取材依頼が舞い込んでいた。送られてくる郵便物の数もほかの議員たちの二倍はあった。11月の中間選挙に向けて、私はあらゆる州の党員集会や候補者たちからゲストに招きたいと声をかけられた。大統領選は考えていないという決まり文句を口にすればするほど、彼らの憶測をかき立てるだけのようだった。

ある日の午後、首席補佐官のピート・ラウズが私の部屋に入ってきて、後ろ手でドアを閉めた。

「うかがっておきたいことがあります」。彼が言った。

私は有権者への返信に署名する手を止めて、顔を上げた。「何だい？」

「2008年の活動計画を変えるおつもりは？」

「さあ、わからない。変えるべきかな？」

ピートは肩をすくめた。「当初は、目立つことなくイリノイ州での活動に集中するという方針は理にかなっていたと思います。しかし、あなたへの注目度は下がる気配がありません。もしあなたがほんのわずかでもそのことをお考えなのであれば、さまざまな選択肢を確保しておくためにも私たちのすべきことをメモにまとめておこうと思うのですが。よろしいですか？」

私は椅子の背にもたれて、天井をじっと見つめた。自分の答えが何を意味するかはわかっていた。ようやく、「理にかなっているね」と私は言った。

「オーケー？」。ピートが聞いた。

「オーケーだ」。私はうなずくと、書類に戻った。

〝メモの達人〟。これが、事務所スタッフからピートに与えられた称号だ。彼の手にかかると、ただの備忘録が芸術の域に近づく。簡潔にまとめられ、不思議と読む者を鼓舞するものになるのだ。数日後ピートは、その年の残りにどう活動すべきかの検討材料として、チームの幹部たちに新しいロードマップを配った。中間選挙をにらみながら、より多くの民主党候補者を応援してまわるための日程が組まれ、影響力のある党幹部や資金提供者との会合が予定され、演説内容の調整が求められていた。

それからの数か月間、私はこの計画書に従って動いた。新しい聴衆に向かって自分の主張を説明し、激戦州や激戦区の民主党候補を応援し、これまで訪れたことのない場所にも出向く。ウエストバージニア州で行われた民主党の資金集めのための〈ジェファーソン・ジャクソン・ディナー〉からネブラスカ州の〈モリソン・エクソン・ディナー〉まで、あらゆる集会に顔を出し、会場を満員にして、参加者を鼓舞する。それでも、誰かに大統領選への出馬の可能性を聞かれるたびに、私は否定した。「今はとにかくベン・ネルソンを上院に復帰させることに集中しています。上院には彼が必要なのです」と説明した。

そのとき私は彼らをだましていたのだろうか？　そして、自分自身をだましていたのだろうか？　はっきりと答えることは難しい。おそらく、私は試していたのだ。自分が全国レベルの選挙活動を始めるなどというばかげた考えと、実際にアメリカ中を飛び回って直接見たり感じたりすることがはたして折り合うのか、探っていたのだ。大統領候補者とは、名乗り出れば誰でもなれるというものではない。それはわかっていた。長い時間をかけて、ゆっくりと静かに戦略的な実行計画を練り上げ、自信と信用を手に入れるだけでなく巨額の資金を集め、多くの人たちの献身と善意に頼って、50州のすべてにわたって2年に及ぶ予備選と党員集会をこなし、それらすべてを最後まで完璧にやり通せる人のみが候補者に値する。

民主党では、すでに何人もの同僚議員たちが出馬に向けた準備を始めていた。ジョー・バイデン、クリス・ドッド、エヴァン・バイ、そしてもちろんヒラリー・クリントンも。過去に大統領選を戦った経験者もいたし、全員が何年も前から動き出していた。熟練の選挙対策チームを抱え、資金提供者や支援してくれる各地の党幹部がいた。私と違って、みな議員として連邦議会での実績もある。そして、私は彼らのことが好きだった。新人の私にも好意的に接してくれたし、さまざまな政治課題についての見解も、彼らと私はおおむね一致していた。彼らには選挙戦を効果的に戦う力があり、当選すればホワイトハウスで働く力もある。それでも、私は彼らとは異なるやり方で有権者を奮い立たせられると信じはじめていた。より幅広い層を巻き込み、大きな集団にできる。彼らとは違う言葉で語りかけられる。そうしてワシントンに新しい風を起こし、必要な人たちに希望を届けられる。しかし同時に、私が有力候補だとする説は半ば幻想にすぎないということもわかっていた。それは、私を好意的に取り上げるメディアと、新しい話題を求める人々の好奇心がもたらした空想にすぎない。急に上がった熱は一瞬にして冷めるものだ。一期目の途中にして早くも〝希望の星〟から〝未熟な若造〟へと評価が一変し、おこがましくも国を治めるつもりでいたのかと糾弾されることだってありえるのだ。

判断は先送りしよう。私はそう自分に言い聞かせた。地道に努力して評価を築きながら、自分の出番を待てばいい。

ある晴れた春の午後、ハリー・リードから彼の事務所に来てほしいと言われた。私は上院本会議場のフロアから二階まで、広い大理石の階段を歩いて上がった。はるか昔に亡くなった政治家たちの肖像画が壁に掛かっている。その無表情な黒い瞳に見下ろされながら、私は一段ずつ歩を進めた。受付で出迎えてくれたハリーは、そのまま私を奥の部屋へと案内した。広く天井の高い執務室には、ほかのベテラン上院議員たちの部屋と同じ複雑な縁取り装飾やタイルが施され、すばらしい眺望を誇っていたが、記念品のコレクションや有名人との握手写真といった、ほかの部屋ならごく普通に飾られているたぐいのものがほとんど見当たらなかった。

「単刀直入に言おう」と、ハリーはまるで自分が口数が多いことで有名であるかのように言った。「我が党の幹部クラスが何人も次の大統領選挙への出馬を計画している。数え切れないほどだ。みんなすばらしい人たちだよ、バラク。だから公には誰か1人だけを応援するわけにもいかん」

「あの、ハリー、念のためお伝えしておきますが、私は……」

「しかしだ」と、彼は私をさえぎって言った。「今回の選挙で君も出馬を考えるべきだと思う。いや、そのつもりはないと繰り返し言ってきているのは知っている。それに間違いなく、君の経験不足を指摘する声も多く出るだろう。だが、これだけは言っておく。上院であと10年働いたからといって、大統領としての資質が上がるわけじゃない。君なら人々を元気づけられる。特に若者、マイノリティ、それに白人の中道派もだ。わかるか、これはほかの人にはまねできない。国民は、新しい政治を求めている。もちろん、厳しい戦いになるだろう。だが、私は君なら勝てると思っている。チャック・シューマー［民主党上院議員］もそう思っているぞ」

ハリーは立ち上がると、ドアのほうへと歩いていった。明らかにミーティングはこれで終わり、というメッセージだ。「私が伝えたかったのはそれだけだ。考えてみてくれ。いいな？」

私は呆然（ぼうぜん）としたまま部屋をあとにした。ハリーと親しい関係を築いていた私は、彼が誰よりも現実的な政治家の1人だと知っていた。階段を降りながら、ハリーの発言には何か裏があるのではないか、鈍い私にはわからない洒落の効いたゲームか何かなのではないか、と思った。しかし、そのあとでシューマーに会い、さらにディック・ダービンに会うと、2人からも同じ話を聞かされた。この国は新しい声を切望している。出馬するのにこれ以上有利なポジションにつくことは今後もない。そして、私が若者やマイノリティや無党派層とのあいだに築いている関係が、党の支持基盤を拡大させ、ひいてはほかの選挙区で民主党候補者を勝利に導くきっかけにもなるというのだ。

私は彼らとのこの会話について、事務所の幹部スタッフとごく近しい友人たち以外には打ち明けなかった。何か危険区域に足を踏み入れかけているようで、あまり急激に動かないほうがいい気がしたからだ。この件でピートと話しているとき、彼は私にある提案をした。次の大統領選に出ることで何が変わるのかを真剣に考える前に、もう1人別の人物に話を聞きに行ったらどうかというのだ。

「ケネディに会うべきだと思います」と彼は言った。「彼はこの戦いに出てくる登場人物を全員知っています。彼自身が出馬した経験もあります。彼ならあなたにとって有意義な見通しを示してくれるでしょう。それに少なくとも、彼がほかの誰かを支持するつもりかどうかを聞くことができる」

アメリカの政治史において最も有名な名門一族の名前を受け継ぐエドワード（テッド）・ケネディ［ジョン・F・ケネディの末弟］は、その時点ですでにワシントンの生きる伝説といえる存在だった。上院議員を40年以上務め、公民権運動から最低賃金制度、医療分野に至るまで、主だった進歩的運動のほとんどで先頭に立ってきた。その巨体と大きな頭、ふさふさの白髪で常に存在感を示し、上院本会議場でゆっくりと席から立ちあがり、スーツのポケットを探って眼鏡かメモを取り出し、特徴あるボストン訛りのバリトンで「ありがとうございます、議長殿」と切り出すたびに人々の注目を一身に集める、希有な存在だ。議論が進むにつれて、顔がだんだんと紅潮し、どんなに世俗的な議題を扱っていようが、まるで信仰復興論者による説教のように声を張り上げていく。そしてひとたび演説が終われば、彼は再び慈愛に満ちた高齢のテッドに戻るのだ。通路を下りて点呼投票［アルファベット順に名前を呼ばれた議員が、賛成・反対の意思を順番に表明する投票方式］の結果を掲示板で確認し、あるいは同僚議員の隣に座ってその肩か腕に手をかけ、耳元で何事かをささやき、腹の底から笑い声をあげる。そうされると、これが自分の一票を欲しいがための懐柔作戦かもしれないと思っても、もはやどうでもよくなってしまうのだ。

〈ラッセル上院議員会館〉の三階にあるテッドの執務室は、彼自身の魅力と歴史を感じさせる部屋だった。壁には華やかなケネディ政権時代（キャメロット）の写真や帆船模型、ケープコッド［ケネディ家の別荘があるマサチューセッツ州の避暑地］を描いた絵が所狭しと飾られていた。絵画のうちの一枚が特に私の目を引いた。尖（とが）った岩に荒々しい白波が打ちつける、暗いトーンの絵だ。

「納得がいくまでずいぶんかかったよ」。私の横へやってきたテッドが言った。「三回か四回、描き直したな」

「その甲斐（かい）はありましたね」と私は言った。

私たちは、テッドの私室に座った。シェードが下げられ、柔らかな光のなかでテッドは話しはじめた。ヨットについて、子どもたちについて、これまで上院本会議場で経験してきた数々の戦いについて。下品な話やおもしろい話。ときにはあらぬ方向に脱線して、またすぐに本筋に戻ったりもした。あるいは、ふと思いついたことを脈絡なく口にする。その間ずっと、私たちはそれは単なるパフォーマンスにすぎず、私が訪問した真の目的の近くをただぐるぐると回っているだけだとわかっていた。

「さて」。ようやく彼が言った。「君が大統領選に出るという話を聞いたよ」

私は、その可能性は低いですが、それでもあなたの助言をいただきたかったので来ました、と答えた。

「そうか、ああ、あれは誰だったかな？　鏡に映る自分の姿を見て、そこに将来の大統領がいると思おうとする上院議員が100人いると言ったのは」。テッドはそう言うとくっくっと笑った。「彼らは鏡のなかの自分に問いかけるんだ。自分にはその資質があるのだろうかって。ジャック［ジョン・F・ケネディ］にボビー［ロバート・ケネディ］、私もそうだった。ずいぶん昔のことだがね。計画どおりにはいかなかったよ。だが、私が思うに、物事というのは収まるところへ収まるものなんだ……」

テッドの声が小さくなり、じっと考え込んだ。私は彼を見ながらふと思った。この人は自分のこれまでの人生を、あるいは兄たちの人生を、どのように総括しているのだろうか。夢を追い求める最中に彼らはあまりにも大きな代償を払った。すると、またもや一瞬にして、彼は現実に帰ってきた。私をじっと見据える深く青い瞳は、すでに真剣な仕事モードになっている。

「私は性急に動きはじめるつもりはない」とテッドが言った。「何しろ友人が多すぎるのでな。だが、これだけは言えるよ、バラク。人々を鼓舞する才能は、誰もがもっているものじゃない。そして君にとって、今のような瞬間だってそうあるものじゃない。君はまだ準備ができていない、もっと別の機会に出ればいいと思っているのだろう。だがな、君が機会を選ぶのではない。機会のほうが君を選ぶのだ。君にとって唯一となるかもしれないこの機会を君自身の手でつかむか、そうでなければ機会を逸したという思いを一生抱えて過ごすか、そのどちらかだ」


ミシェルも、一連の状況に気づかないわけがなかった。初めは、単にこの騒ぎを無視していた。政治関連のニュースを見なくなり、友人や同僚が私の大統領選出馬について前のめりな質問をしてきても答えようとしなかった。ある夜、家に帰った私がハリー・リードと交わした会話のことを伝えてみたが、ミシェルは肩をすくめるだけだった。そこで私もそれ以上は続けなかった。

だが、その年の夏も過ぎ、こうした話題が家のなかにもじわじわと入り込んできて避けられない雰囲気になってきた。夜や週末も、マリアとサーシャが周囲で飛び跳ねているうちは普段と変わりないように思えたが、ミシェルと2人だけの時間には緊張感が漂うようになった。ついにある夜、子どもたちが寝たあとで、私は彼女がソファに座ってテレビを観ていた部屋に入って、テレビの音だけを消した。

「僕自身は何一つ計画したわけじゃない」。そう言って、彼女の隣に座った。

ミシェルは無音の画面を見つめたまま答えた。「知ってる」

「僕たちはこれまで、ひと息つく暇もなくやってきた。そして、数か月前までは僕が出馬するなんてばかげた話にしか聞こえなかった」

「そうね」

「でも、今起きていることを踏まえると、一度真剣に検討すべきじゃないかと思うんだ。すでにチームに、試しにプランをつくってみてほしいと頼んだ。選挙活動のスケジュールはどうなるのか。僕たちは勝てるのか。それが家族にどう影響するのか。つまり、もし仮に僕たちがそうするとすればの話だけど……」

ミシェルがさえぎった。声がうわずっている。

「今〝僕たち〟って言った？　〝僕〟の間違いよね、バラク。〝僕たち〟じゃない。これは〝あなた〟の問題よ。私はいつだってあなたを支えてきた。政治は大嫌いだけど、あなたを信じてるからよ。政治のせいで、私たちの家族がみんなの目にさらされている。あなただってわかってるはず。ようやく、少し落ち着いてきたのに。それも、まだ完全に元に戻ったってわけじゃない。私が選んだはずの私たちの生活にはなってないわ。それなのに、今度は〝大統領〟になりたいって言うわけ？」

私は彼女の手を取った。「出ることに決めたとは言ってないよ、ハニー。ただ、可能性をむげに拒絶するわけにはいかないってことなんだ。でも、君が同意しない限り話を進めたりしない」。私はひと呼吸置いた。彼女の怒りは少しも和らいでいない。「君が望まないのなら、僕は出ない。それだけだ。君に決めてほしい」

ミシェルは、まるで私を信じていないとでも言いたげに眉を上げた。「もしその言葉が本心なら、私の答えはノーよ。大統領選には出てほしくない。少なくとも今は」。それからミシェルは私に厳しい視線を向けて、ソファから立ち上がった。「ああ、バラク……いったいいつになれば、あなたは満足するの？」

私が答える前に、彼女は寝室に入ってドアを閉めた。

そんなふうに思う彼女を、私が責められるのだろうか？　出馬の可能性に触れただけで、彼女の同意を求める前にスタッフを巻き込んだというだけで、ここまで彼女を追い込んでいるのだ。私は長年、自分が政治の階段を上るたびに、ミシェルに忍耐と寛容を求めてきた。彼女はしぶしぶ、それでも愛情をもって応えてくれた。そして私は、必ずといっていいほど次の一段に目を向け、そのたびに彼女により多くを求めてきた。

なぜ、私は彼女をつらい目に遭わせようとするのだろうか？　単なる虚栄心からなのか？　あるいはもっと暗い何か、権力への渇望や抑えきれないほどの野心を、奉仕などという薄っぺらな言葉で覆い隠そうとしているのか？　それとも、いまだに私を捨てた父に対して自分の存在価値を証明したがっているのか？　一人息子の成功をうっとり夢見る母の期待に応えようとしているのか？
私は、人種の異なる両親のもとに生まれた自分が抱きつづけている自己不信を払拭したいのか？
「あなたはまるでぽっかり空いた穴を塞ごうとしているみたい」。結婚したばかりのころ、へとへとに疲れ果てるまで働きつづける私にミシェルが言ったことがある。「だから落ち着けないのね」

本当のところ、私はそうした問題をずいぶん前に解決したと思っていた。仕事にも自信が生まれ、愛する家族と安定した家庭生活が送れるようになっていたからだ。しかしここにきて、そもそも自分のなかにある癒やしを必要とする何か、あるいは常により多くを求めつづける気持ちといったものから脱却できるのか、それがわからなくなっていた。

自分の気持ちなど永遠に解き明かせないのかもしれない。私は、マーティン・ルーサー・キング・ジュニア牧師の『楽隊長の本能（ドラム・メジャー・インスティンクト）』という説教［1968年2月4日、アトランタの教会で行った説教］を思い出した。そのなかで彼は、誰しも心の奥底には自分が一番になりたい、偉大さを祝福されたい、つまり「楽隊を先導したい」という欲求があると語っている。さらに、そうした利己的な衝動は、偉大さを求める気持ちを無私の目的と結びつけることによって鎮まるとも言っている。他人への奉仕、他人への愛で一番を目指せばいい、というわけだ。私にとっては、さもしい願望と崇高な行為とを同時に追求するという難題に取り組むことが、自分の欲求を満たすことができる方法であるように思えた。ただし今はそれが自分一人の犠牲だけではすまないという明白な事実にも直面していた。この長い旅路には家族が巻き込まれ、困難にさらされる。キング牧師の掲げた主張や彼の天賦の才は、そういった犠牲さえも正当化したかもしれないが、私の掲げる大義ははたしてその犠牲に見合うのだろうか？

私には判断がつかなかった。自分の信仰がどうあれ、大統領への立候補を神の思し召し（おぼしめし）などと言い逃れたり、宇宙の見えない力に突き動かされているなどと偽ったりする気はない。自由と正義という理念は私でなければ実現できないなどというつもりもないし、そもそも家族に重荷を強いることへの責任を免れることはできない。

大統領選挙への扉が開かれたのは周囲の状況のせいかもしれないが、かといってここ数か月、私が扉を閉じるのを妨げる要素があったわけではない。今だって私さえ決意すればその扉を簡単に閉じられる。それなのに私はそうしていない。むしろさらに大きく開くことを容認してきた。ミシェルにとってはその事実だけでも十分につらかっただろう。もしも、世界最強の権力をもつ地位に挑戦するための必要条件の一つが誇大妄想癖をもつことだとすれば、どうやら私はそのテストには合格できそうだった。

そうしたさまざまな思いを抱き、私は8月、17日間のアフリカ縦断旅行に出かけた。南アフリカでは船でロベン島を訪れ、ネルソン・マンデラが27年間の投獄期間のほとんどを過ごしたという監獄の小さな独居房に立った。ここでマンデラは、いつの日か変化が必ず訪れるという信念をもちつづけた。それから南アフリカ最高裁判所の職員に会い、HIV・エイズ診療所の医師たちと話をし、デズモンド・ツツ大主教と会った。明るい人柄の大主教とは、彼のワシントン訪問時にすでに会ったことがあった。

「つまりこういうことかな、バラク」。大主教はいたずらっぽい笑みを浮かべながら私に言った。「あなたがアメリカ合衆国で初めてのアフリカ系大統領になるわけだ。ああ、私たちにとってなんと誇らしいことだ！」

それからケニアのナイロビに飛び、ミシェルと娘たち、そしていっしょに来ていた家族ぐるみの友人、アニタ・ブランチャードと彼女の子どもたちに合流した。私たちの来訪があらゆる地元紙で報じられていたためか、ケニアの人たちからは熱烈な歓迎を受けた。アフリカ最大のスラム街の一つ、キベラを訪ねると、曲がりくねった赤土の小道沿いに何千人もが詰めかけて、私の名前を叫んでくれた。私の異母姉であるアウマがニャンザ州への家族旅行を手配してくれたおかげで、ケニア西部にある、私の父方の先祖代々の家をサーシャとマリアに見せることができた。そこへ向かうあいだも、幹線道路沿いに延々と人々が立って手を振っていて、私たちは驚いた。途中、ミシェルと私は移動診療車に立ち寄り、ＨＩＶ感染の有無を調べる公開テストを受けた。多くの人にテストの安全性をわかってもらうためだったが、ここにも数千人が押し寄せ、移動診療車を取り囲み、同行していた外交警護班のメンバーを恐怖におとしいれた。その後、サファリツアーに行った先でライオンや野獣たちに囲まれたときに、ようやく騒動から抜け出すことができた。「賭けてもいいけどね、バラク、あの人たちは絶対に、あなたがもう大統領になったと思ってるわよ！」。ある夜、アニタが冗談を言った。「私にもエアフォースワンの席を確保しておいて、いいわね？」

その言葉に、ミシェルも私も笑えなかった。

家族がシカゴへ戻ったあとも、私はアフリカの旅を続けた。ケニアとソマリアの国境地帯ではテロ組織〈アルシャバーブ〉に対峙するアメリカ－ケニア合同軍から説明を受け、その後、ジブチからヘリコプターでエチオピアへ入った。そこでは米軍の兵士たちが洪水被害からの復旧支援にあたっていた。最後にチャドへ飛んで、ダルフール紛争から逃れてきた難民のキャンプを訪問した。どこに行っても、想像を絶するほど過酷な環境のなかで献身的に働く男女の姿があり、人々を苦しみから救うためにアメリカができることはまだまだたくさんあると聞かされた。

そしてどこに行っても、大統領選に出るのですかと聞かれた。

アメリカに戻ってから数日後、私はトーマス・ハーキン上院議員が主催する資金集めイベント〈ステーキ・フライ〉で基調演説を行うためにアイオワ州へ飛んだ。毎年恒例のイベントだが、大統領選の前哨戦としての重要度は以前よりも増していた。一連の予備選において、投開票が行われる最初の州がアイオワだからだ。私が今回の招待を受けたのは何か月も前の話だ。大統領の座を是が非でも勝ち取りたいという意欲あふれる候補者たちの誰か一人だけに肩入れするわけにはいかないという事情から、トーマスは私に白羽の矢を立てたのだ。ところがいまや、私が登壇すること自体が憶測を生む材料になっていた。演説を終えて会場を離れようとすると、スティーヴ・ヒルデブランドに脇へ引っ張られた。アイオワ州で長く活動してきたヒルデブランドは民主党上院選挙委員会の元ポリティカル・ディレクターであり、私に近隣を案内するようピート・ラウズから頼まれていたのだ。

「こんな熱狂ぶり、ここでは一度も見たことありませんよ」と彼は言った。「あなたならアイオワ州で勝てます、バラク。私にはわかる。そしてアイオワ州さえ制すれば、党の指名も勝ち取れますよ」

ときに私は、自分が大きな潮流に飲み込まれ、自分の心をはっきり決めるより先に人々の期待という波に押し流されているように感じることがあった。アイオワの一か月後、中間選挙のわずか数週間前に私の二冊目の著書［『*The Audacity of Hope*』（邦題『合衆国再生——大いなる希望を抱いて』ダイヤモンド社）］が出版されると、周囲はさらにヒートアップしたようだった。その年、私はずっと執筆を続けてきた。夜にはワシントンDCのアパートへ戻って書き、週末には自宅でミシェルと娘たちが寝たあとに書き、ジブチにいたときですら編集者に校正原稿を送るためにファックスと何時間も格闘していた。私にはその著書を自分の政策提言集にしようなどというつもりはまったくなかった。単に、アメリカ政治の現状について、できるだけ興味をもってもらえるような書き方で意見を述べ、相当額の印税前払い金に見合うだけの本の売り上げにつながればいいと思っていただけだ。

しかし、政治ニュースを扱うメディアからも世間一般からも、そうは受け取られなかったようだ。というのも、著書のプロモーションのためにはテレビやラジオに出ずっぱりにならなければならないからだ。加えて、私は議員候補たちの応援演説で各地を巡っている。私は日に日に自分が大統領候補者のように思いはじめていた。

翌朝の『ミート・ザ・プレス』［政治報道番組］への出演を控えてフィラデルフィアからワシントンDCまで車を走らせている途中、ロバート・ギブズとデイヴィッド・アクセルロッド（アックス）、それにアックスのビジネスパートナーであるデイヴィッド・プラフが私にこう尋ねた。明日の番組では間違いなく司会のティモシー（ティム）・ラサートからあなたの今後のプランについて質問攻めにされると思いますが、なんと答えるつもりですか？

「ティムは間違いなくあなたの昔の発言を蒸し返しますよ」とアックスが説明した。「あなたが2008年の大統領選には立候補しないと断言した部分をね」

それから数分ばかり、3人はそういう質問をうまくかわすための作戦を議論していた。私は割って入った。

「思っていることをそのまま話せばいいんじゃないかな。2年前、私には出馬など思いもよらなかった。でも今は状況が変わり、私の考えも変化している。だから中間選挙が終わったら真剣に考えようと思っている、とね」

3人ともこの言い方が気に入ったようで、これほど素直な答えが新鮮に聞こえるとは政治とはどれだけ不可思議なものかの証明だ、とうなずき合った。ギブズはさらに、ミシェルには事前に話しておいたほうがいいです、出馬の可能性に言及した瞬間からメディアが大騒ぎを始めますからね、とアドバイスをくれた。

そして実際、そうなった。『ミート・ザ・プレス』に出て正直に話した内容が新聞の見出しを飾り、夜のニュースに取り上げられた。インターネット上では〝オバマを大統領に〟という運動が立ち上がり、何千という署名が寄せられた。全国メディアのコラムニストたちは、何人かの保守系まで含めて、私に出馬を促す論説記事を書いた。タイム誌は「バラク・オバマが次の大統領になれる理由」と題した特集を組んだ。

しかし、当然のことながら、誰もが私の出馬に納得しているわけではなかった。ギブズによれば、タイム誌を一冊買い求めようとミシガン・アベニューの売店に立ち寄ったとき、インド系アメリカ人の店主が私の顔写真が載った表紙を見下ろしてひと言つぶやいたそうだ。「冗談じゃねえよ（ファーック・ザット）」

これには2人で大笑いした。それ以降、私が大統領選に出馬するとの観測が強まるたびに、ギブズと私はこの言葉を呪文のごとく繰り返し唱えるようになった。そうすれば、常に現実から目を離さずにいられるし、状況の変化はもう自分たちの手に負えないといった気持ちに陥らなくてすむからだ。そして、アイオワ州知事選の民主党候補者を支援するためにアイオワシティで開かれた夜間集会が、私にとって、中間選挙前最後の遊説となった。聴衆はことのほか騒々しかった。私はステージに立ち、集まった数千もの人たちを見渡した。クリーグ灯［撮影用の強力なライト］に照らされた彼らの吐く息が霧のように立ちのぼり、どの表情も期待に輝いている。歓声が私のかすれる声をかき消した。まるで映画の一場面を見ているような、そこに立っている自分が自分ではないような、不思議な感覚を覚えた。

その夜遅く帰宅すると、部屋の明かりは消され、ミシェルはすでに寝ていた。シャワーを浴び、手紙の山にひととおり目を通し、ベッドにもぐり込んだ。眠りに落ちかけたとき、自分がどこかの戸口に向かって歩いている映像が脳裏に浮かんだ。そこは明るく、寒く、無風の空間で、誰もいない。世界とは隔絶されていた。すると、私の後方の暗闇から誰かの声が聞こえた。まるですぐ脇にいるのではないかと思えるほどはっきりと同じ言葉を何度も何度もつぶやいている。

「だめだ……だめだ……だめだ」

私はベッドから飛び起きた。心臓の鼓動が大きくなっている。何か飲もうと階下へ向かい、暗闇のなかで1人ソファに座り、ウォッカをすすった。神経がたかぶり、頭のなかが過熱している。ようやくわかった。自分が心の奥底に抱えている恐怖の正体は、もはや自分が不適格な候補者と見限られることでもなければ、上院から抜け出せないことでもなかった。大統領選に負けることですらなかった。

私は、勝てるかもしれないと気づいたからこそ、恐怖を感じていたのだ。

ブッシュ政権やイラク戦争への嫌悪感といった追い風にも乗って、11月の中間選挙では民主党が主要な戦いをほぼ制し、上下両院で多数を獲得した。この成果を勝ち取るために必死で働いてきた私のチームと私は、祝賀ムードに浸る間もなく、中間選挙の開票翌日からホワイトハウスへの道筋をつけるという新たな作業に入った。

世論調査担当のポール・ハースタッドが数字を分析した結果、私はすでに候補者たちのなかでも上位グループに入っていることが判明した。私たちは予備選や党員集会のスケジュールをチェックした。いきなり選挙戦をスタートさせる私のような候補者にとって、すべては序盤州［早期に予備選挙が行われるアイオワ、ニューハンプシャー、ネバダ、サウスカロライナの4州］、特にアイオワ州の党員集会での勝利にかかっていた。私たちは現実的と思われる予算をはじき出し、民主党での指名を勝ち取るためだけですら必要となる数百万ドルもの資金をどうやって調達するかについて話し合った。ピートと事務所スタッフのアリッサ・マストロモナコは、私の上院議員活動と大統領選のための遊説を組み合わせた計画を提示してくれた。アクセルロッドは、これから始まる選挙活動の争点とともに、国政をひどく軽蔑している有権者も多数いるという前提に立って〝変革（チェンジ）〟というメッセージが私の明らかな経験不足をどれぐらい補ってくれそうかをメモにまとめた。

　限られた時間のなか、全員が細かいところにまで気を配りながらそれぞれの任務を完璧にこなしてくれた。デイヴィッド・プラフには特に感銘を受けた。30代後半、体格こそ細身だが、精悍な顔立ちに情熱を秘め、きびきびした動作と気さくな態度をあわせもつプラフは、大学を中退したあと、民主党のさまざまな選挙活動に携わってきた。さらに民主党上院選挙委員会で働いたのちにアクセルロッドが経営するコンサルティング会社の一員になったという経歴をもっている。ある日、私は座ったままプラフの詳細な計画を聞いていた。各州で草の根の活動を強化するために登録ボランティアとインターネットを有効利用するという。その後、私はピートに、この活動を始めるとしたらプラフがキャンペーン・マネジャーにふさわしいのではないかと言った。

「彼はすばらしいですよ」とピート。「ただ、引き受けてもらうためには少し説得が必要かもしれません。彼には家族が１人増えたんです」

　プラフに子どもが生まれたという話は、その月の会話のなかでも特に強く印象に残っている。スタッフはみな、私と同じ葛藤を抱えていた。大統領選は長い戦いになるというだけではない。いみじくもプラフとアクセルロッドがそろって率直に話してくれたように、〝全国ブランド〟のヒラリー・クリントンを打ち破るためには、ほぼ完全試合といえる展開が必要になる。いや、それだけではない。さらに彼らをためらわせていたのは、私と違って彼らはすでに大統領選を間近で見たことがあるからだった。選挙活動がどれほど過酷なものかを身にしみて理解している。つまり、これは私と私の家族が犠牲を強いられるだけでなく、彼らと彼らの家族も犠牲を払わなければならない戦いなのだ。

　私たちはこれから延々と各地を巡ることになるだろう。メディアは容赦なく私たちの身辺を暴こうとする。たしかギブズはそれを「ノンストップの大腸内視鏡検査」と言っていた。私は少なくとも1年間、幸運にも予備選に勝ったら2年にわたって、ミシェルや娘たちとはほとんど会えなくなる。

「正直に言います、バラク」。ある打ち合わせを終えたあと、アックスが私に言った。「選挙活動期間中、ときには元気が出るようなこともあるでしょうが、ほとんどは苦しい時間の連続です。ストレステストを受けつづけているような、心に心電図の機械がつながれているような。あなたほどの能力をもってしても、それに耐えられるかどうかわかりません。あなた自身にもわからないでしょう。とにかくすべてがまともじゃないんです。みっともないことも、残酷なことだって起きるはずです。それを乗り越えて勝つためには、尋常ではない精神力が求められます。あなたにそこまで強い渇望があるのか、私にはわかりません。というのも、あなたは仮に一生大統領になれなかったとしても、それほど落ち込むことはないですよね」

「そのとおりだ」と私は言った。

「そうでしょう?」とアックスが言った。「1人の人間としてなら、それは強みです。でも、候補者としては弱みになります。あなたは大統領を目指すには少々普通すぎるのです。精神的に安定しすぎている。政治コンサルタントとしての私は、そんなあなたの大きな挑戦をぜひ見たいと思いますが、友人としての私は、あなたにそんな思いをしてほしくない」

一方、その間、ミシェルも自分の気持ちを整理しようと努めていた。いろいろな会議に同席した彼女は、たいていは黙ったまままみんなの議論を聞き、たまに質問を挟んだ。選挙活動のスケジュールはどうなるのか、自分には何が求められているのか、そして娘たちにとってこの活動はどういう意味をもつのか? 私の立候補に対する彼女の抵抗感は、だんだんと薄れているようだった。選挙活動がどういったものか、そのありのままを聞き、彼女が恐れていたことの正体が明確かつ具体的になったことで、対応しやすくなったのかもしれない。あるいはヴァレリー・ジャレットやマーティ・ネスビットと話したからかもしれない。最も誠実な友人2人の言葉を、彼女はいつも自然に受け入れていた。兄のクレイグ・ロビンソンからさとされたことも手伝っているだろう。クレイグはいつも困難な目標に挑みつづけてきた。最初はプロのバスケットボール選手になること、その後はコーチになること、たとえそのために銀行員としての安定した地位を諦めることになったとしてもだ。

「ミシェルは恐れているだけなんだよ」。ある日の午後、ビールを飲みながらクレイグは私に言った。ミシェルは母親と、よく彼が出場する高校バスケットボールの試合を観に来てくれたという。しかし、相手チームとの点差が少し縮まっただけで2人は席を立って試合が見えないところに引っ込んでしまうのだそうだ。席で観戦しつづける緊張感に耐えられないのだ。「2人は、僕が負けるところを見たくなかったのさ」とクレイグは言った。「僕が傷ついたりがっかりしたりするところをね。だから、僕はそれもバスケットボールという競技の一部なんだと説明しなければならなかった」。私が大統領の座に挑むのを応援してくれていた彼は、妹と話してみるよと言った。「ミシェルには、もっと大きな視点に立って考えてほしいと思ってる。これほど高いレベルで競うチャンスは絶対に手放しちゃだめなんだ」

12月のある日、私たち家族がクリスマス休暇でハワイへ向かう直前だった。私が出馬に向けてこのまま進むのか否かを決断する前の最終ミーティングが行われた。出馬表明の可能性を見据えた人員配置や後方支援について話し合われた1時間ほどの会議をミシェルはじっと聞いていた。そして最後に、私に本質的な問いをぶつけてきた。

「あなたは、民主党にはほかにも大勢の選挙を勝てる候補、大統領になれる候補がいるって言ってたわよね。そして私に、自分が出馬する唯一の理由は、ほかの候補者にはない何かを自分なら国民に示せるかもしれないからって言った。そうでなければ出る意味がないって。合ってる?」

私はうなずいた。

「それなら聞きたい、なぜあなたなの、バラク? なぜ大統領職は〝あなた〟でなければだめなの?」

私たちは机越しに見つめ合った。一瞬、この部屋には2人しかいないという感覚に陥った。私の意識は17年前に2人が初めて出会ったときにさかのぼった。彼女の勤め先に、私は約束した時間より遅れて着いた。雨でスーツが少し濡れていた。デスクから立ち上がったミシェルは、いかにも弁護士然としたブラウスとスカートに身を包み、愛らしくて冷静に見えた。そしてその後の気さくな会話。その大きくて黒い瞳のなかに、彼女がほとんど人には見せようとしない傷つきやすさがあることを私は感じとった。あのときから、自分にとって彼女は特別な存在になった。もっと彼女を知りたい、私が愛するのはこの女性だ。自分はなんて幸運なのだろうと私は思った。

「バラク?」

私は頭を振って我に返った。「ああ、なぜ僕か、ということだったね?」。私は、以前にも話した理由をいくつか挙げた。私なら新しい政治の火付け役になれるから。新しい世代を政治に参加させられるから。ほかの候補者たちよりもうまく、この国の分断された者どうしに橋を架けられるから。

「でも、そんなこと誰にわかる?」。私は出席者たちを見渡しながら言った。「僕が最後までやり通せる保証なんてどこにもない。それでも、確実にわかっていることが一つある。僕が右手を挙げて合衆国大統領への就任を宣誓したその日から、世界はアメリカをこれまでとは違う目で見はじめるだろう。国中の子どもたちが、黒人の子も、ヒスパニックの子も、周囲になじめないでいる子たちもみんな、自分自身を新しい目で見つめはじめるだろう。彼らに新しい地平が開かれ、可能性が広がる。それだけで十分に意味があると思うんだ」

部屋を静寂が包んでいた。マーティがほほえんだ。ヴァレリーは目に涙を浮かべていた。彼らの一人一人が、合衆国で初めてのアフリカ系アメリカ人による大統領宣誓を頭に思い描いているのだとわかった。

ミシェルが私を見つめる時間は永遠に続くように思えた。「そうね」。ようやく彼女が口を開いた。「大変よくできました」

みんなが笑った。そして私たちは次の話題へと移っていった。それから何年も、あのとき部屋にいた者はみな、あの会議のことを話題にすることになる。ミシェルの問いに対する私の答えは、みんなが共有していた信念を、私が即興で言葉にしたものだ。そしてその信念が、その後の長く厳しく、想像を絶する旅へと全員を駆り立てたのだ。大統領執務室(オーバルオフィス)で小さな男の子が私の髪に触れるのを目にしたり、スラム街の学校に通う生徒が私の大統領就任後に熱心に勉強しはじめたという話を先生から聞いたり、そういうことがあるたびに、みんなあの日のことを思い出しただろう。

そして、あれは私の本心だった。ミシェルの問いに答えながら、私は願っていた。勝ち目のある選挙活動を行うこと自体が、アメリカの人種差別の歴史が残した傷跡から人々を解放するきっかけになってほしい。そして個人的なことをいえば、もしも大統領の座にたどり着けたらそれは、自分自身にとっても大きな意味があると考えていた。

もし私たちが勝ったら、連邦上院選での私の勝利が単なるまぐれではなかったことの証明になる。もし私たちが勝ったら、私を政治の道へといざなったものがただの夢物語などではなく、そして自分が思い描くアメリカは実現可能で自分の信じる民主主義は手が届くところにあることの証明になる。

もし私たちが勝ったら、この世界は強者が弱者を食いものにし、氏族だの部族だのといって分断を助長し、見知らぬ人を攻撃し、暗闇の前で身を寄せ合うような場所——そんな冷酷で不寛容な場所ではないと信じているのが私一人ではないことの証明になる。

そして、これらの信念を公約に掲げられれば、私の人生も意味あるものになる。それらの約束や、約束が実現した世界を、娘たちにバトンタッチできるのだ。

政治の世界へと身を投じてからかなりの時間が経った。だが、これからが本当の始まりだ。今、私は見えない一線を越えようとしている。想像もできない方向へ、もしかしたら好ましくない方向へと、私の人生は大きく変わるのかもしれない。しかし、立ち止まることも、あと戻りすることも、怖気（おじけ）づくことも、もはや許されない。

これからすべてがどう展開するか、自分の目でしっかりと見届けなければならない。

第 2 部

YES WE CAN

第5章

２００７年2月のよく晴れた朝、私はスプリングフィールドの旧州議会議事堂前に設けられたステージに立ち、大統領選への出馬を宣言した。エイブラハム・リンカーンがあの「分かれたる家」の演説〔聖書の言葉を引いて、奴隷制度をめぐり解体に進みかけていた連邦国家の危険性を訴えた〕を行った場所だ。その日、気温はマイナス11度。寒さのせいで誰も来てくれないのではないかと危惧していたが、私がマイクの前に進み出た時点で、広場とそれに隣接する通りには1万５０００人以上の聴衆が集まっていた。パーカー、マフラー、スキー帽、耳当てで完全防備した人々は、みなお祭り気分を楽しんでいるようだった。手作りしたり、選対本部から支給されたりした〝ＯＢＡＭＡ〟プラカードを掲げた彼らの吐く白い息が、まだら模様の雲のように会場に漂っていた。

出馬演説はケーブルテレビで生中継された。私は選挙戦で掲げる主要なテーマに言及した。抜本的な変化の必要性、医療サービスや気候変動といった長期的問題に取り組む必要性、ワシントンに巣くう党派政治から脱却する必要性、さらに国民の積極的な政治参加の必要性だ。私が話し終わったところでミシェルと娘たちもステージに上がり、大歓声の聴衆にそろって手を振った。周囲の建物には巨大なアメリカ国旗が掲げられ、壮観な背景画をつくり出していた。

そこから私の選挙チームと私はアイオワへ飛んだ。一一か月後に全米で最初に民主党の大統領候補者指名争いが行われる州だ。初戦を制して経験豊富な対立候補たちの集団から勢いよく抜け出したいと考えていた。到着後、私たちは複数の対話集会をはしごし、あらためて何千人もの支持者や野次馬たちに迎えられた。シーダーラピッズで開かれた集会では、舞台裏でベテランのアイオワ州選対スタッフが私たちを取材している50人ほどの全国メディアの記者の1人にこう言っているのが聞こえた。「これは尋常な規模じゃないですよ」

あとからあの日の映像を見返すと、当時ともに戦ったスタッフや支持者たちの懐かしい姿にあらためて感動する。これからみんなで〝魔法の旅〟に出るのだという思いを共有し、これからの2年間で本当に奇跡を起こし、私たちはアメリカという国の本質、真の価値に触れるのだという雰囲気だ。今となっては、あの日の聴衆、熱気、メディアの注目度がその後の選挙戦における私たちの躍進を暗示していたといえるのかもしれないが、当時の私には楽な戦いだとか勝利が運命づけられた戦いだなどとはとうてい思えなかった。そのうち選挙戦はうまくいかなくなるのではないかと感じていた。それに最初のうちは、私だけでなく選挙の行方に関心をもつ多くの人たちにとっても、私はとりたてて優れた候補者ではなかった。

多くの点において私の抱える問題は、話題が先行し、それによって期待ばかりが膨らんでしまったことだった。デイヴィッド・アクセルロッド（アックス）の説明によれば、大統領選挙の立候補者は、たいていの場合、必然的に小さな規模、彼の言い方を借りるなら〝オフ・ブロードウェイ〟から活動を始めるものらしい。聴衆は少なく会場は狭いし、取材に来るのは地元のテレビ局か発行部数の小さい地方紙ぐらいだ。そこで候補者とそのチームは試行錯誤を繰り返す。問題点が見つかれば取り除き、失敗を重ね、まだ注目する人が少ないうちに場数を踏んで緊張感を克服する。ところが、私たちにはそんな猶予などなかった。選挙戦の初日からタイムズ・スクエアのど真ん中で注目を浴びているようなもので、スポットライトに照らされた私の経験不足は露呈するばかりだった。

スタッフたちが最も恐れていたのは私の〝失言(ギャフ)〟だ。これは、主にメディアが使う言葉だが、候補者がうっかり自らの無知、不注意、曖昧さ、無神経さ、悪意、不作法、嘘、偽善をさらけ出してしまう発言、あるいはもっと単純に、それを発した候補者が非難にさらされるほど社会通念からかけ離れた言葉を発することを意味する。だがその定義に従うならば、ほとんどの人は毎日五回も一〇回も失言を繰り返していることになるはずであり、家族や同僚や友人の寛容さと善意に頼り、言い足りない部分は埋めてもらい、真の意図を推しはかってもらい、最大限好意的に解釈してもらっているのだ。

そんなわけで、当初、私はスタッフたちの警告を軽く考えていた。たとえば出馬表明の当日、アイオワで最後の遊説地に向かう車中で、アックスは読んでいた選挙戦略資料から顔を上げて、私にこう言った。

「いいですか、これから行く市の名前は〝ウォータールー〟と発音します」

「わかった」と私は言った。「ウォータールー」

アックスが頭(かぶり)を振った。「違います。ウォータールーです。ウォ、、、、ータールーじゃありません」

「もう一度言ってみて」

「ウォータールー」と、アックスがはっきりわかるように唇を動かして発音した。

「もう一度」

アックスが顔をしかめた。「いいですか、バラク。これはお遊びじゃないんです」

そんな私でも、それまでは当たり前だった話し方の基本ルールが、大統領への出馬を宣言した瞬間から自分には適用されなくなったことはすぐにわかった。あらゆるところにマイクが備えられ、自分の口から出たあらゆる言葉が記録され、増幅され、精査され、分析される。出馬表明直後の遊説中、アイオワ州エイムズで行われたタウンホール・ミーティングで、私はイラク戦争反対という自らの主張について説明していた。途中で注意がおろそかになってしまった私は、ブッシュ政権によるずさんな決断のせいで3000人を超える若い兵士たちが「無駄にされた」と言ってしまったのだ。その言葉を口にした瞬間、後悔した。常々私は、戦争に関する自らの見解と、兵士やその家族たちが払っている犠牲への感謝とは、注意深く分けているつもりだったからだ。この失態に注目したメディアはほとんどなかったし、私もすぐに過ちを認めたので大きな騒ぎにはならなかったものの、このときの経験から、私は自分の言葉の重みが以前とは変わったのだと肝に銘じた。愛する人を失った悲しみから今も立ち直れていないだろう家族を、自分の不用意なひと言で傷つけたかもしれないと思うと、心が沈んだ。

本来、私はゆっくり話すタイプだ。そのため、ほかの大統領候補者と比べれば失言の可能性も低い。しかし、発言に注意するようになってから、演説する際に別の悩みを抱えることになった。明らかに言葉数が多く、それが問題だったのだ。質問を受けたとき、私の答えは往々にして回りくどく、しかも冗長になる。どんなテーマであれ、私は無意識のうちにそれをいくつもの要素とさらにその下位の要素に分割していた。一つのテーマに二つの立場があるのだとすれば、たいてい私の頭には四つの立場が浮かんだ。自分が話した内容に例外があるとすれば、それに言及するだけでは飽き足らず、さらにそこにも補足説明を加えようとした。「論点が何かわからなくなっている!」。私が延々と話しつづけたあと、アックスなどは文字どおり吠(ほ)えていた。その後1日か2日は私も素直に従って簡潔さに意識を集中させるのだが、どうしても自分の主張の細かなニュアンスを伝えたいという気持ちが抑えられなくなり、貿易政策や北極圏の海面上昇問題について、10分間にわたる解説を始めてしまうのだ。

「どうだった?」。ステージを下りながら私は聞いた。説明の丁寧さについては満足のいく出来だった。

「小テストの解答としては満点です」とアックスが答えた。「ただし、票にはつながりません」

それでもこういう問題は時間とともに改善できた。だが、春になるころにはもっと大きな心配が生まれていた。私が不機嫌になりがちだったことだ。今にして思えば、原因の一つはそれまでの政治活動そのものにあった。連邦上院議員に当選するまで2年間を選挙活動に費やし、議員として1年間各地でタウンホール・ミーティングを重ね、ほかの民主党候補者の応援で何か月も飛びまわってきた。出馬表明当初の興奮が収まると、自分が担うべき数多くの単調な仕事が、ものすごい勢いで目の前に積まれていくことに気づいたのだ。

実際、つらくて単調な仕事だった。上院議員としての仕事のためにワシントンにいるとき以外、私は1日16時間、1週間に6日半を、アイオワ州あるいは選挙日程の早いいくつかの州で過ごしていた。宿泊は〈ハンプトン・イン〉か〈ホリデイ・イン〉か〈アメリクイン〉か〈スーパー8〉。睡眠は5時間か6時間。トレーニングができればどんな施設ででも、朝はできるだけ運動するように心がけていた(日焼けサロンの裏にあった古いランニングマシンを今でも思い出す)。それから荷づくりをし、朝食を適当にかき込んでワゴン車に乗り込むと、その日最初の遊説地に着くまでのあいだ、資金協力を求める電話を何本かかける。その後は地元紙かローカル局の取材を受ける。地元の党幹部たちに挨拶する。トイレ休憩。余裕があれば通りがかりのレストランに立ち寄って有権者たちと握手。車に戻ってさらに何本か資金調達の電話。このルーティンを1日に三回か四回繰り返す。合間を見つけて冷たいサンドイッチかサラダの食事。ようやく夜9時を回るころ、その日の宿舎となるモーテルにたどり着き、ミシェルと娘たちが寝てしまう前に電話をかける。それから翌日の活動に関するブリーフィング資料を読み、その途中で疲れ果てて眠ってしまい、バインダーが私の手から滑り落ちる。

こうした活動以外に、資金提供者と会うため、ニューヨーク、ロサンゼルス、シカゴ、ダラスといった都市への出張もある。華やかさとは無縁の無味乾燥な毎日だった。それがこれから一八か月も続くのかと想像するだけで気が滅入った。私は大統領になるために出馬を表明した。大人数の選対チームを編成し、見知らぬ人たちに寄付を求め、自分の信じる未来像を語った。でも私は、妻に会いたかった。娘たちに会いたかった。自分のベッドで眠りたかった。きちんとシャワーを浴び、きちんとしたテーブルできちんとした食事をとりたかった。まったく同じ話を、まったく同じ話し方で、1日に五回も六回も七回も話さなくてもいい日が恋しかった。

私にとって幸運だったのは、ロバート・ギブズ（各地を回る私を仕事に集中させるために必要な体力と経験と頑固さを兼ね備えていた）に加えて、さらに、初期の憂鬱を乗り越えさせてくれた2人の仲間がいたことだ。

その1人は、カナダ系で、親しみやすさと冷静沈着さをあわせもつマーヴィン・ニコルソンだ。30代半ばで、身長203センチ。マーヴィンは、ゴルフのキャディーやストリップクラブのバーテンダーなどさまざまな仕事の経験者だ。4年前からジョン・ケリーの秘書（ボディーマン）を務めてきた。秘書（ボディーマン）とはいかにも不思議な役どころといえるだろう。個人アシスタントであるとともに、なんでも屋でもある。仕えている候補者がしっかりと働けるように、必要なものはなんでもそろえる。好物のスナック菓子や鎮痛薬を用意しておき、雨天なら傘を、寒い日にはマフラーを手渡す。握手を求めて近づいてくる党支部長の名前を耳打ちすることもある。マーヴィンはそれらを手際よく見事にこなし、政界で熱狂的な人気を誇る人物になっていたため、私たちは彼を、遊説担当ディレクターとして招き入れた。マーヴィンはアリッサ・マストロモナコや先遣隊とともに旅程を組み、私が必要とするものを手配し、できるだけスケジュールどおりに遊説をこなせるように動いてくれた。

もう1人はレジー・ラヴ。中間層の黒人を両親にもち、ノースカロライナ育ち。193センチの頑強な体格で、デューク大学ではバスケットボールとフットボールの両方でスター選手として活躍した。その後、ピート・ラウズが彼を、私の連邦上院議員事務所にアシスタントとして雇った（余談だが、会う人の多くが私の背の高さに驚く。185センチを少し超えるぐらいなのだが、写真では何年もマーヴィンとレジーに挟まれてきたのでそう見えなかったのだろうか）。マーヴィンの指導のもと、25歳のレジーが秘書（ボディーマン）として働くことになった。レジーは、最初のうちはだいぶ苦戦したようだ。どういうわけか同じ週に、マイアミで私のブリーフケースを、ニューハンプシャーで私のスーツのジャケットを忘れたりした。しかし、仕事に対して高い倫理観をもちながら、一方でくだらないジョークを飛ばしまくる彼は、すぐに選対事務所の人気者となった。

選挙を戦った2年間の大半で、ギブズとマーヴィンとレジーの3人は私の世話役を務め、私が平常心を保つための錨となり、絶えず笑わせてくれた。私は彼らとトランプやビリヤードをし、スポーツの話をしたり、好きな曲を教え合ったりした（パブリック・エネミー止まりだった私のヒップホップのプレイリストにはレジーが新しい曲を入れてくれた）。マーヴィンとレジーは、過去に自分たちが仕事で各地を回ったときの経験（いろいろとあった）、あるいは私たちの滞在先で仕事のあとに行った冒険（タトゥーの店やジャグジーにまつわる話もあった）について教えてくれた。私たちは、レジーの若さゆえの無知（以前私がポール・ニューマンの名前を出したとき、レジーはこう言った。「それってサラダドレッシングの人ですよね？」［俳優のポール・ニューマンは食品メーカーのオーナーでもあった］）や、ギブズの食欲（アイオワ州フェア［アメリカ最大の農産物・家畜品評会の一つ］で、彼はフライド・トゥインキーとフライド・スニッカーズ［どちらもアメリカの菓子で、揚げて食べるのが流行した］のどちらを食べるかでさんざん迷ったあげく、店員の女性に「無理して片方だけ選ばなくてもいいんじゃないですか?」と助け船を出された）をからかった。

暇さえあれば、私たちはバスケットボールを楽しんだ。どんなに小さな町にも高校の体育館はあったし、1ゲームやるだけの時間がなくても、レジーと私は腕まくりをして、私が演壇に上がるまでの時間をシュート合戦に興じた。本物のアスリートがみんなそうであるように、レジーはどんなときでも真剣で、激しい競争意識をむき出しにした。だから私も、彼と1対1で対決した翌日はほとんど歩けないような状態で起きることがあっても、彼の前ではなんともないふりをしていた。一度、ニューハンプシャー州の消防士チームと対戦したことがある。私は彼らの支持を取りつけようとしていた。いわゆる〝週末だけの選手〟である彼らは、年齢は私よりも少しだけ若かったものの、体型は私より崩れていた。レジーが三回続けて彼らのボールを奪いすさまじいダンクシュートを決めたところで、私はタイムをかけた。

「何してるんだ?」と私は言った。

「え?」

「彼らの支持を得ようとしているのは知ってるだろう?」

レジーは信じられないといった面持ちで私を見た。「こんなお粗末なチームに負けろっていうんですか?」

私は一瞬考えてから言った。

「いや。負けろとまでは言わない。とにかく向こうを怒らせない程度の接戦にはしよう」

レジー、マーヴィン、ギブズといっしょにいると、私はひととき、選挙活動のプレッシャーから解放された。この小さな集団では、私は候補者でも、シンボルでも、時代の声の代弁者でもなく、みんなのボスですらなかった。ただ仲間のなかの1人でいられたのだ。特に苦労の多かった初期の数か月間、そのことはどんな叱咤激励の言葉よりもありがたく感じた。一度、ギブズが私を励まそうとしたことがある。いつものように長い1日を終え、私たちはまた飛行機に搭乗した。特に味気ない演説を終えたあとだった。彼は私に、もっと笑ったほうがいい、私たちは偉大なる冒険に出ていて、有権者は前向きな戦士が見たいのだと言った。

「今、楽しいですか？」とギブズは私に聞いた。

「いや」と私は言った。

「楽しくするために私たちができることはないですか？」

「ない」

私たちの前列に座っていたレジーが、この会話を聞きつけた。彼は私たちのほうへ振り返ると、にっこり笑いながら言った。「気休めかもしれませんけど、俺は今、人生で一番楽しいですよ」

たしかにレジーの言うとおりだった。そのときはそう言わなかったが。

活動の初期を通じて、私は多くのことをどんどん吸収していた。スタッフが用意してくれた分厚いブリーフィング資料を何時間もかけて丁寧に読み込み、幼児教育の価値に関する最新研究や、クリーンエネルギーがより身近になるようなバッテリー技術の開発状況、あるいは輸出を拡大するために中国が行っている為替操作について学んだ。

振り返ってみると、確信がもてないときやもがいているときに多くの人がしてしまいがちなことを、当時の私もやっていたのだと思う。慣れたことや得意なものばかりに手を出してしまうのだ。

私は政策に通じていたし、情報の収集や処理の仕方もわかっていた。私に必要なのは、一〇か条の計画を立案する能力ではないと気がつくまでには少し時間がかかった。それよりも、さまざまな問題の本質を簡潔にまとめる力や、不確実性が増す世界情勢について国民にわかりやすく説明し、私が大統領になれば、そうした状況を切り抜けるための手助けになると感じてもらえる、そのための物語を語る力が不足していたのだ。

経験豊富な対立候補たちは、すでにこれを理解していた。私は対立候補者たちの前で恥をかいたことがある。２００７年3月下旬の土曜日の夜、ラスベガスで国際サービス従業員労働組合（ＳＥＩＵ）主催の医療に関する公開討論会が開かれた。デイヴィッド・プラフは私の出席に反対していた。候補者たちがあれやこれやの民主党系の利益団体に顔見せを行うこうした〝公開オーディション〟は、その団体にとってはいいかもしれないが、一般有権者と出会う時間が奪われてしまうというのだ。私はそうは思わなかった。医療サービスは私が強い問題意識をもつ分野だからだ。医療問題に関心があったのは、各地を遊説してまわるあいだに多くの有権者からとてもつらい話を聞かされたからだけではない。私自身、人生の終末期を迎えていたときの母が、あとどれだけ生きられるのかということに加えて、保険で治療費を賄いつづけられるだろうかと心配し、思い悩んでいた姿を忘れられなかったからだ。

結果的には、私はプラフの話を真剣に受け止めておくべきだったのだ。私の頭には多くの情報が詰め込まれていたが、問題への答えはほとんどもっていなかった。多数の医療従事者を前にして、演壇上の私は言葉に詰まり、口ごもり、うまく話せなかった。鋭い質問を受けたときには、手頃な費用の医療サービスを提供するための決定的な計画はまだないと告白せざるをえず、会場はしんと静まりかえった。ＡＰ通信が討論会における私のようすを批判的に取り上げて、アメリカ中のメディアがこれを配信した。その記事には辛辣な見出しがつけられていた。「オバマは見せかけだけで中身は空っぽか?」

その討論会での私の振る舞いは、そのころ選挙戦で優位につけていた2人の候補者、ジョン・エドワーズやヒラリー・クリントンとは対照的だった。ハンサムで洗練された雰囲気をもつエドワーズは、２００４年の大統領選で上院議員からジョン・ケリーの副大統領候補になったのち、貧困者救済センターの立ち上げなどで話題をさらいながら、次の大統領選出馬を見据えた活動を続けてきた。私自身、エドワーズをよく知っているわけではなかったが、彼の政治活動に大きな感銘を受けたことはなかった。労働者階級の出身であるにもかかわらず、身につけたばかりの大衆迎合主義（ポピュリズム）はどこか表面的で、世論調査の数字を上げることが目的のように感じられ、音楽の世界でいえばマーケティング戦略でつくられた男性アイドルグループのような印象だった。ところが、ラスベガスの討論会で彼が打ち出した明快な国民皆保険構想を聞いて、私は自分の不明を恥じた。そのときの彼は、地元ノースカロライナ州で有能な法廷弁護士と評された才能をいかんなく発揮していた。

ヒラリーはさらにすばらしい候補者だった。多くの人たちと同様、私も１９９０年代にはクリントン夫妻を遠くから眺めていた。私は、夫であるビル・クリントンの卓越した才能や知的な力強さを尊敬していた。ただし、彼が採った中道政策（トライアンギュレーション）の一部には、必ずしも賛成していたわけではない。たとえば、失業者を十分に保護しない福祉制度改革法に署名したり、犯罪摘発の厳格化を掲げて連邦刑務所を満杯にしたりといった点だ。しかし、進歩的な政策を推進し、民主党の人気を復活させた彼の実力は評価されるべきだと思っていた。

そして、元ファーストレディのヒラリーについても、やはり優れた才能の持ち主だと思い、ビルよりも共感できるところが多かった。あるいはヒラリーの物語のなかに、私の母や祖母がたどったのと同じ痕跡を見つけたからなのかもしれない。3人とも賢明で、高い志を抱いた女性たちだ。それなのに、それぞれの時代において、男性のエゴや社会的な要求と向き合わざるをえなかった。もし現在のヒラリーが必要以上に用心深く、あるいは決まったシナリオから逸脱できないという印象を与えたとしても、彼女がこれまでに受けてきた数々の攻撃を思えば、誰がそれを批判できるだろう? 連邦上院でともに働くうちに、彼女に対する私の好意的な見方は正しかったとわかった。やりとりをするときは常に勤勉で愛想がよく、完璧に準備を整えてきた。そのうえ、彼女が大きな声で笑うと周囲の人たちはみな明るい気持ちになった。

ヒラリーという候補者がいてもなお、私が大統領選への出馬を決めた理由は、彼女個人に欠点を見出したからではない。そうではなく、クリントン夫妻がホワイトハウスにいた時代に、それをよしとしない人々が募らせた恨みやわだかまり、硬直化した思い込みから、ヒラリー自身が逃れられないだろうと思ったからだ。公平な見方ではないといわれるかもしれないが、彼女がアメリカの政治的分断に終止符を打ち、あるいはワシントン流の政治を改革し、今この国に必要な新しいスタートを切れる存在には見えなかったのだ。それでも、あの夜、SEIU主催の討論会で、医療に関する豊富な知識に裏打ちされた熱弁をふるう彼女を見て、さらには演説終了後の聴衆の熱狂的な歓声を聞いて、私は判断を誤ったかもしれないとも思った。

ヒラリーが、ついでにいえば候補者の半数が、私よりも優れたパフォーマンスを見せたのは、この夜が最後ではなかった。それ以降、2、3週に一度は、討論会で顔を合わせることになったからだ。もともと私は公開討論会という形式があまり得意ではなかった。いつまでも話をまとめられず、質問への答えをより複雑にしてしまう私は、高い評価を得られないのだ。ことに、機転の利く7名のプロと並んでステージに立ち、1分ぴったりで質問に答えようとすると、その違いがはっきりと表れる。4月に行われた最初の候補者討論会で、私は話し終えるまでに少なくとも二度、司会者(モデレーター)から制限時間超過を告げられた。同時多発テロが起きたらどう対処するのかと問われ、連邦のさまざまな機能を調整する必要について論じたものの、犯人を追跡するという当然の基本行動に言及しそこねた。それからの数分間、ヒラリーやほかの候補者たちは交互に私のミスを突いた。彼らの口調は落ち着いていたが、きらりと光るその眼差しはこう言っていた。「思い知ったか、新参者(ルーキー)」

終了後、アックスは穏やかに批評を加えた。

「問題は」と彼は言った。「質問に答えようとしつづけることです」

「それが要点じゃないのか？」と私は言った。

「いいえ、バラク、それは要点ではありません。大切なのは、メッセージを相手に届けることです。あなたの価値観は？　あなたの優先順位は？　有権者はそれを知りたがっているのです。いいですか、モデレーターが繰り出してくる質問の半分は揚げ足とりです。そしてあなたがすべきは、その罠にはまらないことです。どんな質問をされても、まず何かひと言返して、いかにも答えたように思わせてから、あなたが主張したいことを話すのです」

「ばかばかしい」と私は言った。

「そのとおりです」と彼は言った。

私はアックスに対して、それ以上に自分自身に対して腹を立てていた。しかし、討論会の映像を見返すにつけ、アックスの意見は否定できないと思うようになった。討論における最も効果的な答えとは、何かを明らかにするものではないらしい。感情をかき立てるものであり、敵を特定するものであり、有権者に対して、自分こそが居並ぶ候補者の誰よりもあなたの味方であり、これからもずっとそうだとメッセージを送るものなのだ。こうした論法を表面的だと一蹴するのは簡単だ。しかし大統領は弁護士でもなければ、会計士でもパイロットでもない。特定領域の専門技能を発揮するために国民から雇われるわけではないのだ。世論を動かし、仕事を進めるためにうまく機能する連携を築く。それが大統領の仕事だ。好むと好まざるとにかかわらず、人は事実よりも感情で動く。否定的な感情ではなく肯定的な感情をかき立てること、理性と堅実な政策によって人間本来のよい部分を支えて、演技をしながらもやはり真実を語ること。それが、私の越えるべきハードルだった。

私が自分の失敗を挽回しようとしているあいだ、シカゴの選対本部に陣取ったプラフはスムーズに選挙活動を展開していた。私自身が彼と顔を合わせる機会はあまり多くなかったものの、2人のあいだには共通項が多いと感じはじめていた。どちらも分析的に物事を考え、バランス感覚があった。因習や外面的なものをたいてい疑ってかかるという性格も似ていた。しかし、私には何かをうっかり見過ごしたり、細かい部分に関心を示さなかったり、資料ファイルを整理できなかったり、あるいは渡されたメモやペンや携帯電話をしょっちゅう置き忘れたりするようなところがあるのに対して、プラフは管理の天才であることが判明した。

選挙活動の最初から、彼は一片の迷いもなくアイオワ州で勝利を目指すことに集中した。ケーブルテレビの評論家や一部の支持者からは、そこまで目標を絞るのはばかげているとの声も聞かれた。しかし、それが勝利に向けた唯一の道だと確信していた彼は、スタッフがこの戦略からわずかでも外れることを許さなかった。さらに、プラフは選対本部に軍隊的な規律を導入した。アックスから下位のスタッフに至るまで、一人一人にある程度の自主性をもたせる一方で、説明責任やプロセスの厳格な遵守を求めた。スタッフ間に無用の軋轢が生まれないようにと、給料にも上限を設定した。肥大化したコンサルタント料や広告費を厳しく削減し、その分の予算をフィールド・オーガナイザーに大きく再配分し、彼らが現場で必要なものを調達しやすくした。データにこだわるプラフは、インターネットに精通した人たちを招いて専門チームを編成し、ほかの候補者だけでなく多くの一般企業よりもはるかに先進的なデジタルプログラムを組んだ。

これら一連の作業を通じて、ゼロから始めた私たちの選挙活動を、プラフはわずか六か月でクリントン陣営と遜色ないレベルにまで進化させた。彼はそのことをひそかに楽しんでいた。私がそれまで知らなかったプラフの一面だ。控えめな性格と強い信念の底には、戦いを好む一面が見られる。彼にとって政治とはスポーツであり、その分野において彼は、バスケットボールにおけるレジーと同じぐらい負けず嫌いだった。のちに私はアックスをつかまえて、君の部下がこれほど見事な選挙戦略の設計者だと想像していたかと尋ねた。アックスは首を振った。

「そりゃあもう、大発見でしたよ」と彼は答えた。

大統領選の駆け引きにおいては、どれほど優れた戦略を携えていたところで、選挙活動を実際に行う資金がなければ意味がない。私たちについて回った二つめの課題は選挙資金だった。クリントン陣営は、これまで30年近くかけて資金提供者の基盤をつくりあげてきた。つまり、資金集めに関しては私よりヒラリーのほうが圧倒的優位にいる。とはいえ、アメリカに変化を求める声は、当初私たちが想定したよりもさらに強力なものになっていた。

選挙活動を始めたころ、私たちは従来型の資金集めを行っていた。大都市圏にいる大口の資金提供者が、高額の小切手を切ったり集めたりしてくれた。女性実業家で私のシカゴ時代からの友人でもあるペニー・プリツカーは、財務責任者として私たちの選対に加わり、組織化の力と資金提供者の幅広い人脈をもたらしてくれた。押しが強く、ファイナンス・ディレクターとしての経験が豊富なジュリアナ・スムートが、資金集めの専門家チームを編成した。彼女はときに優しく、ときに厳しく、そしてときには脅かしてでも、私を資金集めの終わりなき作業へと駆り立ててくれた。魅力的な笑顔と殺し屋の目をあわせもつ女性だ。

私は日々の作業にしだいに慣れていった。必要に迫られたからでもあるが、日が経つにつれて資金援助者たちが私の考えを理解して受け入れてくれるようになったからでもある。私は彼らによくこう言った。大統領選に出馬するのは、よりよい国をつくるためであって、うぬぼれや名声のためではありません。私は、彼らの意見に耳を傾けた。特になんらかの専門的知識をもつ人たちの声に対してはなおさらだ。しかし、だからといって私は彼らを満足させるために自分の立ち位置を変えたりはしなかった。時間に余裕があれば、感謝の手紙を書き、誕生日を祝う電話をかけたが、それは資金提供者に対してではなく、現場で日々がんばっているボランティアや若いスタッフたちに向けてのものだった。

そして当選した暁（あかつき）には、私は間違いなく大口の資金提供者である富裕層に対する税率を上げることになる。

この姿勢を変えなかったことによって、私たちは数人の資金提供者を失った。その代わり、支持者のあいだには私の選挙戦が特権や地位のためのものではないという共通の認識ができあがっていった。さらに、その後は月を追うごとに資金提供者の構成が変わっていった。少額の寄付、たとえば10ドル、20ドル、あるいは１００ドルといった額が、しかもその大部分がインターネットを通じて、私たちのもとに続々と集まるようになったのだ。選挙期間中はスターバックスのコーヒーを我慢してその分を寄付すると決めた大学生もいれば、裁縫仲間で寄付金を募ったおばあちゃんたちもいた。予備選の期間に集まった少額寄付は合計数百万ドルに上り、そのおかげで私たちはすべての州で一つ一つの選挙を十分に戦うことができるようになった。そして、資金それ自体ももちろん重要だが、その思いやりの背後にある気持ち、寄付金に添えられた手紙やメールに見られる一人一人の当事者意識が、私の選挙活動に草の根のエネルギーを注ぎ込んでくれたのだ。〝選挙戦はあなたたちだけのものではありません〟と彼らは言っていた。〝私たちもここ、現場にいます。アメリカ中のここにもそこにも、そして何百万人もいます。私たちは信じています。私たちはみな、参加しているのです〟。

優れた組織運営戦略と草の根による効果的な資金調達以上に強力だったのが、1年目の選挙活動と私たちの気持ちをもり立ててくれた三つめの要素、アイオワ州選対チームの活動と、彼らを率いた不屈のリーダー、ポール・チューズだ。

ポールは、ミネソタ州南西部に小さく押し込められたかのような農業の町、マウンテン・レイクで育った。全員が顔見知りで、常に互いを気にかけているようなところだ。子どもたちはどこへでも自転車で出かけ、玄関のドアに鍵をかける者などいない。生徒たちはあらゆるスポーツをかけもちする。試合ができるだけの人数を確保するために、コーチは選手を1人たりとも手放せないのだ。マウンテン・レイクは保守的な地域でもあったので、チューズ家は少々目立っていたという。ポールの母親は、彼が幼少のころから民主党への忠誠を教え込んできた。それよりも大切なのは、ルーテル教会［キリスト教プロテスタント最大の教派］への信仰だけだった。ポールは6歳のときにクラスメイトに向かって、共和党を支持すべきではないと根気強くさとした。「だってきみの家はお金持ちじゃないからね」。そして4年後、ジミー・カーターがロナルド・レーガンに敗れたときは号泣したそうだ。ポールの父親は、息子が政治にこれほどの情熱を傾けていることが誇らしかったので、この話を友人に伝えた。するると、町の高校で公民を教えていたその友人は、10歳の少年が公共問題に関心を寄せていることが政治に無関心な同世代への刺激になってほしいと願って、今度はそれを自分が受けもつクラスで話した。それからの数日間、ポールは年上の少年たちに容赦なくからかわれつづけた。廊下で彼の姿を見かけるたびに、みんなが顔をくしゃくしゃにして泣き虫のまねをしたのだ。

それでもポールはひるまなかった。高校に入ると、民主党候補者への寄付金を集めるためにダンスパーティーを企画する。大学では、地元の州代議士事務所でインターンとして働いた。さらに、彼にとっては何よりも誇らしい偉業を達成した。1988年の大統領予備選で、自分が支持するジェシー・ジャクソン候補に、マウンテン・レイクに二つある選挙区の一つで勝利をもたらしたのだ。

私が初めて会った2007年、ポールは市長選から連邦議員選までおよそありとあらゆる選挙活動を経験済みだった。アル・ゴアのアイオワ州党員集会ディレクターを務め、民主党上院選挙対策委員会ではフィールド・オペレーション担当ディレクターとして全国を走り回ったという。38歳の彼は、ずんぐりした体格と薄くなりかけの髪の毛のせいか、もう少し年上に見えた。薄いブロンドの口ひげが青白い肌の色とよく合っていた。彼には派手な部分がまったくなかった。普段の態度はぶっきらぼうだし、服の組み合わせにも気を遣おうとはしない。生粋のミネソタ人がそうであるように、特に冬などはあらゆる柄のフランネルシャツの上にダウンジャケットを着て、スキー帽をかぶっていた。高給取りの政治コンサルタントと交流しているよりも、トウモロコシ畑で農民と話し、地方の酒場で飲んでいるほうが気楽だと思うようなタイプなのだ。しかし一度じっくり話せば、彼が実は手練(てだ)れである、いや、それ以上だとすぐにわかる。戦術について意見を述べ、選挙区割りの歴史をひもとき、政治の舞台裏を披露する彼の声を聞いていると、政治を気にかけ、信じ、そして泣いている10歳の少年の息遣いが聞こえてくるのだ。

大統領選挙を経験した者なら誰もが、アイオワ州を制するのは一筋縄ではいかないというはずだ。

ほかのいくつかの州もそうだが、アイオワでは州の代議員が支持する候補者を決めるために党員集会の形をとる。国民一人一人が無記名でおおむね自分に都合のいいときに候補者に票を投じる典型的な予備選とは対照的ともいえる党員集会は、いわば対話集会(タウンホール)型民主主義に立ち戻ったものといえる。有権者たちは決まった時間に、通常は選挙区内にある学校の体育館や図書館に集まって、ご近所どうしの気さくな雰囲気のなかで、必要なだけ時間をかけて各候補者の主張について議論したうえで最終的な勝者を決める。こうした参加型の民主主義には大いに優れた面があるが、アイオワで党員集会といえば通常は3時間以上みておく必要があるほど、時間のかかる大仕事だ。それに、各参加者には知識が求められ、人前で票を投じる覚悟も必要であり、円滑に楽しくその夜を終えられるようにしなければならない。当然のことながら、党員集会にはアイオワ州の有権者のなかでもごく限られた、そしてたいていは決まった人たちばかりが参加することになる。主に高齢者、党の職員、長年の支持者などだ。一般的に、彼らは過去に実績のある候補者にしがみつく傾向が強い。つまり、党員集会に行く民主党員は、私よりも知名度の高いヒラリー・クリントンを支持するだろうと推察された。

選挙活動の最初から、チューズがプラフに強調し、プラフが私に強調していたのは、アイオワ州で勝ちたければ、ほかの場所とは違うやり方で活動をしなければだめだということだった。もっと熱心に、もっと長時間活動して、多くの人と直接会って、従来の党員集会参加者を味方に引き入れなければならない。そしてさらに重要なこととして、オバマ支持の可能性を秘めた多くの人たち、つまりこれまで党員集会に参加したことのない若者、非白人、無党派層に語りかけ、さまざまな困難や不安を乗り越えて集会に来てもらえるよう説得する必要があった。そのため、チューズは今すぐアイオワ州の99郡すべてに地方事務所を開設し、安い給料で、また毎日の監督なしで、自分なりに地元の地盤づくりに携わってくれる若いスタッフを各事務所で雇用し、配置させるべきだと主張した。

これは大きな投資であり、チューズは早くも賭けに出たわけだが、私たちはゴーサインを出した。彼は仕事を始めるにあたって優秀な副官たちの力を得た。ミッチ・スチュワート、マリーグレイス・ガルストン、アン・フィリピク、そしてエミリー・パーセル。みな頭がよく、規律正しく、これまでにいくつもの選挙活動で働いた経験をもつ。しかも全員が32歳以下だった。

私自身は、ほとんどの時間をエミリーとともに行動した。アイオワ生まれの彼女は、以前はトム・ヴィルサック前州知事のもとで働いていた。チューズは、私が州の政界で動きまわるには、彼女に補佐してもらうことが特に有益だと判断したのだ。副官チームのなかでもかなり若手といえる26歳の彼女は、黒い髪に実用本位の服装で、卒業前の高校生といっても通用しそうなほど小柄だった。私はやがて、彼女がアイオワ州の主な民主党員をほぼ全員知っていることに気づいた。どこかを訪ねるたびに、躊躇(ちゅうちょ)なく具体的な指示をしてくれる。私がそこで誰と話をすべきか、あるいはそのコミュニティが最も重視している課題は何か、といったことだ。こうした情報を、彼女はあくまで感情を表に出さずに、淡々と私に伝えた。ふざけている暇などないとでもいうような厳しさも垣間見えたが、彼女のそういう性格は母親から受け継いだものかもしれない。母親はモトローラの工場で30年間勤めながら、大学に入学するほどの努力家だった。

ワゴン車を借りてあちこちの集会を回り、長い時間をともに過ごすあいだ、私はエミリーから笑顔を引き出すことを自分のミッションにした。だが、ジョーク、皮肉、駄洒落からレジーの頭のサイズについての戯言(ざれごと)に至るまで、私なりに機知を働かせたものの、瞬き一つせず見つめるばかりで無表情の彼女を前に、ミッションはみじんに砕け散った。それ以降、私はひたすら彼女のいうとおりに行動すべしと自分に言い聞かせた。

ミッチとマリーグレイスとアンがのちに自分たちの仕事のことを詳しく教えてくれた。たとえば、チューズが打ち合わせのたびに出してくる型破りのアイデアを毎回みんなでふるいにかけるのもその一つだ。

「彼は、毎日一〇個くらいは提案してきました」とミッチが説明した。「そのうちの九つはばかばかしいと思うような案ですが、あとの一つが天才的なんです」。サウスダコタ州生まれでやせ型のミッチは、以前にもアイオワ州の政治活動に関わった経験があったが、チューズほど幅広いアイデアをもつ人には今まで出会ったことがないという。「彼が同じアイデアを三回続けて持ち出してきたら、そこにはきっと何かがあるんだろうと判断しました」

たとえば、チューズはアイオワ州の〈バター・カウ・レディー〉として知られるノーマ・ライオンに協力を求めた。毎年、ステート・フェアで大量の有塩バターを使って実物大の牛を彫像している彼女に、私たちを支持するというメッセージを事前に録音させてもらったうえで、それを州全体で宣伝に使った。まさに〝天才的〟なアイデアだ（ちなみに、その後、ノーマは10キロのバターで私の胸像を彫った。どうやらこれもチューズのアイデアらしい）。

あるいは、チューズは高速道路沿いに何枚かの看板（ビルボード）を立てたいと主張した。１９６０年代に話題を呼んだバーマ・シェイブ［シェービングクリームのブランド］の広告手法をまねて、一枚の看板にひと言ずつメッセージを掲げ、連続して読ませようというものだった（「変革の時だ（タイム・フォー・チェンジ）」「ギア・チェンジ」「この男に1票を」「大きな耳の彼に」「２００８年はオバマに」）。あまり〝天才的〟とはいえない。

さらに、サポーター・カード［ボランティアに登録したり寄付を申請したりするともらえる］を一〇万枚発行するという不可能と思える目標を達成したら自分の眉毛を剃（そ）る、とチューズは約束した。これも〝天才的〟とは思えなかったが、活動終盤で実際に達成されたときには〝天才的アイデア〟に分類し直された（「ミッチもいっしょに剃ったんですよ」とマリーグレイスはそのときのことを振り返る。「写真があります。見るにたえませんでしたよ」）。

アイオワ州の選挙活動の方向性を定めたのはチューズだった。草の根、序列廃止、忖度（そんたく）無用、尋常ならざる東奔西走。選対幹部や資金提供者から州政府の高官に至るまで、誰もが、戸別訪問に駆り出された。活動初期、彼はすべての事務所のすべての壁に、自ら考えだしたモットーを貼り出した。「尊重（リスペクト）、向上（エンパワー）、包摂（インクルード）」。そして、こう説明した。私たちが真剣に新しい政治を推進しようとするなら、現場から始めるべきだ。すべてのオーガナイザーが人々の話に耳を傾け、人々の考えを尊重し、対抗勢力やその支持者を含むあらゆる人に対して、自分がしてほしいのと同じ態度で接さなければならない。最後に彼は強調した。洗剤を売り込むように候補者を売り込んではだめだ。有権者に参加意識をもってもらうことが大切なのだ、と。

こうした価値基準を逸脱した者は、叱責され、ときには現場から外された。私たちのチームで毎週定例の電話会議をしていたときのことだ。新人オーガナイザーの１人が、この活動に加わった理由をふざけて説明した。「パンツスーツが嫌いだからです」というような言い方だったと思う（ヒラリーが遊説の際に好んで着ていた服装が念頭にあったのだろう）。チューズは、ほかのオーガナイザー全員が聞いているところで、その新人に延々と大音量の説教をくらわした。「そんなことのために戦っているんじゃない」とチューズは言った。「心でそんなことを考えることすらよくない」

スタッフたちは彼のこの言葉を重く受け止めた。何よりも、チューズが自らの言葉を実践していたからだ。彼はときに激昂（げきこう）してしまうこともあるが、日ごろからその言動には、スタッフ一人一人を大切に思う気持ちが表れていた。マリーグレイスの叔父さんが亡くなったとき、チューズは〈ナショナル・マリーグレイス・デー〉を制定して、事務所の全員に何かピンク色のものを着用させた。そして私にはその日1日、マリーグレイスのいうことならなんでも聞くというメッセージを録音させた（もちろん、マリーグレイスは、年に360日は事務所内で嚙みタバコをたしなむチューズとミッチに耐えつづけてきたので、プラスとマイナスが完全に釣り合うことはなかったのだが）。

アイオワ州選対には、こうして仲間意識が浸透していった。本部だけの話ではない。より重要なのは、州の全域に展開されていた200人近くの現場のオーガナイザーたちのあいだにもそうした意識が共有されたことだ。結局、私はその年、合計87日間をアイオワ州で過ごした。それぞれの町で地元の名物料理を試食したり、コートさえあれば学校の生徒たちとバスケットボールをしたりした。あらゆる天候を経験した。竜巻も見たし、横なぐりのみぞれにも遭遇した。そうした日々を通じて、最小限の給与で懸命に働く若い男女たちが、私の有能な案内役となってくれた。その多くはまだ大学を出たばかりだった。選挙活動に関わるのは今回が初めてという人も多く、家を遠く離れて来てくれた人たちだった。アイオワ州や中西部の田舎育ちで、スーシティやアルトゥーナといった中規模の町における生活様式や立ち居振る舞いならよくわかっているという人たちもいたが、決して多くはなかった。オーガナイザーを一つの部屋に集めてみれば、そこにはフィリーから来たイタリア人も、シカゴから来たユダヤ人も、ニューヨークから来た黒人も、カリフォルニアから来たアジア系もいた。貧しい移民の子もいたし、郊外に住む金持ちの子もいた。工学専攻の学生、〈平和部隊〉の元ボランティア、退役軍人、高校中退者もいた。少なくとも表面的には、これだけ多種多様な経歴をもつ人たちが、私たちが切実に票を必要としているアイオワ州のごく普通の市民とつながるのは難しいのではないかと思えた。

しかし、彼らはやってくれた。大きめのボストンバッグか小さなスーツケースを一つ持って自分が担当する町へ到着し、早くからの地元支持者の自宅の使われていない寝室か地下室に住み込み、何か月もかけてその土地に溶け込もうと努力した。地域の理髪店を訪れ、食料品店の前には簡易テーブルを広げ、ロータリークラブで話をした。リトルリーグでコーチを務め、慈善活動を手伝った。そして、地域のポットラック・パーティー［持ち寄りパーティー］に手ぶらで参加することにならないよう、自分の母親に電話をかけてバナナプディングのつくり方を教えてもらう。たいていは自分よりずっと年上の、仕事も家庭も心配事も抱えている地元ボランティアたちから話を聞いて、新しいボランティアを首尾よく獲得するようになる。彼らは毎日へとへとになるまで働いて、見知らぬ土地にいる孤独や不安を頭の隅に追いやった。そして月を追うごとに人々の信頼を勝ち取り、ついに、もはやよそ者ではなくなった。

こんなふうにアイオワでがんばる若者たちに、私はどれだけ勇気づけられたことだろう！　彼らのおかげで、楽観的にものを見て感謝の気持ちをもつことができた。そして、初心に帰ることができた。彼ら一人一人に、戸惑いと理想を抱えて25歳でシカゴへ着いたときの自分の姿を重ねたのだ。私はサウス・サイドで多くの家族と貴重な縁を結び、失敗と小さな成功を繰り返し、自分のコミュニティを見つけた。それは、現場のオーガナイザーたちが自分の力で築きつつあるものと似ていた。彼らを見ていると、自分が政治を志した原点が思い起こされる。おそらく政治とは権力や立ち位置の問題ではなく、コミュニティであり、人々のつながりだ。そういう根本にある考えに引き戻されていった。

アイオワ州のボランティアたちは、たしかに私という人間を信じてくれているのかもしれない。しかし今、彼らが必死で働いているのは、主に若いオーガナイザーたちのためだ。一方で、私の発言や行動を見てオーガナイザーとして登録をしてくれた若者たちは、いまやボランティアと一体になっている。候補者や政治主張などよりも彼らを駆り立て、活力を維持させているのは、友情、人間関係、互いへの信頼、ともに努力したことで手に入れた前進だ。そして目標を達成したら眉毛を剃ると約束してデモインの本部に陣取っている、あの怒りっぽいボス、チューズその人だった。

6月には、私たちの活動も軌道に乗っていた。インターネット経由の寄付金も急増し、財政状態も当初の見込みよりはるかによくなっていたので、予定していたよりも早くアイオワのテレビ広告枠を買うことができた。学校が夏休みに入ると、ミシェルと娘たちもこれまでより頻繁に私に同行する余裕ができた。アイオワ中をRV車で走りまわり、私が電話をかけているあいだ、後部座席からは娘たちのしゃべり声が聞こえてくる。レジーとマーヴィンがマリアとサーシャの相手をして、カードゲームのUNOにいつまでも付き合ってくれた。午後の移動中、どちらかの娘が私に体をあずけて眠っているとき、その重さが心地よかった。途中でアイスクリーム店に立ち寄るのが日課となった。そうしたことのすべてが私を喜びで満たし、その気持ちは演壇に立つときまで続いていた。

遊説の仕方も変わっていった。出馬当初の目新しさは薄れ、聴衆の規模は数千人単位から数百人単位へと落ち着いていたので、私にとってはむしろコミュニケーションがとりやすくなった。また顔を見て、一人一人から話も聞けるようになった。軍人の配偶者は、万が一にも前線から悪い知らせが来ないだろうかという不安と戦いながら、日々家のあれこれに追われる生活について話をしてくれた。農場主は、圧力のために独立を維持するのを断念して大資本のアグリビジネス企業に屈した経緯を明かした。解雇された労働者たちは、既存の職業訓練プログラムにさまざまな形で失望していると訴えた。小規模事業主は、従業員の健康保険料を支払うために払った犠牲と、それにもかかわらず1人が病気になった時点で自分を含む全従業員の保険料が支払えなくなったという悲惨な体験を語ってくれた。

そういう人たちの体験談を聞いたことで、私の演説からは抽象的な話が削られていった。頭よりも心に訴えるものになっていった。すると聴衆は、まさに自分自身の暮らしがそこに反映されているのを聞き、苦しいのは自分だけではないと気づく。そして、私の陣営に参加したいと考えてボランティアに登録してくれる人がどんどん増えていった。こうして一人一人の顔が見えるような規模の遊説を続けていると、日々新たな出会いに恵まれ、それが選挙活動にさらなる勢いを与えてくれた。

6月のある日、サウスカロライナ州グリーンウッドを訪れたときがまさにそうだった。そのころ私は大部分の時間をアイオワ州での活動に充てていたが、その後、予備選や党員集会が予定されていたニューハンプシャー、ネバダ、サウスカロライナといった州も定期的に訪れるようになった。グリーンウッド行きは、地元の有力議員が私の来訪を支援の条件としたので気軽に引き受けたのだが、結果的にタイミングの悪い訪問となってしまった。その週は、世論調査の数字が悪く、新聞にひどい記事を書かれ、選対チームの雰囲気も悪く、私自身もあまり眠れていなかった。さらにグリーンウッドは近隣の主要空港から1時間以上かかり、途中で豪雨に見舞われた。集会が予定されていた公民館になんとか到着すると、そこに集まっていたのはわずか20人ほど。しかもみんな私と同じようにずぶ濡れだった。

無駄な1日だったと私は思い、この時間でほかにできたはずの用事を頭の中に並べた。それでもうわべだけは仕事をしているふりをした。参加者たちと握手をし、彼らの仕事について聞きながらも、できるだけ早く終わらせようと考えていたのだ。ところがそのとき、突然耳をつんざくような大声が聞こえた。

「燃えてるか（ファイアード・アップ）！」

スタッフも私もびっくりした。集会の妨害をたくらむ者の仕業かと思ったが、次の瞬間、参加者たちが声を合わせてこう返したのだ。

「さあ行くぞ（レディ・トゥ・ゴー）！」

すると、またも同じ声が響いた。「ファイアード・アップ！」。そして再び参加者たちが返した。

「レディ・トゥ・ゴー！」

何が起きているのかよくわからないまま、騒ぎの主を見つけようと、私は後ろを振り返った。すると、そこに中年の黒人女性が立っていた。今しがた教会から移動してきたかのようなカラフルなドレスに大きな帽子といういでたちで、満面の笑みを浮かべた口には金歯がきらりと輝いていた。

彼女の名はイーディス・チャイルズ。これまで、グリーンウッド郡の議員を務め、全米有色人種地位向上協会（NAACP）の支部でも活動してきた。彼女はプロの私立探偵でもあり、地元ではこの〝コール・アンド・レスポンス〟ですでに有名な存在だった。グリーンウッドで行われたフットボールの試合から始まり、その後、独立記念日パレードやコミュニティの集会など、彼女自身の気持ちが乗ったときにこの〝コール・アンド・レスポンス〟が出るそうだ。

それからの数分間、イーディスは部屋のなかで歌うように叫びつづけ、「ファイアード・アップ！」「レディ・トゥ・ゴー！」の応酬が何度も続いた。私は初めこそ少し戸惑ったが、いっしょに参加しなければ申し訳ないという気持ちになった。それから、がぜんやる気になった。さあ、行くぞ！　集会参加者の誰もが笑顔になっている。そしてコール・アンド・レスポンスが終わってからの1時間ほど、私たちは腰を落ち着けて、このコミュニティとこの国について話し合い、どうすれば現状をよりよくできるか語り合った。グリーンウッドを離れたあともその日は一日中、そしてその後もしばしば、私はスタッフの誰かを指さしては「燃えてるか？（ファイアード・アップ）」と言ってみた。そして、この言葉は、私たちの選挙活動における掛け声になった。たぶんこういうことこそが、私が政治に携わって感じる無上の喜びの一つなのだ。それはうまく説明できるものではなく、あらかじめ計画したり分析したりできるものでもない。それがうまくはまったときには、選挙活動が、ひいては民主主義が、独唱ではなく合唱で成り立っていることを私たちに教えてくれる。

有権者から教えられたことがもう一つある。彼らは、一般的な通念をただオウムのように繰り返すだけの私には興味がないのだ。選挙活動を始めてから数か月間、私は、自分が政府のオピニオンリーダーたちの目にどう映っているのかを、少なくとも無意識に気にしていたのだと思う。十分に「まとも」であり、「大統領職を担うにふさわしい」資質の持ち主だと見られたいあまりに、私は緊張し、自意識過剰になり、出馬を志したそもそもの理由さえも見失いかけていた。それでも、夏になるとあらためて基本原則に立ち返り、あらゆる機会をとらえてワシントン流の政治手法に異を唱え、厳しい現実についても臆することなく口にした。教職員組合の集会では、給与水準の引き上げや、より柔軟な学級運営への支持を表明しただけでなく、同時にさらなる説明責任も求めた。説明責任について持ち出すと会場は静まりかえり、何人かのブーイングの声も聞こえた。デトロイト経済クラブで会った自動車メーカーの幹部たちに対しては、私が大統領になったら燃費基準の厳格化を強力に推進すると話した。〝ビッグ・スリー〟［ゼネラルモーターズ、フォード、クライスラー］が断固反対していることだ。アイスクリームの人気ブランド、ベン&ジェリーズの支援を受けている〈地域の重要課題を考えるアイオワ人の会〉という団体が「国防総省（ペンタゴン）の防衛予算削減を公約する候補を応援する」決議に1万人の署名を集めたときには、どちらにだったかは忘れたが、ベンかジェリーに直接電話を入れた。私はその趣旨に賛同し、彼らの支援も欲しいが、だからといって、国家安全保障の問題については大統領候補として何も約束したくないと説明した（その団体は結局、ジョン・エドワーズ候補の支援を決めた）。

私は、誰の目にも明らかな部分以外でも民主党のライバル候補たちとは異なる存在であるとみられるようになった。7月下旬に行われた討論会では、キューバのフィデル・カストロ、イランのマフムード・アフマディネジャド、北朝鮮の金正日（キム・ジョンイル）ほか数名の独裁指導者たちの写真を並べられて、もしも当選した場合、就任1年目に彼らのいずれかと会う用意はあるかと聞かれた。私は、あると即答した。それがアメリカの国益に資する行為だと思える限り、どの国の指導者とでも会うつもりだと答えた。

私の発言を、人間はみな同じだという意味に受け取った人もいるかもしれない。討論会が終わったとたん、クリントン、エドワーズ、その他大勢の候補者が私を取り囲み、あなたは考え方が甘いと責め立てた。アメリカ大統領との面会は、相手が力を尽くして手に入れなければならない特別な機会だというのだ。居合わせた報道陣もおおむね彼らと同じ認識のようだった。これが数か月前だったら、私は動揺し、自分が発した言葉を見直し、場合によっては釈明のコメントぐらい出していたかもしれない。

しかし、私は冷静だった。自分の考えは正しいと信じていたし、より一般的な原則論としても、アメリカは敵対国との関わりを恐れるべきではなく、紛争よりも外交的解決を追求すべきだという思いは揺るがなかった。私の考えでは、むしろこうした外交軽視の姿勢こそが、主要メディアは言うに及ばず、ヒラリーたち候補者を、ジョージ・W・ブッシュと同じく戦争の道へと向かわせていたのだ。

わずか数日後には、外交政策に関する別の議論が持ち上がった。ある演説で私は、もしパキスタン領内でオサマ・ビン・ラディンを発見し、かつパキスタン政府が彼を捕らえることも殺害することも拒み、あるいはそれだけの力をもっていないとわかったときには、私がそれを実行するつもりだと述べた。それ自体は特に驚くべき内容ではなかったはずだ。２００３年の時点で私はイラク戦争への反対を表明していたが、それはアメリカがアルカイダを壊滅させるという本来の目的に集中できなくなると考えたからでもある。

しかし、そうした率直な物言いはブッシュ政権の公式の立場に反するものでもあった。アメリカ政府は、テロとの戦いにおいてパキスタンは信頼できるパートナーであり、テロリストを追いかけてパキスタン領内に侵入したこともないという二つのつくり話（フィクション）をかたくなに主張しつづけていた。私の発言は党派を超えてワシントンを混乱させ、その結果、上院外交委員会のジョー・バイデン委員長と共和党の大統領候補であるジョン・マケインがともに私をまだまだ大統領になるべき人物ではないと断じたほどだ。

私自身はこれらの話について、ワシントンで外交政策を担う実力者たちがいかに物事を逆から考えているかを示すものだととらえている。まず外交交渉を試さずにいきなり軍事行動を起こしてしまう一方で、まさに行動を起こすことが求められているときに現状維持のために外交を通じて上品に振る舞ってしまっているのだ。さらには、ワシントンの意思決定者たちがアメリカ国民に対して真実をありのままに伝えていないことの証明でもある。こうした議論について私のほうが正しいと政治評論家たちを完全に納得させることはおそらく不可能だっただろうが、それでもこうした出来事が起こるたびに、世論調査におもしろい傾向が見られるようになっていた。民主党予備選の有権者たちが、そのつど、私に同意してくれるのだ。

こういった本質的な問題について議論していると、私は解放感を得ることができた。大統領選に出馬したそもそもの理由を思い出すよいきっかけになったからだ。議論のたびに、候補者としての私の声を取り戻していった。その自信は、何回かのちに行われたアイオワ州ドレイク大学での早朝討論会に表れた。モデレーターを務めたABCテレビのジョージ・ステファノプロスは、私をまだ大統領になる人物ではないと思う理由についてはっきりと語ってください、とジョー・バイデン候補に投げかけた。すると、5分後に反論の機会を与えられるまで、私はその場にいるほぼ全員からあれこれ言われるのを聞かざるをえない状況に陥った。

「実は、今日の討論会に備えてステート・フェアでバンパーカー［柔らかいゴムなどで覆われた車に乗り、周りの車から何度もぶつけられてはぶつけ返すことを楽しむアトラクション］に乗ってきました」。私はアックスが思いついたフレーズを使った。それは、その週の初めにマリアとサーシャを連れてステート・フェアに出かけたときの実話で、メディアでも大きく取り上げられた。聴衆はどっと笑い、それからの1時間、私は余裕をもって対立候補たちとやり合い、ジョージ・ブッシュの失政に対して真の変化をもたらす候補者を見つけたい民主党の有権者は壇上にいるそれぞれの主張を比べるだけでよいのですと述べた。一連の討論会が始まってからこの日初めて、私はその場を楽しむことができた。政治評論家たちもこの日の討論会を制したのは私だという点で一致した。

スタッフたちの不機嫌そうな表情を見なくてすんだだけでも、この日の勝利には満足できた。

「彼らを蹴散らしてやりましたね！」とアックスが私の背中を叩き、プラフが「今後の討論会は毎回午前8時開始にしてもらいましょう！」と冗談を言った。

「勘弁してくれよ」と私は返した（昔も今も、私は朝型ではないのだ）。

私たちは車に乗り込み、次の目的地へ向けて走り出した。その途中、支持者が何重にも連なって私たちに向かって叫んでいた。その声は、彼らの姿が見えなくなったあとにも長く頭に残った。
「ファイアード・アップ!」
「レディ・トゥ・ゴー!」

ドレイク大学の討論会で私がモデレーターたちから大きく注目されたのは、その前に発表されたABCネットワークの世論調査において、わずか1パーセントの差ながら、初めて私がクリントンとエドワーズを抑えてアイオワ州のトップに立ったからでもあった。僅差(きんさ)ではあったものの、アイオワ州選対本部の活動が、特に若者を中心とした層に大きなインパクトを与えたのは間違いなかった(その後の複数の調査で、すぐに二番手に戻ってしまったが)。集会に行けばその影響の大きさを肌で感じることができる。人数も増え、熱気も高まっていた。何より重要なのは、行く先々で発行されるサポーター・カードやボランティア登録者の数が増えていったことだ。党員集会まで六か月を残し、私たちの勢いは止まらなかった。

ただし、こうした躍進ぶりも、残念ながら全国世論調査には反映されなかった。私たちはアイオワ州での活動と、それよりもいくらか小規模なニューハンプシャー州での活動に注力しており、ほかの州ではテレビ広告などの露出も最小限に抑えていたからだ。9月の時点では、ヒラリーから20ポイントほどの差をつけられていた。プラフは、初期の全国世論調査は無意味だとメディアに説明するためにできるだけのことをしたが、その努力も実らなかった。私のもとには、アメリカ中の支持者から先行きを不安視する声が電話で寄せられていた。そこには、新たに掲げるべき政策への助言や広告を増やすべきだという提案、さらにはあれこれの利益団体を無視しているとの不満もあった。そもそもの私たちの適性を疑問視する声も上がっていた。

だが結局、二つの出来事がこうした不安を退けた。一つめは、私たちが仕掛けたことではない。10月下旬にフィラデルフィアで行われた討論会で、それまでほぼ完璧といえるパフォーマンスを続けてきたヒラリーが、不法滞在の労働者には運転免許証が許可されるべきかという質問に対して、初めて口ごもったのだ。民主党支持層のあいだでも意見が分かれるテーマなので、間違いなくヒラリーは明言を避けるようアドバイスされていたはずだ。どっちつかずの説明しかできなかった彼女は、結局ワシントンによくいるタイプの政治家という従来からの印象をさらに強めてしまい、クリントン陣営との違いを際立たせたいという私たちの願いがかなうことになった。

もう一つは、11月10日に行われたアイオワ州の〈ジェファーソン・ジャクソン・ディナー（JJディナー）〉［民主党が資金調達を目的に年に一度開く夕食会］で起きた。それは私たちのほうから仕掛けたことだった。このディナーは伝統的に党員集会の日に向けたラストスパートの行事とされ、その時点での情勢を知るためのバロメーターともいわれていた。各候補は、1人10分の持ち時間を与えられ、党員集会に出席する可能性がある8000人の聴衆と全国メディアの前でメモを読まずに演説する。すなわち、掲げるメッセージの訴求力と、選挙戦の終盤数週間に向かっての組織運営の力量が試される重要な場だった。

陣営の強さを効果的に演出するため、私たちはありとあらゆる努力をした。バスを手配して州内の99郡すべてから支持者を連れてきて、ほかの候補者陣営からの参加者が少なく見えるようにした。1000人を超える私たちの支持者はいったん近くの会場に集められ、まずは〈プレディナーコンサート〉と銘打ったジョン・レジェンド［アメリカのシンガーソングライター］の短いライブを楽しむ。その後、ミシェルと私はディナー会場まで歩いて支持者たちを先導した。私たちの大行列を盛り上げてくれたのは、ともに行進する打楽器グループ〈アイシセレッツ〉の高校生たちだった。わくわくするような大音量パフォーマンスが、私たち全員を勝利した軍隊のような気分にさせてくれた。

その日の演説で、私はほかの候補者たちを圧倒した。それまで私は、重要な演説のほとんどを自分の手で書いてきた。しかし、休みなく続く選挙活動のなかで、もはやJJディナーの演説の草稿を自分で書く時間はなかった。であれば、ジョン・ファヴロー（ファヴズ）を信頼するしかない。アックスとプラフのアドバイスを受けながら、指名獲得に向けた私の主張を効果的にまとめる役をファヴズに託した。

そして、ファヴズはやってくれたのだ。選挙戦のこの重要な局面で、私とあまり話ができなかったにもかかわらず、大学を卒業してまだ数年のこの男は、見事な演説原稿を書き上げた。私と民主党のライバル候補たち、あるいは民主党と共和党の違いを際立たせただけではない。戦争から気候変動や医療のコストに至るまで、国が直面するさまざまな課題を提示し、新しく明確なリーダーシップがいかに必要かを訴えた。そして、歴史的に見て、民主党が最も強かったのは「世論調査ではなく信条によって、計算ではなく信念によって」率いる指導者がトップにいたときだと指摘した。演説の草稿は、時代の要請に応えるとともに政治を志した私の信念を映し出すものになっていた。そしてそれは、国民が望むものとも一致していたはずだ。

私は数日かけて、選挙活動を終えた深夜の時間を使って演説の内容を暗記した。そして当日、幸運にも各候補者のなかで一番最後に登壇した私は、演説を終えた時点ではっきりと手応えを感じた。3年半前に民主党全国大会で演説したときと同じ感覚だった。

振り返ってみれば、アイオワ州で勝てる、ひいては党の指名を勝ち取れると確信できたのは、あのJJディナーの夜だった。私が最も洗練された候補者だったからというわけではない。あの機会に最も適切なメッセージを発信し、私たちが目指すものを支持してくれる才能豊かな若者たちを惹きつけることができたからだ。演説の手応えについては、チューズも私と同じ考えで、彼はミッチにこう伝えた。「どうやら我々は今晩、アイオワ州で勝ったようだ」（ミッチはこの夜のイベント全体をとりしきっていた。もともと神経質なタイプの彼は、選挙期間の大半を不眠や帯状疱疹や抜け毛に悩まされていた。チューズの話を聞いて、この日二度目の嘔吐をもよおしてトイレへ駆け込んだという）。エミリーも同じく今後の展開に自信をもっていた。一見しただけではわからなかったが。私の演説が終わると、ヴァレリー・ジャレットが感極まってエミリーに抱きつき、感想を尋ねた。

「すばらしかったわ」とエミリーが言った。

「あんまり嬉しそうに見えないわよ」

「これが嬉しいときの顔なの」

クリントン陣営も、どうやら潮目が変わってきていると感じていた。この日まで、ヒラリーとそのチームは私たちの陣営と直接的に戦うことを避けてきた。競争から頭一つ抜けた状態に満足していて、全国世論調査で大きくほかをリードするのをただ見守っていればいいと考えていたからだ。しかし、その日からの数週間で方針を変え、彼らは私たちを厳しく攻撃するようになった。だが、具体的な方法の多くはありがちなものだった。私の経験不足を指摘し、ワシントンの共和党議員に立ち向かう力量に疑問を呈する。ところが、私に対する別の二つの攻撃が世間の注目を集め、それが彼らにとっては裏目に出てしまった。

一つは私の演説でのごく普通の発言に対する攻撃だった。私は、大統領選に出馬した理由について、自分に課せられた使命だとか子どものころからの夢とかではなく、時代が新しい何かを求めているからだと説明していた。クリントン陣営は、私が幼少期を過ごしたインドネシアの幼稚園の先生がインタビューに答えた記事を引用した談話を発表した。その先生によれば、幼稚園時代の私が、将来は大統領になりたいと作文に書いたのだそうだ。彼の掲げる理想主義などしょせん自分本位の野望を覆い隠すための偽装にすぎない、この記事が何よりの証明ではないか、という内容だった。

これを聞いて私は笑い出した。ミシェルにも話したが、家族以外の人間が私の40年近く前の言動を覚えているというのは、さすがに強引すぎるのではないだろうか。そもそも、世界征服を目指していたとされる若き日の計画は、高校時代の成績はぱっとしなかったり、マリファナをやったり、コミュニティ・オーガナイザーというう さんくさい仕事を経験したり、政治的に不都合を生じさせるあらゆる人たちと付き合ってきたりしたことと、なかなかつじつまが合わない。

もちろん、その後の10年間で、いくら不合理でつじつまが合わなくても、事実の裏付けがなくても、私の政敵、保守系メディア、批判的な伝記作家といった人たちが奇妙な説をばらまくのを止めることはできないのだと知ることになる。しかし、少なくとも2007年12月にクリントンのチームが勝ち誇ったように問題にした対立候補の調査資料、私が「僕の幼稚園ファイル」と名づけたこの資料は、クリントン陣営の混乱ぶりをまさしく象徴していて、多方面から批判を浴びた。

これと比べてあまり笑えなかったのは、ニューハンプシャー州のクリントン選対本部で共同本部長を務めていたビリー・シャヒーンが受けたインタビューだ。彼は取材記者に対して、私が自ら明かした過去のマリファナ使用歴が、共和党候補者と対決するうえで致命的になると語った。私自身、若い日の無分別な行動が許容範囲を超えているとは思っていなかったが、シャヒーンはさらに突っ込んだ見解を示し、私が麻薬取引に関わった可能性もあるとほのめかした。このインタビューには激しい抗議が湧き起こり、シャヒーンはほどなく辞任に追い込まれた。

両方とも、アイオワ州の最終討論会が行われる直前に起きたことだ。討論会当日の朝、ヒラリーと私はともに連邦上院議員の採決のためにワシントンにいた。私がチームとともにデモイン行きの飛行機に乗ろうと空港に到着したとき、ヒラリーのチャーター機がすぐそばにいるのが見えた。離陸前、ヒラリーの側近、フーマ・アベディンはレジーの姿を見つけると、ヒラリーが私と話したがっていると伝言してきた。そこで私は駐機場でヒラリーと会った。レジーとフーマは少し離れたところに立った。

ヒラリーがシャヒーンの一件について私に詫びた。私は感謝の意を表したうえで、今後は双方ともにスタッフの行動を抑制するよう努めましょうと話した。すると、これにヒラリーがいらだちを示した。私のチームこそ、彼女に対して日常的に不公正な攻撃、事実の歪曲、卑怯な策略を仕掛けているというのだ。彼女の声はどんどん鋭くなっていった。私はなんとか彼女を落ち着かせようとしたが、会話は唐突に断ち切られた。そのまま飛行機に乗り込んでいく彼女からは、怒りが収まらないようすが見てとれた。

デモインへ向かう機内で、私はヒラリーが抱えているフラストレーションについて考えた。彼女は非常に高い知性の持ち主であるにもかかわらず、懸命に働き、自分を犠牲にし、公然と批判されて屈辱を味わっても、夫のキャリアのためにすべてを受け入れてきた。しかもそのあいだにすばらしい娘を育ててきた。夫とともにホワイトハウスを去ったあとで、今度は大統領候補の圧倒的本命といえるだけの能力と粘り強さを兼ね備えた新たなアイデンティティを築きあげた。そして、大統領候補としての彼女はこれまでほとんど完璧な歩みを見せてきた。あらゆる課題に対処し、討論会で勝利を重ね、巨額の選挙資金を調達した。それが今になって突然、接戦に持ち込まれてしまったのだ。相手は自分より14歳も若く、自分と同じような犠牲を払ってきたわけではない。まだ、選挙戦で傷も負っていない。チャンスをうまく利用し、たとえ疑わしいことがあっても善意に解釈してもらい、ここまで来た男だ。正直言って、いらだちを覚えない人はいないだろう。

それに、私のチームがやられた分だけやり返してくるというヒラリーの指摘は、完全に間違っているともいえなかった。というのも、私たちはほかの陣営とはまったく異なる選挙活動を展開してきたからだ。一貫して前向きなメッセージを強調し、自分が何に反対するのかではなく、何を支持するのかを訴えてきた。私は自分たちのトーンが適正かどうか隅々までチェックしてきた。内容があまりに不公正だ、あるいは相手に対して辛辣すぎると判断したテレビ広告の企画を却下したことも一度ならずある。私たちは、常に高い意識を掲げてはいたが、それでもときどき水準に達しないことがあった。たとえば、選挙戦を通じて私が最も強く憤ったのは、6月にリークされた私たちの調査チームによるメモだった。アメリカの雇用がインドに外注することによって奪われているというのに、ヒラリーはそれを暗黙のうちに支持している、といった内容で、「ヒラリー・クリントン(民主党、インド・パンジャブ州選出)」などという嫌味なタイトルがつけられていた。スタッフは、外部に出すつもりのなかったメモだと弁明したが、私は受けつけなかった。その不真面目な内容と排外的なトーンに、それから数日間、私の怒りは収まらなかった。

しかし結局のところ、あのとき駐機場でヒラリーとのあいだに起きた口論は、私たちのチームの特定の行為が原因ではなかったはずだ。そうではなく、私が彼女に挑んでいるという構図そのもの、そして競争の加熱が根本にあったのだと思う。私たちのほかにも6人の指名候補がいたが、世論調査からも大勢が決しつつあった。今後は、ヒラリーと私が最後まで競い合うことになる。まるでミニチュアの兵士を使った戦闘ゲームか何かのように、それぞれに忠実な参謀がつき、多数のスタッフが前後を固め、昼も夜も、週末も祝日も、何か月にもわたって戦いつづける。私は、それが現代政治の残酷な本質なのだと理解しつつあった。この戦いに、はっきりと決められたルールなど存在しない。相手チームは、単にボールをバスケットに入れたり、ボールにゴールラインを越えさせたりすれば勝ちというわけではない。相手よりも自分のほうが分別、知性、価値観、性格などの点でより大統領にふさわしい政治家だということを、多くの場合あからさまに、少なくとも暗黙のうちに国民全体に認めさせようとしているのだ。

相手が繰り出してくる攻撃は個人攻撃ではないといくら自分に言い聞かせたところで、その攻撃を受けたが最後、そうは感じられなくなる。それが現実であれ、そう感じただけであれ、そうした攻撃は、自分自身だけでなく、家族、陣営スタッフ、ひいては支持者たちの平静さをも奪ってしまう。戦いが長引き、接戦になり、利害が大きくなればなるほど、強硬な戦術が正当化されやすくなる。そしてやがて、日常生活をつかさどる基本的な反応、すなわち正直さ、共感、礼儀、根気、善意といったものが、選挙戦においては弱点であるかのように思えてしまうのだ。

その日の夜、駐機場での出来事のあとに討論会に臨んだ私は、こういうことをすべて念頭に置いていたわけではない。ヒラリーのいらだちは、おおむね私たちが優勢であるしるしだと思った。今や確実にこちらに分があると感じていた。討論会が始まり、モデレーターが私に、アメリカの外交政策への取り組みを変えるべきだとそこまで強く主張するのなら、なぜクリントン政権時代の高官を何人もアドバイザーに雇っているのかと尋ねた。「私も聞きたいです」。ヒラリーがマイクに向かって言った。

私は、含み笑いを抑えるために一瞬間を置いてからこう言った。

「ヒラリー、あなたからもアドバイスをもらう日が来るのを楽しみにしていますよ」

私たちのチームにとってはよい夜になった。

党員集会まであとひと月、地元のデモイン・レジスター紙が行った世論調査によると、私はヒラリーを3ポイントリードしていた。まさにラストスパートだ。誰を支持するかをいまだ決めかねていて、党員集会当日の夜に集会所に足を運ばない可能性のある有権者をなんとか取り込もうと、ヒラリーも私も、最後の数週間で州内全域を駆けまわった。クリントン陣営は、その日が悪天候だった場合に備えて支持者に雪かき用シャベルを配った。ヒラリーはヘリコプターをチャーターしてアイオワ州の16郡を一気に回る（陣営はこれをヒラリーに掛けて「Hill－O－Copter（ヒロコプター）」と名づけた）という電撃遊説を敢行したが、金のかけ過ぎだとしてのちに批判を浴びた。一方でジョン・エドワーズは同じような地域をバスで回っていた。

　私たちも何度か注目を集めた。友人になり、支持者になってくれていたオプラ・ウィンフリー［俳優、テレビ番組の司会者］が登壇する一連の集会を開いたときもその一つだ。実際に会ったときに感じるのと同じ良識とユーモアと上品さを感じさせる彼女の登壇のおかげで、アイオワ州では二度の集会で計3万人近く、ニューハンプシャー州では８５００人、そしてサウスカロライナ州では3万人近くを集めることができた。これらの集会は熱狂的に盛り上がり、私たちが何よりも必要としていたたぐいのさらなる有権者を引き寄せられた（実のところ、スタッフの多くは人気スターのオプラに夢中だったが、これも予想どおりエミリーだけは例外だった。これまで彼女が会いたいと言って唯一興味を示したのはＮＢＣの報道番組『ミート・ザ・プレス』の司会者、ティム・ラサートだけである）。

　しかし結局のところ、この時期に関して私の記憶に最も残っているのは、世論調査でもなければ集会の規模でもなく、私の応援に入ってくれた著名人たちの姿でもなかった。私が一番覚えているのは、党員集会が近づくにつれて選挙活動の関係者全員が一つの家族（ファミリー）のように感じられてきたことだ。ミシェルの寛容さと率直さは私たちの財産となった。彼女は演壇で天性の才能を発揮し、アイオワ州選対本部のスタッフたちはミシェルを「切り札（クローザー）」と呼ぶようになった。彼女の話を聞いた人の多くがボランティア登録したからだ。私たちの兄弟姉妹、親友たちも全員アイオワに来て手伝ってくれた。クレイグはシカゴから、マヤはハワイから、アウマはケニアから。ネスビット夫妻、ウィテカー夫妻、ヴァレリー、それぞれの子どもたち、そしていうまでもなくミシェルの叔母、叔父、いとこたちの大集団も来てくれた。私が子ども時代を過ごしたハワイの友人たち、コミュニティ・オーガナイザー時代の仲間たち、ロースクールのクラスメイトたち、イリノイ州上院議員だったときの同僚たち、それにたくさんの資金提供者も駆けつけてくれた。それぞれが、まるで同窓会でも開くかのように仲間どうしいっしょに訪れ、しかも私にはそのことがあらかじめ知らされていないことも多かった。誰一人として特別待遇を求めるわけでもなく、ただ各地の事務所に顔を出して、若いリーダーから地図と戸別訪問すべき支持者の一覧表を受け取る。そうして彼らは凍てつく寒さのなか、クリップボードを片手に見知らぬ人の家のドアをノックしながら、クリスマスから新年までの1週間を祝ったのだ。

ファミリーのメンバーは親族や付き合いの長い友人だけではなかった。選挙活動中にアイオワ州で長い時間をともに過ごした人たちも、私にとってはもはやファミリーだった。アイオワ州のトム・ミラー司法長官やマイク・フィッツジェラルド財務官は、まだ私の注目度が低かったころから、私に賭けてくれた。たくさんのボランティアたちとも絆(きずな)ができた。タマ郡の進歩的な農業従事者、ギャリー・ラムは、農村地域にまで選挙活動を広げる手助けをしてくれた。82歳のレオ・ペックは、誰よりも精力的に戸別訪問をこなしてくれた。マリー・オルティスは、アフリカ系アメリカ人の看護師で、ヒスパニック系の男性と結婚して白人の多い地域で暮らしていたが、週に三、四度、事務所に来て電話をかけるのを手伝ってくれただけでなく、痩せすぎだからもっと食べたほうがいいといって、オーガナイザーのために食事をつくってくれることもあった。

まさにファミリーだ。

そして、いうまでもなく、フィールド・オーガナイザーたち。私たちは、彼らに自分の親をJJディナーに招待させることにした。親たちも忙しいのは承知のうえで、あえてそう決めたのだ。また、JJディナーの翌日には私たちが彼らのためにちょっとしたパーティーを主催した。ミシェルと私で、彼ら一人一人に、そしてこんなにすばらしい息子や娘を産み育ててくれた彼らの親に、ありがとうと言いたかったからだ。

今日に至るまで、この若者たちのためならなんでもしたいという私の気持ちに変わりはない。

そして決戦の夜。私とレジーとマーヴィン、それにプラフとヴァレリーを加えたメンバーで、複数選挙区の党員集会が開かれる州都デモインの郊外、アンケニーの高校を電撃訪問した。1月3日、午後6時を少し過ぎたところだった。党員集会が始まるまでにはまだ1時間近くあったが、会場はすでに満員だった。それでもまだたくさんの人があらゆる方角から建物に向かって歩いてくる。人々が集まるにぎやかな祝祭の始まりだ。あらゆる年齢、あらゆる人種、あらゆる階級、あらゆる体格の人がいた。まるで『ロード・オブ・ザ・リング』から抜け出してきた魔法使いガンダルフのように、古代の衣装と長く白い外套に身を包み、長い白ひげをはやした人が、頑丈そうな木の杖のうえに危なっかしく小さなモニターテレビを置いて、私がJJディナーで行った演説の映像を繰り返し流していた。

その時間にはまだメディアが来ていなかったので、私は会場内を歩いて回った。人々と握手を交わし、私の支持を決めている人には感謝を述べ、別の候補を考えている人には、せめて第二の候補にしてほしいと要請した。数人からは、エタノール［アイオワ州はバイオエタノールの原料となるトウモロコシの主要産地］に関する私の考えや人身売買への取り組みについて、土壇場での質問が寄せられた。多くの人が次々と私のところへ来て、これまで党員集会へなど来たこともなかったと話しかけてきた。今まで一度も選挙で投票したことがないという人もいた。私たちの選挙活動を知って、初めて自分も関わってみようと思ったのだという。

「私の1票に意味があるなんて思ってなかった」と、ある女性は言った。

デモインに戻る車の中で、私たちはほとんど言葉を交わさなかった。みんな、先ほど目にした奇跡のような光景を思い浮かべているようだった。私は窓の外を流れていく小さなショッピングモールや家々や街灯を眺めた。霜のついた窓越しに見る風景はぼやけていて、なんとなく穏やかな気持ちになった。情勢がわかるのはまだ数時間先だった。その後、結果が判明した。私たちはアイオワ州でほぼすべての階層からの支持を得て圧勝した。その勝利は、数万人に上る初参加の人たちを含め、過去最大規模となった集会参加者に支えられて実現したものだ。車中の私はまだその結果を知らなかった。それでも、党員集会が始まる15分前にアンケニーを離れた私にはわかっていた。たとえしばしのあいだであっても、私たちは手応えのある立派な何かを成し遂げたのだ。

冷たい真冬の夜に、あの場所で、田舎町の真ん中にあるあの高校で、私は自分が長いあいだ求めてきた共同体（コミュニティ）を見た。そこには、私が思い描いたアメリカが現実に存在していた。そのとき私は母のことを思った。あの光景を見たらどんなに喜んだことだろう。どんなに私を誇りに思ってくれただろう。私は無性に母が恋しかった。プラフとヴァレリーは、涙を拭う私に気づかないふりをしていた。

第6章

私たちが8ポイント差でアイオワ州を制したというニュースは全米を駆けめぐった。メディアは「衝撃」「劇的」といった言葉を使い、三位に沈んだヒラリー・クリントンにとっては特に痛烈な打撃になったと報じられた。クリス・ドッドとジョー・バイデンが即座に選挙戦からの撤退を表明し、これまで情勢を慎重に見守っていた公選公職者たちから、あなたを応援するつもりだという連絡が寄せられるようになった。評論家たちは私を民主党の新たな最有力候補と位置づけ、アイオワ州で多くの有権者が私を支持したのは、変化を望む気持ちがアメリカのより幅広い層で高まっているしるしであると論じた。

前の年には羊飼いのダビデにすぎなかった私が、突如、巨人ゴリアテ〔旧約聖書『サムエル記』の逸話。ゴリアテはダビデに倒される〕になぞらえられるようになったのだ。勝利自体は喜ばしかったものの、新たに与えられた役には居心地の悪さを拭えなかった。この1年間、スタッフと私は一喜一憂しすぎないように心がけてきた。当初は私の出馬を派手に持ち上げる動きがあったり、その後は、すぐ撤退に追い込まれるだろうという見方もあったりしたが、どれも無視してここまで戦ってきた。アイオワ州の党員集会から次のニューハンプシャー州予備選まではわずか5日間しかない。そのあいだ私たちは全力を尽くして過剰な期待を抑えようと努めた。デイヴィッド・アクセルロッド（アックス）は、感動ばかりを演出するような記事や、熱狂的な聴衆の前に立つ私の映像を流すテレビ番組（「オバマの偶像化」とアックスは文句を言っていた）を見て、とりわけニューハンプシャーのような州ではそれが逆効果になりかねないと懸念していた。有権者の多くが無党派層で、民主党と共和党のどちらに投票するかを直前まで考えたいという彼らのなかには、あえて周囲と反対の行動をとる人が多いともいわれていたからだ。

それでも、やはり私たちが主導権を握ったと感じないわけにはいかなかった。アイオワ州に負けず劣らず、ニューハンプシャー州のオーガナイザーたちも粘り強く活動を続けていて、ボランティアたちも士気が高かった。集会には熱狂的な支持者が詰めかけ、入場を待つ行列は駐車場を越えて周囲の道路にまで伸びていた。だが、それから2日ほどで、事態は二つの予想外の展開をたどる。

一つめは、予備選を目前に控えた一対一の討論会でのことだ。中盤に差しかかったころ、司会者（モデレーター）がヒラリーに向かって、人々から「好感がもてない」と言われたときにどう感じたかと質問した。

こうした質問には、いろいろな意味で怒りを禁じえなかった。そもそもどうでもいいことであるし、それに答えようがない。こんなふうに聞かれて、いったいどう返せというのだろうか？　しかもこれこそ、女性政治家全般が、なかでもヒラリーがいつも我慢を強いられてきた二重基準（ダブルスタンダード）のたぐいだ。彼女たちはいつだって〝愛想よく〟していることを期待されるが、男性にそんなことは求められないからだ。

ヒラリーはうまく対応した（笑いながら「そう言われたら心が傷つきます」と言ってから、「でもがんばってなんとかやっていきます」と締めた）が、私は口を挟まずにいられなかった。

「ヒラリー、あなたは十分に好感がもてますよ」と、私はさりげなく言った。

聴衆は私の意図をくみ取ってくれただろうと思っていた。私の発言は、対立候補に声をかけつつ質問への軽蔑を表そうとしたものだった。しかし、私の伝え方が下手だったのかもしれないし、言葉の選び方が不器用だったのかもしれない。あるいはクリントンの宣伝チームが意図的にねじ曲げて解釈したからかもしれない。いずれにしても、意図とは別のシナリオになってしまった。私がヒラリーを見下すような態度をとり、彼女を軽く扱い、女性ライバル候補をけなす無礼な男性候補の1人として振る舞ったというのだ。

つまり、私の意図とは正反対の結果になった。

選対チームのスタッフが私の発言をひどく心配する気配はなかった。ここで真意を説明しようとしても火に油を注ぐだけだとわかっていたからだ。しかし、騒ぎが落ち着きかけたころ、またメディアが大騒ぎを始めた。今度は、ヒラリーが見せた意外な一面についての報道だ。彼女がニューハンプシャー州でまだ投票先を決めていない女性中心のグループと面会したときのことだった。選挙戦のストレスにはどう対処しているのか、というやや同情的な質問に答えている最中、感極まった彼女が言葉を詰まらせる場面があった。それは、今まで彼女が1人の人間として熱心に努力を続けてきたこと、この国の後退を望まず、「厳しいハンデと向き合いながら」公職に人生を捧げてきたことを雄弁に物語るシーンだった。

何事にも動じず、気持ちをコントロールしているというイメージとは裏腹に、めったに見せることのない素直な感情をあらわにしたヒラリーが、そこにはいた。この出来事は新聞やテレビで大きく報じられ、ケーブルテレビの評論家たちがさまざまに考察を述べるという展開となった。その姿には彼女の感動的で純粋な気持ちが表れていて、ヒラリーと人々のあいだに新たに人間的な絆が生まれたと評する者もいた。他方で、演出された感情だとか、候補者として不利になるような弱さを示したと断じる者もいた。そしてもちろん、こうした騒ぎの背後には、ヒラリーがアメリカ初の女性大統領になる可能性が高いという認識があった。ちょうど私にとっての人種問題がそうであるように、彼女の出馬によって、ジェンダーに関して、さらには私たちがこの国の指導者にどういう見た目と振る舞いを望むのかについて、ありとあらゆる固定観念(ステレオタイプ)が表面化することになった。

この一件でヒラリーは勢いを得たのか、あるいはその逆なのかをめぐってさまざまな意見が飛び交う騒ぎがニューハンプシャー州の予備選当日まで続いたが、それでも私のチームはかなり余裕をもって構えていた。世論調査では私たちが10ポイントもリードしていたからだ。だから、地元の大学で昼間に開催された集会の参加者が少なくても、私の演説中に1人の学生が失神して駆け付けた救急チームによる治療が延々続いても、それが不吉な前触れだとも思わなかった。

その夜、投票が締め切られたあとになってようやく、私はまずいことになっていると知った。ミシェルと私はホテルの部屋にいて、これから行われる祝勝会となるはずの集会に出席する用意をしていた。ノックの音が聞こえて扉を開けると、廊下にはプラフ、アックス、ギブズがおどおどしたようすで立っていた。まるで、父親の車を無断で乗りまわしたあげく木にぶつけてしまったティーンエイジャーたちのようだった。

「負けそうです」とプラフが言った。

彼らは失敗の原因についていくつかの説を並べはじめた。ヒラリーよりも私たちを支持していた無党派層が、こちらの楽勝を見込んで、ジョン・マケインに投票するべく大量に共和党の予備選に流れたからかもしれない。また、誰に入れるか決めていなかった女性たちが、最終盤で一気にヒラリーへ傾いた可能性もある。あるいは、ヒラリー陣営がテレビやダイレクトメールで私たちを攻撃してきたときに、そのネガティブキャンペーンを厳しく糾弾して攻撃を止めさせようとしなかったからかもしれない。

どの説ももっともらしく聞こえた。しかし、さしあたって理由は重要ではなかった。「どうやらこの戦いに勝利するまでにはかなりの時間がかかる、ということだな」と、私は弱気な笑みを浮かべながら言った。「今はまず、傷をこれ以上広げない方法を考えよう」

落ち込んだようすは見せないように、と私は彼らに言った。元気なところを見せて、メディアに、資金援助者に、何よりも支持者たちに、今回のつまずきは想定内だと伝えなければならない。動揺しているニューハンプシャー州選対チームのメンバーたちに対しては、私が彼らの努力をいかに誇りに思っているかを伝えた。それから、ナシュア市の学校の体育館に集まって勝利の知らせを期待している1700人ほどの関係者たちには何を言うべきかを考えなければならなかった。幸い、その週の初めに私はジョン・ファヴローと話をして、演説をするときはあまり勝ち誇った感じにならないよう、むしろこれから厳しい戦いが続くことを強調して原稿をつくるよう頼んでいた。私はすぐファヴローに電話をして、ヒラリーを称（たた）える言葉を加える以外は、あまり手を入れなくてもいいと指示を出した。

その夜、支持者に向けた演説は、大統領選挙期間中に行ったなかでも最も重要なものとなった。落ち込んでいる人たちを励ますものになったからというだけではない。私たちが信じる理念を再確認するよい機会となったからだ。「戦いはこの先まだ長く続きます」と私は言った。「しかし、覚えておいてください。どんな障害が立ちはだかったとしても、変革（チェンジ）を求める何百万人もの声は止められません」。そしてこう続けた。この国の歴史は、いつも希望のうえに築かれてきました、不可能と思えることにもくじけず取り組んだ多くの人々、すなわち開拓者、奴隷廃止論者、女性参政権拡張論者、移民、公民権運動指導者たちの手によって、と。

さらに私は続けた。「まだ早いとか、挑戦すべきではないとか、挑戦などできるはずがないとか言われつづけた何世代ものアメリカ人たちは、そのつど、その信念をシンプルな言葉にして答えてきました。人々の勇気が集約された言葉です。『YES WE CAN』。すると、みんながその言葉を大声で繰り返しはじめたのだ。アックスがこの三つの単語を私の上院議員選挙のスローガンに使おうと提案して以来初めて、私はその力を心から信じられるようになった。

ニューハンプシャー州での敗北を報じるニュースは、やはり厳しい内容だった。どの報道も、状況は元に戻った、ヒラリーが首位に返り咲いたと伝えていた。しかし、私たちのチームには不思議な現象が生まれていた。敗戦に打ちひしがれてはいたものの、スタッフたちのあいだにこれまでよりも強い一体感と決意が芽生えはじめていたのだ。ボランティアの数は減らず、むしろ全米各地の事務所から登録希望者が殺到しているとの報告が入ってきた。インターネットを通じた寄付についても、新規の少額寄付者が特に急増していた。これまで誰を支持するか明言してこなかったジョン・ケリーが、私への熱心な支持を表明した。さらに、アリゾナ州のジャネット・ナポリターノ知事、ミズーリ州のクレア・マカスキル上院議員、カンザス州のキャスリーン・セベリウス知事といった人たちからも支持する旨の発表があった。いずれも共和党寄りの州から上がった声であり、たとえ一時的に勢いが弱まったとしても、私たちの希望は揺らがない、私たちは強く前に進みつづけるというメッセージを送る助けとなった。

どれもみな嬉しかったし、ニューハンプシャー州で負けても評論家たちがいうような悲惨な状況にはならないはずだという私自身の直感にも裏付けを与えてくれた。とはいえ、アイオワ州の勝利によって、私が単に目新しいだけの存在ではない真の挑戦者だと認定されたとしても、だからといって当選確実と決めつけるのはあまりに無理があり、時期尚早ではあった。そういう意味で、心あるニューハンプシャー州の人たちが、私たちのために選挙戦のスピードを少々落としてくれたという見方もできる。翌日、私は、ある支持者たちのグループに言った。大統領選挙を戦うというのは厳しいものです、なぜなら、大統領という仕事は厳しいものだからです、と。社会に変化をもたらすことは難しい。それでも私たちはやり遂げなければならない。つまり、戦いを再開する必要があった。

私たちは戦線に戻った。次はニューハンプシャー州のわずか1週間半後、1月19日にネバダ州で行われる党員集会だ。得票数でヒラリーに負けても私たちは驚かなかった。世論調査ではずっと、彼女に大きく水をあけられてきたからだ。しかし、大統領選挙の予備選で重要なのは、得票数そのものよりも、党大会に出席する誓約代議員［特定の候補を支持することが義務付けられた代議員］を何人獲得できるかだ。その人数は、州ごとに定められた複雑な規則に基づいて各候補者に割り当てられる。私たちが重点的に活動を行ったネバダ州の農村地域での選対事務所の努力が実ったこともあって（なかでもエルコはまるで西部劇に出てくる町のようだった。回転草（タンブルウイード）が風でくるくる舞い、いかにも西部らしい酒場もあり、今まで訪れたなかでも大好きな遊説先の一つだった）、州全体でまんべんなく票を伸ばすことができた。結局、ヒラリーの12人に対して私たちは13人の代議員を獲得した。ネバダ州では当初不可能ともいわれた、実質的な引き分けという成果を手に戦いの次の段階に移ることができたのである。今度はサウスカロライナ州での予備選挙、そしてきわめて重要な日、22州で同時に行われるスーパーチューズデー［候補者指名争いのため予備選挙や党員集会が多くの州で同時に行われる2月または3月初旬の火曜日］が控えている。どちらもがんばれば望みはあると思っていた。

のちに選対本部の幹部たちから、ニューハンプシャー州で負けてももちこたえられたのは私の楽天主義のおかげだと言われた。本当にそうだったのか、私にはわからない。活動期間中、スタッフも支持者たちも、私が何をしようが関係なく、常に見事な回復力と一貫性を保ちながらがんばってくれていた。私はせいぜい、私の背中を押してアイオワ州でゴールラインを越えさせてくれた人たちの厚意に応えるだけの仕事をしただけだ。おそらく、ニューハンプシャー州で負けたことによって、私は、それまで自分でも気づかなかったある資質をスタッフと支持者たちに示すことができたというのが真実だろう。そしてその資質は、選挙戦のあいだだけでなく、その後の8年間においても役立った――私は情勢が悪くなるほど落ち着いていられるようなところがある。アイオワ州で勝ったことで、もしかしたら大統領になれるかもしれないと思うようになったが、私が大統領の任に耐えられると確信したのは、ニューハンプシャー州の敗北を通じてだった。

私はしばしば、自分のこの性格について、つまり危機の最中でも冷静さを保つ力について質問を受けてきた。気質としかいいようがないと答えたこともあるし、ハワイで育ったことが影響しているのではないかと答えたこともある。なにしろ常夏の太陽に気温は25度、ビーチまでたった5分。ストレスなど感じようがない。若い人たちと話をするときには、長期的な視点をもつように努めてきたことや、日々の出来事に一喜一憂せず最終目標を意識しつづけることの大切さを語ることもある。

そのどれにも真実は含まれている。しかし、実はもう一つ大切な要素がある。困難な状況に直面すると、こんなとき祖母（トゥート）だったらどう思うだろうと考えるのだ。

祖母は当時、85歳だった。私を育ててくれた3人のなかで最後まで長生きしていたが、健康状態は悪化していた。骨粗しょう症と長年の喫煙ですでに衰えていた体全体にがんが転移していたのだ。だが、頭ははっきりしていた。ただ、祖母にはもう飛行機に乗れるような体力はなく、選挙活動に追われていた私もその年のクリスマスには年に一度のハワイ行きを見送らなければならなかったので、数週間おきに電話をしては祖母の調子を確かめていた。

ニューハンプシャー州で負けたあとも、祖母に電話をかけた。いつもと同じように、会話は長く続かなかった。祖母は長距離電話を贅沢だと考えていたのだ。祖母からハワイの近況を聞き、私のほうはいたずら盛りのひ孫たちのようすを伝える。ハワイに住む妹のマヤによれば、祖母はケーブルテレビを観て私の選挙活動をすべて把握しているとのことだったが、電話ではそんなことをおくびにも出さなかった。私が負けた直後、祖母は一つだけアドバイスをくれた。

「もっと食べなきゃだめよ、ベア。あなた痩せすぎよ」

まさにマデリン・ペイン・ダナムらしい助言だ。１９２２年にカンザス州ペルーで生まれ、大恐慌時代に育った祖母。両親は教師と小さな石油精製所の簿記係で、その親は農民や入植者だった。みんな分別のある人たちで、勤勉で、教会へ通い、借金をすることもなかった。そして、大言壮語や、人前で感情をあらわにすること、ほかにもあらゆるたぐいの愚かな振る舞いを避けるようにしていた。

若いころ、祖母はそんな田舎町の息苦しさに抵抗していた。その何よりわかりやすい証拠に、みんなが避けようとしていたそのいかがわしい資質をすべてもっていた祖父（グランプス）のスタンリー・アーマー・ダナムと結婚したのだ。戦中から戦後にかけては２人でそれなりの冒険もしたようだが、私が生まれたころには、トゥートの反抗的な一面が垣間見えるのは喫煙、飲酒、それに不気味なスリラー小説を愛読することぐらいだった。バンク・オブ・ハワイ［ハワイ州最大の銀行］では一介の事務職員から出世して女性副頭取の先駆けになり、誰に聞いてもその仕事ぶりはすばらしかったという。25年間、彼女は騒ぎを起こさず、ミスも犯さず、自分が教育した若い男性行員に昇進で追い抜かれても、文句一つ言わなかった。

トゥートが退職したあと、私はハワイでときおり、祖母に救われたという人たちに出会った。彼女がいなければ自分の会社を手放すはめになっていただろうという男性もいたし、不動産仲介会社の立ち上げに必要な融資を得るのに、別居する夫のサインを求めた銀行の不可解な規則をトゥートが曲げて助けてくれたという経緯を語る女性もいた。それでも、トゥート自身にこうした話をぶつけてみると、自分が銀行で働いたのは金融の仕事が好きだとか他人を助けたいという理由からではなく、家族が収入を必要としていたからで、たまたまこの仕事口が見つかっただけだと言うのだ。「ときにはね」。トゥートは私に言った。「やらなければならないことをやるしかないの。それだけのことよ」

私は自分がティーンエイジャーになったころにようやく、祖母の人生が祖母自身が望んでいたところからどれほど遠くへ離れてしまったのかを理解した。祖母は自分を犠牲にしてきたのだ。最初は祖父のために、次は娘のために、それからは孫たちのために。どれほど窮屈な暮らしだったろう。想像すると、胸が締めつけられる思いだった。

とはいえ、当時から私にもよくわかっていた。何もかも祖母のおかげだと。祖母は毎朝、夜が明ける前に起き出し、ビジネススーツとヒールに着替えてバスで市内のオフィスに通勤し、1日中エスクローの証書を読み込んで、それ以上は何をする気力もないほど疲れ果てて家に帰ってきた。祖母がすすんで目の前の重荷を引き受けたからこそ、祖母と祖父（グランプス）は引退後も余裕をもって暮らし、旅行し、自立した生活を続けられた。祖母の生活が安定していたからこそ、私の母は定収入もままならず海外で働くしかない時期があっても、自分の望むキャリアに専念できた。そして、だからこそマヤと私は私立学校に通い、立派な大学にも進むことができたのだ。

トゥートは私に、収入と支出のバランスを崩さず、不要なものを買わずにすませることを教えてくれた。トゥートのおかげで、私は自分の考え方が最も過激だった若いころでさえ、安定した職に就くことが重要だと思え、新聞の経済欄も読んでいた。そして、すべてをいったん破壊して社会を一から創造するなどといった、あまりに現実離れした話には耳を貸さなかった。祖母は私に勤勉の価値を、たとえ嫌な仕事でもベストを尽くすことの大切さを、自分にとって面倒でも責任を果たすことの意味を教えてくれた。情念と理性は一対で考えなければいけないと教えてくれた。人生がうまくいっているときにはしゃぎすぎないこと、うまくいかないときに落ち込みすぎないことを教えてくれた。

こうしたことのすべてを、カンザス州生まれで率直な物言いをする高齢の白人女性から私は学び、吸収していったのだ。遊説先では、折に触れて祖母の考え方を頭に浮かべた。そして行く先々で出会った有権者の多くに祖母と同じ視点や世界観を感じた。アイオワ州の田舎であれ、シカゴの黒人居住地区であれ、多くの人に共通していたのは、子どもや孫のために自らを犠牲にすることへの静かな誇り、裏表のない実直さ、何かを求めようとしすぎない慎み深さだった。

トゥートは並外れて強靭（きょうじん）な意志の持ち主であると同時に、厳格な価値観のもとで育ってきた。孫のためならなんでもできる深い愛情の持ち主である一方で、旧来の偏見にとらわれ、ひとり悩み抜いたこともある。母が初めて私の父である黒人男性を自宅での夕食に連れてきたときのことだ。祖母は私にこの国の人種間関係のやっかいで多面的な真実についても、こうして教えてくれたのだ。

「黒人のアメリカも、白人のアメリカも、ラテン系のアメリカも、アジア系のアメリカもありません。あるのは、アメリカ〝合衆国〟だけです」

これは２００４年の民主党大会で行った私の演説のなかで最も人々に記憶されているフレーズだろう。私はこれを、現状を説明するためというよりは希望を言い表すために使った。同時に、私はこの希望を信じ、そうした状況の実現を目指していた。それぞれに共通する人間性のほうが互いの違いよりも重要だという考え方は、私のＤＮＡに刻み込まれているのだ。このフレーズはまた、政治に対する私の現実的な見方をも示している。民主主義社会において、大きな変化を起こすためには過半数が必要となる。アメリカにおいてそれは、人種や民族の垣根を越えて連携することの必要性を意味しているからだ。

　アフリカ系アメリカ人が人口の３パーセントに満たないアイオワ州では、当然のことながら、私はその状況に直面した。日々の活動において、私たちのチームはその事実を障害ではなく、ただの現実にすぎないととらえるようにしていた。オーガナイザーたちは、一部で人種的な敵意を向けられることもあった。私の支持に傾いている人でさえ、あけすけに人種差別的な物言いをすることがあった（「そうさ、黒んぼ（ニガー）に入れようかと思っているんだ」といった言葉を何度も聞いた）。さらには、そういう敵意が、無礼な言葉や目の前で扉を乱暴に閉められるといったレベルを超えてしまうこともあった。私たちが最も敬愛する支持者の１人は、クリスマスイブの朝起きてみると、家の庭には破り捨てられた『ＯＢＡＭＡ』のポスターがまき散らされ、家の周りは荒らされて、壁にはスプレー塗料で人種差別的な悪口が書かれていたという。ただし、こうした卑劣な言動よりも鈍感さのほうが広く見られ、ボランティアたちはこんな発言をよく耳にした。白人の多い地域で暮らしたことのある黒人なら、誰もがなじみのある言い回しだ。「私は彼を黒人だとは思っていないよ……なんていうか、彼はとっても知的だからね」

　とはいえ、アイオワ州の白人有権者たちはみな、ほんの数年前にイリノイ州南部で私が支持を訴えた白人有権者たちとおおむね似ていた。優しく、思いやりがあって、私の出馬も自然に受け入れてくれた。私の肌の色やイスラム風の名前はさほど気にしておらず、それよりも私の若さや経験不足、雇用の増加やイラク戦争の終結などに関する私の政策のほうに関心を寄せていた。

私の政策顧問たちは、その線で選挙活動を続けるべきだと考えていた。何も人種問題を避けて通るというわけではない。私の公式ウェブサイトには、移民制度改革から公民権まで、議論を呼ぶテーマに関する私の主張も明記されている。タウンホール・ミーティングで質問されれば、私は大半が白人の農村地域の聴衆に対してでも躊躇せず、人種による区分けや仕事上の差別に関する自らの見解を述べる。選対本部内では、アックスとプラフが黒人やラテン系のチームメンバーたちの懸念に耳を傾けた。ある者はテレビ広告を少し手直しすべきだと言い（あるときヴァレリー・ジャレットがやってきて、「バラク以外にせめてあと1人は黒人を出演させませんか？」とやんわり聞いてきた）、別の者は選対本部の幹部クラスにもっと有色人種を雇用するよう力を入れるべきだと言った（少なくともこの点については、経験豊富な幹部クラスの選挙運動員の世界も、他の多くの職業と似たり寄ったりだ。有色人種の若者は、先輩指導者やネットワークと出会えるチャンスが少ないし、全国レベルの選挙活動に携わる近道となる無給のインターン職に就くだけの金銭的余裕もない。私はこの実態を変えようと心に決めていた）。しかし、プラフもアックスもギブズも、人種についての不満表明であるとみなされそうな問題、有権者どうしを人種で線引きしかねない問題、私を〝黒人候補者〟という枠に押し込めてしまいそうな問題についてはことさらに取り上げる必要はないとして譲らなかった。彼らにしてみれば、人種問題を前進させるための即効薬はシンプルだった。私たちが選挙で勝つこと。そのためには、リベラルな白人学生からだけでなく、私がホワイトハウスで働く姿を想像するなどとてもできないという層からも支持を得る必要があった。

「請け合いますが」とギブズが冗談めかして言った。「みんなあなたについてほかに何を知っていようが、あなたの外見が過去42人の大統領とは違うことには気づいています」

一方で、連邦上院議員に選出されて以来、アフリカ系アメリカ人たちが私に寄せる愛情はいささかも変わっていなかった。NAACPの地方支部からは、私に賞を授けたいという連絡があった。『エボニー』や『ジェット』［いずれも黒人向け雑誌］には私の写真が頻繁に掲載されていた。年配の黒人女性たちは、私を見ると息子を思い出すと言ってくれた。そして、ミシェルに寄せられる愛情はさらに別次元だった。専門職としての経歴、黒人女性らしい振る舞い、母親として子育てに真剣に取り組む姿勢は、多くの黒人家族がそうあろうと努力し、子どもたちに願ってきた姿を体現していた。

それにもかかわらず、私の出馬に対する黒人有権者の反応は複雑で、しかもその多くは恐怖心によって駆り立てられた反応だった。黒人がこれまで経験してきたことに照らせば、同じ肌の色をした仲間が主要政党の指名を勝ちとるなどありえないし、ましてや合衆国大統領の座に就くなど想定外のことでしかなかった。彼らの多くにとって、ミシェルと私がこれまで成し遂げてきたことだけですでに奇跡なのだ。それ以上を望むなどばかげているし、欲張りすぎだとしか思えなかったわけだ。「この際、言っておくが」。マーティ・ネスビットは、大統領選への出馬を表明した直後の私に言った。「母さんが君のことを心配しているんだ。ちょうど昔、俺を心配していたのと同じようにね」。すでに起業家として成功を収めていた彼は、高校時代はアメリカンフットボールのスター選手で、若き日のジャッキー・ロビンソン［メジャーリーグ初の黒人選手］に似たハンサムな顔立ちをしていて、才能あふれる医師と結婚し、5人のすばらしい子どもにも恵まれていた。まさにアメリカンドリームそのものだ。オハイオ州コロンバスで看護師のシングルマザーに育てられた彼は、より多くの非白人の若者にプレップスクール［大学進学を目指すための私立中等学校］や大学への道を開くために設けられた特別プログラムのおかげで、ほとんどの黒人男性が工場の組み立てラインで働いて一生を終えることぐらいしか望むことのできない地域から、成功への階段を上ることができた。しかし、その後いったんゼネラルモーターズで安定した仕事を得たものの、そこを辞めて不動産投資というリスキーなベンチャー事業を起こそうと決める。そのとき、彼の母親は息子が高望みしすぎてすべてを失ってしまうのではないかと恐れた。「当初は、母さんに、あれほど安定した職を捨てるなんてどうかしてると思われた」とマーティが教えてくれた。「だから、今の君を見てうちの母さんやその友人たちがどう思っているか、かつてなら想像すらできなかったよ。みんな、君が大統領選に〝出馬する〟だけじゃなくて、実際に大統領に〝なれる〟と思ってるんだ！」

安定を志向するマーティの母親のような考え方は、何も労働者階級だけのものではない。1940年代と1950年代の典型的な黒人専門職エリートの家庭に育ったヴァレリーの母親は、その後医師と結婚して、幼児教育推進運動の先駆けの1人となった。しかし、その彼女でさえ、私の選挙活動開始当初は同じように懐疑的だったらしい。

「母はあなたを守りたいのよ」とヴァレリーが言った。

「何から？」と私は聞いた。

「失望から」と答えた彼女は、彼女の母親が私が暗殺されるかもしれないと恐れていることまでは口にしなかった。

特に選挙活動を始めてから数か月間、そういう話を繰り返し耳にした。防御的な悲観論というべきか、黒人コミュニティには、ヒラリーがより安全な選択肢だという感覚があるようだった。ジェシー・ジャクソン・ジュニア（それと、より消極的ながらジェシー・シニア〔キリスト教バプテスト派の牧師で公民権活動家〕）のような全国レベルの著名人がついていることから、私たちは早い段階でアフリカ系アメリカ人指導者たち、特に若手指導者たちの支援を得ていた。しかしさらに多くの人たちが、私がうまくやっていけるのか、まずは当面、成り行きを見ることを選んだ。また、黒人政治家、実業家、牧師たちのなかには、それがクリントン夫妻への純粋な忠誠心からであれ、最有力候補を支援したいという熱心な気持ちからであれ、私が自分の主張を展開する機会すらまだ与えられていないのに、クリントン支持を表明する者もいた。

「この国には、まだ早すぎるんだよ」。ある連邦議員が私に言った。「それに、クリントン夫妻は長年にわたってよく知られた存在だ」

その一方で、私を支持しながらも、私の出馬を純粋に象徴的なものと考えていた活動家や知識人もいた。過去の大統領選に出馬したシャーリー・チザム［黒人女性初の連邦下院議員］、ジェシー・ジャクソン、アル・シャープトン［黒人の牧師で人権活動家］といった人たちの場合と同様、人種的不平等に対して未来を見据えて声を上げていくために、大統領選は過渡的ながらも有益な場だとみなしていたのだ。もともと私が勝てるなどと思っていない彼らは、アファーマティブ・アクションから奴隷の子孫への補償問題まであらゆる政治課題について、私に最も強硬な路線を取るよう求めた。さらに、私が中道でさほど進歩的ではない白人有権者の票欲しさに無駄な時間と労力を少しでもかける気配はないか、絶えずチェックしていた。

「放っておいても黒人票は自然に集まると考えるような〝政治指導者（リーダー）〟なんかにはならないでくださいね」。ある支持者にそう言われたことがある。私もこの批判については気にしていた。あながち的外れではないからだ。実際に、これまで多くの民主党政治家たちが、黒人票については自然に積み上がるものだと考えていた。少なくとも1968年にリチャード・ニクソンが、白人層の抱える人種的敵意をうまく利用すれば共和党を確実に勝利へ導けると判断してからは。それ以降、左派の黒人票の行き先は自ずと絞られることになる。

そして、このように黒人票を当たり前のこととして計算に入れていたのは白人民主党政治家ばかりではなかった。黒人議員は黒人議員で議席維持のために白人票に頼らざるをえない者もいて、そうした者たちは、アックスやプラフやギブズが暗に私に釘（くぎ）を刺していた問題を認識していた。つまり、公民権や警官の職権濫用、その他黒人に特有の問題ばかりに焦点を当てすぎると、より幅広い有権者層から、反感とまではいかずとも不信感をもたれてしまうと懸念していたのだ。それでも良心から人種問題に声をあげようという政治家はいたかもしれないが、その代償を払う覚悟が必要だった。黒人も、農民や銃愛好家や特定の民族集団などと同じく普通の利益誘導型政治を行うことはできるが、あくまで危険を承知のうえで行わなければならないのである。

　もちろん、そういった制約を打ち破り、自分たちにとって可能なことを新たに思い描きたいというのも、私が出馬した理由の一部だ。私は、常に権力の周縁にいてリベラルな支援者からの恩恵を求めるばかりの嘆願者にも、白人（ホワイト）のアメリカがいつまでも罪を償わないことに義憤をもちつづける永遠の抗議者にもなるつもりはなかった。どちらもすでに先人たちが通ってきた道であり、どちらも根本的には絶望から生まれたものだからだ。

　そうではなく、大切なのは勝つことだ。私は黒人に、白人に、そしてあらゆる肌の色のアメリカ人に証明したかった。もはや古い理屈は超越して、進歩的な課題（アジェンダ）のもとに、安定した過半数の票を集結させられるということを。不平等や教育機会の不足の解消といったアジェンダを国政で議論の中心に据えて、しかも実際に成果を出せるということを。

　そのためには、あらゆるアメリカ人に訴えかける言葉を使い、〝すべての〟子どもたちに最高の教育を与え、〝すべての〟アメリカ人に良質の医療サービスを提供するといった、全員の心に届く政策を掲げなければならない。白人を変革（チェンジ）への障害ではなく、そのための仲間として巻き込む必要があった。そして、アフリカ系アメリカ人の苦闘を、公平、公正、寛容な社会を実現するための戦いとして、より大きな文脈に位置づけなければならなかった。

そのリスクもまた、私は承知していた。声高にではないものの、ライバルだけでなく味方からも批判の声が上がっていた。すべての人に教育や医療をと強調すると、最もそれを必要としている人たちに恩恵が直接届きにくくなるという意見もあった。国民共通の関心に訴えることで、今も続く人種差別の影響が軽視され、白人たちは奴隷制やジム・クロウ法の負の遺産、人種問題に関する自分たちの姿勢と向き合わずにすんでしまうのではないか、という者もいた。遠く離れたところにある理想の名のもとに、黒人に正当な怒りや不満を飲み込ませることで精神的な重荷を負わせることになるのではないか、という意見もあった。

黒人層には多くを要望しなければならなかった。楽観的でいることと戦略的に我慢することを同時に求めなければならなかったのだ。有権者と選挙活動を率いて未踏の領域を進もうとする私は、これは観念的な仕事ではない、といつも思い知らされていた。私は生身の人間からなる具体的なコミュニティと結びついていて、そこはさまざまな望みを抱いた多様な経歴の男女があふれている。そしてそのなかに、私が結びつけたいと願っていた、互いに相容(あいい)れないさまざまな望みを1人ですべて体現している牧師がいた。

ジェレマイア・A・ライト・ジュニア牧師に初めて出会ったのは、私がコミュニティ・オーガナイザーとして活動していたときだ。彼のいたトリニティ・ユナイテッド教会はシカゴでも最大規模の教会だった。ライト牧師は、ペンシルベニア州フィラデルフィアでバプテスト派の牧師と学校幹部の両親のあいだに生まれ、黒人教会の伝統に染まって育ち、一方では市内にある大多数が白人生徒である一流校に通った。卒業後はすぐに牧師にはならずに海兵隊に入り、その後アメリカ海軍に移った。軍では心肺系疾患を扱う医療補助者として訓練を受け、リンドン・ジョンソンが1966年に手術を受けたあとには医療チームのメンバーとして大統領の看護をしたこともある。1967年にハワード大学に入ると、騒然としたこの時代を生きた多くの黒人と同様、ブラック・パワー運動の力強い語り口を吸収し、アフリカに関するものならなんにでも関心をもち、アメリカの社会秩序に対する左派的な批評の視点を身につけた。さらにその後、神学校を卒業したころには、ジェイムズ・コーンが提唱した黒人解放の神学論も吸収していた。黒人の経験にこそ意義があると訴えるキリスト教の考え方だが、それは黒人が人種的に優れているからではなく、コーンによれば、神は最も抑圧された者の目を通して世界を見るからである。

ライトが白人の圧倒的に多い宗派で牧師になったという事実は、彼の現実主義的な側面を表しているといえる。ライト牧師がトリニティ・ユナイテッド教会を選んだのは、彼が日曜日ごとに訴えていたように本格的な学識研究を重視したから、というだけではなく、信徒を増やすための資金も設備も備えていたからだ。一時期は退屈な教会といわれて信徒の数も100人を切っていたが、彼の在任中に6000人にまで増えた。シカゴの黒人社会の大勢の人たちが詰めかける、陽気さと活気に満ちた教会になったのだ。そこには銀行員もいれば、ギャングの構成員だったという人もいた。ケンテ［アフリカ・ガーナの民族衣装］のローブをまとう人もいれば、ブルックス・ブラザーズのスーツを着こなしている人もいた。聖歌隊（クワイア）は、一度の礼拝で古典的なゴスペルも『ハレルヤコーラス』も合唱した。彼の説教は大衆文化への言及、スラング、ユーモア、そして純粋な宗教的知識にあふれ、信徒たちの喝采と歓声を呼ぶだけでなく、彼をアメリカ最高の牧師の1人といわしめるまでに磨き上げられたものだった。

私自身は、ときにライト牧師の説教をやや大げさだと感じることもあった。マタイやルカの福音書を学術的に説明する途中で、アメリカの麻薬戦争や軍国主義、資本家の強欲や手に負えないアメリカの人種差別などへの痛烈な批判を差し挟むのだ。その激しい内容はたいてい事実に基づいていたとはいえ、前後の文脈は無視されていた。そして多くの場合、古臭く感じられた。教会の信徒には警察署長、著名人、裕福な実業家、シカゴ市教育長など成功者たちがそろっているのに、そんな彼らを導くのではなく、どちらかといえば1968年の大学のティーチイン［討論形式の学内集会］を繰り返しているかのように見えた。ときには明らかな事実誤認もあった。深夜のコミュニティ放送局か近所の理髪店で耳にしてきたかのような陰謀論に近い内容が語られることさえあった。まるで、博学で肌の色が薄い中年の黒人男性が、〝自分らしくあるために〟無理して流行に乗った人々の受けを狙っていたかのようだった。あるいはもっと単純に、延々と続く人種差別と一生向き合わざるをえないことへの怒りが信徒たちや自分自身のなかに鬱積していて、それを発散させ、解き放つ必要があると彼自身が感じていたからなのか。いずれにしても、そこには理性も論理も感じられなかった。

　私は、そういったことをすべてわかっていた。それでも私にとって――特にまだ自分の信仰を整理しきれず、シカゴの黒人コミュニティで居場所を探していた若き日の私にとって、ライト牧師の善なる側面は彼の欠点を補って余りあるものに思えた。私にとっては、組織宗教に対する懐疑心よりも教会とその諸活動へのあこがれのほうが大きかったのと同じだ。結局、ミシェルと私はトリニティ教会に加わったものの、毎週欠かさず通うほど熱心な信徒ではなかった。私と同様、ミシェルもとりたてて信仰の篤い家庭で育ったわけではなく、最初のうちこそ月に一度は教会に出向いていたが、次第に足が遠のいていった。それでも、教会へ行けばその意義を感じられたし、私が政治家になってからは主要なイベントのたびに必ず彼を招いて、祈りを捧げ、祝禱（しゅくとう）を唱えてもらった。

　大統領選への出馬表明の日も、同じことを頼んでいた。私がステージに出る前に、聴衆の前でライト牧師に祈りを捧げてもらう予定だったのだ。ところが、前日に会場のあるスプリングフィールドへ向かう途中、アックスから緊急の電話がかかってきた。私の出馬について報じたローリング・ストーン誌の記事を読んだかというのだ。取材記者は、最近トリニティ教会で行われた礼拝に出席して、そこで見聞きしたライト牧師の苛烈な説教の内容を記事で引用しているらしい。

「彼がこう言ったと書かれてます。ちょっと待ってください、今、読みますから。『この国は白人の優越性を信じ、黒人の劣等性を信じ、神への信仰よりも強くそれらを信じてきた』」

「本当か？」

「もしも明日彼が予定どおり祈りを捧げたら、それがトップで報道されると考えていいと思います。少なくともFOXニュースではね」

記事そのものは、ジェレマイア・ライトとトリニティ教会の牧師について、全体的には公平な視点で書かれていた。それに、アメリカが掲げるキリスト教的理想と残酷な人種差別の歴史とのあいだに隔たりがあると彼が指摘すること自体も驚きではなかった。とはいえ、そこで彼が使っていた言葉は、私がこれまで耳にしたことがないほど煽動的なものだった。この国の人種問題に関する厳しい現実を白人に対して話すときは、語調を和らげなければ聞いてもらえない。そのことに私自身いらだちを覚えることも多かったが、現実的に考えれば、アックスの言うことはもっともだった。

その日の午後、私はライト牧師に電話をかけた。聴衆の前での祈りを取りやめて、私がステージに出る前に、ミシェルと私に対して個人的な祈りを捧げてもらえないかと頼んだのだ。彼は残念に感じているようだったが、結局その要請を受け入れてくれたことで、選対チームは心底ほっとしたようだった。

この出来事によって、私のなかにくすぶっていた国政の最高位を目指すことへの不安があらためててかき立てられた。私は、異なるルーツをもつ自分の人生を一つに統合しようと努めてきた。そして、長い時間をかけた末に黒人社会と白人社会のあいだを違和感なく行き来できるようになり、家族、友人、知人、同僚たちのあいだをつなぐ通訳、懸け橋になり、広がりつづける自分の世界を結びつけられるようになって、ついに私の祖父母が暮らす世界もライト牧師の世界も全部まとめてたった一つの大きな世界だという認識にたどり着いた。しかし、見知らぬ数百万もの人たちにはたしてそうした絆の意味を説明できるだろうか？　たった一度の、あらゆる雑音と歪曲と単純化にまみれた大統領選挙で、４００年の年月をかけて積もり積もった苦痛と恐怖と猜疑心とを乗り越えられるなどと想像できるだろうか？　アメリカの人種問題は、一つのキャッチフレーズで言い表すにはあまりにも複雑すぎる。そう、私自身も複雑すぎるのだ。平均的なアメリカ人から見れば、私のこれまでの人生はあまりに雑然としていて、わかりにくいだろう。それをうまく説明できるとはとても思えなかった。

もしもローリング・ストーン誌の記事がもう少し早く出て、その後の問題の前兆がうかがえたなら、私は出馬を取りやめていたかもしれない。絶対とはいえない。ただ、はっきりといえることがある。それはやや皮肉な話であり、これも神の計らいかもしれないのだが、私の不安を打ち消してくれたのはもう一人の牧師――ライト牧師の親しい友人でもあるオーティス・モス・ジュニア牧師だった。

オーティス・モスは公民権運動の古参で、マーティン・ルーサー・キング牧師の親しい友人であり運動仲間だった。オハイオ州クリーブランド最大の教会の一つで牧師を務め、ジミー・カーター大統領の顧問だったこともある。それまで私はモス牧師のことをよく知らなかったが、記事が出たあとのある夜、彼が私に電話をかけてきて、支援を申し出てくれた。彼は、ジェレマイアとのあいだに何か問題があると聞いたという。また、黒人コミュニティのなかには、私の出馬が時期尚早だとか、私が過激すぎるとか、主流すぎるとか、黒人らしさが足りないとか、さまざまな意見があるという。モス牧師は、この先はさらに険しい道が待ち受けているだろうが、弱気にならないようにと励ましてくれた。

「どの世代も、その世代の考え方に縛られるものだ」と彼は私に言った。「かつての運動には、たとえばマーティンのような大物もいたし、補佐役や歩兵もいた、私みたいなね。私たちは〝モーセの世代〟だ。行進し、座り込み、刑務所に入った。ときには前の世代に反抗してきたが、結局は先人たちが築いた礎（いしずえ）のうえに新たなものをつくっていたんだ。私たちはエジプトを出た［旧約聖書『出エジプト記』には、イスラエルの民がモーセに率いられてエジプトの支配から逃れるためにパレスチナに脱出したという記述がある］。しかし、行けたのはせいぜいそこまでだ」

「バラク、君は〝ヨシュアの世代〟［ヨシュアは、旧約聖書において出エジプト後、モーセの後継者としてイスラエルの民を『約束の地』へ導いた］の一員だ。君と君のような人たちには、この旅を続ける責務がある。私のような人間は、経験から得た知恵を君たちに提供できる。私たちの間違いから学べることもあるだろう。しかし結局、神の助けも借りながら、私たちが築いたもののうえに新たなものをつくり、同胞とこの国を荒野から導き出すのは君たちなのだ」

アイオワ州で勝利するほぼ1年前に授かったこの言葉が、どれほど私を勇気づけてくれたか、いくら強調してもしすぎることはない。私の人生で最も早くに影響を受けたキング牧師にとても近いところにいたモス牧師から、君のやろうとしていることには意義がある、君は虚栄心や野望を満たしたいわけではなく、むしろ絶えることない進歩の連鎖をさらに先につなぐ存在だ、と言われたのだ。より具体的には、モス牧師と、同じくキング牧師の運動仲間だったアトランタ在住のC・T・ヴィヴィアン牧師、南部キリスト教指導者会議のジョゼフ・ローリー牧師といった著名人がそろって私に手を差し伸べてくれた。そして自分たちが推し進めた歴史的に重要な仕事の延長線上に私がいると彼らが評価してくれたおかげで、ヒラリー支持に回る黒人指導者は減っていった。

それがはっきりと表れたのが２００７年3月だった。私は、毎年ジョン・ルイス連邦下院議員が主催してアラバマ州セルマ市で行っているエドマンド・ペタス橋を渡る行進に参加した。以前から血の日曜日事件〔白人と平等の投票権を求めて行進しようと橋を渡っていた黒人たちが白人警察官から暴行を受けた〕の現場を訪れたいと考えていたからだ。１９６５年に発生したこの事件は、公民権運動にとっては苦しい試練の象徴となり、またアメリカ人に何が問題かをはっきりと突きつける契機ともなった。しかし、私の訪問は複雑な状況を呼ぶことが予想された。クリントン夫妻もそこにいるというのだ。しかも参加者が集まって橋を渡る前に、ヒラリーと私は同時に別々の教会で演説する予定になっていた。

それればかりではない。主催者のジョン・ルイスは、今回の選挙でヒラリーを推すことを考えているとほのめかしていた。ジョンと私はよい友人どうしになっていた。私が連邦上院で当選したときには、それもまた自分が残した遺産なのだと誇りに思ってくれ、実際そのとおりだった。だからこそ、今回の判断には相当悩んだはずだ。電話で理由を語ってくれたところによれば、彼はクリントン夫妻と長い付き合いがあり、彼が優先的に通したかった多くの法案を当時のビル・クリントン政権が支持してくれたという。それを聞いて、彼に無理に支持を求めないことにした。思いやりと優しさにあふれる彼が感じている苦悩は容易に想像できたし、そもそも白人有権者たちに私を実力で評価してほしいと訴えておきながら、ここで人種的な連帯に臆面もなく訴えるのは偽善的だとも思ったからだ。

セルマでの合同記念行進は気まずい政治ショーになる恐れもあったが、到着するとすぐに私はくつろいだ気分になった。それは、私の現実の世界と想像の世界のなかで、とても大きな意味をもつ場所に来られたからかもしれない。あるいは、そこに集まっていた一般の人たちが私に握手やハグをしてくれ、ヒラリー支持を決めている人たちまでもが私に会えて嬉しいと声をかけてくれたからかもしれない。しかし何より、そこにいた尊敬を集める長老たちが私を支援してくれたことが大きかった。礼拝に参加するため、歴史あるブラウン・チャペルＡＭＥ教会に入ると、私が紹介される前にローリー牧師が集まった人たちに向けて少し話をしたいと言っていると知らされた。当時すでに80代半ばを過ぎていたにもかかわらず、彼はウィットとカリスマ性にあふれていた。

「いいですかな」と彼は話しはじめた。「外では、クレイジーなことが起こりつつある。いや違うという人もいるようだが、そんなこと誰にわかりましょうか？　誰にもわからんのです」

「では教えてください」と、参列者から声が飛んだ。

「最近私は医者に行ってコレステロール値が少々高いと言われました。でも、医者は、コレステロールには二種類あると教えてくれた。悪いコレステロールと、よいコレステロールです。よいコレステロール、これは問題ない。そこで私は考えた。世の中にも同じようなことが多く存在しております。つまり、私たちがあの運動を始めたときに、多くの人はこう思った。〝おまえたち〟はクレイジーだと。そうでしたな、Ｃ・Ｔ？」と言って、ローリー牧師は壇上に座るヴィヴィアン牧師のほうを向いてうなずいた。「また〝クレイジーな黒人（ニグロ）〟が出てきたと。そう、あのときは運動に参加していたみんなが少々〝クレイジー〟だったと、彼も証言してくれるでしょう」

聴衆が大笑いした。

「しかし、コレステロールと同じように」と彼は続けた。「〝よい〟クレイジーと〝悪い〟クレイジーがあるのです。おわかりかな？　〝地下鉄道運動〟のハリエット・タブマン［19世紀中盤に南部黒人の逃亡を支援した女性活動家］はかなりクレイジーだった！　それから使徒パウロがアグリッパ王に説教したとき、アグリッパ王は言いました。『パウロよ、お前はクレイジーだ』と。だがこれは〝よい〟クレイジーなのです」

ローリー牧師の話が終わりに近づくにつれ、聴衆は手を叩き、歓声を上げはじめた。

「だから今日、私はみなさんにこう言いたい。この国にはよいクレイジーな人がもっと必要なのです。よいクレイジーさをもつ人たちを投票所に行かせて投票させれば……この先何が起きてもおかしくはない！」

聴衆はみな立ち上がった。壇上で私の隣に座る牧師たちは声をあげて笑い、私の背中を叩いた。そして私が話をしようと立ち上がったときには、教会の熱気は最高潮に達していた。私はモス牧師から授けられた言葉から話を始めた。モーセの世代の遺産と、それがいかに私の人生を可能にしてくれたかについて語り、ヨシュアの世代がこの国と世界で黒人のみならず疎外されたすべての人々に正義を取り戻すために一歩踏み出す責任について話したのだ。

礼拝が終わって外へ出ると、やはりキング牧師の仲間だったフレッド・シャトルスワース牧師の姿があった。かの有名な恐れ知らずの自由の闘士。クー・クラックス・クラン（KKK）［白人至上主義団体］に自宅を爆破され、白人暴徒にこん棒や鎖やブラスナックル［金属製の武器］で襲撃され、以前は白人ばかりだったバーミングハムの学校に2人の娘を通わせようとした際には妻がナイフで刺され、それでも生き延びてきた。最近脳腫瘍の治療を受けてかなり弱っていたシャトルスワース牧師は、自分が乗っている車椅子のほうに来て話すようにと身振りで私に求めた。行進の参加者がそろってきたところで、私は彼の車椅子を押させてほしいと申し出た。

「それはありがたいね」と彼は言った。

そして、私たちは橋を渡った。朝の空は美しく晴れわたっていた。茶色の泥水が流れる川の上にかかる橋を行進する列のところどころから歌声や祈りの声が聞こえてくる。一歩進むたびに、今では高齢になったこの男女たちが四十数年前にここで何を感じていたのだろうと想像した。武装した騎馬警官の集団と向き合った彼らの若い心臓は、どれほど激しく脈打っていたのだろう。それに比べて私が背負っている荷のなんと軽いことか。彼らは苦しみに屈することなく、挫折も悲しみも乗り越えて今も戦いつづけている。それを考えると、私がもう嫌になったといえる理由などあるはずがない。私は思いを新たにした。私はいるべき場所にいて、やるべきことをやっている。ある種の「よいクレイジーさ」が感じられるとローリー牧師が言っていたのは正しいのかもしれない。

一〇か月後、選挙戦の舞台はサウスカロライナ州へと移っていた。活動終盤の1月第二週と第三週。ここでまた、私たちの思いの強さが試されるのだ。とにかく勝利が必要だった。数字のうえでは、この州は私たちに有利だと思えた。民主党の予備選有権者に占めるアフリカ系アメリカ人の割合が高く、私たちの支持者には、ベテラン議員から若手活動家まで、そして白人も黒人も、まんべんなく含まれていたからだ。しかし、世論調査では白人有権者の支持が伸び悩んでいて、アフリカ系アメリカ人についても必要な投票数が得られるかどうかは不透明だった。私たちとしては、ここでは人種間で得票率に大きな偏りが出ない勝ち方をしてスーパーチューズデーに向かいたかった。しかし、アイオワ州での選挙活動が理想的な形に近い政治の可能性を示していた一方で、サウスカロライナ州での選挙活動は、まったく異なるものになった。悲惨でむごたらしい人種差別の歴史が刻まれたこの土地で、選挙戦は候補者どうしの口論になり、古いスタイルの政治が展開されることになったのだ。

これは、接戦であること、不安が高まっていること、ネガティブキャンペーンが行われていること、それらが自分たちに有利に働くと判断したらしいクリントン陣営の考えの結果でもあった。テレビ広告で、あるいは代弁者たちを通じて私に仕掛けられた攻撃は激しさを増していった。サウスカロライナ州の予備選は全米の有権者が注目する戦いになっていて、私たちはその結果がもつ意味も理解していた。その週に行われた討論会は私とヒラリーの乱打戦となり、ジョン・エドワーズ（すでに彼の選挙活動は終了間近で、このあとすぐ撤退を表明することになる）が見守るなか、ヒラリーと私は闘技場の剣闘士となって互いに攻撃し合った。

終了後、ヒラリーはほかでの選挙活動のために州を離れたが、激化した戦いは収まる気配を見せなかった。不在の彼女に代わり活動を担ったのは、攻撃的で活力にあふれ、どこにでも出没する男、ビル・クリントンだった。

私は、ビルの置かれた状況に同情していた。候補者である彼の妻が絶えず詮索や攻撃の対象になっていたからというだけではない。ワシントン流の政治を変える、党派主義的な行き詰まりを打破するという私の主張は、彼にしてみれば自分の遺産に対する攻撃だと感じられたに違いないからだ。この見方は、ネバダ州で取材を受けたときの私の発言によっても強化されていた。そのインタビューで私は、ビル・クリントンを尊敬してはいるが、1980年代にロナルド・レーガンが保守主義に基づいてアメリカ国民と政府との関係を再構築したときほどの政治変革を彼が成し遂げたとは思っていないと述べた。とはいえ、ビルは大統領在任中、議会で激しい議事妨害（フィリバスター）を受け、恐ろしいほどの敵意を向けられつづけたのだ。思い上がった若い新参者の鼻を一、二度へし折ってやろうと思ったからといって、彼を責めることなどできない。

ビルは、明らかに久々の戦線復帰を楽しんでいた。今では伝説的な存在となっている彼は、州の端から端まで飛びまわり、鋭い見解を提示して愛想のよい笑顔を振りまいていた。とはいえ、私への攻撃は、おおむね一定の範囲内で行われているようだった。私が彼の立場だったとしても同じ点を攻撃しただろう。私には経験が不足しており、万一このまま大統領に当選したとしても共和党議員たちに簡単にやっつけられてしまうだろうという点だ。

だが、それに加えて人種をめぐる政治的問題があった。ビルはこれまで巧みにこの問題をさばいてきたが、当選の可能性がある黒人候補者を相手にするとなると事はそう簡単ではなかった。たとえばニューハンプシャー州予備選の前に、彼はイラク戦争に関する私の主張のいくつかが〝おとぎ話〟にすぎないと非難していた。しかし、この言葉で私の大統領就任そのものがおとぎ話扱いされたと受け取る黒人もいた。なかでもサウスカロライナ州で最も有力な黒人議員であり、それまで慎重に中立を保ってきたジム・クライバーン下院民主党院内幹事が公然とビル・クリントンを非難する事態となったのだ。ビルが白人の聴衆に向けて、ヒラリーなら対立候補たちと違って「みなさんの気持ちが理解できる」と話したときには、自身も南部育ちのギブズは、共和党の選挙戦略担当を務めたリー・アトウォーターと彼が得意とした〝犬笛政治〟［特定の集団に向けて人種差別意識を煽る政治手法］と同じ卑劣な影を感じとったという。そこで、ギブズは、良心の呵責（かしゃく）を感じることなく、私たちの陣営の支持者を使ってそのことを指摘させた。

振り返れば、こうした非難の応酬がフェアだったかどうかは疑問だ。当然ビル・クリントン自身はフェアだったとは思っていないだろう。しかし、サウスカロライナ州では、事実と実感を区別するのは難しかった。州のどこへ行っても、私は黒人からも白人からもとても温かく歓迎され、親切なもてなしを受けた。チャールストンのような都市では〝新しい南部（ニュー・サウス）〟とうたわれるものを体験した。国際的な趣きをもち、多様性があり、商売の活気にあふれた街だった。また、シカゴをホームタウンにしていた人間として、人種間の分断は南部だけのものではないと私自身よくわかっていた。

それでも、州内をくまなく巡り、大統領候補者としての主張を述べていると、人種問題についてのの有権者の態度がよりはっきりと、ときには彼らから私に向かってあからさまに示されることもあった。遊説中に訪れた軽食レストラン（ダイナー）に居合わせた身なりのよい白人女性から険しい顔つきで握手を拒否されたら、それをどう解釈すればよいだろう？　集会場の外でプラカードを掲げ、南部連合旗〔南北戦争直前に合衆国を脱退した南部の州が結成したアメリカ連合国の軍旗〕や全米ライフル協会（ＮＲＡ）のスローガンを誇示し、州の権利を叫んで、私にうちに帰れと迫る人たちの真意をどう理解すればよいのだろうか？

　奴隷制度や人種差別の記憶を呼び起こすものは、彼らの叫ぶ言葉や南部連合軍の銅像だけではなかった。クライバーン議員の勧めに従って、私はＪ・Ｖ・マーティン中学校を視察したことがある。州北東部の田舎町ディロンにある、黒人生徒が大半を占める公立校だ。建物の一部は１８９６年、つまり南北戦争のわずか30年後につくられたもので、もしかしたらここ何十年、修繕されていないのではないかとも思われた。壁は崩れかけ、水道設備は壊れたままで、窓ガラスにはひびが入っている。廊下はじめじめしていて電気が消えている。建物の暖房にはいまだに地下室の石炭炉が使われていた。学校をあとにしながら、私は憂鬱になったり、逆に新たにやる気をかき立てられたりしていた。何世代ものあいだ、生徒たちは毎日学校に来るたびにどんなメッセージを受け取っていたのだろう？　受け取っていたのは、権力者たちにとって自分たちはどうでもいい存在であるというメッセージと、アメリカンドリームという言葉が何を意味するとしても、そんなものは自分たちとは無縁だというメッセージだけではないだろうか。

　こうした経験をするたびに、私は長年にわたる公民権の剥奪がもたらしたうんざりするような影響について考えさせられた。サウスカロライナ州の黒人の多くは、このどんよりしたフィルターを通して私たちの選挙活動を理解しているのである。私は、自分の敵の本質を理解しはじめていた。私はヒラリー・クリントンと戦っているのでもなければ、ジョン・エドワーズと戦っているのでもなく、共和党と戦っているのですらなかった。私は、執念深くのしかかってくる過去の重さと戦っていた。無気力や、運命論や、過去がもたらす恐怖心と戦っていたのだ。

票を集めて金を稼ぐことに慣れきった黒人教会の牧師や票の取りまとめ役からは、草の根でボランティアを集めることを重視する私たちのやり方に不満の声が上がっていた。彼らにとって、政治は主義主張ではなく単なるビジネスなのだ。これまでもずっとそうだった。高祖父がサウスカロライナの大農園で奴隷の子として生まれたというミシェルは、遊説中に黒人の女性たちから善意で助言されることがあった。選挙で負けるほうが夫を失うよりもいいかもしれないわよ、というのだ。私が当選したら暗殺されるかもしれない、と考えてのことだった。

希望も変化もしょせんは贅沢品にすぎない、外からめずらしいものを持ち込んだところで土地の暑さですぐにやられてしまう、とでも言われているかのようだった。


1月25日、予備選前日。NBCテレビが発表した世論調査の結果によると、サウスカロライナ州の白人層における私の支持率はわずか10パーセントにまで落ち込んでいた。このニュースに評論家たちは口々に語り出した。彼らは、これは予想されていたことだともっともらしく言う。たとえアフリカ系アメリカ人の投票率が高くても、黒人候補者に対する白人層の根深い抵抗感を覆すには至らない。いわんやバラク・フセイン・オバマという名前の候補者などとても無理だ、というわけだ。

常に最悪に備える男アクセルロッドが、ブラックベリーの画面をスクロールしながら私にこの情報を伝えてくれた。そして、もしサウスカロライナで負けたら、おそらく我々の選挙活動はこれで終わりです、と付け加えた。また、仮に私たちがかろうじて勝てたとしても、白人からの支持が少なければ、メディアからもクリントン陣営からも十分な勝利とはみなされず、本選挙を戦う力量に当然のように疑問符がつけられてしまうでしょうね、とも言った。

選挙当日はチームの全員がぴりぴりしていた。誰もがこの選挙の重みを認識していたからだ。しかし、夜になって開票速報が入りはじめると、結果は私たちの最も楽観的な予測をも上回っていた。私たちはヒラリーの二倍の得票数で勝利したのだ。投票率がきわめて高かった黒人票の80パーセント近くを獲得し、白人票の24パーセントを得た。さらに、40歳未満の白人有権者を見ても10ポイント差で私たちが勝っていた。アイオワ州以降の苦しかった戦いとそこで受けたさまざまな攻撃を思い、私たちは大いに喜んだ。

コロンビア市の公会堂で勝利演説のためにステージへ上がると、足を踏み鳴らす音、手を叩く音が響き、ものすごい震動が伝わってきた。会場には数千人が詰めかけていたが、強力なテレビライトを浴びて、私には前方の数列しか見えなかった。大部分は学生のようで、白人と黒人が同じぐらいいた。隣の人と腕を組んだり、肩に手を回したりして、どの表情も喜びと決意に満ちていた。「人種は関係ない！」という掛け声が聞こえた。「人種は関係ない！　人種は関係ない！」

聴衆に混じって、陣営の若いオーガナイザーやボランティアが何人か客席にいるのが見えた。否定論者たちの声にもめげず、またも彼らはやり抜いてくれた。彼らには勝利を味わう権利がある、今は心ゆくまで喜ぶべきときだ、と私は思った。だからこそ、私は聴衆を静めて話し始めたときに、喜ぶ彼らに水を差すようなことを言うのは控えた。２００８年になっても、ここからわずか数ブロック先の州議会議事堂の前には南部連合旗が掲げられ、その理念がはためいている。この場所で彼らが信じようとしている理念とは裏腹に、今でも、人種は大いに関係あるのだとでもいうかのように。

第7章

サウスカロライナ州の予備選が終わると、再び道が開けてきたようだった。まず、キャロライン・ケネディが、1月27日付ニューヨーク・タイムズ紙への寄稿で私への支持を表明した。キャロラインは、かつての若者たちが自分の父親ジョン・F・ケネディからどれほど背中を押されたのか、私たちの選挙運動によって初めて実感したというのである。身に余る光栄だ。翌日には、キャロラインの叔父、エドワード（テッド）・ケネディが続き、アメリカン大学での集会で、大勢の学生を前に私と並んで登壇した。彼の演説はしびれるほどすばらしかった。古きキャメロットの魔法を駆使し、かつては兄であるジョン・F・ケネディが、そしてこのときは私が受けていた経験不足だという批判をかき消してくれたのだ。選対幹部のデイヴィッド・アクセルロッド（アックス）はのちに、テッドの演説はトーチの火が受け継がれたことの象徴だと言った。私にも、この演説がテッドにとってどんな意味があるのか理解できた。彼はオバマ陣営に親近感を覚え、まるでリベラリズムが楽観と〝やればできる〟の精神に満ちあふれていた時代を回想しているかのようだった。ジョン・F・ケネディ暗殺やベトナム戦争、黒人解放運動に対する白人の反発（ホワイトバックラッシュ）、暴動、ウォーターゲート事件、工場閉鎖、ローリング・ストーンズ主催のコンサートの最中に観客が殺害されたオルタモントの悲劇、エイズの蔓延（まんえん）といったことが起こる前の時代だ。その〝できる〟の精神は、若かった私の母の感性を形づくり、母が私に注ぎ込んだものでもあった。

　ケネディからお墨付きを得たことで、有権者の心の琴線に触れる要素が陣営に加わり、スーパーチューズデーへの臨戦態勢を整える助けになった。2月5日火曜日、全米の半数を超える州の代議員が一気に決まる日のことだ。この1日が大きな試練になることはわかりきっていた。アイオワとサウスカロライナの両州で勝ったとはいえ、私たちは対抗馬のヒラリー・クリントンを知名度で大きく下回っていたし、カリフォルニアやニューヨークなど、ほかより規模が大きく、人口密度も高い場所では、序盤の各州で展開した対面重視の地上戦が単純に不可能だったからだ。

　しかし私たちには、着々と増えつづける草の根の歩兵部隊という戦力があった。代議員獲得合戦の経験と専門知識が豊富なジェフ・バーマン、毅然とした現場指揮官のジョン・カーソン。この2人の協力を受けながら、選対本部長のデイヴィッド・プラフが戦略を立てた。アイオワ州のときと同じ一点集中型の戦略だ。規模の大きな〈プライマリー〉州［州政府が実施する予備選挙（プライマリー）で候補者を選ぶ州］で勝とうとしてテレビ広告に大金を投じ、結局は傷口を小さくするだけで終わるより、私の時間と現場スタッフの脚を〈コーカス〉州［党員集会（コーカス）で候補者を選ぶ州］に集中させようというのである。コーカス州には、小規模で、都市部から外れ、白人が圧倒的多数を占めるところが多い。支持者の熱狂が投票率の上昇と大勝につながり、大勢の代議員を獲得できる可能性もあった。

　アイダホ州が好例だ。共和党の地盤が固い小さな州に有給の人員を送り込むことは合理的ではなかったが、「オバマを支持するアイダホ州民」を名乗る有志の一団が組織を立ち上げていた。彼らは〈マイスペース〉や〈ミートアップ〉のようなソーシャル・ネットワーキング・サービス（SNS）を使って1年がかりでコミュニティを構築していた。そうやって政治課題に対する私の立場を知らせ、個人から寄付を募るウェブサイトをつくり、イベントを企画し、州内で戦略的に支持を訴えていたのである。スーパーチューズデーが数日後に迫ったころ、カリフォルニア州にもう1日費やす代わりにアイダホ州ボイシに行くとプラフから告げられた。私は彼の言葉に耳を疑った。カリフォルニアではそのころ、ヒラリーとの差が急速に縮まっていたのだ。しかし、ボイシ州立大学の体育館を満たす1万４０００人の歓声は、私の疑念をまたたく間に吹き飛ばした。結局、私たちはアイダホで大勝し、五倍超の人口を抱えるニュージャージー州でヒラリーに譲ったよりも多くの代議員を獲得した。

こういうことが繰り返し起こった。私たちはスーパーチューズデーで争った22州［米領サモアを入れると23州］のうち13州で勝利し、ニューヨーク、カリフォルニア両州を数パーセントの僅差でヒラリー陣営に譲ったにもかかわらず、全体の代議員獲得数で13人上回ったのである。これは特筆すべき偉業であり、プラフや現場スタッフ、多くのボランティアたちの技量と才覚を物語る成果だった。さらに、有識者やクリントン陣営が本選挙での私の得票力に疑問を呈していたことを考えれば、共和党支持者の多い〝赤い州〟で圧勝したことも喜ばしい結果だった。

もう一つ驚いたのは、私たちの勝利にテクノロジーが果たす役割が増していることだった。チームの優秀な若手たちのおかげで、ハワード・ディーン陣営が4年前に使い出したデジタルネットワークを取り入れ、洗練させることができた。下克上に挑む私たちはいつも、インターネットに精通したボランティアのエネルギーと創造性に頼らざるをえなかった。数百万人からの小口寄付が活動資金の調達を支え、メールに張られたリンクが大手メディアでは不可能な形で陣営のメッセージの拡散を後押しし、以前は互いに孤立していた人々のあいだに新たなコミュニティが形成されていた。私はスーパーチューズデーを終えて奮い立っていた。未来を垣間見ていると思ったのだ。自分が目撃しているものはボトムアップの政治参加の復興であり、民主主義の機能を回復させることができる動きなのだと思っていた。

だが、こうしたテクノロジーはその後、当時の私の理解を超える柔軟性や応用性を示し、またたく間に商業的利益に取り込まれ、既存権力層に利用されるようになっていった。さらに、人々を調和させるためでなく、惑わせたり分断したりするために使うことも簡単にできた。私をホワイトハウスにたどり着かせたツールの多くが、私が支持するすべてのものに対立する形で使われる日がくることを、私は想像できていなかった。

しかし、そうした事実を理解するのは、あとになってからだ。スーパーチューズデー後の予備選と党員集会で私たちは快進撃を続け、得票率で平均36ポイントの差をつけながら、2週間で11連勝を飾った。わけがわからないほどの、狂喜乱舞の大躍進である。とはいえ、選対スタッフも私自身も、「ニューハンプシャーを忘れるな!」を合言葉に調子に乗りすぎないよう懸命に自分を抑えていた。選挙戦が終わっていないことは理解していたし、私たちの失敗を望む人が世の中にいくらでもいることも知っていた。

社会学者のW・E・B・デュボイスは著書『*The Souls of Black Folk*』(邦題『黒人のたましい』岩波書店)で、20世紀初めのアメリカの黒人たちが抱える〝二重意識〟を描いた。デュボイスによれば、アメリカの黒人たちはアメリカの大地で生まれ育ち、この国の社会制度によって人格を形成され、この国の思想・信条を注ぎ込まれ、その勤勉な両手と脈打つ心臓によって、この国の経済と文化に多大な貢献をしたにもかかわらず、そうした事実のいっさいと関係なく永遠の〝他者〟でありつづけ、常に外部に置かれて中を覗き込んでいる。自分が何者であるかではなく、何者になりえないのかによって定義され、絶えず〝二重性〟を感じつづけている。

私は若いころ、デュボイスの著作から多くを学んだ。しかし、両親の出自の独特さや教育のせいか、あるいは育った時代のせいか、この〝二重意識〟の概念を我が身で感じたことはなかった。異なる人種の両親から生まれたことの意味や、人種差別の現実に悩みはしても、自分の根本的な〝アメリカ人性〟を疑ったことはなかったし、他者から疑われることもなかった。

そしてもちろん、大統領選挙に立候補したこともなかった。

正式な出馬表明の前でさえ、ラジオの保守系トーク番組や信憑(しんぴょう)性の怪しいウェブサイトでさまざまな噂(うわさ)が立っては、それがニュースリンクサイト『ドラッジ・レポート』やFOXニュースに取り上げられ、ロバート・ギブズをはじめとする広報チームが反撃していた。たとえば、私がインドネシアのマドラサ［イスラム神学校］に通っていたとの報道は大いに注目を集め、母校であるジャカルタの小学校をCNNの特派員が取材に訪れるほどだった。その記者が現地で目にしたのは、大勢の子どもが西洋風の制服を着て、〈ニュー・キッズ・オン・ザ・ブロック〉の曲をiPodで聴いている姿だったのだが。また、私がアメリカ国民ではないとの主張もあった（ご丁寧にも、ケニアで現地の民族衣装を着て異母兄の結婚式に出席する私の写真が説明に使われていた）。さらに、選挙戦が進むにつれ、もっと悪趣味な虚構が世間を駆けめぐった。どれも私の国籍とはいっさい関係がなく、もっとありふれた、アメリカ産の、色の濃さにまつわる〝外国人性〟に関係したものばかりだった。オバマは過去に薬物を売っていたとか、同性愛者相手の男娼だったとか、マルクス主義者たちと関わりがあるとか、何人も隠し子がいる、といった具合だ。

どの嘘も真剣には受け取りがたく、少なくとも当初は多くの人が相手にしていなかった。2008年のインターネットはあまりに遅く、あまりに不安定で、あまりに報道機関の活動の主流から外れていたため、有権者心理に直接作用していなかったのだ。しかし、間接的な、より上品ぶったやり方によって私の性向を問題にする動きもあった。

たとえば、ラペルピンの話がある。9・11の同時多発テロのあと、私は星条旗柄のピンをスーツのラペルにつけはじめた。小さな行動ではあるが、大きな悲劇のさなかに国民としての連帯感を表現できると思ったからだ。しかし、ブッシュの対テロ戦争とイラク侵攻に関する議論が進むうちに、黙ってその習慣をやめた。私はその間、ジョン・ケリーが不当な政治的攻撃を受けるのを目の当たりにし、イラク戦争に反対する人々がブッシュの参謀であるカール・ローヴのような者たちから愛国心を疑われるのを聞き、星条旗のピンを付けた上院の同僚議員たちが退役軍人支援予算の削減案に軽々しく賛成票を投じるのを見ていた。ピンをつけなくなったのは、抗議のためというより自分に対する戒めのためだ。愛国心の中身のほうが、シンボルよりはるかに重要であることを忘れまいとしたのである。当時は私の変化に誰も気づいていないように見えた。海軍時代に戦争捕虜となった経験をもつジョン・マケインを含め、上院議員の大半が日常的にラペルに国旗のピンをつけていなかったことが、主な理由だろう。

そういうわけで、2007年10月、アイオワ州のローカルテレビの記者から国旗のピンをつけていない理由を聞かれたとき、私は本当のことを言った。安い雑貨屋で買えるシンボルを身につけているかどうかは、愛国心の尺度にならないと考えている、と。すると、保守派のコメンテーターたちがさっそく、何もついていない私のラペルに勝手な意味づけをし出した。「オバマは国旗を憎んでいる」とか、「オバマは兵士に敬意を抱いていない」といった具合だ。数か月経ってもピンのことを問題にされつづけ、だんだん腹が立ってきた。過去の大統領候補ではいっさい話題にならなかったラペルピンの習慣が、いったいなぜ、私のときにだけいきなり注目の的になるんだ？　そう尋ねたかった。当然、ギブズには人前で不満を爆発させないよういさめられた。

「わざわざ相手を喜ばせることはないでしょう？　あなたは勝つんです」。ギブズはそう助言した。

もっともな意見だ。ただし、同じような当てこすりが妻に向けられたときは、自分のときほど簡単には納得できなかった。

アイオワ州を皮切りに、ミシェルは遊説に華を添えてくれていた。娘たちの学校があったので、出番を接戦州に限定し、移動はおおむね週末に絞っていたが、彼女はどこに行っても楽しく魅力的で、聡明（そうめい）で率直だった。演説では子育てについて語ることも、仕事と家族、それぞれの責任のバランスをとる努力について説明することもあった。また、自分が子どものころから身につけてきた価値観について話すこともあった。ミシェルの父親は多発性硬化症を患ってからも1日として仕事を休まず、母親は娘の教育に深く関心を寄せていた。決して裕福ではなかったが、一家はいつも愛に満たされていた。ノーマン・ロックウェルのイラストや『ビーバーちゃん（Leave It to Beaver）』で描かれる、アメリカのごく平凡な家庭の物語である。しばしばアメリカらしさとして語られる感性や夢を、彼女の家族は完璧に体現していたのだ。好物はハンバーガーとフライドポテト、好きなテレビ番組は『メイベリー110番（The Andy Griffith Show）』の再放送、一番の楽しみは、ショッピングモールで買い物をしながら土曜の午後を過ごすこと。私が知る限り、ミシェルより庶民的な人はいなかった。

しかし、少なくとも一部のコメンテーターたちによれば、ミシェルは……違っていた。ファーストレディにふさわしくないというのだ。彼女は「怒っている」ように見えると言われた。また、FOXニュースのある番組では「オバマのベイビーママ［婚姻・同居・交際関係にない男性の子どもを育てている女性を指し、しばしば侮辱と受け取られる表現］」とも呼ばれた。保守系メディアだけではない。ニューヨーク・タイムズ紙のコラムニスト、モーリーン・ダウドは、台所のパンをかちかちに干からびさせたり、靴下を脱ぎ散らかしたりといった私の駄目なパパぶりをミシェルが演説で紹介し（聴衆からは確実に温かい笑い声が上がる）、私を欠点のある人物として描くことは、私に人間味を与えるどころか私から「男らしさを奪っている」と書いた。そのせいで、当選の可能性が低下するとの指摘である。

こうした論評は頻繁にあったわけではなく、選挙によくある不快な出来事の一例にすぎないと受け止めるスタッフもいた。しかし、ミシェルの感じ方は違っていた。政治家の妻たちはただでさえ、愛嬌を見せつつ主張しすぎず、かわいく従順な配偶者であれという拘束服を着せられるが（ヒラリーはかつてこの制約を拒み、その選択によって多くの代償を払いつづけた）、黒人女性の場合、さらなる固定観念をいくつも当てはめられる。ミシェルはそのことを理解していたのだ。黒人の少女たちは、初めてブロンドのバービー人形を見た日から、あるいは黒人の〈ジェミマおばさん〉がパッケージに描かれたシロップを初めてパンケーキにかけた日から、有害物質のように固定観念を摂取する。なかには、彼女たちが女性らしさの基準を満たしていないとか、お尻が大きすぎるとか、髪が汚すぎるとか、声が大きすぎるとか、怒りっぽすぎるという言い草もあれば、夫や恋人への言動がきつすぎるというのもあった。男から「男らしさを奪う」だけでなく、男まさりだというのだ。

ミシェルは幼いころからずっと、こうした心の重荷とつき合っていた。その主な対処法が、外見に細かく気を配り、自制を保ち、自分が置かれる状況を常にコントロールし、すべてに対して周到に準備をすることだった。自分にとってありえない言動をとらされるのを拒むときでさえ、そうやって行儀よくしていたのである。ミシェルは多くの黒人女性と同じように、多くの否定的なメッセージに直面しながらも、高い品格と尊厳を受け継いできた。その彼女が堂々と世に出たのはすばらしいことだった。

もちろん、大統領選の性質上、手に負えない事態が発生することもある。ミシェルの場合、ウィスコンシン州での予備選の直前にそれが起こった。演説中、オバマ陣営の運動に多くの人が活気づいていることへの感動を伝えるため、「私は今、大人になってから初めて、自分の国に心から誇りを感じています。（中略）人々が本気で変革（チエンジ）を望んでいると思うからです」と言ったのだ。

お手本のような失敗である。保守系メディアが手ごろな形に切り取り、編集して、格好の攻撃対象にできる短いフレーズを、アドリブで発してしまったわけだ。彼女はそれまで繰り返し、アメリカが当時進んでいた方向、つまり政治参加の拡大が期待できる状況を誇りに思うと語っていたのだが、この発言ではそれが歪（ゆが）んでしまっていた。主な責任は選対と私自身にあった。ミシェルを遊説に出すにあたり、スピーチライターをつけて原稿を用意させることも、事前に練習の機会を設けることも、私にいつも付き添っているような広報担当者をつけることも怠っていた。まとまりのある的確な演説をするために自分が頼っている仕組みを、ミシェルには与えていなかったのだ。それはまるで、防弾チョッキすら着ていない民間人を銃撃戦に放り込むようなものだった。

だが、そんな事情は顧みられなかった。記者たちはミシェルの言葉に食いつき、この発言がオバマ陣営にどれほどの痛手になりうるのか、私たち夫婦の本心をどれくらい表しているのかを憶測した。私は、大きく、醜い目的が存在することや、一連の憶測がその一部であることを理解した。固定観念をもとに恐怖に駆られて描かれたオバマ夫婦像が、ゆっくり増殖し、意図して否定的に表現されていた。そこには、黒人の妻子をホワイトハウスに住まわせる黒人の男がアメリカで最も重要な決断を下すという想像図に対して漠然とした緊張感をあおるという狙いがあった。しかし、この一件でミシェルがどれほど傷ついているか、強く、賢く、美しい妻がどれほど自信を失っているかを目の当たりにする痛みに比べれば、選挙活動への影響などたいして気にならなかった。ミシェルはウィスコンシンでのつまずきのあと、スポットライトを浴びたいと思ったことは一度もないとあらためて私に伝えた。そして、自分が遊説に加わることで役に立つよりも迷惑がかかるのであれば、家にいるほうがいいとも言った。私は、これからは陣営がもっとうまくサポートすると約束し、私には決してできないくらいミシェルは有権者の心をつかんでいると断言した。どんな言葉をかけても、彼女の気が晴れるようすはなかったが。

こうした感情の浮き沈みを経験しながら陣営は成長を続けた。スーパーチューズデーを迎えるまでに組織の規模が急拡大し、小さなスタートアップから、より確かで、より良好な財務基盤のある事業体へと変身したのである。滞在するホテルの部屋は少し広くなり、移動もスムーズになった。飛行機移動では、当初は定期便を利用し、しばらくしてから割安のチャーター便を使うようになったのだが、それでひどい目に遭ったことがある。あるパイロットは、一度ならず二度までも目的地と違う都市に着陸した。別のパイロットは、空港のラウンジにある一般用のコンセントから延長コードを引き、飛行機のバッテリーを起動させようとした（この試みは失敗に終わり、近くの町からトラックでバッテリーが運ばれてくるのを2時間待つことになったが、私としてはそのほうがありがたかった）。だが、予算が増えたおかげで、客室乗務員と、機内食と、きちんとリクライニングする座席のついた専用機をリースできるようになった。

その一方、組織が成長を続けたことで、規則や手順、手続き、そしてヒエラルキーができた。人員がアメリカ全土で総勢1000人を超えてからも、格式張らず、肩肘張らない組織文化を維持するため幹部たちが全力を尽くしていた。しかし、私がスタッフの大半を知っているといえる時期は終わっていたのである。そういう親密さがなくなると、1日のうちで私を「バラク」と呼ぶ人と顔を合わせることがどんどん減り、「先生（サー）」や「議員（セネター）」と呼ばれることが多くなっていた。部屋に入ったとたんにスタッフが椅子から立ち上がり、場所を空けようとすることもめずらしくなかった。邪魔しないよう気を遣うのだ。いいからその場にいてくれと私が言うと、彼らは照れ笑いを浮かべ、小声で話を続けた。

私は年をとったように感じ、だんだん寂しくなった。

集会の聴衆の数も、桁外れに増えていた。参加者は1万5000人、2万人、さらには3万人以上へと膨れ上がり、どこの会場を予約したときも、赤白青のオバマ陣営のロゴが入ったシャツや帽子、オーバーオールを身につけた人々が入場開始の何時間も前から待ちかまえている。集会を前にした選対には、スポーツの試合前のようなルーティンができていた。通用口や資材搬入口に着くと、レジー・ラヴ、マーヴィン・ニコルソン、そしてギブズと私が車から飛び出し、先に到着していたチームに続いて通路と舞台裏を抜ける。それから私が現地の世話役と会い、主力のボランティアや支持者100人ぐらいと写真を撮るというのがいつもの段取りだ。そこでは、たくさんのハグやキスをしながら、ちょっとしたリクエストに応じていた。本や雑誌、野球ボール、出産報告のカード、軍の辞令など、ほとんど何にでもサインした。その後、記者とのインタビューを一、二件こなし、控え室で手早く昼食をすませる。部屋にはボトル入りのアイスティーやトレイルミックス［ドライフルーツやナッツなど、小粒で高カロリーの食品を詰め合わせた携帯食］、プロテインバーが、終末論者の核シェルターかというぐらい大量に準備してあった。ほかにも、私が食べたいと言った品は、ちょっと口走っただけのものまで用意されていた。昼食がすみ、トイレ休憩が終わると、マーヴィンかレジーから額と鼻に塗るジェルを受け取る。動画撮影チームの一人がこのジェルには発がん性があると言い張ったが、テレビに映ったときのてかりを抑えるのに使っていた。

その後、私は聴衆のざわめきが大きくなるのを聞きながら、観客席や屋外観覧席の下を通ってステージに向かう。音響技術者に合図が出て、場内アナウンス（これを「神の声」と呼ぶことを知った）が流れる。地元の出演者による紹介に黙って耳を傾けていると、「次の合衆国大統領」という言葉と、耳をつんざくような歓声と、U２の曲『City of Blinding Lights（まばゆく光り輝く街）』が続く。そして、スタッフと軽く拳を打ち合わせるか、「さあ、行きましょう！」と声をかけられたら、私の出番だ。幕のあいだを抜け、舞台に登場する。

都市から都市、州から州へと旅をしながら、これを１日に二、三回繰り返すわけだ。新鮮味は急速に薄れたが、会場にあふれる純粋なエネルギーは私を驚きで満たしつづけた。私の選挙集会は記者たちから「ロックコンサートのようだ」と形容された。少なくとも喧騒に関しては正確な表現だ。しかし、舞台上の私の感覚は違っていた。私は聴衆にソロコンサートを提供するよりも、彼らの鏡になろうとしていた。私自身が人々から語り聞かされた話を伝えることで、アメリカ人にとって本当に大切なものや、アメリカ人が一丸となったときに備わる偉大な力を彼らに思い出させようとしていたのである。

演説を終えて舞台を降り、最前列に張られたロープ越しに聴衆と握手をするときには、叫び声を上げ、押し合いへし合いする人たちの姿をしばしば目にした。泣き出す人も、私の顔に触ろうとする人もいた。また、我が子を抱っこさせようとする若い親たちが、何重もの人垣を越えて泣きじゃくる赤ん坊を私に渡そうとしたこともあった。それはやめてくれと精いっぱい伝えたのだが。聴衆の熱狂ぶりには楽しみも、ときには深い感動もあったが、わずかな戸惑いもあった。私にはおかしなところも欠点もあるのに、人々の関心が非常に根本的なレベルで変化し、私という人間の実像に目が向かなくなっていることに気づいたからだ。その代わり、外から見える私の人物像は彼らのものとなり、多種多様な無数の夢を運ぶ乗り物となった。彼らのオバマ像と自分の差を埋められなくなり、いずれ失望を買うときがくることは予想できた。しかし、選対や私自身もまた、そうしたイメージの構築に加担していたのである。

もう一つ気づいたことがある。支持者たちが私の断片を型に詰め、巨大な希望の象徴をつくり出せるのであれば、不当な批判をする者たちもまた、漠然とした恐怖を凝縮させ、簡単に憎悪を生み出せるということだ。この不穏な真実への対応は、私の生活を何より大きく変化させた。

私にシークレットサービスの警護がついたのは2007年5月、選挙活動を始めてまだ数か月のころだった。私は「レネゲード（反逆者、背教者）」というコードネームで呼ばれ［Rで始まる単語という条件のなかから、著者自身が選んだとされる］、24時間態勢で警護チームが張りついた。これは普通のことではない。現職副大統領（および元ファーストレディのヒラリー）は例外だが、大統領選の候補者は通常、党での指名争いの決着がついてから警護対象に加えられていた。異例の扱いを受けた理由は単純で、シークレットサービス史上類を見ない件数の脅迫が私に向けられていたからだ。同じ理由から、民主党上院院内総務のハリー・リードと下院国土安全保障委員長のベニー・トンプソンが、早く私に警護をつけるよう公に主張していた。

私の警護チームを率いていたジェフ・ギルバートは優秀な人物だった。眼鏡をかけ、気さくで親しみやすいアフリカ系アメリカ人で、大企業の取締役といっても通じたことだろう。彼は最初の顔合わせで、できるだけスムーズな形で警護体制を移行したいと強調した。選挙の候補者が大衆との交流を制限されてはまずいことを理解していたのだ。

ギルバートは顔合わせでの言葉どおりにしてくれた。イベントの開催を止められたことは一度もなく、警護官たちは自分の存在が目立たないよう工夫していた（たとえば、野外ステージの前に障害物を置くときは、駐輪ラックのような金属柵ではなく干し草俵を使った）。シフト別のリーダーたちは大半が40代で、プロフェッショナルなうえに礼儀正しく、真顔で冗談を言うユーモアのセンスもあった。飛行機やバスの後部座席に座り、好きなスポーツチームのことでからかい合ったり、互いの子どものことを話したりしたものだ。ギルバートにはフロリダ大学のフットボールチームでオフェンシブ・ラインマンを務める息子がいて、スター選手だった。彼が全米プロフットボールリーグ（ＮＦＬ）のドラフトで指名されるかどうかは、私たち全員の関心事になった。レジーとマーヴィンも若手の警護官たちと仲よくなり、選挙関連の仕事が終わったあとで連れ立って飲みに行っていた。

それでも、武器を持った男女がついてまわる生活が突然始まったことは、私にとって衝撃だった。彼らはあらゆる行き先に同行し、どんな部屋にいるときでもドアの前に立っていた。世界の見え方が世界の見え方が変わりはじめた。すべてが警備のベールに覆われ、ぼやけて見え出したのだ。建物に入るときはできるだけ裏手の階段を使い、正面玄関を通ることはない。ホテルのジムで運動するときも、最初に警護官たちが窓を布で覆い、どこかに潜んでいるかもしれない狙撃手の視線をさえぎる。また、どこで眠るときでも部屋に防弾仕様の衝立（ついたて）が置かれるようになり、それはシカゴの自宅の寝室も例外ではなかった。さらに、車で移動するときは、どこの道路であれ、１ブロックたりとも自分で運転することはなくなった。

指名が近づくと、私の世界はさらに縮まった。警護官が増え、行動の制約が増したのだ。自然発生的な出来事は生活から完全に消え去り、ふらっと食料品店に入ることや道行く人と気軽に立ち話をすることは、仮にできたとしてもかなり難しくなった。

「サーカスの檻（おり）の中にいるみたいだ」とマーヴィンに愚痴をこぼしたことがある。「私は踊りを仕込まれたクマだな」と。

突飛な行動に出たこともある。市民集会やインタビュー、写真撮影、資金集めでぎちぎちに固められたスケジュールにうんざりすると、うまいタコス屋を探したいとか、近所の屋外コンサートの音のするほうに歩き出したいという衝動に駆られ、ふらりと出かけてしまうのだ。警護官たちは「反逆者（レネゲード）が移動中」と手首のマイクにささやきながら、急いで私を追いかけるはめになった。

そんなとき、レジーとマーヴィンは少しはしゃいだようすで「クマが脱走したぞ！」と叫んでいた。

それでも、２００８年の冬になるころには、こうした思いつきの行動も次第に減っていく。予想外の出来事があると警護の仕事が難しくなり、警護官たちの危険が増すからだ。それに、私がいるとわかったとたんに寄ってくる野次馬や記者たちはもちろん、不安げな警護官に囲まれて食べるタコスは思ったほどおいしくなかった。気分転換が必要なときは、本を読んだり、トランプで遊んだり、おとなしくテレビで野球を観たりと、部屋で過ごすことが増えていった。

こうしてクマは檻に順応し、飼育員たちは胸を撫で下ろした。

私たちは２００８年2月末までに、誓約代議員の獲得数で逆転不可能に見える差をつけてヒラリーをリードしていた。いつも慎重な状況評価をするプラフがシカゴから電話をかけてきて、私自身も薄々わかっていたことを言った。

「あと2、３週間、手札を切り間違えなければ、民主党の大統領候補者指名は決まりと言っていいでしょう」

電話を切ったあと、私はひとりで座ったまま、自分がどんな気持ちでいるのかを測ろうとした。誇りを感じていたと思う。それに、達成感もこみ上げていた。登山家が自分の登ってきた険しい山肌を振り返ったときに抱く感情と同じだろう。しかし、私の心の大半を占めていたのは、ある種の静けさだ。そこには高揚感も安堵もなかった。一国を治める責任を負う可能性が現実的な距離に近づいたことに思いを致し、厳粛な気持ちになっていたのである。アックスとプラフと私のあいだでは、陣営の政策綱領をめぐる意見の食い違いが以前より増えていた。私は、あらゆる政策提言は批判に耐えうるものにすべきだと主張した。選挙期間中の討論に負けないためというより（税制改革や環境規制ばかり注目されるという感覚は、経験を重ねるうちになくなった）、提言した政策の実行を求められる可能性があるからだ。

　ヒラリーがすぐに候補者指名を諦めていたら、そうやって先を考えることにもっと時間を割いたのかもしれない。だが、私が候補者指名を受ける公算が大きくなってからも、彼女はまったく撤退の意思を見せなかった。

　ヒラリーでなければ、戦いつづけることはなかっただろう。当時のヒラリー陣営は、資金が底を突きかけていたうえに、内輪揉めが起こって内部批判がメディアに漏れるというありさまだった。彼女が候補者指名を受けるには、民主党所属の公選公職者と内部関係者からなる特別代議員たちを説得し、８月の民主党全国大会で自分に投票させるしかない。特別代議員は数百人いて、１人１票を自分が望む候補に投じることが認められている。ただし、そこに期待するのは、細い葦につかまるようなものだった。特別代議員たちのあいだでは当初こそヒラリー支持者が圧倒的に多かったが、各州での予備選や党員集会が続くうちに私への支持表明がどんどん増していたからだ（特別代議員は自分が投票する候補を全国大会のずっと前に発表する傾向がある）。

　それでも、ヒラリーは負け戦となることを承知で戦いつづけた。特に労働者層の懸念を論じるとき、彼女の声は切迫感を増した。たとえ候補者指名を受けられずとも、アメリカの一般家庭のために全力で選挙運動を続けるという意思表示だった。テキサス、オハイオ両州（比較的高齢の白人とヒスパニックの有権者が多い州だ。どちらの層もヒラリーを支持する傾向があった）での予備選が近づき、ペンシルベニア州（ここでもヒラリーの支持率のほうがかなり高かった）での予備選がさらに7週間後に予定されるなか、彼女はことあるごとに全国大会での投票まで指名争いを続けるつもりだと断言した。

プラフは「まるでいまわしい吸血鬼だ。殺しても死なない」と愚痴をこぼした。

粘り強さには感服したが、好感をもてる要素はそれだけだった。上院議員のジョン・マケインが早々と共和党の候補者指名を確保し、民主党がその後も二、三か月にわたって激しい競争を続けた場合、11月の本選挙に向けた地ならしを始めるのがマケインより大幅に遅れてしまう。それに、我が選対は1年半近くノンストップで選挙戦を続けた末に、まともな休みを誰一人とらずに本選挙に突入することになる。限界ぎりぎりで走りつづけていた私たちにとって、これは先が思いやられる事態だった。

そして、私たちが大きな戦術的ミスを犯したのは、おそらくそれが原因だった。

現実的な見通しを立て、オハイオを実質的にヒラリーに譲ってテキサスに集中すべきところ、私たちはとどめを刺そうと両方を勝ちにいくことにした。その結果、どちらの州にも多大なエネルギーを費やすことになったのである。私は丸1週間、声をからし、目を血走らせながら、ダラスからクリーブランド、ヒューストンからトレドへと行ったり来たりを繰り返した。希望の運び手には似つかわしくない姿だ。

ヒラリー陣営はテキサス、オハイオ両州で勝てばレースを仕切り直せると主張した。私たちの労力は多少の支持率上昇に結びついたものの、結局は相手の言い分に説得力を与えてしまったわけだ。その間、政治メディアはヒラリーによる私への攻撃を以前よりも目立つ形で取り上げた。2州の予備選が私の指名獲得に向けた最後の試練になりうると見る一方、ニュース専門チャンネルの視聴率の鉱脈となっていたこのドラマを、なんとしても続けさせたかったからだ。たとえばヒラリー陣営の広告は、オバマには危機発生時の〝午前3時の電話〟に対処する資質が備わっていないと批判した。そして結果はといえば、私たちはオハイオで完敗を喫し、テキサスを僅差で失った［テキサス州では誓約代議員の三分の二が予備選、三分の一が党員集会で選ばれ、予備選はヒラリー、党員集会はオバマが勝ち、合計の代議員獲得数ではオバマが上回った］。

予備選を終えてテキサス州サンアントニオからシカゴに戻る機内で、チームは重苦しい雰囲気に包まれていた。ミシェルはほとんどしゃべらなかった。プラフはバーモント州の予備選はこちらの勝利だったと発表して場を盛り上げようとしたが、その場にいた者たちに肩をすくめられて終わりだった。私たち全員がすでに死んで煉獄(れんごく)に落ち、永遠にヒラリーと討論することを運命づけられているのだ、という冗談を披露する者もいた。だが、誰も笑わなかった。真実味がありすぎたからだ。

ヒラリーの勝利は代議員獲得数の差を大きく縮めるものではなかったが、彼女からすれば、激しい選挙戦を少なくとも二か月続けられるだけの追い風となった。さらに、ヒラリー陣営はこの結果によって、記者の目を引きそうな新たな批判のネタを手に入れた。いわく、オバマは白人労働者層の有権者とつながることができない。ラテン系の国民はオバマにさほど熱狂していない。こんな弱点のあるオバマを民主党大統領候補にすれば、これほど重要な選挙で非常に高いリスクを負うことになりかねない、と。

そしてほんの1週間で、私は相手の言い分が正しいのではないかと思うようになっていた。

私が自分の牧師であるジェレマイア・ライトへの考えを公に説明してから、すでに1年余りが過ぎていた。しかし3月13日木曜日の朝、私たちは、牧師による過去数年分の説教を抜粋した映像を目にすることになった。ABCニュースが何本もの短い映像を巧みに2分間にまとめ、『グッド・モーニング・アメリカ』で放送していたのだ。牧師がアメリカを「KKKのUSA」と呼んでいるところも、「神はアメリカを祝福しない。地獄に落とす」〔"Not God bless America, God damn America." 愛国歌『ゴッド・ブレス・アメリカ（神はアメリカを祝福する）』のもじり〕と語っているところも、「アメリカは悪行の報いを受けている」のだと言い、国外での軍事介入や不当な暴力が同時多発テロの悲劇を招いた可能性をあけすけに語っているところもあった。その一方、発言の文脈や歴史的経緯に関する説明はいっさい含まれていなかった。実際、黒人急進主義を鮮やかに描き出すことや、白人中間層の心証を損なう目的であれば、一連の映像は最高の出来栄えだった。ロジャー・エイルズ〔FOXニュースの初代CEO。保守的な姿勢が強いことで知られた〕にとりつかれたような悪夢である。

最初の放送から数時間で、この映像はそこかしこに拡散した。陣営内には、魚雷の爆発で船殻が突き破られたかのような衝撃が走った。私は声明を出し、映像で表現されている感情を強く批判しつつ、ライト牧師とトリニティ・ユナイテッド教会がシカゴでいくつもの善をなしてきたことを強調した。翌金曜日には、事前に予定されていた新聞二紙の編集委員会との会合に加え、全国ネットのテレビ各局のインタビューに応じ、映像で示された見解をそのつど批判した。しかし、何を言おうと、この一件の悪影響を和らげることはできなかった。牧師の姿はテレビ画面に繰り返し現れ、ケーブルテレビでも延々と話題にされた。プラフですら、この難局は乗りきれないかもしれないと覚悟したほどだ。

それから、アックスとプラフは自分を責めた。ローリング・ストーン誌の記事が出たあと、1年前の時点でリサーチ担当者たちに映像を入手させておけば、もっと時間をかけてダメージに備えることができたからだ。しかし私には、すべてが自分の責任であるとわかっていた。たしかに、私は問題となったどの説教の場にもいなかったし、ライト牧師があんなに激しい言葉を使うのを聞いたこともない。だが、黒人コミュニティ、つまり自分のコミュニティにおいて、ああした怒りがときおり噴出することはわかっていた。牧師はそれを媒介していたのである。アメリカの人種問題に対する見解が黒人と白人のあいだでどれほど共有されてもなお、それぞれの見方にまだ多くの違いがあることも重々承知だった。自分が二つの世界の懸け橋になれるという考えは、単純に過信だったのだ。トリニティ・ユナイテッド教会は、ライト牧師という難しい人物を長とする難しい団体だった。そんな場所に手を突っ込み、食事のメニューを選ぶみたいに気に入った部分だけを取り出せると過信していたのだ。民間人としてならそれも可能だったのかもしれない。だが、大統領を目指す公人にはできないことだった。

とにかく、もう手遅れだった。人生と同じく政治でも、危険を避けて進むことが英断である場合がある。ときには撤退こそが英断の場合もある。しかし、覚悟を決め、勝負に出るしかないときもあるのだ。

私はプラフに「演説が必要だ」と伝えた。「人種について話す。思い切った手を打ってライト牧師を文脈のなかに位置づけ直さなければ、この状況には対処できない。猶予は数日しかない」

チームの面々は懐疑的だった。3日先まで予定がぎっしりで、この選挙運動で最も重要な影響を及ぼすかもしれない演説をするには物理的に時間がない。しかし、やるしかなかった。土曜日の夜、インディアナ州での一日の遊説を終えてシカゴに戻った私は、スピーチライターのジョン・ファヴロー（ファヴズ）に電話をかけ、頭のなかで組み立てていた主張を1時間かけて書きとらせた。まず、ライト牧師とトリニティ・ユナイテッド教会がアメリカの人種的遺物の表象であることを説明したかった。それから、信仰と労働、家族とコミュニティ、教育と地位向上の価値を体現している集団や個人でさえ、愛する自分の国に憤り、裏切られたと感じる可能性があることを伝えたかった。

しかし、この演説にはほかにも必要なことがあった。白人側の主張を説明することだ。黒人のアメリカ国民が不正義を訴えることに白人のアメリカ国民が反発し、ときには怒りさえ抱くことがある理由を、私の口から語らなければならなかったのである。白人たちは、十把一絡げ（じっぱひとからげ）に人種差別主義者とみなされることにも、自分たちの恐怖や日々の苦しみが過小評価されているであろうことにも不快感を覚えていた。

私は演説で、互いが置かれた状況を認識できなければ、アメリカが抱える問題は絶対に解決しないと主張しようとしていた。そして、互いの状況を認識するというのがどういう意味なのか理解する手がかりとして、一つのエピソードを盛り込むつもりだった。初めての著書に書いていたものの、政治演説では一度も触れていなかった話だ。私が10代のころ、祖母（トゥート）がバス停の物乞いを怖がったことがある。その物乞いが粗暴だっただけでなく、黒人だったからこその恐怖だった。この出来事は私に痛みと混乱をもたらした。しかし、そのせいで祖母への愛情が薄れることは少しもなかった。彼女は私の一部だったからだ。より間接的な形で、ライト牧師が私の一部であるのと同じように。

そして、２人がどちらも、アメリカという家族の一員であるのと同じように。

ファヴズとの電話を終えたとき、私は祖母とライト牧師が対面したときのことを思い出した。私の結婚式でのことだ。牧師は母、そして祖母とハグをしてから、私を育て上げたことがどれほどすばらしく、どれほど誇るべき功績であるかを語って聞かせた。祖母は私にほとんど見せたことのない顔でほほえんだあと、牧師はすごく魅力的な人みたいだと母にささやいた。ただし式の最中、新婚夫婦の婚姻上の義務［新約聖書には、夫婦に互いへの「義務」を果たすよう求める記述があり、前後の文脈等から性交渉をして子どもを産むことを指すというのが一般的な解釈である］に話が及んだときには、少し居心地悪そうにしていた。牧師による描写は、祖母が子ども時代にメソジスト派教会で聞かされたよりも、ずっと生々しかったのだ。

ファヴズが演説の第一稿を書き、私が二晩夜なべして編集と推敲をした。ようやく最終稿が仕上がったのは、演説当日の午前3時だった。ミシェルとともにペンシルベニア州フィラデルフィアの〈米国憲法センター〉の控え室にいると、アックス、プラフ、ギブズ、さらには旧友でもあるマーティ・ネスビット、ヴァレリー・ジャレット、エリック・ウィテカーが合流し、幸運を祈ってくれた。

「気分はどうだ？」とマーティ。

「上々だ」と私は答えた。それが本心だった。「（演説が）うまくいけば、この状況を乗り切れるだろう。もしだめなら、負けるだろうな。どちらにしても、信じていることを話すだけさ」

そして、演説は成功した。全国ネットのテレビ各局で生中継されただけでなく、インターネット上で24時間以内に100万人余りが視聴し、当時の閲覧数記録を更新した。全米の有識者や社説執筆者たちからの反響は力強く、会場にいる聴衆の反応は私の言葉が彼らの心の琴線に触れたことを示していた。大粒の涙を流すマーティの写真も残っている。

しかし、最も重要な評価はその晩、ハワイの祖母に電話したときに聞かされた。

祖母は「すごくいい演説だったわ、ベア」と言い、「苦しかったわよね」と続けた。

「ありがとう、おばあちゃん」

「あなたは私の誇りよ。わかってるでしょう？」

私は「もちろんだよ」と答え、電話を切ってからこらえきれず涙を流した。

演説によって傷口は塞がったが、ライト牧師の一件はダメージをもたらしていた。特にペンシルベニア州では、民主党を支持する有権者が比較的高齢で保守的な層に偏っていて、影響が大きかった。支持率の急落を食い止められた要因は、ボランティアたちが懸命に働いてくれたことと、小口の寄付者たちから膨大な資金が押し寄せ、それを支えに4週にわたって広告が打てたこと、州の主要な公職者たちが、オバマは信頼できると白人労働者層に進んで請け合ってくれたことだ。なかでも特筆すべき人物として、ロバート・ケーシー・ジュニアを挙げることができる。彼は人当たりのいい人物で、元州知事を父にもつアイルランド系カトリック教徒であり、上院の同僚議員でもあった。ペンシルベニア州では当時、ヒラリーへの支持が広がり、彼女が勝つと見られていた。私を支持しても、ケーシー自身にたいした得はなかったということだ。しかも彼は、ライト牧師の映像がニュースで取り上げられた時点で、私とヒラリーのどちらに投票するかまだ発表していなかった。それどころか、私を支持すると内々に約束していたことに関し、演説前にこちらから電話をかけ、事情が変わったのだから白紙に戻そうと伝えたにもかかわらず、彼は支持を変えないと言い張った。

ケーシーは「ライトの件はあまりうまくないな」とかなり控えめな表現をしたあと、「でも、まだ君が適格だと思っている」と言ってくれた。

その後、ケーシーは私とともに1週間余り州内各地を遊説してまわり、私への支持が本物であることを品格と勇気をもって証明した。すると、支持率が少しずつ回復しはじめた。勝利が難しいことは承知だったが、3、4ポイント差につけられる可能性は十分見えていた。

そして、よりによってこのタイミングで、私はこの選挙における最大の過ちを犯したのである。

それは、大口の資金調達イベントのためサンフランシスコに飛んだときのことだった。私が全般的に苦手としていたたぐいの催しだ。しゃれた建物と写真撮影の長蛇の列、シイタケ・マッシュルームのオードブル、そして裕福な寄付者たち。個人としては善良で寛容な人が大半だが、集団になると、カフェラテを飲み、〈プリウス〉に乗っている西海岸のリベラル派のステレオタイプにどこまでも当てはまる人たちだった。その晩は時間が押していたが、質疑応答の時間を省くわけにはいかず、ペンシルベニア州の労働者層の投票傾向について見解を述べることになった。自らの利益に反するにもかかわらず、選挙で共和党候補を当選させる労働者が同州に多い理由をどう考えるか、と問われたからだ。

この種の質問に答えたことは何度もあった。いつもなら、多くの要素がからみ合っていることを問題なく説明できる。経済的な不安もあれば、連邦政府の動きの鈍さに対する不満もある。また、妊娠中絶をめぐる立場によって共和党を支持するなど、社会問題に関する正当な見解の相違もある。しかし、精神的、肉体的に疲れ切っていたからなのか、単に時間を気にしすぎていたからなのか、この晩はそうした答えが出てこなかった。

「たとえば、ペンシルベニア州の小さな町に行ったとしましょう」。私はそう切り出した。「中西部の小さな町の多くと同じで、25年前から雇用の減少が続き、代わりの仕事もない。クリントン政権期にもブッシュ政権期にも、うまくいかなかった。コミュニティの再生を掲げ、それが実現しないということが、二つの政権で続いたわけです」

ここまでは上々だ。ところが、私は次のように続けてしまう。「だから、そういう人たちが恨みを抱き、失望を表現する手段として、銃や宗教、自分と違う人々への嫌悪、移民への反感、貿易への反感にしがみついたとしても、驚くことではないのです」

自分が言ったことをこうして正確に引用できるのは、その晩の聴衆にフリーランスの記者がいて、発言を録音していたからだ。この記者は私の回答について、一部のカリフォルニア州民が白人労働者層の有権者に抱く否定的な固定観念を強めるリスクがあると考えた。そして、ブログ記事としてニュースサイト『ハフィントン・ポスト』に投稿する価値があると判断した（記事を書く前に私に取材してほしかったとは思うが、発言を公開した判断は尊重する。どんなにリベラルな記者でもリベラル政治家への批判をいとわないことは、保守派とリベラル派の記者を分ける特徴だ）。

私は今でも、先ほどの「だから」で始まる一文を撤回し、少しだけ編集を施したいと思っている。具体的には、次のように訂正したい。「だから、そういう人たちが失望感を抱き、信仰であれ、狩猟であれ、肉体労働であれ、より伝統的な家族観やコミュニティ観であれ、自分の人生で揺るぎなく続いてきた伝統や慣習に目を向けたとしても、驚くことではないのです。そんなとき、民主党員たちはこうしたものを見下していると共和党員から告げられたら、あるいは、見下していると信じるに足る理由を私たちが与えたのなら、たとえ、民主党の政策が世界で最も優れていようと、そういう人たちにとって重要ではなくなるのです」

それが私の考えだった。そしてそれは、イリノイ州やアイオワ州の地方で暮らす白人有権者が私に投票した理由でもある。妊娠中絶や移民のような問題で意見が合わないときでさえ、私が根本のところで彼らに敬意を払い、彼らを気にかけていると感じたからこそ、彼らは私に票を入れたのだ。多くの点で、あの晩サンフランシスコで話をした人々よりも、彼らのほうが私に近かった。

だからこそ、あのときの拙い言葉の選び方を、私はいまだにくよくよ思い悩んでいる。報道陣やヒラリー陣営にまったく新しい攻撃材料を与えてしまったからではなく（それはそれで好ましいことではなかったが）、一連の言葉が非常に長く尾を引くことになったからだ。「恨み（bitter）」と「銃や宗教にしがみつき（cling to guns or religion）」の部分はポップソングのメロディーのように耳に残りやすく、大統領になってからもずっと、私が白人労働者層を理解していないとか、彼らに手を差し伸べていないという批判の根拠として引用された。その対極を示す立場や政策を取りつづけてもなお、こうした批判は消えなかった。

ひょっとしたら、私はあの晩の影響を誇張しているのかもしれない。どのみち同じことが起こる運命だったのかもしれない。うろたえ、誤解を受けて嫌な思いをしただけのことを、今も引きずっているのかもしれない。歴史を通じ、アメリカの政治家たちは経済や社会情勢をめぐる白人の不満を黒人などの非白人層に容易に振り向けてきた。それを否定せずとも、白人有権者の不満を理解し、共感することはできる。しかし、そんな明白な事実を述べるときにすら、配慮や繊細さが欠かせない。私は、それにうんざりしているのかもしれない。

一つ確実なことがある。あの晩、サンフランシスコでの失言で出た言葉は、質問の主が私に期待できるなかで最高の答えだったということだ。

それからペンシルベニア州での投票まで、私たちはふらふらの状態で選挙活動を続けた。フィラデルフィアでの最終討論は、国旗のラペルピンとライト牧師、そして「恨み」発言に関する質問がほとんどの時間を占めるという厳しい展開になった。活気づいたヒラリーは、州内各地を遊説しながら新たな主張をした。銃を持つ権利への支持を盛んに宣伝したのである。私はそんな彼女を「アニー・オークレイ」と呼んで批判したものだ〔オークレイは射撃の名手だった女性。「無料入場券」を示すスラングでもある〕。結局、私たちは9ポイント差で敗れた。

オハイオ、テキサス両州の予備選と同じく、この結果は代議員獲得数における私たちのリードにはほとんど影響しなかったものの、深刻な打撃となったことは否めなかった。政界の事情筋のあいだでは、次に控える二つの大きな戦い（一つはヒラリーのリードが固いインディアナ州で、もう一つはこちらが大幅な優位にあるノースカロライナ州だった）で私への支持がさらに崩れるようすが見えた場合、特別代議員たちが怯（おび）え出し、ヒラリーが候補者指名をもぎとる可能性も現実味を帯びてくるとの観測が広がっていた。

数日後、そうした声がぐっと強まった。ジェレマイア・ライト牧師が公の場に出ることにしたのだ。

例の映像が出回って以降、私は一度だけ彼に電話をかけていた。一連の発言に強く反対していることを知らせるだけでなく、彼と教会をさらなる影響から守りたいと伝えるためだ。詳細は覚えていないが、あの通話が苦痛に満ちた短いもので、彼から投げかけられる問いを非常につらく感じたことは覚えている。彼は、この「記者」と呼ばれる連中のなかに説教全体を聞く気がある者はいるのか、と問うた。長く続けてきた仕事の一部だけをつまみ出し、たった2分に編集することがどうしてできるんだ？とも聞かれた。誇り高い彼が自らを弁護するのを聞きながら、その困惑ぶりを想像することしかできなかった。彼はアメリカの名門大学や神学校から引く手あまたの講演者であり、コミュニティの支柱であり、黒人が集う教会だけでなく、白人たちの教会の多くでも指導的地位にあった。そんな人物が、ほんの一瞬のような出来事で全米から恐怖と嘲(あざけ)りの対象にされたのだ。

私は心から自責の念を感じた。すべての原因が私との関係にあるとわかっていたからだ。私は彼の関知しないところで出馬を選択し、彼を巻き添えにしたのである。それなのに、私はその傷を癒やす実効的な手段を持ち合わせていなかった。しかも、彼にさらなる屈辱を与えることをわかっていながら、しばらくは目立つことを避け、嵐が過ぎ去るのを待つという現実的な、あるいは明らかに利己的な提案をした。

発表によれば、牧師は政治ジャーナリストのビル・モイヤーズのテレビ番組に出てインタビューを受け、全米有色人種地位向上協会（ＮＡＡＣＰ）デトロイト支部で開かれる夜会で基調講演をしたのち、ワシントンの全米記者クラブで取材を受ける予定だった。三つとも、5月初めに行われるインディアナ州とノースカロライナ州での予備選の前だ。この日程を聞いたとき、私は、確実に最悪の展開になると思った。蓋を開けてみると、モイヤーズの番組とＮＡＡＣＰの夜会はおおむね節度ある雰囲気で進められ、牧師のようすも騒動の元凶というより神学者や伝道師としての印象が強かった。

そして、全米記者クラブでダムが決壊した。政治記者たちから機関銃のように質問を浴びせられ、回答に関心を払おうとしない彼らに平静を失った牧師が、ついにたまりかねて大声を張り上げ、野外伝道集会のときのように派手な身振りを交えながら長広舌をぶったのである。双眸に宿る光には、激しい怒りが見てとれた。ライト牧師は、アメリカは骨の髄まで人種差別に染まっていると断言した。また、エイズ蔓延の背後にはアメリカ政府がいると主張した。さらに、ネーション・オブ・イスラム［アフリカ系アメリカ人による黒人至上主義の政治・宗教運動］の指導者、ルイス・ファラカーンを称賛した。さらに、牧師への非難はすべて人種を動機としたもので、彼の過去の発言を私が批判したのは、当選するために「政治家たちがすること」にすぎないと切り捨てた。

のちのマーティの表現を借りれば、要するに牧師は「一から十までステレオタイプどおりのことをやらかした」のである。

生中継は見逃したが、録画映像を見れば何をすべきかはわかった。翌日の午後、私はノースカロライナ州ウィンストン・セーラムの高校のロッカールームにいた。ギブズもいっしょだ。ベンチに腰掛け、くすんだ緑色に塗られた壁をじっと見つめながら、フットボールのユニフォームの芳しくない匂いが漂うなか、報道声明を発表するときを待っていたのである。私はその声明で、ライト牧師と永久に縁を切ると表明するつもりだった。牧師は私が私という人間になるうえで小さいながらも重要な役割を果たしていた。私が国政の舞台に上がる決め手となった演説でも、牧師から借りた言葉が重要な役割を担っていた。彼が弁解の余地のない欠落を示したことは間違いない。しかし、彼がそれまで私に見せていたものは、優しさと支えだけだった。

「大丈夫ですか？」とギブズから声をかけられた。

「ああ」と私。

「つらいですね」

私はうなずいた。ギブズの気遣いにぐっときた。重圧を感じていることを認めるとは、私たちしくない。ギブズはまず闘士だが、いたずら好きでもある。遊説中は、からかい合ったり、下品な言葉を交えた冗談を言い合ったりするのが常だった。しかし、アラバマで育ったからか、人種や宗教、家庭の複雑さや、ひとりの人間のなかで善と悪、愛と憎が絶望的にもつれうるさまを彼は人一倍理解していた。

「ヒラリーが間違っているのか、私にはわからないよ」と私は言った。

「何についてです？」とギブズ。

「私が欠陥品だって話さ。たまに考えるんだ。なんで私の志の話にならないんだろうって。この国をもっとよくすることについて話すべきなのに」。私は続けた。「アメリカ人が今回のライト牧師のことを乗り越えられないままでは、私がどうにか候補者に指名されても本選で負けるだけだ。そうなったら、私はいったい何をもたらしたことになるんだろう」

ギブズは私の肩に手を置いた。それから「あなたは負けませんよ」と言って、次のように続けた。「みんな本物を求めています。そして、それをあなたに見出しています。こんな問題は、もう完全に終わりにしてやりましょう。そうすれば仕事に戻れます。なんであなたが大統領になるべきなのか、みんなに思い出してもらうんです」

私の声明はライト牧師を明確に非難して絶縁を宣言するという短い内容で、意図したとおりの結果をもたらした。有権者の不安を完全に鎮めるには至らなかったかもしれないが、少なくとも記者たちは、この問題について私が話すべきことはもう残っていないのだと納得した。ここから物事がどう展開するのかは不透明だったが、私たちは遊説に戻り、医療保険制度や雇用、イラク戦争といった課題に再び意識を集中させた。

そして、思わぬところから援護を受けた。

2008年春を通じて、ガソリン価格が急騰を続けていた。さまざまなところで供給が途絶えたことが主な理由だ。ガソリン価格の高騰ほど有権者の機嫌を損ねるものはない。ジョン・マケインはそれを利用して優位に立とうと積極策を打ち、ガソリンに対する連邦物品税の一時凍結を提案していた。ヒラリーが即座にこの案を支持すると、私は陣営スタッフたちから意向を尋ねられた。

ガソリン税の凍結には反対する――それが私の答えだった。ガソリン税の凍結は表面上は魅力的な提案ではあるものの、ただでさえ枯渇状態にある連邦道路信託基金の資金を吸い尽くし、結果的にインフラ事業と雇用が減少するとわかっていたからだ。かつてイリノイ州上院の議員として似たような提案に賛成していた私は、その経験に基づき、凍結があまり消費者の利益にならないことを確信していたのである。ガソリンスタンドのオーナーたちが1ガロン[約3・8リットル]あたり3セントの減税分を値下げに回し、自動車利用者に恩恵が及ぶ可能性は確かにある。だが、それと同じぐらい、価格が高いまま据え置かれ、減税分がガソリンスタンドの利益になる可能性もあった。

プラフとアックスが私の意見に賛成したことは、ちょっとした驚きだった。それどころか、アックスは凍結案への反対姿勢を強調するよう提案した。私が有権者に正直であろうとしている新たな証拠にしようと考えたのだ。翌日、私はガソリンスタンドの前に立ち、群がる記者たちに持論を述べた。さらに、私が考える真剣で長期的なエネルギー政策を提示し、マケインとヒラリーのいかにもワシントン的な施策と対比してみせた。私は2人の提案について、実際に問題を解決せず、行動している印象を与えるための政治的パフォーマンスの要素があると指摘した。ヒラリーとマケインはその後、アメリカの労働者層の家庭に対して数百ドルが及ぼしうる意味を私が感じとっていないとか、気にかけていないという印象づけを狙ったが、私たちはより力強く主張を続けた。この問題に関するテレビ広告を撮影し、インディアナ州とノースカロライナ州の全域で絶え間なく流しつづけたのである。

支持率調査の結果を顧みず、有識者たちから変人呼ばわりされながら、厳しい立場を取りつづけていたあの時期は、私たちにとってとりわけ誇らしい時間だった。だが、調査データは私たちの主張が有権者に受け入れられていることを示しはじめていた。とはいえ、私たちはもうデータに全幅の信頼を置かなくなっていた。あのプラフでさえそうだ。陣営は当時、精密検査の結果を待つ患者のように、悪い結果が出る可能性と隣り合わせで活動していたのである。

2州での予備選の前夜、インディアナポリスでスティーヴィー・ワンダーの演奏つきの集会を開いた。私は自分の演説を終えたあと、ヴァレリー、マーティ、エリックとともに小さな部屋に腰を落ち着け、音楽と少しのビールを楽しみながら、夕食の冷めたチキンを食べていた。

全員が物思いにふけっていた。歓喜に沸いたアイオワ州でのことや、悲嘆に暮れたニューハンプシャー州でのこと、それまでに出会ったボランティアたちのこと、新しくできた友人たちのことを思い出していたのだ。そうこうするうちに、ついに誰かが全米記者クラブでのライト牧師の記者会見の話を持ち出した。そして、マーティとエリックが入れ替わり立ち替わり、牧師の長広舌のなかでも特にきつい部分を身振りを交えて再現しはじめた。すると、全員が笑い出し、その笑いが止まらなくなった。疲労の表れだったのか、翌日の投票の見通しに不安を感じていたからなのか、ひょっとしたら単に自分たちが置かれた状況の荒唐無稽さを認識してしまったからなのかはわからない（なにしろ、シカゴのサウスサイドから出てきた旧友どうしのアフリカ系アメリカ人が4人、チキンを食べ、スティーヴィー・ワンダーを聴きながら、仲間の1人がアメリカ大統領候補として民主党から指名されるかどうか、じっと考えているのである）。深く、涙が出そうな、椅子から転げ落ちるような、まるでやけを起こしたかのような笑いだった。

すると、アックスが部屋に入ってきた。絶望のどん底にいるような表情だ。

「何があったんだ？」。私はまだ笑いが止まらず、どうにか呼吸を落ち着けようとしていた。

アックスは首を振った。「夜の速報値が届いたんです……インディアナで12ポイントもリードされています。勝てる気がしません」

その場が一瞬静まり返ったあと、私はこう言った。「なあアックス、君のことは大好きだが、おかげで興醒めだ。酒を持っていっしょにここに座るか、とっとと出ていくか、どっちかにしてくれ」

アックスは肩をすくめ、不安を引き連れて部屋を出た。私は友人たちを見回してから、ビール瓶を掲げて乾杯した。

「厚かましいほどの希望に」という言葉とともにカチンと瓶をぶつけると、先ほどまでに劣らず激しい笑いが沸き起こった。

24時間後、ノースカロライナ州ローリーのホテルの一室でギブズから投票結果を聞いた。ノースカロライナでは14ポイント差をつけてこちらが勝った。さらなる驚きは、インディアナが実質的に引き分けだったことだ。負けはしたのだが、得票数でさほど差がついていなかったのである。民主党の大統領候補者選びが正式に終了するまで、まだ六つの予備選が残っていた。ヒラリーが遅ればせながらも品格に満ちた撤退演説をし、私を支持するのは、まだ数週間先のことだった。それでもなお、ノースカロライナとインディアナの結果は、この指名争いに実質的に決着がついたことを示していた。

この私が、アメリカ大統領選挙の民主党候補になるということだった。

1分たりとも時間を無駄にできないことはわかっていたので、その晩の演説から本選挙に軸足を移しはじめた。ジョン・マケインによってジョージ・W・ブッシュの遺産が受け継がれるのを阻止するため、民主党員が一丸となってくれることを確信している——そう聴衆に語りかけたのだ。副大統領候補は誰がよさそうか、アックスと話し合う時間をとったあと、祖母に電話をかけて予備選の結果を知らせた(「これは本当にすごいことよ、ベア」と言われた)。日付が変わってしばらく経ったころ、私はシカゴの選対本部にいるプラフに電話して、8月下旬の民主党全国大会に向けて必要な準備を話し合った。

それからベッドに入り、眠れないまま、自分がいかに恵まれているかを黙って考えた。たとえば、ミシェルは私が家を空けることを受け入れ、家庭を守りながら、政治について話したがらない性格であるにもかかわらず、感動的で勇敢な演説をしてくれた。娘たちは1週間会っていなかったときでさえ、いつもどおり元気で愛くるしく、かわいらしい姿を見せてくれた。それから、アックスとプラフ、他の選対幹部たちのことも考えた。彼らは優れた技量と明晰(めいせき)さがありながら、金や権力のために陣営の仕事をしているようなさまをいっさい見せず、厳しい重圧に直面してもなお、私や仲間たちだけでなく、アメリカをよくするという理念への忠誠を示してくれた。ヴァレリー、マーティ、エリックのような友人たちも頭に浮かんだ。彼らは少しも見返りを求めず、いつなんどきも喜びを分かち合い、私の重荷を和らげてくれた。各地の選挙運動をまとめる若者やボランティアたちは、悪天候に見舞われても、有権者から疑いの目を向けられても、自分が支える候補者がへまをしでかしても、揺らぐことなく勇敢に立ち向かってくれた。

私はアメリカ国民に対し、若く未熟な新参者を信頼するという難しい要求をしていた。しかもその新参者は、黒人であるだけでなく、簡単には理解しがたい人生を歩んできたことが名前にまざまざと表れている人物なのだ。私は彼らに対し、私を支持しない理由を繰り返し提供していた。討論の出来は安定しなかったし、慣習を無視する立場もとった。無様な失態もあった。アメリカに呪いの言葉を吐く牧師も現れた。そのうえ、対立候補となった女性は大統領にふさわしい資質と気概を示していた。

それだけの要素がありながら、アメリカ国民は私にチャンスを与えたのだ。雑音や無駄口に満ちた政界の狂騒のなかから、彼らは変化を訴える私の声を聞きとってくれた。私自身が最良の自分でいられないときでさえ、私のなかの最良の部分に気づいてくれた。それは、いかなる違いがあろうとも、私たちは一つにまとまりつづけると主張する声であり、善意の人々が一つになれば、よりよい未来への道を見出せると主張する声だ。

私は、彼らを失望させまいと心に誓った。

第8章

2008年の夏になると、選対の最優先事項は民主党内の融和になっていた。長く熾烈(しれつ)な大統領候補者指名争いにより、ヒラリー陣営とのあいだに人員間のわだかまりが生じていたのである。ヒラリー・クリントンを特に熱狂的に後押ししていた層からは、彼女を副大統領候補にしなければ党への支持を撤回するとの警告も届いていた。

だが、候補者指名が決まってから初めてヒラリーに会ったときには、礼儀正しく冷静な会話ができた。緊張はあったかもしれないが、亀裂は修復不能かもしれないとのメディアの憶測とは違った雰囲気だった。会談は6月上旬に行われた。場所は首都ワシントン、民主党上院議員ダイアン・ファインスタインの家だ。ヒラリーは最初、胸にためていた二、三の言い分を吐き出した。話の中心となったのは、私の陣営によるヒラリー批判のうち、彼女が不当な攻撃とみなした事柄だった。それを伝えることを自らの責務と感じていたのである。一方、私は自分の不満を胸に留めた。それが競争に勝った者の責務と感じていたからだ。とはいえ、剣呑(けんのん)な雰囲気はすぐに消え去った。ヒラリーは民主党の利益、そしてアメリカの利益のため、チームプレーヤーでいたいと言い、それが最も重要なことだと語っていた。

私の心からの敬意がヒラリーに伝わったことも、いい方向に働いたのかもしれない。最終的に、彼女を副大統領候補にする案は厄介な課題があまりに多いと判断することになるが（夫で元大統領のビル・クリントンが明確な役職のない状態でホワイトハウスの西棟（ウエストウイング）を歩き回れば、面倒な問題を引き起こしただろう）、次期政権で別の役割を任せることはすでに考えていた。私に対するヒラリーの本心はわからなかったが、仮に大統領としての適格性を疑われていたのだとしたら、彼女はその疑念をおくびにも出さなかったということだ。数週間後、ニューハンプシャー州のユニティ（団結）という小さな町での集会に２人そろって出席して以降（陳腐な演出ではあったが、効果的だった）、大統領選の最後の最後まで、彼女とビルは、私たちが頼んだすべての活動を笑顔で精力的にこなしてくれた。

ヒラリーが仲間に加わり、選対と私はより全体的な選挙戦略づくりに時間を割いた。党での候補者指名争いと同じく、大統領を選ぶ本選挙も巨大な数合わせパズルによく似ている。そこで問われるのは、当選ラインである２７０の代議員票を勝ち取るのに、州ごとの勝利をどう組み合わせる必要があるかだ。民主、共和両党の候補者たちは少なくとも過去20年間、同じ結論に達していた。大半の州は共和党支持または民主党支持で固まっており、それを覆すことは難しいという前提で、オハイオ、フロリダ、ペンシルベニア、ミシガンなど、勝負の分かれ目となるひと握りの州にすべての時間と資金を集中させてきたのである。

だが、選対本部長のデイヴィッド・プラフには別の考えがあった。民主党の候補者争いが長引いたために、私たちは嬉しい副産物を手にしていた。それは、すでに全米のいたるところで選挙活動を展開していたことだ。過去の大統領選で民主党が無視してきた各州にも歴戦のボランティアたちがいる。その強みを生かし、これまで共和党寄りとされてきた州でも戦おうというのが、プラフの提案だった。データに基づき、コロラドやネバダなどの西部各州でも勝てると確信していたのだ。

さらに彼は、マイノリティや若年層の投票率が大きく伸びさえすれば、ノースカロライナ州やバージニア州でさえ勝算があると踏んでいた。両州で民主党の大統領候補が勝ったのは、ノースカロライナは1976年のジミー・カーター、バージニアは1964年のリンドン・ジョンソンが最後だった。プラフはまた、選挙戦の範囲を広げることで複数の勝ち筋が生まれるだけでなく、同時に投票が行われる連邦議会選の民主党候補の応援にもなると説明した。少なくとも対立候補のジョン・マケインと共和党は、劣勢となった地域へのてこ入れに人員や資金や時間を割かざるをえなくなる。

共和党の大統領候補者選びにもさまざまな人物が出馬していたが、私はいつも、マケインこそが最もその栄冠にふさわしいと考えていた。連邦上院議員としてワシントンに来る前、私は遠い場所から称賛の念をもって彼を見ていた。海軍パイロットとしての経歴や、5年半にわたる過酷な捕虜生活で見せた想像を絶する勇気に敬意を抱いただけではない。2000年大統領選の共和党候補者指名争いの際、移民や気候変動などの問題で党内の定説に異を唱える反骨精神と気概を示す姿に感服したからだ。上院議員になってからも親しい間柄ではなかったが、彼はしばしば深い見識や内省を示し、虚栄や偽善を素早く見抜いては、党派にとらわれずに鋭い批判を見舞っていた。

マケインは番記者たちから愛され（彼らを「私の支持者たち」と呼んだこともある）、日曜午前のニュース番組に出演する機会は決して逃さなかった。その一方、同僚である上院議員たちのあいだでは短気なことで有名だった。わずかな意見の違いですぐに爆発し、青白い顔が真っ赤になるのだ。高い声がさらに高くなるのが、そのわずかな違いに彼が気づいた最初のしるしだった。しかし、彼は特定のイデオロギーに肩入れせず、上院の慣習だけでなくアメリカの統治機構と民主主義を尊重していた。人種差別的な移民排斥主義に染まりがちな共和党政治家たちのなかにあって、その思想に同調することは決してなかった。彼が本物の政治的勇気を示すところを、私は一度ならず目の当たりにしている。

上院議員時代、マケインとともに演壇の前で採決の投票順を待ったことがある。彼はそこで、共和党にいる大勢の〝いかれた連中〟が我慢ならないと私に打ち明けた。もちろん、これは芝居の一部だった。マケインは九割方の採決で党幹部会の方針に沿った票を投じながら、こういう私的な会話を通じ、巧みに民主党議員たちの心の機微に触れていたわけだ。しかし、あの言葉に表れていた党内の極右勢力への軽蔑は演技ではない。二極化が進み、政界において聖戦に等しいような環境が生じるなか、党への無条件の信頼を口にしようとせず、地味ながらも異端を行く姿勢には、重いコストが伴った。共和党の「いかれた連中」から信用されず、名ばかりの共和党員（RINO（ライノー））とみなされたのである。さらに彼は、ラッシュ・リンボー［強硬な右派的主張で知られるラジオ司会者］を好む層から絶えず非難を浴びていた。

マケインを支持する共和党員は、企業寄りで、国防分野ではタカ派、社会的価値観に関しては穏健派の人々で、彼自身、その立ち位置が一番しっくりきていた。マケインにとっての不運は、予備選の投票に最も足を運ぶであろう中核的な共和党有権者の心理をくすぐるのが、リンボーに代表される強硬な右派的主張だったことだ。そして、各州で共和党の候補者指名争いが進むうち、マケインは、軽蔑していると打ち明けたまさにその面々の機嫌をとろうとしはじめた。財政規律を指向するそぶりすら見せなくなり、かつてブッシュ政権の減税案に反対票を投じたにもかかわらず、それを大幅に上回る減税を提案した。また、化石燃料にからむ利権を考慮し、気候変動に関する主張を修正した。私はそんなマケインを見て、彼のなかで何かが変わったのだと感じた。彼は苦痛を味わっているようにも、自信なさげにも見えた。快活で何者にも忖度しなかった闘士が、ワシントンの政略に取り込まれてぐらつき、現職大統領が投げた縄にとらわれていた。その大統領は支持率が30

パーセント程度にまで下がり、戦争をめぐって大いに不興を買っていたのだが。
マケインが２０００年の姿勢を維持していたら、本選挙での私の勝利はおぼつかなかったかもしれない。しかし２００８年のマケインを見ていると、これなら勝てるという自信が深まっていった。

とはいえ、簡単なレースになると思っていたわけではない。対立候補に国民的英雄が出てくる選挙の勝敗は、政策課題だけでは決まらない。実際、私たちが最も重要な問題になると想定していたのは、若く経験不足のアフリカ系アメリカ人上院議員（軍歴もなければ、行政府にいたことすらなかった）が米軍最高司令官に就くという未来図を、有権者の過半数が受け入れられるかどうかだった。

当然ながら、この面で国民に信頼されるには、イラク、アフガニスタンでのアメリカの役割に精通することをはじめ、最大限の情報を得たうえで意見を述べなければならない。そのため私たちは、民主党の大統領候補者指名を決めてからまだ数週間という時点で、９日間の外遊を実施することを決めた。提案された日程は過酷だった。まず、短時間のクウェート滞在を挟み、３日間のアフガニスタン・イラク訪問。さらに、イスラエル、ヨルダン、イギリス、フランスでの各国指導者たちとの個別会談も、ドイツのベルリンでの大がかりな外交政策演説も予定されていた。有権者は私に世界の舞台で実のある仕事ができるのか疑っているかもしれないが、一連の訪問がうまくいけば懸念は払拭される。そのうえ、ブッシュ政権下で同盟関係に緊張が生じ、有権者の不安が深まっている時期にあって、新時代のアメリカがどんなふうに指導力を発揮しうるのか、明確に示すことにもなる。

もちろん、あらゆる言動に粗探しをされるという政治的重圧のもと、何か間違いを犯す可能性も決して低くはなかった。たった一つの過ちでオバマは力不足だとの見方が強まり、選挙戦が破綻しかねない。しかし私たちは、この外遊にはリスクを取るだけの価値があると判断した。

プラフは「安全ネットなしでの綱渡りです」と言ったあと、「我々にとって最高の見せ場ってことですよ」と続けた。

私は、危険を冒して綱を渡るのは「我々」ではなく、私一人だと指摘した。そんな心配はあったものの、1年半も選挙活動に必死になって取り組んだあと国外を旅したくて仕方がなかった私は、気分よくワシントンを出発した。

アフガニスタンとイラクでの旅程には、上院議員が2名同行することになった。外交委員会で要職を務めるチャック・ヘーゲルと、軍事委員会に所属するジャック・リードだ。どちらも私のよき同僚であり、外交政策に関する豊富な経験の持ち主でもあった。ただし、人物像は正反対だ。リードはロードアイランド州選出の民主党議員でリベラル派。細身で学究肌で、控えめな物言いをした。誉れあるウエストポイントの陸軍士官学校卒業生で、イラク戦争を承認する上院決議案に反対票を投じた数少ない議員でもある。一方のヘーゲルは、ネブラスカ州選出の共和党議員で保守派。肩幅が広く、あけっぴろげで、いつもすばらしいユーモアを披露していた。ベトナム戦争に従軍してパープルハート（名誉戦傷章）を二回授与された元軍人で、イラク戦争決議には賛成票を投じていた。2人の共通点は、米軍に対する不変の敬意と、分別をもって行使されるアメリカの軍事力への信頼だ。また、イラクに関する見解は決議採択から6年近くのあいだに一致し、どちらもこの戦争に対して誰より鋭く、誰より説得力のある批判を展開していた。アフガニスタン・イラク訪問に民主、共和両党から同行者が得られたことは、私の外遊を「選挙パフォーマンス」と呼ぶ批判をかわす助けになった。さらにヘーゲルは、外遊に同行するだけでなく、私の外交政策のよい面を公然と称(たた)えることをいとわなかった。大統領選までわずか四か月という時期にあって、大胆かつ寛大な振る舞いである。

7月中旬の土曜日、私たちは空路でバグラム空軍基地に到着した。アフガニスタンの首都カブールの北郊、ヒンドゥークシュ山脈の峰々を背にした15平方キロメートルほどの敷地にある基地で、米軍にとって同国最大の拠点だ。当時届いていた知らせは芳（かんば）しくなかった。宗派間抗争に陥ったイラクでのプレゼンスを強めるため、ブッシュ政権がイラク駐留兵力を持続的に拡大することを決断し、アフガニスタンにおける軍事・諜報（ちょうほう）能力が吸い取られていたのだ（イラク駐留米兵の数は２００８年までにアフガニスタンの五倍に達していた）。アメリカは２００１年からアフガニスタンのイスラム教スンニ派反政府勢力タリバーンと戦っていたが、イラクに重心が移ったために敵側が攻勢に出られるようになり、２００８年夏には一か月間の米兵の死傷者数でアフガニスタンがイラクを上回ることになる。

米軍はいつものように、厳しい状況のなかで最善を尽くしていた。現地では、国際治安支援部隊（ＩＳＡＦ）の司令官に就いたばかりの陸軍大将、デイヴィッド・マキャナンの計らいで、アフガン各地のタリバーン拠点に対する反転攻勢の道筋について指揮官たちから説明を受けた。また、私たちはカブールにあるＩＳＡＦ司令部の食堂で食事をとりながら、任務について熱く誇らしげに語る兵士たちの言葉に耳を傾けた。大半が高校を卒業して数年という若者だ。彼らは道路整備やアフガン兵の訓練、学校建設に従事していたが、人員や資機材、予算が足りず、突然の任務の中断や中止にたびたび見舞われていた。若い男女がそうした状況を真剣に語るのを聞き、私は申し訳なさとともに腹立たしさを感じた。そして、チャンスを与えられた暁には、彼らがもっと後押しを受けられるようにすることを誓った。

その晩は厳重に警備されたアメリカ大使館で眠り、翌日午前にアフガニスタン大統領、ハーミド・カルザイの住居を車で訪ねた。カルザイが住んでいたのは、19世紀に建設された堂々たる宮殿だ。１９７０年代のカブールは、ほかの発展途上国の首都とさほど違わなかった。洗練されてはいないものの、平和で、成長が続き、立派なホテルやロック音楽、自国を近代化させる意欲をもった大学生であふれていた。カルザイと閣僚たちはその時代に育ったが、ソビエト連邦によるアフガニスタン侵攻が始まった１９７９年以降、あるいはタリバーンが支配を確立した１９９０年代半ばに欧米に逃れた者が多かった。アメリカはカブールを陥落させたあと、カルザイや顧問たちを帰国させ、権力の座に就けた。彼らを実質的な国外駐在員として送り込み、新たな、武力に頼らない秩序を象徴するアフガニスタン人となることを期待したのである。カルザイたちは流暢な英語と隙のないいでたちで、その役割に適応していた。そして、伝統的なアフガン料理の夕食会で私たちをもてなしながら、アメリカが兵士と資金の投入を続ければ、現代的で寛容で自立したアフガニスタンは十分に実現できる、と全力で説得した。

政府内で汚職や統治不全が横行しているとの報告を受けていなければ、カルザイの言葉を信じたかもしれない。だが、地方には中央政府の支配が及ばない場所が多く、カルザイが危険を冒してカブールを出ることはめったになかった。彼は米軍だけでなく、地方軍閥の首領たちとの同盟関係をつぎはぎして権力維持の頼みとしていたのである。会談後、私はカルザイが置かれているであろう孤立について考えながら、同行者たちと軍用ヘリコプターの〈ブラックホーク〉二機で山々を越えた。行き先は南部の高地にあるヘルマンド州の近く、米軍の前方活動基地（ＦＯＢ）だ。空から見ると、泥土と木でできた建物からなる小さな村々が、灰褐色の岩がちな地形となめらかに調和していた。舗装道路も送電線もめったに見かけなかった。私は眼下に暮らす人々の胸の内を想像した。

自分たちの土地に入り込んだアメリカ人のことや、豪華な宮殿に暮らす自国の大統領のこと、さらにはアフガニスタンを一つの国民国家とみなすことを、どう思っているだろうか。実際、どうでもいいと思っているのではないだろうか。彼らは風に吹かれるかのように、絶え間ない、予測しようもない力に翻弄されながら、ただ懸命に生き延びようとしていた。アフガニスタンの地形は何百年にもわたって変化をはねのけてきた。そういう土地を抱えながら、アフガニスタンはどうあるべきなのか――私は、この課題に関するアメリカの構想を受け入れてもらうために何が必要なのかを考えた。それは、ワシントンの分析官たちによる周到な計画があってもなお、兵士たちの勇気と技量だけでは成し遂げられない仕事だった。

アフガニスタンをあとにして経由地のクウェートで夜を明かすときも、同じような問いは頭を離れなかった。次の訪問先はイラクだ。イラクは過去にも訪れていたが、そのあとで流れが上向いていた。米兵が増派され、国際社会が正当性を保証した選挙によってイスラム教シーア派のヌーリ・カマル・アル＝マリキが首相に決まっていた。また宗派間抗争についても、西部アンバル州のスンニ派部族指導者の仲介合意によって、大量の死者を出す衝突が一部で沈静化に向かっていた。この抗争は、アメリカによる2003年の侵攻と、2006年まで米国防長官だったドナルド・ラムズフェルド、連合国暫定当局（CPA）のトップとして2004年までイラク統治を指揮したポール・ブレマーらの不手際が引き起こしたものだ。マケインはその後の状況改善について、アメリカがイラク戦の勝利に向かっている証拠だと解釈し、針路を維持して「現場指揮官たちの声に耳を傾ける」（共和党内で定番化していた処方箋だ）ことで引き続きうまくいくと考えた。

だが、私の結論は違った。アメリカがイラクへの関与を深めてから5年、サダム・フセインは排除され、大量破壊兵器があるとの証拠は見つからず、民主的に選ばれた政府が成立していた。これを受け、段階的な撤退の時機がきていると確信していたのである。しかるべき時間をかけつつ、イラク人治安部隊を立ち上げてテロ組織〈イラクのアルカイダ（ＡＱＩ）〉の残党を一掃し、当時進められていた軍事、諜報、財政面での援助を保証し、イラクをイラク国民に返せるよう米兵の帰国を始めることを考えていた。

イラクでも米兵たちと交流する時間をとり、アンバル州の前方活動基地を訪れたのち、首相のマリキと会談した。マリキは気難しそうに見えた。顔はどことなくニクソンに似た面長で、ひげが濃く、視線を合わさずに話す。困難と危険の両方を伴う仕事に就いたのだから、ストレスを抱えるのも無理はない。彼は自分を首相に選んだ国内のシーア派勢力と、フセイン政権下で支配的な立場にあったスンニ派層、双方からの要求のあいだでバランスを取ろうとしていた。また、後ろ盾であるアメリカと隣国であるイランからの圧力をうまく相殺しなければならなかった。実際、マリキは何年も亡命生活を送ったイランとのつながりや、一部のシーア派武装勢力との不穏な同盟関係のせいで、サウジアラビアなどペルシャ湾岸地域のアメリカの同盟国からひどく嫌われていた。彼とイランの関係は、湾岸地域でのイランの戦略的地位がアメリカのイラク侵攻でどれほど強まったかを浮き彫りにしたのである。

これは十分に予測しえた結果だが、イラク派兵を命じる前にブッシュ政権下のホワイトハウスで議論がなされたのかは定かでない。しかし、政権は間違いなく、現状に不満を抱いていた。軍や外交当局の高官数人の会話を通じて確信したことがある。それは、イラクで大規模な駐留を続けることへのホワイトハウスの関心に、安定を維持し、暴力を減らすという単純な願望だけでなく、アメリカが生み出した混乱をイランに利用されるのを阻止するという狙いがあったことだ。

議会でも選挙戦でも外交政策の議論はイラク情勢でもちきりだった。私は通訳を介し、イラクには米軍撤収への備えができていると思うかとマリキに尋ねた。すると彼は、私たち全員が驚くほど明確に返答した。米英両軍の努力に深く感謝しており、アメリカにはイラク軍の訓練や機材保守作業にかかる費用の援助を期待していると述べる一方、米軍撤収までの時間的枠組みを定めるべきだとの私の見解に同意したのである。

早期撤収を求めたマリキの判断の裏に何があったのかはわからない。単純な国粋主義だろうか。イランへの共感だろうか。自身の権力固めだろうか。答えがなんであれ、アメリカに戻ってからの政治議論に限れば、マリキが示した立場には大きな意味があった。ホワイトハウスやマケインからすれば、私一人が撤退の時間的枠組みを定めよと主張している限り、弱腰だと非難することも、無責任だと切り捨てることもできる。撤退論を一種の〝持ち場放棄（カット・アンド・ラン）〟とみなすわけだ。しかし、同じ考えをイラクの新指導者が主張しているとなれば、そうもいかなくなる。

もちろん、当時のマリキはまだ、イラクの実質的な指揮権を手にしていなかった。イラク駐留多国籍軍の司令官を務める米陸軍大将、デイヴィッド・ペトレイアスがその役割を担っていたからだ。そして、私とペトレイアスが交わした議論は、大統領任期の大部分で外交政策論議の中心となるテーマを予言していた。

ペトレイアスは細身の健康的な肉体と、プリンストン大学で取得した国際関係と経済の博士号、論理性と分析力に優れた頭脳の持ち主で、イラクでの形勢改善における影の参謀役と考えられていた。ホワイトハウスのイラク戦略は事実上、彼一人に外注されていたのである。首都バグダッドの空港から警備の厳重なグリーンゾーン［バグダッド中心部にある米大使館やイラク政府の庁舎などが集まった区域］までヘリコプターでいっしょに移動するあいだ、彼との会話が途切れることはなかった。話の中身は報道されなかったが、私の選対の面々にとっては、それでもまったく問題なかった。彼らの関心は、四つ星の将軍と並んでブラックホークに乗り、ヘッドセットを着け、パイロット仕様のサングラスをかけたバラク・オバマの姿、つまり写真が世に出ることにあったからだ。共和党の対抗馬であるマケインはちょうど同じ日、元大統領のジョージ・H・W・ブッシュ（父ブッシュ）と並んでゴルフカートの助手席に乗る姿を報道されていた。マケインにとって不運だったのは、私の写真が若々しく活気あふれる印象だったのに対し、彼の写真は、パステルカラーのセーターを着た老人がカントリークラブでピクニックをしようとしているように見えたことだ。

多国籍軍司令部に着くと、私たちはペトレイアスの広々した執務室に腰を落ち着け、あらゆる話題について議論した。たとえば、アラビア語専門家を軍内に増やす必要性について話した。また、武装勢力やテロ組織から大義名分を奪い、新政府を支えていくうえで、開発事業が生命線になるという話もした。ペトレイアスと議論をしてみて、沈みゆく船さながらだった軍の司令官にほかならぬ彼を抜擢したことは、ブッシュの手柄だと思った。無限の時間と資源があるのなら――言い換えれば、アメリカと同盟関係にある機能的で民主的な国家をイラクに生み出すことがアメリカの長期的な国家安全保障上の利益を絶対的に左右するのなら、ペトレイアスのやり方はほかのどんなやり方にも劣らず目標を達成できる可能性があった。

しかし、私たちの時間と資源は有限だった。煎じ詰めれば、それが撤退論のすべてだったのだ。どれだけ与えつづければいいのだろうか。いつになったら十分与えたことになるのだろうか。私の考えでは、そのときは近づいていた。アメリカの国家安全保障にはイラクの安定が必要だが、アメリカによる国家建設の展示場は必要ない。一方、ペトレイアスは、アメリカがもっと投資を続けなければ、それまでのあらゆる成果がまだ簡単に覆ると確信していた。

私は、成果が覆る心配がなくなるまで、どれだけ時間がかかるのかと尋ねた。2年だろうか。5

年だろうか。あるいは10年だろうか。

ペトレイアスにも答えはわからなかった。しかし彼は、撤退までの行程と日程を決めて発表すれば、敵はアメリカの撤収が完了するのを待つだけだと考えていた。

だが、必ずそうなるとは限らないのでは？

私が尋ねると、ペトレイアスは指摘を受け入れた。

調査によれば、シーア派かスンニ派かを問わずイラク国民の大多数が占領に嫌気を起こし、早期の米軍撤収を望んでいた。私はこれについてもペトレイアスの見解を尋ねた。

対処が必要な課題だ、というのが彼の答えだった。

会話は温かい雰囲気で進んでいた。ペトレイアスが使命の完遂を望むことは責められない。私は次のように伝えた。自分が同じ立場にいたら、あなたと同じことを望むだろう。しかし、大統領の仕事では、より大きな構図に目を向けなければならない。部下の将校が考えないトレードオフや制約まで、あなたが考えなければならないのと同じことだ。一か月に１００億ドルを費やしてイラクにかけるもう2、3年の時間と、パキスタン北西部でのオサマ・ビン・ラディンやアルカイダ中枢を壊滅させる必要性を天秤にかけたとき、私たちは一つの国として、どちらを重くみるべきだろうか。あるいは、アメリカ国内で建設されずじまいになる道路や学校と比べたら？　別の危機が起こった際の即応態勢が損なわれることは？　兵士や家族に課される人的損失は？

ペトレイアス大将は礼儀正しくうなずき、選挙後に会うのを楽しみにしていると言った。私はその日、彼の執務室を去るときになっても、彼が示した以上の説得力を自分が示せたとは思えずにいた。

私には世界の指導者になる用意ができているだろうか。外交的な技量や知識、体力、指揮命令者としての威厳は備わっているだろうか。外遊の残りの日程は、そうした疑問に答えるために組まれていた。入念に準備された国際舞台でのオーディションだったのだ。ヨルダンでは国王のアブドラ2世、イギリスでは首相のゴードン・ブラウン、フランスでは大統領のニコラ・サルコジと会談した。ドイツでは首相のアンゲラ・メルケルと会ったあと、ベルリンの史跡〈戦勝記念塔〉を背景にして20万人の聴衆を前に演説した。私はそこで、前世代がかつてヨーロッパを隔てた壁を引き倒したのと同じように、今、もっと目に見えにくい別の壁を引き倒すことが私たちの仕事だと宣言した。それは、富める者と貧しい者を隔てる壁、人種や部族の異なる者を隔てる壁、先に住んでいた国民と移民を隔てる壁、キリスト教徒とイスラム教徒とユダヤ教徒を隔てる壁のことだ。イスラエルとパレスチナのヨルダン川西岸地区でも、数日間で多くの予定をこなした。その間、私はイスラエル首相のベンヤミン・ネタニヤフ、パレスチナ自治政府大統領のマフムード・アッバースと個別に会談し、収拾不能にも思える古来からの対立の背景に、どんな論理が、さらにはどんな感情があるのかを理解するために最善を尽くした。イスラエルでは、パレスチナのガザ地区に近いスデロットという町を訪れ、ガザから発射されたロケット弾が子どもの寝室までわずか数メートルの場所に着弾したという親たちから、恐怖の体験談を聞いた。一方、ヨルダン川西岸の都市ラマラでは、パレスチナの人々がイスラエル治安部隊の検問で日々屈辱を味わっていると語るのを聞いた。

ロバート・ギブズが言うには、アメリカの報道機関は私が「大統領らしく見える」かどうかのテストに見事合格したと考えていた。だが、私にとってこの外遊は見た目だけのものではなく、選挙に勝ったあとに待ち受ける試練の巨大さと、大統領の職務を果たすのに必要な才覚を、国内にいるときよりずっと強く感じる機会だった。

こうしたことを考えながら、7月24日朝にエルサレムの〈嘆きの壁〉に到着した。聖なる〈神殿の丘〉を守るため、2000年前に建設された壁だ。この壁は神の領域への入り口とみなされ、神が訪れる者すべての祈りを受け入れる場所と考えられていた。何世紀にもわたって世界各地から巡礼者が訪れ、祈りを託した紙を壁の隙間に詰めることが慣習になっていたので、私もホテルの便箋に自分の祈りを数行したためてから、この日の訪問に臨んだ。

夜明けの薄明かりのなか、イスラエル側の案内役や側近、シークレットサービスの警護官、がちゃがちゃと音を立てる報道各社のカメラマンたちに囲まれながら、私は壁の前で頭(こうべ)を垂れた。ひげを生やしたラビ［ユダヤ教の宗教的指導者］が、聖なる都エルサレムの平和を祈る旧約聖書の『詩篇(しへん)』の一節を朗読した。私は慣習に則って石灰石のブロックに手を置き、動きを止めて沈思黙考したのち、持参した便箋を丸めて壁の隙間に押し込んだ。

便箋には「主よ、家族と私をお守りください。私の罪を許し、うぬぼれと絶望にあらがう私を助けてください。正義をなすための知恵を授けてください。私をあなたのご意志をなす道具としてください」と書いていた。

この言葉は私と神しか知らないはずだったが、翌日にはイスラエルの新聞に掲載され、そのあとインターネット上で公開されて永遠の命を獲得した。私が立ち去ったあと、壁に詰めた紙切れを見物人がほじくり出したようだ。世界の舞台に上がることの代償を思い知らされる出来事だった。公私の境目は溶けてなくなり、私の考えやしぐさの一つ一つが世界の関心事になっていたのである。慣れろ。私は自分にそう言い聞かせた。これも自分が決めたことの一つなのだ。

外遊から戻った私は、厳しい探査任務から帰還した宇宙飛行士や探検家のような気分だった。アドレナリンが満ちあふれ、日常生活に漠然とした戸惑いを感じていたのだ。そこで私は、家族を連れて1週間ハワイに行くことにした。民主党全国大会をわずか一か月後に控え、少しばかり落ち着きを取り戻そうとしたのである。プラフには、これはもう決めたことだと伝えた。選挙活動は1年5か月も続いていて、私には充電が必要だった。ミシェルもそうだ。それに、祖母(トゥート)の体調が急に悪くなり、どれだけの時間が残されているのかもわからなくなっていた。母のときと同じ過ちを繰り返したくはなかった。

何より、娘たちと過ごす時間が欲しかった。私に把握できる限り、選挙活動を始めてからも2人との絆は損なわれていなかった。マリアは相変わらずおしゃべりで私にあれこれ質問していたし、サーシャは活発で優しいままだった。私は遊説中も毎晩娘たちに電話をかけ、学校のことや友達のこと、アニメ『スポンジ・ボブ』の最新話のことを話し、家にいるときは、本を読み聞かせたり、ボードゲームをしようと誘ったり、ときどきこっそり出かけてアイスクリームを食べたりしていた。

それでも、2人が1週間ごとにどんどん成長していくのがわかった。娘たちの手足はいつも私の記憶にあるよりちょっと長く見えたし、夕飯のときの会話は前よりこなれて聞こえた。こういう変化が、私が立ち会えなかったことのすべてを物語っていた。2人が体調を崩したときに看病しなかったこと。2人が怖い思いをしているときに抱きしめてやらなかったこと。2人が冗談を言ったとき、その場で笑っていなかったこと——。私は自分が大事な仕事をしていると信じていた。しかしそれと同じぐらい、過ぎた日々が戻らないことを痛感し、娘たちとの時間を仕事と引き換えにするのが本当に賢いことなのか、たびたび自問していた。

罪悪感を覚えて当然だった。大統領選に費やした2年間、家族には誇張しえないほど大きな負担を背負わせた。ミシェルの忍耐強さと育児能力に、どれほど頼っていたことだろう。娘たちの並外れた明るさと聞き分けのよさに、どれほど支えられていたことだろう。すでにその夏、ミシェルは娘たちを連れて遊説に加わることに同意し、モンタナ州ビュートまで来ていた。しかも、その日は7月4日の独立記念日で、ちょうどマリアの10歳の誕生日と重なっていたのである。私の妹のマヤも一家で来ることになり、鉱業博物館を訪れたり、水鉄砲で撃ち合いをしたりといっしょに楽しんだが、私は1日の大半を票集めに捧げていた。また、私が町のパレードコースで人々と握手をするあいだ、娘たちは行儀よくゆっくり近くを歩き、午後の集会で演説をしたときにも、炎天下で立ったまま私が話すのを見ていた。しかも、夜には花火を見せる約束だったのに雷雨のせいで中止になり、現地の〈ホリデイ・イン・エクスプレス〉の地下にある窓のない会議室で即席の誕生日会をするはめになった。先に到着していたスタッフは、少しの風船でできる限りの飾り付けをしてくれていたし、ピザとサラダ、ケーキも現地のスーパーマーケットで買ってあった。それでもなお、マリアがろうそくを吹き消し、その先1年の願い事をするのを見ながら、彼女をがっかりさせたのではないか、彼女がいつかこの日を振り返り、父親が大事なことを間違えていた証拠だと思うのではないか、と不安を感じていた。

ちょうどそのとき、ミシェルに付き添っていた若いスタッフの1人、クリステン・ジャーヴィスがｉＰｏｄを取り出し、ポータブルスピーカーにつないだ。すると、マリアとサーシャが私の手をつかんで椅子から引っ張り上げた。私が立ち上がるやいなや全員があとに続き、ビヨンセとジョナス・ブラザーズの曲に合わせて踊り出した。サーシャはぐるぐる回りだし、マリアは短いくせっ毛の頭を揺すり、ミシェルとマヤも思い思いに体を動かし、私も〝パパ〟として全力の動きを披露した。30分ほどして、みなが満ち足りた気持ちで息をついていると、マリアがこちらにやってきて膝の上に座った。

「パパ、今までの誕生日で今日が一番だよ」

私はマリアの頭のてっぺんにキスをして、ぎゅっと抱きしめた。うるんだ目を見せないためだ。そういう娘たちだった。私は家を空けてばかりで、そんな娘たちとの時間を犠牲にしていたのである。だから、たとえ支持率調査でマケインに何ポイントか譲り渡すことになったとしても、8月にハワイで何日か過ごすことには十分な価値があった。電話会議に出なきゃいけないとか、空港に向かわなきゃいけないなどと言わずに、娘たちと海に飛び込んだり、2人に砂で埋められたりすることには、十分な価値があった。ミシェルの肩を抱いて太平洋に沈む夕日を眺め、風の音やヤシの葉が揺れる音にただ耳を傾けることにも、十分な価値があった。

そして、リビングのソファに背を丸めて座った祖母が、ほとんど顔を上げられないにもかかわらず、笑いながら床で遊ぶ孫娘たちに、静かに、そして満足げにほほえむ光景にも。それから、しみに覆われ、青い血管が浮いた祖母の手が私の手を握る感触にも。そうやって手を握られるのは、これが最後かもしれなかった。

尊い時間だった。

ハワイにいるあいだも、完全に選挙から離れられたわけではない。選対から最新状況の報告を受け、支持者たちにお礼の電話をかけ、民主党全国大会で行う演説の概略をまとめた第一稿を書いてスピーチライターのジョン・ファヴロー（ファヴズ）に送った。そして、大統領候補者として最も重大な決断を下さなければならなかった。

副大統領候補の人選である。

選択肢はすでに2名に絞り込んでいた。バージニア州知事のティム・ケインと、デラウェア州選出上院議員のジョー・バイデンだ。私は当時、バイデンよりもケインとずっと関係が近かった。民主党の大統領候補者選びに名乗りをあげて以降、イリノイ州以外の著名な公選公職者で私を支持したのは、ケインが初めてだった。また、彼は私が代理で遊説を任せた面々の1人でもあり、熱心に活動してくれていた。同世代で、どちらも中西部にルーツがあり、性格も、履歴書さえも似ていたため（ケインはハーバード大学ロースクールの学生時代にホンジュラスのキリスト教系団体で仕事をした経験があり、政界に入る前は公民権法の専門家として実務についていた）、友情が芽生えるのは簡単だった。

一方のバイデンは、文書で確認できる範囲では私の対極にいた。まず、年齢は私より19歳上。また、私がワシントン政界の異端者として売り出していたのに対し、バイデンは上院議員を35年務め、司法委員会と外交委員会の委員長も歴任していた。さらに、あちこち引っ越しながら育った私と違い、バイデンは出身地のペンシルベニア州スクラントンに深く根を下ろし、アイルランド系労働者階級の家系に誇りをもっていた（私たちの先祖はどちらもアイルランド出身の靴職人で、わずか5週間違いでアメリカに旅立っていたのだが、それが判明するのは当選後のことだ）。性格に関しては、言葉遣いのせいで私には冷徹という印象があったかもしれないが、バイデンはとにかく温かく、物事にとらわれない性分で、頭に浮かんだことをどんどん人に話すタイプだった。彼はその長所で心から他者を楽しませ、魅了していた。それが顕著に現れるのが、イベントの参加者に挨拶して回るときだ。ハンサムな顔にいつもまばゆい笑みを浮かべ（話し相手が誰であれ、思いきり顔を近づけて）、相手の出身地を尋ねては、相手の故郷にどれほど愛着を感じているかを語ったり（「あそこで食べたカルツォーネは人生で一番でした」）、誰それのことは知っておくべきだと言って理由を説明したりする（「間違いなくすばらしい方です。どんなときも善良で誠実なのです」）。ほかにも、相手が連れている子どもをほめちぎることや（「すごく華がある。よく言われるでしょう？」）、母親をおだてることもある（「どう見ても30代ですよ！」）。そうやって1人また1人と会話を続け、握手やハグやキスを繰り返し、背中を叩き、お愛想や冗談を言い、最後には部屋にいる全員に忘れがたい印象を残すというわけだ。

バイデンの熱さには、まずい一面もあった。1人でしゃべりつづけてしまう癖が、誰より強いのだ。演説の予定時間が15分なら少なくとも30分はしゃべり、予定時間が30分となったらどれだけしゃべるかわからなかった。議会委員会の公聴会で独演会を始める癖は、半ば伝説と化していた。また、発言に遠慮や配慮がないせいで、苦しい立場に陥ることもしばしばだった。たとえば民主党の大統領候補者争いのさなかに私のことを「弁舌は明快で頭が切れ、清潔で見た目も魅力的な男」と評したときは、間違いなく私を持ち上げるつもりの言葉ではあるが、黒人がそうした特質をもつことは注目に値するという意味に解釈する人もいた。

しかし、バイデンを知るにつれ、ときどき犯す失敗が、彼の強みに比べてほんのささいなものであることがわかった。国内問題では賢く堅実で、自分の仕事を着実にこなしていたし、外交政策での経験は広く、深かった。民主党の大統領候補者選びからは比較的早く撤退したものの、彼の討論の技術や熟練ぶり、国政の舞台に慣れたようすに私は感服していた。

何より、バイデンには心があった。子ども時代にひどい吃音症を乗り切り（話すことに対する情熱の源はそこにあるのだろう）、中年期には脳動脈瘤を二回克服している。政治家としては初期の成功で知られる一方、敗北続きの苦悩の時期も過ごした。また、１９７２年には想像を絶する悲劇に見舞われていた。上院議員に当選したわずか数週間後、交通事故で妻とまだ1歳だった娘を失ったのだ。２人の幼い息子、ボーとハンターもこの事故で負傷した。この喪失の直後、バイデンの同僚や親族は、上院議員就任を辞退しようとする彼を思いとどまらせなければならなかった。結局、バイデンはデラウェア州の自宅で息子2人の面倒を見ながら、ワシントンで議員を続けた。時間をやりくりしながら、毎日1時間半かけてアムトラック（全米鉄道旅客公社）の列車で通勤したのだ。この習慣は、それから30年続くことになる。

バイデンがそんな悲痛な体験を乗り越えられたのは、2人目の妻、ジルのおかげだ。ジルは美しく控えめな女性で、教師をしていた。彼女は事故の3年後にバイデンと出会ってから、ボーとハンターを我が子のように育てた。バイデン一家がいっしょにいるところを見れば、家族がどれほど彼の支えになっているのかすぐにわかった。デラウェア州司法長官を務め、州政界期待の新星だったボー［2015年に脳腫瘍により46歳で死去］と、ワシントンで弁護士になったハンター、デラウェア州ウィルミントンでソーシャルワーカーとして働く娘のアシュリー、そしてすばらしい孫たちに、彼がどれほどの誇りと喜びを感じているかも一目瞭然だった。

さらに、バイデンがここまでこられたのは、家族の支えだけでなく彼自身の楽観的で明るい性格があったからだ。悲劇と逆境に傷ついたとしても、彼が憎悪や冷笑にとらわれることはなかった。そういうところを、私はのちに知ることになる。

そういう人柄に感銘を受けたことが決め手だった。私はバイデンに副大統領候補になるべく経歴・身辺調査を受けるよう要請し、遊説先のミネソタ州での会談を申し入れた。当初、バイデンは要請に難色を示した。大半の上院議員と同じく、彼も健全なエゴの持ち主で、ナンバー2に甘んじることを嫌ったからだ。私は会談で、副大統領の仕事が彼のためになる理由（そして、彼が最善の人選である理由）を説明し、形式的な代役ではなくパートナーを探していると言い切った。

バイデンは「私を選ぶのであれば、私にとって最善の判断を君に伝えて率直に助言できるようにしてほしい。君が大統領になれば、私は君のあらゆる決断を支持する。しかし、大きな決断についてはすべて、最後の最後まで決定に関与させてほしい」と言った。

私は、それは約束できると請け合った。

選対のデイヴィッド・アクセルロッド（アックス）とプラフは、ケインを選んだ場合のことを考えた。ケインがオバマ政権にぴったりはまることは、私だけでなく2人にもわかっていた。しかし、2人も私と同じく、大統領候補と副大統領候補の両方に比較的若く経験の浅いリベラル派の公民権弁護士を据えれば、有権者が望まないほど進歩的な未来や変革を予感させてしまうのではないか、とも考えていた。

バイデンにもリスクはあった。マイクの前で自制を失い、無用な論争を引き起こしかねないし、古いやり方をするところや目立ちたがり屋なところ、ときおり内省や自己観察を欠くところもあった。それに、正当な評価を受けていないと感じて怒り出す可能性もある気がした。ずっと年下の上司と仕事をするうえで、火種になりかねない特徴だ。

それでもなお、私は自分とバイデンの違いに魅力を感じた。私に何かあった場合を考えれば、大統領を務める力量を彼が十分以上に備えていることは好ましい点だ。そのおかげで、私の若さへの懸念を引きずる人々を安心させられる可能性もある。さらに、アメリカが二つの戦争にとらわれている時期に、外交政策における彼の経験は貴重な資産になると思われた。連邦議員たちとのパイプや、アフリカ系アメリカ人の大統領を選ぶことにまだ消極的な有権者に声を届けられる力もまた、価値を発揮するだろう。しかし一番の決め手になったのは、バイデンが申し分ない品格や、誠実さ、献身的精神の持ち主だと直感したことだ。私には、彼が大衆のことを気にかけ、困難な状況で頼りにできる人物だという確信があった。

そして、その確信が失望に変わることはなかった。

デンバーでの民主党全国大会がどのように企画されたのか、私はほとんど知らない。しかし、全四夜にわたって行われる催しの順序や、そこで打ち出すテーマ、登壇を予定する演説者たちについては相談を受けた。また、私の半生を紹介する映像を見せられて承諾を求められたり、宿泊場所を必要とする親族や友人たちのリストを出すよう言われたりもした。プラフからは、最終日の会場として従来どおり屋内施設を使うのではなく、ＮＦＬ球団〈デンバー・ブロンコス〉の本拠地であるマイル・ハイ・スタジアムを使う案に乗り気かどうかを確認された。８万人近い収容人数を誇るスタジアムだ。この会場なら、オバマ陣営の屋台骨（やたいぼね）を支えた全国数万人のボランティアが入れる。その一方、屋根がないせいで天候の影響をまともに受けることにもなる。

「雨が降ったらどうするんだ？」。私は尋ねた。

「8月28日午後8時のデンバーの天気を１００年分調べました」とプラフ。「雨が降ったのは一回だけです」

「二回目が今年起こったら？　予備案はあるのかい？」

「スタジアムでやると決めたら、もう後戻りはできません」。そう言ったプラフは、何かにとりつかれてでもいるかのような顔でにやりと笑った。「いいですか。私たちはいつも、安全ネットなしのときに最高の力を発揮するんです。それを、なぜここでやめるんです？」

もっともな指摘である。

私はいくつかの州を遊説し、ミシェルと娘たちより数日遅れてデンバー入りしたので、到着した時点でお祭り気分は最高潮に達していた。衛星中継用のトラックと報道陣のテントが包囲戦を行う軍隊のようにスタジアムを取り囲み、露店では、日の出を象（かたど）った私の陣営のロゴや、耳の大きな私の似顔絵が入ったＴシャツ、帽子、トートバッグ、装飾品が売られていた。会場周辺では、観光客とパパラッチたちが、政治家やときどき現れる著名人が歩く姿を写真に撮っていた。

２０００年の大会が開かれたとき、私はキャンディ屋のショーウィンドウに顔を押しつける子ども同然だった。２００４年の大会では、基調講演者を務めたことで華々しい舞台の中心にいた。だが、２００８年はどちらとも違い、自分が注目されている感覚と、のけ者にされた感覚の両方を感じていた。最終日の前夜にデンバーに到着して以降、ホテルのスイートルームに缶詰めになるか、シークレットサービスの車の窓から外を眺めているだけだったからだ。説明によれば、これは警備上の理由による扱いであるだけでなく、意図的な演出でもあった。人々の視界に入らずにいれば、それだけ期待が高まるというわけだ。しかし、私は落ち着かない気分になり、奇妙にも排除される格好になっていた。まるで、特別なときにだけ箱から出される高価な小道具である。

その週に見たいくつかの光景は、今も鮮明に覚えている。まず、マリアとサーシャ、バイデンの孫娘３人が、ホテルのスイートルームに積み重ねられたエアマットレスの上を転げまわっているところだ。５人ともけらけら笑い声を上げ、自分たちにしかわからない楽しみに夢中になり、窓の下で繰り広げられている狂騒などそっちのけだった。それから、ヒラリーがニューヨーク州代議員団を代表してマイクの前に立ち、各州が順番に私か彼女への支持を表明する点呼投票（ロール・コール）を中止するよう提案したことも覚えている。彼女はその場で、発声投票によって私を満場一致で大統領候補者に指名する動議を正式に提案した。これは、私たちの団結を示す力強い振る舞いだった。さらに、デンバー入りの前にミズーリ州を訪れた際、とても親切な支持者の家のリビングルームに腰掛けていたときのこともよく覚えている。おしゃべりしながら軽く食事をしていると、アクアマリン色のドレスを着てきらきらしたミシェルがテレビ画面に現れ、大会初日の演説をした。

私はミシェルの演説の原稿を事前に読まないようにしていた。余計な口出しをしたくなかったし、プレッシャーをかけたくなかったからだ。遊説中の彼女を見ていたので、うまくやれることは少しも疑っていなかった。しかし、あの晩のミシェルの演説はそれ以上だった。ミシェルは、自分の両親のことや、2人が払った犠牲と2人が伝えた価値観のこと、自分自身が歩んできた信じられないような道のりと、娘たちに抱いている希望のことを語った。私が自分の家族と信念に対して誠実でありつづけてきたという事実の証言者として、大きな責任を引き受けていた。会場の聴衆も、全国テレビのニュースキャスターたちも、私といっしょに座っていた人々も釘付け(くぎ)だった。私は自分が目にしたもの、耳にしたこと、そして彼女のような女性がともにいてくれることが、このうえなく誇らしかった。

当時、彼女はあの晩から自分を表現しはじめたとテレビ解説者が言っていたが、それは違う。ついに全米の聴衆が、彼女らしい表現に直接触れる機会を手にしたのだ。


ミシェルの演説の48時間後、私はファヴズ、アックスとともにホテルの部屋に閉じこもっていた。翌日の晩に行う指名受諾演説の原稿を仕上げるためだ。難易度の高い原稿だった。私たちは、詩的な表現よりも直接的な表現が必要になると感じていた。共和党の政策に痛烈な批判を浴びせ、大統領として実行しようとしている具体的な取り組みを掲げる。ただしそのすべてを、長すぎず、味気なさすぎず、党派的すぎない言葉で語らなければならない。数え切れないほど修正を重ねる必要があったため、練習に使える時間はわずかだった。予行演習のため模造の演壇に立って原稿を読むころには、創造性やひらめきよりも、実直な職人気質(かたぎ)を感じさせる演説に仕上がっていた。

一度だけだが、自分が大統領候補に指名されることの意味が一気に心に押し寄せ、圧倒されたことがある。大会最終日は8月28日。偶然にも、〈ワシントン大行進〉［アフリカ系アメリカ人の雇用と自由を訴えて行われたデモ行進］とキング牧師による『私には夢がある』の歴史的演説から45周年の節目の日だ。私たちは、受諾演説では日付の一致を強調しないことにした。アメリカ史上屈指の名演説と比較されるのは賢明でないと考えたのだ。しかし私は、結びでキングの言葉を引用し、1963年のあの日、ジョージア州出身の若き伝道師が起こした奇跡に敬意を表した。ワシントンの〈ナショナルモール〉に集まった人々に対し、彼はこう言った。「私たちはひとりでは歩けません。そして、歩くのであれば、常に前に進むと誓わねばなりません。引き返すことはできないのです」

「私たちはひとりでは歩けません」。私はキング演説のこの部分を覚えていなかったが、練習で声に出して読み上げるうちに、全米各地の選対事務所で出会った年輩の黒人ボランティア一人一人の姿が頭に浮かんだ。彼らは私の手をしっかり握り、黒人大統領の誕生が現実的な可能性になるなど考えたこともなかったと言っていた。

それから、私に手紙をくれた高齢者たちのことも考えた。各州での予備選のとき、病気や障がいがあるにもかかわらず、早起きして投票所の列の先頭に並んだと書いてあった。

また、ドアマンや清掃員、秘書、事務員、皿洗い、運転手といった、ホテルや会議場、オフィスビルを訪れるときに必ず接する人たちのことも思い浮かんだ。彼らがこちらに手を振ったり、親指を立てたり、私が差し出した手をはにかみながら握り返す姿だ。ある程度の年齢の黒人たちは、ミシェルの両親と同じように、ただ静かに家族を養うために必要なことをして、子どもを学校に通わせていた。そういう人々が、自分たちの苦労の成果を私のなかに見いだしていたのである。

さらに、40年前や50年前、刑務所に入れられたり、ワシントン大行進に加わったりしたすべての人々を思った。彼らがデンバーの舞台に上がる私を見たら、どんな感慨を覚えるだろうか。彼らはどれほどのアメリカの変貌（へんぼう）を目にしてきたのだろうか。かつて彼らが願ったことがすべて実現するまで、どれほどの道のりが残されているのだろうか。

「しかしどうで……ちょっと待ってくれ」。私は原稿を読み上げながら、言葉に詰まってそう言った。目に涙がにじんできた。洗面所に行って顔を洗い、数分後に戻ると、ファヴズとアックス、プロンプター操作係が黙り込んでいた。どうしていいのかわからなかったのだ。

私は「すまなかった」と言って、「頭からもう一度やろう」と仕切り直した。

二回目の通し読みは問題なく終えられた。半分ぐらい進んだところでドアがノックされ、一度だけ中断したが。廊下に立っていたのは、シーザーサラダを持ったルームサービス係だった（アックスが「すみません」と言って、恥ずかしそうに笑っていた。「あまりにも腹が減ったもので」）。そして翌日、晴れわたった夜空の下で青い絨毯（じゅうたん）が敷かれた舞台に上がり、スタジアムに詰めかけた聴衆と、全米の数百万人の視聴者に向けて演説を始めるころには、私の心は完全に落ち着いていた。

暖かい夜だった。聴衆から上がった歓声は四方八方へと伝染し、数千台のカメラから放たれるフラッシュは満天の星が降りてきたかのように見えた。演説を終えると、ミシェルと娘たち、それからバイデン夫妻が舞台に上がってきて、大量の紙吹雪に包まれながら手を振った。笑顔の人、抱き合う人、音楽に合わせて旗を振る人の姿がスタジアムのそこかしこに見られた。会場に流れていた曲はブルックス&ダンの『Only in America』だ。この歌は遊説に欠かせない一曲になっていた。

歴史を振り返っても、党の全国大会を首尾よく終えた大統領候補者には支持率調査で力強く〝弾み〟がつくものだ。私たちの大会は、あらゆる面で完璧に近かった。調査員たちの報告によると、デンバーでの4日間を終えたあと、ジョン・マケインに対する私のリードは少なくとも5ポイントまで広がった。

ただし、この状況は1週間ほどで終わりを迎える。

それまで、マケイン陣営は揺らぎつづけていた。私より三か月早く共和党の候補者指名を決めたにもかかわらず、本選挙に向けて勢いをつけることに関しては、あまり成果を挙げていなかった。ブッシュ政権が議会を通過させた減税に新たな減税を追加する案では、無党派層の支持を固めることはできなかったのである。移民制度改革や気候変動政策といった政策課題については、自らの主張によって党内での異端者扱いを助長した過去があり、二極化が進行した新たな環境では話題にすることすら躊躇しているようだった。また、公正を期すために書き記すが、彼が運に恵まれていなかったのも確かだ。イラク戦争は相変わらず不人気で、ただでさえ景気後退入りしていた経済は急速に悪化し、ブッシュ政権の支持率も落ち込んでいた。また、変化を約束できるかどうかが雌雄を決する選挙において、マケインの見た目と言葉からは、変化が感じられなかった。

マケインも彼の陣営も、何か劇的な行動が必要だと感じていたに違いない。そして、彼らは間違いなく劇的なことをやってのけた。民主党大会が終わった翌日、ペンシルベニア州での数日間の選挙活動に向かうため、私とミシェル、バイデン夫妻で陣営の飛行機に乗り、離陸を待っていたときのことだ。アックスが大慌てでやってきて、マケインの副大統領候補の情報が漏れてきたと報告した。アックスのブラックベリーに表示された名前を見たバイデンは、私のほうを見て言った。

「サラ・ペイリンってのは、いったい誰だ?」

それから2週間、全米の報道各社が同じ疑問にとりつかれた。それがマケイン陣営にとって待望のカンフル剤となり、私たちは実質的に公共の電波からはじき出されることになる。ペイリンが副大統領候補に選ばれてから最初の週末が明けるまでに、マケイン陣営には新たに数百万ドルの寄付が集まった。そうして彼の支持率は跳ね上がり、私たちはデッドヒートを繰り広げることになったのである。

サラ・ペイリン――。当時44歳のアラスカ州知事で、国政の舞台では無名でも、何より選挙情勢を攪乱（かくらん）するだけの影響力をもっていた。若手の女性で、自力で道を切り開いていける潜在力があるだけでなく、非常に個性的な経歴の持ち主でもあった。小さな町のバスケットボールチームの選手として鳴らし、ミス・コンテストで優勝したこともある。大学は五校を渡り歩き、ジャーナリズムの学位をとった。卒業後はしばらくスポーツキャスターとして働き、アラスカ州ワシラの市長に当選したのち、州の強固な共和党既存権力層に対抗し、２００６年に現職を破って知事に当選した。私生活では高校時代からの恋人と結婚し、イラク派兵を目前にした10代の息子と幼い赤ん坊を含め、5人の子どもがいる。また、保守的キリスト教徒であることを公言していたほか、余暇にはヘラジカやアメリカアカシカの狩猟を楽しんだ。

彼女の経歴は、白人労働者の支持を獲得するのにうってつけだった。彼らはワシントンを嫌い、企業であれ政治であれメディアであれ、大都市のエリートに自分の生き方を見下されているとの猜（さい）疑（ぎ）心を抱いていて、その疑念のすべてが不当とは言い切れなかった。ペイリンはニューヨーク・タイムズ紙の編集委員会や全米公共ラジオ（ＮＰＲ）の聴取者に資質を疑問視されようとも意に介さず、そうした批判を自らの正統性の証拠として提示した。彼女が多くの批判者に先んじて理解していた事実がある。それは、旧来の権力監視機能の担い手が影響力を失おうとしていることと、大統領や副大統領、連邦議員の候補に適さない者を拒んできた壁に亀裂が生じていること、ＦＯＸニュースやラジオの時事番組、ソーシャルメディアの新しい力があれば、目当ての聴衆に主張を届けるのに必要な舞台が手に入ることだ。

生まれつき表舞台でのパフォーマンスの才能があったことも、ペイリンの強みとなった。彼女は9月上旬の共和党全国大会で45分間の演説を行い、庶民的なポピュリズムと周到な批判を織り込んで巧みに弁舌をふるった（「労働者たちが聞いているときには、彼らを惜しみなく称賛する。聞いていないときには、彼らが恨みを抱いて銃や宗教にしがみつくと語る。そんな候補者のことなど、小さな町に暮らす私たちにはちょっと理解できません」とも言われた。痛い一撃である）。会場の代議員たちの顔には恍惚（こうこつ）の表情が浮かんでいた。大会後、マケインがペイリンを伴って遊説に出ると、観衆の規模が彼一人で演説していたときの平均の三、四倍に膨らんだ。熱烈な共和党支持者たちはマケインの演説にも律儀に歓声を上げたが、彼らの真の目的が〈ホッケーママ〉［子どもの送り迎えや付き添いに労を惜しまない母親のこと］を名乗る副大統領候補だったことは明白だ。彼女は新鮮で、個性的で、庶民的だった。

そして、彼女は〝本当のアメリカ人〟であることを、大げさなほど誇示していた。

ペイリンが共和党の支持基盤に生み出した純然たるエネルギーは、大統領選と同時に行われる接戦州の上院議員選や知事選など、さまざまな場面で私を不安な気持ちにさせたことがなかったとはいえない。しかし、彼女が副大統領候補に選ばれたその日から、ペイリン熱が最高潮にあった時期を通じ、私にはマケインの決断が彼の有利に働かないという確信があった。ペイリンにパフォーマンスの才能があったとしても、副大統領にとって最も重要な資質は、必要となったときに大統領職を務める能力だ。マケインの年齢や悪性黒色腫（メラノーマ）の病歴を考えれば、これは現実的な懸念だった。そして、ペイリンがスポットライトを浴びはじめた直後から白日の下にさらされたのが、この国を治めることに関連する問題のほぼすべてについて、彼女は自分がいったい何を話しているのかまるで理解していないという事実だった。金融システムのことも、最高裁判所のことも、ロシアのジョージア［2015年、グルジアから国名呼称変更した］侵攻のこともだ。どんな話題を向けられたときも、どんな形式の質問をされたときも、彼女は勉強していないのにはったりで試験を乗り切ろうとする子どものように、取り乱したようすで言葉をつないでいた。

ペイリンの指名には、より深刻な問題もあった。共和党支持者の大多数が彼女の支離滅裂さを問題視しないことは、最初から察しがついた。実際、ペイリンが記者たちの質問でぼろぼろになると、その出来事自体がリベラル派の陰謀の証拠とみなされることが半ば定番化した。保守派著名人のあいだでは、さらに驚くような動きが見られた。外交政策や連邦政府の機能に関する基本的な知識は、実のところ副大統領候補にはそれほど必要ないと言い出して、大衆を納得させようとしたのだ。それまで丸1年、経験不足のひと言で私を切り捨てていた人々や、アファーマティブ・アクションや知的水準の低下、多文化主義者による西洋文化の劣化を数十年にわたって公然と非難していた人々が、突如としてペイリンの宣伝係と化し、自己矛盾をはらんだ主張をしていた。サラ・ペイリンにはレーガンのような〝優れた直観〟があり、副大統領になりさえすれば仕事にふさわしい水準に成長するというのである。

もちろん、当時の出来事は、より大きく、より暗い現実の前兆だった。その後に待ち受ける現実のなかでは、過去にどんな立場をとっていたのかや、どんな信条を表明したのか、自分の感性や目や耳が何を真実と告げるのかに至るまで、すべてが党派的な結びつきと政治的利得に覆い隠されようとしていた。

第9章

1993年、ミシェルと私はシカゴのハイドパークにある分譲アパートメント街〈イーストビュー・パーク〉に初めての持ち家を買った。ミシガン湖畔の人工岬、プロモントリー・ポイントに臨むすばらしい立地で、毎年春には広い中庭のハナミズキの木が明るいピンク色の花を咲かせた。列車の車両のように一列に連なった間取りで、ベッドルーム三部屋のあまり広くないアパートメントだったが、床は硬材張りで、日当たりはよかったし、ウォールナット製の戸棚が付いたダイニングルームも悪くなかった。それまでは節約のため義母宅の二階に住んでいたので、とてつもなく贅沢に感じられたものだ。私たちはそこに予算が許す限りの家具を置き、〈クレイト&バレル〉のソファに〈エース・ハードウェア〉のランプ、ガレージセールで買ったテーブルを合わせた。

キッチンの隣には小さな書斎があり、夜はそこで仕事をした。この部屋はミシェルから「巣穴(ザ・ホール)」と呼ばれていた。本や雑誌、新聞、私が書いていた裁判の準備書類や、採点中のテストの答案の山で常にいっぱいだったからだ。だいたい一か月ごとに必要なものが見つからなくなるので、1時間ぐらいかけて一心不乱に掃除した。だが、そのときはとても誇らしい気持ちになるものの、3日もすれば本や書類、その他のごちゃごちゃしたものが、雑草が生えるようにすごい勢いで戻ってきた。この巣穴は私にとって自宅で唯一の喫煙場所でもあったが、娘たちが生まれると、私は自らの悪習を外に持ち出し、少しガタのきていた裏のポーチでタバコを吸うようになった。そちらではときおり、ゴミ箱を漁る(あさ)アライグマの家族の邪魔をすることになったが。

子どもたちが加わって、家のようすはがらりと変わった。テーブルの角には発泡素材の保護パッドが貼られた。また、ダイニングルームは食事をする場所からベビーサークル置き場へと徐々に変貌し、明るい色のマットが敷かれ、1日1回は床のおもちゃを踏んづけるようになった。とはいえ窮屈に感じることはなく、家があまり広くないことの影響といえば、若い私たち一家の喜びと賑(にぎ)わいが増幅されたことぐらいだった。バスタイムにはばしゃばしゃ水しぶきが上がり、誕生日会は甲高い声で満たされた。炉棚に置いたラジオ付きCDプレーヤーでモータウン・レーベルの曲やサルサを流しながら、娘たちを抱えてぐるぐる回ったりもした。同世代の友人たちがもっと高級な地区にもっと大きな家を買っているのは知っていたが、引っ越そうかと思ったのは、ある夏にネズミが一、二匹（正確な数はわからずじまいだった）、廊下を何度もうろついたときだけだ。結局、この問題は私がキッチンの床板を修理して解決をみた。しかし、その対処でさえ、たった二匹でネズミが「大発生」したと騒ぐのは大げさだと（非常に間抜けで、いかにも知ったかぶりらしい笑みを浮かべながら）ミシェルに言い、それなら娘たちを連れて家を出ると警告されてから行ったものだった。

私たちはこの家を買うために27万７５００ドル［当時のレートで約３０００万円］を払っていた。頭金は40パーセントで（一部は祖母(トゥート)が援助してくれた）、残りは固定金利の30年ローンを組んだ。計算上、私たちの収入があれば月々の支払いを余裕でカバーできるはずだった。しかし、マリアとサーシャが大きくなるにつれて託児サービスや学校関連の出費、サマーキャンプの参加費がかさんでいくのに対し、私とミシェルが大学やロースクールに通うために借りた学生ローンの元本は減っていくようすを見せなかった。いつまでたっても家計は逼迫(ひっぱく)していて、クレジットカード・ローンの借入額は増えつづけ、貯蓄はほとんどできなかった。そういうわけで、借り換えをして低金利の恩恵にあずかったらどうだと旧友のマーティ・ネスビットに言われたときは、すぐ翌日に近所の住宅ローン仲介業者に電話した。

仲介業者は快活な短髪の青年だった。彼は、借り換えをすれば月に100ドルぐらいは返済額を減らせると請け合った。だがそれだけではなく、住宅価格が急騰していることを踏まえ、我が家の正味価値を少しばかり現金化してはどうかとも提案した〔自宅を担保に借り入れをする「ホーム・エクイティ・ローン」のこと。家の資産評価額から住宅ローン残高を引いた額が基準となる〕。これはよくある取引で、不動産鑑定士と少しやりとりするだけで手続きがすむという。祖母(トウート)の思慮深い声が耳の奥に響き、最初は眉唾ものだと思いながら話を聞いていた。しかし、あれこれ計算し、クレジットカード・ローンを完済して節約できる金額を考えると、彼の論理は反論しがたいものになった。結局、不動産鑑定士や仲介業者が自宅に査定に来るまでもなく、三か月分の給与明細と銀行取引明細書を何通か提出するだけで手続きがすんだ。私は数枚の書類にサインをして、4万ドルの小切手と、何かから逃げおおせたという曖昧な感覚を携えて仲介業者の事務所を出た。

それが2000年代初頭、不動産ゴールドラッシュの時代のありようだった。当時のシカゴは、一夜にして新たな不動産が開発されているかのような様相を呈していた。住宅価格はかつてないペースで上昇し、金利は下がり、10パーセントや5パーセントの頭金で住宅ローンを組ませる金融業者もいた。頭金なしでローンを組ませる業者さえいたほどだ。こんな状況なら、追加のベッドルームや高価な材質のキッチン、きれいな内装の地下室を諦める理由がない。雑誌やテレビは、そういうものが中間層のライフスタイルの基準だと強調していたのである。住宅は間違いなく優れた投資対象だった。一度買ってしまえば、まさにその住宅を自分専用のATMにできる。望みどおりのカーテンやブラインドを買う費用も、ずっと夢見てきたメキシコ、カンクンでの休暇の旅費も賄えるし、前年に逃した昇給の埋め合わせもできる。ブームに乗り遅れまいとする友人や、タクシー運転手、学校の教員たちは、口々に住宅投資を始めたと言っていた。突如として、〝バルーン・ペイメント〟〔借入期間中は利息のみを支払い、満期に元本を一括返済する借り入れ方法〕、〝変動金利型住宅ローン〟、〝ケース・シラー住宅価格指数〟といった不動産用語を誰もが流暢に使いこなすようになった。不動産市場は予想がつかないものなので、あまり深入りしないほうがいい。そうやって私がやんわり忠告しても、大儲（もう）けした親戚に相談しているから大丈夫だという答えが返ってくるのが常だった。彼らの楽しげな口調からは、私が何もわかっていないと言いたがっているのが伝わってきた。

上院議員に当選したあとでイーストビュー・パークの家を売ると、住宅ローンとホーム・エクイティ・ローンを完済したうえで、ちょっとした利益が残るだけの値がついた。しかしある晩、車で地元に戻ると、例の住宅ローン仲介業者の事務所が空き家になり、買い手または借り手を募集する大きな紙が窓に貼ってあるのに気づいた。市内のリバー・ノースやサウス・ループといった地区に新しくできた集合住宅は、開発業者が値下げを重ねているにもかかわらず、どこも空きを抱えているようだった。政府の仕事をやめて不動産業の免許を取った女性から、どこかに職員の募集はないかと聞かれることもあった。新しい挑戦の結末は望みどおりにならなかったということだ。

私はこうしたことに驚きも恐怖も感じなかった。単なる循環的な市場の浮き沈みと考えたからだ。しかし、ワシントンに戻ってから認識が変わった。連邦議会近くの公園で友人のジョージ・ヘイウッドとサンドイッチを食べていたときのことだ。私は何気なくシカゴの不動産市場が軟調だという話をした。ジョージはプロのブラックジャック・プレーヤーになるためハーバード大学ロースクールを中退したのち、数字を扱う能力とリスクへの耐性を生かしてウォール街の債券トレーダーになり、最終的に個人投資で大金を稼いでいた。流れの先を行くのが仕事というわけだ。

「これはほんの序の口だ」。ジョージはそう言った。

「どういう意味だい？」と私。

「住宅市場全体、金融システム全体の話だってことだ。ハウス・オブ・カード［トランプを組み合わせてつくったタワー］みたいに、今にもすべてが崩れ落ちそうになっているのさ」

ジョージは午後の日差しの下で座ったまま、急成長中のサブプライム住宅ローン［信用度の低い借り手に対する住宅融資］市場について即興で個人授業をしてくれた。銀行が貸し付けた住宅ローンの債権は以前ならその銀行の資産に留まるのが普通だったが、一つの金融商品としてまとめて売られることが増え、当時までに相当な割合がウォール街で取引されるようになっていた。住宅ローンの〝証券化〟と呼ばれる手法だ。これで銀行は個別の借り手による債務不履行のリスクを切り離せるようになり、融資基準を緩めつづけていた。一方、信用格付会社はこうした住宅ローン担保証券（ＭＢＳ）に対し、〝ＡＡＡ（トリプルＡ）〟、つまりリスクが最も低いという評価を与えた。証券の発行者から格付手数料を受け取りながら、土台となる住宅ローンの貸し倒れリスクを適切に分析していなかったのだ。この間、大量のキャッシュを抱え、より高いリターンを渇望していた世界の投資家たちは、ＭＢＳに買いを殺到させて住宅金融の分野にどんどん資金をつぎ込んだ。また、連邦住宅抵当公社（ファニーメイ）と連邦住宅貸付抵当公社（フレディマック）という巨大企業二社は、住宅市場の膨張によって株主たちが濡れ手で粟をつかむ一方で、自らもサブプライム証券市場にはまり込んでいた。議会が住宅所有を促進するため、基準を満たす住宅ローン債権の買い入れをこの二社に認めていたのである。しかも、両社は政府に準じる組織であるがために、他社よりもずっと低いコストで金を借り、それをＭＢＳに投資することができた。

ジョージによれば、一連の要素すべてが古典的なバブルの形成に一役買っていた。住宅価格が上昇を続けているあいだは誰もが幸せだった。頭金なしで夢のマイホームが突然買えた家族。建設が追いつかないほどの新規住宅需要を抱えた不動産開発企業。複雑さを増す金融商品を売って大儲けする銀行。借り入れた資金でこうした金融商品にどんどん大金を賭けていったヘッジファンドと投資銀行。当然ながら、家具店も、カーペット製造業者も、労働組合も、新聞社の広告部門も恩恵を受けていて、この饗宴を続ける動機にはみな事欠かなかった。

しかし、十分な資力のない多くの買い手が市場を支えている状況を踏まえ、ジョージは宴がいつか終わることを確信していた。彼がいうには、私がシカゴで見た現象はちょっとした前震にすぎなかった。本格的な地震がくれば、サブプライム融資が特に活発だったフロリダ、アリゾナ、ネバダなどでの影響は、ずっとひどいものになる。債務不履行を起こす住宅所有者が増え出したとたん、投資家たちはMBSが実際は〝AAA〟ではありえないことに気づき、投げ売りしながら出口に殺到するだろう。一方、MBSを保有する銀行は取り付け騒ぎのリスクが高まり、損失を埋め合わせて自己資本比率を維持するため、貸し渋りが始まるはずだ。その結果、本来なら十分に住宅ローンを組める家庭までもが融資を受けにくくなり、それがさらなる住宅市場の落ち込みにつながる。

これは、市場のパニックを誘発する可能性の高い危険な悪循環だった。巨額のマネーがその悪循環に巻き込まれているため、私たちの世代が見たこともないような経済危機が起こるかもしれない。

私は最初から最後まで、信じられないという思いを募らせながら話を聞いていた。しかし、ジョージは大げさな物言いをするタイプではなく、金の話に関しては特にそうだった。彼は自分の資産運用について、大きな〝ショート〟ポジションをとっていると言っていた。要するに、MBSの将来的な値下がりに賭けているということだ。しかし、本格的な危機が起こる可能性が高いわりに、連邦準備制度理事会（FRB）や金融規制当局や金融メディアなど、そのリスクを話題にしている者がいないように見えたので、私はジョージに理由を尋ねた。

　彼は肩をすくめ、「こっちが教えてほしいぐらいだ」と言うだけだった。

　私は上院の執務室に戻ると、銀行委員会事務局に連絡するようスタッフに指示し、サブプライムローン市場の急騰を危険視している議員や当局者がいないか確認させた。報告によれば、該当者はいないそうだ。FRB議長のベンジャミン（ベン）・バーナンキはすでに、自身の見解を表明していた。住宅市場は過熱気味で調整局面入りが見込まれるが、過去の傾向を踏まえれば金融システムや実体経済に特段の脅威はないという。来る中間選挙など、多くの課題が手元にあったため、ジョージの警告は私の頭から消えていった。実際、数か月後の2007年初めに彼と再会したとき、金融市場と住宅市場はどちらも下落基調が続いていたが、深刻な事態にはまったく見えなかった。ジョージは私に、大きな損失を出したせいで、MBSの〝ショート〟ポジションは捨てざるをえなかったと話していた。

　彼はまったく落ち着いたようすで「賭けを続けられるだけのキャッシュがないだけだ」と言っていた。「どうやら、茶番を続けたがっている連中の意欲を過小評価していたようだ」と。

　私は損失がいくらだったのかは聞かず、別の話題に移った。話を終えて別れたとき、私たちは、その茶番がもう長続きしないことを知らなかった。わずか1年半後、その虚構が過酷な形で崩壊し、私の大統領選当選の決定的要因になることも。


「オバマ議員、ハンク・ポールソンです」

　共和党全国大会から1週間半がすぎ、共和党大統領候補になったジョン・マケインとの第一回討論会が11日後に迫っていた日のことだ。私は財務長官のヘンリー（ハンク）・ポールソンの求めに応じ、彼と電話で話をした。向こうが私と話したがる理由は明白だった。

金融システムがメルトダウンを起こし、アメリカ経済を道連れにしようとしていたのである。

私の陣営は当初、イラク情勢を最大の課題に掲げていたが、変革に向けた議論の柱として、より進歩的な経済政策が必要だと言いつづけていた。私の見方では、アメリカでは少なくとも20年前からグローバル化と革命的な新技術が組み合わさり、経済の抜本的な変化が続いていた。製造企業は生産拠点を国外に移し、低賃金の労働者を利用して安い製品をアメリカに逆輸入していたし、その製品は小規模事業者には対抗しようのない大型小売りチェーンで売られていた。もっと最近では、インターネットの普及によってあらゆる分野のオフィスワークが消え去り、産業全体が消滅する事例さえ生じていた。

この新たな勝者総取り経済では、資本を握るか、特殊でありながら需要の大きな技術を獲得した者が、その資産を生かして世界の市場に売り込みをかけ、人類史上のどんな人たちよりも多くの富を蓄積できる。例を挙げるなら、テクノロジー起業家やヘッジファンド経営者、レブロン・ジェームズ［プロバスケットボール選手］やジェリー・サインフェルド［コメディアン、俳優］といった人々だ。しかし平凡な労働者にとって、資本が移動しうることや生産が自動化されることは、自分たちの交渉力が下がりつづけることを意味する。そうやって、製造業の町から活力の源泉が失われるわけだ。インフレ率が下がろうと、安い薄型テレビが手に入ろうと、レイオフ（一時解雇）やパートタイム雇用、短期雇用、上がらない賃金、削減される福利厚生の埋め合わせにはならない。医療費と教育費が上がりつづけるなかではなおさらだ（医療と教育の分野では、自動化によるコスト削減が比較的少ない）。

さらに、格差というものは自己増幅する傾向があった。アメリカでは当時、中間層でさえ、最高の学校がある地区や最高の雇用条件が見込める都市で暮らす費用を賄えなくなっていた。さらに、富裕層の子どものあいだでは大学進学適性試験（ＳＡＴ）対策やコンピュータ・プログラミング合宿、貴重な経験が積めるものの無給のインターンシップなど、学外での学びが定着していたが、中間層以下の家庭には手が届かなかった。２００７年の時点で、アメリカ経済は世界の富裕国のなかで最大級の格差を生み出していただけでなく、中・低所得層が上の所得階層に移動する機会の乏しい場所になっていたのだ。

私の考えでは、これは避けようのない結果というよりも、ロナルド・レーガン政権までさかのぼる政治的選択の結果だった。そして、ジョージ・Ｗ・ブッシュ大統領は「所有権社会」という言葉を使っていたが、経済的自由の旗の下で富裕層減税が相次いで実施され、団体交渉関連の法規が適用されなくなった。貧困層や困窮者を救うセーフティネットの民営化や削減が続き、幼児教育からインフラ整備に至るまで、あらゆる分野で恒常的に連邦予算の投入が不足していた。こうした要素すべてが格差を拡大させ、家計はちょっとした景気の落ち込みですら乗り切る備えができていなかった。

私は選挙戦で、アメリカをこれと逆方向に進ませると主張していた。生産の自動化を逆行させられるとか、世界規模のサプライチェーン（調達・供給網）から離脱できると思っていたわけではない（貿易協定において労働・環境規制の強化を交渉できると本気で考えてはいたが）。しかし、働く意欲のある人々が公正な扱いを受けられるよう、法制度を調整することは可能だと確信していた。これは過去にも実行された政策だ。都市だろうと小さな町だろうと、私はあらゆる遊説先で同じ主張を繰り返した。教育、研究、インフラ整備へのきわめて重要な投資をする財源を高所得層への増税によって確保することや、労働組合の強化や最低賃金の引き上げ、国民皆保険制度の提供、大学授業料の引き下げを実施することを公約したのである。

私は、政府が大胆な行動をとった前例があることを国民に理解してほしかった。フランクリン・ルーズベルトは資本主義そのものから資本主義を救い、第二次世界大戦後の好況の基礎をつくった。また、労働者保護のための強力な法律が中間層と国内市場の繁栄に寄与したことや、安全性に欠けた製品や詐欺取引を排除することにより、消費者保護のための法律が合法的に活動する企業の繁栄と成長をしっかり支えていたことも、しばしば話題にした。

さらに、公立学校や州立大学での優れた教育や復員軍人援護法（ＧＩビル）が何世代にもわたるアメリカ国民の潜在能力を引き出し、より高い所得階層への移動を後押ししてきたことも説明した。ソーシャル・セキュリティ（社会保障制度）〔高齢者や遺族、障害者を対象とする公的年金制度〕やメディケア〔高齢者や障害者を対象とする公的医療保険制度〕のような制度によって、アメリカ国民は高齢期に入ってからも安定した生活を送れるようになった。また、テネシー川流域開発公社や州間高速道路網のような政府投資が生産性を押し上げ、無数の起業家の活動基盤になった。

私は、こうした戦略を現代に適合させることは可能だと確信していた。また、個別の政策以上に、チャンスを広げ、競争と公正な取引を促し、市場を万人のために機能させるうえで政府が常に果たしてきたきわめて重要な役割を、アメリカ国民に思い出させたかった。

しかし、巨大な金融危機の到来は計算外だった。

友人のジョージから早くに警告を受けていたにもかかわらず、私が金融メディアの不穏な見出しに気づきはじめたのは２００７年春になってからだった。サブプライムローン市場での債務不履行の急増を受け、サブプライム融資額で全米二位のニューセンチュリー・フィナンシャル社が破綻したときのことだ。融資額一位のカントリーワイド・フィナンシャル社は破綻を免れるが、それはFRBの介入で大手銀行バンク・オブ・アメリカとの強引な合併が成立した末のことだった。

２００７年9月、危機感を募らせた私は経済担当チームに連絡し、ナスダック本社で演説を行った。サブプライムローン市場を野放しにしたことを批判し、監督強化を提案したのである。これで大統領候補者選びのライバルたちから一歩抜け出たかもしれないが、ウォール街で事態が制御不能に陥るスピードには完全に後れをとっていた。

それから数か月、金融市場では安全への逃避が起こった。貸し手や投資家が政府保証のある財務省長期証券（Ｔボンド）に資金を移し、保有する債券を急激に絞り込んで、ＭＢＳ関連で大きなリスクがありうる企業から一気に投資を引き揚げたのだ。世界の大手金融機関はほぼ例外なく、ＭＢＳに直接投資するか（借り入れ資金で投資していることも多かった）、ＭＢＳに投資している企業に融資をしていて、関連資産の保有量は危険な水準にあった。２００７年10月には、メリルリンチが住宅ローン関連で79億ドルの損失が出たと発表。シティグループもその後、１１０億ドル近い損失が出かねないと発表した。さらに２００８年3月には、大手投資銀行ベア・スターンズの株価が1日で57ドルから30ドルへと下落し、対応を迫られたＦＲＢの差配により、破綻寸前の同社をＪＰモルガン・チェースが破格の安値で買収した。ウォール街にはゴールドマン・サックス、モルガン・スタンレー、リーマン・ブラザーズという三大投資銀行が残っていたが、リーマンを筆頭に三社とも恐ろしいペースで資金を失っていた。この三社がよそと同じ命運をたどるのか、それがいつになるのかは誰にもわからなかった。

大衆にとっては、強欲な銀行家やヘッジファンド経営者たちへの正当な裁きと解釈したくなる事態である。大衆は、企業が倒産し、２０００万ドルのボーナスを受け取っていた経営者たちがヨットやジェット機、リゾート地の別荘を泣く泣く売り払うのを見物したがっていた。一方、私には、ウォール街の企業幹部たちについて、うぬぼれが強く、自分が本質的に特権に値すると考え、金遣いが荒く、自らの決定が他者に及ぼしうる影響に関心がないという固定観念があった。私は彼らと直接会ったことが何度もあったので、実際にそのとおりの人物が多いことは十分にわかっていた（全員とは言わないが）。

だが厄介なことに、現代資本主義経済における金融恐慌のさなかには、よい企業を悪い企業から隔離することも、痛みが及ぶ範囲を無思慮な者や不誠実な者に留めることも不可能だった。好むと好まざるとにかかわらず、すべての人、すべての物事がつながっていたのである。

２００８年春の時点で、アメリカはすでに本格的な景気後退に入っていた。アメリカ経済が抱える数々の構造的弱点は、住宅バブルと低金利によって丸10年にわたって覆い隠されていた。しかし、債務不履行の急増や銀行の貸し渋り、株価の下落、住宅価格の急落を受け、大小の企業がコストカットを決め、レイオフや発注取り消しに踏み切り、新工場やＩＴシステムへの投資を延期した。そうした企業の従業員もまた、失業したり、自宅の資産価値が下落したり、確定拠出年金制度で積み立てた資産の評価額が低下したり、クレジットカードの支払いが滞って貯蓄を取り崩さざるをえなくなったりした。その結果、彼らも支出を切りつめ、車の買い替えを見送り、外食をやめ、旅行を延期した。すると、売り上げの減った企業が給料や支出をさらに削減した。典型的な需要縮小の悪循環である。この傾向は、毎月途切れることなく強まっていた。３月の統計では、一一件中一件の住宅ローンが延滞や担保の差し押さえに至るまでになり、自動車販売も急減した。また、５月には失業率が前月から０・５ポイント上がり、過去20年で最大の上昇幅を記録した。

問題への対処は大統領であるブッシュの肩にかかっていた。ブッシュは経済担当補佐官たちの求めに応じ、1680億ドルの経済救済策について議会から超党派の合意を取りつけた。税制優遇と税還付によって消費支出を喚起し、経済を刺激しようという狙いだ。効果が表れる可能性はあったのかもしれないが、夏のガソリン価格高騰で台なしになり、危機は深刻化する一方だった。7月、カリフォルニア州の銀行インディマックが瞬く間に破綻し、なんとかして預金を下ろそうと列をなす顧客の映像が全米のニュースで流れた。規模がはるかに大きいワコビア銀行は、ポールソンが倒産回避策として〝システミック・リスク例外規定〟の発動に漕ぎつけたことで、ようやく生き延びた。

議会はこの間、ファニーメイとフレディマックが潰れるのを防ぐため2000億ドルの公的資金注入を承認した。アメリカの住宅ローン保証の計90パーセント近くを担っていた民間所有の巨大金融機関だ。その両社が、新設の連邦住宅金融庁（FHFA）を通じて連邦政府の管理下に置かれたのである。それほどの規模の介入があってもなお、市場は崩壊の瀬戸際でよろめいているように見えた。政府がしていることは、大地の裂け目を塞ごうとシャベルで砂利を流し込んでいるかのようだった。そして、少なくとも当面、政府はその砂利を使い果たしていた。

ポールソンが電話してきたのは、それが理由だった。私たちが初めて会ったのは、彼がまだゴールドマン・サックスの最高経営責任者（CEO）だったころだ。ポールソンは長身と禿げ頭と眼鏡が印象的な外見に、無骨ながらも気取らない振る舞いの人物で、会話では環境保護への情熱を語ることに大半の時間を費やしていた。しかし電話のときは、かすれ具合が特徴の声がすっかり喧嘩腰になり、極度の疲労と恐怖の両方と対峙していることを感じさせた。

電話があったのは9月15日月曜日のことだ。その日の午前中、リーマン・ブラザーズが倒産法第11条の適用を申請したと発表していた。リーマンといえば、6390億ドルの総資産をもつ大企業である。財務省が史上最大の倒産劇を防ぐために介入しなかった事実は、私たちが危機の新たな段階に入っていることを示唆していた。

ポールソンは「非常にまずい市場の反応が予想できます」と言い、「状況はまだまだ悪化する見通しです」と続けた。

財務省とFRBはどちらも、リーマンは弱体化しすぎて支えられないと判断し、同社の負債を引き受けようとする金融機関もないとの結論を出していた。ポールソンはその決定の理由を私に説明した。さらなる緊急措置を講じるには超党派の政治的支持が必要になるため、私とマケインに状況を伝える権限を大統領から与えられていたのだ。ポールソンは両陣営に対し、事態の深刻さを十分に認識したうえで、適切な言動をとることを期待していた。

世論調査を見るまでもなく、ポールソンが政略の影響を不安視するのは当然のことだった。大統領選を含む国政選挙の投票日は7週間後に迫っていた。この危機がどれほどの影響力をもつのか、大衆の理解が深まるなか、無思慮な銀行の救済に莫大な額の税金を投じる計画の人気度を測ったら、ひどい帯状疱疹やオサマ・ビン・ラディンの好感度と同じような数値が出たに違いない。翌16日、ポールソン率いる財務省はゴールドマン・サックスとモルガン・スタンレーの破綻を防ぐため両行の定義を投資銀行から変更し、連邦政府による保護の可能な商業銀行を設立できるようにした「両行はこの直後、銀行持ち株会社に移行している」。それでも、高い格付けを獲得した優良企業でさえ、日々の運転資金を賄うのに必要な融資を突如止められる事態が続いた。また、安全性と流動性で現金同等とみなされていたMMF（マネー・マーケット・ファンド）「短期の金融商品で運用される投資信託」は下押し圧力に屈しはじめていた。

民主党議員がこの惨状の責任はブッシュ政権にあると主張することは容易だったが、事実として、サブプライム融資で住宅価格が高騰するあいだ、彼らの多くが持ち家比率の上昇に喝采を送っていた。一方、共和党議員はただでさえ、不人気な現職大統領と経済破綻という重荷を背負いながら再選を目指していた。そこにきてウォール街〝救済〟措置の拡大に賛成しろというのは、いっしょに墓穴を掘ろうという誘いに等しかった。

私はポールソンに対し、「追加措置を講じる必要があるのなら、最大の問題はこちら側ではなく、そちら側にあるのではないでしょうか」と伝えた。ブッシュ政権の銀行部門への介入をめぐり、多くの共和党議員から〝小さな政府〟という保守主義の中核的原則に反するとの異論が出ていたのだ。彼らはＦＲＢが越権行為に及んでいると非難していた。一部の図々しい議員たちは、サブプライムローン市場の問題を規制当局がもっと早く察知すべきだったとまで言い出した。過去８年、自分たちがかたっぱしから金融規制を緩めていった事実を忘れたかのような物言いである。

その点、公の場でのマケインの発言は控えめだった。私はポールソンに対し、事態が展開するあいだ、マケインと緊密に連絡を取りつづけるよう求めた。共和党の大統領候補である彼にとって、ブッシュから距離を置くことは難しい。実際のところ、ブッシュの経済政策の大半を継続するというマケインの公約は、大きな弱点として彼につきまとっていた。しかも、党の候補者指名争いのあいだ、マケインは経済政策にあまり明るくないと白状していた。その後も自分が何軒の住宅を所有しているか把握していないことを記者に認め、置かれている状況を理解していないという印象を強めていた（正解は８軒だ）。ポールソンの話を聞く限り、マケインが抱える政治的問題は悪化しようとしていた。陣営の政治担当顧問たちは、政権のあらゆる金融機関救済策から距離を置くよう求めるはずだ。そうすることで、有権者の覚えをめでたくしようというのである。

マケインが救済を支持しないことを選んだ場合、民主党議員たちから彼に続くよう私に強い圧力がかかるだろう。ひょっとすると、私の選対スタッフでさえ、同じことを求めるかもしれない。しかし、私はポールソンとの会話を終えた時点で、マケインの出方は重要ではないと判断していた。絶大なリスクが存在するのだから、政略的な事情にかかわらず、政権が状況を安定させられるよう必要な協力をするだけだ。

大統領になりたいのなら、大統領らしく行動しなければならない。私は自分にそう言い聞かせた。

事態が急速に展開するなか、マケインが理にかなった対応を打ち出すことはやはり難しかった。リーマンの発表があったまさにその日、テレビ中継された集会で「経済のファンダメンタルズ（基礎的条件）は堅調だ」と断言したのである。国民を安心させるために言ったことだが、間が悪かった。私の陣営はこの発言を痛烈に非難した（私は同日中に開かれた自分の集会で「マケイン議員、どこの経済の話をしているんですか？」と問いかけた）。

それから数日間、リーマン破綻のニュースは金融市場を本格的な恐慌に陥れ、株価が暴落した。メリルリンチはそれ以前から、バンク・オブ・アメリカを相手に投げ売り同然の身売り交渉をしていた。さらにその間、ＦＲＢによる２０００億ドルの銀行向け融資だけでは対策が足りないことが明らかになり、ファニーメイとフレディマックの救済資金とは別に、政府による大手保険会社ＡＩＧの緊急買収のため８５０億ドルが費やされようとしていた。ＡＩＧはサブプライム証券市場での損失を引き受ける保険契約を販売していた。同社は「大きすぎて潰せない」の典型だった。世界の金融ネットワークとあまりに密接にからみ合っているせいで、もし潰れれば銀行の連鎖倒産の引き金になるということだ。ＡＩＧは損失を出しつづけ、政府が介入に踏み切ってからも出血が止まらなかった。リーマン破綻の４日後、ブッシュとポールソン、バーナンキ、証券取引委員会（ＳＥＣ）委員長のクリストファー・コックスの４人がテレビ画面に現れた。のちに不良資産救済プログラム（TARP）の名で知られる法案を議会で成立させ、新たに7000億ドルの緊急予算を確保する必要があると訴えるためだ。破滅の阻止にはそれだけの費用がかかるというのが、4人の見解だった。

数日前のへまを取り戻そうとしたのか、マケインは政府のAIG救済に反対すると表明したが、翌日には態度を翻した。TARPに関するマケインの立場は曖昧なままで、理屈として救済に反対しながら、現実には法案に賛成する可能性もあった。マケインが優柔不断さを見せる一方、私たちの陣営は彼には厳しい経済情勢のなかで国の舵取りをする力がないと主張した。彼がブッシュから受け継ぐと公言していた経済政策は、富裕層や有力層を中間層より優遇するものであり、私たちは躊躇なく、この「ブッシュ＝マケイン」政策を危機と結びつけた。

ただし、ブッシュ政権の救済策に対してはそうするわけにはいかなかった。私は関連法案の議会通過を妨げる可能性のある発言を公の場で控えるよう陣営に指示し、ポールソンへの約束を守るため最善を尽くした。さらに私は、選対の経済政策顧問であるオースタン・グールズビーとジェイソン・ファーマンに加え、元FRB議長のポール・ボルカー、クリントン政権で財務長官を務めたローレンス・サマーズ、伝説的な投資家のウォーレン・バフェットからなる臨時経済顧問団にも意見を聞きはじめていた。大きな金融危機を生き延びた経験のある彼ら全員が、この危機の衝撃は桁違うと認めていた。迅速に行動しなければ、経済崩壊の危険は非常に現実的なものになるという。それは、失業率が1930年代の大恐慌に匹敵する水準に達するだけでなく、新たに数百万人のアメリカ国民が家をなくし、数十年かけて貯めた資産を失うということだった。

顧問たちによる説明は、危機を詳細に理解し、さまざまな対策案を評価する手がかりとして計り知れない価値があると同時に、心底恐ろしいものだった。私は、マケインとの第一回討論会の準備のためフロリダ州タンパに移動するまでに、経済の主要課題について少なくとも自分が何の話をしているのかを理解しているという自信がついたが、危機の長期化がアメリカ全土の家庭に及ぼしうる影響をますます恐ろしく感じていた。

討論会の準備のために3日もホテルに閉じこもるのは、楽しみなイベントではない。迫りくる危機が気がかりなタイミングならなおさらだ。しかし、民主党の候補者指名争いの討論会の出来が安定しなかったことを考えれば、対策が必要なことは明らかだった。幸い、選対は政界での経験が豊富な弁護士コンビを教官役として雇っていた。ロン・クラインとトーマス（トム）・ドニロンだ。2人はアル・ゴア、ビル・クリントン、ジョン・ケリーといった大統領候補にも、討論会の準備のために雇われたことがあった。私は現地に到着するやいなや、討論会の形式を詳細に分析した結果と、本番で想定しうるあらゆる質問の概略を2人から説明された。それから、質問に対して一分の隙もない理想的な答えができるようになるまで、アクセルロッド（アックス）やプラフ、広報担当顧問のアニタ・ダンをはじめとする選対の面々から、何時間もの特訓を受けた。ほかにもクラインとドニロンは、私たちが缶詰めになっていた老舗ホテル〈ベルビュー・ビルトモア〉に討論会本番で使われる舞台と寸分違わぬ模型をつくるよう求めていた。合宿初日の夜、私に本番と同じ90分の模擬討論をさせるためだ。2人はしゃべるスピードから身振り手振り、口調まで、あらゆる側面から討論中の私の欠点を指摘した。ひどく消耗するが、間違いなく有益な練習である。その晩、私は枕に頭をうずめながら、討論のポイントが夢に出てくるに違いないと思った。

クラインとドニロンは外部からの干渉を遮断するために最善を尽くしたが、外から入ってくる情報は常に気にかかっていた。市場の動向やブッシュ政権が制定を目指すTARP法案の展望について、特訓の合間に報告を受けていたのだ。TARPは「法案」と呼ぶには大げさな代物だった。ポールソンが連邦議会に提出したのは、定型句が並んだわずか3ページの文書にすぎなかったからだ。そこには、不良資産の買い取りや、より広範な危機封じ込め策の実施を可能にするため、7000億ドルの緊急予算の使用を財務省に認めると書かれていた。上院で私の首席補佐官を務めるピート・ラウズによれば、メディアや大衆はTARP法案の予算規模に激しく反発し、民主、共和両党の議員たちは、法案について詳細を欠いていることを理由に難色を示していた。ブッシュ政権が確保している賛成票は、可決に必要なレベルに近づいてもいなかった。

民主党上院院内総務のハリー・リードと下院議長のナンシー・ペロシに電話で話を聞いたときも、状況はラウズの報告と同じだった。リードとペロシはどちらも現実に徹する政治家で、議会多数派の勢力を固めるチャンスとあれば躊躇なく共和党を攻撃したが、その後数年で繰り返し示されるように、重大な問題が関わっているときにはすすんで政略を棚上げする一面もあった(先にひとしきり不満を言うこともあったが)。私はTARPに関する指示を2人から求められ、率直な見解を伝えた。ウォール街に安易に利益を与えるだけにならないよう条件を加える必要はあるが、民主党は法案通過を後押しすべきだ、と。すると2人は、ブッシュと共和党指導部が党内で十分な賛成票を確保しようがしまいが、それぞれが上下両院の民主党議員たちを責任をもって説得し、法案通過に必要な賛成票を集めると確約した。

そもそも、共和党だけで法案可決に必要な賛成票が獲得できるとはとうてい思えなかった。選挙が迫り、互いに相手に攻撃材料を与えたくない状況で、国民に不人気な法案を通過させようというのだ。手詰まりに陥るのは目に見えていた。

私は膠着(こうちゃく)状態を打破するため、ある夢想的なアイデアを真剣に検討しはじめた。私とマケインが共同声明を出し、一定の条件を満たしたTARP法案の可決を議会に訴えるという構想だ。私の友人でもあるオクラホマ州選出の共和党上院議員、トーマス・コバーンの発案だった。双方が同じ痛みを受け入れる姿勢を示せば、採決から政略を取り除き、臆病な議員たちを選挙への影響をめぐる不安から解放できる。そうすれば、各自が合理的な決断を下せるという理屈だった。

マケインがこの案にどう反応するかは不透明だった。小手先の罠とみなされる可能性もあるが、救済策が議会を通らなければ事態は大恐慌へと発展しかねない。それがわかっている以上、この方法には試すだけの価値があると私は考えていた。

選挙運動での短いイベントを終えて宿泊先のホテルに戻る途中、マケインと電話で話をした。彼の口調は柔らかく丁寧だったが、警戒心も感じられた。マケインは共同声明を出す案に応じる用意があると言いながらも、別の難しい案も検討していた。両陣営が選挙運動を一時停止してはどうかというのだ。討論会を延期してワシントンに戻り、救済策が議会を通過するまで待つという提案だった。

大統領選の遊説をやめてワシントンに引き揚げることがなんの役に立つのか、私にはわからなかった。だが、マケインが目の前の選挙戦より法案通過を優先することに関心を持っているようすを示したことは、心強く感じた。私は彼の案を拒否していると受け取られないよう注意を払いつつ、まずは両陣営の選対本部長のあいだで選択肢を考案し、私とマケインが1、2時間後にそれを検討することを申し入れた。マケインはこれを承諾した。

一歩前進だ——。通話を終えるときにはそう思っていた。私は次にプラフに電話をかけ、マケイン陣営の選対本部長であるリチャード・デイヴィスに電話をして続きを話し合うよう指示した。しかし、それから数分でホテルに着くと、ちょうどデイヴィスとの通話を終えたプラフがしかめ面をしていた。

「マケイン陣営が記者会見を開こうとしています。選挙活動を中止してワシントンに戻る計画を発表するつもりです」とプラフは言った。

「なんだって？　10分前に向こうと話したばかりだぞ」と私は答えた。

「ええ、でも……その話は本当ではなかったんです。デイヴィスは、72時間以内に救済策が成立しなければマケインは討論会に出席すらしないと言っていました。マケイン陣営は選挙運動を中止する動きに続くよう、公の場であなたに呼びかけるつもりです。なんでも、『今は政略の出る幕ではないとマケイン議員がお考え』だからだそうで」。プラフは誰か殴ってやりたいと言わんばかりの勢いで、吐き捨てるように説明した。

私たちがマケインの発表を見たのは、それからほんの数分後だ。彼の声は憂いを帯びていた。抑えがたい怒りと失望の両方が、私のなかに湧き上がった。寛大な見方をすれば、私の電話に対するマケインの反応は不信感から出たものとも考えられる。共同声明を出そうという提案を先手を打つための計略として警戒し、逆に先手を打つことにした、という解釈だ。しかし私の陣営は、あまり寛大でないほうの見方で一致した。なりふりかまわぬマケイン陣営が、またもや浅はかな政治パフォーマンスに打って出たという解釈である。

パフォーマンスであろうとなかろうと、ワシントンの政界関係者はみな、マケインの動きは時宜をとらえた見事な一手だと考えていた。彼の発表の中継が終わるやいなや、民主党の相談役たちや政府中枢にいる支持者たちから不安げなメッセージが大量に寄せられた。選挙活動は中止しなければならないとか、そうしなければ国家の緊急事態のまっただなかで優位を奪われかねないといった内容だ。しかし、私たちの気質からしても、それまでの経験に照らしても、私の陣営は昔ながらの知恵におとなしく従う者の集まりではない。私自身、大統領候補２人がワシントンにそろったところで、ＴＡＲＰ法案通過の可能性は下がりこそすれ上がりはしないと考えていたし、金融危機によって討論会を行う重要性が以前よりずっと高まったとも感じていた。未知の領域を行く国民を導かんとする２人の議論を、国民が直接聞けるようにするためだ。その一方、マケインの呼びかけを拒否することは、大きな賭けだとも思っていた。しかし、集まった選対幹部たちに私の見解に異論があるか尋ねると、全員が迷わず同じ返事をした。答えは〝ノー〟だ。

私はにやりと笑った。「よし、それでいこう」

１時間半後、私は独自に記者会見を開いて選挙活動を中止する予定はないと発表し、すでにポールソンや議会幹部らと絶えず意見交換を続けており、必要なら即座にワシントンに戻ることもできると説明した。さらに、「誰であれ、大統領になれば同時にいくつものことに対処しなければならないのです」と即興で付け加えると、それが翌日の報道で大きく取り上げられた。

有権者の反応は読めなかったが、私たちはこの決断に満足していた。しかし、今後の動きを考えようと腰を落ち着けたところで、ブッシュ政権で大統領首席補佐官を務めるジョシュア・ボルテンからプラフにメールが入った。電話をくれという内容だ。プラフは足早に部屋を出て、数分後に戻ってきた。先ほどよりもさらに顔をしかめている。

「どうやらマケインは、あなたと議会幹部を交えた会談を明日、ホワイトハウスで開くようブッシュに求めたようです。ＴＡＲＰに関する合意を打ち出すという名目です。すぐにでもブッシュから電話がくるでしょう。このお祭り騒ぎへの招待です」

プラフは頭を振った。

「こんなの、どう考えてもでたらめですよ」

ホワイトハウスの閣議室は大きくないものの、風格を感じさせる部屋だ。床には金色の星が並んだ鮮やかな赤絨毯が敷かれ、クリーム色の壁にはワシをかたどった燭台が取り付けられている。さらに、北側にある暖炉の両脇からは、古典様式の大理石像が二体、視線を向けている。ジョージ・ワシントンとベンジャミン・フランクリンの胸像だ。部屋の中央に置かれた楕円形のテーブルは光沢を放つマホガニー製で、二〇脚の椅子に囲まれている。その椅子は重厚な革張りで、背もたれに小さな真鍮製のプレートが取り付けられ、それぞれ大統領、副大統領、各閣僚の座席であることを示している。落ち着いた熟議の場として、歴史の重みに耐えうるようにつくられた部屋だった。

キャビネットルームからローズガーデンを見下ろせる位置には両開きの幅広のドアがあり、日中はそこから室内に光が差すことが多かった。しかし、2008年9月25日、マケインの依頼でブッシュが招集した会談の席についたとき、空はどんより曇っていた。テーブルには、ブッシュ、副大統領のディック・チェイニー、マケイン、私、ポールソンに加え、民主党の議会幹部であるペロシとリード、共和党の議会幹部であるジョン・ベイナーとミッチェル（ミッチ）・マコーネル、さらに議会の関連委員会の議長と少数党筆頭委員たちが座っていた。また、ホワイトハウスと議会の職員が壁際にずらりと並び、メモをとったり、分厚い状況報告書をめくったりしていた。

誰一人、その場にいることを望んではいないようだった。

前日に電話で話したときのブッシュは、明らかに乗り気でないようすだった。大統領としてのブッシュの主要な政策決定にはすべてといっていいほど反対はしたが、私はその実直さと愛嬌、自虐気味のユーモアのセンスを知り、彼という人を好きになっていた。

「なぜマケインがこれを名案だと思うのか、説明しようがない」。ブッシュの声は謝っているかのようだった。さらに彼は、私がポールソンと日に二度三度と連絡を重ねていたことに謝意を示し、議会民主党への根回しに協力していることにも礼を言った。そして、「私がもし君の立場なら、ワシントンにだけはいたくない。しかし、マケインに求められて、断ることができなかった。手短に切り上げられればいいのだが」と釈明した。

ポールソンだけでなく政権幹部全員が会談に反対したことを知ったのは、あとになってからだ。反対するのも当然だった。会談までの数日間で、TARP法案をめぐる議会幹部たちの隔たりが埋まりはじめていたのである。当日の朝には、暫定的な合意がなされたとの報道も出ていた（ほんの数時間で下院共和党が離脱したが）。大統領補佐官たちは交渉が繊細な局面にあることを踏まえ、私とマケインが途中で介入しても、助けよりも妨げになる可能性が高いと感じていた。当然の危機感である。

しかし、ブッシュは補佐官たちの反対を押し切った。私にはこの判断を責められなかった。共和党内でTARPへの反発が増していたことを考えれば、党の大統領候補との関係を悪化させる余裕などなかったのだ。とはいえ、キャビネットルームでの会談は精巧な芝居のような雰囲気に終始した。私は室内に並ぶ沈んだ顔を見て、自分たちは中身のある交渉ではなく、一人の男をなだめようとする大統領のために集められたのだと理解した。

ブッシュは手短に開会の挨拶を述べて結束を呼びかけると、ポールソンに続きを任せた。ポールソンは目下の市況を確認したのち、TARPによる資金をどのように使って、銀行の不良住宅ローン債権（いわゆる「有毒資産」である）を買い取ってバランスシートを支え、市場の信頼を回復させるのかを説明した。ブッシュはそのあと、「ハンク（・ポールソン）とベン（・バーナンキ）がこの計画でうまくいくと考えているのであれば、私は支持する」と述べた。

慣例に従い、ブッシュは次の発言者に下院議長のペロシを指名した。しかしペロシは自ら前に出ることを選ばず、ブッシュ大統領に対し、最初は代表として私に発言させたいという民主党側の希望を丁重に伝えた。

私が先頭に立つというやり方はペロシとリードが提案し、私も快諾していた。これなら、協議のあいだ私がマケインに出し抜かれずにすむだけでなく、民主党員たちと私が政治的命運をともにしていることも示せる。共和党側はこちらの出方に驚いたようだ。ブッシュはペロシに向かってにやりと笑ってから、私が発言することを認めた。いかにも彼らしいあの笑みを見逃しようがない。熟練の政治家であるブッシュは、私たちのこのやり方が巧妙な作戦であることを見抜いたのだ。

そこから数分、私はこの危機の性質や法案の詳細、詰めるべき論点について話をした。民主党は、救済対象となる金融機関の監督や役員報酬、住宅所有者の救済といった課題にも処置が必要だと考えていた。私とマケインは会談に先立ち、金融機関救済の取り組みに政略をもち込まないと誓約する声明を出していた。私はこのことに触れながら、民主党は法案通過のために必要なだけの賛成票を投じると大統領に伝えた。ただし、一部の共和党幹部が合意から離脱し、計画を白紙に戻してやり直すべきだと主張しているとの報道に関し、この話に少しでも事実が含まれているのであれば交渉の停滞は避けられず、「重大な結果が待っている」と警告した。

ブッシュはマケインに対し、「バラクに発言の機会を与えたので、ジョン、次はあなたが話すのが公平だと思うが」と発言を促した。

全員がマケインに視線を向けたが、彼の口は動かなかった。何か言いかけたように見えたが、考え直したらしく、しばらく落ち着かなげなしぐさを見せていた。

ようやく口から出た言葉は「ここは自分の順番を待とうと思う」だった。

人生と同じく選挙戦でも、それまで開けていた数々の道が一本を残して突然閉ざされるという瞬間がある。さまざまな結果がありえたはずなのに、たった一つの結末を受け入れざるをえなくなるのだ。これはそういう瞬間だった。ブッシュは眉を片方上げてマケインを見つめ、肩をすくめてから、ベイナーに発言を求めた。ベイナーは、一からすべてを説明するのではなく、いくつか法案の修正を求めるだけだった。彼が四苦八苦しながら説明した計画には、連邦政府が銀行の不良債権を買い取るのではなく、損失補填を引き受ける案が盛り込まれていた。

私はポールソンに対し、ベイナーが示した案をすでに検討したか、損失補填の引き受けという方法の是非の判断がついたかを尋ねた。答えは明確で、検討したうえでうまくいかないと判断したと言われた。

すると、上院銀行委員会の少数党筆頭委員で共和党所属のリチャード・シェルビーが口を挟み、経済学者たちからＴＡＲＰは効果がないとの意見が出ているため、議会があらゆる選択肢を検討できるよう、ホワイトハウスはもっと時間を与えるべきだと提案した。ブッシュはシェルビーの話をさえぎり、アメリカにはこれ以上時間をかける余裕はないと言い切った。

議論が進むうちに、共和党の議会幹部が誰一人、ＴＡＲＰ法案の最新版の中身を具体的に把握していないことが露呈していった。それどころか、自党の修正案の意味を理解している者もいなかった。彼らはただ単に、苦しい採決を避ける方法を探していたのである。論争にしばらく耳を傾けたのち、私は再び発言した。

「大統領、やはりマケイン議員のご意見を伺いたいのですが」

全員の視線が再びマケインに集まった。マケインは、今度は手にした小さなメモを読み、こちらまで聞こえない声で何かつぶやいてから、２、３分ほど陳腐な言葉を並べて場を取りつくろった。

交渉は進展しているようだとか、下院共和党を賛成に転じさせる猶予をベイナーに与えることが重要だという内容だった。

それがすべてだった。計画もなければ戦略もない。立場の隔たりの懸け橋となりうる提案すらない。マケインがメモを置いてうつむくと、キャビネットルームは沈黙に包まれた。彼の姿は、まるで空振り三振したことを悟った瞬間の野球のバッターだった。気の毒にすら思えた。大統領候補にこんなリスクの高い手段に打って出るようすすめ、ろくな準備もないまま会談に送り込んだことは、マケイン陣営の政治的な過ちだったからだ。記者たちがこの日のマケインのていたらくを耳にすれば、容赦なく批判的な報道をするだろう。

しかし、マケインの失態には、もっと差し迫った影響があった。キャビネットルームで無秩序な言い争いが始まったのだ。ペロシと下院金融サービス委員会の少数党筆頭委員で共和党所属のスペンサー・バッカスは、TARP法案の最新版に加わった納税者保護の強化が誰の功績なのかについて口論を始めた。また、マサチューセッツ州選出の民主党議員、バーニー・フランクは共和党の面々に皮肉を浴びせはじめ、「そっちにどんな計画があるっていうんだ？　どんな計画だ？」と繰り返し声を張り上げた。フランクは強気で頭の回転が速く、政策通で、TARP法案の議会通過のためにおそらく誰よりも懸命にポールソンに協力していた。一人また一人と顔を紅潮させ、声のトーンが上がり、思い思いの相手と話をしていた。その間、マケインは黙りっぱなしで、椅子の上で考え込んでいた。あまりにひどいありさまに、ついに大統領が立ち上がった。

ブッシュは「どう見ても、もうこの会談は私の手に負えません」と言い、「これでお開きです」と宣言した。

それから彼は踵（きびす）を返し、足早に南のドアから退室した。

この一部始終に私はあぜんとした。

マケインと共和党幹部たちがさっさと退散すると、私はペロシとリード、残りの民主党議員たちを引き連れて近くの〈ルーズベルトルーム〉に入り、テーブルを囲んだ。みなそれぞれに興奮していた。会談後に私が記者会見をしないことは事前に決めていたため、個々の議員が状況を悪化させる恐れのある発言をいっさいしないよう全員に念を押しておきたかった。どうしたら会談の中身を建設的に要約できるか話し合っていると、呆然自失といった表情のポールソンが部屋に入ってきた。まるで嫌われ者の子どもが遊び場に入ってきたかのように、数人が彼を追い出そうとした。彼をあざ笑う者さえいた。

長身のポールソンは「ナンシー」と呼びかけながら、下院議長であるペロシの横に立った。それから、「どうか……」という言葉に続けて、１９５センチメートルの体を床に沈めた。62歳の彼が片膝をつく姿には、少しの悲しみを漂わせながらユーモアと絶望が見事なまでに調和していた。「お願いです。この法案が消し飛ぶようなことはしないでください」

ペロシは一瞬だけ笑顔をつくり、「ハンク、あなたがカトリック信徒だったなんて知らなかった」と応じた。そして、すぐに真顔に戻ってから、突き放すように言った。「気づいていないのかもしれないけれど、消し飛ばそうとしているのは私たちではないのよ」

このときのポールソンには称賛の念を禁じえなかった。立ち上がったあと、さらに数分その場に留まり、民主党議員たちに不満を吐き出させたのだ。部屋を出て記者たちの前に姿を見せるころには全員が落ち着きを取り戻し、会談についてできるだけ前向きな発言をすることで一致していた。私はポールソンとその晩のうちに話をする約束をしてからホワイトハウスを出て、プラフに電話をかけた。

「どうでした?」とプラフ。

私は少し考えてから、次のように答えた。

「こちらにとっては、うまくいった。だが、たった今見た光景からすると、私たちは勝たないといけないな。でないと国がめちゃくちゃになる」


私はもともと迷信を信じる人間ではない。子どものころはラッキーナンバーも意識していなかったし、ウサギの足のお守りも持っていなかった。それに、幽霊も妖精(レプラコーン)も信じていなかった。バースデーケーキのろうそくを吹き消すときや泉に1セント硬貨を投げるときに願い事をしてもそれがかなうかどうかは自分の努力次第だと、すぐに母から念を押されたものだ。

しかし選挙期間中、私は自分が少しだけスピリチュアルな世界に歩み寄っていることに気づいた。ある日のことだ。アイオワ州でのイベントが終わったあと、バイク乗り風の格好をしたタトゥーだらけの大柄なひげ面の男がやってきて、私の手に何かを押しつけた。金属製のポーカーチップだった。本人いわく、それは幸運のポーカーチップで、ラスベガスでは一度も彼を裏切らなかったそうだ。だから、私に持っていてほしいと言われた。1週間後のニューハンプシャー州では、目の見えない少女がピンク色のガラスでできた小さなハートを渡しにきてくれた。オハイオ州では、桃の種ほどしわの刻まれた顔にあふれんばかりの笑みをたたえた修道女から、銀の十字架をもらったこともある。

お守りのコレクションはどんどん増えていった。ミニチュアの仏像、オハイオトチノキの実、ラミネート加工された四つ葉のクローバー、サルの神ハヌマーンの小さな銅像、あらゆる種類の天使たち、ロザリオの珠(たま)、クリスタル、石――。そこから五、六個を選んでポケットに入れるのが毎朝の習慣になり、特によいことのあった日にどれを持ち歩いていたのかも、なんとなく把握していた。

私は自分が隠し持っていた小さな宝物たちについて、たとえ望ましい方向に世界が向かう保証にならなくとも、邪魔にはならないと思っていた。手の中で転がしているときや、イベントからイベントへの移動中にポケットからかちゃかちゃという音が聞こえたときには、いつも励まされている気持ちになった。こうしたお守りに触れるたび、それまで出会ったすべての人たちの記憶がよみがえった。どのお守りも、彼らの希望と期待を、ささやかに、しかし確実に私に伝えていた。

私は、討論会の日にいつものやり方を崩さないことに気をつけるようにもなった。まず、午前中は必ず戦略や要点の確認に専念し、午後は早い時間帯に軽めの選挙活動をこなす。ただし、4時以降はできるだけ予定を空けておく。それから、余計な興奮を発散するために少しだけ運動をする。その後、会場に向かう90分前にひげを剃り、熱いシャワーを長めに浴びてから、新しい白のシャツに袖を通し、青か赤のネクタイを締める。シャツとネクタイは、ホテルのクローゼットの中、きれいにアイロンのかかった青のスーツの隣にレジー・ラヴが掛けておいてくれる。夕食のメニューは食べ慣れたものにする。ミディアムウェルに焼いたステーキと、ローストポテトかマッシュポテト、蒸したブロッコリーだ。討論会の30分ほど前には、自分の手帳を見直しながら、イヤホンか小型のポータブルスピーカーで音楽を聴く。ついには、どの曲をかけるかにも少しばかりこだわるようになった。選挙戦の序盤には、ジャズの古典的名曲を流していた。マイルス・デイビスの『Freddie Freeloader』、ジョン・コルトレーンの『My Favorite Things』、フランク・シナトラの『Luck Be a Lady』といったところだ（ある州での予備選に先立つ討論会の前、『Luck Be a Lady』を繰り返しかけていたことがある。二、三回連続で聴いていたはずだ。準備に自信がなかったことがはっきり表れている）。

最終的に、私の頭をうまく切り替えてくれる音楽はラップだという結論に達した。特によく聴いたのが、ジェイ・Zの『My 1st Song』とエミネムの『Lose Yourself』だ。どちらも下馬評を覆すことやすべてを賭けた勝負に出ることについて歌っていた（「一度でも欲しいと思ったもの全部が一気に手に入る、そんな一発、一回のチャンスが巡ってきたとして、なあ、それをつかもうって気がおまえにあるのか？　それとも何もせず見過ごすのか……？」）。あるいは、ゼロから何かを紡ぎ出す感覚を歌っていた。機転とペテンを駆使し、虚勢で恐怖を覆い隠しながら、どうにか生き延びることについて歌っていた。どちらの歌詞も、落選確実とみられていた出馬当初の私を表現しているように聞こえた。ぱりっとしたシャツを着て、ネクタイの結び目を完璧に整え、シークレットサービスの車の後部座席にひとり座って討論会場に向かう途中、曲に合わせて頭を上下に振りながら、私はこれから反乱を起こすのだという気分になっていた。そのとき自分を取り巻いていたどんな狂騒や称賛よりも、もっと現実的で、もっと地に足のついたものとつながっている感覚があった。そうしてまやかしを切り抜け、自分が何者なのかを思い出していたのである。

9月末、マケインとの第一回討論会の前にも、私は一連の儀式を完璧にこなした。ステーキを食べ、音楽を聴き、ポケットのお守りの重みを感じながら舞台に上がった。だが率直に言って、そこまでの幸運は必要なかった。会場のミシシッピ大学は50年近く前、ジェームズ・メレディスという黒人学生が、最高裁判所命令と連邦の法執行官500人の警護を得てようやく授業に出ることができた場所だ。そのキャンパスに着くまでに、私は落選確実の候補ではなくなっていた。

すでに私は、このレースの主導権を握っていた。

予想どおり、ホワイトハウスでの会談で起こった大惨事をめぐり、マケインに対して厳しい報道がなされていた。マケイン陣営は討論会のわずか数時間前、マケインの介入で議会のTARP交渉が「進展」したと理由をつけ、自粛していた選挙活動を再開することと、結局は討論会に出席することを発表した（仮にマケインが欠席し、司会者のジム・レーラーと差し向かいの対談になるとしても、私は舞台に上がるつもりだった。レーラーと気持ちよく議論をして、それがテレビ中継されるだけのことだ）が、マケインが抱えた問題はもはや悪化するばかりだった。裏目に出た政治パフォーマンスをあわてて切り上げたというのがマケイン陣営の実態であり、記者たちもそれをわかっていたのである。

討論会本番に驚きはほとんどなかった。舞台上のマケインは落ち着いたようすで、遊説で語ってきたことと共和党守旧派の定説をつなぎ合わせ、ユーモアと魅力をたっぷり加えながら話をした。しかし、彼が金融危機の詳細を十分に把握していないことや、対策計画をめぐる質問への答えを欠いていることは、議論が進むにつれてどんどん露呈していった。その一方、私の答弁はうまくいった。これは間違いなく、クラインとドニロンの鬼教官コンビによる特訓の成果だ。直感に従い、事前に頭に入れたのと違う答弁もした。しかし、より入念に準備した答えにテレビの視聴者と解説者たちが説得力を感じていたことや、練習のおかげで話が冗長にならずにすんだことは紛れもない事実だ。

だがそれ以上に、マケインとの討論会に対する私の心構えが明らかに変わっていた。民主党の候補者指名争いでヒラリーたちと行った討論は、複雑な競技のように感じることが多かった。細かな違いを論じ合い、実質的な差のないところでポイントを稼ぎ合っていたからだ。しかし、マケインと私のあいだには実質を伴った深い違いがあり、どちらが当選するかは数十年先にまで影響を及ぼし、数百万人、数千万人、あるいは数億人がその恩恵や損害を受けることになる。私には、事実をきちんと把握できているという自信があった。また、アメリカが目の前にある難局を乗り切るうえで、マケインよりも私の提案のほうがうまくいくだろうと思った。討論会の最中、私はマケインとのやりとりを通じて活力がみなぎるのを感じ、舞台の上での90分間をほとんど楽しんでいた。

討論会直後の無党派層の支持率調査では、私がマケインを大きく引き離していた。選対の面々は歓喜に沸き、あちこちで拳を打ち合わせたり、ハイタッチを交わしたりしていた。安堵のため息をつく者も少しはいたはずだ。

ミシェルも喜んでいたが、もっとおとなしかった。彼女は討論会の会場が大の苦手なのだ。本人の言葉を借りれば、私が何を言われようとどんな醜態をさらそうと、涼しい顔で席に座りながら吐き気をこらえていなければならないのは、麻酔をかけずにドリルで虫歯を削られるような苦痛なのだという。実際、話題にすることで災いを招くのを恐れていたからか、私が勝利しそうなために葛藤を抱えていたからか、ミシェルは普段、選挙活動の競馬的な側面について私と話したがらなかった。だからこそ、その晩のひと言には驚いた。彼女はベッドに入ったあとで私に向き直り、「あなたが勝つのよね?」と言ったのだ。

「まだ、いろいろあるかもしれないよ……でも、そうだね。勝つ可能性はかなりある」

私は妻を見つめた。何か考え込んでいるようだ。頭の中でパズルを解いているみたいに見える。ミシェルはようやく自分の考えに納得したようにうなずくと、私を見つめ返した。

「あなたは勝つわ」。今度は柔らかい口調だった。彼女は私の頬にキスをして、ベッドサイドの明かりを消し、肩まで布団をひっぱり上げた。

討論会3日後の9月29日、ブッシュのTARP法案が下院で否決された。民主党議員の三分の二が賛成し、共和党議員の三分の二が反対した結果、可決に13票届かなかったのだ。その直後、ダウ工業株三〇種平均が約７７８ポイントという恐ろしい下げを演じた［当時の報道によれば、1日の下げ幅として過去最大だった］。批判的な報道が相次いだだけでなく、退職後のための積み立てが蒸発した有権者から電話が殺到したのだろう、数日後の修正法案の採決では両党から態度を翻す議員が何人も現れ、結果がひっくり返った。

　私は大いに胸を撫で下ろし、ポールソンに電話をかけて努力を称えた。ＴＡＲＰは議会を通過したのち、金融システム救済で重要な役割を担うようになった。しかし、共和党、ひいては共和党大統領候補が金融危機に責任をもって対処するとは思えないとの印象は、国民のあいだで強まりつづけた。この流れをくつがえすのに、一連の出来事はまったく役に立たなかったのである。

　一方、こちらの陣営では、数か月前にプラフの提案で決まった戦略が成果を上げはじめていた。大勢のイベント仕掛け人やボランティアが全国展開して新たに数十万人の有権者登録を促し、期日前投票が可能な州で前例のない運動を立ち上げていた。また、インターネット経由での寄付の流入も続き、どの地域のメディアに資金をつぎ込むのかを好きに選ぶことができた。マケイン陣営は投票日の一か月前、ミシガン州での選挙活動を打ち切ると発表した。ミシガンは過去の選挙で勝敗を分けてきた重要な州だ。それをさしおいて、ほかの場所に力を集中させるのだという。発表を聞いたプラフはまるで怒っているみたいだった。彼は首を振りながら、「ミシガンを捨てて勝てるわけがない！」と言っていた。「そんなの白旗をあげるようなもんだ！」と。

　マケイン陣営はミシガン州にエネルギーを集中させる代わりに、ある人物に目をつけた。彗星のごとく現れ、カルト的な人気を博していたジョー・ワーゼルバーカーという男だ。

　私はその数週間前、ワーゼルバーカーと出会っていた。オハイオ州トレドで古典的な戸別訪問をしたときのことだ。こうした活動は私にとって選挙戦中の一番の楽しみで、熊手で落ち葉を集めたり、家の前で車の手入れをしたりしている住民たちを驚かせることも、騒ぎを聞きつけた子どもたちが自転車でようすを見にくるのを眺めるのも好きだった。

私はその日、街角に立ち、サインをしたり、地域の人たちと話をしたりしていた。すると、30代後半の坊主頭の男が近づいてきて、ジョーと名乗ってから私の課税計画について質問をした。話を聞くと、ジョー・ワーゼルバーカーは配管工で、私のようなリベラル政治家によって彼のような小規模事業者の成功が妨げられるのを懸念していた。報道陣のカメラが回るなか、私は増税計画について説明した。負担が増えるのは上位2パーセントの富裕層に属する国民だけであって、税収を教育やインフラに投資することで経済も彼の事業もさらに繁栄するはずだ、と。さらに、「富を広げる」という言葉を使いながら、より多くの人に道を開くうえで、こうした所得の再分配はいつの時代も重要だとの考えを伝えた。

ワーゼルバーカーは親しみやすい雰囲気だったものの説明には納得せず、私たちは意見が一致しないという意見で一致した。私は彼と握手をしてその場を去った。車で宿泊先のホテルに戻る途中、ギブズから「富を広げる」という私の言葉には問題があると言われた。選対の優秀な広報責任者たちは例外なく、当たり障りのなさそうな言葉がくだらない政治問題に発展するリスクを察知する嗅覚を備えている。

「何を言っているんだ?」

「あの言葉は支持率への影響がよろしくないんです。共産主義とかそういったことを連想させます」

ブッシュ減税撤回の要諦(ようてい)は、私のような者の所得をワーゼルバーカーのような大衆に再分配することにある――私はそう言って、ギブズの答えを笑い飛ばした。このときの彼の視線は、同じ失敗を繰り返す我が子を見つめているようだった。

ギブズの懸念は正しかった。私とワーゼルバーカーの映像が表に出るやいなや、彼には

“配管工のジョー(ジョー・ザ・プラマー)”という愛称がつき、マケインが討論会で攻撃材料に使いはじめたのだ。相手陣営はここにすべてを賭けた。社会主義的な所得再分配という私の秘密の目論見がオハイオに住む1人の善良な男によって暴かれたとの構図を示し、ワーゼルバーカーを中間層に現れた預言者のように扱ったのである。突如として、全国ネットのニュース司会者たちが続々と彼にインタビューをしはじめた。“配管工のジョー”のテレビCMが流れ、マケインが遊説にワーゼルバーカーを同行させることもあった。突然の名声に対する本人の反応はまちまちで、楽しんでいるようすも、戸惑っているようすも、ときには怒っているようすも見せた。しかし、ワーゼルバーカーがひととおり言うことを言い、することをした段階で、大半の有権者は彼のことを次期大統領選びという重大な仕事を混乱させるだけの存在とみなしていた。

ただし、そうした評価をしていたのは有権者の大半であって、すべてではなかった。ショーン・ハニティ〔保守派政治評論家。FOXニュースで政治トーク番組の司会者を務める〕やラッシュ・リンボーから情報を仕入れる人々には、“配管工のジョー”が違って見えていたのだ。ライト牧師のことや、コミュニティ・オーガナイザーのなかでも急進的なソウル・アリンスキーに私が忠誠を誓っているという主張、極左テロ組織〈ウェザー・アンダーグラウンド〉の元主要メンバーでシカゴで交流のあったビル・エアーズとの関係、私が実はイスラムの信仰を受け継いでいるといった、噂がからんだ流言飛語に、ワーゼルバーカーはぴったりはまっていた。私はこういう有権者のあいだで、セーフティネット拡大とイラク戦争終結を目指すただの中道左派の民主党議員ではなくなっていた。もっと狡猾(こうかつ)で、恐れ、阻止すべき人間とされていたのである。彼らはこの愛国的な緊急メッセージをアメリカ国民に届けるため、最も勇敢に自分たちを代弁する人物、つまりサラ・ペイリンへの関心を高めていった。

8月以降、ペイリンは大手メディアのインタビューで大失敗を重ね、『サタデー・ナイト・ライブ』などの深夜コメディ番組でネタにされていた。しかし、ペイリンの能力は別のところにあった。彼女は10月の第一週を集会に費やして大入りの聴衆を集め、熱狂的な演説で移民排斥主義的な不満を注入した。彼女は壇上から「自分の国を狙うテロリストたちと仲良くしている」と私を批判し、「あなた（聴衆）や私がアメリカを見るようにアメリカを見ている人物ではない」と評した。会場に詰めかけた人々は〝PALIN'S PITBULLS（ペイリンのピットブル）〟〝NO COMMUNISTS（共産主義者はいらない）〟といったスローガンが書かれたTシャツを着ていた。さらに、聴衆が「テロリスト！」「ヤツを殺せ！」「首をはねろ！」と叫ぶようすも報道された。外国人嫌悪、反知性主義、陰謀論への偏執、黒人をはじめとする非白人層への嫌悪――現代の共和党において長らく辺縁に押し退けられていた悪霊が、ペイリンを通じて舞台の中心に躍り出る道を見出したかのようだった。

しかし、こうした光景はジョン・マケインの人間性、彼の根本的な品格を証明する機会でもあった。マケインはペイリン流の悪言を口にしながら近づいてくる支持者に対し、いつも丁重に反論していた。ミネソタ州での集会でマイクを渡された男性が、オバマが大統領になるのを恐れていると言ったとき、マケインはそれに同調しなかった。

「お言葉を返すようですが、彼は立派な人物です。アメリカ大統領となるのを恐れる必要がある人ではありません」。マケインがそうたしなめると、聴衆から盛大なブーイングが起こった。さらに別の質問に対し、「我々は戦うことを望んでいますし、私は戦います。しかし、敬意をもたなければなりません。私はオバマ議員と、彼がしてきたことを高く評価しています。私は彼に敬意を払います。みなさんにも、敬意をもち、それを忘れないよう努めていただきたい。なぜなら、アメリカの政治はそうあるべきだからです」と答えた。

私はときどき、マケインの選択について自問する。ペイリンが派手にのし上がり、副大統領候補者指名を獲得する道のりが将来の政治家たちの手本となることで、共和党中枢とアメリカ政治全体が彼の忌み嫌う方向へと移行していく――それを知っていたら、彼はペイリンを選んだだろうか？ もちろん、直接尋ねたことはない。それからの10年間、私たちは消極的ながらも本物の敬意のある関係を築いていったが、やはり２００８年の選挙は古傷でありつづけた。

願望含みではあるが、もしもやり直すチャンスがあったなら、マケインは違った選択をしたかもしれないと私は思っている。彼が真の意味でアメリカを第一に考えていたことを確信しているからだ。

10月、私たちがフットボール場や都市公園で開いた集会には、季節外れの猛暑にもかかわらず４万人、あるいは５万人の聴衆が詰めかけていた。１年余り前、サウスカロライナ州グリーンウッドの小さな部屋で、大きな帽子のイーディス・チャイルズから広まった掛け声は、もはや自然に湧き上がり、会場中に響くようになっていた。燃えてるか（ファイアド・アップ）！ さあ行くぞ（レディ・トゥ・ゴー）！ 燃えてるか！ さあ行くぞ！ これは、私たちがともに築き上げたものだった。その場にいた人には、まるで何か物理的な力が生じているようなエネルギーが感じられたことだろう。投票日まで一か月を切り、各地の選対事務所は大勢のボランティア登録者が入りきれる場所を必死で探していた。また突如として、遠くを見つめる私の顔を赤白青の三色で再現したグラフィックアートのポスターが、あらゆる場所で目に入るようになった。シェパード・フェアリーによる『ＨＯＰＥ』という作品だ。選挙活動が政治の領域を超え、大衆文化に入り込んでいるように感じた。旧友のヴァレリー・ジャレットに「今、世間ではあなたが〝旬〟なのね」とからかわれたものだ。

これは心配な現象だった。選挙活動を通じて人々に刺激を与えることも、変化を起こす取り組みに多くの若者が全力で加わる光景を見ることも、人種や社会・経済階層の垣根を越えてアメリカ国民を団結させることも、すべて私自身が政治の可能性として夢見たことだ。それが実現したことは誇らしかった。しかし、自分が象徴としてまつり上げられつづける流れは、コミュニティ・オーガナイザーとしての私自身の本能に逆行していた。変化に携わるのは〝私〟ではなく〝私たち〟だと認識していたからだ。さらに、ひとりの人間としても、私はこの流れに戸惑った。誇大広告に乗せられないよう絶えず自らを戒めることを迫られ、美化された自分と、欠点があり安定感の足りない本当の自分、その両者のあいだに隔たりがあることを常に意識しなければならなかった。

　たとえ大統領になっても、自分に向けられている過大な期待には応えられない。私はそんな見通しにも対処しなければならなかった。民主党の大統領候補者指名を勝ち取って以降、私のなかで新聞を読むときの感覚が衝撃的なほど変わりはじめていた。見出しも、記事の本文も、そこで明らかになる事実も、一つ一つが私に解決が求められる問題となり、その問題が瞬く間に積み上がった。ＴＡＲＰ法案は議会を通過したものの、金融システムは麻痺したままで、住宅市場も急落していた。さらに、雇用の減少が加速するなかで、三大自動車メーカー、いわゆる〝ビッグ・スリー〟がまもなく経営危機に陥るとの観測もあった。

　一連の問題に対処する責任を負うことは怖くなかった。そのチャンスを楽しんでいたというのが、実際のところだ。しかし、当時収集していたあらゆる情報から考えると、当分は状況が大幅に悪化する可能性が高かった。二つの戦争の終結や、医療制度改革の公約実現、大規模な気候変動による影響から地球環境を守る取り組みはもちろん、経済危機の解消も長く難しい仕事になる。１人の救世主ではなく、協力的な議会と、積極的な同盟諸国と、十分な情報に基づき精力的に活動し、政治体制に圧力をかけられる市民セクターが必要とされていた。

もし変化が速やかに起こらなかったら、いったいどうなるだろうか？　足踏みや後戻り、妥協が避けられなくなったら、歓声を上げているこの群衆はどんな反応をするだろうか？　私と選対メンバーのあいだでは「こんなものを勝ち取りたいなんて本気か？　投げ出すなら今のうちだぞ」という冗談がはやっていた。マーティは同じ気持ちをもっとアメリカ人らしくこう表現した。「『独立宣言から』２３２年経ってもまだ、連中はこの国が崩壊して兄貴に降伏するのを待ってるんだぜ！」

10月下旬にハワイから届いた知らせには、選挙関連のどんな出来事を聞いたときよりも落ち込んだ。妹のマヤからの電話で、祖母（トゥート）がもう長くないと聞かされたのだ。医師の見立てでは、早ければ1週間のうちに最期がくるという。祖母は自宅アパートメントの居間に置いたレンタルの医療用ベッドに寝たきりになり、ホスピスの看護師に世話をされながら、薬で緩和ケアを受けているそうだ。前夜に突然意識がはっきりして選挙戦の状況を知りたがり、ワインとタバコをせがんでマヤを驚かせたが、電話の時点では眠ったり目覚めたりを繰り返していた。

それで私は、祖母にさよならを言うため、投票日の12日前にホノルルに飛んだ。36時間の強行日程だ。祖母のアパートメントに着くと、マヤが待っていた。ソファに座ったマヤの傍らには、古い写真や手紙が入った箱がいくつか出してある。「何枚か持って帰りたいんじゃないかと思って」。そう言われた私は、ローテーブルの上にあった写真を手に取った。祖父母とまだ8歳だった母が、ヨセミテの草原で笑っている写真。4、5歳の私が波しぶきのなかで祖父（グランプス）に肩車されている写真。祖父母と母、私、よちよち歩きのマヤがクリスマスツリーの前で笑っている写真――。

私はベッド脇の椅子に腰掛け、祖母の手を握った。体は痩せ細り、息苦しそうにしている。歯車が軋（きし）むような金属的な響きの激しい咳をして、体を震わせることもある。祖母は二、三回、静かに何かつぶやいたが、たとえ意味のある単語だったとしても聞き取ることはできなかった。

夢を見ているのだとしたら、どんな夢だろう？　人生を振り返り、あれこれ考えることはできているだろうか？　あるいは、祖母はそんな贅沢を望まないだろうか？　私としては、彼女は夢のなかで思い出にふけっているのだと思いたかった。昔の恋人とのことを楽しく思い出しているのかもしれない。ちょっとした幸運に恵まれ、世界が大きな希望に満ちあふれているように見えた若者時代の、完璧な、明るい日差しに照らされた1日を振り返っているのかもしれない。

そうしながら、私はハイスクール時代に祖母と交わした会話のことを考えていた。祖母が慢性的な腰痛を患い、遠くまで歩くのが難しくなりはじめていたころだ。

「ベア、老いるということで大切なのはね、中身は変わらないってことなのよ」。遠近両用眼鏡の分厚いレンズ越しにじっと見つめられたのを覚えている。きちんと話を聞いているか確かめているみたいだった。「こんなふうに、壊れはじめた鬱陶しい容器に閉じ込められてね。それでも、自分であることは変わらないの。わかる？」

私にも、その意味がわかるようになっていた。

それから1時間ばかり、座ったままマヤと話をした。話題は彼女の仕事や家族のことだった。私はその間ずっと、乾いて骨の浮き出た祖母の手を撫でていた。しかし、思い出だらけの部屋にいると、しだいに胸が詰まってきた。一つ一つの記憶がぶつかり、混ぜ合わさり、屈折して、まるで万華鏡の中にいるように感じたのだ。私は少し散歩してくるとマヤに伝えた。ギブズとシークレットサービスに話をして、細かい手はずを相談した結果、階下の報道陣に行き先を知らせないことで意見がまとまった。私はエレベーターで地下まで降り、駐車場から外に出て左に向かい、アパートメントの裏を走る小道を進んだ。

道のようすは35年前とほとんど変わっていなかった。私は日本式の小さな神社と公民館の裏を抜けた。木造住宅の並びに三階建てのコンクリート製集合住宅がまじっている。10歳のとき、父から与えられた初めての自分のバスケットボールを地面に弾ませたのが、この道だった。コートのある近くの小学校まで、行きも帰りもでこぼこの歩道をドリブルしつづけたものだ。夕飯どきになると一〇階までボールの音がやかましく響いてくるので、あなたが帰ってくるのがわかる——祖母はいつもそう言っていた。この道を通り、スーパーマーケットまで祖母のタバコを買いに走ったこともある。10分以内に帰ってくれば、お釣りでキャンディバーを買っていいと言われていたからだ。15歳になるとアルバイトを始め、近所の〈バスキン・ロビンス〉でアイスクリームをよそっては、まさにこの道を歩いて帰ってきた。小切手に書かれた給料の少なさに愚痴をこぼすと、祖母は大笑いしていた。

今とは違う時代の今とは違う暮らしだ。質素で、自分の周囲より外に影響を及ぼすこともない。しかし、私はその暮らしのなかで、愛されながら生きていた。祖母が亡くなったら、そんな暮らしを覚えている人が、そんなふうに暮らしていた私を知る人が誰もいなくなってしまう。

背後から騒がしい足音が聞こえてきた。報道陣だ。私が予定外の散策に出たことをどこかから聞きつけ、車道の向こう側に集まったのだ。押し合いながらカメラを構えるカメラマンたちと、マイクを持って気まずそうにこちらを見ているリポーターたち。大声で質問を浴びせていいものか、葛藤しているのが一目瞭然だった。彼らはモラルをわきまえていたし、まじめに自分の仕事をしていただけだ。ともあれ、散歩はたったの4ブロックでおしまいになった。私は報道陣に軽く手を振ると、回れ右をして出てきた駐車場に向かった。これ以上進んでも仕方なかったからだ。探しているものがこの先にないことは、わかっていた。

私はハワイを発ち、仕事に戻った。祖母が亡くなったとマヤから電話があったのは、それから8日後、投票日前日のことだ。その日は選挙活動の最終日で、夕方にノースカロライナ州に立ち寄ってからバージニア州に飛び、最後の集会に臨む予定だった。会場に向かう前、アックスから優しく話しかけられた。いつもの遊説原稿に祖母の死を短く伝える言葉を書き足すのに、手を貸してくれるという。だが、私は礼を言ってから、その申し出を断った。自分が何を言いたいのか、もうわかっていたからだ。

小雨が降ったおかげで涼しく、美しい夜だった。屋外のステージに立ち、音楽と歓声、掛け声が静まるのを待ってから、私は数分かけて祖母のことを聴衆に伝えた。世界恐慌のさなかに過ごした子ども時代や青春時代のこと。戦場の祖父と離れ、工場のラインで働いていたころのこと。祖母が私たち家族にとってどんな意味のある人だったのか。そして、私の話を聞いている人々にとって、どんな意味をもちうる人なのか。

「彼女は隠れた英雄でした。そして、そういう人がアメリカのあらゆる場所にいるのです」。私は話を続けた。「彼らは有名ではありません。新聞に名前が載ることもありません。しかし、日々懸命に働き、家族を養い、子どもや孫のために我が身を捧げています。脚光を浴びたがるでもなく、ただひたすらに、すべきことをしようと努めているのです」

「この聴衆のなかにも、そんな隠れた英雄がたくさんいます。それは、自分のすべてを犠牲にして懸命に働いている母親や父親、祖父母のことです。子ども、あるいは孫、ひ孫たちが自分よりもよい暮らしをすることに、満足を覚える人々です」

「それがアメリカという国です。私たちはそのために戦っているのです」

選挙活動の締めくくりに私から伝えられる話として、これ以上のものはないと感じていた。

もし、あなたが選挙の立候補者として投票日を迎えたら、その静けさに驚くだろう。集会も市民討論会もない。テレビやラジオの広告も、もはや気にならない。ニュース番組もこれといったネタを流さない。スタッフやボランティアは投票の呼びかけを手伝うため通りに出払っていて、選対事務所は空っぽだ。そのあいだも、顔も知らない何千万人の人々が全米で黒いカーテンの奥に入り、望みの政策や個人的な直感を投票用紙に託している。そうやって、不可思議な集団的秘術により、国の運命、そしてあなた自身の運命が決まるわけだ。ここで、明白かつ核心的な気づきが訪れる。もはや事は自分の手を離れてしまったのだ。できることといえば、もう待つことぐらいしかない。

　プラフとアックスは何もできないことに激しく気を揉み、各地からの報告や噂話、降水確率など、結果予想の材料になりうることをブラックベリーであれこれ調べながら時間を過ごしていた。私は２人とは反対に、すべてを成り行きに任せていた。波に身を委ねて浮いているようなものだ。その日はまず、早朝のラジオ番組に何件か電話出演し、投票に行くようリスナーたちに呼びかけた。黒人のリスナーの多い番組が中心だった。それから、７時半ごろに家族でハイドパークの自宅から数ブロックのベウラ・シュースミス小学校に行き、ミシェルとともに投票をすませてから、マリアとサーシャを学校に送った。

　そのあと、インディアナポリスの現地事務所に少し顔を出し、有権者たちと握手をした。さらにそのあとは、ミシェルの兄のクレイグや旧友たち、彼らの息子たちとバスケットボールをした（朝にバスケットをしたアイオワ州での党員集会と、バスケットをしなかったニューハンプシャー州での予備選の結果を受け、私とレジーのあいだでバスケが一種の願掛けになっていたのだ）。子どもたちのスピードとパワーには、大人全員が手を焼いた。誰も強烈なファウルをしないことには気づいていたが、試合は真剣勝負で、いい雰囲気のなかでも汚い言葉による心理戦はいつもどおり交わされていた。あとでわかったことだが、ファウルに関してはクレイグから事前に注意があったそうだ。私が顔にあざをつくって家に帰ったら、彼がミシェルから問い詰められるのは確実だった。

この間、ギブズは決戦州からのニュースを追っていた。報道によれば、全米各地で投票率が過去最高を更新しそうな情勢で、一部の投票所では順番待ちが4、5時間に及び、トラブルが発生するほどだった。ただし、ギブズが見た映像では、現地の人々はいらだつよりも楽しそうにしていたそうだ。高齢者たちは折りたたみ椅子に座り、ボランティアたちはご近所が集まるパーティーのように軽食や飲み物を配っていたという。

私は自宅に戻り、夜まで出かけなかった。ミシェルと娘たちが美容院に行っているあいだは、目的もなくのんびりすごした。それからひとりで書斎にこもり、勝利宣言と敗北宣言、両方の演説原稿を仕上げた。アックスから連絡が入ったのは、午後8時ごろだ。全国ネットのテレビ各局がペンシルベニア州での私たちの勝利を伝えているという。マーヴィン・ニコルソンから、そろそろホテルに向かったほうがいいと声がかかる。シカゴ市中心部のホテルで公式発表を見届けてから、〈グラント・パーク〉での集会に移動する段取りだ。

家の門の前にいるシークレットサービスの警護官と車の数は、数時間のうちに倍に増えたようだった。警護班を率いるジェフ・ギルバートは握手をしてから私を引き寄せ、短くハグをした。気温は摂氏17度を超え、この時期のシカゴとしては季節外れに暖かかった。幹線道路のレイクショア・ドライブを走るあいだ、ミシェルも私も黙ってミシガン湖を見つめ、後部座席ではしゃぐ娘たちの声を聞いていた。突然、マリアが私のほうを見て、「パパ、もう勝ったの?」と尋ねてきた。

「たぶん勝ったよ」と私。

「じゃあ、これからお祝いでおっきなパーティーに行くってこと？」

「そうだよ。どうして？」

「だって、パーティーに来る人があんまり多くなさそうだから。道路に車がいないもの」

私は笑ってしまった。娘の言うとおりだったからだ。私たちの車列を通すため、片側三車線の道路が双方向で完全に通行止めになっていたのである。

ホテルの警備態勢も変わり、階段の吹き抜けには武器を持った警察特殊部隊（ＳＷＡＴ）の隊員が配置されていた。スイートルームに入ると、親族や親友たちが先に到着していた。みな笑顔で、子どもたちは部屋中で追いかけっこをしている。その反面、これから起ころうとしている現実が各自の心のなかで落ち着きどころを探しているかのような、奇妙な静けさも感じた。特に、義母のマリアンは見るからに緊張していた。喧騒の向こうでソファに座り、じっとテレビに見入る彼女が目に入った。この出来事を疑っているような表情をしている。私は彼女が何を考えているのか想像した。マリアンはシカゴ中心部からほんの数キロの場所で育った。黒人が安全に立ち入ることすらできない地区が市内に残っていた時代のことだ。当時、彼女の父親を含む大半の黒人にとって、オフィスワークに就くことは望むべくもなく、白人が支配する労働組合に入ることは不可能で、日払いの建設作業員として食いつなぐしかなかった。黒人がアメリカ大統領になるなど、豚が空を飛ぶぐらいありえない発想だっただろう。

私は隣に座り、「大丈夫ですか？」と声をかけた。

マリアンは肩をすくめ、テレビを見つめつづけた。「こんなのつらすぎるわ」

「わかります」。私はそう言いながら彼女の手を握った。少しのあいだ、私たちは互いに寄り添うように静かに座っていた。すると突然、テレビ画面に私の顔が映った。ＡＢＣニュースが、アメリカ合衆国の第44代大統領になるのは私だと伝えたのだ。

部屋中で割れんばかりの歓声が上がり、廊下にも叫び声があふれた。ミシェルはキスのあとでゆっくり体を離して私を見つめ、笑いながら首を振った。レジーとマーヴィンが大急ぎで部屋に入ってきて、その場にいる全員を力強く抱きしめて回った。プラフとアックス、ギブズもすぐに入ってきて、各州での結果を早口で報告した。私は3人が話すのを数分聞いてから、事実と確信していることを告げた。私自身のどんな取り組みにも劣らず、彼らの手腕、勤勉さ、見識、根気、献身、情熱と、陣営全体の努力があったからこそこの瞬間が訪れたのだ、と。

今、あの晩の残りの出来事を振り返っても、ほとんど涙でぼやけている。マケインから電話をもらったことは覚えている。敗北宣言の演説と同様、丁寧で品格のある話しぶりだった。マケインは電話口で、アメリカはたった今生まれた歴史を誇りに思うべきだと強調し、私が大統領として成功できるよう後押しすると約束した。ブッシュや諸外国の首脳からも祝いの電話があった。ハリー・リードやナンシー・ペロシとも話をした。民主党の議会指導部は上下両院ともに歓喜に沸いていた。それから、ジョー・バイデンの91歳の母親と会ったことも覚えている。バイデンが副大統領候補者指名の辞退を検討していたときのことを、嬉しそうに教えてくれた。そんなこと考えるもんじゃないと息子を叱ったそうだ。

夜のグラント・パークにはシカゴの光り輝くスカイラインと向かい合わせに舞台が設けられ、20万人を超える聴衆が集まっていた。舞台上を歩いているときに見えた人々の顔は、今でもはっきり思い出せる。あらゆる人種の男性、女性、子どもたちがこちらを見上げていた。豊かな人も、貧しい人も、有名人も、有名でない人も、恍惚の笑みを浮かべている人も、人目をはばからず泣いている人もいた。私はこれまでに、あの晩の演説の書き起こしを読み返したこともあるし、あの場にいたときの気持ちをスタッフや友人たちが語るのを聞いたこともある。

しかし、それから12年間の出来事と同じように、舞台上を歩く私たち家族の映像や、聴衆や照明、背後のすばらしい夜景の写真など、その後に自分が見てきた視覚的な記録によって、あの夜の記憶が上書きされているのではないかと不安も感じている。どれほど美しくても、実際の体験と一致しているとは限らない。実は、あの晩の写真で私が気に入っているのは、グラント・パークとはまったく違う場所で撮影された一枚だ。私がシカゴで演説しているときにワシントンのリンカーン記念堂で撮影され、何年も経ってから贈られた。写真には、記念堂の階段に集まった人たちと、暗くてぼやけた彼らの顔、その奥で明るく照らされた巨大なリンカーン像が写っている。大理石に刻まれたリンカーンの顔はいかめしく、わずかに目を伏せている。集まった人々はここでラジオを聴きながら、静かに考えていたそうだ。一つの民として見た、自分たちアメリカ国民の本質のことを。そして、この民主主義というものがたどってきた軌跡のことを。

第3部

反逆者

RENEGADE

第10章

連邦上院議員として何度かホワイトハウスを訪れたことはあったが、私が初めて大統領執務室（オーバルオフィス）に入ったのは大統領に当選したあとだった。楕円形（オーバル）の長径は11メートル弱、短径は9メートル弱で、一般的に想像されているより狭いかもしれないが、天井は高くて広く、主な特徴は写真やニュース映像で見るのと変わらない。炉棚の上にはツタが置かれ、その上の壁には初代大統領ジョージ・ワシントンの肖像画が掛かっている。二脚のハイバックの椅子とその両脇にあるソファには、大統領や副大統領、訪米した外国の代表団が座る。また、ゆるやかに湾曲した壁と同化して見えるドアが二枚あり、片方は廊下に、もう片方は大統領の個人補佐官［大統領の付き人として身の周りの世話をする官職］たちが詰める部屋、通称〈アウター・オーバル〉につながっている。また、ドアはもう一つあり、そちらは大統領が使う小さな書斎やダイニングルームにつながる。ほかには、この世を去って久しい指導者たちの胸像や頭像、レミントン作の有名なブロンズのカウボーイ像、背の高いアンティークの振り子時計やつくりつけの書棚もある。また、分厚い楕円形のカーペットの中央には、いかめしいワシの刺しゅうがほどこされている。〈毅然とした（レゾリュート）デスク〉の名で呼ばれる執務机は、1880年にイギリスのヴィクトリア女王から贈られたものだ。難破したのちにアメリカの捕鯨船の助けで回収されたイギリス船〈レゾリュート号〉の船殻からつくられた。表面に凝った装飾が彫りこまれているほか、隠し引き出しなど秘密の収納スペースも多い。前面の幕板は中央が扉のように開く。子どもが見たら、喜んでくぐり抜けようとする構造だ。

　このほか、オーバルオフィスには写真に映らないものがある。光だ。この部屋は光にあふれている。天気がよれけば東と南の大窓から日が差し、すべてを黄金色に染める。その輝きは夕方に太陽が沈むにつれてやわらぎ、影がまじってまだらになっていく。天気が悪く、南側の庭(サウスローン)が雨や雪、まれに朝霧に覆われているときは部屋が少しだけ青っぽくなる。だが、いつもより弱い自然光を室内の間接照明が補い、天井や壁から光が降りそそぐため、薄暗く感じることはない。照明はいつもつけっぱなしなので、たとえ真夜中でも、部屋から漏れる白い光が灯台の回転灯さながらに外の暗闇を照らしている。

　私は8年の任期の大半をあの部屋で過ごし、諜報部門からの報告に苦い気持ちで耳を傾けたり、各国首脳を迎えたり、連邦議員たちをなだめすかしたり、盟友や敵対者たちと駆け引きをしたり、何千人もの来訪者と写真を撮ったりした。スタッフと笑い合ったり、悪態をついたりもした。涙をこらえることも一度ではなかった。そして、次第に自分の執務室に慣れ、レゾリュートデスクに足をのせることも、その上に座ることも、子どもといっしょに床を転がることも、ソファで昼寝することもできるようになった。ときには空想にふけったこともある。東のドアから抜け出し、敷地内の小道を通って警備担当者の詰所と鍛鉄の門を抜け、雑踏に紛れ込んで以前の生活に戻ることを想像したのだ。

　しかし、オーバルオフィスに入るときにいつも感じる畏敬の念は、一度も消えたことがない。部屋に入るたびに、自分はただの仕事場ではなく民主主義の聖域に足を踏み入れたのだと感じた。あの部屋に満ちた光はいつの日も私を慰め、励まし、自分が背負っている重荷と責務がいかに名誉なものなのかを思い出させてくれた。

私が初めてオーバルオフィスを訪れたのは、大統領当選からわずか数日後、長い伝統にならってジョージ・W・ブッシュ大統領夫妻の招待を受け、じきに自宅になるホワイトハウスを見学したときだ。私とミシェルはシークレットサービスの車でサウスローン側から敷地に入り、芝生をぐるりとまわって玄関に向かった。その間、私たちは、あと三か月足らずでここに引っ越してくるのだという事実を消化しようとしていた。その日は晴れて暖かく、木々はまだ葉で覆われていて、ローズガーデンには花が咲き誇っていた。ワシントンでは秋が長く、おかげでひと息つくことができた。シカゴではあっという間に気候が変わり、寒く、暗い季節が来ていたからだ。投票日の夜は季節外れの暖かさだったが、北風が木々の葉を散らすさまを見ていると、あの晩の気温も精巧な舞台装置の一部で、お祝いが終わったとたんに撤去されてしまったように感じた。

ブッシュ夫妻には南玄関（サウスポーティコ）で迎えられた。報道陣に儀礼的に手を振ったあと、居住棟（レジデンス）でお茶を飲むミシェルとローラ夫人を残して、私とブッシュはオーバルオフィスに向かった。ここでも手短に写真撮影に応じ、若い給仕から軽食を受け取って、ブッシュのすすめで椅子に座った。

「で、どんな気持ちかな?」と大統領。

「とても感慨深いですね」。私は笑みを浮かべながらそう言い、「きっと、あなたも覚えておいでですよね?」と尋ねた。

「ああ。覚えているとも。昨日のことのようにね」。彼は力強くうなずきながら答え、「でも、ひとつ言っておかないといけないな。これから君を待っているのは、大変な道のりだ。たとえようのない経験になる。それがどれほど価値のあることなのか、一日たりとも忘れるんじゃないぞ」と私に告げた。

政権移行の制度を尊重したからか、父親であるジョージ・H・W・ブッシュ元大統領から教えを受けたからか、自身が政権を引き継ぐときに苦い思いをしたからか（クリントン政権の職員のなかに、ホワイトハウスのコンピュータのキーボードからブッシュのミドルネームのイニシャルである〝W〟のキーを持ち去った者たちがいるとの噂があった）、ただ良識人だからかはわからないが、ブッシュは私が当選してから彼が退任するまでの11週間、つつがなく事が運ぶよう最善を尽くしてくれた。ホワイトハウス内の全部局が、私のチームのために詳細な仕事のマニュアルを用意していた。さらに職員たちは、面会や質問に応じるだけでなく、自分が実際に仕事をしているところに後任が同席、同行し、見学することまで認めてくれた。また、20代後半になっていたブッシュの娘、バーバラとジェンナはホワイトハウスの〝楽しい〟ところを巡る独自のツアーを計画し、自分たちの予定を変更してまでマリアとサーシャの相手をしてくれた。私は、自分が退任するときにも同じように後任の大統領に協力することを心に誓った。

初のオーバルオフィス訪問では、経済情勢やイラク情勢、報道対応や議会対応に至るまで、幅広い話題についてブッシュと話し合った。その間、ブッシュはずっと、持ち前のひょうきんさと落ち着かないしぐさを見せていた。彼は数か国の首脳について率直な評価を披露したほか、いずれは私にとって最大級の頭痛の種が身内の民主党からもたらされると忠告した。また寛大にも、私の大統領就任式までに、彼の主催で存命の大統領経験者全員による昼食会を開く案に同意してくれた。

退任を前にした大統領が後任と話をする際、全面的に心を開くのが難しいことは理解していた。私はブッシュの政策の多くに反対していたのだから、なおさら気を許しにくかったはずだ。それに、明るく冗談を言っているように見えても、近いうちに明け渡しを迫られる自分の仕事場に私がいることは、彼の心中に複雑な感情を呼び起こしているに違いなかった。だから、彼が話を進めるあいだ、私は政策についてあまり深入りせず、大半はただ耳を傾けていた。

だが一度だけ、ブッシュの言葉に驚くことがあった。金融危機と、財務長官のヘンリー・ポールソンによる銀行救済策づくりの話をしていたときだ。この時点で不良資産救済プログラム（TARP）はすでに議会を通過していた。ブッシュはこれにからみ、「バラク、いい知らせがある。本当に難しい部分に関しては、君の就任前に我々のほうで手を打ち終えているだろう。君はまっさらな状態でスタートを切ることができる」と言ったのだ。

私は一瞬、言葉に詰まった。ポールソンと絶えず連絡をとり合っていた私にとって、銀行の連鎖倒産や世界不況の可能性がまだ目前にあることは明白だった。私はブッシュのほうを見ながら、彼が大統領当選後初めてオーバルオフィスに入ったとき、どんな希望と信念を抱いていたのかを想像した。私と同じように、この部屋の明るさに目がくらんだことだろう。私に劣らず、世界をよくすることに意欲を燃やし、大統領としての自分の施政が後世に成功と評されることを確信していただろう。

「あなたにとって、TARP法案を通すにはかなりの勇気が必要でしたよね」。私はやっとのことでそう言った。「国のためとはいえ、世論や党の主流派に逆らったんですから」

少なくとも、それは事実だった。私が見る限り、それ以上言葉を続けても意味はなかった。

シカゴの自宅に戻ると、我が家の生活は一変していた。家の中にいるうちは、たいした違いは感じなかった。朝がきて、食事の準備をしてから娘たちに学校の支度をさせ、電話の折り返しをしたあとでスタッフと話をする、という具合だ。しかし、玄関から一歩外に出たあとの世界は、家族全員にとってまったく新しいものだった。通りの角にコンクリートの遮蔽物が新しく設置され、カメラを構えた取材陣がその向こうで待ちかまえている。屋上では、黒ずくめのシークレットサービスの狙撃対策チームが目を光らせている。旧友のマーティ・ネスビットとアニタの家は数ブロックしか離れていないのに、2人を訪ねることさえ大仕事だった。前に通っていたジムに行くことなど、もはや論外だ。投票日の夜、私たちが乗った車しか道路を走っていないとマリアが指摘したが、シカゴ市中心部に仮住まいしている政権移行チームの事務所に移動するあいだ、私はあの光景が新たな日常になったことを悟った。建物の出入りには必ず通用口や職員用エレベーターを使い、少数の警備担当者以外は人払いがしてあった。四六時中、自分専用の移動式ゴーストタウンで暮らしているような気分だった。

午後は政府人事に費やした。政権が代わっても、一般に想像されているほど人の入れ替わりはない。連邦政府が雇用している軍民合わせて300万人余りの人員のうち、いわゆる政治任用により大統領の意向で職に就いている者は数千人にすぎない。当然ながら、大統領と中身のある連絡を定期的に交わしている職員は、高官と個人補佐官を合わせて100人足らずだ。大統領になれば、国のビジョンと方向性を打ち出すことや、組織文化の健全性を高め、職責を明確化し、説明責任の基準を確立することができる。そして、私の知るところとなった問題について、私が最終判断を下し、その判断について私が国全体に説明することになる。しかし、このすべてをこなすには、ひと握りの者たちに私の目と耳と手足の役割を任せなければならない。あれこれ段取りをつける者、指示を実行に移す者、円滑に仕事が進むよう取り計らう者、専門的な分析をこなす者、組織をとりまとめる者、チームを率いる者、広報を担う者、争いを仲裁する者、問題を解決する者、批判や非難の声に対応し、フィルターとなる者、議論を公正に仲介する者、新しい構想や意見を評価する者、建設的な批判をする者、忠実な兵士となる者がそれぞれ必要となる。

そうなると、最初の一連の人事で適任者を指名することがきわめて重要だ。大統領首席補佐官をこなせる人材を選ぶことは、その第一歩だった。だが残念ながら、首席補佐官の第一候補に最初の打診をしたとき、彼はあまり乗り気ではなかった。

「絶対やだね」

ラーム・エマニュエルらしい返答だった。ラームはリチャード・M・デイリー【1989年から2011年までシカゴ市長を務めた政治家】のもとで資金集めをとりしきった経歴の持ち主で、クリントン政権の恐るべき子ども（アンファンテリブル）【賢いうえに、型破りで無遠慮な言動をとる人物を指す】だった。2008年当時はシカゴのノースサイド選出の下院議員を務めており、民主党が多数派を奪還した2006年の下院選挙では、党の議会選挙対策委員長として旋風の仕掛け人になっていた。身長は低めで、体格は細身。日焼けした肌にハンサムな顔立ちをしている。性格は非常に野心的で、目標に向かって熱狂的かつ徹底的に仕事に打ち込む。議会でも屈指の知性をもち、それを隠そうとしなかった。ラームは愉快で、繊細で、慎重で、誠実なうえに、言葉遣いの汚さでも有名だった。私は2005年に彼が主催したチャリティパーティーで挨拶した際、彼は10代のころに肉を切るスライサーの事故で中指を切断したせいでほとんどしゃべれなくなってしまったと説明した【有能な人物であるいっぽうで、中指を立てて使われるような下品な言葉を多用するラームのことを皮肉と親しみを込めて紹介したジョーク】。

当選の一か月前、ラームに首席補佐官のポストを打診すると、彼は「いや、この話をもらったことは光栄なんだが」と切り出し、次のように説明した。「必要な手助けはなんでもする。でも、今の立場で幸せなんだ。妻も子どもたちも幸せに過ごしている。〝家族に優しいホワイトハウス〟なんてクソばかげた話を信じるには、事情を知りすぎているんだよ。いずれにしても、絶対にもっと優秀な候補者が見つかるさ」

仕事の過酷さについては、議論の余地がなかった。現代のホワイトハウスにおいて、大統領首席補佐官は日々の政権運営の司令塔だ。また、大統領の目に触れる問題すべてを事前に選別する過程では、最後のフィルターとなる。首席補佐官よりも長時間、厳しい重圧にさらされながら働く政府の役職は、大統領を含めて皆無に等しかった。

しかし、彼より優秀な候補者がいるというのは誤りだった。選対本部長を務めたデイヴィッド・プラフからは、当面は新政権に加わらないと言われていた。苛酷な選挙に2年も耐えたあとだったし、投票日の3日後に妻のオリヴィアが出産したという理由もあった。また、上院で私の首席補佐官だったピート・ラウズも、クリントン政権で大統領首席補佐官を務めたジョン・ポデスタも、政権移行チームの運営に手を貸すことには同意したが、新政権の大統領首席補佐官の候補からは外れていた。選対のデイヴィッド・アクセルロッド（アックス）、ロバート・ギブズ、ヴァレリー・ジャレットの3人は、のちにホワイトハウス高官のポストを受諾するが、大統領首席補佐官の仕事に求められる技能と経験を兼ね備えてはいなかった。

それに対し、ラームは政策にも、政治にも、議会にも、ホワイトハウスの事情にも精通し、ウォール街で働いた経歴から金融市場のことも知っていた。がむしゃらで性急なところが人をいらだたせることはあったし、〝成果を上げる〟という熱意のせいで話の中身より話をまとめるほうに注意が向く癖があることも、のちに明らかになる。しかし私は、彼の強烈なスタイルこそが必要なのだと確信していた。経済危機への対処を迫られていただけでなく、民主党の議会支配が続かず、公約達成のための法案を通せる期間が早々に終わってしまう可能性もあったからだ。

投票日直前、私はラームを辟易（へきえき）させるほどの攻勢をかけ、彼の自尊心だけでなく、高慢さの仮面に隠れた品格と真の愛国心に訴えかけた（「一生に一度って規模の危機が国に迫っているのに、ベンチで見物しているのか⁉」と大声を出したこともある)。彼が打診を受け入れたとき、アックスとプラフは震えるほど興奮していた。どちらもラームを知っていて、働きぶりを見たこともあったからだ。しかし、私の支持者全員が喜びに沸いたわけではない。ラームはヒラリー・クリントンを支持していたではないか、と不満をこぼす者も少しいた。彼のことを、右派にも左派にもおべっかを使い、ダボス会議(世界経済フォーラム年次総会)に出席するたぐいのエリートで、金融業界に甘く、ワシントン政界に重きを置き、中道に偏執する古いタイプの民主党議員とみなす者もいた。彼らにとって、ラームは自分たちが反発してきた民主党政治家そのもので、信用しようのない人物だったのだ。

ラームへの批判はどれも、オバマはどんな大統領になろうとしているのか、という疑問が形を変えたものだった。この問いかけは、それから何か月も繰り返されることになる。私は選挙期間中、巧妙な綱渡りをしていた。左派有権者の熱狂を維持しながら、超党派での連携や排除型政治の終結を約束することによって、無党派層、さらには共和党穏健派の一部有権者から支持を引き寄せたのである。ただし、演説のたびに話を変えてその場の聴衆にとり入るという方法は選ばなかった。自分が真実だと思うことを一貫して語っただけだ。私は、国民皆保険制度や移民制度改革のような進歩的政策を推進するうえで、教条主義的な押しつけは必要ないどころか避けるべきだと訴えた。うまく機能する政策を重視しつつ、反対派の主張に丁寧に耳を傾けることは、可能であるだけでなく必要なことでもあった。

有権者たちは私の訴えを受け入れた。このメッセージにはそれまで聞いてきた話と違った響きがあり、彼らがそれまでと違ったものを渇望していたからだ。もう一つの理由として、私の陣営が従来型の利益団体や実力者の支持に依存していなかったことが挙げられる。そうした後ろ盾に頼っていたら、旧来の党是を厳守するよう強いられる恐れがあった。さらにもう一つ、私が支持された理由は、私が予期しないところから現れた新顔の候補者だったことだ。右から左まであらゆるイデオロギーをもつ支持者たちが、まっさらなキャンバスに絵を描くように、自分の望む変化への期待を私に重ねることができた。

しかし、政権人事に着手すると、私の支持層のうちにある期待との食い違いが表面化しはじめた。端的にいえば、私が政権高官に選ぶ人物それぞれに過去や記録があり、支持者や中傷者がいる。政治家やその補佐官たち、ささいな情報から未来を占うのが仕事の政治記者など、少なくとも政界関係者たちは、一つ一つの人事をヒントにして、私がどんな政治的意図をもっているのか、右傾化しそうなのか左傾化しそうなのか、過去から決別するつもりなのか、前例を踏襲するつもりなのかを知ろうとした。すべての人選に私の政策選択が反映され、私が誰かを選ぶごとに、失望される可能性が高まった。

経済担当チームの編成では、新しい才能よりも経験を優先することにした。当時の状況から、そうする必要があると感じたからだ。当選3日後に発表された10月の雇用統計は、1か月で24万人が失業したという厳しい内容だった（しかも、のちに48万1000人に修正された）。議会はTARPを可決し、財務省と連邦準備制度理事会（FRB）は相次いで緊急措置を講じていた。しかし、金融市場の麻痺は続き、銀行は依然として破綻寸前で、住宅ローンの担保差し押さえ件数は減少の兆しさえ見せていなかった。私は立候補以降、将来を嘱望される多種多様な若手有識者から助言を受け、彼らに非常に好感を抱いていた。また、左派寄りの経済専門家や社会活動家たちは、金融システムは膨張しすぎで、緊急の改革が必要な制御不能状態に陥っているとし、金融危機の原因について私との親和性を感じさせる主張をしていた。しかし、世界経済が急降下していることを踏まえれば、私の最優先課題は経済秩序をつくり直すことではなく、さらなる惨事を防ぐことだった。そのために必要なのは、過去の危機に対処した経験があり、パニックにとらわれた市場を落ち着かせられる人材だ。必然的に、そういう人は過去に間違いを犯している可能性もある。

　私は財務長官の候補者を2人に絞っていた。ビル・クリントン政権でこのポストに就いていたローレンス・サマーズと、サマーズのもとで財務次官を務めたのち、ニューヨーク連邦準備銀行の総裁に就いていたティモシー・ガイトナーだ。人選としてわかりやすいのは、サマーズのほうだった。彼はマサチューセッツ工科大学（ＭＩＴ）で経済学を専攻し、学内のディベート・チャンピオンになったのち、史上最年少タイでハーバード大学の終身教授となった人物だ。ハーバード大ではクリントン政権の任期満了後に学長も務めていた。また、世界銀行の主任エコノミストや、国際担当財務次官、財務副長官を務めた末、恩師であるロバート・ルービンの後任として財務長官に就いた経歴の持ち主でもある。１９９０年代半ばには、メキシコ、アジア、ロシアで相次いだ大型金融危機への国際的な対応策づくりに貢献し、どんなにひどく彼を貶める批判者でさえ彼の手腕を認めていた。しかも当時の一連の危機は、私が引き継ごうとしている危機に最もよく似た事例でもあった。ガイトナーはサマーズについて、相手の意見を聞き、その本人よりもうまく言い換えたうえで、その意見が間違っている理由を説明できる人だと言っており、これは的確な表現だった。

　ところが、サマーズは横柄な態度と不適切発言のせいで、功績に見合った評価を受けていなかった。彼はハーバード大の学長だったころ、アフリカ系アメリカ人研究を専門とする著名な教授、コーネル・ウェストと口論になり、その内容が表沙汰になっていた。さらに、上位大学の数学、化学、工学の各学部で女性の比率が低いのは、高度な分野への適性に生まれつき男女差があることが一因かもしれないと述べるなどで、辞職に追い込まれていた。

だが、サマーズを知るにつれ、彼が他人とのあいだで起こす問題の大半は、悪意よりも無頓着さによるものだとの確信が強くなった。サマーズからすれば、繊細さや自制心といった資質は、思考の邪魔でしかなかったのである。彼自身、心の痛みや日常的な不安には鈍感なようで、実のある批判を受けたり、見落としを指摘されたりしたときは（少し驚きはしたが）相手に感謝を伝えた。身だしなみへの関心も人並み外れて薄く、髪や服装が乱れているのはいつものことだった。ボタンが取れたシャツの隙間から立派な腹が見えていたこともある。ひげの剃り方もいい加減で、鼻の下の剃り残しについ目がいくことも少なくなかった。

一方、ガイトナーはサマーズとは違った。投票日の数週間前、ニューヨークのホテルで初めて彼に会ったときは「少年のようだ」と思った。年齢は私と同じだが、華奢な体つきと控えめな振る舞い、妖精（エルフ）を思わせる顔立ちのせいで、実際よりもかなり若く見えたのだ。彼は1時間の会話中ずっと、柔らかな口調と、愛想よく冷静な態度を崩さなかった。子ども時代の境遇に共通点があったことも一因となり、私たちはすぐによい関係を築いた。ガイトナーは国際開発援助の専門家を父にもち、少年時代の多くを国外で過ごすうちに感情を表に出さない習慣を身につけていた。その種の慎重さは、私自身が自分のなかに見出している性質でもあった。

ガイトナーは東アジア研究と国際経済の分野で修士号を取得したあと、ヘンリー・キッシンジャーのコンサルティング企業でアジア専門家として働き、財務省に加わってからは下級の貿易担当官として日本に駐在した。無名の彼を要職に抜擢したのは、サマーズその人だ。ガイトナーはサマーズの特別補佐官となり、彼とともに出世したのである。周知の事実かもしれないが、ガイトナーは1990年代に相次いだ金融危機への対処で中心的役割を担い、サマーズの推薦が強力な後押しとなってニューヨーク連邦準備銀行の総裁にまでなっていた。2人のこうした関係は、サマーズの寛大さだけでなく、ガイトナーの静かな自信と論理的な精密さを物語っている。しかも彼は過去1年、ポールソンやFRB議長のベンジャミン・バーナンキと協力してウォール街の崩壊阻止に日夜取り組み、そうした資質を十分に証明していた。

サマーズへの忠誠によるものか、単純な疲労によるものか、正当な罪悪感によるものか（ラームや私と同じく、まだ子どもが独り立ちしておらず、彼の妻ももっと穏やかな生活を望んでいた）はわからないが、ガイトナーは最初の会話で、財務長官への指名を思いとどまるよう私を説得しようとした。しかし、会話を終えたときの私は、むしろその逆を決意していた。金融危機に関する現在進行形の知識と、世界金融を動かしている実力者たちとの関係では、誰もガイトナーにかなわないと考えたのだ。この点で彼に肩を並べるには、サマーズでさえ何か月もかかるはずで、私たちにそんな時間の猶予はなかった。さらに重要だったのが、ガイトナーが根本的なところで人間性に優れ、衝動的に我を忘れたりせず、慢心や政治的配慮に左右されずに問題を解決できると直感したことだ。私たちに待ち受ける任務を果たすうえで、そういう資質の持ち主である彼には計り知れない価値があった。

結局、私は両者を政権に加え、サマーズにはすべきこと（とすべきでないこと）を判断するための助言を、ガイトナーには実際の対応の仕切りと舵取りを任せることにした。ただし、この分担を機能させるには、サマーズに財務長官ではなく国家経済会議（NEC）委員長になってもらう必要があった。NEC委員長というのは、ホワイトハウスの経済部門トップの要職でありながら、財務長官より格下とみなされていたポストだ。経済政策の立案過程で調整役となり、諸機関の折衝を仲介するという従来の役回りは、あまりサマーズ向きではない。だが私は、そんなことはどうでもいいと彼に伝えた。私がサマーズを必要としていることと、アメリカがサマーズを必要としていることと、そして、私が関知する限り、経済計画策定において彼とガイトナーを同格とすることを伝えたのである。サマーズはこの人事を受け入れた。次のFRB議長にすると約束したこと（ラームの提案だ）が一因だったのは間違いないが、誠実に話をしたことが彼の判断に影響した可能性もあると私は思っている。

重要なポストはほかにもあった。大統領経済諮問委員会（CEA）の委員長にはクリスティーナ・ローマーを選んだ。CEAというのは、あらゆる経済問題について最適なデータと分析結果を大統領に提供する役割を担う機関だ。ローマーは赤い頬をした女性で、世界恐慌研究で優れた業績を挙げ、カリフォルニア大学バークレー校の教授を務めていた。また、行政管理予算局（OMB）局長については、無党派の議会機関である議会予算局（CBO）の局長を務めていたピーター・オルザグが指名の打診を受け入れた。国内政策会議（DPC）委員長にはアフリカ系アメリカ人の弁護士、メロディ・バーンズを起用した。バーンズは思慮深い性格で、過去に上院議員のエドワード・ケネディの首席顧問を務めた経歴があった。ほかにも、左派寄りの労働経済学者、ジャレド・バーンスタインを副大統領のジョー・バイデンの側近として政権に加えた。さらに、桁違いに理論的な政策通で、クリントン政権期にNEC委員長を4年務めた眼鏡のジーン・スパーリングには、選対の経済政策顧問を任せていたオースタン・グールズビー、ジェイソン・ファーマンとともに遊撃隊として臨機応変に動いてもらうことになった。

私はそれから数か月、ここに挙げたブレーンたち、さらには彼らの側近たちと数えきれない時間をともにした。質問をし、さまざまな提言を検討し、プレゼンテーションのスライドや報告書を熟読し、政策案を考えた。思い浮かんだことがあれば、なんでも提案して徹底的に吟味した。議論は白熱し、異論は歓迎され、職位の低い者からの提案だろうと、特定のイデオロギーにうまくはまらない提案だろうと、それを理由に却下されることはなかった。

それでもなお、ガイトナーとサマーズの主張は経済担当チームにおいて強い影響力があった。２人はクリントン政権の中道かつ市場寄りの経済哲学を自らの根本に置いていて、１９９０年代に目覚ましい経済的繁栄が続いたことで、当時の功績は長いあいだ誇るべき偉業と考えられていた。しかし、経済危機が深まるにつれ、そうした過去に対する批判も強まっていた。たとえばサマーズの前の財務長官だったロバート・ルービンは、すでに名声に傷を負っていた。サブプライム証券市場に膨大な債権を抱え、損害の発生源になっていた金融機関の一つ、シティグループの上席顧問に就任していたためだ。私が経済担当チームの人選を発表すると、サマーズが財務省時代、金融市場の大幅な規制緩和を支持したことが報じられた。また、評論家たちはニューヨーク連銀総裁のガイトナーについて、ポールソン、バーナンキと同様、サブプライム市場による金融システムへのリスクを適切な時期に警告しなかったと指摘した。

一連の批判には、妥当なものもあれば、ひどく不当なものもあった。結局ガイトナーとサマーズを選ぶということは、私が２人の過去を自ら引き受けることを意味した。迅速に経済を立て直せなければ、確実に大きな政治的代償が発生する人事だった。

経済担当チームの人事を最終決定したのと同じころ、私は自分のスタッフとシークレットサービスの警護チームに対し、レーガン・ナショナル空港内の消防署で極秘会談を行う段取りをつけるよう指示した。到着時には消防車が移動して車庫は空っぽになっていたので、私の車列はすべて収まった。ラウンジに入ると軽食が用意されていて、グレーのスーツを着た小柄な白髪の男が椅子に座っていた。私はその人物に挨拶をした。

「長官、お時間をいただきありがとうございます」。私はそう言って、彼と握手をした。

「大統領当選おめでとうございます」。ブッシュ政権の国防長官、ロバート・ゲイツはそう応じた。冷徹さを感じさせる目をして、歯を見せずに笑顔をつくっている。私たちは座って本題に入った。

率直に言って、ゲイツと私には接点がなかった。実際、カンザス州にルーツがあるという共通点（ゲイツは同州ウィチタで生まれ育った）のほかは、そんなふうに同じ場所で出会うことが想像しがたいほど、まったく違った道を歩んできた。ゲイツはイーグルスカウトであるとともに、ロシア専門家であり、新卒で中央情報局（ＣＩＡ）に入局し、情報士官として空軍に入隊した経歴の持ち主でもある。冷戦が最高潮にあった時期、彼はニクソン、フォード、カーターの三政権にわたって国家安全保障会議（ＮＳＣ）で働き、レーガン政権期のＣＩＡに勤めたのち、ジョージ・Ｈ・Ｗ・ブッシュ（父ブッシュ）のもとでＣＩＡ長官を務めた（それ以前、レーガンにもＣＩＡ長官に指名されたが、イラン・コントラ事件〔レーガン政権期、ＮＳＣはイランに兵器を極秘輸出し、その代金を中米ニカラグアの反政府組織コントラへの援助に不法流用した〕を知る立場にあったことが問題視され、指名撤回に追い込まれている）。ビル・クリントンが大統領に当選すると、ゲイツはワシントンを去っていくつかの企業の取締役になったのち、テキサスＡ＆Ｍ大学の学長に就任した。そして、まだ同大学長だった２００６年、ジョージ・Ｗ・ブッシュからドナルド・ラムズフェルドの後任として国防長官に就いて迷走を極めていたイラク戦略を立て直してほしいと求められたのである。

ゲイツは共和党支持者であり、冷戦タカ派であり、既存の国家安全保障機構の一員だった。さらに、大学時代の私が反対したであろう対外介入を過去に支持し、私が忌み嫌う戦争政策を実行する大統領に現職の国防長官として仕えていた。それでも私はこの日、空港の消防署で、新政権の国防長官に留任するようゲイツに依頼した。

経済担当チームの人選と同じく、ゲイツを選んだのも現実を考えたからだ。イラクとアフガニスタンには計18万人の米兵が派遣されており、国防総省の役職者を大幅に入れ替えることはリスクだらけに思えた。さらに、イラクを侵攻するという当初の決断に関して私とゲイツにどれほど見解の相違があろうと、開戦後の状況の推移によって、先行きに関する見解は似通ったものになっていた。2007年初め、ブッシュがゲイツの提案に基づきイラク駐留米軍を増員するサージ（増派）を指示した際、私はこの戦略に懐疑的だった。米兵を増やしてもイラクでの暴力は減らせないと考えていたからではなく、期限や限度を定めない措置だったからだ。

しかし、ゲイツの指示のもと、デイヴィッド・ペトレイアスが指揮する増派（及びアンバル州のスンニ派諸部族との同盟関係構築）によって暴力が大幅に減少しただけでなく、イラク国民が政治に取り組む時間と空間ができた。2009年1月末に選挙が予定されるなか、国務長官のコンドリーザ・ライス以下、駐イラク・アメリカ大使のライアン・クロッカーをはじめとする米外交官たちの支えを受けながら、イラクは正統な政府の樹立に向けて前進していたのである。それどころか、ブッシュ政権は私の政権への移行期に入ってから、2011年末を米軍撤収期限とするマリキ政権との地位協定まで発表していた。事実上、選挙期間中の私の提案を反映した日程だ。さらに、ゲイツはこの間、アメリカはアフガニスタンに注意を向け直す必要があると公の場で強調していた。私が外交政策綱領の目玉としていた主張そのものだ。実行のペース、リソース、人員に関する戦術的な疑問は残っていた。しかし、イラクでの戦闘任務を徐々に減らし、アフガニスタンにてこ入れするという根本的な戦略が確たるものとなった以上、少なくとも当面、それを実行するのに現職国防長官を超える適任者はいなかった。

ゲイツを続投させる判断には、健全な政治上の理由もあった。私が絶え間ない党派的遺恨に終止符を打つと公約していたことだ。ゲイツが政権にいれば、私がこの公約の実現に真剣なのだという意思表示になる。さらに、彼の留任は、米軍やインテリジェンス・コミュニティ（ICという略称がある）を構成する諸機関で信頼を得る助けになるだろう。アメリカの軍事予算は二位以下の37か国を合わせたよりも多く、それを執行する国防総省とICの指導者たちには、主張が強く、官僚機構における内部闘争に熟練し、従来のやり方を続けることに偏執する者が多かった。とはいえ、私は彼らを恐れていたわけではない。私は自分のしたいことの要点を把握していたし、最高司令官からの命令を尊重し実行する姿勢は、指揮・命令系統から生まれる習慣として彼らのあいだに深く根づき、それが個人的に強く反対する内容の命令でも揺るがないと見ていたからだ。

それでも私は、アメリカの国家安全保障機関を新たな方向に動かすのは、どんな大統領にとっても簡単ではないことを理解していた。第二次世界大戦で連合国遠征軍最高司令官を務め、ノルマンディー上陸作戦（Dデー）の作戦立案に携わったアイゼンハワー大統領でさえ、彼が〝軍産複合体〟と名付けた勢力に自身の歩みを阻まれていると感じることがあったという。アイゼンハワーに難しいのであれば、軍歴のないアフリカ系アメリカ人が大統領就任直後から改革を推進することは、なおのこと難しいだろう。しかも私は、多くの軍人が命がけで遂行していた任務に反対し、軍事予算の抑制を望んでいた。国防総省内での得票数では、対立候補のジョン・マケインに大差で負けていたに違いないのだ。その私が1、2年後ではなく、すぐに事を成し遂げるには、ゲイツのように国防総省のやり方に精通し、落とし穴のありかを知っていて、すでに関係者の尊敬を勝ち得ている人物が必要だった。私は大統領の肩書きを手に入れたとはいえ、これから敬意を獲得しなければならない立場にあったからだ。

最後にもう一つ、私がゲイツを政権に加えたい理由があった。私自身のバイアスに釘を刺すことだ。直感的に軍事行動に反対し、すべての国際問題は高尚な対話で解決できると信じる夢見がちな理想主義者——選挙戦のなかから生まれたそんな印象は、私の人物像として必ずしも正確ではなかった。外交の力を信じ、戦争は最後の手段であるべきだと考えていたのは確かだ。気候変動などの問題に取り組むための多国間協調の力も信じていたし、民主主義や経済発展、人権を世界中でたゆまず推進していくことは、長期的な国家安全保障上の利益に資するとも考えていた。私に投票した有権者や私の陣営のスタッフや協力者には、そうした信念を共有している人が多く、新政権に加わる可能性が最も高いのも、そういう面々だった。

しかし、ここに挙げた価値観と少なくとも同程度に、私の外交政策観は「現実主義」派の教えに拠っていた。イラク侵攻への当初の反対も、同じ見方によるものだ。「現実主義」に拠った外交政策観とは、自制を重んじ、情報の不確実性や意図しない結果の発生を想定し、世界を思いどおりにつくり直すアメリカの能力について謙虚であることで、アメリカ例外主義への過信を抑える姿勢を意味する。驚かれることも多かったが、私は過去数代の大統領のなかでは父ブッシュの外交政策に感服しており、それを公言してもいた。彼はジェームズ・ベーカー、コリン・パウエル、ブレント・スコウクロフトとともに巧みに冷戦終結を成し遂げ、湾岸戦争を首尾よく遂行した。

ゲイツはそうした面々とともに働きながら身を立てた人物だ。イラク戦争を引き継いでからの仕事ぶりにも、いっしょにやっていけると確信できるだけの見解の一致が見てとれた。私は最初の国家安全保障担当大統領補佐官として、アメリカ欧州軍司令官を務めた退役大将、ジェームズ・ジョーンズを指名していた。ゲイツやジョーンズなどの意見を聞くことができれば、広い視野を確保したうえで大きな決断を下せる。また、私の間違いを指摘できるだけの実績と自信の持ち主たちを前に、自分が最も根本的な前提としている認識に誤りがないか、絶えず審査を受けることにもなる。

もちろん、こうした利点が実際に得られるかどうかは、私とゲイツのあいだの基本的な信頼関係にかかっていた。私はまず、人を介してゲイツに留任の意向を尋ねた。すると彼は質問リストを送り返してきて、いつまで続投してほしいのか、イラク駐留米兵の削減計画を柔軟に修正するつもりはあるのか、国防総省の人事や予算をどうするつもりかといったことを私に尋ねた。

ゲイツは消防署で会談した際、閣僚候補が将来の上司にこんな小テストを受けさせるのは普通ではないと認め、厚かましいと思わないでくれと言っていた。私はまったく気にしていないと応じ、そういう率直さや明快なものの考え方こそ、まさに彼に求めているものだと伝えた。それから一連の質問について話をして、私からもいくつか確認をした。45分の話し合いの末、私たちは握手をして別々の車列でその場を去った。

「どうでした？」。戻った私にアックスが尋ねた。

「彼は入るよ」と私は答え、「私は好感をもった。あちらが私を気に入ってくれたかどうかは、あとでわかることだ」と続けた。

安全保障担当チームの残りの人事は、おおむねスムーズに決まった。国連大使には旧友で元外交官のスーザン・ライスを、ＣＩＡ長官にはカリフォルニア州選出下院議員とクリントン政権の大統領首席補佐官を務め、党派を問わず高い評価を得ていたレオン・パネッタを、国家情報長官には退役海軍大将のデニス・ブレアを指名した。また、選対で顧問を務めた側近の多くを要職に据えた。たとえば、討論会前に鬼教官役を務めたトーマス・ドニロンは国家安全保障担当副補佐官に、若手有望株のデニス・マクドノー、マーク・リッパート、ベンジャミン・ローズはそれぞれＮＳＣの上級職に、サマンサ・パワーは同じくＮＳＣで残虐行為防止と人権促進を専門とする新ポストに決まった。

閣僚候補のなかで、論争の種になった人物があと1人だけいる。ヒラリー・クリントンだ。私は彼女を国務長官にしたかった。

私がヒラリーを選ぶ理由については、観測筋がさまざまな説を披露した。分裂の収拾がつかない民主党をまとめる必要があるとか、彼女が上院議員として政権を批判するのを恐れているといった具合だ。ドリス・カーンズ・グッドウィンの著書『*Team of Rivals*』（邦題『リンカーン』中央公論新社）に影響され、元政敵を閣僚として迎えることで意図的にリンカーンの真似をしているという説もあった。

しかし実際の理由はもっと単純で、ヒラリーが国務長官に最適だと考えたからだ。私は選挙戦を通じ、ヒラリーの知性や能力、仕事に打ち込む姿勢を目の当たりにしていた。それに、彼女が私にどんな感情を抱いていようと、私は彼女の愛国心と職務への献身性を信頼していた。何より、世界各国との外交関係が、緊迫するか慢性的に放置されるかという状態にあった当時、ヒラリーほどの人気と人脈があり、世界の舞台に慣れている国務長官なら、政権の活動範囲を余人には不可能なほど広げてくれると考えたのだ。

まだ選挙戦での心の傷が生々しく残っていたため、私の周囲にはこの人選に納得しない者もいた（ある友人から「君が最高司令官として不適格だとテレビで宣伝していた人を国務長官にしたいなんて、正気なのか？」と言われ、もうすぐ副大統領になるジョー・バイデンも同じことをしたではないかと指摘しなければならなかった）。警戒していたのはヒラリーも同じだ。当選から10日ほど経ったころにシカゴの政権移行チームの事務所で会い、初めて長官就任を打診したが、このときは丁重に断られた。彼女は疲れていると言い、よりスケジュールが読みやすい上院議員の仕事に戻りたいがっていた。また、選挙活動のための借金も返さなければならなかったし、夫のビルのことも考える必要があった。ビルが〈クリントン財団〉で実施していた国際開発と公衆衛生の事業は、世界各地で確かな成果を生み出していた。だが、ヒラリーが政権に加われば、資金調達をはじめとして、表面的にでも利益相反を疑われることを避ける必要が出てくる。結果として、ビルや財団が新たな制約を受ける可能性が高いことは、彼女も私も把握していた。

ヒラリーが語る懸念は理にかなっていたが、私はどれも対処できる問題だと考え、時間をかけて検討するよう頼んだ。それから1週間、私はヒラリーの選対責任者だったジョン・ポデスタや、ラーム、バイデン、上院の同僚議員たちなど、思いつく限りの人々に対し、ヒラリーに連絡して、国務長官就任を後押しするよう求めた。次にヒラリーと会話したのは、深夜の電話でだった。全力の説得工作にもかかわらず、彼女はまだ断りたがっていた。私はここでも食い下がった。彼女に迷いが残っているとしたら、その原因は国務長官の仕事ではなく、政権内での私との関係にからんでいると確信していたからだ。私はイラクや北朝鮮、核不拡散、人権に関するヒラリーの見解を聞き出した。また、彼女ならどうやって国務省に活気をよみがえらせるかを尋ねた。それから、いつでも直接私に意見を言えるようにすることと、彼女のチームを彼女自身が選べるようにすることを確約した。「あなたはあまりに重要なので、ノーという返事を受け入れるわけにいかないんです」。私はそう言ってから通話を終えた。

翌朝までに、ヒラリーは指名を受諾して政権に加わることを決断した。1週間半後、私はシカゴで記者会見を開いた。司法長官に指名したエリック・ホルダー、国土安全保障長官に指名したアリゾナ州知事のジャネット・ナポリターノとともに、ヒラリーを含む国家安全保障チームを発表するためだ。舞台上に並んだ面々を見ると、彼らのほとんどが私よりずっと年上で、何十年も長く政府中枢での経験を積んでいることを否応なく思い知らされた。しかも、少なくとも数人はもともと別の大統領候補を支持し、私が希望や変革を訴えても心を動かされなかった人物なのだ。結局は〝チーム・オブ・ライバルズ〟になったな、という思いが頭に浮かんだ。この光景は、自分の指導力に対する私の自信を表していたのかもしれない。それが根拠のある自信なのかどうかは、じきに明らかになる。未熟者が抱くただの無邪気な信頼であって、いずれ打ち砕かれるという憂き目に遭うかどうかも、遠からず判明する。

１７８９年、ジョージ・ワシントンが初代アメリカ大統領に選ばれたとき、首都ワシントンはまだ存在しなかった。彼は就任式のため、バージニア州マウントバーノンの自宅から艀（はしけ）と馬車を乗り継ぎ、７日間かけてニューヨーク市のフェデラル・ホールまで行かなければならなかった。新国家の連邦政府は当時、暫定的にこの建物を拠点としていたのだ。現地では１万人の群衆が彼を迎えた。就任宣誓のあとには「ジョージ・ワシントン万歳！」の叫び声が上がり、13発の礼砲が放たれた。就任演説は15分間の控えめなもので、群衆ではなく連邦議員たちに向け、間に合わせの薄暗い議事堂で行われた。彼はその後、近くの教会へ行き、礼拝に出席した。

そうして建国の父は、仕事に取りかかる権限を手にしたのである。それは、自身の大統領任期を超えてアメリカという国を存続させる仕事だった。

時代が下るにつれ、大統領就任式は凝った催しになっていった。１８０９年、第四代大統領ジェームズ・マディソンの妻、ドリーの主催により、初の大統領就任舞踏会が首都ワシントンで開かれた。会費は１人あたり４ドル。当時のワシントン市史上最大の社交イベントに出席するという栄誉を求め、これを４００人が支払った。１８２９年には、第７代大統領のアンドリュー・ジャクソンが、ホワイトハウスに数千人の支持者を招いて就任式を行った。ポピュリストと評されるジャクソンらしいやり方だが、酔っぱらった群衆があまりに乱暴だったため、大統領が窓から逃げ出す羽目になったと伝えられている。

１９０５年、第26代大統領セオドア・ルーズベルトの二期目の就任式では、ルーズベルトが兵士と鼓笛隊の行進だけで満足せず、多数のカウボーイと、先住民集団アパッチの戦士だったジェロニモをパレードに参加させた。１９６１年、ジョン・F・ケネディが第35代大統領になるころには、就任式は1日で終わらない一大テレビショーになっていた。有名歌手たちの公演や桂冠詩人のロバート・フロストによる朗読が行われた。さらに、豪華な舞踏会が何度も開催され、ハリウッドの第一級の著名人たちが新大統領の後援者や協力者たちを虜にした（フランク・シナトラは、宴がケネディ政権らしく華々しいものになるよう力を尽くしたようだ。その際、友人で〈ザ・ラット・パック〉と呼ばれた芸能人グループの仲間でもあるサミー・デイヴィス・ジュニアと、気まずい会話を強いられたに違いない。黒人のデイヴィスととても色白なスウェーデン人妻が並ぶ姿は南部の大統領支持者からよく思われないという理由で、大統領の父ジョセフ・ケネディから就任舞踏会への出席を自粛するよう求められたのだ［当時、南部各州では黒人と白人の結婚が禁止されていた］）。

私の大統領就任式は２００９年1月20日に予定され、選挙活動で生まれた興奮によって式への期待も高まっていた。民主党全国大会のときと同じく、私は開催計画にあまり関わっていなかった。準備委員会を設置していたし、選対のイベント企画で魔法のような手腕を振るったアリッサ・マストロモナコもいたので（新政権ではスケジュール管理の責任者を務めることになっていた）、万事うまくいくと確信していたからだ。舞台が組み立てられ、ワシントン市内のパレードコースに観覧席が設置されていくあいだ、私は計画にタッチする代わりにハワイに向かった。ミシェルや娘たちとクリスマスを過ごし、閣僚人事の仕上げや経済担当チームとの日々の議論、就任演説の草稿づくりの合間を縫って、休息をとるためだ。

ある日の午後には、マヤといっしょに祖母（トゥート）の遺品を整理して、母に最後の別れを告げたのと同じハナウマ湾近くの岩場まで歩き、眼下に広がる海に遺骨をまいた。また、高校時代のバスケットボール仲間と集まり、その場でチーム分けをして試合をした。それから、家族みんなでクリスマスキャロルを歌い、クッキーを焼き、一般人が特技を披露する大会に出場した（どの家庭も、父親が一番才能に恵まれていないという公正な判定を受けていた）。ちなみに、大会にはこの年初めて参加したが、翌年から毎年の恒例行事になった。ほかにも私は、若いころによく行っていたサンディビーチを訪れ、ボディサーフィンをする機会にまで恵まれた。優しく砕ける波に乗っていると、水の動きに合わせて光が弧を描く。群れをなして飛ぶ鳥たちは、青空に斑点を刻んでいるようだった。海にいるあいだ、私にはいろいろなふりができた。ウェットスーツ姿の海軍特殊部隊（ネイビー・シールズ）の隊員たちが周囲にいないふり。離れたところにいる沿岸警備隊の小型艇が自分と関係ないふり。上半身裸の自分の写真が世界各地で新聞の一面に載り、〝激務に向けた体づくり〟などと見出しをつけられたりしないふり――。その日の警護チームのリーダー、デイヴ・ビーチはシークレットサービスが付きはじめたころからチームにいて、私のことを友人としても知っていた。私がもう上がろうという合図を出すと、皮肉屋のビーチは頭を傾けて耳に入った水を出しながら、現実を突きつけるような言葉を返してきた。「お楽しみいただけたようで何よりです。こんなことはもう、かなり、かなり先までおあずけになりますから」

私は笑った。冗談で言っているのがわかったからだ……いや、あれは本気だったのかもしれない。選挙戦とその直後の日々は、ものをじっくり考える余裕を与えてくれなかった。だから、友人、家族、スタッフ、警護チーム、つまり私たち全員にとって、これまで起こったことを理解し、これから起こることを思い描ける機会は、この常夏の地で過ごす短い日々しかない。全員が楽しそうにしていたが、少し落ち着かなげにも見えた。我が身に起こった奇妙な出来事を受け入れていいものかどうかわからず、変わったことと変わっていないことを理解しようとしていたのだ。目に見える形で表れてはいなかったが、この不確かさを誰より敏感に感じていたのは、まもなくアメリカ合衆国のファーストレディになるミシェルだった。

私は選挙戦を通じ、ミシェルが新しい状況にいつも的確に対応するのを見ていた。彼女は有権者を魅了し、インタビューを完璧にこなしながら、垢抜けた、気さくな印象を与える振る舞いを自分のものにしていた。別人になったというよりも、人としての幅を広げ、本質的な「ミシェルらしさ」をまばゆいばかりに磨き上げていた。しかし、彼女は世間の目に順応する裏で、私たち一家が普通でいられる空間、政治や世評が入り込まない空間をつくり出そうと必死だった。

私が大統領に当選したということは、その後の数週間、ミシェルが数々の仕事に忙殺されるということでもあった。どんな夫婦でも、引っ越しの必要な転職をする際に強いられることだ。彼女は持ち前の手際のよさを発揮して荷物を整理し、梱包し、銀行口座を解約し、旧住所宛ての郵便物が転送されるよう手配しながら、シカゴ大学メディカルセンターでの自分の後任を決める人事計画に協力した。

しかし、ミシェルが最優先で目を向けていたのは、娘たちのことだ。当選翌日にはワシントンの学校を見学する手はずを整えていて（マリアとサーシャは2人とも、女子校を候補から外し、最終的にキリスト教クエーカー系の私立学校、シドウェル・フレンズ・スクールに入ることにした。ここはクリントン夫妻の娘のチェルシーが通っていた学校でもある）、学年度途中の転入にどう対応するか、教員たちと話をした。また、子どもたちを報道陣から隔離する方法についてヒラリーとローラ・ブッシュに助言を求めたり、友達との遊びやサッカーの試合が警護官たちの存在で台なしにならないようにする方法を、シークレットサービスにあれこれ質問したりもした。さらに、ホワイトハウスのレジデンスの運営に詳しくなったほか、娘たちのベッドルームの雰囲気が仰々しくならないよう気を配った。

私もミシェルと同じストレスを感じていなかったわけではない。2008年当時、娘たちはまだ幼かった。サーシャは特にそうだ。髪は三つ編みのおさげで、歯は生えかわる途中で、頬は丸かった。ホワイトハウスでの暮らしは、2人の子ども時代にどんな影響を及ぼすだろうか？　孤立してしまわないだろうか？　わがままになり、何かしてもらうことを当たり前だと思いはじめないだろうか？　ミシェルが収集した最新の情報にじっくり耳を傾け、彼女を悩ますいろいろな問題について自分の考えを伝えることが、私の夜の習慣になった。たとえば、娘たちが不機嫌そうに話をするのも、ちょっとした悪戯（いたずら）をするのも、突然世界がひっくり返ったからというわけではないと請け合ったこともある。

そうして私なりに不安を共有してはいたが、過去10年の大半と同じく、日々の子育ての負担をミシェルが主に背負っているのは事実だった。彼女は私が就任前から仕事の渦に引き込まれるのを見ながら、信用しにくい人があまりに多いワシントンという都市への引っ越しの準備を進め、自分のキャリアが置き去りになることや、親しい友人たちと何百キロも離れて暮らすことを実感し、待ち受ける孤独を予感して心を曇らせていたのである。

こうした事情を一つ一つ考えれば、ミシェルが母親のマリアン・ロビンソンにホワイトハウスで同居してほしいと頼んだのも当然だ。だが私にとって、義母がこの願いに応じることを検討するだけでも驚きだった。彼女は慎重な性格で、安定した仕事や繰り返しの日常、親族や長年の友人からなるささやかな交友関係に幸福を見出す人だからだ。1960年代から同じ家に住み、シカゴ市外に足を延ばすことすらめずらしかった。贅沢といえば、義理の姉妹であるイヴォンヌ、それからママ・ケイと3人で年に一度ラスベガスに行き、3日間スロットに興じることぐらいだ。マリアンは孫娘たちを深く愛していたし、選挙戦が熱を帯びてからは、2人の面倒を見るミシェルを手伝うために仕事を早期退職することも受け入れてくれた。しかし、いつも頼まれた手伝いを終えたらすぐに帰ると言い、私たちのシカゴの家に目的もなく長居したり、夜まで待って夕飯をともにしたりすることはきっぱり断っていた。

「よくいるおばあちゃんみたいには絶対にならないわ。ほかにすることがないからって、子どもにつきまとう人たちみたいにはね」。彼女が腹立たしげにそう言うのをよく聞いたものだ。

しかし、私たちとワシントンに引っ越してほしいとミシェルが伝えたとき、マリアンはさほど抵抗しなかった。自分がついて行くことが本当に重要でなければ、娘はそもそも頼んでこないとわかっていたのだ。

もちろん、マリアンに同居を頼むことには、実務的な都合もあった。ホワイトハウスでの最初の数年間、ミシェルにファーストレディの仕事があるときは、マリアとサーシャの登校に付き添い、放課後に面倒を見る役割をマリアンに任せた。しかし、話はそれだけではない。本当に大事なのは、マリアンがいるだけで私たち一家が落ち着きを保てることだ。その重要性は、娘たちが世話を必要としなくなったあとも変わらなかった。

マリアンは、自分が誰かより優れているという振る舞いをしなかった。おかげで娘たちも、そういう言動をとることを考えもしなかった。義母は騒動も刺激的な出来事もいらないという信条に従って生活し、贅沢に興味をもつことも、狂騒に浮かれることもなかった。ミシェルは写真撮影や公式晩餐会でメディアに一挙手一投足を観察され、ヘアスタイルを品評されたが、そこから戻ればドレスを脱いで普段着に戻ることができたし、ホワイトハウスの最上階にはお母さんがいると思っていられた。彼女はいつも、母親と座ってテレビを見ながら、娘たちのことや、地元の人たちのこと、ほかのたわいもないことについて話したがった。

マリアンはなんの不満も漏らさなかった。私は彼女と話をするたび、自分は誰かに強いられて大統領になったわけではないのだから、どんなにややこしい問題を抱えていようとつべこべ言わず、すべきことをしなければならないと自らをいさめた。

そんな義母がいてくれたことで、どれほど恩恵を受けただろうか。私たち一家が何者で、どこから来たのかを、マリアンは自らの振る舞いによって思い出させてくれた。彼女はまた、かつて当たり前だと思っていた価値観の守護者でもあった。私たちは、そうした価値観が想像していたより得がたいものであることを思い知っていたのである。

シドウェル・フレンズ・スクールの冬学期が就任式の2週間前に始まるので、私たちは年明け早々にハワイからシカゴに戻り、残っていた身の回りの物をかき集めてワシントン行きの政府専用機に乗った。大統領の客人用の公式宿泊施設〈ブレアハウス〉にはまだしばらく泊まれなかったので、一家でホテル〈ヘイ・アダムズ〉にチェックインした。3週間で三回続く引っ越しの一回目だ。

マリアとサーシャにとって、ホテル暮らしはなかなか快適なようだった。テレビを観ても、ベッドで飛び跳ねても、ルームサービスのデザートを全種類試しても、ミシェルはいつになく寛容で、それは2人にとって特に喜ばしいことだった。転校初日はミシェルがシークレットサービスの車に同乗し、登校に付き添った。色鮮やかなコートを着てリュックサックを背負った娘たちが、小さな探検隊みたいに見えたそうだ。ミシェルはのちに、まだ幼い愛娘たちがものものしく武装した男たちに囲まれ、新たな生活の場へと歩いていくのを見て、とても気分が沈んだと言っていた。

しかしその晩、ホテルで娘たちと話をしたときは、2人ともいつもどおり賑やかで元気いっぱいだった。楽しい1日を過ごしたことや、ランチが前の学校よりもおいしかったこと、初日から新しい友達がたくさんできたことを口々に語っていた。話を聞くうちに、ミシェルの表情が和らいでいくのがわかった。彼女は、もう学校が始まったのだから平日夜のデザートとテレビはおしまいにすると娘たちに告げ、歯を磨いて寝るように言った。そのようすを見る限り、もう心配はなさそうだった。

この間、政権移行は全速力で進んでいた。国家安全保障と経済、それぞれの担当チームと行った最初の会議では、本筋から外れることなく、スタンドプレーも最小限に抑えられた生産性の高い話し合いができた。私たちは地味な政府庁舎にぎゅうぎゅう詰めになりながら、あらゆる政府機関、あらゆる課題に対応する作業部会を立ち上げた。職業訓練、航空安全、学生ローン債務、がん研究、国防調達など、想定しうる課題すべてが対象になった。さらに私は、熱心な若き天才や顔にしわを刻んだ学者、企業経営者、市民団体関係者、過去の政権で働いた白髪頭のベテランたちから知恵を授かることに日々を費やした。就職活動のつもりで面談に臨む人もいれば、過去8年間に採用されなかった提案を売り込もうとする人もいたが、彼らを含む全員が、次期政権が新たな案を試すことに前向きだと見てとり、積極的に協力しようとしているようだった。

もちろん、万事順調に運んだわけではない。意中の人物に閣僚指名を断られることもあったし、身辺調査ではじかれた人もいた。また、政策や組織について論争が起こり、ラームが私の意向を尋ねにくることもよくあった。さらに、肩書きや所管、権限から、駐車場の位置に至るまで、政権発足時につきものの舞台裏での駆け引きはいくらでもあった。だが、全体として興奮と集中が損なわれることはなく、賢く、慎重に仕事に取り組めば、公約どおりにこの国を変えていけるという自信を全員が共有していた。

当時の状況を考えれば、自信を感じるのは自然なことだった。まず、私は世論調査で70パーセント近い支持率を獲得し、来る日も来る日もメディアで好意的に取り上げられていた。また、レジー・ラヴやジョン・ファヴローのような比較的若いスタッフは、突如としてワシントン界隈のゴシップを扱うコラムで人気者になった。さらに、就任式当日は凍える寒さになるとの予報が出ていたにもかかわらず、会場から何キロも離れたホテルまで予約が入り、当局は史上最多の観衆が集まると見込んでいた。知事や議員や寄付者、遠い親戚や高校時代の知り合い、ほとんど面識がない、あるいは会ったことすらない各界の有力者たちから、チケットが欲しいという問い合わせが押し寄せ、その勢いが衰えることはなかった。私はなるべく相手の心証を害さないようにしながら、ミシェルと2人でリクエストに対処した。

「結婚式のときみたいだけど、やけにゲストが多いな」と愚痴が出た。

就任式の4日前、私はミシェルと娘たちを連れてペンシルベニア州フィラデルフィアに飛んだ。リンカーンに捧げる旅をするためだ。1861年、リンカーンは自分の大統領就任式に向かう際、途中駅で演説を繰り返しながら、地元のイリノイ州スプリングフィールドからワシントンまで列車で移動した。それにならって年代物の客車に乗り、当時の旅程の最後のところを再現しようという計画である。一つだけリンカーンと違ったのは、デラウェア州ウィルミントンに停車してジョーとジルのバイデン夫妻を乗せたことだ。ウィルミントンには熱心なバイデン支持者たちが見送りに集まっていた。しかも、何年も電車通勤をしてきた彼にとって、アムトラックの乗務員はみな顔見知りだ。私はバイデンを愛してやまない支持者の姿を見ながら、乗務員たちに冗談を言う彼の声を聞いていた。ずっと昔、初めてこの路線でワシントンに向かったバイデンは、喜びではなく激しい苦悩に包まれていた。当時と同じルートを行く彼が何を思うのか、想像せずにはいられなかった。

選挙期間中にあちこちで出会った一般有権者を中心に数十人の同乗者を招いていたので、車内では彼らと話をしていることが多かった。ミシェルがバースデーケーキのろうそくを吹き消すと(ちょうど45歳の誕生日だったのだ)、みながマリア、サーシャ、私といっしょに『ハッピー・バースデー』の歌を歌ってくれたので、親戚どうしで集まっているような感じがした。ミシェルがとても大事にしている雰囲気だ。ときおり車両後部のデッキに出ると、顔に吹きつける風だけでなく、車輪と線路から響くシンコペーションの効いたリズムが、どういうわけか時間の流れを緩めているのが感じられた。そこから、沿線のところどころに集まった人たちに手を振ったりもした。線路沿いの見物人は大勢いて、次から次へと現れ、離れたところからでも笑顔なのがわかった。フラットベッド・トラックの荷台に立っている人もいれば、身を乗り出すようにフェンスにつかまっている人もいた。〝GRANDMAS 4 OBAMA(オバマを支持するおばあちゃんの会)〟〝WE BELIEVE(私たちは信じる)〟〝YES, WE DID(そうだ、私たちはやってのけた)〟と書いた手作りのメッセージボードを掲げる人や、子どもを高々と抱っこして手を振らせようとする人も多かった。

そんな時間がさらに2日続いた。ウォルター・リード陸軍医療センターを訪問したときは、手足の一部を失うという重傷を負った若い海兵隊員がベッドから私に敬礼した。共和党支持者であるにもかかわらず、大統領選では私に投票したそうだ。彼は、就任式後に私を最高司令官と呼ぶのを誇りに思うだろうと言っていた。ワシントン南東部の路上生活者保護施設では、10代の強面の少年に無言で力一杯抱きしめられた。それから、父の継母であるママ・サラが、就任式のためにケニア北西部にある小さな田舎の村からはるばる来てくれた。ブレアハウスでのディナーの席でママ・サラを見て、私はほほえんだ。何しろ、学校に通ったこともなく、水道も屋内配管もないトタン屋根の家に住む年老いた女性が、首相や国王たちが使う陶磁器で料理を供されていたのである。

これが冷静でいられるだろうか。いったいどうしたら、この２日間に見た光景のなかに真実があると信じずにいられるだろう。これが長く続くかもしれないと思わずにいられるだろう。

私や新政権のメンバーは、選挙直後に訪れたこの集団的多幸感を抑え、国として来るべき困難に備えるため、もっと手を尽くすべきだったのだろうか。この状況を政治上、統治上の課題として扱うべきだったのだろうか。数か月後、経済危機の全容が判明し、社会が憂鬱な気分に包まれたとき、私たちはそう自問することになった。あの雰囲気に浮かれたままだったわけではない。当時を振り返っても、就任直前のインタビュー記事を読み返しても、自分の冷めたようすには驚かされる。経済状態はまだまだ悪化すると念を押したうえで、医療保険制度改革は一夜にして成るものではないし、アフガニスタンのような場所に単純な解決策はないと釘を刺していた。就任演説でも、高尚な文言を排し、アメリカを取り巻く状況を偽りなく描き出そうとした。恐ろしい試練と向き合い、みなで責任をもって努力することを呼びかけるためだ。

２、３年先までの状況の推移に関しては、かなり詳細な見通しが文書で出そろっていた。しかし、そうした警告が人々の耳に届かなかったことが、かえってよかったとも考えられる。結局のところ、２００９年初めには恐怖や怒りを感じるだけの理由があり、多くの人の期待に背いた政治家や公共機関が信用されないのも道理だった。だからこそ、どんなに一時的であろうとも、エネルギーを爆発させることが当時は必要だったのかもしれない。言い換えればそれは、私たちアメリカ国民が何者なのか、何者でありうるのかを希望に満ちた物語として描き出すことであり、高揚感を生み出し、旅の最も不安定なところを乗り切るのに必要な勢いをつけることだった。

実際、そういうことが起こっているように感じた。アメリカ全体で少なくとも1週間、みなが切望していた冷笑主義からの休息をとろうという無言の決定がなされたのだから。


そして、大統領就任式の日がきた。晴れわたった風の強い日で、凍えるほど寒かった。朝は時間どおりに起きられるよう、目覚ましを二つかけた。さまざまな催しが軍隊のような精密さで構成されていることは承知していたし、私には日々の生活で予定から15分遅れる癖があったからだ。起床後はランニングマシンで走り、朝食をとり、シャワーを浴びてひげを剃った。それから、ネクタイの結び目がまずまずの仕上がりになるまで何度も締め直したあと、8時45分までにミシェルと車に乗った。ブレアハウスからセントジョンズ・エピスコパル教会まで2分間のドライブだ。教会にはテキサス州ダラスで牧師を務める友人、T・D・ジェイクスを招いていて、非公開の礼拝を執り行ってもらった。

牧師はその朝の説教で、旧約聖書の『ダニエル書』からシャドラク、メシャク、アベド・ネゴの逸話を引用した。3人は王宮に仕えながらも神への忠誠を曲げず、ネブカドネツァル王の黄金像を拝むのを拒んだために燃え盛る炉に投げ込まれた。しかし、3人とも神への忠誠を守ったために神に守られ、神の助けを受けて火傷(やけど)一つ負わずに炉から出てきた。

牧師は、波乱の時代に大統領になる私もまた、炎の中に投げ込まれようとしていると説明した。戦争という炎と、経済崩壊という炎だ。それでも、神への忠誠を曲げず、正しい行いを忠実に続けていれば、3人と同じく恐れるものはないと説いた。

彼は堂々たるバリトンの声で話しながら、大きな色黒の顔で説教台から私にほほえみかけた。「神様がついています。たとえ炉の中であろうとも」

礼拝堂の中にいる人たちから拍手があがり、私は牧師の言葉に笑みで応じた。しかし、頭の中では前夜の出来事を思い出していた。夕食後に家族から離れて上階に行き、ブレアハウスにいくつもある部屋の一つで、ホワイトハウス軍務室（ＷＨＭＯ）の責任者と会ったときのことだ。私はそこで、〝フットボール〟という小さな革張りのスーツケースについて説明を受けた。それは、いついかなるときも大統領のそばにあるスーツケースで、中には核ミサイルの発射コードが入っている。フットボールの持ち運びを担当する大統領付き将校は、冷静に、整然と核ミサイルの発射手順を説明した。まるで、ビデオの録画予約の手順を話しているような口調だった。しかし、その意味は明白である。

もうすぐ、世界を炎に包む権限が私に与えられるということだ。

さらに前夜には、ブッシュ政権の国土安全保障長官であるマイケル・チャートフから電話があり、ソマリア国籍の４人が就任式でのテロ攻撃を企てているようだと聞かされていた。諜報機関からの確度の高い情報だという。その結果、ただでさえ大がかりなナショナルモール周辺の警備がさらに強化されることになった。容疑者の若い男たちはカナダから入国したらしいと判明したものの、まだ捕まっていなかったのである。就任式を実施することに再考の余地はなかったが、安全のため、チャートフや彼の部下たちとさまざまな偶発的事態への対応を話し合った。私は自分が演壇にいるときに攻撃があった場合に備え、聴衆への避難指示の文言を考えておくようアックスに指示した。

牧師の説教が終わり、礼拝を締めくくる讃美歌が教会に響いた。このときテロの脅威を知っていたのは、ひと握りのスタッフだけだ。当日のストレスを増やしたくなかったので、ミシェルにすら話していなかった。礼拝堂にいる人々は、核戦争やテロのことなど考えていない。自分一人が例外だった。私は会衆席の友人、親族、同僚たちに視線を走らせた。私と目が合って、こちらにほほえみかけられたり、興奮気味に手を振られたりした。深淵に目を凝らすように暗い可能性を見つめ、いつ解き放たれるとも知れない混沌に全力で備える。その一方、外見上は平静を保ち、私たちは安全で秩序ある世界に生きているという虚構をみんなのために守りとおす。それが自分の仕事になったことに、私はこのとき気づいた。

9時55分、私たちはホワイトハウスの北玄関（ノースポーティコ）に到着した。大統領夫妻に迎えられ、館内に招き入れられたのち、バイデン夫妻、副大統領のディック・チェイニーとその一家、議会指導者と配偶者たちも出席して短いレセプションが行われた。閉会予定の15分前、連邦議会議事堂前に大観衆が集まっているので、早めに出発してはどうかとスタッフから提案された。私たちは2人1組になり、待機していた車に分乗した。まずは上下両院の指導者たちが乗り、ジル・バイデンとチェイニー夫人、ミシェルとブッシュ夫人、ジョー・バイデンとチェイニー、最後にブッシュと私が続いた。ノアの方舟（はこぶね）に乗り込んでいるような光景である。

大統領専用の特大ブラックリムジン〈ビースト〉に乗ったのは、このときが初めてだった。ビーストには爆弾に耐えられる重装甲が施されているため、重さが数トンある。座席は豪華な黒革張りで、電話機と肘置きの上の革張りのパネルには大統領の紋章が縫い付けられている。また、ドアは防音で、閉じているあいだは外の音がまったく聞こえない。車列がペンシルベニア大通りをゆっくり進むあいだ、私はブッシュと少し話をしながら、ナショナルモールに向かう人の波やパレードのコース沿いに早くも陣取っている人々を防弾仕様の窓越しに見つめた。大半の人がお祝いムードを味わっているようすで、通りすぎる車列に歓声を上げたり手を振ったりしていた。しかし、最後の角を曲がると、抗議デモの一団が拡声器でスローガンを叫び、〝INDICT BUSH（ブッシュを起訴しろ）〟だとか〝WAR CRIMINAL（戦争犯罪者）〟と書いたプラカードを掲げていた。

ブッシュに彼らの姿が見えていたのかはわからない。就任式後にテキサス州クローフォードに所有する牧場に直行することになっていて、そこで藪（やぶ）を払う作業のことを熱心に語っていたからだ。しかし、私は黙ったまま、ブッシュの代わりに怒りを感じていた。任期が残り1時間となった大統領に抗議することは、無作法なうえに無用な行動に思えたからだ。さらに大きな問題として、こうした滑り込みの抗議はアメリカ全土をかき乱す分断を物語っているようにも、かつて政治を律していた礼節の弱体化を表しているようにも感じた。

その感情には、我が身を思う気持ちも少し混じっていたのだろう。数時間後、ビーストの後部座席には自分一人しかいなくなる。ああいう拡声器やプラカードがじきに自分に向けられることも、よくわかっていた。それを個人攻撃と受け止めずにいられる方法を見出し、ガラスの向こうで叫ぶ相手を拒絶したくなる気持ちをやり過ごすことも、私の仕事の一部になるということだ。ひょっとしたら、ブッシュはそういうとき、殻に閉じこもることが多すぎたのかもしれない。

出発を早めたのは正解だった。詰めかけた人で通りがいっぱいになり、議事堂への到着が予定より数分遅れたのだ。ミシェル、ブッシュ夫妻とともに議長室を訪れ、握手と写真撮影をして、式について説明を受けたあと、入場のため出席者と来賓の整列が始まった。列には娘たちや他の親類もいる。ミシェルと私は、就任宣誓のために議会図書館から借りてあった聖書を見せられた。小さく、分厚く、金縁に深紅のビロードの装丁がほどこされている。リンカーンが宣誓で使った聖書だ。それから、ミシェルが先に会場に向かった。彼女が立ち去ってから少しのあいだ、控え室は私とマーヴィン・ニコルソン、レジー・ラヴの3人だけになった。昔と何一つ変わらない光景だ。

「歯に何か挟まってない？」。私は大げさに口を広げ、にかっと笑って尋ねた。

「大丈夫だ」とマーヴィン。

「外は寒いよな。スプリングフィールドのときみたいだ」と私。

「もうちょっと人が多いけどな」とレジー。

侍従の武官がドアから顔を出し、時間だと告げた。私はレジー、マーヴィンと拳を打ち合わせ、議会の委員たちに続いて長い廊下を進んだ。丸天井の大広間と国立彫像ホールを抜け、支持者たちの人垣の脇を通った。儀仗兵たちの列の前を歩くと、一歩進むごとに敬礼の手があがった。そうしてついに、就任式の会場に続くガラス扉にたどり着いた。向こうに見える光景は壮観だった。途切れることなくナショナルモールを埋め尽くした大観衆は、公園の中ほどにそびえ立つワシントン記念塔をゆうに越え、反対側のリンカーン記念堂にまで達していた。人々が手にしていた旗は数十万本あったに違いない。それが真昼の太陽の光を反射しながら翻るさまは、大海原に海流の軌跡が描かれているようだった。トランペットが鳴って名前が呼ばれるまでの短い時間、私は目を閉じ、祈りの言葉を思い起こしていた。それは私を大統領にした祈りであり、任期を終えるまで私が毎晩繰り返す祈りでもあった。

それはまた、与えられたものへの感謝の祈りであり、罪の赦しを請う祈りであり、家族とアメリカ国民への加護を願う祈りだった。

そして、神の導きを願う祈りでもあった。

ジョン・F・ケネディの友人、腹心であり、スピーチライター陣のトップでもあったセオドア・ソレンセンは、早い時期から私を支持していた。私との初対面のときには80歳近かったが、視点の鋭さも頭の回転も衰えていなかった。私の代理として選挙遊説に行ってくれることさえあった。何かと口うるさいところもあったかもしれないが（アイオワ州で豪雨のなかハイウェイを走っていたとき、前のめりになって運転席の警護官を怒鳴りつけたこともある。「おい、前の車に近づきすぎだぞ！　半分目の見えない私にだってわかる！」）、説得力のある遊説代理人だった。また、私の若いスピーチライター陣はソレンセンを好いていた。気前よく助言を授け、ときおり草稿に意見をくれたからだ。ケネディの就任演説（「国が何をしてくれるかを問うのではなく……」で有名だ）の起草に加わったソレンセンに対し、アメリカ史上屈指の名演説を書くのに、どんな秘訣があったのかと質問が飛んだことがある。単純なことだ、と彼は答えた。ケネディと草稿の執筆に取りかかるときはいつも、「いつか名演説集に載るぐらい、いい演説にしよう」と自分たちに言い聞かせていたという。

若手たちを鼓舞しようとしたのか、煙に巻こうとしただけなのか、私にはわからなかった。はっきりしているのは、私の就任演説がケネディほどの高みに達しなかったということだ。就任式後、演説の内容にはさほど関心が集まらなかった。聴衆の推定人数や気温の低さ、歌手のアレサ・フランクリンがかぶっていた帽子、宣誓中に最高裁判所長官のジョン・ロバーツとのあいだで起こった小さな手違いのほうが話題になったほどだ。宣誓については、翌日にホワイトハウスの〈マップルーム〉で正式にやり直しをすることになった。評論家のコメントには、演説はあまりに暗すぎたというのもあれば、前政権への批判に不適切な点があるというのもあった。

だが、私は演説を終えたとき、誠実に、信念をもって話すことができたと満足感を覚えていた。また、テロがあった場合に使うメモを胸ポケットから出さずにすんだことに安堵してもいた。

メインイベントを終えた私は肩の力を抜き、目の前の圧巻の光景に浸った。その後、ブッシュ夫妻がヘリコプターに乗るため階段を上がり、振り返って最後に手を振る姿には感動を覚えた。また、パレードの途中で車を降り、徒歩で移動する区間では、ミシェルの手を握りながら誇らしい気持ちにもなった。さらに、海兵隊やマリアッチ〔メキシコの民族色の強い音楽ジャンルの一種〕のバンド、宇宙飛行士、〈タスキーギー航空隊〉〔第二次世界大戦中に黒人を中心に編成された航空部隊〕の元隊員などの行進には、喜びがこみ上げた。なかでも、ユニオン〔南北戦争時の北部諸州〕各州から集まった高校生バンドは格別だった（さらに、ハワイの母校〈プナホウ・スクール〉のマーチングバンドまでそこに加わっていた。ゴー・バフ・ン・ブルー！〔「バフ・アンド・ブルー」はプナホウの愛称〕）。

この日、一つだけ悲しい出来事があったことを書き記しておく。伝統に則り、就任式後に議会議事堂で開かれた昼食会でのことだった。乾杯が終わり、主催者である議会サイドからの挨拶が始まる直前、脳の悪性腫瘍の切除手術を受けたばかりのエドワード・ケネディがひどい発作で倒れたのだ。救急隊員が駆けつけ、部屋は沈黙に包まれた。搬送に付き添う妻のヴィッキーは恐怖の表情を浮かべ、残る私たちも彼を待ち受ける運命に不安を感じていた。あの出来事が最終的にどんな政治的影響を及ぼすのかなど、誰も想像していなかった。

私とミシェルはその晩、合計一〇か所で就任舞踏会に参加した。白く丈の長いドレスを着たチョコレートブラウンのミシェルは、いつにもまして美しかった。最初の会場では、ビヨンセが高らかに歌う『At Last』に合わせて踊りながら、ミシェルを腕に抱き、スピンさせて、耳元で照れくさくなるようなセリフをささやいた。軍主催の最高司令官就任舞踏会では、夫婦別々に若手士官とペアを組んで踊った。士官たちは2人とも魅力的で、当然ながら緊張していた。

残り八か所については、あまりに駆け足だったせいで記憶がない。

日付が変わってかなり経ってからホワイトハウスに戻ったが、〈イーストルーム〉での近親者たちのパーティーはまだたけなわで、ジャズ奏者のウィントン・マルサリス率いるクインテットの演奏も力強く続いていた。ミシェルはひと足早く寝室に向かい、私が残ってみんなの相手をすることにした。彼女はハイヒールを12時間履きっぱなしで脚が疲れていたし、翌朝も礼拝があるので、ヘアメイクのため私より1時間早く起きなければならなかったからだ。

私が上階に戻るころには、明かりはほとんど消えていた。ミシェルと娘たちは眠っていて、夜勤のスタッフが皿を洗う音や、テーブルと椅子を片付ける音が階下からかすかに響いてくる。ふと、朝からずっとひとりの時間がなかったことに気づいた。私はしばらくその場で立ち止まり、広い中央ホールの天井を見上げてから、床まで視線を落としていった。一つ一つのドアがどこに通じているのか、まだ判然としない。クリスタルのシャンデリアと小型のグランドピアノにしばらく目をとめた。それから、壁にモネの絵が掛かっているのを見つけた。別の壁にはセザンヌもある。書棚の本を何冊か引っ張り出したり、誰だかわからない人たちの小さな胸像や遺品、肖像画を見てまわったりもした。

そうしていると、30年ほど前、初めてホワイトハウスを目にしたときの記憶がよみがえった。若いコミュニティ・オーガナイザーだった私は、学生たちを連れてワシントンに来ていた。学生支援を拡充する法案について、地元選出の連邦議員に働きかけをするためだ。ペンシルベニア大通り沿いの門の前に立っているあいだ、数人の学生が使い捨てカメラを構えて表情をつくり、写真を撮っていた。私は二階の窓をじっと見上げながら、この瞬間に誰かがこちらを見下ろしている可能性はあるだろうか、と考えた。そして、見ているとしたら何を思っているのだろうか、と想像を巡らせた。普通の生活のリズムを恋しがっているのだろうか。孤独を感じているのだろうか。動揺したり、自分はなんでこんなところにいるんだ、などと考えたりするのだろうか。

私は当時の疑問を振り返り、答えはすぐにわかるさ、と思った。それからネクタイを引き抜き、残りの明かりを消しながらゆっくりと廊下を歩いていった。

第11章

何を覚悟しようとどうにもならない。どれほど本を読み、どれほどブリーフィングを受け、どれほど前政権の古参を引き入れても同じことだ。そんなことはホワイトハウスの最初の1週間にとって、なんの足しにもならない。すべてが新しく、未知であり、重要性をはらんでいるからだ。自分で指名した上級職員についても、閣僚を含め、本決まりになるのは数週間から数か月先の話だ。ホワイトハウスの敷地内の至るところで、スタッフたちが必須のＩＤを確保し、駐車場の位置を尋ね、電話の使い方を学び、トイレの場所を把握し、窮屈で入り組んだ西棟（ウエストウイング）の各部屋に、あるいはアイゼンハワー行政府ビル（ＥＥＯＢ）のゆったりとした室内に、いくつもの箱を運び込もうとしている。誰もが途方に暮れた表情を見せまいと努めながら。まるで大学寮の入居日のようだが、違いといえば、スーツ姿の中年職員の割合が大きいこと、そして一人一人がこの地球上で最も強力な国家を運営するという責務を負っていることである。

私自身についていえば、引っ越しに苦労はしなかったものの、日々は目まぐるしく過ぎていった。出だしのつまずきのせいで、ビル・クリントンが2年にわたって政権を安定した軌道に乗せることができなかったのを間近で見ていたラーム・エマニュエルは、選挙直後のハネムーン期間［新大統領に対して国民メディアが好意的に見る就任直後の１００日間］を利用してうまく事を進めなければならないと強く主張していた。

「私を信じてください」とラームは言った。「大統領という地位は新車みたいなものです。ディーラーの駐車場から出した瞬間、その価値が目減りしはじめるのです」

初動の勢いをつけるために、私の署名ひとつで実現できる選挙公約を見定めておくよう、ラームは政権移行チームに指示を出していた。私はキューバにある米軍のグアンタナモ収容所における拷問を禁止する大統領令に署名し、1年はかかると見られる同施設の閉鎖手続きを開始した。私たちが立てたいくつかの倫理規定は、ホワイトハウスの歴史上最も厳しいもので、ロビイストに対する規制強化も含まれていた。2週間後には、400万人の子どもたちを児童医療保険プログラムの追加対象とすることで議会の指導部と折り合いをつけた。そしてその直後、私たちはブッシュ大統領によって待ったがかけられていたES細胞研究への連邦政府の助成を解禁した。

就任9日目、私は初めて法案に署名した。〈リリー・レッドベター公正賃金法〉だ。この法律は、控えめな1人のアラバマ州出身の女性にちなんで名づけられた。グッドイヤー・タイヤ・アンド・ラバー社のベテラン社員であったリリーは、自分の賃金が同格の男性社員のそれよりも常に少ないことを知り、訴訟を提起した。差別訴訟の通例として、なんの支障もなく原告勝利で決着するはずの案件だ。ところが2007年、あらゆる常識を無視して、最高裁が訴えを棄却したのである。サミュエル・アリート判事によれば、レッドベターは雇用差別の禁止を規定した公民権法第七編に基づいて、差別が発生した日から180日以内に訴えを起こしていなければならなかった。言い方を変えれば、最初の賃金を受け取ってから六か月以内ということになるわけだが、彼女が賃金の不公平に気づくのはそれから何年もあとのことだった。1年以上にわたり、共和党の上院議員は是正処置に反対しつづけ、ブッシュ大統領は仮に法案が通過しても署名を拒否すると約束していた。しかし今、勢いづいた民主党の多数派が立法手続きを速やかに進めたことで、法案は、署名式典に使われる〈イーストルーム〉の小さなデスクの上に届けられた。

リリーと私は選挙期間中にすでに友人になっていた。私は彼女の家族を知っていたし、彼女が苦闘を重ねていることも知っていた。私が法案に署名をするその日、リリーは一文字ずつ違った万年筆で自分の名前を記入する私の傍らに立っていた（署名に使った万年筆は、リリーと法案の発起人への記念品として贈呈されることになる――素敵な伝統だが、おかげで私の署名は10歳の子どもが書いたようなありさまだった）。私はリリーのことばかり考えていたのではない。自分の母親、祖母（トゥート）、そして出世の道からはじきだされ、見合った報酬を与えられることがなかった国中の働く女性について考えていた。私が署名したとしても、何世紀にもわたる差別の歴史が覆ることはないだろう。とはいえ、大事な一歩だった。

このために私は大統領選に打って出たのだ。これこそ政権の為せることなのだ。私の思いはそこにあった。

私たちはこの最初の数か月間に、この一件に匹敵する構想をいくつも展開していくことになるが、メディアからささやかな注目を集めたものもあれば、直接の利害関係者の目にしかとまらないものもあった。平時であればそれで十分だっただろう。小さな勝利を重ねつつ、ヘルスケア、移民政策、気候変動といったより大きな問題に関する私たちの法案を、議会で前進させていけばいいのだから。

だが、時は平時ではなかった。国民にとってもメディアにとっても、私にとってもチームにとっても、ただ一つの問題だけが重要だった。すなわち、経済崩壊を食い止めるために私たちは何を為すのか、ということである。

状況が差し迫っていることは選挙前から明らかだったが、私たちが立ち向かうことになる事態の大きさを私が本当の意味で理解したのは、12月も半ば、シカゴで私の新しい経済チームと会合をもったときだった。大統領就任までに残された時間は一か月少々。クリスティーナ（クリスティ）・ローマーは、その快活な振る舞いも思慮深い話し方も、１９５０年代のシットコム［登場人物や場面設定を固定した１話完結型の連続コメディドラマ］に登場する母親を思わせる人物だが、彼女は先に開かれたミーティングで、デイヴィッド・アクセルロッド（アックス）が使ったフレーズでプレゼンテーションを始めた。

「次期大統領」とクリスティは言った。「これはまったくヤバい状況です」

あちこちから笑いが洩れたが、クリスティが次々にグラフを示していくと、それもじきに引っ込んだ。彼女によると、アメリカに二五ある大手金融機関のうち半数以上が、前年のうちに破綻したか合併したか、あるいは破綻を回避すべく組織改革に着手しているという。これに伴い、当初はウォール街で局所的に発生していた危機が、経済の全領域にわたって伝染していった。株価は40パーセントも下落し、ローンが返済できず差し押さえられた住宅は２３０万件に上る。家計資産は16パーセント目減りしたが、これはのちにティモシー（ティム）・ガイトナーが指摘するように、損失率としては１９２９年の株価大暴落の余波を受けた損失の五倍以上に相当する。ただでさえ貧困レベルは高い水準で推移し、生産年齢人口のうち労働で生活の糧を得ている人間の収入は減少していた。生産性成長率が下がり、賃金の中央値が上がらない。そんな経済状況に追い打ちをかける格好だった。

おまけにまだ底は見えなかった。家計が厳しくなってきたのを察知すると、人々は出費を控えるようになる。銀行は損失が積み重なると貸し出しを抑えるようになり、ますます多くのビジネスと多くの雇用が脅かされる。いくつもの小売大手がすでに破産の憂き目に遭っていた。ゼネラルモーターズとクライスラーも同じ道をたどりつつあった。いまやニュース番組は、毎日のようにボーイングやファイザーといった優良企業の大量レイオフを報道している。クリスティによれば、あらゆる矢が同じ的に向かって放たれていた。１９３０年代以来、最悪の景気後退。そして仕事は失われ（11月だけで推定53万３０００人の職が奪われた）、事態はいっそう悪化するだろう。

「どれぐらいひどいんだ?」。私は尋ねた。

「わかりません」。ローレンス（ラリー）・サマーズが話に加わる。「しかしおそらくは数百万という数になるでしょう」。彼の説明によれば、失業者数は典型的な〝遅行指標［景気変動にやや遅れて変化する経済指標］〟ということだった。すなわち、不況の真っ最中に全体としてどれほどの職が失われているかが見えず、通常は経済が上向きになってからもしばらくは雇用の回復は見られない。さらに金融危機によって引き起こされた不況の場合、景気循環による不況よりも経済の回復スピードは遅くなる。ラリーの計算では、連邦政府が素早く攻めの介入をしなければ、「およそ三分の一の確率で」大恐慌の再来を招くことになるという。

「ジーザス」。ジョー・バイデンがつぶやいた。私はダウンタウンの会議室の窓から外を眺めた。降りしきる雪が灰色の空を背に音もなく舞っている。立ち並ぶテントと炊き出しの列の光景が、頭の中にありありと浮かんだ。

「わかった」。私はチームの面々に視線を戻した。「いまさら別の説明を聞く時間もない。その確率を下げるのに我々にできることは?」

　私たちはそれから3時間かけて戦略を練り上げていった。まずしなければならないのは、需要収縮のサイクルを巻き戻すことだった。通常の景気後退においては、金融政策が選択肢の一つとなる。連邦準備制度理事会（ＦＲＢ）は金利を引き下げることで、住宅や自動車から家電に至るまで、あらゆるものの購入コストを大きく下げることができる。しかしベンジャミン（ベン）・バーナンキＦ

ＲＢ議長が次々に新手の非正統的戦略を講じて金融パニックの火消しに奔走した結果、ティムの話では、ＦＲＢは前年のうちに弾丸をあらかた使いきっていた。金利はいまやゼロ近くまで下がっていたが、企業にしろ消費者にしろ、すでにひどい債務超過にあって、これ以上の借り入れにはまったく消極的だった。

そこで私たちの議論は景気刺激策に絞られることになった。簡単にいえば、政府にもっと多くの金を使わせることである。私の専攻は経済学ではなかったが、ジョン・メイナード・ケインズのことを知らないわけではない。近代経済学の巨人にして大恐慌の原因を究明した理論家。ケインズの基本となる洞察はシンプルなものだ。個々の家計や企業にとって、深刻な景気後退局面において財布の紐を締めるのは賢明な判断といえる。ところが問題は、誰もがいっせいに財布の紐を固くすると、経済全体の回復が遠のくことだ。倹約が経済の首を絞めてしまうのである。

このジレンマに対するケインズの答えもまたシンプルだ。政府が〝最後の客〟の役割を果たさなければならないというのである。要は、再び歯車が回り出すまで経済に金を送り込めということだ。各家計が自信をつけ、古い車を下取りに出して新しい車を買おうとするようになるまで、あるいは野心的な企業が需要の回復を見越して新製品の開発を始めるまで、金を注ぎ込むべしというわけだ。ひとたび経済に活が入れば、政府は蛇口を締め、結果的に増えた税収でその支出の埋め合わせをすればいい。フランクリン・ルーズベルトは大恐慌のどん底にあった１９３３年に大統領に就任し、ニューディール政策を形にしていくが、その政策の支柱となったのはこの原則だったといえるだろう。金の行き先は市民保全部隊（ＣＣＣ）［１９３０年代に発足した失業対策機関］で、国立公園に散策路をつくる作業に従事した若者であったり、余った牛乳を政府に買い上げてもらった農家であったり、公共事業促進局（ＷＰＡ）の事業の一環として舞台に立った劇団であったりとさまざまだったが、いずれにせよ、ニューディールのプログラムは職のないアメリカ人がすぐにも必要とする賃金を得る助けとなり、少なからぬ企業が政府から鉄鋼や木材などの発注を受けて事業継続が可能になった。こうした諸々の対策があって、私企業はもちこたえ、ふらついた経済は安定へと向かっていったのである。

しかしながら当時としては野心的だったニューディール政策も、結局のところ大恐慌を完全に押しとどめるには控えめにすぎた。ルーズベルトが１９３６年の選挙イヤーのプレッシャーに屈し、有力なオピニオンリーダーのあいだで広がっていた放漫財政であるとの批判を受け入れて、早すぎる撤退を決めるに至ってはなおのことだった。恐慌を最終的に過去のものにするには、第二次世界大戦という究極の景気刺激策を要し、〝民主主義の兵器工場（アーセナル・オブ・デモクラシー）〟をつくるための国を挙げての動員が必要だった。それでも、ニューディール政策があったおかげで経済のさらなる悪化は防ぐことができたし、ケインズ支持者の理論は広範な経済学者に、場合によっては政治的には保守の経済学者にも受け入れられるようになったのである（もっとも、当然のことながら共和党寄りの経済学者は公共事業よりも減税による景気刺激策を好むのだが）。

そう、私たちには景気刺激策のパッケージが必要だった。必要なインパクトを与えるには、それをどれほどの規模にしなければならないのか。選挙前の私たちは、当時は野心的とみなされた１７５０億ドルの計画を提案していた。選挙直後にはさらに悪化した状況を示すデータを精査して、それを５０００億ドルまで増額した。そして今、チームはいっそう大きな数字を出してきた。クリスティは「１兆ドル」という数を口にし、それを聞いたラームはまずいものに食らいついた漫画のキャラクターのように吐き出した。

「ばかばかしい」とラームは言った。すでに何千億ドルもの金が銀行救済に使われて、人々の怒りが膨れ上がっている。そんななかで兆などという単位が通るわけがない。共和党議員は言うに及ばず、多くの民主党議員も反対するだろうと。私が顔を向けると、ジョーは黙ってうなずいた。

「いくらなら通せる？」と私は尋ねた。

「7000。せいぜい8000億といったところでしょう」とラームは言った。「それにしたって盛りすぎだ」

さらに、刺激策の資金をどのように使ったらいいかという問題もあった。ケインズによれば、大事なのは経済活動を生み出すことであって政府が何に金を使うかはさしたる問題ではないということになる。しかし、私たちがここで話し合っている支出の規模からすれば、そういうわけにもいかない。それは、これから実行すべき他の計画のために将来必要となる資金に影響を及ぼす可能性が高い支出だからだ。私はチームに、意図が明確で、効果の高いプロジェクトを考案するよう要請した。かつての州間高速道路網の整備やテネシー川流域開発公社による事業は、経済の押し上げに即効性があったばかりでなく、長期的にもアメリカ経済に変革をもたらした。いわばその現代版を求めたのである。たとえば、全米で次世代送電網（スマートグリッド）［エネルギー需要をリアルタイムで把握し、効率よく送電するシステム］の構築を進めるというのはどうだろう？　電力の安定的で効率的な供給をもたらさないだろうか？　あるいは高度に統合された次世代航空交通管制システムを整備し、安全性を高めて燃料費を削減し、二酸化炭素排出量を減らすというアイデアはどうだろうか？

テーブルを囲んだ面々は乗り気ではないようだった。「連邦諸機関には、これはというインパクトのあるプロジェクトを挙げるよう依頼してあります」とラリーが言った。「しかし、次期大統領、ここは率直に申し上げなければなりません。おっしゃったようなプロジェクトは極端に複雑なものです。開発には時間がかかりますし……。おまけに残念ながら、時間は我々の味方ではありません」。肝心なのは、可及的速やかに国民のポケットに金を押し込むことであって、それにはフードスタンプ［低所得者向けの食料配給券］の配布、失業保険の拡充、中間層向けの減税、あるいは教師、消防士、警察官の職が確保されるよう各州に補助金を出すことが最も効果的だという。インフラストラクチャーへの支出にはそれに見合った大きな見返りがあることも調査によって示されてはいるが、それでもなお私たちは平凡な仕事、たとえば道路の補修工事や老朽化した下水システムの修繕といった、自治体政府がすぐにも人々に仕事を与えることができるプロジェクトに絞るべきだというのが、ラリーのいわんとするところだった。

「フードスタンプと舗道の張り替えで国民の気持ちを盛り上げるのは難しいだろう」とアックスが言った。「セクシーとは言いがたいからな」

「セクシーでないのは不況も同じだ」ティムがつっけんどんに言い返した。

ティムは危機の前線に立って胃が痛くなるような1年を過ごしてきた1人だった。私は、そんな彼が現実味のない夢想的な計画に乗るのを拒んだからといって、非難する気にはなれなかった。ティムが最も心配しているのは、大量失業と倒産が金融システムをいっそう弱体化させることであり、彼が〝負のフィードバックの連鎖〟と呼ぶ事態を引き起こすことだった。こうして、ラリーが景気刺激策パッケージの作成を主導する一方で、ティムのチームは信用市場をこじ開け、金融システムが今後とも揺らぐことがないように安定化させるのに力を注ぐことになる。ただ、本人も認めているが、その時点では具体的に何をすれば効果的なのかはティムにもわかっていなかった。仮に具体策があったとして、それが不良資産救済プログラム（ＴＡＲＰ）に残された３５００億ドルで賄いきれるものなのかどうかはやはり不明だった。

私たちの〝やることリスト〟は、これで終わりではない。ほかにも才気あふれるチームがあった。元ニューヨーク市住宅保全開発局（ＮＹＣＨＡ）の局長で、私が住宅都市開発省（ＨＵＤ）長官に指名しているショーン・ドノヴァン。そして私の古くからの経済アドバイザーにしてシカゴ大学教授、のちに私が大統領経済諮問委員会（CEA）のメンバーに指名することになるオースタン・グールズビーを擁するチームだ。このチームは住宅市場を下支えし、住宅差し押さえの洪水を堰き止めるプランにすでに取りかかっていた。私たちはまた、自動車産業救済のために、著名な財政専門家であるスティーヴ・ラトナーと、かつて投資銀行のバンカーとして事業再編中の企業で組合の代理を務めていたロン・ブルームも仲間に引き入れていた。まもなく行政管理予算局（OMB）局長に就任するピーター・オルザグにも、厄介な任務が待ち受けている。緊急支出の額が高止まりし税収が低下することで、すでに連邦政府の赤字は史上初の1兆ドルを突破していた。こうした状況下で、長期にわたって持続可能な連邦政府予算を組みながら、刺激策として短期間に政府支出を実行する方法をひねり出すことが、ピーターの仕事だった。

厄介事を引き受けてくれた見返りとして、ミーティングの締めくくりに、私たちはケーキを持ち込んでピーターの40歳の誕生日を祝った。ピーターがろうそくの火を吹き消すのを見ようとみんながテーブルに寄ってきたとき、私の隣にはグールズビーが立っていた。ジミー・オルセン［アメリカン・コミックス『スーパーマン』に登場する架空の人物］ふうの容貌に、あふれ出るユーモアと鼻にかかったウェーコ発のテキサス訛りの持ち主で、グールズビーという学者のような名前がまったく似合わないと私はひそかに思っていた。

「1932年のルーズベルト以来でしょうね、次期大統領がこんな最悪のブリーフィングを受けなきゃならないのは！」。グールズビーは言った。ひどい怪我人を見てショックを受けた少年のような口ぶりだった。

「グールズビー」と私は返した。「これが今週最悪のブリーフィングというわけでもないんだよ」

それは半ば冗談だった。経済に関するブリーフィング以外では、私は政権移行期間の多くの時間を窓のない部屋で過ごし、イラク、アフガニスタンほか、いくつものテロの可能性を示唆する機密情報を受け取っていた。それでも、経済に関するこのミーティングから立ち去るとき、私は意気消沈するどころか意気軒昂（けんこう）となっていた。思うに、私の自信の一部は選挙の勝利で湧き出したアドレナリンに由来していたのだろう。私なら目下の責務に対応できるという、根拠のない、おそらくは思い込みに近い確信ゆえだった。私が集めたチームについても、彼らなら大丈夫だと感じていた。私たちが必要とする答えがどこかにあるなら、このチームにそれが見つけ出せないわけはないと思った。

もっとも、私が強気な態度をとっていた大きな理由は、どこかで人生のバランスシートというものを認めなければならないと思っていたからだろう。選挙期間中に私にもたらされたものの大きさを思えば、配られたカードが悪いからといっていまさら文句は言えなかった。続く数年のあいだチームに一度ならず言ったように、事態がこれほど制御不能になっていなければ、そもそもアメリカ国民は私に賭けて票を投じようとは思わなかっただろう。私たちの仕事は、政治状況がいかに困難であっても、政策を正しい方向に定め、国のために最善を尽くすことなのだ。

だが、チームの面々にはそう伝えながらも、内心では困難どころですむはずがないことはわかっていた。

これから、政治はどんどん過酷なものになっていくだろう。

大統領就任式までの日々、私は第一次ルーズベルト政権とニューディール実施にまつわる書物を読んでいた。ニューディール前後のコントラストは、私たちにとってはよくない意味で教訓的だ。ルーズベルトが選出される１９３２年まで、大恐慌は３年以上にわたって猛威を振るった。国民の四分の一には仕事がなく、何百万もの人が飢えに苦しんでいた。そしてアメリカ中に点在するスラム街は、〝フーヴァーの街〟と広く呼ばれるようになった。その名前は時の共和党大統領に対する人々の思いを正確に反映していた。ハーバート・フーヴァー。ほどなくフランクリン・ルーズベルトに取って代わられる男だ。

貧困は広範に及び、共和党の政策の評判は地に堕ちた。状況を見たルーズベルトは、当時は四か月あった政権移行期間中に新たな取り付け騒ぎが起きたとき、必死に協力を求めたフーヴァーをはねつけた。ルーズベルトとしては、自分の政権は過去の失敗からきっぱりと手を切った汚れのないものであると周知させたかったのだ。そして就任一か月後、幸運にも経済再生の兆しが見えたとき（彼の政策はまだ実施されてもいなかった）、ルーズベルトは前政権と手柄を分け合う必要がないことを喜んだ。

一方、私たちがそういった明確な線引きの恩恵にあずかることはもはやなかった。結局のところ私はすでにブッシュ大統領を助けることを決めていた。ブッシュの金融危機への対応策は必要なものではあっても広い支持を得るものではなく、私としてはいわば血まみれのナイフに手をかけた格好だった。金融システムのさらなる安定のためには、規模を拡張して同じことを実施しなければならないこともわかっていた（私はすでに、ＴＡＲＰのファンドから第二弾の拠出として３５００億ドルを引き出すために、何人かの民主党上院議員に賛成票を投じるよう迫っていた）。ラリーとクリスティがほぼ間違いないと主張したように状況が悪化してくると、私の支持率、さらにはいまや議会をコントロールする立場にある民主党の支持率も、当然のことながら急降下した。

すでに何か月も混乱が続いていて、２００９年初頭のメディアにはぞっとするような見出しがいくつも並ぶことになるというのに、国民も、議員も、メディアも、（私がこのあとすぐ気づくように）専門家でさえ、誰一人として事態がどれほど急激に悪化していくのかまでは見通せていなかった。このときの政府のデータからは、深刻な不況であることはわかっても、それが壊滅的なものになるとまではわからなかったのだ。著名なアナリストたちは、失業率は最高で8ないしは9パーセントに達すると予測していたが、最終的に到達することになる10パーセントの大台は想像すらしていなかった。選挙の数週間後、おおむねリベラルな経済学者３８７人が議会に書面を送り、強力なケインズ流刺激策の必要性を説いたが、このとき彼らがめどとした金額は３０００億から４０００億ドルだった。これは私たちがまもなく提案しようとしている額のおよそ半分であり、最も心配性な専門家でさえこの程度の見立てなのだということがよくわかった。いみじくもアックスが表現したように、私たちが取りかかろうとしている仕事は、私たちだけがやってくると知っている数十年に一度のハリケーンに備えておよそ1兆ドル分の土嚢（どのう）を購入するよう国民に呼びかけるようなものだった。土嚢に効果があろうとなかろうと、どのみち多くの人は家を失うことになる。

「事態が悪いときに」。12月の会議をあとにするとき、アックスは私の横についてこう言った。「『もっと悪化することだってありえたんだ』なんて考える人間はいませんよ」

「そのとおりだ」と私は同意した。

「私たちは、国民の期待の水準を下げなくてはなりません」。アックスは続けた。「だが、人や市場を萎縮させてしまってはパニックに油を注ぐことになりかねない。経済へのダメージも大きいでしょう」

「それも、そのとおりだ」

アックスは悲しげに頭を振った。「大変な中間選挙になりますね」

アックスの、当たり前のことをふと口にする、ほとんどナイーブとさえ思える能力については私も感服していたが、そのときは返事をしなかった。というより、そんな2年も先のことを考える贅沢は許されなかったのだ。私が集中すべきは目の前の1秒であり、もっと差し迫った政治問題だった。

景気刺激策についての法案をすぐにも議会に通さなければならなかった。にもかかわらず、議会は機能不全に陥っていた。

私の就任前も任期中も、ワシントンでは連邦議事堂（キャピトル・ヒル）において超党派的な協力が見られた時代へのノスタルジーが広まっていた。実際、第二次世界大戦後の多くの期間、アメリカの政党を分ける境界線はずっと流動的だった。

1950年代までには、ほとんどの共和党員たちはニューディール時代に設けられた労働安全衛生規則に順応していたし、北東部および中西部では、資源保全や公民権が論点となるときなどに、党のなかでもきわめてリベラル寄りの立場をとる人材を数多く輩出した。一方、南部は民主党最大の票田を形成していたが、そこでは根強い文化保守主義と、選挙民の大きな一角を占めるアフリカ系アメリカ人の権利に対する断固とした拒絶がともに見られた。世界においてアメリカ経済の優位が脅かされることはなく、外交政策は共産主義の世界的脅威によって規定されていた。社会政策の根底には、女性も有色人種も自らの立場をわかっているだろうという確信が潜んでいたが、これも両党が共有するものだった。こうした環境にあったからこそ、民主党議員も共和党議員も、法案を可決する必要があれば、遠慮なく党の境界線をまたいだのだ。修正案を提出したり、指名を表決に付したりするときなども、両党は慣習的な儀礼を重んじ、党派的な攻撃も強硬な戦術もほどほどのところで収めた。

この戦後コンセンサスが崩れていった経緯については、これまでも多く語られてきた。端緒となったのはリンドン・ジョンソンによる1964年公民権法への署名だった。ジョンソンは、これを機に民主党の南部における地盤は根こそぎにされるだろうと予測した。ジョンソンの見立てよりは時間がかかったとはいえ、ベトナム戦争の泥沼化、暴動の頻発、フェミニズムの台頭、ニクソンの南部戦略などを通じて、政界再編は確実に進行していくことになる。また、差別撤廃を意図する強制的なバス通学制度の実施があり、妊娠中絶の是非を問うロー対ウェイド裁判があった。都市犯罪が増加し、白人層は都市から郊外へ移り住んだ。そして、アファーマティブ・アクションの陰で、保守的キリスト教政治団体が設立された。組合つぶしが問題化し、保守派判事ロバート・ボークの最高裁判事指名が否決された。アサルト・ウェポン規制法があり、共和党議員ニュート・ギングリッチが頭角を現した。さらには、同性愛者の権利が叫ばれ、ビル・クリントンの弾劾裁判があった。こうした流れのなかで、アメリカの有権者とその代表たちはますます両極に引き裂かれていったのである。

恣意的で不公平な選挙区の区割り（いわゆるゲリマンダー）がこの傾向を助長した。両党ともに、有権者のプロフィール情報とコンピュータテクノロジーを活用して選挙区の境界線を引こうとし、それはあらゆる選挙において、現職議員を守ること、または接戦区の数を最小化することをあからさまに意図していた。一方、メディアの細分化と保守系放送局の出現は、有権者が真実を知るのに、もはやかつてのウォルター・クロンカイト［公正な報道姿勢で知られ、〝アメリカの良心〟と呼ばれたジャーナリスト］のような人物に頼ることができなくなったことを意味している。自分の政治的選好にゆさぶりをかける情報ではなく、それを強化する情報だけに従うことが可能になったのだ。

私が就任する前の時点で、この赤＝共和党、青＝民主党の〝大分断〟はほぼ完了していた。それでも上院にはなお踏み留まろうという勢力もあった。十数名ほどの、穏健からリベラル寄りの共和党議員と保守寄りの民主党議員は、共闘の構えを捨てていなかった。だが、彼らにしても、ほとんどが自分の議席を守るだけで必死だった。２００６年、２００８年の下院議員選挙では、民主党が地滑り的勝利を収めたために、伝統的に共和党が強いとされてきた選挙区で10人を超える保守的な民主党議員が当選を果たしたこともある。しかし概して、下院の民主党議員は、こと社会問題に関してはリベラル一辺倒であり、南部選出の白人民主党議員はもはや絶滅危惧種となった。下院共和党における変化はいっそうシビアだった。残っていた穏健派がほぼすべて放逐されることで、共和党の幹部会は、現代史に例がないほど右に傾斜する。そして、古くからの保守派は新しく力をつけてきた勢力とともに、影響力を手に入れようとうまく立ち回るようになる。ギングリッチの追従者、保守系ラジオパーソナリティのラッシュ・リンボー気取りの扇動者、サラ・ペイリンに憧れる人々、アイン・ランドの信奉者――彼ら新勢力は、妥協を許さない。防衛、国境警備、法執行機関の強化、および人工妊娠中絶の禁止以外のあらゆる政府行動に対して懐疑的である。そして彼らは、リベラルたちがアメリカを破壊するのに躍起になっていると心の底から信じていた。

少なくとも理論上は、こうしたことは必ずしも私たちの景気刺激策の法案通過を妨げるものではなかった。結局のところ民主党は下院で77議席、上院で17議席分優勢だった。しかし、この文句のつけようのない状況にあってなお、史上最大の緊急支出法案を記録的スピードで議会に通すのは、ニシキヘビに牛を飲み込ませるようなものだった。加えて、手続き上の制度化された妨害行為とも戦わなければならなかった。上院の議事妨害（フィリバスター）のことだ。これは、私の任期を通じて最大の頭痛の種となった。

フィリバスターについては合衆国憲法のどこにも記載がない。この慣習は、以下のような経緯で偶発的に生まれたものだ。1805年、副大統領のアーロン・バーは上院に対し、いずれの議会でも多数党だけが審議を終了して採決を要求できることを規定した〝採決へ向けた動議〟の削除を迫った（バーは物事を深く考えるという習慣を生涯身につけることがなかったようで、とにかくそんなルールは時間の無駄だと考えていたらしい）。

審議を終わらせるための決まった方法がないということは、誰であれ上院を機能停止に追い込めることを意味する。上院議員たちもほどなくそれに気がついた。審議の場でただ延々と演説を続けて場を明け渡すのを拒みさえすれば、審議が終わらないことに不満を募らせている議員からどんな種類の譲歩も引き出せてしまうのだ。そこで1917年、上院はこの慣習を制限するために〝審議打ち切り（クローチャー）〟を導入して、上院議員の三分の二の賛成でフィリバスターを打ち切れるようにした。それから50年間、フィリバスターは行使されたとしても、それほど人目を引かなかった。その間、最も注目されたのは、南部の民主党議員が反リンチ法案と公正雇用法案、およびジム・クロウ法を脅かそうとするいくつかの法案を阻止しようとしたときのことだろう。その後、フィリバスターは徐々に形式的な戦術へと変化していく。フィリバスターを宣言するのも容易になり、少数派にとっては自分たちの意見を通すのに有効な手段となった。ときにはフィリバスターを行使するかもしれないという脅しだけで、立法手続きを脱線させることができた。1990年代に入ると、共和党と民主党の戦線が膠着（こうちゃく）するにつれて、どちらの党が少数派であれ、造反を抑え込んでフィリバスターが打ち切られないだけの41票さえ確保できていれば、気に食わない法案を阻止できるようになり、事実そのとおり実行されることもあった。

つまり、憲法に立脚することなく、公の討論もなく、ほとんどのアメリカ人が知らないうちに、法案を通すには実質的に上院で60票が要求されるようになっていたのだ。しばしば〝スーパーマジョリティ〟と呼ばれる数である。私が大統領に当選したころには、フィリバスターは上院の慣行に完全に組み込まれていて、継承すべき伝統であるかのように考えられていたため、これを改革したり廃止したりする可能性について議論しようとする者など、誰もいなかった。

だからこそ、圧倒的大差で選挙に勝利を収めた直後であっても、またここ何年ものあいだで最大となる議会多数派の支持を得たとしても、共和党の票を多少でも取り込むことができなければ、私は郵便局の名前一つ変えられないのだ。まして景気刺激策のパッケージを通すことができるだろうか。

それがどれほどの困難を伴うのか、私には想像もつかなかった。

法案についてホワイトハウスが大きな指導力を発揮していくには、ときに何か月もの準備が必要となる。いくつもの機関、何百人ものスタッフとミーティングを重ねなければならない。さまざまな利害関係者とも幅広く協議する。ホワイトハウスのコミュニケーションチームは、密に練り上げられたキャンペーンを通じて、政府の狙いを国民に浸透させるのが仕事だ。全行政機関は、重要な委員会のリーダーや有力メンバーを味方に引き入れるために一致団結する。こうしたことの積み重ねで、ようやく実際の法案が起草され、提出されるのだ。

私たちにそんなことをしている時間はなかった。だがその分、経済チームは、まだ非公式な身分でほとんどは無給だったにもかかわらず、私の就任前から休日返上で働き、のちにアメリカ復興・再投資法（復興法）という呼称が与えられる法案（〝景気刺激策パッケージ〟では、国民受けはしなかっただろう）の肉付け作業をしていった。

私たちが提案したのは、約8000億ドルを三つのパートにほぼ同額ずつ振り分けるアイデアだ。

第一のパートには、まず緊急給付がある。これはいわば失業保険を補塡するものだ。各州への直接援助もここに含まれる。教師や警察官、その他の公務員の雇い止めを鈍化させるのが目的だ。第二のパートは、中間層をターゲットにした減税、さらには企業に対するさまざまな控除である。企業にとっては、時期を待つことなくただちに新しい工場や設備に投資するインセンティブが高まるだろう。緊急給付にしても減税にしても、実施するのが容易だという利点がある。速やかに金を消費者と企業のポケットに送り込むことができるのだ。さらに減税については、共和党の支持を引き出しやすくなるというもくろみもあった。

一方、第三のパートには、具体化のハードルが高く、実施にも時間がかかりそうだが、長期的にはより大きな効果が見込めるアイデアが盛り込まれていた。道路の敷設や下水道の修繕といった旧来のインフラストラクチャーへの支出だけではなく、そこには、高速鉄道、太陽光発電、風力発電、普及が遅れている地方のブロードバンド通信の整備、そして州による教育制度改革に対する補助金といった内容が含まれていた。いずれも人々に仕事を与えるだけでなく、アメリカの国際競争力をさらに高めることが期待される取り組みだ。

全米各地の地域社会には手つかずの課題がごまんとあるというのに、復興・再投資法に見合う規模のプロジェクトを見つけるのに、私たちのチームは驚くほど苦労した。有望なアイデアであっても、立ち上げに時間がかかりすぎたり、煩瑣(はんさ)な手続きが膨大に発生したりすることから断念したものもあった。十分な需要押し上げ効果が見込めないという理由で足切りにあったものもある。経済危機を口実にリベラル受けする無駄な事業に大盤振る舞いしようとしているといった批判も予想されることから(そして私自身、リベラルであろうとなかろうと、議会が無駄な仕事に従事するのを黙って見ている気はなかったので)、私たちはよき政府であるための一連の規定を設けた。まず、州政府、地方政府への助成の申請については競争原理を採用し、厳格な監査と報告を義務づける。私たちはまた、議員がお手盛りの（たいていはうさんくさい）プロジェクトを、成立が見込まれる法案に潜り込ませて通過させ、用途指定の補助金を手にする〝イヤーマーク〟という昔ながらのやり口に対しても、きっぱりとノーを突きつけた。これには当然、議会からの猛反発が予想された。

私たちはしっかり舵取りをしなければならないし、高い行動基範を維持しなくてはならない。私はチームのメンバーにそう告げた。風向きに恵まれれば、復興法によって不況のダメージを回避できるばかりでなく、正直で責任ある政府に対する人々の信頼も回復できるだろう。

新年までに手をつけなければならない作業の大半は終わっていた。すでに法案は整っていて、従来どおりのタイムテーブルで動いている余裕もなかったので、ジョー・バイデンと私は、就任式の2週間前、1月5日に連邦議会へ赴いた。そこで、上院多数党院内総務ハリー・リード、上院少数党院内総務ミッチ・マコーネル、下院議長ナンシー・ペロシ、下院少数党院内総務ジョン・ベイナーら、第一一一回議会で新たに要職を務めるリーダーたちと面会する。彼らの支持なくして法案を通すことはままならないからだ。

4人のリーダーのなかで、人となりを私が一番よく知っていたのはハリーだったが、短い上院議員時代にはマコーネルともやりとりをしたことがあった。背が低く、フクロウを思わせる風貌で、なめらかなケンタッキー訛りで話すマコーネルに、共和党のリーダーらしいところはあまりない。ざっくばらんに話したり、親しげに背中をぽんと叩いたり、雄弁で聞く者を奮い立たせたりといったことは、彼の得意技ではなかった。誰の話を聞いても、マコーネルには内輪の集まりのなかにさえ親しい友人はいなかった。信仰にも似た信念とともにあらゆる選挙資金改革案に反対していたが、他にそれ以上の熱意をもって臨んでいる大義があるようにも見えなかった。ジョー・バイデンからは、かつて彼が賛同した法案をマコーネルに阻止されたことがあると聞いていた。そのときは上院会議室でひと悶着あったようだ。ジョーがその法案のメリットを説明しようとすると、マコーネルは交通整理の警察官のように片手を上げてジョーを制し、「私を見損なってもらっては困りますね」と言ったらしい。人間的魅力に欠け、政策への関心もないが、その欠点を自制心と抜け目なさ、図々しさで補っていた。これらの資質を総動員して、マコーネルはひたすら冷静に権力を追い求めていた。

ハリーにとっては、マコーネルは単に我慢のならない相手だった。

同じ共和党のリーダーでも、ベイナーはマコーネルとはタイプが違った。シンシナティ郊外の出身で、人懐っこく、だみ声で話す彼は、バーテンダーを父にもち、ひっきりなしにタバコを吸い、常に日焼けして、ゴルフと上等なメルローのワインに目がない。私にとっては身近に感じられる部分もあったが、スプリングフィールドで州議会議員を務めていた時代に出会った多くの共和党議員とそう変わるところはない。つまり、普通の男だ。党の方針からそれることもなく、自分を後押ししてくれるロビイストに顔を背けることもない。一方で、政治を血で血を洗う争いだとは思っていないため、政治的コストが膨れ上がらない限りは誰とでも手を組む可能性がある。そうした性質のため、不幸にもベイナーは自分の仲間をがっちりと捕まえておくことができないのだ。そして1990年代後半、ニュート・ギングリッチへの忠誠心が足りなかったせいか、指導的な立場から追われるという屈辱を経験した。以来、彼はスタッフがお膳立てした道筋から外れることはめったになくなった。少なくとも公の場では。もっとも、ハリーとマコーネルの関係とは違い、下院議長のナンシー・ペロシとベイナーのあいだに純然たる敵意というようなものはなく、ただ互いに不満があるだけだった。ナンシーからすれば、ベイナーは交渉相手として信用できず、票を取りまとめる能力にも欠けている。ベイナーからすれば、ナンシーは総じて自分より立ち回りがうまくて目障りだということになる。

ナンシーに出し抜かれたのはベイナーが初めてではない。デザイナーズスーツにぴたりとマッチした靴、完璧にセットされた髪。ナンシーはどこから見ても、裕福なサンフランシスコのリベラルだ。流れるようによどみなく話すが、当時は特にテレビ向きというわけでもなかった。民主党の秘策について語るときは、一生懸命になりすぎるきらいがあり、何やらチャリティパーティーの食後のスピーチを聞いているような気分になってくる。

しかし、ナンシーを過小評価する政治家（たいていは男性）は自分の首を絞めることになる。彼女が権力の階段を上りつめることができたのは、まぐれでもなんでもないからだ。ナンシーは東部のイタリア系アメリカ人の家に生まれた。父親がメリーランド州ボルチモアの市長を務めていたこともあり、幼少よりイタリア人街のボスや港湾労働者たちと交流していた。政治の世界でも、物事を決着させるためならひるまず強硬策に打って出る。夫のポールとともに西海岸へ移ってからは、夫がビジネスで成功を収める一方、彼女は家で5人の子どもを育てていた。だが、やがては若くして仕込まれた政治教育を活かして、カリフォルニア州の民主党と議会の双方で着実に頭角を現し、アメリカ史上初の女性下院議長となった。共和党議員が彼女を格好の引き立て役と思っていることなど意に介さず、ときに民主党の同僚から不平が聞こえてきても動じることはない。実際のところ、ナンシーほどタフな人物はいないし、法案成立の戦略家としての腕前で彼女に肩を並べる者もいない。そして、持ち前の注意力、資金集めの技量、約束を果たせなかった者をすっぱり見限る気概の総合力で、自分の会派をまとめ上げている。

ハリー、ミッチ、ナンシー、そしてジョンの〝フォー・トップス〟。私たちはときどき彼らのことをそう呼んでいた。続く8年間、彼ら４人の力関係が、私の任期の性格を決定づけることになっていく。私たちの合同ミーティングには、どこか儀式めいたところがあったが、次第にそれにも慣れていった。まず、４人が連れ立って部屋にぞろぞろと入ってくる。私と握手を交わし、「大統領」と声をかける代わりに無言でうなずく。全員が着席すると、ジョー・バイデンと私、ときにはそこにナンシーも加わって軽口を叩き合う。ほかの３人から多少なりとも笑いを引き出せれば上出来だ。この間、スタッフが報道陣を部屋に通し、お決まりの写真撮影が行われる。報道陣がスタッフに連れられて退室すると、私たちは仕事に取りかかる。４人は自分の手の内を見せたり、言質を与えたりしないよう気を遣っている。彼らの発言には、しばしば互いのカウンターパートに対するうっすらとした批判が感じとれる。同じ空間にいたくないという思いが、彼らの唯一の共通点だ。

　選挙後初めてのミーティングだからなのか、あるいはそれぞれの院内幹事と副幹事も参加していたからなのか、はたまた目の前の事態の重大さのせいなのか。ともかく、1月初めのその日、上院会議議場を出てすぐの絢爛（けんらん）たる〈リンドン・ベインズ・ジョンソン（ＬＢＪ）ルーム〉に他の議会指導者たちと集まったフォー・トップスの面々は、そろって神妙だった。彼らはわざとらしいほど真剣に、私が復興法の必要性を説くのに耳を傾けていた。私は自分のチームがすでに各スタッフにアプローチし、すぐにでも法制化に取りかかれるよう情報のインプットを行っていることと、また景気刺激策の効果を上げるためであればどんな提案でも歓迎する旨を伝えた。就任式後は速やかにそれぞれの会派を訪問して突っ込んだ質問に答えたいともつけ加えた。しかしながら状況が刻一刻と悪化していることを思えば、大事なのはスピードだ。法案は１００日後ではなく30日後に私のデスクに置かれていなければならない。歴史は今この瞬間に私たちが何を行ったかによって私たちを裁くだろう。不安に怯える人々の信頼を回復するには、超党派の協力こそが必要であり、それが実現できることを望んでいる。私はそう言って話を結んだ。

私はそのとき、通常1年はかかる立法手続きを一か月に圧縮するよう議会の指導者たちに要請していたのだ。そのことを思えば、部屋に漂う空気はずいぶんと落ち着いたものだった。古い友人である上院院内幹事のディック・ダービンは、景気刺激策のなかでインフラストラクチャーに割り当てられる金額が増えていることについて聞いてきた。下院多数党院内幹事のジム・クライバーンは、ニューディールが一貫して黒人コミュニティを素通りしていったという胸の痛む教訓に触れて、彼の故郷であるサウスカロライナのような土地で同じことが起きないためにはどんな手を打っていくのかと問いかけた。バージニア州のエリック・カンターは、下院共和党の院内幹事で、ベイナーのポジションを狙っていると目される保守急進派だが、彼は私たちがパッケージに含めたいくつかの減税策については高く評価しながらも、減税をさらに大規模で永続的なものにすべきではないかと指摘した。そのほうが、彼いわくリベラルの欠陥政策であるフードスタンプなどよりはよほど効果的だというのである。

もっとも、私とジョーからすれば、ハリー、ミッチ、ナンシー、ジョンの、奥歯にものが挟まったような、いささかの解釈を要する礼儀正しいコメントにこそ、彼らの本音が一番よく見てとれた。「よろしいですか、次期大統領」とナンシーが言う。「アメリカ国民は、あなたがひどい混乱を引き継いだことをはっきりとわかっているはずです。まったく、めちゃくちゃな状況です。そしてもちろん、私たちの会派はその混乱に片を付けるために、責任ある行動を取るつもりです。とはいえ、この事態に際して最初にマウンドに上り、事態の収拾に名乗り出たのは、あなたも含めた民主党であったということは、通路の向かいの側にご着席の友人のみなさんにぜひとも覚えておいていただきたいところです。誰から見てもまずい政治があったにもかかわらず、TARPの件でブッシュ大統領を積極的に支援したのは民主党でした。ですから私としては、共和党のみなさんにも同じく責任ある姿勢を見せてもらいたいのです。あなたが先ほどおっしゃったように、今は危機的な時期なのですから」

本音：金融危機の原因は共和党にある。私たちがそれを国民に周知するのを怠るなどとはゆめゆめ思わないように。むしろ私たちは、あらゆる機会をとらえてそうしていく。

「うちの会派は気に入らないでしょうね」とハリー。「でも選択肢は多くない。だから、やるしかないということですよね？」

本音：ミッチ・マコーネルが協力するなどとは期待しないほうがいい。

「お話が聞けてよかったです。ただお言葉を返すようですが、私にはアメリカ国民がこれ以上の財政支出と救済措置を求めているとは思えないのです」とベイナー。「国民は財布の紐を締めていますし、我々にもそうするよう期待しています」

本音：少しでも協力的なことを言えば、会派の連中から袋叩きにされてしまう。

「ご提案に食指が動くとは、とうてい言えません」とマコーネル。「しかし、説得しにきていただけるなら、我が会派の毎週定例のランチにご招待しますよ」

本音：私を見損なってもらっては困りますね。

ミーティングを終えて階段を下りながら、私はジョー・バイデンのほうに顔を向けた。

「まあ、もっとひどいことになってもおかしくはなかった」と私は言った。

「そうだな」とジョー。「少なくとも殴り合いはなかった」

私は声を上げて笑った。「ほらね。進歩だよ！」

就任後の数週間は、それはもう目の回るような忙しさだった。この新しい環境に巣くっている奇妙な儀式に思いを馳せる時間はほとんどなかった。だが、それはたしかに奇妙な儀式だった。たとえば私が部屋に入っていくと、誰もがはっと立ち上がる。「座ってくれ」と私が声をかける。そしてチームの面々に、堅苦しいのは私の流儀ではないからと伝える。すると彼らは笑ってうなずく。だが、次のミーティングでは、また同じことが繰り返される。

私のファーストネームはほとんど消滅してしまった。ファーストネームで呼んでくれるのはミシェルと家族、それにマーティのような数名の親しい友人だけになった。そのほかの人間は「はい、大統領」「違います、大統領」だ。もっとも、ホワイトハウスのスタッフは、やがてもっと口語的な「ポータス（POTUS＝President of the United States）」という言葉で私のことを呼ぶようになっていった。

にわかに、さまざまなスタッフや機関、有権者たちが見えないところで私のスケジュールを奪い合うようになった。誰もが自分たちの主張に光が当たり、自分たちの取り組んでいる問題が処理されることを望み、私がまだ完全には理解していない謎の手続きによって成果が生まれることを期待していた。一方で、こんな発見もあった。シークレットサービスが手首につけたマイクに何事かささやいていれば、それは私の行動がスタッフのモニターしている無線機に伝えられていることを意味している。「反逆者（レネゲード）は居住棟（レジデンス）へ向かっている」。「反逆者が危機管理室（シチュエーションルーム）へ向かっている」。「反逆者が第二船倉へ向かっている」。いずれも、私がトイレに向かっていることを示す彼ら一流の隠語だ。

そして、いつでもついてまわるホワイトハウス担当報道陣の群れ。私がホワイトハウスの敷地を出るたびに、一群の記者とカメラマンには外出が知らされる取り決めになっており、彼らは政府車両に乗った私を追いかけてくる。公務で外出する場合ならこの申し合わせの意義もわかるが、すぐに判明したように、ミシェルといっしょにレストランに行こうが、バスケットをしにジムに行こうが、娘が出場しているサッカーの試合を観戦しに近所のグラウンドまで行こうが、あらゆる状況にこの決まりが適用されるのだ。いまや報道官となったロバート・ギブズの説明によると、大統領の動静はいつでも報道に値する重要性をはらんでおり、何か重大事が起きた場合に備えて記者たちは常に現場にいなくてはならない。そうはいっても、追ってきた報道陣のワゴン車がとらえることができるのは、せいぜいスウェットパンツをはいた私が車から降りる姿ぐらいであって、それ以上に注目すべき絵を彼らがものにしたことなど一度もないはずだ。そして、このルールは、ホワイトハウスのゲートを飛び出せば、わずかであってもプライバシーがもてるかもしれないという期待を完全に消滅させるものだった。私はどこか釈然としない気分で、その最初の週、記者たちを引き連れずにプライベートな外出はできないものだろうかとギブズに尋ねてみた。

「いい考えとはいえませんね」とギブズは言った。

「なぜ？　あのワゴン車にぎゅうぎゅう詰めになっている記者たちだって、それが時間の無駄だということぐらいわかっているだろう」

「ええ。でも、彼らの上司はそうじゃないですから」とギブズ。「それに忘れないでください。史上最もオープンな大統領府を運営すると約束したのはあなた自身です。報道陣を締め出したりしたら、彼らは爆発しますよ」

「公務のことをいってるんじゃない」と私は反論した。「妻とデートに出かける話だ。あるいは、ちょっとした気分転換だよ」。歴代の大統領に関する資料を読んでいないわけではない。だから、セオドア・ルーズベルトがイエローストーンを馬でまわりながら2週間キャンプしたことを知っているし、フランクリン・ルーズベルトが大恐慌の最中にまとめて数週間も休暇をとり、東海岸をカナダ国境沿いのノバスコシアのあたりまで航海したことも知っている。ギブズには、任期中のハリー・トルーマンが、ワシントンの街中をじっくり散歩するのを朝の習慣にしていたことも思い出させてやった。

「時代は変わったんです、大統領」。ギブズは負けずに言った。「まあ、決めるのはあなたです。ただし申し上げておきますが、担当記者たちを外すようなことをすれば、いらぬ混乱を招くことになります。それに私としても、彼らの協力を取りつけるのが難しくなる。特にお嬢さんたちのことでは……」

私は何か言おうとしたが、口をつぐんだ。ミシェルと私は、最優先事項として、外出中の娘たちに報道陣が近づくことがないようにしてほしいとギブズに伝えてあった。私がその最優先事項を反故にするわけはないと、ギブズはわかっていたのだ。とはいえ、私の抵抗をはねつけたからといってあからさまに勝ち誇った顔をしてみせるほど、ギブズはばかではなかった。ただ私の背中を軽く叩き、まだ何か言いたげな私をそのままにして、自分の執務室へと戻っていった(彼らの名誉のために述べておくが、私の任期中、報道機関の面々がマリアとサーシャに近寄ることはなかった。その良識ある態度には深く感謝している)。

自由ということに関して、私のチームは代わりに一つ、私に気晴らしを与えてくれた。プライベート用のブラックベリー端末を持っていいことになったのである。というより、数週間にわたって何人ものサイバーセキュリティ担当者と代わる代わる交渉した結果、ようやく特別仕様の新しい機種が与えられたというのが正確なところだが。これでメールの送受信ができるようになった。とはいえ、やりとりできるのは審査を経た20人ほどの知人だけで、電話機能が使えないように内蔵マイクとヘッドホンジャックは取り外されている。ミシェルは赤ん坊に与えるおもちゃの電話みたいだと笑った。ボタンが押せるようになっていて、押すと音がして光る。でも実際には何も起こらないのだ。

　こうした制限によって、私の外界との接触はもっぱら大統領執務室（オーバルオフィス）に隣接する秘書室（アウターオーバル）に陣取っている3人の若きアシスタントに依存していた。レジー・ラヴは引き続き私の秘書（ボディーマン）を務めてくれることになった。ブライアン・モステラーはオハイオ州出身で口やかましく、私が日々こなさなくてはならないホワイトハウス内での仕事を差配する。ケイティ・ジョンソンはデイヴィッド・プラフのきまじめな助手として選挙戦に関わっていたが、今度はその後任として私を補佐してくれることになった。この3人がそろって非公式の護衛、あるいは私の生命維持装置としての役割を果たしてくれた。電話をつなぎ、散髪の予約を入れ、ブリーフィングに必要な資料を用意する。私が遅れないよう尻を叩き、スタッフの誕生日が近づいていることを知らせ、バースデーカードを買ってきて私にサインさせる。ネクタイがスープで汚れていると指摘し、私の怒声とへたなジョークに耐えながら、たいてい毎日12時間から16時間、私が機能しつづけるようサポートしてくれるのだ。

　アウターオーバルの住人で30代半ばを超えているのは、ホワイトハウス専属の写真家、ピート・ソウザだけだった。引き締まった体つきの中年男性で、ルーツがポルトガルにあることを示す浅黒い肌をしている。ピートがホワイトハウスに勤務するのはこれが二度目で、以前はレーガン政権で公式カメラマンを務めていた。さまざまな場所で講師の仕事に就き、フリーランスとして働いたあと、シカゴ・トリビューン紙に落ち着く。ここでピートは初期のアフガニスタン戦争を取材し、当時上院議員になりたてだった私も彼の被写体になった。

　私はすぐに彼が好きになった。ピートは複雑な物語を一枚のイメージで切り取るフォトジャーナリストの才能に恵まれているだけではない。頭が切れて控えめで、少し無愛想ではあるが、決してシニカルな人間ではなかった。選挙に勝ったあと、私の写真を自由に撮っていいという条件で、彼はチームに加わることに同意した。私は彼のことを十分に信頼していたので、その条件を受け入れた。それからの8年間、ピートはいつもそばにいた。ミーティングが開かれれば必ず部屋の片隅に姿を現し、あらゆる勝利とあらゆる敗北の目撃者となった。欲しいアングルを確保するために痛めた膝を床につくのもいとわず、カメラのシャッター音をひっきりなしに響かせる以外は、決して物音を立てなかった。

そしてピートはよき友にもなった。

私はともに仕事をする人々に愛情と信頼を寄せ、彼らのほうでも私と家族に対して親切と励ましを示してくれた。そのことは、この奇妙に閉ざされた新しい住まいにおいては大きな慰めとなった。海軍からオーバルオフィスへ派遣された世話係の若い2人、レイ・ロジャースとクインシー・ジャクソンについてもそうだ。彼らは訪問者に軽食を出し、食堂の脇に押し込まれた簡易キッチンで、私のために毎日腹持ちのいいランチを手早くつくってくれた。あるいはホワイトハウス・コミュニケーション・エージェンシー［大統領の通信手段を管理する機関］のスタッフたち。ネイトとルークのエモリー兄弟は、演説台やプロンプター、録画用ビデオを手早くセットしてくれた。そしてバーバラ・スワン。彼女は毎日手紙をもってきてくれた。誰に対しても笑顔を向けて、優しい言葉をかけずにはいられない人だった。

同じことはレジデンスのスタッフについてもいえる。私の家族が新しく住むことになったエリアは、家というよりもブティックホテルのスイートルームをいくつもつなげたようなもので、ジム、プール、テニスコート、映画館、美容室、ボウリングレーン、それに医務室が完備されていた。スタッフは家政業務主任（チーフアッシャー）のスティーヴ・ローションの監督下に置かれている。スティーヴは元沿岸警備隊の少将で、２００７年にブッシュ家に雇われ、このポストに就いた初のアフリカ系アメリカ人となった。清掃スタッフは毎日やってきて、部屋をぴかぴかにしていく。シェフのチームはローテーションで私たち家族の食事を用意する。ときには数百名もの招待客のために食事をつくることもある。そばで待機している執事（バトラー）たちがその食事を配膳する。あるいはほかに食べたいものがあればそれをもってきてくれる。交換手たちはすぐに通話がつながるようにいつでも待機していて、朝にはモーニングコールをかけてくれる。毎朝、案内係が小さなエレベーターで待っていて、仕事へ向かう私を階下に降ろしてくれる。夜に戻るときもまた案内係がそこで待っている。何かが壊れたときに修理できるよう、ビル管理の技術者も待機している。そしてホワイトハウス内のフローリストはいつでも、切りたての見事な花々であらゆる部屋を満たしている。

（これを聞くと驚く人が多いのでひと言説明しておくと、ファーストファミリーは家具を新調するときは自腹で支払う。食料品やトイレットペーパーから、大統領の私的な夕食会で手配する臨時スタッフまで、一家が消費するものについても同様だ。一方、ホワイトハウスの予算には新大統領がオーバルオフィスを修繕するための資金が計上されている。椅子やソファには傷んでいるものもあったが、私は直さないことにした。歴史的な不況にある今は、生地見本にじっくり目を通すのにふさわしい時期ではないと思ったからだ）

大統領には海軍から少なくとも３人の世話係がつく。その１人が、穏やかな声で話すクマのような雰囲気のサム・サットンだった。私たちがホワイトハウスで初めて丸一日を過ごすことになった日のことだ。寝室と浴室をつなぐウォークスルー・クローゼットを抜けようとしたとき、私は気づいた。私の持っているあらゆるシャツ、スーツ、ズボンが完璧にプレスされて、整然と列をなして掛けられている。靴はぴかぴかに磨き上げられ、靴下と下着は、デパートの陳列棚にあるかのように折りたたまれて仕分けされていた。夜にオーバルオフィスから戻ってきて（ちょっとだけしわになっている）スーツをクローゼットに掛けようとしたとき（私にしてみれば、クローゼットに掛けようとするだけでも大変な進歩だ。なにせ手近なドアノブにスーツを掛けるのが習慣になっていて、これがミシェルのいらだちの種になっていたのだから）、サムが私の隣に現れて、穏やかに、だが断固とした口調で言った。これからは衣服の管理は自分にお任せいただいたほうがいいでしょう、と。これは一つの転換点だった。私の外見が向上するだけでなく、明らかに結婚生活にもよい影響があった。

　こうした変化には、むろんなんの問題もないのだが、それでも少しばかり当惑しないわけにはいかなかった。選挙期間を通じて、ミシェルも私も始終まわりに人がいることに慣れていったが、家を占拠されるようなことはなかった。それに、私たちは執事やらメイドやらがいることにもまったく慣れてはいなかった。この新しい、雲の上のような世界で心配したのは、娘たちが甘やかされすぎはしないか、悪い習慣を身につけてしまいはしないかということだった。そこで私たちは一つルールを課すことにした（ある程度、達成できればよしとする）。それは、娘たちは毎朝自分の部屋の掃除とベッドメイクをしてから学校に出かけるというものだ。一方、私の義理の母は誰かに身のまわりの世話を任せるのを好まず、自分のものは自分で洗濯しようと、スタッフに洗濯機と乾燥機の使い方を教えてくれるよう頼んでいた。私についていえば、わざわざ話すのもお恥ずかしいが、レジデンス内の私の書斎である〈トリーティールーム〉には、山積みの本、書類の束、ごちゃごちゃしたがらくたなど、かつて〝巣穴〟の顔となっていたものは金輪際持ち込まないようにした。

　いつも寛大でありながら職業意識を忘れない公邸スタッフたちのおかげで、私たち一家は少しずつ新しい住まいになじんでいった。日常的に接しているシェフや執事ら常連組とは特に親しくなった。世話係と同じく、彼らもみな黒人、ラテン系、アジア系アメリカ人で、1人を除いて全員が男性だった（数年前にホワイトハウスの総料理長に任命されていたフィリピン系アメリカ人のクリステタ・コマーフォードは、この職を手にした最初の女性となった）。彼らは給料のよい安定した職に就けたことを一様に喜んではいたが、その人種構成を見てみると、そこに歴史の痕跡を認めないわけにはいかなかった。社会階層の境界線が明確であった時代、大統領職に就いた人間は、自分とは同等ではないとみなした人間に身のまわりの世話をさせることで大きな安らぎを得ていた――彼らは同等ではないがゆえに、自分に非難を向けることなどかなわない、と考えたからだ。

執事の最古参は太鼓腹の黒人男性2人で、おちゃめなユーモアと、歴史の現場を最前列で目撃してきた強者らしい知恵の持ち主だ。バディ・カーターがホワイトハウスにやってきたのはニクソン政権の最後期だった。最初は〈ブレアハウス〉でゲストの世話をしていたが、その後レジデンスでの仕事に移った。フォン・エベレットはレーガンの時代から働いている。彼らが以前仕えた大統領一家について話すとき、その口ぶりは控えめながら、心からの愛着に満ちている。だが、私たちを迎えるにあたっては、彼らは多くを語らなかったもののその心情を隠そうとはしなかった。フォンがサーシャのハグをどんなに快く受け入れていたか。夕食のあと、ひとすくいのアイスクリームをこっそりとマリアの皿に載せるのをバディがどれほど楽しんでいたか。見ればわかる。彼らは義母のマリアンとも気安い関係にあったし、ミシェルがひときわ美しいドレスを着たときの彼らの誇らしげなまなざしときたら。傍（はた）から見れば、2人はマリアンの兄弟、あるいはミシェルのおじさんのようだった。しかしこうした親密さのなかで、2人は態度を崩すどころか、ますます私たちに気を遣うようになった。私たちが自分で食後の皿をキッチンに運ぼうものなら、そういうことはやめてほしいと言われるし、少しでも不合格とみなすような仕事をするスタッフがいないか、いつも厳しい目を光らせていた。そのため、執事たちがタキシードの代わりにカーキのズボンとポロシャツという姿で私たちに食事を出すようになるまで、何か月にもわたって2人をなだめたりすかしたりを繰り返すことになった。

「私たちはただあなたに、是が非でもこれまでの大統領と同じ扱いを受けていただきたいのです」とフォンが説明する。

「そのとおりです」とバディ。「いいですか大統領、あなたもご夫人も本当のところをわかっておられません。そのことが私たちにとってどのような意味をもつのか。あなたをここにお迎えするということは……」。彼は頭を振った。「あなたはわかっておられない」

ペロシ議長および下院歳出委員会のデイヴ・オベイ委員長の協力、そして、いまだ最小限の人員しかいない我がチームの英雄的な奮闘のおかげで、ようやく私たちは復興法の法案を起草し、下院にかけ、委員会を通過させ、下院議員全体の採決を待つところまできた――これらはすべて就任第一週の終わりまでになされたことだった。

私たちにとってはちょっとした奇跡だった。

民主党議員がパッケージの核となる部分を熱心に支持してくれたことは大きい。もちろん、細々とした不満の声はあった。リベラル派の人たちは、法人税減税など金持ちに施しを与えるようなものだと非難した。民主党中道派は、ここまで額面が大きいと、自分の選挙区の保守寄りの選挙民の離反を招くのではないかという危惧を表明した。立場の違いを問わず耳にしたのは、州への直接支援は共和党の知事を利することになるのではないかという不満だ。知事たちはその資金で予算の穴埋めをし、財政への責任をまっとうしているように装うだろうし、その同じ口で、連邦議会の人間は大酒飲みの船乗りのように金を無駄遣いしていると批判するだろうというのだ。

　こういった次元の低い不平不満は大きな法案にはつきもので、誰がホワイトハウスの主（あるじ）であろうと関係ない。特に民主党議員にはありがちな話だ。理由はいろいろあるだろうが（共和党よりも議員の出自が多様だからかもしれないし、権威への反抗心が強いからかもしれない）、民主党議員のなかには、なぜか誇らしげに些事にこだわる議員がいるのだ。こうした不満が報道陣に漏れ、記者が断片的なコメントを膨らませて内部分裂の兆しがあるかのような記事を仕立てると、ラームか私が決まってその不届き者に電話を入れた。わかりやすく、ときとしてここに書くには適さないような言葉で、〝民主党幹部議員、オバマの景気刺激策に反発〟〝民主党、縄張り確保を明言〟といった見出しがなぜ私たちの大義にとって障害になるのかを説明するのである。

　メッセージはそうした民主党議員に伝わったようだった。私たちは草稿段階で、いくつか譲歩しなければならない点を欄外に書き込んだ。たとえば議会の優先事項に使われる予算を増額し、その分、私たちの予算は減額する。しかし最終的な法案には、経済チームが当初出した提案のほぼ90パーセントが含まれていたし、イヤーマークもなければ、公衆の目に法案の価値を損なうほどひどい無駄遣いもなかった。

　ただし、一つ欠けていた。共和党の支持である。

　私たちのなかに、共和党議員からまとまった票を取りつけられると最初から楽観している者などいなかった。銀行救済措置に莫大な資金が投じられたあとなので当然だ。ほとんどの下院共和党議員は、自党の大統領からの大きなプレッシャーにもかかわらず、ＴＡＲＰに反対票を投じていた。賛成票を投じた議員たちは右派からの執拗（しつよう）な批判にひるんでいたし、その後の選挙で共和党が惨敗を喫したのはブッシュ大統領に先導役を任せたせいで小さな政府という保守の原則から離れてしまったからだ、という考えが共和党議員のあいだに広まりつつあった。

それでも、1月初めの議会指導者たちとの会談から戻った私は、共和党議員に対する懐柔を続けるようチームに指示していた。ただ形だけやってもだめだ、真剣にやるように、と。

民主党議員、とりわけ下院議員のなかには、この方針に激怒する者もいた。10年以上にわたって少数派に甘んじていたために、下院の民主党議員はその間、立法手続きから完全に締め出されていたのだ。いまや主導権を掌握したというのに、私がかつてのいじめっ子たちに譲歩を申し出る姿など見たくもない、というわけである。彼らからすれば、私がしていることは時間の無駄にすぎず、青臭い対応でしかなかった。「共和党の連中はあなたに協力する気などありませんよ、大統領」とそっけなく言う議員もいた。「彼らはあなたをどうにかしてやろうと思っているんですから」

それが本当のところかもしれないとは思った。それでも、さまざまな理由から、少なくとも話をもちかけてみる価値はあると感じていた。まずは下院でそれなりの数の共和党票を確保できれば、上院でフィリバスターを回避するのに必要な2票を獲得するのはそう難しくなるだろう。みんなと同じことをしていれば大丈夫——これは、ワシントンのほぼすべての政治家が採用する処世訓である。加えて、共和党議員が復興法案に賛成票を投じれば、保守寄りの地区で次の厳しい再選選挙を戦わなければならない民主党議員にとっては有利に働くのではないかという思惑もあった。さらに正直に言えば、共和党議員と交渉しているふりをするだけでも、民主党側からときおり浮上してくる真っ当とはいいがたい提案を退けるための便利な口実になる（「申し訳ないが、マリファナの合法化は私たちがここで議論している景気刺激策とは種類が違うので……」といった具合だ）。

しかし私にとって、戦略的な便宜だけが共和党議員に働きかける理由ではなかった。ボストンの党大会でのスピーチから選挙戦の最終日に至るまで繰り返し言ってきたことは、国民は政治が示唆するほどには分断されていないし、大きなことを為すには党利党略の先へ進まなければならないということだった。自分のアジェンダを通すのに下院共和党の支持を必要としないとき、それでも強い立場を誇示することなく、通路の向こう側にいる相手にこちらの真摯な声を届けるには、いったい何が必要だろうか？　開かれた心とちょっとした謙虚さだろう。それによって共和党の指導者たちの意表をつき、彼らの疑念を和らげて協力関係を築く後押しをする。その関係は、別の問題への取り組みにも引き継がれていくかもしれない。そしてもし、最初の一手がうまくいかずに――その可能性は高いが――共和党が私の提案を拒絶したとしても、少なくとも有権者は、誰がワシントンの機能不全を引き起こしているかを知ることになる。

ホワイトハウスの立法問題室を率いていくために、すでに事情に通じた元下院民主党スタッフのフィル・シリロを引き入れてあった。頭の禿げかかった長身の人物で、甲高い笑い声が静かな闘志を覆い隠している。フィルは議会の初日から、議事進行中に交渉相手を探しに出かけていった。議員一人一人を口説き落とすのに、必要な場合には私やラームやジョー・バイデンの立ち会いを求めることもあった。何人かの共和党議員が、インフラにもっと予算を投じたほうがいいのではないかと興味を示してきたときには、何を優先すべきだと思うかをリストにしてこちらに提出してほしいと伝えた。別の議員が、景気刺激策にかこつけて避妊普及計画に予算を拠出するような法案に賛成するわけにはいかないと言ってきたときは、私たちはその条項を削るよう要請した。エリック・カンターが税の引当てについて理にかなった変更を提案してきたときは、カンターが賛成票を投じる可能性はないにもかかわらず、スタッフに変更を反映するよう指示した。私たちが本気で共和党議員の参加を求めているというシグナルを送りたかったのだ。

それでも、一日一日と、共和党の協力など遠い彼方の蜃気楼なのではないかという思いが強まっていった。最初は私たちと協働することに興味を示していた議員たちも、こちらの電話に折り返してこなくなった。下院歳出委員会の共和党委員は、まともに相談を受けていないといって復興法の公聴会をボイコットした。法案に対する共和党の攻撃はメディア上でも抑制がきかなくなっていった。ジョー・バイデンによれば、ミッチ・マコーネルが鞭を鳴らして自分の会派の人間にホワイトハウスと景気刺激策について話すのを禁じているというし、民主党の下院議員も同じ話を共和党の折衝相手から聞いているという。

「お遊びは終わりだ」。ある共和党議員はそう表現したらしい。

事態は荒れてきたように見えたが、私はまだ、下院と上院共和党の集会に顔を出せば、その間に数名のメンバーの気持ちを動かせるチャンスがあるかもしれないと思っていた。どちらの集会も、下院の採決日の前日、1月27日に予定されていた。私はプレゼンの準備に多くの時間を割き、あらゆる事実と数字をいつでも引っ張り出せるようにした。ミーティング当日の朝、ラームとフィルもオーバルオフィスに加わって、共和党議員にも受け入れやすいと思える論点について再確認を行う。ギブズとアックスがオーバルオフィスに入ってきたのは、私たちがすぐにも車列を組んでキャピトル・ヒルへ出発しようとしていたときのことだった。2人はベイナー会派集会の直後に飛び込んできた、AP通信の記事を私たちに見せた――「下院共和党　景気刺激策法案反対で一致」

「いつのことだ?」。私は記事にざっと目を通しながら尋ねた。

「5分ほど前です」。ギブズが答えた。

「ベイナーから事前通告は?」。また尋ねる。

「いいえ」。ラームが答える。

「それで、このクソみたいな記事は信じていいのか?」。私はみんなといっしょに外に出て大統領専用車ビーストに向かいながら言った。

「信じていいと思います、大統領」。ラームが答えた。

ベイナー会派の集会はそこまで敵対的なものではなかった。私が到着したときには、ベイナー、カンター、そして下院共和党会議議長マイク・ペンスが演説台のところに集まっていた（彼らは奇襲作戦について話題にするのを巧みに避けていた）。ベイナーの短い紹介を受けて儀礼的な拍手がぱらぱら鳴ったあと、私は壇上に上がって話をした。下院共和党の集会は初めてだったが、その部屋にいる人たちの均質性を見て驚いた。どの列を見ても、大半は中年の白人男性で、あとは10人あまりの女性と、おそらくは2、3人のヒスパニックおよびアジア系がいるだけだった。石のような表情で座る聴衆を前にして、私は手短に景気刺激策の必要性を説いていった——経済のメルトダウンについて最新のデータを引きながら、素早い行動が必要であること、私たちの刺激策のパッケージには共和党が長らく訴えてきた減税が含まれていること、また危機が過ぎ去れば長期にわたる赤字削減に責任をもって取り組むことを語った。私が質問を受ける段になると、意外にも聴衆は活気づいた（正確にいえば、質問というよりも質問を装った自説の開陳だったが）。私はそのすべての質問に快活に答えた。まるで私の答えが本当に求められているかのように。

「大統領、なぜこの法案は、不適格な借り手に対する住宅ローンの貸し付けを銀行に許した法律について、なんの手も打とうとしていないのでしょう？　民主党が先導して成立させたこれらの法律こそ、この金融危機の本当の原因だと思うのですが」（拍手）

「大統領、私はあなたにお見せしようと、ここに一冊の本をもってきています。ニューディールは大恐慌を終わらせるどころか、いっそう深刻にしたことを論じた本です。あなたは、民主党のいわゆる景気刺激策なるものがこうした失敗を繰り返し、未来の世代に清算すべき巨大な負債を残すと

いうことについてどう思われますか？」（拍手）

「大統領、あなたはナンシー・ペロシ議長に彼女の党派的な法案を取り下げさせますか？　そのうえで、アメリカ国民が望んでいる真に開かれたプロセスで審議をやり直しますか？」（喝采、拍手、それに野次が少々）

お膳立ては、上院のほうがむしろ控えめだった。ジョーと私はテーブルを囲んで座るように促された。そこには40人ほどの共和党上院議員がいた。多くはかつての同僚たちだ。しかし、ミーティングの内容は下院と大差なかった。発言の労をとった共和党議員たちは異口同音に、景気刺激策パッケージは利益誘導の塊で、予算を破綻させるものであり、〝特定利益団体救済措置〟であると表現した。民主党がなんらかの協力を望むなら、そんなものは反故にしなければならないというのだ。

ホワイトハウスに戻る車中、ラームは興奮し、フィルは意気消沈していた。私は彼らに、悪くはなかったと言った。実際、意見交換を楽しんだよ、と。

「まだこちらの遊びに付き合う可能性があるのは何人ぐらいだと思う？」。私は尋ねた。

ラームは肩をすくめた。「こちらにツキがあれば、10人少々といったところでしょうか」

結局、その見通しさえ甘かったことが判明する。翌日、復興法は下院を244対188で通過したが、共和党の票はきっかりゼロだったのだ。マコーネル、ベイナー、カンター、およびその他大勢が練り上げた戦闘計画の先制の一撃である。以後8年間、彼らはこの戦略をほれぼれするような規律で展開していく。状況がどうであれ、問題がなんであれ、あるいは国にどのような結果をもたらそうとも、私とは組まないし私の政権メンバーとも組まないという意思表示だった。

立て続けに惨敗を喫したばかりの政党であることを思えば、共和党が好戦的で全面的な異議申し立てに出ることは、むしろ彼らにとって大きなリスクになると思われるかもしれない。このような純然たる危機の最中に無責任もはなはだしいではないか、というわけだ。

しかし、マコーネルやベイナーがそうであるように、権力の座に戻ることが主たる関心事であるとすれば、そのような戦略にも意味があるということを最近の歴史が示している。アメリカの有権者は、政治家にはうまく折り合いをつけてもらいたいなどと言いながら、その実、政権政党に協力したとして野党を評価することはめったにない。1980年代は、ロナルド・レーガンが大統領に選ばれて国が右傾化するなか、民主党が下院において長く主導権を握りつづけた（上院は違う）。「責任感のある」共和党指導者たちが民主党と協働し、議会を機能させる意欲を失わなかったこともその理由ではあったろう。下院がひっくり返るのは、ギングリッチ率いる共和党が議会を全面戦争の場に変えてからである。同様に民主党も、議会を掌握している共和党に食い込もうとして、ブッシュ大統領の減税や医療保険法の通過を後押ししたりはしなかった。民主党は社会保障の民営化からイラク戦争の指導まで、あらゆる問題で大統領と共和党の指導者たちに異議を申し立てることで、下院および上院を取り返した。

このような教訓はマコーネルとベイナーのなかにも生きていた。私の政権が危機に対して効果的で持続的な政府対応を積み上げていくのに手を貸したところで、それは私の政治的得点にしかならないし、そんなことをすれば自分たちの反政府、反規制のレトリックが破綻しているのを認めることになってしまう。そう彼らはわかっているのだ。一方で、徹底抗戦を選び、論争を巻き起こして議会を足止めできれば、国中にいらだちが募っているこの状況にあって、少なくとも自分の支持母体に活を入れ、私と民主党の動きを鈍らせることができるというわけである。

この戦略を実行するにあたって、共和党の指導者たちには二方面から有利な風が吹いていた。まず、現代のニュース報道の本質というところから話を始めよう。上院議員時代、さらに大統領選での遊説を通じて、私は国政を担当するほとんどの政治記者を知ることになったが、彼らは総じて聡明であり、よく働き、倫理的で、手に入れた事実をそのまま伝えることこそが責務と自認している。同時に、政治的スペクトルで見れば、ニュース記者個人の信条の多くがリベラル寄りであると保守派がいうのも間違っていない。

このことが思いがけず、記者たちをマコーネルやベイナーの計画の共犯者にしているように思われる。偏向報道に見えることへの恐れが彼らにあるからかもしれないし、対立があったほうが新聞が売れるからかもしれない。あるいは編集人がそれを求めているからかもしれないし、24時間常時締め切りを要求するインターネット時代のニュースサイクルに合わせるためかもしれない。いずれの理由にせよ、ワシントンの動向を集約的にリポートしようとする彼らの手法は、気が滅入るほどありきたりなプロットに陥っている。ざっとこんな具合だ。

こちらの側はこう言っています（短い引用が挿入される）。あちらの側はああ言っています（反対意見の引用が挿入される。侮蔑のトーンが強ければなおよい）。

どちらが正しいかを決めるのは世論調査に任せましょう。

そのうち、私もスタッフも、この「こっちはこう言う／あっちはああ言う」スタイルの記事にはほとほとうんざりして、これを笑いの種にするようになった（「本日の記者会見は紛糾した。地球の形状についての議論が白熱し、地球が丸いことを主張するオバマ大統領は、共和党から集中砲火を浴びた。共和党は、ホワイトハウスは地球が平らであることを証明する文書を隠蔽したと主張している」）。とはいえ、最初の数週間は、ホワイトハウスのコミュニケーションチームがまだほとんど機能していなかったこともあり、私たちも何かにつけて驚いていた。復興法の内容について共和党が一方的な見解や、ありもしないでたらめ（政府はラスベガスのマフィア博物館（モブ・ミュージアム）に大金をつぎ込もうとしている、ナンシー・ペロシは絶滅危惧種のネズミを保護するために3000万ドルの予算を法案にのせようとしている、など）を積極的に言って回ることも驚きだったが、こうしたほら話をニュースとしてためらいもなく放送したり文字にしたりするメディアにも驚かされた。

私たちが口うるさく言ったために、メディアもようやく共和党の主張の裏づけを取ってから報道するようになった。とはいえ、先行した見出しに真実が追いつくことはまれだった。ほとんどのアメリカ人は、政府は税金を浪費しているとすでにさんざん聞かされている。いまさら立法手続きの詳細をフォローして、交渉において誰に理があったのかを確認するような時間も意欲も持ち合わせていなかった。人々が知っているのは、すべてワシントンの記者団が彼らに語ったことだ――民主党議員と共和党議員がまた喧嘩（けんか）を始めた、政治家が無駄遣いをしている、ホワイトハウスの新しい住人はその状況を変えようとする素振りすらない、といった具合に。

もちろん、復興法の評判を落とそうと思えば、共和党の指導者たちは自党議員の足並みをそろえなければならない。少なくとも〝超党派〟の法案と思われないよう、揺れている共和党議員が景気刺激策パッケージの支持に回るのを最小限に押しとどめなければならない。というのも（のちにマコーネルが語ったように）、「超党派という値札が付いてしまえば、意見の相違は解消されたとみなされる」からである。いまや共和党議員の大多数は、党が強固な地盤をもつ地区や州から選出され、その意味で指導者たちの仕事は難しくはなかった。こうした地盤を構成する有権者たちは、FOXニュースやらラジオのトーク番組やらサラ・ペイリンのスピーチやらを毎日見聞きしている。民主党と妥協したがるような人々ではないのだ。実際、こういう選挙区の議員たちにとって、再選を阻む最大の脅威は、予備選挙で対抗馬の候補に〝隠れリベラル〟だと批判されることだ。たとえばジョン・マケインは選挙が終わって、今はオバマの成功を望んでいると語ったが、ラジオパーソナリティのラッシュ・リンボーはこの言葉をとらえ、同じような発言をした共和党議員もまとめて、さんざんに評した。そして「私はオバマの失敗を望む！」と吠えた。２００９年の初めごろ、共和党所属の公選公職者の大半は、公衆の面前でそのような露骨な発言をするのは賢明でないと考えていた（プライベートでは別だ）。しかし、リンボーの感情論に共感しない政治家でさえ、たった一つの声明で、彼が大勢の有権者の意見を効果的に誘導し、ひいては決定づけることさえできると知ることになる。

ここに、保守の大物献金者も加わった。商工会議所のような昔ながらの業界団体は、底が割れたような経済状況と、その衝撃ですでに会員の収益に影響が出ていることに動揺し、最終的に復興法に賛成の立場をとるようになった。しかし、共和党に対する彼らの影響力は、すでにデイヴィッドとチャールズのコーク兄弟のような億万長者のイデオローグに取って代わられていた。コーク兄弟は何十年もの歳月と何十億ドルもの資金を計画的に費やして、シンクタンク、利益団体、メディア操作、政治工作員などからなる巨大ネットワークを築き上げた。その明白な目的は、近代福祉国家の痕跡を一掃することだ。彼らにとって、あらゆる税は収奪にほかならず、社会主義への道を均すものであり、あらゆる規制は市場主義の原則とアメリカ流の生活様式に対する裏切りなのである。そこで、私の勝利を重大な脅威ととらえた彼らは巻き返し策を練るために、大統領就任式の直後、アメリカで最も富裕な保守数名をカリフォルニア州インディアンウェルズの瀟洒なリゾート地に集め、秘密会議を開いた。彼らは私たちと妥協する気も合意を取りつける気もない。彼らがしたいのは戦争なのだ。そして彼らは、オバマの政治に逐一反対するほどの根性のない共和党の政治家は献金が干上がっていくのを目の当たりにし、金回りのいい挑戦者の標的にされるだろうと吹聴してまわった。

選挙民や献金者、保守系メディアからのロビイングがあってもなお、私に協力したいと考えていた共和党議員もいたが、たいていは昔なじみの仲間からの同調圧力に膝を屈することになった。政権移行期間中、私はニューハンプシャー州選出の有能で良識的な共和党議員、ジャド・グレッグに会った。そして彼に商務長官のポストを打診した。超党派の政府をつくるという約束を形にしようとしたのだ。彼はこれに二つ返事で応じ、2月の初めに、私たちは彼の長官指名を発表した。一方で復興法への共和党の異議申し立ては日々騒がしくなっていき、マコーネルら指導層は党の集会でグレッグを吊るし上げた。そして伝え聞くところでは、元大統領夫人のバーバラ・ブッシュまでもが、私の政権に加わることを思いとどまらせようと出張ってきた。ジャド・グレッグは怖気づいた。指名を発表した1週間後、グレッグから辞退を伝える電話があった。

すべての共和党議員が、党内の雲行きが急速に変わっていくのを感じとっていたわけではない。上院が復興法について投票することになっていたその日、私はフロリダのフォートマイヤーズにいた。法案への草の根の支持を集めるための対話型の集会で、経済に関する質問に答えることになっていたのだ。この集会には、フロリダ州知事のチャーリー・クリストも加わっていた。フレンドリーで洗練された物腰の中道派共和党員で、日焼けした肌、銀髪、輝く白い歯をもち、まるでキャスティング会社から派遣されてきたような男前だ。クリストは当時絶大な人気を誇り、党の垣根を越えて活躍する政治家というイメージを築き上げ、意見が分かれそうな社会問題は脇において、ビジネス誘致と観光開発に注力していた。もちろん、自分の州が大きなトラブルに見舞われているのも承知していた。フロリダはサブプライムローンと住宅バブルのホットスポットの一つだったのだ。

経済状態も州の予算も急降下した状況で、クリストは何がなんでも国の助けを必要としていた。

つまり、その気質と必要が相まって、クリストはタウンホールでの集会に私を招き、公に復興法を承認することに同意したのである。フォートマイヤーズでは住宅の価値が67パーセントも下落していたというのに（ゆうに12パーセントの家が差し押さえられている）、その日の集会は大変な熱気に包まれていた。参加者の大半は民主党支持者で、サラ・ペイリンがのちに使った表現を借りると「希望っぽい、変化っぽい何か」にまだ夢中だった。クリストは復興法がフロリダにもたらすメリットと、公選公職者が党利党略よりも有権者を優先する必要を指摘して、自分が復興法を支持する理由を、筋の通ったいくぶん慎重な言葉で説明した。これが終わると、私は彼と恒例の〝男どうしのハグ〟を交わした――まず手を握り、腕を背中にまわして軽く叩き、感謝のまなざしを向け、サンキューと耳元でささやいたのだ。

かわいそうなチャーリー。このたった2秒のジェスチャーが、チャーリーの政治生命にとっては〝死の接吻（せっぷん）〟になるなど、どうしたら私にわかっただろう？　集会から数日経つと、〝ハグ〟の映像が右派メディアで取り上げられるようになった――クリストの辞職を要求する言葉とともに。ほんの数か月でクリストは共和党のスターから嫌われ者に転落し、妥協のシンボル、弱腰で日和見（ひよりみ）的なＲＩＮＯ［名ばかりの共和党員］の典型例などと揶揄（やゆ）されることになった。この烙印（らくいん）が消え去るまでには長い月日を要することになる。２０１０年の上院選挙では無所属での立候補を余儀なくされ、保守の出世株であるマルコ・ルビオ相手に大敗を喫することになった。結局、クリストは政党を移り、民主党議員としてフロリダ州議会の席を確保することで、ようやく政治的復活の道筋をつけた。この直近の教訓は共和党議員のなかでまだ生きている。

オバマ政権に協力するなら自己責任ですべし。

そしてオバマの手を握ったとしても、決して嬉しそうな顔をしてはならない。

振り返って見るとき、私は大統領就任後の数週間に展開された政治のダイナミクスにこだわらないわけにはいかない。共和党の抵抗がいかに短い期間で硬化していったか。また、それがいかに私たちの発言や行動とは無関係であったか。そしてその抵抗が、いかに徹底的にメディアの路線を方向づけ、最終的には私たちの行動の中身に対する人々の見方までも方向づけてしまったか。結局、続く数か月および数年のうちに起こる出来事の多くは、そのダイナミクスが敷いた道をたどっていくことになる。アメリカの政治的感受性は引き裂かれてしまった。10年を経た今、私たちはまだその現実と格闘している。

しかし2009年2月、私は政治ではなく経済のことで頭がいっぱいだった。その点で、チャーリー・クリストとのエピソードでは省略した重要な情報について触れておいたほうがいいだろう。演台から下りてクリストと例のハグをする2、3分前、私はラームから電話を受けていた。復興法が上院を通過したという知らせだった。これで法案は最終的に議会を通過したことになった。

私たちは目的を達成したが、その方法は、私が遊説で約束していた新しい政治の見本と呼べるようなものではない。むしろ時代遅れなやり方だった。下院の投票結果を受けて、超党派の法案となる見込みがなくなった時点で、私たちは上院で61票を確保することに焦点を合わせた。61票というのは、オバマの法案を支持したのはあいつだけだと同僚に陰口を叩かれても平然としていられる共和党の上院議員などただの1人としていないという想定のもとでの数字だ。マコーネルがつくりだすぴりぴりとした空気のなかで、私たちへの支持を検討する姿勢を見せた議員というだけでも、3人しかいない。いずれも私が容易に勝利を収めることができた州から選出された、穏健派を自認する議員だ。メイン州のスーザン・コリンズとオリンピア・スノウ、ペンシルベニア州のアーレン・スペクターである。一方、民主党であっても保守的な州から選出された議員は、意見の割れる問題では率先してハリー・リードとナンシー・ペロシより右側のどこかにポジションを取ろうとする。そのため彼らはワシントンの政治評論家から〝中道派〟というレッテルを貼られている。そうした民主党議員6人の非公式なまとめ役となったのがネブラスカ州選出の民主党議員ベン・ネルソンだった。先の共和党議員3人にネルソンを合わせた4人が門番となったことで、復興法は通過を果たす。そしてこの4人の誰一人として、私たちに高い通行料を請求するのをためらおうとはしなかった。

二度にわたるがんとの闘いを経験していたスペクターは、復興法で100億ドルが国立衛生研究所に渡るよう主張した。コリンズは学校建設のための予算を削減し、〝代替ミニマム税（AMT）パッチ〟すなわち上位中間層が高額の税金を払わなくてすむための、基礎控除額の増額を含めることを要求してきた。ネルソンは農業を主要産業とする州に対して、メディケイド［連邦政府による低所得者向け医療保険制度］の追加予算を拠出することを求めた。こうした要求を飲めば何百億ドルも予算を上乗せしなくてはならないが、それでいて彼らは、法案全体としては8000億ドルを下回らなければならないと主張した。さもなければ予算が「多すぎる」印象を与えてしまうから、と。

私たちの理解では、これらの要求にはいかなる経済的ロジックも介在していなかった。単なる政治的立場の表明で、影響力を手にした政治家による古典的な脅しでしかない。しかしこの事実は大きく見逃されることになった。ワシントンの記者団にとっては、単に4人の上院議員が〝超党派〟で動いているという事実のみが、ソロモンの知恵と理性の顕現とみなされたのだ。一方、リベラルな民主党議員、とりわけ下院議員は、私が法案の最終的な内容決定を〝四人組（ギャング・オブ・フォー）〟の手に委ねてしまったと激怒した。私がスノウ、コリンズ、スペクター、ネルソンの州に出向いて、彼らが〝身代金〟の要求を取り下げるまで遊説して回るよう求める議員たちまで現れた。そういう者たちには、それは無理だとはっきり言った。力に訴えようとすればしっぺ返しを食らうことになりかねない。将来何か別の法案を通そうとしたときに4人の協力を得られなくなってしまうというのが、私をはじめ、ジョー、ラーム、フィル、ハリー、ナンシーの一致した判断だった。

とにかく、時計の針は刻一刻と進んでいた。アックスがのちに使った表現を借りれば、家が火事になっているのに、消火ホースを持っているのはその4人の上院議員だけだったのだ。1週間の交渉を経て（その間、私とラームと、特にジョーが、何度も何度も彼らに甘言をささやき、しつこくせがみ、その手を握って）、ようやく合意が成立した。〝四人組〟は望んだものをほとんど手にした。その代わりに、私たちは彼らの票を獲得しつつ、初期の景気刺激策のほぼ90パーセントを維持することに成功した。修正された1073ページに及ぶ法案は、コリンズ、スノウ、スペクターの3票を除き、下院、上院ともに党の議員数をそのまま反映した形で通過した。そして、私が就任してからひと月と経たずに、アメリカ復興・再投資法は、私の署名を待つだけとなった。

署名式典はデンバーの自然科学博物館で、少数の人を前に執り行われた。私たちは、太陽光発電を扱う従業員所有会社のCEOに司会役を依頼していた。自社のビジネスにとって復興法がもつ意義――レイオフの回避、新たな労働力の確保、グリーン経済促進への期待――を彼が説明するのを聞きながら、私はこの瞬間を全身で味わおうとしていた。

従来のいかなる基準をもち出してきても、私が署名しようとしている法律は歴史的といえるものだった。景気回復への取り組みとして、規模ではフランクリン・ルーズベルトのニューディール政策に匹敵した。景気刺激策は総需要を押し上げるにとどまらない。何百万もの人間が経済的苦境を乗り切るのに手を差し伸べる。職をなくした人々に対する失業保険、飢えに苦しむ人々への食料支援、生活が破綻してしまった人々に対する医療保障といったものを拡大していく。レーガン政権以来となる、中間層と働く貧困層(ワーキングプア)世帯への一時的な減税、そしてアイゼンハワー政権以来最大となる、インフラストラクチャーと交通システムに対する新規拠出が実施されることになる。

それで終わりではない。復興法は短期の刺激と雇用創出に焦点を当てたものだが、そこをおろそかにすることなく、同時に、私が選挙で公約した経済を近代化するための施策に巨大な頭金を提供するものとなる。復興法は、クリーンエネルギー開発と効率化プログラムへの前例のない投資によってエネルギー産業を変革することを約束する。また、数十年間で最大という規模の、野心的な教育改革計画に資金を提供する。電子カルテへの移行も加速させる。これはいずれ、アメリカの医療システムに革命をもたらすかもしれない。そして、高度情報通信ネットワークから締め出された学校の教室や、農村地域へのブロードバンドアクセスを拡大する。

どの項目をとっても、単独の法案として議会を通すことができただけで、政権にとっては一つの大きな成果と呼んでいいものだ。それがまとまることになれば、もはやそれだけで政権一期分の成果の総量に匹敵するだろう。

私は博物館の屋根に設置されたソーラーパネルを見てまわった。演壇に立ち、巨大なプレッシャーのなかですべてを実現してくれた副大統領やチームをねぎらった。法案がゴールを通過するのに手を貸してくれた諸議員に感謝を述べ、何本もの万年筆を使って復興法を正式に発効させ、みんなと握手を交わして、いくつかのインタビューに応じた。そのすべてが終わり、ビーストの後部座席でようやくひとりになったとき、私が感じたのは勝利ではなく、深い安堵だった。

より正確にいうなら、それは多くの予感をはらんだ安堵だった。

　もし2年分の仕事をひと月でこなしたというのが本当なら、それは私たちが同じ速度で2年分の政治的資本（ポリティカル・キャピタル）を食いつぶしたことにもなる。マコーネルとベイナーが、メディア対応において私たちを圧倒したことは否定できない。彼らの執拗な攻撃が、復興法に関する報道を動かし、その結果、メディアは、無駄遣いだの不法行為だのといった不当な批判を広めていった。評論家のなかには、法案の作成において私から共和党への十分なアプローチがなく、それは超党派の政治を掲げた私自身の約束を裏切るものだという、共和党サイドのつくり話を信じる者もいた。また、コリンズ、ネルソン、スノウ、スペクターとの合意は、私たちが標榜（ひょうぼう）した〝信ずるに足る変革〟などではなく、ワシントン流のシニカルで抜け目のない取引でしかないと指摘する者もいた。

　復興法への世論の支持は、法案が通過するのに要した数週間のうちに大きくなっていった。しかし、あることないことを騒ぎ立てられた影響で、まもなく空気ががらっと変わることになる。一方、民主党陣営のかなりの数の人間が選挙当夜の高揚感をまだ忘れておらず、共和党の往生際の悪さにいらついていた。彼らは、私たちが復興法になんとか盛り込んだ多くの内容に満足するより、私たちが諦めなければならなかった、量にすればはるかに少ない事柄に憤っていたように思える。リベラルなコメンテーターたちは、私が〝四人組〟の要求を突っぱねるだけの気骨を持ち合わせていたら景気刺激策はもっと大きくできただろうと主張した（実際には、ほんの数週間前まで彼らコメンテーターの多くが求めていた規模の倍になっていた）。女性団体は避妊に関する項目が割愛されたことに落胆した。交通機関の諸団体は、公共交通機関整備への投資額が増えるのを求めていたわけではないと不平を言った。環境保護主義者たちは、復興法に再生可能エネルギーへの大きな投資が含まれていることを喜ぶよりも、〈クリーン・コール・プロジェクト〉［環境負荷の軽減を実現する石炭利用計画］への割当てが少ないことに異論を唱えるのに忙しかった。

共和党の攻撃と民主党内の不平の板挟みになって、私はイェイツの「The Second Coming（再生）」という詩を思い出した。私の支持者はあらゆる信念を見失い、私の敵は激情に満ちている……。

だからといって、経済を再始動させるために、ほかにできることがあるだろうかなどとは考えなかった。私たちは効果的に復興法を施行することができるし、批判する人間が間違っていることはじきに明らかになるだろう。民主党の支持者が長くついてきてくれることも、一般からの支持率が依然高いことも、私にはわかっていた。

問題は、危機を終息させるためにしなければならない大仕事が、少なくともまだ三つないし四つは残っていることだった。それぞれが今回と同様に緊急を要し、論争の種をはらんでおり、しかも実現困難な案件だ。たとえていうなら、大きな山を登り終えたあとで目の前に連なるいっそう高く険しい峰を見やるようなものだった。おまけに足は挫（くじ）いているし、嵐もやってくるし、食料の半分はもうないときている。

この気持ちはチームの誰にも明かさなかった。彼らはすでに十分疲れている。ぐだぐだ言うんじゃない。私はそう自分に言い聞かせた。靴紐を締め直して、食料（レーション）を切り詰めろ。

そして、前進を続けるんだ。

第12章

親愛なるオバマ大統領

本日、通知を受けました。２００９年6月30日をもって、私はこの国で急増している失業者の列に加わることになるそうです……。

子どもたちをベッドに寝かしつけながら、自分を飲み込もうとするパニックと闘っていました。そしてはっきりわかったのです。私は親として、かつて自分の両親が手にしていた機会に恵まれることはもはやないのだと。今の私に、子どもたちに向かって、一生懸命に働けばなんだってかなうなどと本心から言うことはできません。いつでも正しい選択をし、いつでも正しいことはできる。けれども、それだけでは十分ではないかもしれない。なぜなら政府が私たちを見捨てたから。それが今日、私が知ったことです。

政府は中間層を守り助けるとさんざん言ってきました。ですが、目にするのは逆のことばかりです。政府がしているのは、ロビイストと特定利益団体の要望に応えることだけです。何十億ドルというお金が金融機関の救済に使われています……。

今晩は動揺しているので、私の考えを少し述べさせていただきました。どうかお許しください。

心を込めて、
ニコール・ブランドン
バージニア州

このような手紙を毎晩二、三通は読んだだろうか。私は手紙を元のフォルダーに戻し、デスクにうずたかく積まれた書類の山に加えた。その晩のことは、特によく覚えている。書斎(トリーティールーム)の柱時計の針が午前1時を指していた。私は目をこすり、もっといい読書灯が必要だと痛感しながら、重厚な革張りソファの上の壁にかけられた巨大な油絵に目をやった。いかめしく、堂々たる風貌のウィリアム・マッキンリー大統領の前で、口ひげを生やした男たちが1898年の米西戦争を終結させる条約に署名している。マッキンリーの立ち姿は、もじゃもじゃ眉毛の校長先生を思わせた。彼らが集まっているテーブル、それはまさに今、私が向かっているものだ。美術館にこそふさわしい傑作だが、ホームオフィスにぴったりだとは言いがたい。いずれ、何かもっと現代的な作品に取り替えようと、私はメモに書き留めた。

廊下を渡った先の部屋で娘たちを寝かしつけ、ミシェルとおやすみのキスを交わす5分間を除けば、私は夕食以降ずっと自分の椅子に座りつづけていた。週が変わっても繰り返される、毎晩のルーティンだ。私にとっては1日のうち最も静かで、最も生産的な時間だった。仕事の遅れを取り戻し、次の仕事に備え、目を通しておくようにと秘書がレジデンスに送ってくれた資料の山を読み込んでいく。最新の経済データ、決裁文書、報道メモ、諜報機関からの報告書、法律の提案書、スピーチの草稿、記者会見のテーマなどだ。

大統領の責務の重大さを身にしみて感じるのは、有権者からの手紙を読むときだった。毎晩、10通の手紙を紫色のフォルダーに丁寧に収めたものが、私のもとに届けられる。手書きのものもあれば、プリントアウトされたEメールもある。1日の最後に、それらに目を通してから就寝するのが習慣になっていた。

手紙を読むというのは私自身のアイデアだ。思いついたのは、就任して2日目のことだった。有権者の便りに定期的に目を通すのは、ホワイトハウスを包み込むシャボン玉の外側に手を伸ばし、私が仕える国民の声に直接耳を澄ます有効な手段だと考えたのだ。国民からの手紙は、現実世界からの点滴のようなものだ。私がアメリカの人々と結んでいる誓約、私に託された信頼、そして私の決断が人々に及ぼす影響を日々思い出させてくれる。私が求めていたのは、さまざまな層の意見を代表するような手紙だった（この点について、ピート・ラウズには「支持者からの励ましの便りが読みたいわけじゃない」と伝えていた。ピートはいまや大統領上級顧問で、西棟（ウエストウイング）の最高実力者になっていた）。それ以外については、毎日ホワイトハウスに送られてくる1万通もの手紙やメールからどれをフォルダーに入れるかは、通信室のスタッフに自由に選ばせることにした。

最初の1週間に受け取ったのは、おおむね読んでいて気分のよい手紙ばかりだった。祝電があり、就任式の日の感動を伝える手紙があり、子どもたちから新法の提案（「宿題の量を減らす法律をつくってください」）が送られてきたこともあった。

しかし、数週間も経つと手紙は悲壮感を帯びてきた。20年間、同じ仕事に就いていたある男性は、解雇されたことを妻や子どもたちに伝えなければならない恥ずかしさについて書いてきた。ある女性の手紙は、自宅が銀行に差し押さえられたあとに書かれたものだった。そこには、早急な援助が受けられずに路上生活者になってしまうのではないかという不安が綴られていた。ある学生は大学を中退していた。経済的支援が尽きて実家に戻ることになったという。私たちが取るべき政策を事細かに提案してきた手紙もある。怒りに任せて書かれた手紙もあったし（「なぜ司法省はウォール街の悪党どもを刑務所にぶちこまないのでしょうか」）、静かな諦めのなかで書かれたものもあった（「あなたがこの手紙を読むことはないでしょうが、私たちのように苦しんでいる人間がいることを知っておくべきだと思うのです」）。

最も多かったのは、緊急の援助を求める手紙だ。私は大統領印のレリーフの刻まれたカードを手に取って、経済を再始動させるための私たちの取り組みについて説明し、考えつく限りの励ましの言葉を添えて返信した。元の手紙にはスタッフへの指示を書く。「銀行にローン借り換えの相談ができるかどうか、財務省に確認すること」、あるいは「バージニア州に、このような状況の退役軍人に対する融資プログラムはあるか？」、あるいはシンプルに「私たちにできることはあるか？」といった具合だ。

通常は、これだけで関連機関に注意を向けさせることができる。手紙の主には連絡が入り、数日あるいは数週間すると、彼らのために取られた措置を伝えるメモが私のところに届けられる。一部の人々の期待には応えることができた。彼らは一時的に自宅からの退去を免れたり、職業訓練プログラムに参加したりすることで救済された。

とはいえ、個々のケースすべてに満足のいく対応をするのは難しい。私はそれぞれの手紙の背後で、アメリカ中の何百万という人々が必死に戦っていることを知っている。彼らが仕事を守り、家を守り、なんであれ彼らがかつて感じていた安心を取り戻すために、私を当てにしていることも知っている。私たちのチームがどれだけ奮闘し、どれだけ多くの計画を実行に移し、何回スピーチを行ったとしても、否定しようのない事実がいつまでも私についてまわった。

大統領就任から三か月、就任直後よりもさらに多くの人が苦しんでいた。そして、安寧が訪れる日は誰にも見えていなかった。もちろん、私にも。


アメリカ復興・再投資法（復興法）に署名した翌日の2月18日、私はアリゾナ州メサに飛んだ。崩壊しつつある住宅市場への対策案を現地で発表するためだ。雇用の喪失を別にすると、今回の経済危機のなかでも、住宅問題ほど一般の人々に直接的な影響を与えたものはない。前年の２００８年には、すでに三〇〇万戸以上の住宅が差し押さえられていたが、さらに八〇〇万戸が危険にさらされていた。また、２００８年の最後の三か月間に、住宅価格は20パーセント近く下落している。これは、支払いをやりくりできていた世帯でさえ、突然〝水没〟してしまったことを意味する。つまり、家の価値が借金の額を下回ってしまったのだ。将来への投資だったはずのものが、いまや借金として彼らの首を絞めているのである。

この問題はネバダやアリゾナなど、サブプライムローンが引き起こした住宅バブルの震源地で特に深刻化していた。車で通り抜けるだけでわかる。分譲地全体がゴーストタウンの様相を呈しているのだ。ブロックからブロックへ、行けども行けども似たような家が立ち並んでいる。多くは新築だが、そこで生活している気配はない。開発されたものの売れなかった家、売れたもののすぐに差し押さえられた家。いずれにしても物件は空っぽで、窓が板張りになっているものもある。まだ人が住んでいるわずかばかりの家は、小さなオアシスのようだった。猫の額ほどの庭は手入れされた芝に覆われ、私道には車が停まっている。荒廃した静けさを背にした孤独な前哨基地。ネバダを選挙戦で訪れた際、こうした宅地の一軒家の主と話をしたことを覚えている。がっちりとした40歳前後の男性で、白いTシャツを着ていた。彼は芝刈り機のスイッチを切って私と握手を交わした。後ろでは亜麻色の髪をした小さな男の子が赤い三輪車を勢いよく走らせている。自分は多くの隣人よりも幸運だったと男性は言った。働いている工場では年の功がものをいってレイオフの第一波を避けることができたし、看護師である妻の仕事も比較的安定していたからだ。それでも、バブルの絶頂期に40万ドルで購入した家の価値は半減していた。その夫婦は住宅ローンを焦げつかせて退去することが最善の策なのかどうか、ひそかに話し合いを重ねていた。私たちの会話も終わりに近づいたとき、男性は息子を振り返って言った。

「子どものころ、父がアメリカン・ドリームの話をしていましたよ。いちばん大事なのは懸命に働くことだ、と。家を買って、家族を養って、正しいことをしろって。あの話はどうなったんですかね？　いつから苦しいだけのものになってしまったんだろう……」。彼の声は小さくなっていった。苦々しげな表情を浮かべると、顔の汗を拭い、また芝刈り機のスイッチを入れた。

問題は、こうした人々を助けるために私たちの政権に何ができるのかだ。その男性は、まだ家を失ってはいなかったが、この国の共通理念である進取の精神への信頼を失っていた。大きな理想の喪失だった。

適正価格住宅(アフォーダブル・ハウジング)の推進派と、進歩派の議員の一部は、大規模な政府プログラムを推し進めようとしていた。家を失う恐れのある人々の毎月のローン支払いを減額するだけでなく、未払い残高の一部を免除しようというものだ。一見すると、このアイデアには明らかな魅力があった。支持者の言葉を借りると、「ウォール街の救済措置ではなく、メインストリートの救済措置」ということになる。とはいうものの、全米で失われた住宅資産の規模は巨大であり、このような元金削減プログラムのコストは法外なものにならざるをえない。私たちのチームの試算では、もはや政治的に実現不可能な不良資産救済プログラム（ＴＡＲＰ）規模の救済措置を再び実行できたとしても、それが20兆ドル規模のアメリカ不動産市場に分散された場合、その効果は限定的でしかないと予想された。

私たちは小規模なプログラムを二つ立ち上げることに決めた。メサでの集会は、これらのプログラムについて説明するためのものだった。一つは住宅ローン返済負担緩和プログラム（ＨＡＭＰ）。これは、優良な住宅所有者の月々のローン支払いを、最大でも月収の31パーセントにまで軽減するものだ。もう一つは住宅ローン借り換え促進プログラム（ＨＡＲＰ）。こちらは、住宅の市場価格が帳簿価格より下がってしまった場合でも、より低利の住宅ローンに借り換えができるように支援を行う。設計上、誰もがこうしたプログラムのサポートを受けられるわけではない。サブプライムローンで住宅を購入したケースでも、自分たちの収入で賄える限度を超えた買い物だった場合、これらのプログラムは適用されない。また、投資物件として、将来の売却を見込んで住宅を購入していた場合にも救済を受ける資格はない。これらはあくまで、破綻の瀬戸際にある何百万もの一般家庭に向けたプログラムなのだ。その家に住み、それが当時としては妥当な買い物だったにもかかわらず、今となってはローンの支払いに苦労している人々のための救済措置なのである。

こうした限定的なプログラムを実施するだけでも、その段取りにはさまざまな問題があった。たとえば、ローンの貸し手にとっては、借り手を引き続き家に住まわせることが利益になる（すでに落ち込んだマーケットでは、抵当流れの物件は投げ売りするほかなく、そうなれば貸し手の大損になる）。一方で、ローンそのものは、もはや私たちがプログラムへの参加を要請できるような個々の銀行に所有されているわけではない。いまやローンは証券化され、細切れになって世界中のさまざまな投資家に売られているからだ。住宅所有者は、こうした匿名の貸し手と直接やりとりすることはない。ローンの返済金は、取り立て屋に毛が生えた程度の債権回収業者に送られる。この手の業者を法的な強制力なしで動かすことはできない。私たちにできることといえば、せいぜい住宅所有者に返済猶予を与えるために業者側にインセンティブを与えることぐらいだった。さらには、何百万にもなるＨＡＭＰおよびＨＡＲＰの申請者を精査して適格・不適格を判定するよう、債権回収業者を説得しなくてはならない。彼らの得意分野とはいえない仕事だけに、これもまた難題だった。

実のところ、誰に政府の援助を受ける資格があるのだろうか？　この問いは、この経済危機の最中に持ち上がったあらゆる政策論争のなかに入り込んでいくことになる。結局、２００９年のようにひたすら最悪の状況下でも、アメリカの住宅所有者の圧倒的大多数は、是が非でも自力でローンを払いつづける道を見つけだそうとしていた。そのために、多くの人は外食を減らし、ケーブルテレビを解約し、老後の生活や子どもの進学費用に充てようと考えていた貯蓄を切り崩していったのである。

そんな彼らが汗水流して支払った税金を、資金繰りがつかない隣人のローンを減らすために充てるのは公正なことだろうか？　もしその隣人が、分不相応な豪邸を買っていたとしたら？　あるいは、金利は低いが危険なローンを選んでいたら？　住宅ローンのブローカーに騙されて、それでも正しい選択をしていると思い込んでいたら？　万が一に備えて貯金する代わりに、前年に子どもたちを連れてディズニーランドに遊びに行っていたとしたら？　そのような人たちは、支援を受ける資格がないのだろうか？　あるいは、支払いが遅れた理由が庭に新たなプールをつくったり、バカンスに出かけたりしたからではなく、仕事を失ったからだとすればどうだろう？　それとも、健康保険のない職場に勤めていて、家族の誰かが病気になったからだとしたら？　あるいはたまたまその州に住んでいたために巻き込まれただけかもしれない。こうした事情は、人々の道徳的判断にどのような影響を与えるだろうか？

危機を食い止めようと政策を立案する側からいわせてもらえば、このような問いに意味はない――少なくとも短期においては。隣の家が火事になったとき、消防署の人間が消防車の出動許可を出すのに、原因は雷ですか? 寝タバコですか? などといちいち聞いてきたらどうだろう。通報者にとって大切なのは、火の粉が自分の家に飛んでくる前に火が消し止められることだろう。住宅ローンの担保差し押さえが大量に発生するというのは、最悪の大火事にも等しい緊急事態だ。あらゆる家の価値を破壊し、経済をどん底に引きずり込む。政策当事者として、私たちは自分たちのことを消防署のようなものだと考えていた。

そうはいっても、国民にとって公正さにまつわる問題は決して看過できないものになっていた。私たちの施策について、問題の規模からすれば750億ドルの救済ではとうてい足りないと専門家が批判したり、ローンの元金を減らす策が含まれていないことに対して住宅推進派がメディアを通じて反発したりしてくることは、私としても想定内だった。しかし、その日のメサの集会で最も注目を集めることになった批判は、チームの誰にとっても思いがけないものだった。一つには、その批判が意外な人物からもたらされたからだろう。集会の翌日、ロバート・ギブズから、CNBC［ニュース専門放送局］のビジネスコメンテーターであるリック・サンテリが住宅ローンの救済策についてテレビで大演説をぶったと聞かされた。ギブズは心配しているようだった。この手のことでギブズの勘が外れることはめったにない。

「すごく話題になっています」とギブズは言った。「記者団にも感想を求められました。ご覧になったほうがいいと思います」

夜になって、私はそのビデオクリップをノートパソコンで観た。サンテリのことは知っていた。ケーブルテレビのビジネス情報番組を縄張りにしている、大勢のキャスターや解説者とそう変わるところはない。マーケットのゴシップと前日のニュースを混ぜ合わせ、深夜のテレビショッピング番組の司会者のようにもっともらしく語ってみせる。問題のシーンは、シカゴ・マーカンタイル取引所からの中継だった。芝居がかった怒りを充満させ、デスクからわけ知り顔ではやしたてるトレーダーに囲まれて、サンテリは共和党のいつものお題目を唱える。そしてそこに主張（間違ったもの）を差し挟む。政府は首が回らなくなった無責任な浪費家や怠け者――サンテリは〝負け犬〟と呼んだ――のローンを背負おうとしている、と。「政府は過った行為を助長しているのです！」。サンテリは吠えた。「トイレをひとつ余計につくって借金が払えなくなった隣人のローンの肩代わりをしたい人間が、どれだけいるというのでしょう」

　続いてサンテリはこう言い放った。「ベンジャミン・フランクリンやジェファーソンら建国の父が、私たちが今この国でしていることを知れば、墓の中で卒倒するでしょう」。それから、半ば独り言のように「7月にシカゴで開かれるティーパーティー」が政府の無料プレゼントに待ったをかけるだろうとほのめかす。

　私にとっては、そんな発言をそのまま放置しておくほうが難しい。これは、情報の提供を意図した発言などではない。せいぜい放送時間の隙間を埋め、広告を売り、『スクワークボックス』［CNBCで放送している経済ニュース番組］の視聴者を、〝負け犬〟の側ではなく、本物のインサイダーの側にいるような気分にさせるためのちょっとした座興にすぎない。そもそも、誰がこんな中途半端なポピュリズムを真に受けるだろうか？　どれだけのアメリカ人が、シカゴ・マーカンタイル取引所のトレーダーが国民を代表しているなどと考えるだろう？　だいたい、まさに政府が金融システムを沈没させずにいるおかげで仕事を失わずにいるのが、彼らトレーダーたちではないか。

　いってしまえば、完全なるたわごとだ。それはサンテリも知っている。彼と軽口を交わしていた

CNBCのキャスターたちも知っている。だが、少なくともあの場にいたトレーダーたちが、サンテリがわめき散らしたたわごとを全面的に支持しているのは明らかだった。自分たちも参加したゲームが、彼ら自身のせいでとはいわないまでも、その雇い主（豪華な役員室にいる本物の浪費家たち）の意向によって上へ下へと操作されてきた事実など、すっかり忘れているようだ。さらに、分不相応な家を買った〝負け犬〟1人につき20人の割合で分相応に暮らしていた人間が存在することや、その彼らがいまやウォール街のお粗末な賭けの余波に苦しんでいることにも頓着しているようすはなかった。

それどころか、トレーダーたちは心底腹を立てて、政府にいいようにされると思い込んでいる。彼らからすれば、自分たちこそ被害者なのだ。1人などはサンテリのマイクに顔を寄せて、政府の住宅ローン救済策は〝モラル・ハザード〟だと、一般の辞書にも載るようになった経済用語を使って明言した。この言葉はもともと、銀行を損失の累積から守るための政策が将来的にさらなる金融の暴走を引き起こすという現象を説明したものだ。それがここにきて、なんの落ち度もないのに住む家を失おうとしている一般家庭への支援を批判するための言葉として使われているのである。

私はクリックして動画を消した。いまいましい。よくある詭弁（きべん）じゃないか。保守派の識者があらゆる場所で、あらゆる問題について繰り出すようになった狡猾（こうかつ）なレトリックだ。もともとは不利な立場の人間が社会の病理に光を当てるために用いた言葉を取り上げて、それを換骨奪胎してみせるのだ。たとえば、問題はもはや有色人種への差別ではない、と彼らは言う。〝逆人種差別〟こそが問題だ、マイノリティは不当に有利な立場に立とうとして〝差別という切り札〟を弄んでいるのだと。あるいは、こうも主張する。職場のセクシュアルハラスメントが問題なのではない。ユーモアの欠如した〝フェミナチ〟［急進的フェミニスト］が、政治的公正性（ポリティカル・コレクトネス）を笠（かさ）に着て、男たちを頭ごなしに叩いていることが問題なのだ。同様に、マーケットをカジノ代わりにしている銀行家が悪いのではなく、組合つぶしや事業の海外移転で労働者の賃金を圧縮している企業が悪いわけでもない。怠惰で気骨のない連中がワシントンのリベラルな連中と組んで、経済における本物の〝創造者と実行者〟の脛をかじろうとしていることこそが害悪なのだ、と。

このような議論は、事実とはなんの関係もない。分析の対象となるようなものでもない。それらは何が公正なのかを定義し直し、誰が犠牲者なのかを特定し直し、誤った通念の深みにはまっていく。そしてシカゴのトレーダーのような人間に、最も貴重な贈り物を、つまり、自分たちは無実なのだという確信を与えることになる。それだけでなく、トレーダーたちは義憤を抱きさえするだろう。

私はサンテリの動画をしばしば思い返した。任期中に直面した政治闘争の多くは、ここに予見されていた。サンテリの発言のなかには少なくとも一つ、逆から見た真実がある。建国の父たちが政府に権限を付与して以来、国民が政府に対して求める役割は、過去2世紀を経て変容してきた。敵を追い払い、領土を征服し、財産権を強化し、土地所有者である白人男性が治安維持のために必要だと考える施策を実施する。政府のこうした基本的施策以外のことについては、初期の民主主義は多くを個人の自由に任せた。それから、黒人を所有物として扱ったとして、それは財産権の範疇になるのかどうかという問題をめぐる血なまぐさい争いがあった。さらに、労働者、農民、女性たちが起こした運動があった。彼らは、1人の人間の自由の裏に、どれほど多くの人間の服従が要求されるのかを、身をもって体験している人たちだ。そして、不況がやってきた。一人一人の手に判断が委ねられることにより、結果的に貧困とみじめさがもたらされるのだと人々は学んだ。

その結果、合衆国もその他の民主国家も、新しい社会契約を構築していくようになる。社会が複雑になるにつれ、政府機能のますます多くの部分が社会保障に割り当てられるようになった。一人一人が税金という形で資金を出し合い、自分たちをひとまとまりの集団として保護するのだ。たとえば、住宅をハリケーンで破壊されたら災害支援が、職を失えば失業保険が、老後の困窮を軽減するには社会保障制度とメディケアがある。公益企業の利益が見込めないような農村部に住む人々にも信頼性の高い電力と電話のサービスが提供され、教育機会の平等を実現するために公立の初等・中等・高等学校および公立大学が設置されている。

この仕組みは、多かれ少なかれ機能してきた。一世代のあいだ、圧倒的多数のアメリカ人にとって、生活はよりよく、より安全に、より実り多く、そしてより公正なものになっていったからである。中間層が幅と厚みを増す一方で、金持ちは、自ら望んだほどではなかったとしても相変わらず金持ちだった。貧困者の数は減り、その貧しさもかつてほどではなくなった。もちろん、さまざまな議論があった。税金が高すぎるのではないか、これこれの規制は革新を妨げるのではないか、〝過保護国家（ナニー・ステート）〟が個人の裁量を奪っているのではないか、あれやこれやの計画は無駄ではないのか。それでも少なくとも、誰に対しても公平な機会を与え、誰も沈むことのない地盤を築こうとする社会の利点は一般に理解されていた。

しかしながら、こうした社会契約を維持するには信頼が欠かせない。私たちは一つであるという意識が必要なのだ。家族のような関係とはいわないまでも、少なくとも一種のコミュニティとして、成員の誰もおろそかにされることなく、一人一人が全体について発言できるようでなければならない。また、援助を必要とする人々に対して政府が取る施策は、どんなものであれ自分が必要とするときに利用できると信じられるものでなくてはならない。制度を悪用する人間など誰もおらず、さらに隣人を苦しめる災難や障害や境遇は人生のどこかで自分にも降りかかってくるかもしれないと認識する必要があるのだ。

そして長い年月を経て、こうした信頼を維持するのは困難であることが次第に明らかになっていった。とりわけ人種間の断絶が、この信頼に徹底的なダメージを与えた。アフリカ系アメリカ人やその他のマイノリティグループが政府からの追加支援を必要としているかもしれないと思えるようになるには、一定レベルの、仲間意識と呼べるような共感が必要だ。彼らが今現在、困難を抱えているとしたら、それは残酷な差別の歴史にさかのぼるべきであり、それは彼らに代々受け継がれた気質や、個々の選択に由来するものではない。そのことを理解しなくてはならない。ところが、それは多くの白人有権者にとって容易なことではなかった。歴史的に見て、南北戦争時の〝40エーカーとラバ1頭〟［解放奴隷に対して約束された補償を意味する言葉］から、アファーマティブ・アクションに至るまで、人種的マイノリティを支援するためにつくられたプログラムは、あからさまな敵意にさらされつづけている。それどころか、公教育あるいは公共部門での雇用といった、広い声に支えられた人種を問わないプログラムでさえ、ひとたび黒人やその他の非白人が受益者に含まれるとなれば、なぜか議論の争点になってしまう。

そして経済状況が厳しくなると、政府に対する市民の信頼は損なわれる。1970年代になって合衆国の成長率が鈍くなると、それに伴い収入の伸びが停滞し、大卒資格をもたない人々が就けるよい職も減っていった。親たちは、子どもが少なくとも自分たちと同じようにうまくやっていけるかどうかと、気を揉みはじめる。こうなると、人々の視野は狭くなる一方だ。自分が手にできていないものを他人が手に入れているのではないかということがますます気になり、政府の公正さなど信じられないという意見になびいていくからだ。

現代の共和党を特徴づけているのは、信頼ではなく憤りを増幅させるストーリーを人々にアピールする、このようなやり方だ。手際のよしあしも成否のほどもさまざまではあるものの、共和党の候補者たちは、大統領選に出馬するにせよ、地方の教育委員に立候補するにせよ、このストーリーを中心的なテーマに据えている。これはまた、FOXニュースや保守系のラジオ番組のひな形となり、コーク兄弟が出資しているあらゆるシンクタンクとPAC（政治活動委員会）の設立趣意書にもなった――政府は私たちのように、一生懸命努力している報われるべき人間から、金も仕事も大学の席も地位も奪っている。そしてすべてを自分たちの仲間に与えている。私たちと価値観を共有せず、私たちほど働いてもいない人間にくれてやっているのだ。自分たちで勝手にひねり出した問題にいつも頭を悩ませているような連中に。

共和党のこうした確信の強さは、民主党を守勢に回らせることになった。民主党の指導者たちは新しい計画を提案するのにも及び腰になり、政治討論の範囲は狭められていく。底なしの息苦しいシニシズムが身についてしまったのだ。実際、両党の政治コンサルタントのあいだでは、政府への信頼はおろか、主要な政府機関への信頼を回復することにさえ見込みがないというのがもはや自明になってしまった。選挙のたびに、結局は、経済的に圧迫された中間層が自分たちの窮状を富裕層のせいにするのか、はたまた貧困層とマイノリティのせいにするのかが争点になるのも、わかりきったことだった。

私としては、それが私たちの政治が差し出せるすべてだとは思いたくない。私は人々の怒りを煽り立て、非難の矛先を変えさせるために立候補したわけではない。彼らの信頼を立て直すために立候補したのだ。政府への信頼だけではない。互いの信頼関係を立て直したいのだ。もし私たちが互いを信頼することができれば、民主主義は機能する。社会契約は持ちこたえる。そして、賃金の伸び悩みや退職後の所得保障といった大きな問題を解決することもできるだろう。だが、いったいどこから手をつければいいのだろう？

経済危機は近年の選挙で民主党の追い風になってきた。しかし、あらゆる意味において、国民共通の目的意識や政府の政策遂行能力への信頼が回復したとはいえない状況だ。危機はなおのこと人々の怒りと恐怖を煽り、人々は背後には不公正があるに違いないという思い込みを強めている。サンテリが理解しているのは、あるいはミッチ・マコーネルとジョン・ベイナーが理解しているのは、そうした怒りの矛先をいかに容易に変えられるかであり、自分たちの主張を推し進めるのに、恐怖がいかに便利な道具となるかであった。

彼らが代表する勢力は、最近の世論調査では分が悪かったかもしれない。だが、世界観、価値観、物語（ナラティブ）の対立という、より大きな戦いにおいて、彼らはまだ勝利を諦めたわけではなかった。

今だからこそすべては自明に思えるが、当時はそうではなかった。私もチームもあまりに多忙だった。経済危機を終わらせるために、復興法を通し、住宅ローン救済策を発表することは必要な措置ではあったが、それだけでは全然足りなかった。特に問題なのは、グローバルな金融システムが崩壊したままだということだ。そして、私がその修復を任せようとしている男は、幸先のよいスタートを切れていなかった。

ティモシー（ティム）・ガイトナーの受難は、彼を財務長官に任命する承認を得ようとしている最中、つまり何週間も前に始まっていた。歴史的に見れば、閣僚の指名に上院が承認を与える手続きは、今やほとんど形骸化している。両党の上院議員は、大統領には自分のチームを選ぶ権限があるという前提で事を運ぶ。大統領が選んだ人間が悪党であろうと、愚か者であろうと、彼らが口を挟む筋合いはないというわけだ。しかし近年、この、憲法に規定された上院による〝助言と同意〟の責務が、上院における果てしない党派間の塹壕戦の新たな武器となっていた。野党のスタッフは候補者の記録を漁り、その人物にかつて若気の至りや失言がなかったかを徹底的に調べ上げる。公聴会で問題にしたり、ニュースに流したりできるようなネタを探すためだ。こうして候補者の私生活は、飽くなき詮索にさらされる。こんなことをするのは、必ずしも指名をご破算にするためではない。結局のところ、大方の候補者は承認される。真の狙いは、政権の前進を阻み、その面目を潰すことだ。ところが、このような新人いじめに近い行為は、当初の目的とは別の結果をもたらした。連邦組織のトップの仕事にふさわしい有能な候補者が、目立つポストへの就任を辞退する理由として、この承認という関門をもちだすようになったのだ。自分の評判に傷がつくかもしれないし、家族にも影響が及ぶかもしれないから辞退したいというわけだ。

ティムの場合、税金が引っかかった。国際通貨基金（ＩＭＦ）で仕事をしていた3年間、ティムも彼の会計士も、合衆国の給与税が天引きされていないことに気づいていなかったという。悪気のない間違いにすぎず、よくある話でもあるらしい。２００６年、財務長官候補になる2年も前の監査でこの問題が発覚したとき、ティムは修正申告をし、監査で指摘された額を支払っている。それでも政治情勢によって、またティムが財務長官として内国歳入庁（ＩＲＳ）を監督していくことになるという事実から、この失態への追及は厳しいものになった。共和党は、ティムが意図的に脱税したのだとほのめかした。深夜のトークショーはティムをジョークのネタにした。ティムは意気消沈し、デイヴィッド・アクセルロッド（アックス）とラーム・エマニュエルを通じて、誰か別の人物を財務長官候補にしてほしいと伝えてきた。それを聞いた私は、夜遅くにティムに励ましの電話を入れ、「君こそが適任者だ」とはっきり伝えた。

結局、数日後にティムの指名は承認されたが、自分が合衆国史上、最多の反対票を投じられて財務長官になったことを彼は十分自覚していた。さらに、国内的にも国際的にも自分への信用が損なわれてしまったことも理解していた。私自身は、この顚末についてはそれほど心配していなかった。誰も投票結果など覚えてはいないし、ティムの信用はすぐにも回復するだろうと確信していたからだ。一方で、今回の承認をめぐる騒動を見ていて、私はティムが依然として一般人であり、ずっと裏方を務めてきたテクノクラート［科学者・技術者出身の官僚］であるという事実をあらためて思い出していた。私もそうだったが、ティムがスポットライトの眩しさに慣れるまでにはしばらく時間がかかるだろう。

承認を受けた翌日、ティムとローレンス（ラリー）・サマーズが大統領執務室にやってきて、金融システムがおぞましい状況にあると説明した。融資は凍結されたままで、市場は不安定、特に五つの巨大機関――〝五大爆弾〟とティムは呼んだ――は危機的だという。まず、連邦住宅抵当公社（ファニーメイ）と連邦住宅貸付抵当公社（フレディマック）。住宅金融機関として機能していたのは実質この二つだけだったが、前年、財務省が税金から捻出して注入した2000億ドルの基金をすでに使い果たしている。それから保険業界の巨人AIG。住宅ローン保険を元にしたデリバティブ（金融派生商品）に手に染めていたことで体力悪化が甚だしく、ここ四か月にわたってTARPに1500億ドルを求め、かろうじて沈没を免れていた。そしてシティグループとバンク・オブ・アメリカ。アメリカの銀行預金の14パーセントはこの二行のものだが、過去四か月で株価は82パーセント下落している。

この五つの金融機関のいずれかから新たに資金が流出するようなことがあれば、その機関は破綻に追い込まれる可能性があった。そうなると、私たちがかろうじてしのいでいる危機をはるかに上回る、地球規模の金融大地震が起こりかねない。政府はすでに数千億ドルの資金をこれらの機関の救済に充てていたが、それでもこのペースで損失が膨らめば、TARPに残った3000億ドルではどうやっても手当てできない状態となる。連邦準備制度理事会（FRB）の分析では、システム全体が早急に安定しない限り、さらに政府による3000億から7000億ドルの現金注入が必要となるとの見込みだった。しかも、この数字には、のちに四半期で620億ドルの損失を発表することになるAIGは含まれていなかった。

水の漏れるバケツにさらなる税金をつぎ込むのではなく、その穴を埋める方法を見つけなければならない。まず何より、市場の信頼性を回復させる必要がある。そうすれば、何兆ドルもの資本を金融セクターから引き揚げて安全な場所に逃していた民間投資家が、高みの見物をやめて再び投資に向かうだろう。ティムの説明によると、ファニーメイとフレディマックに関しては、私たちには議会の承認なしに資金を投入する権限があるとのことだった。両機関はすでに政府の管理下にあったからだ。さっそく私たちは新たに2000億ドルの資金注入を実施することで合意した。楽な選択ではなかったが、仕方がない。なにせもう一つの選択肢は、合衆国の住宅ローン市場全体を事実上消滅させることだったのだ。

金融システムのそのほかの問題については、どの選択肢を取るにしてもリスクが伴った。数日後、再びオーバルオフィスでのミーティングで、ティムとラリーは三つの基本的な選択肢について概略を説明した。一つめは、連邦預金保険公社（FDIC）の総裁でブッシュ時代からの残留組であるシーラ・ベアーが先頭に立って提唱しているもので、ヘンリー（ハンク）・ポールソンが当初TARPに向けて唱えていたアイデアの再現だった。政府が〝バッドバンク（不良債権買取銀行）〟を設立し、民間銀行の不良資産をすべて買い上げることによって銀行セクターを浄化するというものだ。これによって、投資家はある種の安心感を得ることができ、銀行は再び融資を開始できる。

要するに、将来生じる損失を納税者に転嫁してしまおうという策であり、市場がこれを歓迎するのも驚くには当たらない。しかしながらバッドバンクの問題点は、ティムもラリーも指摘するように、現在銀行の帳簿に載っている不良資産をどうやって公平に値付けすればいいのか誰も知らないということだ。政府が支払いすぎるようなことがあれば、またもや税金によるほぼ無条件の大規模救済ということになる。一方、もし支払いが少なすぎれば、まだ推定1兆ドル分も残っているといわれる不良資産を、政府は投げ売り価格でしか買わないということになってしまう。結果、銀行はその巨大な損失をすぐにも飲み込まされることになり、そうなれば、ほぼ確実に破綻するだろう。まさにこの値付けの複雑さゆえに、ヘンリー・ポールソンは危機のごく初期にこのアイデアを取り下げたのだった。

もう一つの選択肢は、表面上はよりすっきりしたものだ。つまり、システム全体にとって重要な金融機関を一時的に国有化してしまうのである。今やこれらの金融機関は、所有資産の市場価格と信頼性からすれば死んだも同然だったが、これを国有化したうえで、法的整理に相当する組織改革を課す。そこには、株主と社債権者に自分の持ち分の〝ヘアカット（減額）〟を受け入れさせることや、将来的な経営と役員の刷新も含まれる。この選択肢は、「絆創膏を剝がして」システムをゼロからつくり直したいという私の願望を満足させるものではあった。いわゆる〝ゾンビ〟の状態で銀行を生き長らえさせてもどうにもならない。厳密には生きているかもしれないが、もはやまともに機能するだけの資本も信頼性もないではないか。あるいは、ティムの好んだ言い方を借りれば、このやり方には〝旧約聖書ふうの正義〟を満足させるという利点もある。悪事をなした人間が罰せられて辱められるのを見たいという、人々の無理からぬ欲求を満たすのだ。

しかしながら、最もシンプルに見えるプランというものは、往々にして実際にはさほどシンプルなわけではない。政府が一つでも銀行を国有化してしまえば、ほかのあらゆる銀行の株主はまず間違いなく、手持ちの株をできるだけ早く処分しようとする。いつ自分の銀行が国有化の対象になるかわからないからだ。こうした資本逃避が起これば、その次に弱い銀行の国有化がすぐにも必要になり、それはまた別の国有化を誘発するだろう。アメリカの金融セクターが雪崩(なだれ)を打って政府の傘の下に入っていくことになるのだ。

そうなると、膨大なコストがかかるというだけではすまない。最終的に身売り先が決まるまでのあいだ、政府がこれらの機関を管理しなければならなくなる。ただでさえ、避けることのできない訴訟で手いっぱいなのに（ウォール街に巣くう連中ばかりが相手というわけではない。ヘアカットを強いられた憤りで、年金基金も個人投資家も政府を訴えようとするだろう）、これらの銀行の長に誰の首を据えるかという問題で頭を悩ませなくてはならないのだ。必要な経験をもつ人間の大半が、多かれ少なかれサブプライムローンに関わって手を汚している状況を思えば、これはなおさら難題だった。誰が職員の給料や賞与を決めるのか？　国有化された銀行がなおも損失を垂れ流しつづけたら、国民はどう思うだろうか？　政府は最終的にこれらの銀行をどこに売り渡せばいいのか？最初にこの大混乱を引き起こすのに手を貸したかもしれない大同小異の銀行のほかに、はたして買い手がいるのだろうか？

こうした問題に対する満足のいく答えがなかったということもあるだろう。ティムは三つめの選択肢を急いで考え出した。前提となる理屈はこうだ――銀行がひどい経営状態にあり、帳簿上の資産の多くが不良化してしまっていることを疑う人間はいない。だが、市場のパニックであらゆる資産の価格が必要以上に押し下げられてしまったために、実際よりも状態が悪く見えているとも考えられる。結局のところ、住宅ローンの圧倒的多数はデフォルトに至ることはない。すべての不動産担保証券が無価値というわけではないし、すべての銀行が不良資産にどっぷり浸かっているわけでもない。ただ、純然たる債務超過と一時的な流動性不足［資産はあるのに預金を支払う現金がないこと］の見極めがつかない状況が続く限り、ほとんどの投資家はとりあえず金融セクターと関わり合いになることを避けるだろう。

そこでティムは、〝ストレステスト（健全性審査）〟として知られることになる解決策を出してきた。金融システム全体に影響を及ぼす19の銀行について、FRBが最悪のシナリオを想定したうえで、各行が生き残りに必要とする資本量の基準（ベンチマーク）を定める。次に、それぞれの銀行に監査係を派遣して、帳簿を精査させる。不況を乗り切れるだけの資金的余裕があるかどうか厳密に査定するのだ。なければ、その銀行には民間からの調達で資本をかさ増しするための、六か月の猶予が与えられる。それでも足りないとなれば、政府が踏み込んでベンチマークまでの不足分を供給する。政府の投入額が50パーセントを超える場合のみ国有化が実施される。いずれにせよ、これで市場は各銀行の状態をはっきり目にすることができるというわけだ。株主は自分の持ち株比率が薄まることを心配するかもしれないが、その程度は銀行が健全化するために必要な資本量によって変わる。また、納税者に迷惑がかかるのは最後の最後ということになる。

この三番目の案は、細部を詰めた計画ではなく、まだ粗削りの状態だった。ラリーは懐疑的な姿勢を見せた。彼に言わせれば、銀行はもはや救い難い状態にある。政府の監査が厳密に実施されるとマーケットが信じることは決してないし、この策が実施されたところで不可避の事態を遅らせるのがせいぜいだろうというわけだ。ティムもそうしたリスクがあることは認め、さらにこうつけ加えた。どんなストレステストも結果が出るまでに三か月はかかる。そのあいだに、より厳しい措置を求める世論の圧力は強まる一方だろう。そうこうしているうちに、何が起きて市場をいっそう激しい混乱に陥れるかわかったものではない、と。

ラリーとティムは話すのをやめ、私の反応を待った。私は椅子に身を沈めた。

「メニューにはほかに何が？」と私は尋ねた。

「いいえ、大統領、今のところは何も」

「あまり食欲はそそられないな」

「ええ、大統領」

私はうなずいて、この先何が起こりうるか考えた。そして、いくつか質問をすると、心を決めた。ティムのストレステスト戦法こそ私たちの取るべき策だ。といっても、それがすばらしいプランだからではない。優れたプランでさえなかった。ただ、ほかのプランよりはましだったのだ。いきなり大手術に挑む前に、もう少しおとなしい治療から始めてくれと医者に頼むようなものだとラリーは言った。もしストレステストが機能すれば、私たちは金融システムを迅速に修復することができるし、いたずらに納税者の金を使わずにすむ。仮に機能しなかったとしても、私たちの暮らしぶりがこれ以上悪くなることはないだろう。少なくとも、大手術をするにあたって何が必要なのか、はっきりと見えてくるはずだ。

もちろん、それまでに患者が息絶えなければの話だが。


2週間後の2月10日、ティムは財務長官として初めて国民に向けて演説を行った。場所は財務省ビル内にある大ホール、通称〈キャッシュルーム〉だ。南北戦争から1世紀以上にわたって銀行機能を担っていた場所である。当時は政府の金庫室から通貨が直接供給されていた。この会見の主旨は、ストレステストの大枠を発表し、苦境にあえぐ銀行に対して私たちが講じていく手段について概要を説明することにあった。不確実な時代であっても私たちは冷静に行動し、期待できる計画を用意していることをアピールするのだ。

心底から自信がなければ、相手にこちらの自信など伝わるべくもない。だが、ティムが承認公聴会で受けた傷はまだ癒えていなかった。財務長官に就任直後の数週間は最小限のスタッフで乗り切らねばならず、ストレステストがどのように機能するかについても、まだ詳細を詰めている途中だった。そのような状態でスピーチに挑んだティムは、テレビカメラと金融ジャーナリストの大群を前にして、たちまち行き詰まった。

本人も認めるように、スピーチは惨憺（さんたん）たる出来としかいいようがなかった。ティムは見るからに緊張していて、初めてだったプロンプターの使い方もぎこちない。計画全体を説明する際も、曖昧な言葉に終始していた。また、ホワイトハウスのコミュニケーションチームは、銀行には厳しく対処するという私たちの意図を強調するようティムに念を押していたが、経済チームのほうは、パニックになる必要はまったくないと市場を安心させることが不可欠だと強調していた。一方で、金融システムの規制を現場で担当するそれぞれの独立機関はティムの考えに同調しておらず、いくつかの機関の長は、シーラ・ベアーがそうだったように、独自のアイデアに固執していた。その結果、スピーチはいかにも議会の委員会にありがちな代物になりはてた。各方面からの相反する圧力をそっくり反映した、煮え切らない、一貫性のないメッセージ。しかも、スピーチの草稿を仕上げるのに精いっぱいで、ティムは少しも話す練習をしていなかった。

彼がスピーチをしているあいだに株価は3パーセントあまり下落した。その日の終わりまでには5パーセント近く下がった。金融株にいたっては、11パーセントも下がることになった。あらゆるニュースがティムのスピーチを取り上げ、好き放題に論評した。ラリーが予想したように、多くのアナリストはストレステストについて、手の込んだごまかしであり、新手の財政援助にすぎないとみなしていた。さまざまな政治的立場のコメンテーターが、今や口をそろえて、ティムの舵取りも私の政権も、そしてグローバルな金融システムも、お先真っ暗なのではないかと真っ向から問いかけていた。

翌朝の反省会で、ティムは自責の念を切々と語ったが、私はこの一件を一種のシステム障害のようなものだと考えていた。それも、私自身が引き起こした障害だ。部下に成功を強制するようなまねをしてしまった私が悪いのである。ティムのスピーチの前日、私は自分の記者会見で、我知らずそのスピーチへの期待値を不当に上げてしまった。記者に向かって、ティムは「明確で具体的な計画」を発表するだろう、彼の「晴れ舞台」の準備は整っている、などと言ってしまったのだ。

ここで得られた教訓は苦々しいものではあったが、有益でもあった。続く数か月のあいだ、私はチームの面々に発破をかけた。政府の関係機関とはうまく連絡を取り合ってプロセスをいっそう密にすること。計画を公にする前に問題を予測し、予想される議論の解決策を用意しておくこと。外部からの圧力の有無にかかわらず、私たちのアイデアがしっかりと成長していくように、適切な時間と場所を設けること。プロジェクトにどれほどの人員が必要となるか、注意深く見守ること。そして、計画の内容はもちろんのこと、それをどのように語るかまで細部にわたって知恵を絞ること。

それから私は自分自身に言い聞かせた。二度と大口を叩いて期待値を無闇に上げるようなまねをするな。状況を考えれば、どうあってもその期待には応えられないのだから。

それでも痛手は痛手だった。私の経済チームは勤勉な精鋭ぞろいだったのに、今や世界は彼らのことを、銃もまともに撃てないギャングであるかのように見ていた。共和党は快哉(かいさい)を叫び、ラームは神経質になった民主党議員たちからの電話に対処しなければならなかった。この大失敗から得られたことで、ほぼ唯一ポジティブに評価できるのは、ティム自身の失敗に対する反応だった。心が折れてもおかしくはない状況だったが、そうはならなかったのだ。お粗末なスピーチについては甘んじて罰を受けようといった諦念を漂わせつつも、同時に、大枠のところで自分は正しいと彼は確信していた。

私はティムのそういうところが好きだ。彼が適任者であるという考えに変わりはなかった。私たちとしてはただ粛々とストレステストが実行段階に入り、呪われた計画が現実に機能してくれるのを望むばかりだった。

「マダム・スピーカー［ナンシー・ペロシ下院議長のこと］、そして合衆国大統領をお迎えします！」

どういうわけかいまだによくわからないのだが、新大統領が両院合同会議で最初に行う演説は、厳密には一般教書演説とはみなされない。しかし、意図においても目的においても、本来はそう呼ばれてしかるべきだろう。大統領が何千万という自国民に向かって直に話しかける年初の儀式を〝一般教書演説〟と呼ぶのであれば。

私の最初の演説は2月24日に予定されていた。それはつまり、経済救済策を軌道に乗せようとがむしゃらに働きながら、その合間になんとかジョン・ファヴローのまとめた草稿に目を通さなければならないということだ。それは私にとっても彼にとっても楽な仕事ではなかった。ほかの演説であれば、幅広いテーマを扱うこともできるし、逆に一つの問題に話を絞ることもできる。一般教書演説、通称SOTU（ウエストウイングのスタッフが好む呼び方だ）では、その年の国内政策と外交政策における優先事項を概観することが期待されている。数々のエピソードや耳ざわりのいい言葉でいくら飾ってみても、メディケアの拡大や給付付き税額控除の話で人々の琴線に触れることは難しい。

上院議員を務めていた経験から、SOTUにおけるスタンディングオベーションの政治的な意味合いはよくわかっていた。この儀礼的で大仕掛けなショーにおいては、大統領と同じ与党の議員は、文章が三つ進むごとに躍り上がってめいっぱい歓声を上げる。一方、野党は、最も心温まる言葉にさえ、敵に塩を送っているようすをカメラにとらえられるのを恐れて、決して拍手はしない（ただし、海外に駐留する兵士たちに言及したときだけは別だ）。このばかげた小芝居は、連帯を必要とする時代にあって国家の分断を印象づけるだけではない。何度も中断されるせいで、ただでさえ長い演説が、さらに少なくとも15分は長くなるのだ。私としては、出席者に拍手を控えてくれるよう頼むところから演説を始めようと考えていた。だが案の定、ギブズとコミュニケーションチームはそのアイデアを一笑に付した。静まり返った会議場なんてテレビじゃ絵になりませんよ、というわけだ。

SOTUに向けたプロセスは、煩わしく退屈なものでしかない。私は折に触れてファヴズに言ったものだ——選挙当夜にも演説したし、就任演説もあったし、2年近くもしゃべりどおしだったんだ。いまさら新しく言うべきことなんて何もない。ただ、トーマス・ジェファーソンを範として国家に貢献しますとでも言っておけばいい。私が話す内容なんて、どうせみんな暇なときに読み返す程度なのだから。だがそんな思いも、下院本会議場の壮麗な玄関ホールに到着し、私が議場へ入ることを告げる守衛官の声を聞いたときには、完全に消え去った。

「マダム・スピーカー……」。この口上と、それに続く場面を通じて、私はおそらくその場にいるほかの誰よりも、自分が就いている職務の大きさを意識することになった。割れんばかりの拍手に迎えられて議場に足を踏み入れる。両側から手が差し出されるなか、中央通路をゆっくりと歩く。一列目と二列目には私の閣僚たちが陣取っている。ぴしっとした軍服に身を包んだ統合参謀本部の面々と、黒のローブを羽織った最高裁判事たちは大昔のギルドの会員のようだ。両脇からナンシー・ペロシ議長とジョー・バイデン副大統領が声をかけてくる。上階の傍聴席ではノースリーブのドレスを着た妻(ミシェルの腕の崇拝者が誕生するのはまさにこの瞬間だ)がほほえみ、手を振ってキスを投げてよこす。そして議長が槌(つち)を振り下ろし、議事が始まった。

イラクでの戦争を終わらせてアフガニスタンでの活動を強化しながらテロリスト組織との戦いを遂行していくという計画について触れつつ、私は演説の大部分を経済危機に割いた。復興法と住宅ローンの救済案、そしてストレステストの理論的根拠について論じながら、さらに声を大にして言っておきたいことがあった。それは、私たちがさらなる高みを目指しつづけなければならないということだ。私はただ現在の危機を解決したいと思っていたわけではない。私たちに必要なのは、永続的な変化を起こすための努力だ。経済成長への道筋を立て直してしまえば、私たちはもはやこれまでどおりの活動に復帰するだけでは飽き足らなくなるだろう。その晩、私はさらにその先へ進もうとしていることを明言した。教育、エネルギー、気候変動対策、ヘルスケア、金融規制における構造改革は、長期的かつ広範に及ぶアメリカ繁栄の礎(いしずえ)になるだろうと語ったのだ。

大舞台で緊張することは、とうの昔になくなっていた。言及しなければならない領域の広さを思うと、私のこの演説は望みうる限りの結果をもたらした。アックスとギブズによれば、評判は上々で、テレビコメンテーターは私について、いかにも「大統領らしい」と評したらしい。一方で、彼らは私の掲げた目標の大胆さや、経済を救うという中核的な仕事を超えて改革を断行しようとする私の意欲に驚いていたようでもある。

それではまるで、誰も私の選挙公約など聞いていなかったかのようではないか。あるいは、選挙公約については本気で言っているわけはないと高をくくっていたのだろうか。この反応を見て、政権最初の2年間はどんな批判がついてまわるか早々と予測がついた。彼らはこう言うに違いない――オバマはやりすぎだ。〝変革(チェンジ)〟を単なるスローガン以上のものにしようと、危機前の状態に戻る以上のことをやってみせようとしているが、その考えは甘い。よく言って無責任、悪くすればアメリカを危険にさらすことになるだろう。

経済危機には全力で当たらなければならない。だからといって、駆け出しの政権にほかの問題を放り出しておく贅沢は許されなかった。連邦政府の機関は世界中で毎日、刻一刻と動きつづけている。どこの誰のファイルボックスがいっぱいであろうと、いつ誰が寝ていようとおかまいなしだ。その機能の多く(給付金小切手の発行、気象衛星の維持管理、農業ローンの手続き、パスポートの発行などなど)は、いちいちホワイトハウスからの指示を必要とはしない。脳が意識的にコントロールせずとも人体が呼吸して発汗するのとまったく同じだ。しかしそうだとしても、多くのスタッフを抱えた無数の機関と施設は、私たちが日々注意を向けることを求めている。彼らは政策の指針を求め、人員を必要としていた。一部の機関は、内部の不和や外的な要因からシステムに混乱をきたしていて、私たちの助言を求めていた。最初の週にオーバルオフィスでミーティングを開いたあとに、これまで7人の大統領のもとで働いたロバート・ゲイツに、行政機関を監督するうえでのアドバイスがあるか尋ねてみた。いかにも彼らしい、くしゃっとした苦笑いが返ってきた。

「確実なことが一つだけあります、大統領」と彼は言った。「どんな日もどんなときも、誰かがどこかでへまをしでかしているということです」

私たちは、そうしたへまの数を最小限に抑えるべく尽力した。

財務省、国務省、国防総省(ペンタゴン)の各長官との定例ミーティング、国家安全保障チームと経済チームから受けるブリーフィングに加えて、私は必ず各閣僚と膝を突き合わせてそれぞれの省のための戦略を検討することにした。そして何が妨げになっているかを見定め、優先順位をつけるよう彼らの背中を押す。新しい政策や政務を公表する機会を利用して、各省を訪問することもしばしばあった。大勢の専従職員に向かって、その仕事ぶりに感謝を示すとともに、彼らの使命がいかに重要なものであるかを忘れないでほしいと語りかけた。

さまざまな有権者グループとの果てしないミーティングが続く。ビジネス・ラウンドテーブル〔アメリカの主要企業の経営者が名を連ねる財界ロビー団体〕、アメリカ労働総同盟・産業別組合会議（ＡＦＬ－ＣＩＯ）、全米市長会議、各種退役軍人組織などだ。彼らの関心事に耳を傾ける一方で、彼らに支援を要請する。膨大な時間を必要とする大がかりな仕事（私たちにとっては初めてとなる連邦予算案の提出など）もあれば、政府の透明性を高めるために計画された革新的な一般向けのイベント（史上初となるライブ中継のタウンホール・ミーティングなど）もあった。ビデオ演説も毎週発信した。私は、全国区からローカルまで、さまざまな紙媒体の記者やテレビキャスターのインタビューに答えた。国家朝餐祈禱会でスピーチし、議員たちを招いてスーパーボウルの観戦パーティーを開いたりもした。３月の第一週までには、外国首脳と二つの会談を持った。一つはワシントンにおけるイギリス首相ゴードン・ブラウンとの会談、もう一つはオタワでカナダ首相スティーヴン・ハーパーと行われた。それぞれに政策的な目的と外交儀礼を伴ったものだ。

あらゆるイベント、会議、政策発表のために、１００人を超えるスタッフが裏で懸命に働いていただろう。発表されるすべての文書が事実確認に回され、会議の参加者すべてについて身元調査が行われ、すべてのイベントは綿密に組み立てられ、すべての政策発表は、無理なく実行可能であり予測不能の結果を招いたりしないことが明確に伝わるよう、入念に推敲される。

こうした勤勉さと集中力は東棟（イーストウイング）にも広がっていた。ファーストレディはそこに小さな続き部屋の執務室を持っている。ファーストレディにはファーストレディ自身の忙しいスケジュールがあった。ホワイトハウスに到着した瞬間から、ミシェルは私たち家族にとっての新しい家をつくり上げるとともに、新しい仕事にも打ち込んだ。彼女のおかげで、マリアとサーシャは未知の新生活へすんなり溶け込むことができた。2人は公邸を貫く長い廊下でキャッチボールをし、ホワイトハウスのシェフとクッキーを焼いた。2人の週末は新しい友達との遊びの予定や誕生日会、趣味のバスケットボールやサッカーで埋まった。マリアにはテニスのレッスンもあったし、サーシャはダンスとテコンドーを習っていた（ミシェル同様、サーシャは怒らせてはいけない相手なのだ）。公の場では、ミシェルは持ち前の魅力を発揮し、そのファッションも好意的に受け止められた。毎年恒例の〈ガバナーズ・ボール〉［全州の知事を招いて催される晩餐会］でホスト役を務めたときは、アース・ウインド&ファイアーのショーを手配して、この伝統に革命を起こした。党派を超えた中年役人の集まりで、金管楽器が鳴り響くR&Bやファンクサウンドがダンスフロアを揺さぶるさまを目にするとは思ってもみなかった。

〝美しくあること。家族を慈しむこと。気品を保つこと。夫を支えること〟――アメリカ史の大部分において、ファーストレディの仕事を規定してきたのはこうした信条であり、ミシェルはそのすべてをクリアしていた。しかし、表にこそ出さなかったものの、最初のうちは彼女も新しい役割に対していらだちや不安を感じていた。

　こうしたフラストレーションは必ずしもここに来てからのものではない。私たちがいっしょになってからずっと、多くの女性と同じようにミシェルが苦闘してきたのを私は見ている。彼女は、自立した向上心ある職業人としてのアイデンティティと、母マリアンが彼女に向けたのと同じ気配りや注意深さをもって娘たちを育てたいという願望を両立させようとしていた。私はいつも働く彼女を応援してきたし、家庭の切り盛りが彼女だけの義務だなどとは考えたこともない。幸いにして、2人合わせた収入と、近所に住む親戚や友人との強固なネットワークは、多くの家族にはない、私たちの強みとなっていた。そんなミシェルでさえ、子どものいる女性が受ける社会の圧力と完全に無縁ではいられなかった。彼女たちには、メディアや同僚や雇用主、そしてもちろん生涯の伴侶となる男性までもから、ひどく非現実的で、しばしば矛盾した圧力が向けられる。

　私は政治の世界で活動を始めたとたんに家をあける時間が長くなり、ミシェルの挑戦はいっそう難しいものになった。彼女は一度ならず、大きなチャンスを諦めている。たとえ心躍る仕事であっても、それによって娘たちといっしょに過ごす時間が取り上げられてしまうからだ。彼女の最後の職場はシカゴ大学のメディカルセンターだった。上司は協力的で、ミシェルには計画的に仕事を進める能力もあったが、娘たちを、あるいは仕事を、あるいはその両方をないがしろにしているのではないかという感覚を完全に拭い去ることはできなかった。それでも、シカゴでは少なくとも人目を避けることができ、オンとオフの使い分けも好きなようにできた。しかし、今やすべてが変わってしまった。私の出馬にあたり、ミシェルはやりがいのある仕事を辞めざるをえなかったが、引き換えに新たに振られた役割は、（少なくとも当初の形では）彼女の能力に比してあまりにちっぽけだった。一方で、娘たちの母という役割にも新たな面倒がつきまとうようになる。たとえば、サーシャが祖父母のところへ遊びに行くときには、事前にシークレットサービスが家の中を調べ上げると祖父母に電話で説明しなければならない。あるいは、マリアが友達とショッピングモールをぶらついている写真を載せないよう、スタッフといっしょになってタブロイド紙にかけ合わなければならないこともあった。

　それに加えて、ミシェルはいつのまにか、アメリカで進行中のジェンダーをめぐる戦いにおける一つのシンボルにまつり上げられていた。ミシェルのあらゆる選択、あらゆる発言が熱っぽく解釈され、審判に付された。彼女が何気なく自分を〝最高母親司令官(マム・イン・チーフ)〟と呼んだとき、彼女に対する失望を表明したコメンテーターが何人かいた。女性の役割にまつわるステレオタイプを打ち破れる立場にありながら、それを活(い)かそうとしていないというのだ。同時に、ファーストレディが何をすべきで何をすべきでないかの境界線を押し広げようとする努力にも、危険が伴った。ファーストレディが政策立案のたぐいに関与した場合、いかに人々が手のひらを返したように敵対的になるかは、ヒラリー・クリントンの例を見ればわかることだ。それにミシェルは、選挙戦のときに受けた悪質な攻撃からまだ完全には立ち直っていなかった。

　そんなわけで、この最初の数か月、ミシェルは自分の新しい役割をどのように務めるかを決めるのにたっぷり時間をかけた。慎重かつ戦略的にファーストレディとしての自分の仕事の方向性を打ち出しながら、どのように自分の影響力を行使すればいいのか見極めていった。ヒラリー・クリントンとローラ・ブッシュにも相談した。ミシェルはまた、判断力に信頼のおける経験豊かなプロでスタッフを固め、強力なチームをつくりあげた。最終的に、彼女自身にとって大きな意味をもつ、二つの問題に取り組むことにした。一つは、アメリカで子どもたちの肥満率が急上昇している問題、もう一つは、軍人の家族に対する支援が深刻に不足している問題だ。

　これらの問題への関心が、ミシェル自身が抱えるいらだちや心配に深く根ざしていたことは想像がつく。彼女は数年前から、国内での肥満の爆発的な拡大に関心を抱いていた。かかりつけの小児科医が、マリアのＢＭＩ［肥満度を表す体格指数］がやや上昇していることに気づき、〝子ども好み〟の加工食品を食べすぎていることが原因だと診断したのがきっかけだ。それによって、ストレスと過密スケジュールに支配された生活が娘たちに悪影響を与えるのではないかというミシェルの危惧が裏づけられていた。また、軍人家族の境遇に対する関心に火がついたのも、選挙期間中、戦地に配属された軍人の配偶者たちとディスカッションする機会があり、心揺さぶられたことが発端だった。配偶者たちは、孤独と誇りがないまぜになっていると語り、国を守るという大義のほうが自分より優先される点に腹が立つこともあるが、利己的だと思われるのが恐くて助けを求められないと明かした。こうした話に耳を傾けながら、ミシェルは自分自身の境遇と重ね合わせていたに違いない。

個人的な経験を契機とし原動力になっているからこそ、ミシェルはこの二つの問題に相当な影響を与えることができるだろうと私は確信していた。ミシェルは頭ではなく心から、理論ではなく経験から出発する人間だ。そして、私もよく知っているが、彼女は失敗することを嫌う。ファーストレディという新しい役割にどんな葛藤を抱えていたとしても、確固たる態度で最後までやり抜くだろう。

家族として、私たちは週を追うごとに新しい環境になじんでいった。順応し、対処し、楽しみを見出す術を一人一人が見つけていったのだ。ミシェルにとって、何事にも動じない彼女の母親は、不安を感じたときの相談役となった。2人はホワイトハウス三階のサンルームのソファで身を寄せ合うように話していた。マリアは5年生の宿題に真剣に取り組む一方で、選挙中に私と取り交わした犬を飼うという約束の実行を迫るロビー活動を展開していた。まだ7歳のサーシャは夜になると、赤ん坊のときから使っているぼろぼろになったシェニール織のブランケットをつかんで眠りについた。彼女の体は、日々それとわかるほどの速さで成長していった。

新しい住まいについては、特に嬉しい驚きが一つあった。私はいまや、職場の上に住んでいる。ある意味、いつでも家にいるわけだ。ほとんどの場合、私が仕事に向かうのではなく、仕事が向こうからやってくる。出張中でもない限り、私は毎晩6時30分にはディナーのテーブルにつくように意味することを意味するとしても。していた。たとえそれが、あとで下に降りてオーバルオフィスに戻らなければならないことを意味するとしても。

マリアとサーシャが、その日あったことを話すのを聞くことができるとは、なんという喜びだろう。友達のこと、風変わりな教師のこと、意地悪な男の子の話、たわいもないジョーク。知力を発揮しはじめた娘たちの世界は、果てしない疑問に満ちている。食後のひとときが終わると、娘たちは宿題に向かい、寝る準備をするために部屋に引き上げていく。ミシェルと私はテーブルに残り、ひとしきりお互いの状況を報告し合う。政治の話よりも、古い友人の近況や観たい映画について。そして何よりも娘たちが成長していくのを見守るというすばらしい経験について。それからベッドで娘たちに物語を読んで聞かせ、しっかり抱きしめて眠りにつかせる。コットンのパジャマに身を包んだマリアとサーシャからはぬくもりと生命の匂いがする。毎晩、その1時間半ほどの時間で、私は自分が回復していくのを感じた。世界が抱える難題について1日中頭を悩ませたことでどれほどのダメージを受けていたとしても、私の脳は浄化され、心が癒やされるのだ。

娘たちと義母の存在が、ホワイトハウスでの生活の支えになっているのはもちろんのことだが、その最初の数か月、ミシェルと私のストレス軽減に力を貸してくれた人はほかにもいた。たとえばサム・カス。シカゴ時代、選挙戦が忙しくなって、子どもたちの食習慣への心配がピークに達したとき、パートタイムの料理人として雇ったのがこの青年だった。サムが私たちといっしょにワシントンに移り、ホワイトハウスのメンバーに加わったのは、単に料理人としてではなく、幼児肥満問題に関するミシェルの案内人としてでもある。サムは娘たちの前の学校の数学教師の息子で、大学時代は野球選手だった。気さくな性格で、引き締まった体に、きれいに剃り上げた光り輝く頭が魅力を添えている。食糧政策については正真正銘のエキスパートで、単一栽培（モノカルチャー）が気候変動に与える影響から、食生活と生活習慣病の関係まで、あらゆる問題に精通していた。ミシェルにとって、サムと仕事をする時間はかけがえのないものになっていった。彼女が南側の庭（サウスローン）に菜園をつくるというアイデアを思いついたのも、サムとのブレインストーミングの最中だった。それだけではない。サムが来てくれたことで、娘たちにはおもしろいことが大好きなおじさんが、ミシェルと私にはお気に入りの若い弟ができたのだ。特に私は、少しばかりガス抜きが必要になったときにバスケットボールやビリヤードの相手をしてくれる人間を、レジー・ラヴ以外にもう1人手に入れたのである。

長らく私たちのアスレティックトレーナーを務めているコーネル・マクレランもまた、サムと同じぐらいに助けになってくれた。元ソーシャルワーカーで武道の達人であるコーネルは、シカゴに自分のジムを持っている。スクワットやデッドリフト、バーピーズ、ウォーキングランジといったトレーニングの数々で私たちを痛めつけているときを別にすれば、押し出しのいい体つきとは裏腹に、親切で陽気な人間だ。コーネルは、それが自分の務めだと心を決め、ファーストファミリーの健康管理のためにワシントンとシカゴを行き来する生活を始めてくれた。

月曜から木曜まで、毎朝、ミシェルと私はコーネルとサムといっしょに1日を始める。4人が集まるのはレジデンスの三階にある小ぶりなジム。壁に埋め込まれたテレビのチャンネルは抜かりなくESPN［衛星およびケーブルテレビのスポーツ専門チャンネル］の『スポーツセンター』に合わせてある。コーネルにとって、ミシェルが特別優秀な生徒であったことは疑いようがない。彼女は完全に集中してワークアウトを一気にやりきる。一方、私とサムは明らかに、だらけた生徒だった。セットとセットのあいだには長めの休憩も取るし、トレーニングメニューがきつくなってくると、マイケル・ジョーダンとコービー・ブライアントのどちらが上か、トム・ハンクスとデンゼル・ワシントンならどっちだと、議論を持ちかけてはコーネルの気を散らそうとする。ミシェルにとっても私にとっても、このジムでの日課は、普通の生活を味わえる数少ないひとときだった。そこには今でも私たちをファーストネームで呼んでくれる友人がいる。私たちを家族のように愛し、私たちがかつて知っていた世界を思い出させてくれる人たちだ。私とミシェルは彼らの姿に、私たちがいつまでもそうありたいと願っている自分たちの姿を重ねていた。

息抜きの最後の一つについて、私はあまり大っぴらには話していない。それは、私の結婚生活を通じて絶えず緊張の原因になってきたものだ。私はいまだに喫煙者だった。1日に5本(あるいは6本、あるいは7本)のタバコを吸っていたのである。

それは若き反抗の日々から持ち越した唯一の悪徳だった。ミシェルの強い反対にあって、何年かのあいだに何度か禁煙したこともある。家の中や子どもたちの前で吸うことも決してなかった。合衆国上院議員に選出されてからは、人前で喫煙するのもやめた。しかし、私のなかの意固地な部分が、理性の強い力に抵抗していた。加えて、選挙生活のストレスが――とうもろこし畑を延々と車で走り抜けたあとのモーテルでの孤独なひとときなどに――すぐに取り出せるようスーツケースから引き出しに入れてあるタバコに手を伸ばせと私をそそのかすのだ。選挙のあと、タバコをやめるのにこれ以上のタイミングはないと自分に言い聞かせた。大統領にとって、ホワイトハウスのレジデンスの外側はほぼすべて、公共の場といっていい。しかし事態が慌ただしくなってくると、私は禁煙の開始日をどんどん引き延ばした。昼食のあとはオーバルオフィスの裏手にあるプールハウスまでぶらぶら歩いていき、ミシェルと娘たちが眠りについたあとも、三階のテラスに上がって深くタバコを吸い込んだ。落ち着いたら、すぐさまタバコとは手を切ろう。そして煙が渦を巻いて星々に向かっていくのを眺めながら、自分にまた言い聞かせる。

しかしながら、落ち着かない日々が続いていてはどうにもならない。3月まではそんな調子で、1日のタバコの摂取量は8本（あるいは9本、あるいは10本）までじりじりと増えていった。

その月は、さらにアメリカでは66万3000人が職を失い、失業率は8・5パーセントまで急上昇すると予想されていた。差し押さえは収まる気配がなく、新規融資も凍結されたままだった。株価は最終的にこの不況中の底値を記録し、ピークからは57パーセント下落、シティグループとバンク・オブ・アメリカの株価はボロ株（ペニーストック）［1株当たりの株価が異常に低い株式］並みになりつつある。片や、底なしの胃袋と化したAIGは、TARPの資金を余さず食い尽くそうとしていた。それが唯一の仕事であるかのように。

これだけでも私の血圧を上昇させつづけるには十分だった。そしてさらに血圧を悪化させたのは、ウォール街のお偉方たちの愚かな振る舞いだ。私たちはそれらをまとめて尻拭いしようとした。たとえば、私が就任する直前、主だった大手銀行のリーダーたちは先手を打って、自分自身と側近たちに対する総額10億ドル以上にもなる年末ボーナスを承認していた。すでに自行の株価を支えるための資金をTARPから受け取っていたにもかかわらずだ。それから時を置かず、シティグループの役員たちは何を血迷ったのか、新しい社用ジェット機を発注するという決定を下した（これは私たちの監督下で起きた出来事だったため、ティムのチームの誰かがシティグループのCEOを呼び出し、脅しつけて注文をキャンセルさせることができた）。

そのくせ、自分たちがなんらかの形で失態を犯したとか、ビジネスの継続を望むならなんらかの制約に従うべきだといわれることに我慢がならないらしく、銀行幹部らはときに内輪で、より頻繁にはメディアに向かって憤慨してみせた。こうした往生際の悪さを最も顕著に表していたのが、ウォール街きっての敏腕CEO、ゴールドマン・サックスのロイド・ブランクファインと、JPモルガン・チェースのジェイミー・ダイモンである。2人とも、自分の組織は他行にまで悪影響を及ぼすようなまずい経営判断はしていないし、政府の援助は必要でもなければ欲しくもないと主張した。これはある意味では正しい。ただし、それはあくまで、両組織の返済能力が、金融システム全体の沈没を食い止めている財務省とFRBの能力に全面的に依存しているという事実を無視してもよければの話だ。とりわけゴールドマンについては、彼らがサブプライムローンのデリバティブを大量に売りさばいた張本人であったこと、そして市場の底が抜ける直前に、彼らほどには世故に長けていない顧客に投げ売ったという事実を無視してもよければ、ということになる。

　このような開き直りを聞かされ、頭がおかしくなりそうだった。危機に対するウォール街の姿勢から、超富裕層は一般人の生活になどこれっぽっちも関心がないというステレオタイプが立証されたというだけではない。空気を読まない発言や利己的な行動が積み重なるごとに、経済を救おうとする私たちの仕事はいっそう面倒なものになっていくのだ。

　すでに民主党支持者のなかには、なぜ銀行に対してもっと強く出ないのかという者も出てきていた。具体的には、なぜ政府は単純に銀行を引き取って資産を売り払わないのか、あるいはなぜこのような大混乱を引き起こした張本人の誰一人として刑務所に入れられていないのかという疑問が渦巻いていた。共和党議員は、自分たちも手を貸したはずの混乱に対する責任から解放されて、喜び勇んで尋問者の列に加わった。議会のさまざまな委員会で証言するたびに、ティムは（このころになると、決まって〝元ゴールドマン・サックスの銀行家〟というレッテルが貼られるようになっていた。彼はゴールドマンで働いたことはまったくなく、彼の職歴のほぼすべてが公的機関だったにもかかわらずだ）、ストレステストの結果を待たなければならない理由を説明することになった。司法長官のエリック・ホルダーはのちに、銀行の行為がいかに言語道断なものであり、実際にそれが危機を招いたのだとしても、現行法においては訴追に足る違法行為を役員たちが犯していたことを示す証拠はほとんどなかったと指摘している。私たちとしても、ただ新聞の目立つ見出しのためだけに誰かを犯罪者として訴えるつもりはなかった。

しかし、不安と怒りを抱えた一般の人々にとって、このような答えは、たとえいくら理にかなったものであったとしても、とても満足できるものではなかった。アックスとギブズは政治的な優位を失うことを恐れて、私たちにウォール街への批判を強めるよう迫ってきた。一方、ティムは、そのようなポピュリスト的ジェスチャーは逆効果であって、銀行の資本増強に欠かせない投資家を怯えさせることになると警告した。旧約聖書ふうの正義を求める人々と、信頼の回復を求める金融市場を分かつ境界線の上で日和見(ひよりみ)を決め込んでいる限り、結局のところ誰も満足させることはできなかった。

「まるで人質に取られているみたいな状況です」。ある朝、ギブズが私に言った。「私たちには、銀行が胸に爆弾を縛りつけているのがわかっています。でも、世間の人間には私たちが強盗犯をみすみす見逃しているようにしか見えない」

ホワイトハウス内の緊張が高まるなかで、私は誰もが意見を同じくしていることを確かめたかった。そこで3月半ばの日曜日、経済チームを招集して、〈ルーズベルトルーム〉でマラソンセッションを開いた。何時間もかけて、ティムとその副官たちに対して、ストレステストの現状についてどう考えているのかを問いただした。うまく機能するのか？　うまくいかなかった場合のプランBはあるのか？　ラリーとクリスティーナ（クリスティ）・ローマーは、シティグループとバンク・オブ・アメリカの損失が累積している現状を考慮すると、先手を打って国有化という選択肢を検討すべき時機が来ていると主張した。１９９０年代、スウェーデンで金融危機が起こったとき、同国が最終的に取った戦略がこれだった。2人が言うには、これと対照的なのが日本の〝先送り〟戦略で、そのせいで日本は経済が停滞した〝失われた10年〟を経験することになった。ティムはこれに対して、スウェーデンの金融セクターの規模がはるかに小さいことと、当時の世界経済自体は安定していたという点に言及しつつ、スウェーデンは大手銀行のうち二行について国有化という最終手段を取ったが、残る四行については実効性のある保証を与えたにすぎないと指摘した。私たちが同等の戦略を取れば、すでに脆弱になっている世界の金融システムが崩壊しかねないし、仮に実行に移すとしても、コストは最低で2000億から4000億ドルに上るという（「今期の議会からこれ以上TARPの金を引き出せる可能性はない、とにかくゼロだ！」とラームは叫んだ。文字どおり椅子から飛び上がって）。チームのなかには、少なくともシティグループとバンク・オブ・アメリカにはもっと厳しい態度を取るべきだと主張する者もあった。たとえば、TARPの資金をさらに投入するにしても、その前にCEOと役員を解任しなければならないというのだ。しかしティムにいわせれば、そうしたところで見せしめ以上の意味はない。むしろそんなことをすれば、こちらの責任で代役を立てなければならない。危機の最中に不慣れな組織の舵取りができる人材をこちらで手当てしなければならなくなる。

ひどく疲れる議論だった。セッションは終わらず、すでに夕刻になっていた。私はチームの面々に、レジデンスでディナーを食べて、ついでに散髪してくるから、戻ったときには一致した方向性を示してほしいと告げた。とはいえ、私としてはこのミーティングで欲しいものはすでに手にしていた。ラリーやクリスティやその他のメンバーが指摘した問題点はもっともなものだったが、それでもこの状況下において、ストレステストがなお最善の策である（ティムお得意の言い方をすれば「どんな策でも無策に勝る」）という確信を得ていたのだ。

それに劣らず大事なことは、その確信は政策の内容に留まらず、政策決定のプロセスについてもいえることだった。私たちのチームは考えうるあらゆる角度から問題を見ていた。可能性があれば、どんな解決案も捨てられることはない。最も地位の高い閣僚から新任のスタッフまで、出席者すべてに議論に加わる機会が与えられた（同じ理由から、私は外部の二つの経済学者グループを招聘（しょうへい）した。一方は左派寄りで、もう一方は保守寄りのグループだ。彼らがメディアで私たちの危機対策を批判していたので、オーバルオフィスに呼んでみたのだ。ただ、私たちがまだ検討していないようなアイデアをもっているかどうか知りたかったのだが、彼らはもっていなかった）。

私がプロセスを重視するのは、そうせざるをえないからだ。大統領という仕事に就いてまもなく悟ったのは、私のデスクに差し出される問題には、外交問題であれ国内問題であれ、100パーセント完璧な解決策などないということだった。そんなものがあるなら、指揮系統の下のほうで、誰かがとっくに解決していたはずだ。むしろ私が日々相手にしているのは、何かが起こる確実性（プロバビリティ）の度合いなのだ。たとえば、何もしないことを決断した場合には70パーセントの確率で惨劇に至るだろうとか、あちらではなくこちらの道をとれば55パーセントの確率で問題は解決するが、結果が意図したとおりになる可能性はゼロだとか、どんな選択をしようともうまくいかない確率は30パーセントあり、加えて問題を悪化させる可能性も15パーセントある——といった具合だ。

このような状況で完璧な解決策を追い求めても挫折は目に見えている。一方で、もっぱら感覚で決めるということになると、先入観に頼ったり、政治的反発が最も少ない道に決定を委ねることになる。その際には、それらを正当化するために都合のいい事実がもちだされることになるだろう。しかし、健全なプロセスがあれば、自分のエゴを空っぽにして聞く側に専念できるし、事実とロジックをとことん追求し、それを私の目的と原則に照らし合わせることができる。それでこそ、難しい決定を下しながら、夜も安眠できるというものだ。誰が私の地位にあったとしても、手持ちの情報が同じであれば、それ以上に優れた決定などありえなかったことだけは疑いようがないのだ。また、よいプロセスがあってこそ、チームの面々も決定を自分のものとして引き受けることができる。それが決定事項の円滑な実施につながり、その結果、ニューヨーク・タイムズ紙やワシントン・ポスト紙へのリークによってホワイトハウスの決定プロセスが詮索されるということも減るだろう。

ディナーと散髪から戻ってみると、期待していた方向に話し合いが進んだようだった。ラリーとクリスティは、抜本的な行動に移る前にストレステストの成り行きを見てみるという点で同意していた。事がまずいほうに運んだ場合の対処法について、ティムはいくつかの有益な助言を受け入れていた。アックスとギブズは私たちのコミュニケーション戦略を改善するためのアイデアを出していた。私はこの日の仕事におおむね満足していた。

しかしそれも、誰かがＡＩＧのボーナス問題をもちだすまでのことだった。

ＡＩＧはその時点でＴＡＲＰから１７００億ドル以上の資金を調達していたが、それでは足りずさらに多くの資金を必要としていた。そんな状態のＡＩＧが、契約によって履行が義務づけられている１億６５００万ドルのボーナスを従業員に支払うという話になっているらしい。さらに悪いのは、そのボーナスのかなりの部分が、同社がサブプライム関連デリバティブのビジネスにどっぷり浸かる元凶となった部署にもたらされることだった。ＡＩＧのＣＥＯ、エドワード・リディ（彼自身にはなんの罪もない。要請を受けて公務として会社の舵取りを引き受けることに同意したのはごく最近の話で、自身が受け取るのはわずか年1ドルである）も、このボーナスは不適切だと認識していた。しかしティムによれば、リディは弁護団から、ボーナスの支給を思い留まろうとすればＡＩＧの従業員に訴訟を起こされて負ける公算が大きく、そうなれば予想される出費は当初の三倍にはなるだろうとの助言を受けていた。これを阻止しようにも、政府にボーナスの支給を差し止める権限はないようだった。TARPの法制化に際して、報酬を強制的に返金させる〝払い戻し条項(クローバック)〟を含めないようブッシュ政権が議会に根回ししたことがその原因の一端だった。当時の政府は、クローバック条項があることで、金融機関がプログラムへの参加を見合わせるのを恐れたのだ。

私は部屋を見回した。「こいつはジョークだろ？　みんなで私をかついでるんだ」

誰も笑わなかった。アックスが口を開いて、徒労に終わるとしてもボーナス支給の差し止めに動くべきだと主張する。ティムとラリーはこれに反論した。まったくひどい話なのはそのとおりだが、民間における契約を政府が無理やり反故(ほご)にさせるようなことがあれば、市場経済を基盤とするシステムに取り返しのつかないダメージを与えることになる。そこへギブズが割って入り、道徳と常識は契約法に勝ると息巻いた。数分後、私はみんなを黙らせた。そしてティムに（おそらくは何も上がってこないのを十分承知しながらも）、AIGにボーナス支給をやめさせる方法がないか考えるように指示を出した。それからアックスには、（私がどう非難しようが、損害を抑える効果などないことを十分承知しながらも）翌日発表できるように、このボーナスの支給を非難する声明を用意するようにと言った。

そして自分自身にはこう言い聞かせた。まだ週末だ。マティーニが一杯必要なようだ。それは、大統領に就任して得たもう一つの教訓だった。ときには、プロセスがいかに優れていようと関係ない。ときには、ただ失敗する。できることといえば、強い酒を飲むこと。そしてタバコに火をつけること。それだけだった。

AIGのボーナス支給のニュースは、数か月のあいだに鬱積した世論を制御不能なまでに沸騰させた。新聞の社説は容赦のない批判を展開した。下院はウォール街で年収25万ドル以上の人間に支払われるボーナスに90パーセントの税金を課す法案を速やかに通過させたが、上院で潰されて終わった。ホワイトハウスの記者会見室(ブリーフィングルーム)では、ギブズがひたすらこの件に関する質問をさばいていたようだ。さまざまな政府ビルの周辺では、〈コードピンク〉という名の一風変わった反戦グループが抗議活動を繰り広げていた。ピンクのTシャツとピンクの帽子、ときにはピンクのボアで着飾ったメンバーたち（ほとんどは女性）は、ティムが登壇する公聴会にも姿を現し、「私たちのドルを返せ」といったスローガンを掲げた。契約は神聖なものだ、などという議論で彼女たちが説得されるわけもなかった。

翌週、私は大手銀行および金融機関のCEOをホワイトハウスに招集して会合を開くことにした。これ以上のサプライズは困るのだ。15人が姿を見せたが、みな男性でこざっぱりと洗練された身なりをしていて、私の説明を顔色も変えずに聞いていた。国民の忍耐は限界に来ていて、金融危機が国中で痛みを引き起こしていることを思えば――政府が彼らの組織を支援するために非常手段を取っていることは言うに及ばず――せめていくらか自制している姿を示してもいいはずだし、自己犠牲の素振りを見せても罰は当たらないだろうと私は話した。

今度はCEOたちがこれに応答する番だった。表現こそ違ったが、彼らの言い分はおおむね以下のようなものだった。（a）金融システムの問題を引き起こしたのは自分たちではない。（b）人員の削減や報酬の減額によってすでに大きな犠牲を払っている。（c）大統領には大衆の怒りを煽るようなまねはやめてもらいたい。おかげで金融セクターの株価が下落し、業界の士気も低下している。この最後の点について何人かのCEOは、私が最近のインタビューで、政権が金融システムを下支えするのは不況に歯止めをかけたいからであり、〝金満銀行家(ファットキャット・バンカーズ)〟を助けるためではないと言ったことを引き合いに出した。いかにもその発言で気分を害したというような口ぶりだった。
「この危機の時にあってアメリカの人々が求めているのは――」。ある銀行家が言った。「私たちはみな仲間であることを、あなたが思い出させてくれることなんです」

　仰天した。「あなたがたは、私の〝レトリック〟のせいで人々が怒っているとでも思っているのですか?」。私は深く息を吸い込み、テーブルについた一同の顔を見渡した。すぐに気づいた。彼らは大まじめに言っているのだ。サンテリのビデオに映っていたトレーダーたちと同じだ。彼らウォール街のCEOたちは、痛くもない腹を探られていると心底思っている。それは私を出し抜くための演技などではなかった。そこで私は、彼らの身になって考えてみようとした。彼らは間違いなく勤勉に働くことで今いる場所を手にした人々で、同僚たちと同じゲームをしてきたにすぎず、トップに上りつめたことで追従と恭順を長らく享受してきた。さまざまな慈善事業に多額の寄付もしている。家族を愛している。そんな彼らには理解できないのだ。(のちにそのうちの1人が私に語ったように)どうして今になって、子どもたちから、お父さんはなぜ「ファットキャット」と呼ばれているのと尋ねられなくてはならないのか? あるいはなぜ、5000万から6000万ドルあった年俸を200万ドルまで減らしたにもかかわらず、誰も感心してくれないのか? あるいはなぜ、合衆国大統領は自分たちを本当のパートナーとして扱おうとしないのか? たとえばジェイミー・ダイモンが提案するように、JPモルガンの幹部を政府の規制改革案の策定に携わらせてもいいではないか。

　彼らの見方を理解しようと試みてはみたが、結局無理だった。むしろ私は祖母(トゥート)のことを考えていた。カンザスの大平原に育まれた彼女の性格こそ、銀行家のあるべき姿を表しているように思われたからだ。実直。慎重。厳格。博打(ばくち)嫌い。手抜きを潔しとせず、無駄と奢侈(しゃし)を憎み、現状に対しては容易に納得しない。彼女の仕事の流儀はやや退屈かもしれないが、本人はそれで完全に満ち足りていた。トゥートなら、今この部屋で私と同席している銀行家についてどう思うだろう？　彼らは、彼女をさっさと追い抜いて昇進していった男たちの同類だ。ここにいる銀行家たちが一か月で祖母の生涯年収を上回る額を稼ぎ出せたのは、一つには彼らが他人の金で10億ドル単位の賭けをすることを問題にしなかったせいなのだ。その賭けの対象が不良債権の束であることを知っていた、あるいは当然知っているべきだったにもかかわらず。

私は笑いとも鼻息ともつかないものを漏らした。そして、声を張り上げないように注意しながら、こう言った。「みなさん、ひとこと言わせてもらいたい。人々が怒るときに、私の後押しなど必要としません。そんなことは自力でできるからです。いいですか、ピッチフォーク［農具の一種。武器の代わりに使われることもある］を手にした彼らと、あなたがたのあいだに立っているのは、私たちだけなんですよ」

この日の私の言葉が、大勢に影響を与えたとはとてもいえない。せいぜいが、オバマは企業に敵対的だというウォール街の見方を強めただけだった。皮肉なのは、左派の批評家がのちにこの日の会合を引き合いに出して、危機のさなか、オバマは銀行に責任を負わせるのに失敗したと発言したことだ。その原因として、私の全面的な怠慢と、世間でささやかれているウォール街との馴れ合いが指摘されていた。どちらの見方も間違っているが、なかには正しい指摘も含まれていた。ストレステストを選んだことで、とりあえずの結果が出るまでの約二か月間、私たちは待たなければならなかった。そのせいで、私は銀行に対して及ぼすべき影響力を棚上げすることになった。また、私が大胆な動きを取るのに躊躇していたというのも事実だ。というのも、この経済危機にはまだ対峙(たいじ)しなければならないことがたくさんあったからだ。その一つは、我が国の自動車産業が崖っぷちから墜落するのを防ぐことだった。

ウォール街の崩壊が、世界の金融システムに長らく内在していた構造的問題の帰結であったように、〝ビッグ・スリー〟と呼ばれる自動車メーカーの苦境の要因もまた、何十年とかけて育まれてきたものだった。まずい経営、ポンコツの車、海外勢との競争、年金資金の不足、ヘルスケア費用の増大、高額のマージンを取るセールスへの依存、燃費の悪いＳＵＶ。今回の金融危機と深刻化する景気後退は、自動車メーカーがつけを払わなくてはならない日の到来をひたすら前倒しすることになった。２００８年の秋までに、自動車の販売台数は30パーセント下落し、過去10年以上で最低を記録した。ＧＭとクライスラーは現金不足に悩んでいた。一方、フォードの経営状態は少しは健全だったが（その主な理由は、たまたま危機の直前に負債整理を行っていたことにある）、アナリストは他の二社が倒れてもフォードだけが生き残れるという可能性については懐疑的だった。結局のところ、部品の調達については三社とも、北アメリカに点在する共通のサプライヤーに依存しているからだ。クリスマス直前、ハンク・ポールソンはＴＡＲＰの権限を拡大解釈して、ＧＭとクライスラーに１７０億ドル以上のつなぎ資金を提供した。しかしながら、永続的な解決を目指すために不可欠な政治的資本（ポリティカル・キャピタル）もなく、ブッシュ政権は私の就任まで問題を先送りするのがやっとだった。そして今や、現金は尽きかけている。自動車メーカーをつぶさずにおくために何十億ドルもの資金を投入するかどうかは、私の判断にかかっていた。

政権移行期間においてさえ、ＧＭとクライスラーがいずれなんらかの法的な倒産処理手続きに入らなければならないことは、私たちのチームの誰にとっても明白だった。それを避けて通っていては、どれほど楽観的な販売予測を立てようにも、毎月のように灰と化している現金を補填する方法は絶対に見えてこない。さらに、倒産処理手続きに入ればそれでいいという話でもない。さらなる政府の援助を正当化するには、自動車メーカーは上から下までの痛みを伴う組織再編を経なければならないし、人々が買いたいと思う自動車をつくる方法を見出さなければならないだろう（「デトロイトの連中はどうして、あのいまいましいカローラ一台つくれないんだ」と、私は一度ならずスタッフにこぼした）。

いずれも口で言うほど簡単なことではない。その理由の一端は、GMとクライスラーの経営陣の見通しの甘さにあった。彼らに比べれば、ウォール街の銀行家たちはまだ先見性があるといえた。政権移行期の経済チームとの初期の話し合いで、GMのCEOリック・ワゴナーは、いいかげんでお気楽なだけのプレゼンテーションに終始した。たとえば彼は、販売台数が毎年2パーセント上昇すると見込んでいた。この10年間、金融危機が起きる前からほとんどの年で販売台数が減少しているにもかかわらずだ。これにはラリーでさえしばし言葉を失ったほどだ。GMもクライスラーも、倒産のプロセスはいわば開胸手術と似たものになるだろう。複雑で、出血も多く、リスクも多い。ほとんどすべての利害関係者（経営陣、従業員、サプライヤー、株主、企業年金受給者、代理店、債権者、工場のある地域コミュニティ）が短期間に何かを失うことになり、会社がいよいよあと一か月もつかどうかとなったら、交渉は果てしない殴り合いの場となるかもしれない。

とはいえ、私たちにとって好都合な点も少しはあった。まず、銀行の状況とは違って、GMとクライスラーに組織再編を迫ったところで広範にわたるパニックを引き起こす恐れはまずないだろう。その分、政府の援助を続けるのと引き換えに自動車メーカーから譲歩を引き出す余地が多分に与えられることになる。私が全米自動車労働組合（UAW）と個人的に強いつながりをもっていることも助けになった。組合のリーダーたちは、組合員の職を確保するには大きな変革が必要であると認識していた。

そして最も重要なのは、〈ホワイトハウス自動車産業特別委員会(タスクフォース)〉が、蓋を開けてみればすばらしい働きをしてくれていたことだ。リーダーはスティーヴ・ラトナーとロン・ブルームで、ここに31歳の機知に富んだ経済政策専門家、ブライアン・ディーズがスタッフとして加わった。彼らは分析的な厳密さと、100万人あまりの職が危機に瀕しているという人間的側面への理解をあわせもち、任務を正しく遂行していった。具体的には、私が就任するだいぶ前から自動車メーカーとの交渉を開始し、GMとクライスラーに、両社がこれからも存続していけることを証明できるだけの正式な組織再編計画を提出させるべく、60日の猶予を与えていた。さらに、その間に両社が潰れることのないよう、段階的ではあるが重要な一連の介入を行った。たとえば、両社に対するサプライヤーの売掛金をこっそり保証することで、部品不足に陥らないよう調整したりもした。

3月の半ば、両社の計画に対する査定結果を伝えに、特別委員会のメンバーがオーバルオフィスにやってきた。GM、クライスラーともに不合格だったという。両社とも、まだファンタジーの世界に生きていたのだ。販売予測は非現実的で、コスト抑制の戦略も曖昧だった。しかしながらこのチームとしては、積極的な法的整理によって、GMは軌道に戻れるという感触を得ていて、60日の猶予を与えて組織再編計画を練り直させるのがいいだろうとのことだった。ただし、リック・ワゴナーおよび現役員を総入れ替えするという条件付きだった。

もう一方のクライスラーだが、こちらについてはチーム内で意見が割れた。ビッグ・スリーのなかで最も規模が小さいクライスラーは、財務状況においても最悪で、〈ジープ〉のブランドを除いて救済可能な製品ラインがあるようには見えなかった。私たちの資金が限られていること、また自動車産業全体が危機的な状況にあることから、チームの一部はクライスラーを見放せばGMを救える見込みが高まると主張した。一方で、アメリカを象徴する企業の崩壊を見過ごすことがどれほどの経済的ショックを与えるか甘く見るべきではないと主張する一派もあった。いずれにせよ、自動車産業特別委員会が教えてくれたのは、クライスラーの状況は悪くなる一方で、今すぐにでも私の決断が必要だということだった。

ここでケイティ・ジョンソンがオーバルオフィスに顔を出して、私に危機管理室（シチュエーションルーム）に向かうよう言った。国家安全保障チームとのミーティングの時間だった。アメリカの自動車産業の命運を決めるには、おそらくあと30分以上は必要だと踏んだ私は、特別委員会と3人の上級顧問（ヴァレリー・ジャレット、ピート、アックス）を、その日の午後遅く、ルーズベルトルームに再招集するようラームに頼んだ。あらためて両サイドの意見を検証するためだ（ここでもプロセスだ！）。そのミーティングでは、ジーン・スパーリングがクライスラー救済の論陣を張り、クリスティ・ローマーとオースタン・グールズビーは、これ以上同社を援助しても、損に損を重ねる公算が高いと説明した。ラームとアックスはやはり世論の動向に敏感で、自動車産業へのさらなる財政支援については、2対1の割合で圧倒的に反対数が上回っていると指摘した。クライスラーの本社があるミシガン州においてさえ、支持はかろうじて過半数に手が届く程度だと。

ラトナーは、フィアットが最近クライスラー株の大量購入に興味を示していることに言及した。CEOのセルジオ・マルキオンネは2004年にフィアットの経営を引き受けると、鮮やかな手腕で不振にあえいでいた同社を1年半で黒字企業に転換させている。しかしながら、フィアットとの話し合いの行方は今のところはっきりしたものではなかったし、フィアットが介入すればクライスラーが復活できると確言できる者もどこにもいなかった。ラトナーはこの状況を表して、51対49の賭けのようなものだと言った。ひとたび会社が法的整理に入り、私たちがその内情をよく知るようになると、成功のオッズはますます低くなっていくだろう。

私は、さまざまなチャートが並んだ資料を繰り、数字をじっくりと眺めては、ときおり壁にかかったセオドア・ルーズベルトとフランクリン・ルーズベルトの肖像を見上げる。そのうち、ギブズが話す番になった。彼は以前、上院議員のデビー・スタベノウの選挙スタッフとしてミシガン州で働いたことがある。その彼が今、アメリカ中西部に点在するクライスラーの全工場の位置を示した、パワーポイントの地図を指差していた。

「大統領――」とギブズは言った。「私は経済学者ではありませんし、自動車会社を経営する方法も知りません。ですが、私たちのこの三か月間が二度目の大恐慌が起こるのを阻止するためにあったということはわかっています。私が申し上げたいのは、これらの町の多くはすでに不況に飲み込まれているということです。私たちが今クライスラーを切り捨てるということは、地図上の点の一つ一つに対する死刑執行令状に署名するのと同じことです。それぞれの点には、私たちを頼りにしている何千人もの労働者がいます。あなたが遊説先で出会ったような人々……健康保険を失い、年金を失い、やり直すには年をとりすぎている人々です。あなたがどうしたら彼らを置き去りにできるのか、私にはわかりません。そんなことをするために、大統領に立候補されたわけではないでしょう」

私は地図上の点を見つめた。全部で20以上ある。その点はミシガン、インディアナ、オハイオの各州に広がっている。私の心は、自分がシカゴでコミュニティ・オーガナイザーの仕事を始めたころの記憶をさまよっていた。冷え冷えとした組合ホールで、あるいは教会の地下で、レイオフに遭った鉄鋼労働者と面会し、彼らがコミュニティに求めていることを聞き出す。冬のコートのなかに縮こまった彼らの姿を、今でも思い出すことができる。荒れてたこのできた彼らの手。目的を失い、静かな諦めを浮かべた白い顔、黒い顔、茶色い顔。今でもはっきりと覚えている。そのとき、私はたいして彼らの助けにはなれなかった。私がその仕事に就いたときには、彼らの工場はすでに閉鎖されていて、私にも仲間たちにも、遠く離れた場所からその決定を下した経営者に及ぼすことができる影響力などありはしなかったのだ。のちに政治の世界に入ったとき、私はいつの日か、あのころ会った労働者やその家族に対して、もっと意義のある何かを提供することができるはずだと思っていた。

そして今、私はここにいる。私はラトナーとブルームに顔を向け、電話をクライスラーにつなぐよう言って、こう続けた。もし私たちが手を貸すことで、クライスラーがフィアットとの交渉をまとめることができるなら、また、倒産処理手続きから抜け出すために会社が現実的で実践的な事業計画を妥当な期間内に提出できるのなら、私たちは労働者とコミュニティのためにチャンスを与える義務がある。

夕食の時間が近づいていたが、まだオーバルオフィスでいくつか電話をかけなければならなかった。私が「解散」と言おうとしたとき、ブライアン・ディーズがおずおずと手を挙げているのに気がついた。自動車産業特別委員会の最年少メンバーであるディーズは、討議中はほとんど口を開かなかった。しかし私には知らされていなかったが、例の地図を用意したのも、クライスラーを破産させれば犠牲者が出るとギブズに知らせたのも彼だったのだ（後年、ディーズは私に、上級職員にしか発言権がないものだとばかり思っていたと語った）。だが、この瞬間ばかりは自分たちの意見が勝利を収めたことに背中を押されたのか、私が下したばかりの決定のすばらしい可能性について、ディーズは熱弁をふるいはじめた。たとえば、クライスラーとフィアットが手を組めば、アメリカで初めて1ガロン〔約3・8リットル〕で40マイル〔約65キロメートル〕走る車をつくれる会社が誕生するという。ただし緊張のあまり、彼は「時速40マイルで走る初めてのアメリカ車」と口走ってしまった。

部屋にしばしの沈黙が漂い、それから笑いがはじけた。自分の間違いに気がついて、口ひげと顎ひげで覆われた童顔が真っ赤になる。私はにやりと笑って席を立った。

「偶然なんだが、私の最初の車は1976年型のフィアットだったんだ」。目の前に散らばった書類をかき集めながら私は言った。「大学に入ったときに中古で買った。赤い、5速のマニュアル車だ。たしか、時速40マイル以上は出たはずだよ……修理に出していないときは。これまで乗った車のなかでも、最悪の一台だった」。私はテーブルの反対側まで行ってディーズの腕をぽんと叩き、ドアに向かう途中でもう一度振り向いて言った。「クライスラーの人間は君に感謝するだろうな。私が決断を下すまで、その話が出なかったことにね」

大統領は、景気がよければその手柄を過大に評価され、景気が低迷していればその責任を過大に負うことになるとよくいわれる。平時においては真実だ。FRBによる金利の上げ下げ（大統領は法的にFRBに対してなんの権限ももっていない）から、景気の循環、建設事業を遅らせる悪天候、地球の裏側の紛争によって引き起こされる商品価格の乱高下まで、大統領が遂行することより、日々の経済を大きく左右する要素はいくらでもある。大幅な減税や規制改革といったホワイトハウス主導の大きな計画でさえ、数か月あるいは数年単位のGDPの成長や失業率に、明らかな影響を与えることはあまりない。

結果として、たいていの大統領は自分の行動が経済に及ぼす影響を知ることなしに職務に励むことになる。有権者にもその影響を測る術はない。したがって、ここにはどうしても不公平がついてまわる。要はタイミング次第なのだ。世論調査によって、大統領は自分がまったく関知できないことを理由に罰せられもすれば称えられもする。一方でこのことは、政権の失策をある程度許容することにもつながる。そして大統領は、物事が正しく進むか進まないかは必ずしも自分の責任ではないと知ることで、安心して政策を決めることができる。

しかし、2009年は状況が違った。私が政権を担って最初の100日間、失策が許される余地などまったくなかった。私たちのすべての行動に意味があり、すべてのアメリカ人が注目していた。政権は金融システムを再始動させたか？　不景気を終わらせたか？　人々にまた職を与えることができたか？　私たちのスコアカードは毎日のように更新され、経済指標のちょっとした動きとともに衆目にさらされた。あらゆるニュース報道やエピソードが判決の材料に供された。私とチームは、朝、目覚めた瞬間からそのことを意識し、眠りにつくまでそれを手放すことはなかった。

私たちが過剰なストレスに屈することがなかったのは、単にその数か月間、忙しくてそれどころではなかったからではないかとときどき思う。GMとクライスラーに対する決定をもって私たちの戦略の主要な柱は出そろったといっていい。今度はその実行に集中する番だった。自動車産業特別委員会はGM経営陣の交代について交渉を始め、フィアットのクライスラーへの参画を仲介し、両社が法的整理と組織再編のために妥当と思われる計画をまとめあげるのに手を貸した。その間、住宅チームはHAMPとHARPのフレームワークをつくりあげた。復興法による減税と州への補助金も動き出した。ジョー・バイデンは、有能な首席補佐官ロン・クラインとともに、インフラストラクチャー整備に投じられる何十億ドルという資金の動きを監督し、無駄や不正を最小限に留めるべく目を光らせた。そしてティムと、いまだ最低限のスタッフしかいない財務省の彼のチームは、FRBとともに引き続き金融システムの火消しに奔走していた。

いろいろなことが容赦のないペースで進んでいった。朝の定例ブリーフィングで経済チームと顔を合わせると、オーバルオフィス内に馬蹄(ばてい)形に配置された椅子とソファに並んだ顔が消耗の激しさを物語っていた。あとになって人づてに聞いた話では、経済チームの面々がスタッフミーティング中に大声で怒鳴り合うこともあったようだ。真っ当な政策論争が口論に発展することもあれば、官僚的な縄張り争い、匿名でのメディアへのリーク、休日出勤などが争いの種になることもあった。また、あまりにも頻繁に、ウエストウイング一階の海軍食堂（ネイビーメス）から取り寄せたピザやチリで夜食を賄わなくてはならなかったことも一因だろう。とはいえ、こうした緊張感が本物の悪意を生むことはなく、それによってやるべき仕事が妨げられることもなかった。私たちはみな、多かれ少なかれ同じ思いを共有していた。それは職業意識だったかもしれないし、大統領という職への敬意だったかもしれない。あるいは、私たちの失敗が国に与えうる影響への自覚だったかもしれないし、あらゆる方面から攻撃の的にされることで鍛えられた連帯感だったのかもしれない。そんな思いのなかで、私たちは兆候を待ちつづけていた。危機を終わらせるための私たちの計画が、実際に機能するのかどうかを知らせる兆候を。

そしてついに４月の終わり、その時が来た。ある日、ティムがオーバルオフィスに立ち寄って、これまで一貫して銀行に対する査定内容を明かそうとしなかったＦＲＢがようやく財務省にストレステストの暫定的な結果を見せてくれたと言ったのだ。

「それで？」。私はティムの表情を探りながら尋ねた。「どんなようすだった？」

「そうですね、数字はまだいくらか変わるかもしれませんが……」

私は憤慨したふりをするために両手を振り上げた。

「予想以上です、大統領」。ティムは言った。

「つまり？」

「つまり、私たちは峠を越えたかもしれません」

金融システム全体に影響を及ぼす存在であるとしてストレステストにかけられていた一九の銀行のうち、九行の経営状態についてFRBは合格点をつけ、資本の増強は不要であると結論づけた。五つの銀行については、FRBの基準に達するには資本の増強が必要だとしながらも、相応に健全であり、民間からの資金調達で賄えるだろうとした。残る五行（バンク・オブ・アメリカ、シティグループ、GMの金融部門であるGMACが含まれる）については、政府の追加的な支援が必要となるだろう。FRBによれば、全体としての不足分は最大でも750億ドルで、これは必要ならばTARPの残りの資金で十分間に合わせることのできる額だった。

「こうなることはわかってたよ」。ティムが報告を終えたとき、私は真顔で言った。

ティムの顔に笑みが浮かぶのを見たのは、数週間ぶりだった。

ストレステストの結果によって自分の正しさが立証されたとティムが感じていたとしても、そんな素振りは見せなかった（数年後に認めたところでは、ラリー・サマーズから「君は正しかった」と言われたとき、彼は心底満足したらしい）。いつものとおり、私たちはこの速報については仲間内の話に厳しく留めていた。時期尚早の祝杯などまったく不要だった。だが、FRBが2週間後に最終報告を出したとき、その結論は前のものから変わっていないとわかった。政治コメンテーターのなかにはまだ懐疑論を吐きつづける者もいたが、肝心の聴衆、すなわち金融市場には、監査が厳密で信頼できるものであることが伝わっていた。FRBの報告は、湧き上がるような自信を市場に吹き込んだ。投資家は資金を引き揚げたときと同じ迅速さで、金融機関にキャッシュを送り込みはじめた。企業は日々の経営を賄っていくための資金を再び借りられるようになった。恐怖というものが、サブプライムの無謀な貸し付けで銀行が被った本来の損失を増幅させたのと同じように、ストレステストと合衆国政府の巨額の保証による安心感が、市場を揺さぶり起こして妥当な水準まで戻していった。6月までには、問題ありとされた一〇の金融機関も660億ドル以上を民間資金から集めることに成功し、不足分は残り90億ドルというところまで来た。その結果、FRBの緊急融資制度から金融システムに投じられる資金を三分の二以上も圧縮することができた。さらに、国内最大手の九行が、TARPで借り受けた670億ドルを財務省に返済してきたのだ——それも利子付きで。

リーマン・ブラザーズの倒産から約九か月、ようやくパニックは収束したように見えた。

私の大統領就任直後の時期に当たるこの危機の日々から10年以上が経過した。ほとんどのアメリカ人にとって詳細は藪の中だろうが、私の政権の金融危機対策は、今なお激烈な論争の的となっている。視点を絞って見る限り、私たちが出した結果には文句のつけようがないはずだ。合衆国の銀行セクターがヨーロッパ諸国のそれよりも速やかに安定しただけに留まらず、これほどの激震に見舞われたにもかかわらず金融システムと経済全体があれほど早く成長軌道に復帰した例は、ほぼどの国の歴史においても見られないだろう。私が宣誓して就任したその日に、合衆国の金融システムは1年以内に安定し、TARPのほぼすべての融資は完済され（結局のところ、納税者の金を浪費するどころか〝増やす〟ことに成功したのだ）、合衆国経済は史上最長となる持続的な成長と雇用創出の時代を迎えるだろうなどと予測していたら、評論家と専門家の大多数は、私の頭の健康を疑っただろう——あるいは、私がタバコより強い何かを吸っているとでも思ったはずだ。

しかしながら、多くの思慮深い批評家にとっては、私が危機前の正常な状態を取り戻してしまったことこそが、まさに問題なのだ。完全なる裏切りとはいわないまでも、機会の逸失を招いたというのである。彼らの観点からすれば、この金融危機は正常の規範をリセットできる、何十年かに一度のチャンスだったということになる。それも、金融システムの改変だけでなく、経済全体を変えるチャンスだ。もし私が大銀行を潰し、何人かのホワイトカラーを刑務所送りにしていたら、あるいは巨額の報酬とゼロサムゲーム〔参加者全員の得失点の総和がゼロである得点方式のゲーム〕が織りなすウォール街の文化に引導を渡していたら、おそらく今ごろ私たちは、ひと握りの億万長者ではなく勤労者世帯の利益に奉仕するような、より公平なシステムのなかで生きていただろうというわけだ。

こうした不満は理解できるし、多くの意味で、私もそうした不満を共有している。今日に至るまで、私が目を通す報告書には、アメリカ国内の格差の拡大、より所得の高い階層への遷移確率の減少、いまだ低迷を続ける賃金水準について書かれている。その結果として、私たちの民主主義のなかには怒りと歪みが渦巻いている。そして私は思う。あの最初の数か月、私はもっと大胆になるべきだったのだろうか？　短期の痛みをもっと積極的に引き受けて、それと引き換えに、二度と後戻りすることのない公正な経済的秩序を求めるべきだったのだろうか？

私は今でもこうした思いにさいなまれている。それでも仮に、また時間をさかのぼって一からやり直すことができるとしても、別の道を選ぶとは断言できない。一般論として述べれば、批評家が挙げるさまざまな代替案や失われた機会はすべてもっともらしく響き、国家の倫理を論じるうえでのわかりやすい転換点のようにも思えた。けれども詳細に踏み込んでみれば、彼らが提案するそれぞれの選択肢は、銀行を国有化するにせよ、銀行の役員を訴追するために犯罪法の解釈を拡大するにせよ、あるいはモラルハザードを避けるために銀行システムの一部を崩壊させるにせよ、いずれも社会秩序に対する暴力的行為を要求するものだ。それらは政治と経済の基準をねじ曲げ、まず間違いなく物事を悪いほうへと推し進めることになるだろう。それも、常にうまく立ちまわる術を心得ている金持ちの権力者にとって悪いほうではなく、まさに私が救おうとしている人々にとって悪いほうへ。最良のシナリオどおりに進んだとしても、経済が回復するまでにはさらに時間がかかっただろうし、その間に、失業者の数も住宅差し押さえの件数も廃業する企業も増えていたことだろう。最悪の場合、私たちは本格的な恐慌へとなだれ込んでいたかもしれない。

革命的な精神をもった人なら、そうだとしてもやるだけの価値はあり、結局のところ卵を割らずにオムレツをつくることなどできないのだと反論するかもしれない。だが、私は一つの思想を追求して自分の身を滅ぼすことについては常日頃からやぶさかではないと思ってきたものの、何百万もの人々の幸福を道連れに同じ危険を犯そうとは思わなかった。その意味で、就任直後の100日間は私の政治の基本的な性質を明らかにしたといえるだろう。私は改革者(リフォーマー)であり、ビジョンはともあれ気質は保守的だった。私が示していたものが賢明さなのか弱さなのかは、他の人々の判断を待つよりほかはない。

いずれにしても、こうした考察はあとになってからのものだ。2009年の夏、レースはまだ始まったばかりだった。経済が安定すれば構造的な変革の推進にもっと時間を割けるようになるのはわかっていた。税金、教育、エネルギー、ヘルスケア、労働法、移民など、私が選挙戦で訴えてきた分野での変革である。アメリカの一般大衆にとって、国家のシステムはより公正なものに生まれ変わるだろうし、機会も拡大するだろう。すでにティムと彼のチームは、私がのちに議会に提出することになるウォール街の包括的な改革パッケージの準備にとりかかっていた。

その間、私は自分に言い聞かせていた。私たちは国の舵を切って惨劇を回避した。私たちの仕事は、早くもある種の安心感を国民に与えている。失業保険の支払い枠の拡大によって、国中の家族が破産を免れている。小規模事業者への減税によって労働者が解雇されずにすんだ。教師は教室を去らなくてよくなり、警察官はパトロールに出ている。閉鎖の危機にあった自動車工場は操業を再開し、ローンの借り換えで家を失わずにすんだ人もいる。
破局がやってこなかったこと、あるいは正常が正常のまま保たれたことについていちいち注目するする人はいない。その影響を受けた人でさえ、そのほとんどは私たちの政策と彼らの生活の接点には気づかないままだろう。しかし時折、〈トリーティールーム〉で夜更けに手紙を読んでいると、紫色のフォルダーのなかにこんな書き出しの手紙を見つけることもある。

親愛なるオバマ大統領

この手紙をお読みになることはないと思いますが、それでも大統領はお知りになりたいのではないかと推察いたします。あなたが始められたプログラムは、真の救世主でした……

読み終えたあと、手紙を置いてカードを引っ張り出し、送り主に短い返信を書く。彼らがホワイトハウスからの公式の封書を受け取り、首をかしげながら開封し、やがてほほえむ姿を想像する。彼らは手紙を家族に見せるだろう。ひょっとしたら職場にも持っていくかもしれない。その後、その手紙はどこかの引き出しにしまわれ、人生の新しい喜びや痛みがその上に積み重なって、やがて忘れられる。それでかまわない。人々の声が私にとってどれだけ大事なものであったか、彼らにそれを理解してもらおうとしても仕方ないことだ。しかし、彼らの声こそが私の心を支え、耳元でささやかれる疑念の声を追い払うのに手を貸してくれたのだ。たとえばこんなひとりの夜に。

第13章

就任式の前のことだ。選挙戦では私の外交政策上級スタッフを務め、そのすぐあとに国家安全保障会議（NSC）の戦略コミュニケーションをとりしきることになるデニス・マクドノーは、しきりと私に30分ほど時間をつくるよう迫った。最重要課題がまだ残っているというのだ。

「あなたには、きちんとした敬礼をマスターしていただかなくてはなりません」

デニスに軍歴はないのだが、爪の先まで意識を通わせた彼の動作にはある種の規律が感じられる。そのせいで、軍にいたに違いないと思い込む人間もいた。背が高く骨ばっていて、突き出た顎にくぼんだ眼窩、髪は白くなりかけている彼は、とても39歳には見えなかった。デニスはミネソタ州のスティルウォーターという小さな町の出身である。アイルランド系の労働者階級の家庭に生まれたカトリック信者で、兄弟は11人。大学を出たあとラテンアメリカを旅してまわり、ベリーズの高等学校で教鞭をとったこともある。帰国して国際関係学の修士号を取得すると、当時民主党のリーダーだったトム・ダシュルのもとで働いた。２００７年、上院議員だった私はデニスを外交政策スタッフとして引き入れた。そして選挙戦を通じて、デニスはますます多くの責任を担うようになる。討論会の準備をサポートし、さまざまな報告書を取りまとめ、党大会前の海外歴訪ではあらゆる段取りを整え、同行した記者団と果てしないつばぜり合いを繰り広げた。

アグレッシブな〝タイプA人間〟〔心理学用語で、競争的で攻撃的な人物を指す〕がずらりとそろったチームのなかでも、デニスの存在は際立っていた。細かいことに気を配り、最も困難で最も感謝されることの少ない仕事にも率先して取り組み、それでいて疲れを知らない。アイオワ州での選挙運動中は、党員集会で私への支持を集めるために寸暇を惜しんで家々を回っては、彼の得意技である雪かきで荒天のなか困っている人々を手助けした。体を酷使することをいとわないからこそ、彼は小柄ながらも大学のフットボールチームでストロングセイフティ〔守備のポジションの一つ〕として活躍することができた。とはいえ、それでまったく問題がなかったかというと、そうともいえないのだ。インフルエンザにかかっているにもかかわらず、デニスがホワイトハウスで12時間もぶっ通しで働いていると聞いたときは、さすがに自宅へ戻るようきつく言わなければならなかった。そして私は次第に、彼がこれだけ仕事漬けであるのには宗教的ともいうべき側面があるのではないかと感じるようになった。デニスには偶像破壊主義的なところがあり（一方で妻のカリを崇拝していたのだが）、束縛というものを嫌っているにもかかわらず、仕事に取り組んでいるときの彼は奉仕と自己犠牲のかたまりだった。

　そのデニスはこの地上でなすべき仕事の一つとして、最高指揮官として最初の日を迎える私の準備を整えることを自らの責務と感じていた。就任式の前日、デニスは2人の軍出身者——1人は若き海軍退役軍人であるマット・フラヴィンだが、彼はのちにホワイトハウスで退役軍人問題担当スタッフとして働くことになる——を政権移行準備室に招いた。私の敬礼のスキルを測ろうというのだ。2人はまず、歴代の大統領が敬礼している写真のなかから、合格基準に達していない例をいくつも見せた。だらしない手首、曲がった指先。犬を脇に抱えて敬礼しようとしているジョージ・W・ブッシュの写真もある。それから私のフォームをチェックした。2人が感銘を受けたようすはなかった。

「肘をもう少し突き出してください、サー」。1人が言った。

「指をもっとピシッとさせてください、サー」。もう1人が言う。「指先がちょうど眉の位置に来るように」

結局、20分ぐらいで2人の教師は満足したようだった。彼らが去ると、私はデニスに顔を向けた。

「ほかにも何か気がかりなことが？」とからかう。

デニスは首を振ったが、それが本心でないのは明らかだった。「気がかりというのではありませんが、次期大統領。ただ、我々には覚悟が必要だと思っているだけです」

「何に対する？」

デニスは笑みを見せて言った。「すべてに対する」


大統領たる者の務めとして、アメリカ国民を守ることが最上位に位置するのは明らかだ。公教育の整備であれ、学校で祈りの時間を復活させることであれ、あるいは最低賃金の引き上げであれ、公共セクターにおける組合の解体であれ、何に対して燃えるような情熱をもって取り組むかは、それぞれの大統領の政治姿勢と選挙公約にかかっている。しかしながら、共和党であろうと民主党であろうと、すべての大統領がその座に選ばれた瞬間からこだわりつづけるべき任務がある。それは、絶えまない頭痛や心の奥深くに巣くう緊張感に耐えて、全国民が大統領による保護を頼りにしていることを常に意識することだ。

この任務にどう取り組むかは、国が直面する危機をどう定義するかにかかっている。私たちが最も恐れるものとはなんだろう？　ロシアの核攻撃の可能性か、それとも役人の計算間違いやソフトウェアの欠陥によってミサイルが誤発射されてしまう可能性か？　一部の狂信者が地下鉄で自爆することか、あるいは狂信者の攻撃から守るという名目で政府が国民のメールを覗き見ることだろうか？　海外からの石油輸入が途絶えてガソリンが不足することか、あるいは海面が上昇し、地球が煮えたぎることか？　貧困と公共サービスの欠如に苦しむ国々から移民の家族がよりましな生活を求めてひっそりと川を渡ってくることか、それとも深刻な感染症が私たちの国土に侵入してくることだろうか？

20世紀の大部分では、大半のアメリカ人にとって、戦うべき相手も戦うべき理由もとてもはっきりしていただろう。ほかの列強から攻撃を受けるか、列強どうしの争いに巻き込まれるか、ワシントンの賢人たちが定義するアメリカの死活的な利益が外国からの脅威にさらされるか。私たちの生活は、そのいずれかの可能性とともにあった。第二次世界大戦後は、世界制覇とアメリカ的な生活様式への対抗を打ち出したソ連および中国共産党と、その代理国（公認であれ、自称であれ）との戦いがあった。そして、中東発のテロ攻撃がある。最初に私たちの前に現れたときには、恐ろしいとはいえ対処可能なものに思えたが、新たな世紀の幕開けの年にツインタワーが灰燼に帰すのを目撃するにおよんで、事態は一変した。私たちの目の前に、最悪の恐怖がはっきりと姿を見せたのだ。

私自身、こうした恐怖の多くを刷り込まれながら育った。ハワイで交流のあった家族には、真珠湾で愛する者を失った人々がいる。私の祖父もその兄弟も、また祖母の兄弟もみな第二次世界大戦で戦った。私は成長とともに、核戦争を差し迫った現実的な脅威と考えるようになった。小学生のとき、ミュンヘンで何人ものオリンピック選手がマスクをつけた男たちに殺害されたという報道を見た［1972年にパレスチナの過激派が選手村を襲撃したテロ事件］。大学時代は、ニュース番組のキャスター、テッド・コッペルが、イランのアメリカ大使館人質事件について発生から何日経過したかを伝えるのを聞いた。ベトナム戦争の苦悩をじかに知るには若すぎたし、湾岸戦争にしても、私が目にしていたのは米軍の栄誉と抑制の利いた行動だけだった。そしてほとんどのアメリカ人同様、私も9・11後の軍事作戦については必要で公正なことだと思っていた。

だが、私のなかには別の物語も刻まれている。視点は違っても矛盾はしていない、もう一つの物語だ。それは、アメリカの外側で生きる人々にとって、アメリカという国がどのような意味をもつのか、自由という理念の上に築かれたこの国がもつ象徴的な力とは何かという物語だ。あれは7歳か8歳のころだった。そのとき私は、ジャカルタ郊外にあった我が家のひんやりしたタイル張りの床に座って、ホノルルを描いた絵本を友達に誇らしげに見せていた。高層建築と街と舗装された広い道路のイラストを見て、友達の顔に広がった驚きを決して忘れはしないだろう。私はアメリカでの生活について矢継ぎ早に質問され、答えていった。誰もがたくさんの本を持って学校に行くこと、みんなに仕事があって食べるのにも不自由しないから物乞いがいないこと。私の母は、アメリカ合衆国国際開発庁（ＵＳＡＩＤ）をはじめとする機関の嘱託職員として、アジアの辺境の村々の女性たちが融資を受けられるように働きかけていたが、私はその活動が地域にどれだけ影響を与えるのかを目の当たりにした。太平洋のはるか向こうにいるアメリカ人が自分たちの苦境を心底気にかけていることに、女性たちは尽きることない感謝の念を抱いていた。私が最初にケニアを訪れ、当地で暮らす親戚に初めて紹介されたときも、彼らはどれだけアメリカの民主主義と法の支配に敬意を抱いているかを語ったものだ。それに対して、ここでは部族主義と腐敗が蔓延している、と。

こうした瞬間を通じて、私は自分の国を他者の目で見ることを学んでいった。アメリカ人として生まれたことは幸運であったと思っているし、その恩恵を当たり前のように受け取りたくはない。私は、私たちの示した道が世界中の人々の心と体に及ぼす力をじかに見てきた。逆にいえば、私たちが自らのイメージと理念を裏切るようなことをすれば、それは怒りと不満を生み、そのダメージは修復不能なものになるだろう。たとえばインドネシア人が、1967年以降の軍事独裁を招くきっかけになったクーデターについて語るとき、その背後には中央情報局（CIA）がいたと広く信じられている。このクーデターでは何十万という人が虐殺された。あるいはラテンアメリカの環境活動家は、アメリカの企業が彼らの土地を汚染していると事細かに訴える。インド系アメリカ人やパキスタン系アメリカ人の友人たちは、9・11以来、空港で〝無作為〟と称する検査のために何度となく脇へ引っ張っていかれたと語る。こうした話を聞くと、アメリカを守る力が弱まりつつあるのを感じるし、堅固なものだと信じてきた鎧に入ったひび割れが、私たちの国の安全を脅かしているのが見えてくる。

肌の色はもちろんのこと、こうした複眼的な視点をもつことで、私はこれまでの大統領とは大きく違っていた。私の支持者は、その点こそが外交上の強みだと考えていた。私の視点があれば、世界各国に対するアメリカの影響力をさらに強めることができるだけでなく、思慮の浅い政策が引き起こす恐れのある問題を予見することもできるだろうというわけだ。かたや、私を退けたい一派からすれば、それは弱さの証拠でしかなかった。確たる信念を欠き、どの相手に忠誠を誓うべきかもわかっていないような大統領は、アメリカの利益を推し進めることに躊躇してしまうのではないかと思っている。国民のなかにはもっと悪く考える者もいた。イスラム教徒の名前と社会主義者の理念をもったアフリカ系の黒人の息子をホワイトハウスに住まわせ、アメリカ政府の全軍をその指揮下に差し出すなどということは、彼らにとってあってはならないことだったのだ。

私の政権における国家安全保障チームの上級スタッフについていえば、程度の差こそあれ、各々が国際協調主義の擁護者を自認していた。世界をよりよい方向へ導くにはアメリカのリーダーシップが必要であり、私たちの影響力はさまざまな形を取りうるというのが、彼らの一致した考えだった。デニスのように、チームで最もリベラルなメンバーでさえ、テロリストを追いつめるのに〝ハードパワー〔軍事力や経済力による威嚇などを背景にした国家の力〕〟を行使するのをいとわなかった。世界の問題をなんでもかんでも合衆国のせいにして生計を立てている左派の批評家に対しては軽蔑を隠そうともしなかった。一方で、タカ派の典型のようなメンバーにしても、広報文化外交（パブリック・ディプロマシー）の重要性は理解していて、海外支援や留学生交換プログラムといった、いわゆるソフトパワーの実践がアメリカの外交政策を効果的に進めるのに欠かせない要素であると考えていた。

問題は、何をどれだけ強調するかという点にある。国境の外側の人々に対してどれほどの関心を向けるべきか？　あるいは、まず同胞をどれほど気遣うべきか？　私たちの運命は、実際のところどれだけ海外の人々の運命と結びついているのか？　アメリカは国連のような多国間組織とどれほど連携すべきなのか？　自分たちの利益追求をどの程度独力で行うべきなのか？　社会の混迷を防ぐためなら独裁的な政府とも手を組むべきなのか？　あるいは民主化勢力を擁護するほうが、長い目で見れば賢明な選択なのだろうか？

こうした問題で私の政権のメンバーがどのような立場を取るかは、必ずしも予想できるものではなかった。しかし、内輪の討論では、ある種の世代間ギャップが見て取れた。若き国連大使であるスーザン・ライスを例外とすれば、私の国家安全保障チームの主要メンバー――国防長官のロバート・ゲイツと国務長官のヒラリー・クリントン、CIA長官のレオン・パネッタ、統合参謀本部のメンバーたち、国家安全保障担当補佐官のジェームズ・ジョーンズ、国家情報長官のデニス・ブレア――は、冷戦の緊張が頂点のころに成人し、数十年にわたってワシントンの国家安全保障コミュニティでキャリアを積んできた人たちだ。新旧の政策立案者、議会スタッフ、学者、シンクタンクの理事、国防総省の高官、新聞のコラムニスト、武器商人、ロビイストなどが織りなす密なネットワークのなかに長年身を置いてきたのである。彼らにとって、責任ある外交政策とは継続性をもち、予測可能なものでなければならない。したがって、継承されてきた知恵から逸脱することをよしとはしない。こうした考え方が背後にあったからこそ、彼らのほとんどはアメリカのイラク侵攻を支持した。その結果として惨劇が起こり、一部の決定について再考せざるをえないような立場に追い込まれても、彼らは依然として、アメリカの国家安全保障のフレームワークには抜本的な点検が必要だという考えに傾くことはなかった。

一方、NSCのスタッフの大半を含む国家安全保障チームの若いメンバーは、違う考えをもっていた。彼らの多くは上司と変わらぬ愛国心の持ち主だったが、彼らの心の中には、9・11の戦慄と、アブグレイブ刑務所での米軍兵士によるイラク人捕虜への虐待のイメージが焼きつけられている。彼らが私の選挙活動に引き寄せられたのは、私が〝ワシントンの台本〟とも呼ばれる根拠のない前提に対して進んで異議を差しはさんだからにほかならない。たとえば我が国の中東政策やキューバへの対応について。外交的手段によって敵対国と向き合おうとする姿勢の欠如について。テロとの戦いにおける法的なガードレールの再整備について。あるいは人権尊重と国際開発と気候変動への対応を善意の行為の範疇に留めずに私たちの国家安全保障の中核へと格上げすることについて。この若いスタッフたちは誰も煽動者などではなかったし、外交政策に深い経験をもつ人々が受け継いできた知識に対して敬意を抱いていた。しかしそれでも、よりよいことを求めて過去の制約から逃れたいと思っていることを隠したりはしなかった。

ときには外交政策チームの新旧世代のつばぜり合いが外部に洩れることもあった。そうなるとメディアは、それを私のスタッフのあいだに見られる若気の至りと、ワシントン特有の力学に対する理解不足のせいにしようとすることが多かった。だが、それは実情とは違う。それどころか、デニスのようなスタッフはワシントンの力学を知り尽くしていた。外交政策を担う官僚たちは行動するのが遅く、誤解や失念や失態も多いのに、大統領の新しい方針に盾つくことにかけては一流だ。そんなようすを間近で見てきたからこそ、デニスたちはしばしば国防総省や国務省やＣＩＡと衝突することになったのである。

ある意味、外交政策チーム内で生じた緊張は、私自身が意図したものであったともいえる。いわば、私自身の頭の中にある緊張と折り合いをつけるための方法だったのだ。私は自分が航空母艦の船橋（せんきょう）に立っているところを想像する。アメリカが新しいコースに舵を切らなければならないことはわかっている。だが、それを実行するには、きわめて経験豊かで、ときには懐疑的な意見もいえる乗組員の力が必要だ。彼らは船の能力には限りがあることも、急に船首の向きを変えると大惨事につながりかねないこともわかっている。リスクが高まれば高まるほど、私は理解するようになった——リーダーシップというものは、とりわけ国家安全保障の問題においては、ただ理屈の通った政策を実行するだけでは足りないということを。慣習と儀式に対する敬意が必要なのであり、象徴と儀礼をおろそかにしてはいけないのだ。ボディーランゲージも重要なのである。

そんなわけで、私は敬礼の練習に取りかかった。

大統領に就任して以来、私の毎日は、食卓の上に置かれた革のバインダーを開くことから始まった。ミシェルはそれを〝死と破壊と恐怖の書〟と呼んでいたが、正式には〝大統領日報（ＰＤＢ）〟と呼ばれるものだ。最高機密文書であり、通常は10から15ページ、ＣＩＡがほかの諜報機関と共同で夜を徹して準備する。大統領に、世界の出来事と情報分析、とりわけアメリカの国家安全保障に影響を与えそうな案件に関する情報を提供するのが目的である。ある日は、ソマリアのテロリスト分子について読み、翌日はイラクの社会不安について読む。また別の日は、中国とロシアが新しい兵器システムを開発しているという話を読む。ほとんどどの日も、何かしらのテロリストの計画について言及されている――どんなに曖昧で、裏取りも浅く、非現実的な話であってもだ。インテリジェンス・コミュニティによる詳細な分析の意図するところは、9・11のような、後悔先に立たずという事態を避けることにある。たいていの場合、ＰＤＢに書かれていることは緊急の対応を要するものではない。目的は、あくまで世界を波立たせている事柄への感度を保つことにある。私たちが維持しようとしている均衡を揺るがしかねない大きな変化や小さな変化、あるいはほとんど感知できないような変化への感覚をもちつづけることが重要なのだ。

ＰＤＢに目を通してから、私は階下の大統領執務室（オーバルオフィス）に出向き、ＮＳＣやほかの諜報機関のスタッフとともに生（なま）のブリーフィングを受け、緊急と思われる項目について検討する。ブリーフィングを仕切るのはジェームズ・ジョーンズとデニス・ブレアだ。ともに、以前は四つ星階級の将官で、私とは上院議員時代に初めて会っている（当時、ジョーンズは欧州連合軍最高司令官、海軍大将のブレアは太平洋軍司令官を退任していた）。2人とも、いかにも軍人らしい風貌の持ち主だ。背が高く頑健、短く刈った白髪交じりの頭に、いつでも背筋がぴんと伸びている。もともとは軍事顧問として招いていたが、2人とも国家安全保障においては何が優先されるべきなのかについて幅広い意見をもっていて、本人たちもそれを自認していた。ジョーンズはアフリカと中東の情勢を深く憂慮し、軍を退いたあとは、ヨルダン川西岸とガザ地区の治安維持に関わっている。ブレアは中国の台頭に対処していくうえで経済・文化外交が担うべき役割について幅広く論じていた。そんな背景もあって、2人はときどきアナリストや専門家を朝のブリーフィングに呼んでは、大局的で長期的なトピックについて報告させることもあった。たとえば、サブサハラアフリカ［アフリカのサハラ砂漠より南の地域］における民主化の継続と経済成長がもつ意味とは何か、あるいは気候変動が将来の地域紛争にどのような影響を与えるか、といったトピックだ。

しかしながら多くの場合、朝の討議のテーマは現状の、または近々予想される大混乱についてだった――クーデター、核兵器、暴力的な抗議運動、国境紛争、そして何より戦争についてである。

アフガニスタンにおける戦争は、まもなくアメリカ史上最長の戦争になろうとしていた。

イラクでの戦争には、いまだ15万の部隊が配置されている。

アルカイダとの戦争では、内通者を積極的にリクルートし、協力者のネットワークを構築し、オサマ・ビン・ラディンのイデオロギーに触発された攻撃を逐一把握していた。

ブッシュ政権とメディアがひとまとめに〝対テロ戦争〟と呼んだ戦争の累積コストは法外なものになっていた。投じられた資金は1兆ドルに届こうとしており、3000人の兵士が殺され、その一〇倍の負傷者が出た。イラク市民、アフガニスタン市民の死者はそれよりはるかに多い。特にイラク戦争は、アメリカ国民を分断させ、同盟関係を傷つけることにもなった。一方で、特例拘置引き渡し［法的手続きなしに身柄を国の中外に移送する措置］、秘密軍事施設、水責め、グアンタナモでの裁判なしの無期限勾留、そしてテロとの広範な戦いを見据えた国内監視の拡大によって、内外の人々は、はたしてアメリカは法の支配という原則を守る気はあるのかと不信感を抱くことになった。

私はこうした問題それぞれについて立場を明確にして選挙戦を戦った。しかし、しょせんは高みの見物からの主張にすぎなかったし、まだ何十万という部隊も、際限なく広がっていく国家安全保障のインフラストラクチャーも自分の指揮下に収めてはいなかった。だが、いまやあらゆるテロ攻撃は私の監督下で起こる。そこが自国であれ国外であれ、アメリカ人の命が失われ、危険にさらされれば、それはひたすら私の良心にのしかかってくる。これはもはや、私の戦争なのだ。

まず私がすべきことは、自分たちの軍事戦略を各方面から見直すことである。そうすれば、来るべき事態に向けて周到なアプローチを取ることができるだろう。私の大統領就任一か月前にブッシュ大統領とマリキ首相が地位協定（SOFA）を結んでくれたおかげで、米軍のイラク撤退の大まかな段取りは決まっていた。米軍の戦闘部隊は2009年6月までにはイラクの都市と村から撤退し、全軍が2011年の終わりまでにイラクをあとにすることになっていた。残された問題は、撤退時期を早めることが可能か、あるいはそもそも早めるべきなのかということだった。選挙期間中、私は米軍の戦闘部隊を就任から一六か月以内に撤退させると公約していたが、当選後、ロバート・ゲイツには撤退のペースについて、SOFAを遵守する限り、公約の数字に固執するつもりはないと伝えていた。戦争を終わらせるという仕事には不確定要素がつきまとい、戦術的な決定ともなれば、どっぷりと戦闘に浸かっている現場の指揮官に相応の決定権を認めなければならない。それに、そもそも新しい大統領は前任者が取り決めた合意を反故にはできないのだ。

2月に、ゲイツと新しくイラク駐留軍司令官に着任したレイモンド・オディエルノ大将が、一九か月後に米軍の戦闘部隊をイラクから撤退させるプランを提出した。私が選挙戦で提示した期限より三か月遅いが、軍の司令官たちが要求している期限より四か月早い。このプランはまた、5万から5万5000の米軍の非戦闘員を残留させ、2011年の終わりまでイラク軍の訓練と支援にあたらせることを求めていた。ホワイトハウスの内部には、軍を三か月も余分に駐留させたうえに、さらに大規模な残留部隊まで置く必要があるのかと異議を挟む者もいた。彼らは私に対して、議会の民主党議員もアメリカ国民もいっそう速やかな撤退を望んでおり、遅延は好ましくないと念を押した。

ともあれ、私はオディエルノのプランを承認し、ノースカロライナの〈キャンプ・ルジューン〉で、歓声を上げる数千の海兵隊員を前にこの決定を発表した。もともと私はイラクを侵攻するという当初の決定には断固反対だったが、いまや戦略的にも人道的にも、イラクの安定はアメリカのためになると考えていた。SOFAのスケジュールに沿って五か月以内に米軍戦闘部隊の人口集中地域からの撤退を完了できれば、残りの人員の撤退も進めるなかで、軍人たちが過酷な戦闘や狙撃や即席爆発装置（IED）の脅威にさらされることはぐっと少なくなるだろう。イラク新政府の脆弱さ、国防軍の貧弱さに対して、イラクのアルカイダ（AQI）の活動はなお盛んで、国内では宗派間の敵意がかつてないほど渦巻いていることを思えば、混乱への逆行を食い止めるための一種の保険として残留兵力を使うことは道理にかなっている。「いったん出ていけば……」。自分の決定を説明しながら、私はラーム・エマニュエルに言った。「二度と戻ってくるつもりはない」

イラクからの撤退については、比較的あっさりと一つのプランにたどり着くことができたが、アフガニスタンからの撤退についてはそうもいかなかった。

イラクでの戦争と違い、私はかねてから、アフガニスタンでの戦争は必要なものだったと考えていた。タリバーンの野望はアフガニスタン国内に限定されているとはいえ、その指導層は依然としてアルカイダとゆるやかな同盟関係にあり、彼らが政権に復帰するようなことがあれば、またもや米国とその同盟国に対するテロ攻撃の発射台として機能する可能性がある。さらに、このころアルカイダはアフガニスタンとパキスタンの国境にまたがる、統治の及ばない人里離れた山間部に逃げ込んでいたが、パキスタン側はその影響力を排除する能力も意思も見せてはいなかった。こうなると、テロリストのネットワークを突き止め、最終的にこれを破壊できるかどうかは、アフガニスタン政府が米軍と諜報チームに彼らの領域内での作戦遂行を承認するか否かにかかっていたのである。

残念ながら、アメリカの注意とリソースが6年間にわたってイラクに向けられてきたことで、アフガニスタンの状況はさらに危険なものになっていた。現地には3万を超える米軍とほぼ同数の兵士を擁する各国の連合軍が駐留しているにもかかわらず、タリバーンは国の大部分、特にパキスタンとの国境沿いの地域を支配していた。米軍や連合軍がいない場所では、タリバーンの戦闘員が、はるかに大規模だがあまり訓練されていないアフガニスタン軍を圧倒している。その一方で、警察、各州知事、主要省庁の不始末や腐敗が横行し、ハーミド・カルザイ政権の正統性は失墜していた。世界で最も貧しい人々が生活条件を改善するために是が非でも必要としている外国からの援助金も、おおかた吸い上げられてしまっていた。

アメリカの戦略に一貫性が欠けていれば、問題の解決はおぼつかない。アフガニスタンにおける私たちの任務のとらえ方は、人によって狭くもなれば（アルカイダを一掃せよ）、広くもなる（アフガニスタンを近代的な民主国家に変え、西側諸国と提携させよう）。我が国の海兵隊や兵士たちは、ある地域からタリバーンを何度も排除したが、アフガニスタン政府が国内の半分も統治できないありさまでは、彼らの努力も実ることはなかった。アメリカが後援する開発プログラムも、内容が大胆すぎたのか、あるいは不正があったのか、地元の賛同が得られなかったのか、多くの場合、約束どおりの成果を上げることができなかった。一方で、カブールの最も怪しげな事業者と大規模な契約を結んだことが原因で、アフガニスタン人の支持を取りつけようと考え出された汚職防止の取り組みそのものも頓挫していた。

以上の状況を踏まえて、私はまず、民間と軍の双方が、明確に定義されたミッションと矛盾のない戦略の下でうまく連携していくことが先決だとゲイツに言ったが、反対はされなかった。198

0年代、ゲイツはCIAの副長官として、ソ連のアフガニスタン占領軍に対抗するムジャヒディーン〔イスラム教の大義に則ったジハードに参加する戦士〕の武装化を監督する立場にあった。そのとき彼は、きちんと組織化されていない反乱軍が強大な赤軍を退却させるのを目にしている。そして後年、その反乱軍の一部がアルカイダへと進化していくのも目撃することになる。この経験からゲイツは、拙速な行動がときに意図しない結果を招くことを実感していた。目標は、ある程度範囲を絞り、しかも現実的であるべきだ。そうでなければ「自分たちの首を絞めることになる」とゲイツは言った。

統合参謀本部議長のマイケル・マレン大将も、アフガン戦略の見直しが必要だと考えていた。ただし、そこには裏があった。マレンと軍司令官たちは、私から米兵3万人のさらなる増派と即時展開の許可を取りつけようとしていたのだ。

マレンに公平を期して言うなら、この要請はアフガニスタンの国際治安支援部隊（ISAF）の司令官であるデイヴィッド・マキャナン大将からのもので、すでに数か月間保留になっていた案件だった。政権移行期間中、ブッシュ大統領は私が派兵の指示を求めているかどうか探りを入れてきたが、私たちは次期チームが状況を十分に把握するまでは延期したいという態度を取っていた。マレンによると、マキャナンはこれ以上待てないと言っているらしい。

大統領就任2日後にホワイトハウスの危機管理室（シチュエーションルーム）（〈シットルーム〉と呼ばれてもいる）で開かれた最初のNSC全体会議で、マレンはタリバーンが夏に攻撃を仕掛けてくる可能性が高く、その出足を鈍らせるためには追加の旅団が必要だと説明した。彼の報告では、マキャナンは現地の大統領選挙のために十分な警備を提供できるか懸念しているともいう。選挙は最初5月に予定されていたが、8月まで延期されることになっていた。マレンに言わせれば、これらの任務に軍隊を間に合わせたいのであれば、ただちに行動に移る必要があった。

映画で見ていたイメージのせいで、私は、危機管理室（シチュエーションルーム）とは広々とした未来的な空間だと思っていた。天井まで届くスクリーンがぐるりと周りを取り囲み、画面には高解像度の衛星画像やレーダー画像が映し出されている。洗練された服装のスタッフが並ぶ前には、最先端の機械や装置がそろっている、というような。しかし、現実はそれほどきらびやかなものではなかった。西棟（ウエストウイング）の地下の一角にごちゃごちゃと押し込まれた小部屋の一つで、これといって特徴のない小さな会議室である。窓は飾り気のない木製のよろい戸で塞がれ、壁には世界各国の首都の時刻を表示するデジタル時計と、近所のスポーツバーにあるものよりやや大きめの薄型モニターがいくつか取りつけられているだけだ。人と人の間隔はごく狭く、主要メンバーは長い会議テーブルの周りの椅子に座り、その他の副官やスタッフは部屋の両脇に並ぶ椅子に詰め込まれる。

「一つ確認しておきたいのだが」。あまり懐疑的に聞こえないよう努めながら、私はマレンに言った。「約5年間、我々は2万、あるいはそれ以下の部隊でアフガニスタンに対処してきた。そして過去二〇か月ほどでさらに1万人を増派した。それなのに、国防総省は、部隊をさらに倍にする決定を下すのに二か月も待てないということか？」。私は兵力を増やすことに反対しているわけではないと言った。それに、私は選挙中から、イラクからの撤退が始まったらアフガニスタンに二個の旅団を差し向けるとも公言している。しかしながら、高名な元ＣＩＡのアナリストで中東専門家のブルース・リーデルを国家安全保障チームに引き入れることについて、その場にいた全員が合意したばかりだ。そのリーデルは、今後の展開を見据えて、アフガン戦略を60日間かけて見直す作業の指揮を執ることになっていた。にもかかわらず、見直しが完了する前にさらに3万の兵力をアフガンに派遣するのは、本末転倒ではないか。私はマレンに、小規模な派兵でもつなぎとして間に合うかどうか尋ねた。

マレンは最終的には私の判断に委ねると言いながらも、兵の数を減らしたり、派遣をさらに遅らせたりすれば、危機はいっそう増大することになるでしょう、と付け加えた。

私はほかの人間が口を挟むのを待った。イラクで軍功を立て、中央軍（イラクやアフガニスタンを含む中東および中央アジアでのすべての軍事任務を監督する）のトップに昇格したデイヴィッド・ペトレイアスは、私にマキャナンの要請を受け入れるよう促した。ヒラリーとパネッタも同じ意見だった。これは想定内だ。2人がそれぞれの組織の監督者として有能であることは明らかだが、どちらもタカ派的な本能と政治的背景から、国防総省からの勧告に反対することには常に慎重だったからだ。ゲイツにしても、プライベートでは、アフガニスタンでの活動範囲をこれほど大幅に拡大することに抵抗を感じないわけではないと私に語っていた。しかし、彼の組織上の役割を考えれば、軍のお偉方からの勧告を面と向かって退けるとは思えない。

そんななか、ジョー・バイデンだけが懸念を口にした。彼は政権移行期間中に私の代理でカブールを訪れていて、その旅で見聞きしたこと、特にカルザイと激しい議論となった会談を通じて、アフガニスタンに対するアプローチ全体を見直す必要があると確信していた。ジョーは数年前にはイラク侵攻を支持していたが、今では騙されたような気持ちになっていることも私は知っていた。理由はどうであれ、ジョーはアフガニスタンを危険な泥沼とみなし、増派を遅らせるよう私に迫った。明確な戦略を立てさえすれば軍隊を投入するのは簡単だが、まずい戦略で失敗してから軍を呼び戻すのは難しいというのが彼の意見だった。

私はその場で結論を出すのは避け、国家安全保障担当大統領補佐官のトーマス・ドニロンにNSCの副官たちを招集するよう指示した。そして、翌週をまるまる使って追加の部隊をどのように使うのか、また夏までに展開させることが現実的に可能かどうかをより正確に見極めるよう言い渡した。答えが出たら、あらためてこの問題を検討しようと考えたのだ。散会し、ドアを出てオーバルオフィスへの階段を上ろうとしたとき、ジョーが追いついてきて、私の腕をつかんだ。
「いいかな、ボス」と彼は言った。「たぶん私はこの街に長居しすぎたんだと思うが、その経験から一つ言わせてもらえれば、ああいう軍のお偉方が新任の大統領を型にはめようとしてくるときはだね」。彼は顔を私の顔のかなり近くまで寄せて、ひとり言のようにささやいた。「好きなようにさせるな」

のちにこのアフガニスタンに関する協議を説明する際、ゲイツなどはバイデンをホワイトハウスと国防総省の関係を台なしにした首謀者の1人だと決めつけることになる。だが実際のところは、軍の計画に突っ込んだ質問をすることで、ジョーは私を助けてくれていたのだと思う。少なくとも部屋に1人、反対の意見を主張する人間がいることで、私たちは問題についてより深く考えるようになった。そして、その反対意見を出すのが私ではないほうが、周りの人間は少しばかり自分の意見を言いやすくなる。

私はマレンの動機を疑ったことはなく、軍の上層部にいるほかの大将たちや戦闘司令官に対しても同様だ。マレン――ロサンゼルス出身で、両親はエンターテインメント業界に属している――はいつも愛想がよく、周到で、反応が早く、プロフェッショナルだった。統合参謀本部の副議長は、海兵隊の大将、ジェームズ・〝ホス〟・カートライトだ。出しゃばることのない、思慮深い態度はとても元戦闘機パイロットのイメージとは結びつかなかった、ひとたび口を開けば、彼の言葉は国の安全保障上の問題全般に関する細やかな洞察と創造的な解決策にあふれていた。マレンとカートライトはその気質の違いはあったものの、2人とも軍の高官に共通して見られる特性をもっていた

――白人男性であり（私が就任した当時、四つ星階級の将官に女性と黒人はそれぞれ1人しかいなかった）、50代後半から60代前半。輝かしい軍務記録を積み重ね、多くの場合は上級学位も取得し、何十年も働いて階級を上りつめた人々だ。彼らが世界を見る視座は知識に富み、洗練されている。そして戦火のなかで軍隊を指揮してきたにもかかわらず、むしろだからこそ、世のステレオタイプに反して、彼らは軍事行動の限界をよく理解していた。実際、私が大統領を務めた8年間、武力の行使が可能性として浮上したとき、しばしば自制を説いたのは文民ではなく、大将たちのほうだった。

それでもやはり、マレンのような男たちは組織人間ではあった。彼らは成人してからの全人生を軍に――いかにコストがかさもうと、いかに時間がかかろうと、そもそも自分の任務が正しいものであろうとなかろうと、とにかく始めたからには何がなんでもミッションを完遂することを誇りとするアメリカの軍隊に――捧げてきたのだ。それは、イラクにおいてはもっと軍隊を、もっと基地を、もっと民間請負業者を、もっと航空機を、もっとISR（情報・監視・偵察）をと、あらゆるものを際限なく求めることを意味した。その〝もっと〟が勝利をもたらしたわけではない。だが、少なくとも屈辱的な敗北だけは避けられ、イラクを完全な崩壊から救い出すことはできた。そして今、アフガニスタンも似たような状況にあるかのように思われた。この国は今にも、一度落ちたら這い上がれない穴に滑り落ちようとしている。だとすれば、軍の指導者たちがより多くを望むのも自然な成り行きだろう。まして彼らはつい最近まで、自分たちの計画に異議を唱えたり要求を拒絶したりすることがほとんどない大統領と仕事をしていたのだ。私の政権になったとたん、「あとどのくらい」という議論が繰り返され、それが国防総省とホワイトハウスのあいだで争いの種になることはおそらく避けられない。

2月中旬、ドニロンはNSCの副官たちがマキャナン大将の要請を精査して出した結論を報告してきた。いわく、夏期の戦闘および選挙の安全確保に効果が見込めるタイミングで展開できる兵力は1万7000、加えて4000の軍事トレーナーが限度だという。戦略の正式な見直しが完了するのはまだ一か月先だったが、バイデンを除くすべての閣僚たちが、その数の兵力をただちに派遣することを推奨した。2月17日、アメリカ復興・再投資法に署名した同じ日に、私はこの命令を出した。見直しで上がってきた戦略が最も控えめなものだったとしても、どのみち追加の人員は必要になるだろう。さらに、状況次第で展開できる予備の兵力が一万あることもわかっていた。

一か月後、リーデルと彼のチームは報告書を完成させた。その内容に驚きはなかったが、私たちの主要な目標をはっきりさせるのには役立った。「パキスタンとアフガニスタンのアルカイダを混乱させ、解体し、殲滅(せんめつ)すること。そして彼らが未来永劫いずれの国にも戻ることがないようにすること」

報告書はパキスタンが鍵であると強調していた。パキスタン軍（特にその諜報部門であるISI）は、タリバーンがパキスタン国境近くのクエッタに拠点を設けてその地域を掌握していることを容認しているだけでなく、アフガニスタン政府を脆弱なまま留め置く手段として、またカブールがパキスタンの宿敵であるインドと同盟を結ぶことを未然に防ぐための手段として、タリバーンをひそかに支援している。パキスタンはこれまでも過激派と共謀し大々的かつ無責任に核兵器技術を世界に拡散させてきたという前科もあるが、アメリカ政府はそのパキスタンと同盟らしきものを結んで、何十億ドルもの軍事的、経済的援助を行ってきた。アメリカが長いあいだこうした寛容な態度を取りつづけてきたことは、我が国の外交政策のねじれた論理を物語っている。少なくとも短期的には、パキスタンへの軍事援助を完全に打ち切るという選択はなかった。アフガニスタンで活動する部隊に物資を届けるには、パキスタンの陸路に頼らざるをえず、パキスタン政府は暗黙裡に領土内のアルカイダキャンプに対する私たちの反テロ活動を認めていたからである。しかしながらリーデルの報告は一つの点を明らかにしていた。すなわち、パキスタンがタリバーンの保護をやめない限り、アフガニスタンに長期的な安定をもたらそうとする私たちの努力は失敗に終わる。

報告書の残りの提言は、アフガニスタンの能力を高めることに費やされていた。私たちはカルザイ政府の統治能力と基本的な行政サービスを提供する能力を抜本的に向上させる必要がある。アフガニスタンの軍隊と警察を訓練して、米軍の助けを借りずに国内の治安を維持できるだけの能力と規模をもつようにする必要もある。ただ、これらを具体的にどのように遂行していくかは、いまだにはっきりしなかった。むしろはっきりしていたのは、リーデル報告書が求めるアメリカの介入が、テロ対策戦略をはるかに超え、国家建設の様相を呈していたことである。それは7年前、カブールからタリバーンを追い出したときに始めていれば意味があっただろう。

あらためていうまでもなく、アメリカはそんなことはしなかった。それどころか、イラクに侵攻して国を破壊した。そのうえ、アルカイダのさらに凶悪な下部組織を増殖させた。そして、コストのかかる対反乱作戦を場当たり的に行うことを余儀なくされた。アフガニスタンはその分の年月を失ったのだ。現地では私たちの部隊が、外交官が、援助活動家が、勇ましい努力を続けていたので、ゼロからやり直さなければならないというのは大げさだ。だが、私にもわかりはじめていた。万一、カルザイが協力的になり、パキスタンが態度を改め、ゲイツがいうところの「アフガンもどうにかやっていける」という程度まで目標レベルを下げたとしても、実現までには3年から5年に及ぶ多大な努力が必要になるだろうし、何千億ドルも投じたうえ、さらに多くのアメリカ人が命を落とさなくてはならないだろう。

私は、この取引を気に入らなかった。しかし、もはやパターン化しつつあったが、その代案はいっそう悪いものでしかなかった。黙って見ているには、リスクが大きすぎたのだ――アフガニスタン政府が崩壊したらどうなるのか、タリバーンが主要都市で足場を固めてしまったらどうなるのか。イラク撤退計画を発表してからわずか4週間後の3月27日、私は国家安全保障チームを背後に従えてテレビ出演し、おおむねリーデルの提言に基づいた「アフパック（Af-Pak）」戦略を発表した。この発表がどのような反響を呼ぶかはわかっていた。反戦を掲げて大統領選に立候補したにもかかわらず、これまでのところ戦地から連れ帰った兵士よりも送り込んだ兵士の数のほうが多いという皮肉に、多くのコメンテーターが飛びつくだろう。

アフガニスタンでの作戦については、兵力の増強以外に、もう一つ大きな変化があった。ゲイツから思いがけない提案があった。4月、ゲイツはオーバルオフィスでの会議中に、現任のアフガニスタン司令官であるデイヴィッド・マキャナン大将を、元統合特殊作戦コマンド（JSOC）の司令官で現在は統合参謀本部事務局長であるスタンリー（スタン）・マクリスタル中将に交代させることを提案したのだ。

「デイヴィッドは立派な兵士です」とゲイツは言った。マキャナンに落ち度があったわけではなく、戦争の最中に司令官を交代させるのはきわめて異例だとはわかっているようだった。「しかし、彼は管理者タイプです。これほど困難な状況では、別のスキルをもった人材が必要です。我々の部隊が、望みうる最高の指揮官に率いられていると確信できなければ、私は夜も眠れません。スタン・マクリスタルこそが適任だと思います」

ゲイツがマクリスタルをこれほど高く評価する理由は簡単にわかる。米軍のなかでも特殊作戦部隊のメンバーは別格と考えられている。最も危険な状況下で最も困難な任務を遂行するエリート階級だからだ。映画に出てくる男たちのように、ヘリコプターから敵地に懸垂降下し、夜陰に紛れて水陸両用作戦を決行する。その選ばれしエリートたちのなかでも、マクリスタルほど称賛され、部下の忠誠心を引き出せる人物はいなかった。ウエストポイントの陸軍士官学校を出たマクリスタルは、33年に及ぶキャリアのなかで、一貫して際立った働きをしてきた。JSOCの司令官として、彼は特殊作戦をアメリカの防衛戦略の中核的要素に押し上げ、個人としても多くの対テロ作戦を監督し、AQIの大部分を解体し、その設立者であるアブムサブ・ザルカウィを殺害した。54歳になっても現役のレンジャーとして、自分の半分ほどの年齢の隊員たちを訓練しているという噂があったが、表敬訪問でゲイツとともにオーバルオフィスに立ち寄った彼の姿を見た私は、その話を信じた。筋肉と腱と骨だけでできているような体、角張った長い顔、鳥類を思わせる刺すような視線。実際、マクリスタルの態度はどこをとっても、生活から不真面目なものや気晴らしをはぎ取った人間のそれだった。少なくとも、私とは世間話でもそんな調子だった。会話中発せられた言葉のほとんどは、「イエス、サー」「ノー、サー」「任務を必ずやり遂げます」だった。

私は話に乗った。そしてこの交代劇は、発表されるとすぐに好意的に受け入れられた。コメンテーターたちは、マクリスタルをデイヴィッド・ペトレイアスと並べて、戦いを好転させることができる戦場の革新者であると評した。上院の承認も迅速だった。そして6月半ば、ゲイツはアフガニスタンで連合軍の指揮を執る準備をしているマクリスタル（いまや四つ星階級の大将となっていた）に、60日以内に現地の状況について詳細な評価報告書を提出するよう要請した。加えて、戦略、組織、連合軍のリソースについて変更すべき点を提言するようにも求めていた。

この一見したところは当然と思われる要求がいったい何をもたらすのか、そのときの私はほとんどわかっていなかった。

アフパックの発表から二か月後のある日の午後、私は1人で南側の庭(サウスローン)を横切っていた。後ろからは〝フットボール〟を運ぶ軍の補佐官と、退役軍人問題担当スタッフのマット・フラヴィンがついてきている。これから大統領専用ヘリコプター、マリーンワンに乗り込み、短いフライトでメリーランドへ向かうところだ。以後、ベセスダ海軍病院とウォルター・リード陸軍医療センターには定期的に訪問することになるが、この日が、その最初の訪問だった。到着後、施設の司令官に迎えられ、収容されている負傷兵の数とその状態について簡単な説明を受ける。それから司令官に先導されて、階段とエレベーターと廊下からなる迷路を通って主病棟にたどり着いた。

それから1時間というもの、私は部屋から部屋へと移動した。手を消毒し、必要に応じて医療着と手術用手袋を着用し、廊下で病院スタッフから療養中の隊員のバックグラウンドを聞いてからドアをそっとノックする。

患者は軍のあらゆる部門から来ていたが、私が就任してからの数年間は、多くの患者がイラクとアフガニスタンの反乱軍が支配する地域をパトロールしていた陸軍や海兵隊のメンバーで、銃撃や即席爆発装置で負傷していた。ほとんど全員が労働者階級出身の男性だった。小さな田舎町や、いまや衰退しつつある製造業の中心地から来た白人、ヒューストンやトレントンのような都会から来た黒人やヒスパニック、カリフォルニアから来たアジア系アメリカ人や太平洋諸島に出自をもつ人たちなどだ。家族の誰かが付きそっていることが多かった。たいていは両親、祖父母、兄弟だが、隊員が年かさの場合は、妻や子どもがいることもあった。膝にのせられてむずかっている赤ん坊もいたし、おもちゃの車で遊ぶ5歳児も、ビデオゲームをしているティーンエイジャーもいた。私が部屋に入ると、誰もが場所を譲り、照れくさそうな笑みを浮かべながら、どう振る舞えばいいかわからないといったようすを見せる。この仕事をしていて私にとって意外なのは、私がいることで相手は決まって狼狽し、神経質になってしまうことだ。私はいつも空気を軽くしようと努めていた。人々をリラックスさせるために、私にできることをして。

体が完全に不自由になっていない限り、隊員たちはベッドを起こし、場合によってはベッドの頑丈な金属製支柱に手を伸ばしてベッドに腰かけた。どうしてもベッドから出ると言って、負傷していないほうの脚でバランスを取りながら敬礼し、私の手を握る隊員も何人かいた。私は彼らに故郷のことや、軍に入ってどれくらいになるのかを尋ねた。どんなふうに怪我をしたのか、いつからリハビリを始めたり、義肢を装着したりする予定なのか聞くこともあった。スポーツの話もよくしたし、壁に貼ってある部隊旗にサインを頼まれることもあった。そして私は隊員に記念メダルを渡す。それから全員でベッドを取り囲み、ピート・ソウザが自分のカメラとみんなの携帯電話で写真を撮る。マットは名刺を渡す。何か必要なことがあればホワイトハウスにいるマットに直接電話できるようにしてあった。

彼ら兵士たちが、その勇気と決意が、すぐにでも現場復帰してみせるという固い意志が、そして何が起こっても騒ぎ立てない沈着さが、どれだけ私に力を与えてくれたことか！　それに比べれば、アメリカンフットボールの試合の派手な儀式やパレードで漫然と振られる国旗、政治家の長話など、愛国心の発露とみなされる多くのことは空虚で陳腐なものにすぎない。私が出会った負傷者たちは、治療を請け負った医師、看護師、そして事務員ら、病院のチームをひたすら褒めたたえていた。医療スタッフの大半は軍人だが、民間人もいる。驚くのは外国生まれのスタッフが多いことだ。たとえばナイジェリア、エルサルバドル、フィリピン。それにしても、こうした負傷兵たちが手厚い医療を受けることができるのは心強いことだ。それもすべて、スムーズですばやい連携があってのことだろう。アフガニスタンのほこりっぽい村で負傷した海兵隊員は、最寄りの基地まで救急ヘリで搬送され、容態が安定すると今度はドイツに搬送され、そこから最先端の手術が受けられるベセスダ海軍病院やウォルター・リード陸軍医療センターに向かう。すべては数日で完了する。

このシステムは、先端技術と正確なロジスティックス、さらに高度な訓練を受けた献身的な人材がそろってこそ可能である。地球上で、米軍以上に負傷者の長距離搬送に長けた組織は存在しない。このシステムのおかげで、ベトナム戦争時代であれば命を落としていたような多くの負傷兵が、ベッドでベアーズ対パッカーズ戦の功労者について私と議論することができるのだ。それでも、彼らが人生を一変させるような無残な傷を負ったことには違いない。片脚を失くした兵士は、特に膝下の切断ですんだ場合、よく自分たちは幸運だったと言う。二か所、三か所の切断はめずらしくないし、重度の頭蓋骨外傷、脊髄損傷、顔面の損傷もあれば、視力や聴力といった基本的な身体機能のいくつかを失ってしまうこともある。私が出会った軍人たちは、祖国のために多くの犠牲を払ったことを後悔していないと胸を張り、自分を少しでも憐れみの目で見る人間には当然のことながら腹を立てていた。そして負傷した息子の親たちは、息子の視線を気にしながら、遠慮がちに息子が回復すると確信していること、また息子を誇りに思っているということだけを語った。

しかし私は、部屋に入るたび、握手をするたびに、彼らのほとんどがひどく若いことに驚かずにはいられなかった。彼らの多くは高校を出たばかりだ。両親の目の周りに苦悩がにじんでいることにも気づかないわけにはいかなかった。親たちですら、私より若いことが多かった。あるとき出会った父親は、目の前で横になっているハンサムな息子がその日、21歳の誕生日を迎えたと説明した。私はその声ににじみ出ていた怒りを忘れることはないだろう。息子はおそらく、生涯、麻痺とともに生きることになるのだ。あるいは、ある若い母親の顔に浮かんだ虚ろな表情。彼女は楽しそうに声を出す赤ん坊を腕に抱え、生き延びはしても、もはや意識的にものを考えることはない夫との生活に思いを巡らせていた。

　後年、大統領の任期が終わりを迎えようとするころ、ニューヨーク・タイムズ紙が、私の軍病院訪問についての記事を掲載した。そのなかでは、前政権の国家安全保障担当者が、どのような善意に発するものであっても負傷者との面会は最高司令官がすべきことではない、という意見を述べていた。負傷者への訪問は、明晰な戦略的決断を下さなければならない大統領の目を曇らせることになるというのだ。私はその人物に電話をして説明したいという思いに駆られた。ウォルター・リードとベセスダからの帰路のフライトのなかでこそ、私の目はこのうえなく澄んでいた。戦争の真のコストと、それを背負ったのが誰かということをはっきり理解したからだ。そのとき私は、戦争の愚かさとその哀れな物語を、私たち人類が世代から世代へと語り継いでいることも理解した。人間というものは無意識に憎しみを煽り、残虐さを正当化し、よき者でさえも殺戮に加担させるということも。戦争のなかに大きな善と思われるものを見出すことで自分の決断をなんとか正当化したとしても、私の立場では、失われた命や希望をくじかれた人生に対する責任を回避することなど許されないのははっきりわかっていた。

　私はヘリコプターの窓の下に広がる美しく整えられた緑の風景を眺めながら、リンカーンのことを考えた。南北戦争中、リンカーンは私が今まさに飛行している地点からそう遠くない地域で、仮設病院を定期的に回っては、薄いベッドに横たわる兵士たちに優しく話しかけた。感染症を食い止めるための抗菌薬も鎮痛剤もなかった。周辺には壊疽の悪臭が立ち込め、断末魔のうなりと呻きに満ちていた。

　リンカーンはどうやってもちこたえることができたのだろう？　あとからどんな祈りを捧げたの

だろう？　彼は重責に耐えることが必要な償いであると知っていたに違いない。それはまた、私が背負わなければならない償いでもあるのだ。

戦争とテロの脅威は、全精力を傾けてあたらなければならないものだが、だとしてもほかの外交問題が私を放っておいてくれるわけでもない。たとえば、金融危機の国際社会への影響などは、しっかりと管理しなければならない問題である。それが、私の最初の長期外遊の主眼だった。4月にG20サミットのためにロンドンを訪れ、それから8日間かけて海を隔てたヨーロッパ、トルコ、イラクを回った。

2008年以前のG20は、世界の20の経済大国の財務大臣と中央銀行総裁が年に一度集まる会合にすぎなかった。目的は情報交換で、せいぜいがグローバル経済の年中行事の一つという扱いだった。アメリカの大統領が出席するのは、より内輪の集まりであるG8のみ。世界七大経済国（アメリカ、日本、ドイツ、イギリス、フランス、イタリア、カナダ）にロシア（ビル・クリントンとイギリスのトニー・ブレア首相が1997年に地政学的な理由から参加を呼びかけた）を加えた、年に一度の首脳会談である。この不文律が変わったのは、リーマン・ブラザーズの破綻後に、ブッシュ大統領とヘンリー・ポールソンがG20の首脳をワシントンに招いて緊急会議を開いてからだ。そこには、世界はかつてないほど相互依存的になっていて、大きな金融危機ではできるだけ広範囲な連携が必要になるという賢明な認識があった。

ワシントンのG20サミットは、「今後必要な行動を取る」という漠然とした誓いと、2009年に再会するという合意を超える具体的な行動をほとんど何も生み出さなかった。しかし、実質的にすべての国がいつ不況に陥ってもおかしくない状態にあり、世界貿易が9パーセント縮小すると予測されるなか、ロンドン・サミットで私に与えられた任務は、多様なG20のメンバーを束ねて、迅速かつ積極的な共同対応に向かわせることだった。経済学的な根拠はシンプルだ。ここ何年も、クレジットカードでの借金や住宅ローンによってアメリカの個人消費が増大し、世界経済の成長の主な原動力となってきた。アメリカ人は自動車をドイツから、電子機器を韓国から、その他ほとんどすべてのものを中国から購入してきた。そして、これらの国々は、グローバルなサプライチェーンのさらに下にある国々から原材料を購入していた。復興法やストレステストがどれほどうまくいったとしても、アメリカの消費者や企業はしばらくのあいだ、借金から抜け出すのに手いっぱいになるだろう。ほかの国がこのまま下降スパイラルが続くのを回避したいのであれば、次の段階に進まなければならない。自前の景気刺激策を実施し、深刻な不況に陥った国が必要に応じて利用できる5000億ドルの国際通貨基金(IMF)緊急融資に資金を拠出し、大恐慌を長引かせた保護主義的な近隣窮乏化政策を繰り返し行うのを避けるよう約束するといったことが必要になってくるはずだ。

これらは、理屈のうえではなんの問題もない。しかしながらサミットの前に、各国の首脳にこれらの対策を受け入れさせるには、少々頭を使わなくてはならないかもしれないとティモシー・ガイトナーは警告していた。「悪いニュースは、世界経済をだめにしたことで、各国の首脳たちは一人残らずアメリカに対して怒り心頭に発しているということです」と彼は言った。「いいニュースは、我々が何もしなかった場合、何が起こるかわからないと首脳たちが恐れていることです」

ミシェルは旅の前半は私に同行することになっていて、私も嬉しかった。彼女は、私のサミットでのパフォーマンスにはさほど関心をもっていなかった(「あなたなら大丈夫」と言っただけだ)。それよりも、英国女王に謁見する際のドレスのことを気にしていた。

「そういう場ではよく見かける小さな帽子をかぶったほうがいい」と私は言った。「小さなハンドバッグを持ってさ」

ミシェルは鼻で笑うと、顔をしかめた。「ぜんぜん参考にならないわ」

私はそれまでエアフォースワンには20回以上乗っていたが、この飛行機がアメリカの力の象徴としてどれほど際立っているかを実感したのは、初めてこの飛行機で大西洋を横断したときだ。機体(ボーイング747をカスタマイズしたもので、二機一組で運用される)は22年前のもので、見るからに古めかしい。重厚な革張りの椅子、クルミ材のテーブルと羽目板、金色の星の模様を散らした錆色のカーペットといった内装は、1980年代の企業の役員会議室や、カントリークラブのラウンジを彷彿とさせる。乗客が利用できる通信システムは不安定で、機内でWi-Fiが使えるようになったのも私が二期目に入ってからだった。それでさえ、ほとんどのプライベートジェット機の通信速度より遅かった。

それでも、エアフォースワンのあらゆる部分が、堅実さ、有能さ、そしてちょっとした壮大さを感じさせてくれた。利便性(大統領専用の寝室、プライベートオフィス、シャワーがあり、チームの面々にはゆったりとしたシートと会議室、コンピュータ室が用意されていた)においても、また空軍スタッフによる模範的なサービス(機内には約30名の乗務員がいて、どんなとんでもないリクエストにも快く対応してくれる)においても、高度な安全機能(世界最高のパイロット、装甲窓、空中給油能力、折り畳み式の手術台を備えた医療機器)においてもだ。そして、三階建て、総面積370平方メートルの機内は、14人の記者団と何人ものシークレットサービスを収容できる。

アメリカの大統領が世界のリーダーのなかでもユニークなのは、ほかの政府の軍や警備部隊に頼らなくてもいいように完全装備で旅をすることだ。そのため、大統領専用車のビースト、警備車両、救急車、機動部隊、そして必要に応じてマリーンワンのヘリコプターが、事前に空軍のC17輸送機で空輸され、私の到着を現地の駐機場で待ちかまえている。他国のリーダーの装備はもっとずっと控えめなため、アメリカ大統領に伴うこれほどの大移動には、ホスト国の政府関係者から困惑の声があがることもある。しかし、米軍とシークレットサービスは交渉の余地を与えないので、最終的にはホスト国が譲歩することになる。一つには、ホスト国の国民やメディアも、アメリカ大統領が自国の土を踏むというイベントが華々しいものになることを期待しているからだろう。

実際、そうなのだ。どの国に着陸しても、空港ターミナルの窓に顔を押しつけ、フェンスの外に集まる人々の姿が目に入る。地上の作業員たちでさえも、エレガントなブルーの胴体下部を誇示しながら滑走路をゆっくりと移動するエアフォースワンの姿を見ようと足を止める。機体にはアメリカ国旗が描かれている。「UNITED STATES OF AMERICA」のくっきりとした文字が、そして尾翼の中央にはアメリカ国旗が描かれている。飛行機から出ると、私はタラップの上から必ず手を振る。同時に、カメラのシャッター音が響きわたる。階段の下に並んだ代表団が満面の笑みをたたえている。ときには伝統的な衣装を着た女性や子どもから花束を贈られることもあれば、車まで続くレッドカーペットの両脇に儀仗兵と軍楽隊がずらりと整列していることもある。人々はこのすべてに、大昔の儀式の名残を、かすかではあるが、消えることのないものとして感じとることになる。これは外交の儀式であると同時に、アメリカという大国に敬意を示す儀式でもあるのだ。

過去70年間の大部分において、アメリカは世界の舞台で先導的な地位を占めてきた。第二次世界大戦後、ほかの国々がかつての豊かさを失い縮小していくなかで、アメリカが先導して数々の構想と条約と新組織が連動するシステムを確立し、国際秩序を効果的につくりかえ、安定した進路を切り開いてきた。たとえば、西欧再構築のためのマーシャル・プラン。ソ連に対する防波堤としての役割を果たし、かつての敵を西側との同盟に引き入れるための北大西洋条約機構（NATO）と太平洋同盟。世界の金融と商業を統制するブレトンウッズ体制、IMF、世界銀行、関税と貿易に関する一般協定（GATT）。紛争の平和的解決を促進し、病気の根絶から海洋の保護に至るまで、あらゆる問題に対する協力を進める国連、および関連する多国間機関。

アメリカがこのシステムを構築した動機に、私心がなかったわけでは決してない。それは、私たちの安全を確保するためというだけではなく、私たちの商品を売るために市場をこじ開け、私たちの船舶のために海上交通路(シーレーン)を確保し、私たちの工場や自動車に石油が安定して入ってくるようにするためのものでもあった。おかげで私たちの銀行は返済をドルで受け取ることができたし、多くの国に散らばる私たちの工場は差し押さえられることもなく、観光客はトラベラーズチェックを現金化でき、私たちの国際電話は取り次いでもらえた。ときには、冷戦に対応するために世界的な制度を曲げることもあったし、完全に無視することさえあった。私たちは他国に干渉し、ときに惨劇をもたらした。私たちの行動はしばしば、私たちがその体現者であると任じている民主主義、自己決定主義、人権の理念を裏切るものともなった。

それでも、アメリカは歴史上のどの超大国よりも、国際的な法律、規則、規範を遵守してきた。たいていの場合、小国や弱小国との取引ではある程度の自制を利かせ、世界的な約束事を守るために脅しをかけたり無理強いしたりすることも少なかった。時とともに、世界共通の利益のために行動しようとする私たちの姿勢は、たとえ不完全であったとしても、世界におけるアメリカの影響力を弱めるどころかむしろ強め、国際的なシステム全体の維持に貢献してきた。そしてアメリカは、いつも全世界から愛されてきたとはいえないにせよ、少なくとも尊敬されてきた。単に恐れられてきたわけではないのだ。

アメリカのこうした姿勢に抵抗しようとする試みは、1991年のソ連崩壊とともに崩れ去った。その後の目の回るような10年足らずのあいだに、ドイツが、それからヨーロッパが一つになり、旧東欧諸国がNATOとEUに次々加盟し、中国の資本主義が軌道に乗り、アジア、アフリカ、ラテンアメリカの多くの国が独裁政治から民主主義へと移行し、南アフリカのアパルトヘイトは終わりを迎える。評論家たちは、自由主義、多元主義、資本主義、西洋流の民主主義の究極的な勝利を宣言し、専制政治、無知、非効率の残滓はまもなく一掃され、歴史は終わり、世界はフラット化するだろうと主張した。もちろん当時でさえ、そのような高揚感を冷笑する人たちがいた。だがこれだけはいえる――21世紀の夜明けには、アメリカは自分たちが築いてきた国際秩序と、自分たちが推進してきた原則、すなわち〝パックス・アメリカーナ〟が、何十億もの人々が以前よりも自由に、より安全に、より豊かになった世界を導き出したのだと、胸を張って主張することができた。

私がロンドンに到着した2009年春には、この国際秩序はまだ存在していた。しかし、アメリカのリーダーシップに対する信頼はすでに揺らいでいた。それは9・11の同時多発テロがあったからではない。むしろイラクへの対応と、ハリケーン・カトリーナのあとにニューオーリンズの通りに浮かんだ遺体の映像と、そして何よりもウォール街のメルトダウンがその理由だった。1990年代に起きた、一連の比較的小規模な金融危機は、グローバルな金融システムの構造的な弱点をほのめかしていた。何兆ドルもの民間資本が光の速度で移動し、国際的な規制や監督の手をすり抜ける。それが一国の経済的な混乱を巻き起こし、世界中の市場に津波をもたらす。そのような初期微動の多くは、資本主義の周辺地域と目されるところで発生した。タイ、メキシコ、まだ脆弱だったロシア。だがこの時点では、アメリカをはじめとする先進国の経済が好調だったため、これらの問題は一過性のものと片づけられた。経験の浅い政府の誤った決定が原因だろうとみなされたのだ。

ほとんどの場合、アメリカが介入して事態を収拾したが、緊急融資やグローバル資本市場への継続的なアクセスと引き換えに、ロバート・ルービンやアラン・グリーンスパンのような人物が（当時のルービンの側近であったローレンス・サマーズやティモシー・ガイトナーはいうまでもなく）、病にあえぐ国々に劇薬を飲ませてきた。たとえば、通貨の切り下げ、公共支出の大幅な削減、その他多くの緊縮策などだ。そうしたものは国際的な信用格付を回復させるのには役立っただろう。しかし、それは同時に各国の人々を窮地に追いやったのだ。

そうした国の人々の困惑を想像してみてほしい。彼らがアメリカから、プルデンシャル規制［金融システムの健全性・安定性を維持するための規制］や責任ある資産管理について説教を受けているあいだにも、我が国の金融の指導者たちはその任務を怠り、中南米やアジアで起きたものと変わらない、無軌道な資産バブルやウォール街における狂乱を容認していたのだから。違いといえば、そこに投じられた資金の額と潜在的な被害の大きさだけだ。結局のところ投資家は、上海からドバイまで、アメリカの規制当局がきちんと仕事をしていると信じていたからこそ、サブプライムローンやその他の米国資産に巨額の資金をつぎ込んでいたのだ。中国のような大輸出国も、レソトのような小輸出国も、アメリカ経済の安定的拡大を前提として自分たちの成長を当て込んでいた。言い換えれば、私たちは、世界がアメリカについてくるよう手招きしていた。ほら、ここに自由市場、グローバルなサプライチェーン、インターネット接続、金融緩和、民主的なガバナンスがすべてそろったパラダイスがあるよ、といった具合に。そして少なくともしばらくのあいだ、世界は深く考えることもなくその誘いに乗ったのだ。

10ページ：
（右上）Sebastian Willnow/DDP/AFP via Getty Images
（左上）David Katz
（中）Peter Foley/Reuters
（下）Pablo Martínez Monsiváis/Associated Press

11ページ：
（上）Charles Ommanney/Getty Images
（下）From *Barack Before Obama* by David Katz.
Copyright ©2020 by David Katz. Courtesy of HarperCollins Publishers

12ページ：
（上）David Katz
（中）From *Barack Before Obama* by David Katz.
Copyright ©2020 by David Katz. Courtesy of HarperCollins Publishers
（下）Ralf-Finn Hestoft/Corbis via Getty Images

13ページ：
Matt Mendelsohn

14ページ：
（上）Pete Souza/The White House
（下）Timothy A. Clary/AFP via Getty Images

15ページ：
（上）Pete Souza/The White House
（下）Pete Souza/The White House

16ページ：
（上）Pete Souza/The White House
（下）Pete Souza/The White House

口絵写真クレジット

1～3ページ：
Obama-Robinson Family Archives

4ページ：
（上から）
From *Barack Before Obama* by David Katz.
Copyright ©2020 by David Katz. Courtesy of HarperCollins Publishers
Spencer Platt/Getty Images

5ページ：
（上から）
From *Barack Before Obama* by David Katz.
Copyright ©2020 by David Katz. Courtesy of HarperCollins Publishers
From *Barack Before Obama* by David Katz.
Copyright ©2020 by David Katz. Courtesy of HarperCollins Publishers
Scott Olson/Getty Images

6ページ：
（右上）Pete Souza/Chicago Tribune/TCA
（左上）David Katz
（中）Pete Souza/Chicago Tribune/TCA
（下）Pete Souza/Chicago Tribune/TCA

7ページ：
（上）Pete Souza/Chicago Tribune/TCA
（下）Pete Souza/Chicago Tribune/TCA

8ページ：
（上）Mandel Ngan/AFP via Getty Images
（中）Scott Olson/Getty Images
（下）Scout Tufankjian/Polaris

9ページ：
（上）David Lienemann/Getty Images
（下）Brian Kersey/UPI/Alamy Stock Photo

バラク・オバマ BARACK OBAMA

第44代アメリカ合衆国大統領。2008年11月に選出され、2期にわたり大統領を務めた。これまでに執筆した『マイ・ドリーム バラク・オバマ自伝』(ダイヤモンド社)、『合衆国再生 大いなる希望を抱いて』(ダイヤモンド社)という2冊の著書は、いずれもニューヨーク・タイムズ紙のベストセラーリストにランクイン。2009年にはノーベル平和賞を受賞した。現在は妻ミシェルとワシントンDCに在住。マリアとサーシャという2人の娘がいる。

監訳／前嶋和弘（上智大学教授）
監訳（9ページ“Kitty Hawk”）／出口菜摘（京都府立大学教授）

翻訳協力／
株式会社 リベル
黒河杏奈
長谷川壽一
中村有以
岩田麻里亜

装丁／篠田直樹（bright light）

訳者紹介

山田文　Fumi Yamada
イギリスの大学・大学院卒（西洋社会政治思想を専攻）。訳書に『ポバティー・サファリ』（集英社）、『ファンタジーランド』（共訳、東洋経済新報社）、『ヒルビリー・エレジー』（共訳、光文社）など。

三宅康雄　Yasuo Miyake
早稲田大学商学部卒。訳書に『ジョン・ボルトン回顧録』（共訳、朝日新聞出版）、『アメリカが見た山本五十六』（共訳、原書房）など。

長尾莉紗　Risa Nagao
早稲田大学政治経済学部卒。訳書に『マイ・ストーリー』（共訳、集英社）、『確率思考 不確かな未来から利益を生みだす』（日経 BP）など。

高取芳彦　Yoshihiko Takatori
ニュース・書籍翻訳者。訳書に『世界の覇権が一気に変わる サイバー完全兵器』（朝日新聞出版）、『共謀 トランプとロシアをつなぐ黒い人脈とカネ』（共訳、集英社）など。

藤田美菜子　Minako Fujita
早稲田大学第一文学部卒。訳書に『悪党・ヤクザ・ナショナリスト』（朝日新聞出版）、『より高き忠誠』（共訳、光文社）など。

柴田さとみ　Satomi Shibata
東京外国語大学欧米第一課程卒。訳書に『マイ・ストーリー』（共訳、集英社）、『母さんもう一度会えるまで あるドイツ少年兵の記録』（毎日新聞社）など。

山田美明　Yoshiaki Yamada
東京外国語大学英米語学科中退。訳書に『24 歳の僕が、オバマ大統領のスピーチライターに ?!』（光文社）、『スティグリッツ PROGRESSIVE CAPITALISM』（東洋経済新報社）など。

関根光宏　Mitsuhiro Sekine
慶應義塾大学法学部卒。訳書に『ジョン・ボルトン回顧録』（共訳、朝日新聞出版）、『炎と怒り』（共訳、早川書房）、『ヒルビリー・エレジー』（共訳、光文社）など。

芝瑞紀　Mizuki Shiba
青山学院大学総合文化政策学部卒。訳書に『世界で最も危険な男』（共訳、小学館）、『シャンパンの歴史』（原書房）、『アメリカが見た山本五十六』（共訳、原書房）など。

島崎由里子　Yuriko Shimazaki
早稲田大学商学部、東京外国語大学欧米第一課程卒。訳書に『ジョン・ボルトン回顧録』（共訳、朝日新聞出版）、『365 日毎日アナと雪の女王』（共訳、学研プラス）がある。

A PROMISED LAND
BY
BARACK OBAMA

約束の地　大統領回顧録 I　上

2021年2月21日　第1刷発行

著　者　バラク・オバマ

訳　者　山田文　三宅康雄・他

発行者　樋口尚也
発行所　株式会社　集英社
〒101-8050 東京都千代田区一ツ橋 2-5-10
電話　編集部　03-3230-6137
読者係　03-3230-6080
販売部　03-3230-6393（書店専用）
印刷所　大日本印刷株式会社
製本所　加藤製本株式会社

Printed in Japan　ISBN978-4-08-786133-4　C0098